U0554139

本書爲

全國高等院校古籍整理研究工作委員會

上海大學211工程第三期項目『轉型期中國的民間文化生態』

資助項目

等文、詩派別，多被置於負面的地位，誤會至今未能盡去。直至近三十年，對於清代詩文的正面研究，方才漸次開展。

如再就詩、文之體進一步細究之，則清初和晚清兩個時期之作，以能反映家國變故、社會動盪的緣故，其遇又稍優；惟中葉乾隆、嘉慶兩朝，或又以『國家幸』之故，作為文學時期反而最受漠視，詩、文作家能被新派文學觀詮釋的，可謂寥若晨星。故今欲研究有清一代之詩文，宜其從世人相對較為陌生的乾嘉時期入手乎？

乾隆朝歷六十年，嘉慶朝歷二十五年，前後凡八十五年，約占全部清代歷史的三分之一。這是中國傳統社會的最後一個盛世。此後歐西文明長驅直入，中華文明遂不復純粹矣〔二〕。作為文學創作的外在生成環境，這一『傳統盛世殿軍』的特殊性質，使得乾嘉時期文學最後一次從內容趣味到技法形式仍然整體地保持着傳統樣色，其內在所有的發展變化，都仍屬固有範疇內部之事。而在這一點上，詩、文以其正統性，較之其他體例顯示得尤為典型。這個最大的時代社會性質最終投射予文學的影響，不論是積極的還是消極的，無疑都是最值得關注的。它使乾嘉詩文而不是此後的道咸同光文學，平添上文學史最近一塊『化石』的意義。

另一個方面，與此義形同悖論的是：事實上國家的幸與不幸，對文學的好壞又並不具有決定的意義。文學寫作是個人之事，文學作品的價值最終取決於作者個人。詩人的至情至性，無論『幸』與

〔二〕此用余英時之說。見其《試論中國文化的重建問題》等文。

乾嘉名家別集叢刊總序

張寅彭

歷史概而言之，就是由時間貫穿起來的人和事件。文學則是用凝聚和刻畫的特有方式來呈現歷史的一種形式。而對於歷史也好文學也好，感受和認識反過來又需要時間。例如唐代文學的價值，就是在當代人和宋明以後人持續的感受中被認識的；宋代文學的特徵，也是在當代人及明清以後人的贊成與反對中逐漸被廓清的。明清文學的被認知歷程自然應該也是如此。惟距今時間尚不遠（尤其是清代文學），故對其面貌和性質的認識，目前仍還處在探究的過程之中，尚未達成如同唐宋文學那樣的共識程度。當然，如從根本上來說，對於文學和歷史的體認，又總是不可能窮盡的，永無停止的那一刻。

此次編纂『乾嘉名家別集叢刊』，就是嘗試認識清代文學特徵的一次新的努力。

清代文學由於距今較近，較多地受到諸如晚清以來所謂『新學』的影響〔一〕，以及西式生活方式流行等現實因素的干擾，一直並非正常地處於主流研究及普遍閱讀的邊緣。在諸種體例中，小說、戲曲等或以俗文學之故，尚能稍受優待，詩、文等正統樣式則最為新派人士所排擊，如『桐城派』、『同光體』

〔一〕民國以來學者多視清代學術為高峰，文學為小丘。其論最典型和影響最大者，莫如梁啟超《清代學術概論》，其有云：『清代學術在中國學術史上價值極大，清代文藝美術在中國文藝史美術史上價值極微，此吾所敢昌言也。』

圖書在版編目(CIP)數據

楊芳燦集/楊緒容,靳建明點校.—北京:人民文學出版社,2013
(乾嘉名家别集叢刊)
ISBN 978-7-02-010166-5

Ⅰ.①楊… Ⅱ.①楊…②靳… Ⅲ.①古典詩歌—詩集—中國—清代②古典散文—散文集—中國—清代 Ⅳ.①I214.92

中國版本圖書館 CIP 數據核字(2013)第 280606 號

責任編輯 周絇隆
裝幀設計 柳 泉
責任印製 李 博

出版發行 人民文學出版社
社 址 北京市朝内大街 166 號
郵政編碼 100705
網 址 http://www.rw-cn.com

印 刷 北京天來印務有限公司
經 銷 全國新華書店等

字 數 609 千字
開 本 880 毫米×1230 毫米 1/32
印 張 24.375 插頁 2
印 數 1—3000
版 次 2014 年 5 月北京第 1 版
印 次 2014 年 5 月第 1 次印刷

書 號 978-7-02-010166-5
定 價 90.00 圓

乾嘉名家别集叢刊

張寅彭 主編

楊芳燦集

楊緒容　靳建明　點校

人民文學出版社

『不幸』，才更關乎作品的成敗。而國家的盛衰與否，反而是退居其次的因素。在現實層面上，國家幸，詩人也可以不幸； 而詩人又可能將現實的『不幸』，轉換超越為文學的『幸』，這才是永恆的。這也才可以解釋堪稱中國文學最上品之一的《紅樓夢》何以產生於此一盛世時期的事實。本時期袁枚、汪中、黃景仁等詩家文家的現象，莫不如是。縱覽全清一代詩史，前期的錢謙益、吳偉業、王士禛，以及後期的龔自珍、鄭珍、陳三立，也莫不如是〔二〕。

這一個末期盛世的詩、文作品數量和作者數量，如以迄今容量仍為最大且最具一代整體之觀的詩文總集《晚晴簃詩匯》和《清文匯》為據，作者即已達一千七百餘家之多，詩七千六百餘首，文近二千篇〔三〕，比例占到四分之一以上。而實際的總數目，按照柯愈春《清人詩文集總目提要》的著錄，乾隆朝詩文家達四千二百餘人，詩文集近五千種； 嘉慶朝詩文家一千三百八十餘人，詩文集近一千五百種。這是目前最為確切的統計了〔三〕。這個龐大的數量表明其時詩文寫作風氣

〔二〕蔣寅曾提出一個清代最傑出詩人的十人名單： 錢謙益、吳偉業、施閏章、屈大均、王士禛、袁枚、趙翼、黃景仁、黎簡、龔自珍（見其《清代文學的特徵、分期及歷史地位》一文，載其《清代文學論稿》）。余則稍有不同： 前期牧齋、梅村、漁洋外，中期隨園、籜石齋、兩當軒，晚期定庵、巢經巢，末期散原、海藏，亦為十人。說詳另文。

〔三〕徐世昌輯《晚晴簃詩匯》約從卷七十至卷一一二為乾隆時期，錄詩人一千二百餘家，卷一一三至卷一二九為嘉慶時期，錄詩人五百五十餘家。此據正文統計，原目人數標示有誤。又沈粹芬等輯《清文匯》，乙集七十卷錄乾嘉兩朝作者四百八十餘家，文一千九百六十餘篇，今以作者詩、文往往兼善，故不重複統計。

〔三〕參見柯愈春《清人詩文集總目提要》（二〇〇一年北京古籍出版社）。

的普及，應該是不在話下的〔二〕。

普及之餘方有精彩多樣可期。此時論詩有『格調』、『性靈』、『肌理』諸說並起，論文有桐城派創為『義理、考據、辭章』之說，駢文亦重起文、筆之爭，一時蔚為大觀。更有一奇文《乾嘉詩壇點將錄》，將並世近一百五十位詩人月旦論次，分別短長重輕，結為一體，雖語似遊戲，然差可抵作一部當代詩的史綱。此文今署舒位作，實乃其與陳文述等多人討論之作也〔三〕。凡此皆屬未及染上道光以後新習之見識，宜成為現代閱讀及研究的基礎。

本叢書第一輯所選各家，驗之《點將錄》，如畢沅為『玉麒麟盧俊義』，錢載為『智多星吳用』，王昶為『入雲龍公孫勝』，法式善為『神機軍師朱武』，彭兆蓀為『金槍手徐寧』，楊芳燦為『撲天雕李應』，孫原湘為『病尉遲孫立』，王曇為『黑旋風李逵』，郭麐為『浪子燕青』，王文治為『病關索楊雄』，皆為天罡或地煞首座；惟王又曾未入榜，則又可見此文或亦不無疏失矣。

上述十餘位，加上此前已為今人整理者如袁枚（及時雨宋江）、蔣士銓（大刀手關勝）、趙翼（霹靂火秦明）等所謂『三大家』，以及黃景仁（行者武松）、洪亮吉（花和尚魯智深）、舒位（沒羽箭張清）、張問陶（青面獸楊志）等人，庶幾形成一規模，可為今日閱讀研究乾嘉詩文者提供一批基本的文獻。而為避免重複出版，袁枚等遂不再闌入，非未之及也。

〔二〕袁枚《隨園詩話》十六卷，錄詩人近二千家，對當年作詩普及的現象，更有直接的記載。

〔三〕詳見拙文《汪辟疆〈光宣詩壇點將錄〉與晚清民國舊體詩壇》。

整理標準則以點校為主。底本擇善而從，如彭兆蓀《小𧃍觴館集》取有注本等。無善本者則重編之，如畢沅有詩集無文集，其文則須重輯之；王文治亦無文集，今取其《快雨堂題跋》代之；王曇集別本甚夥，此次不僅諸本互勘，且考訂編年，斟酌補入，彙為一本；諸如此類。同一家之詩、文集，視其篇幅，或合刊，或分刊。各家並附以年譜、評論等資料，用便研讀者參看。其他校勘細則，依各集情形而定，分别弁於各集卷首。

乾嘉時期，詩文名家眾多，至於第二輯的繼續整理出版，則請俟來日。

作於上海大學清民詩文研究中心

前言

一

楊芳燦（一七五三——一八一六），字才叔，號蓉裳，常州金匱縣（今屬江蘇省無錫市）人，乾嘉時期著名文學家。他一生著述頗富，詩詞文兼善，尤工駢文，卓然為乾嘉之際一大家。有《芙蓉山館全集》傳世。

楊芳燦性早慧，四歲時就已讀完『四書』，且能背誦唐人古今體詩八百餘首，被鄉人驚為『神童』[一]。他十一歲時，開始從舅氏顧光斗（謌齋）學做近體及歌行，因作駢文《夜明蝦賦》而受到族祖楊德沖的贊賞。十八歲那年，他以詩文寄往蜀中，其叔父楊潮觀見之大喜，有『吾家千里』之譽。次年應鄉試，楊芳燦考得金匱縣第一名。同年，他與外兄顧立方一道成爲袁枚受業弟子。乾隆四十三年（一七七八），二十六歲的楊芳燦應廷試，以拔貢入一等用為知縣，掣簽赴甘肅。他先攝西河、環縣事，在乾隆四十五年（一七八〇）正式擔任伏羌知縣。次年，回民田五起義，兵圍伏羌，城中守衛空虛。楊芳燦以一文弱書生，率鄉勇登陴堅守五晝夜，直到官軍前來才解了圍。乾隆五十二年（一七八七）他三十五

[一] 參見楊芳燦手定、盧紹緒補訂《楊蓉裳先生年譜》，國家圖書館藏本。本段中引文均出自此書。

歲時，以軍功補靈州知州。嘉慶二年（一七九七），所屬同心城發生饑民暴動，楊芳燦聞知，即單車馳往撫平之。嘉慶三年，他陞為平涼府權知。次年，因其仲弟楊揆出任甘肅布政使，他遵例回避，遂改捐戶部員外郎，在廣東司行走。嘉慶六年（一八〇一）他四十九歲時，被舉為《會典》纂修官，兩年后升會典館總纂修官。嘉慶十一年，五十四歲的楊芳燦辭官歸家奔母喪。奉安母氏之後，因迫於家計，他先後出任衢杭、關中、錦江書院講席。嘉慶十六年（一八一一）他五十九歲時，在蜀參修《四川通志》。嘉慶二十年（一八一五）十二月，在《四川通志》大功甫成之際，楊芳燦病逝於時任安縣知縣的三弟英燦衙中，享年六十三歲。

楊芳燦出生於書香世家。其伯父楊潮觀，曾任四川邛州知州，是清中葉著名戲曲家，有《吟風閣雜劇》傳世。潮觀子、其從兄楊倫著有《九柏山房集》及《杜詩鏡銓》二十卷。楊芳燦昆弟三人皆文學士，時號一門之勝。他與二弟楊揆俱少年馳名詩壇，號稱『二楊』[一]；成年後又俱以風雅之才而立汗馬之功，號稱『二難』[二]。其季弟英燦才名稍遜，而所著《聽雨小樓詞》亦明媚可喜。其外兄顧立方，早年與蓉裳競秀，無錫人以『顏謝』擬之[三]。受家學滋養，楊芳燦的子女皆工於詞。其子杨伯夔（承憲）曾刊有《過雲詞》及《續詞品》十二则，其女蕊淵著有《琴清閣詞》，被推爲海内閨詞之冠。

[一] 參見孫原湘《天真閣集》、陳廷焯《白雨齋詞話》、謝章鋌《賭棋山莊詞話》等。

[二] 謝章鋌《賭棋山莊詞話》卷四，清光緒十年刻賭棋山莊全集本。

[三] 法式善《梧門詩話》卷一，清稿本。

楊芳燦的交遊也値得關注。他與乾嘉名宿彭元瑞、袁枚、王昶、畢沅有師生之誼。他早年與同鄉洪稚存、顧立方、孫星衍齊名，袁枚乃以『毘陵星象聚文昌，洪顧孫楊各擅場』（《倣元遺山論詩》）相詩耀。成年之後，他又先後與吕星垣、張問陶、陳文述、沈起鳳、吴錫麒、法式善、李鼎元、李滄雲、趙味辛、吴照、江藩等文壇名家訂交。楊芳燦在與修《會典》後，聲名益盛，至爲京師盤敦之盟的『赤幟』〔一〕，因『與名流唱和無虚日』而被震鈞譽爲都中『俗官雅做』的典型〔二〕。總之，楊芳燦堪稱乾嘉文壇上一道亮麗的風景綫，是清中葉文學史上不可或缺的重要作家。

二

楊芳燦是乾嘉詩壇『才人之詩』的名家〔三〕，代表了一種清新華艷的詩風。袁枚曾以『哀感頑艷』來評價其詩，畢沅、法式善、楊葱都曾以『驚才絶艷』來概括其詩風。在他的早年、中年和晚年詩作中，雖總不脱華艷的一貫風格，卻又各有較爲分明的階段性特徵〔四〕。在他晚年手訂的《芙蓉山館詩鈔》中，前

〔一〕王昶《蒲褐山房詩話》卷三十五，清稿本。

〔二〕震鈞《天咫偶聞》卷十，清光緒甘棠精舍刻本。

〔三〕陳文述《頤道堂集》文鈔卷一《顧竹嶠詩敘》，清嘉慶十二年刻道光增修本。

〔四〕以楊芳燦西北為官爲中年期，其前後分别爲早年和晚年的做法，本於楊芳燦手定年譜。

三卷是他二十六歲赴甘肅前出版的《眞率齋初稿》中的精品，四至六卷主要是他在西北為官時期的精品，七八兩卷及補鈔一卷多是他與修《會典》及充當講席時的精品。这种編排也便於我們分期加以介紹。

楊芳燦『清新華艷』的詩歌風格，在其早年詩集《眞率齋初稿》中體現得最爲鮮明。這在很大程度上有賴於他對六朝至唐詩的模擬。其弟楊揆言『農部之詩，上規六代，下掩三唐』〔二〕，甚爲中肯。例如，其《芙蓉山館詩鈔》第一首《採蓮曲》恰如六朝吳地民歌般清新流麗，其《七夕》綺錯華艷似『初唐四傑』，其《蓉湖曲》隨杜甫《麗人行》亦步亦趨，其《盂蘭盆歌》則彌漫着李賀般陰森的鬼氣。相較而言，楊芳燦對李商隱的模倣尤爲集中典型。他在嘉慶本《詩鈔》的《弁首》中標榜『玉溪我師』，已明示其詩學的主要淵源。在其《詩鈔》前三卷中，如《寓言六首》明顯模擬李商隱，《秋江泛月歌》也近於李商隱的《燕臺四首》。其《秋夜詞》之三曰：

冰肌新試麝蘭湯，杏子花紗貼體涼。一剪香風迷迭檻，半牀華月昔邪房。銀虬貯水丁丁咽，鐵馬敲更細細長。行過芳塘遮鳳燭，恐教驚起睡鴛鴦。

該詩浮美華艷酷似李商隱的《無題》。總的說來，楊芳燦早年的模倣對象大都偏重於華艷的一脈。他正是在廣泛吸收各家營養的基礎上，綻放出纖穠艷麗的花朵。但模擬痕跡過濃也限制了楊芳燦早年詩歌的成就，使之個性不夠突出。

楊芳燦赴甘肅為官以後，其詩風陡然一變，雄闊排奡的作品多了起來。在其《詩鈔》的四至六卷

〔二〕楊揆《貧谷詩文鈔》卷五《碧城仙館詩序》，清道光刻本。農部，即楊芳燦。

中，佔據大多數的寫景、抒情、序志之什，均因江山之助而變得筆力雄健。在他的筆下，無論是『寒威淩白草，霜氣激清鐘』（卷四《宿高家堡》）的嚴霜、『一片玻璃魂，滉瀁生鏡菱』（卷五《黃河冰橋》）的寒冰，還是『朔方形勝在指顧，山為壁壘河為壕』（卷五《九日橫城登高放歌》）的山水、『鋒稜十二翮，落落削長雲』（卷四《詠鷹效李昌谷詠馬詩體六首》）的飛鷹，無不帶着一種雄壯激越之氣。邊防戰事的歷練更陶冶了楊芳燦的英雄俠氣。在一些詩歌中，他儼然以誓死報國的戰士自居，『須信黃壚三尺土，從來埋骨不埋名。不然寂寞歸邱隴，七貴三公何足重？』（卷四《北邙山》）甚至說出了『四七當龍鬭，羣材奮草中。經生習弓劍，文吏有英雄』（卷四《隗囂宮懷古》）這樣豪氣干霄的話。號稱『可參史乘』〔一〕的《伏羌紀事詩一百韻》，就記錄了他親自領導的一場戰役，寫得沉鬱頓挫，大類杜詩。與此同時，楊芳燦的中年詩在造景押韻上也趨於詰屈密栗。如其敍太華山有云：『排空一石起，傑特非鹵莽。金精自凝結，元氣孰陶旊。三峯類削成，直上無寸枉。偉哉造化工，奇觀世無兩。』（卷五《華陰廟望嶽》）吳鎮在該詩后評曰：『兀傲似昌黎，擬以皮、陸長篇，覺此猶雄駿也。』〔二〕隨着這種抒寫個人閱歷與情懷的詩篇大量增加，楊芳燦中年詩作的模擬色彩有所淡化，個性化逐步增強。

楊芳燦四十六歲那年回到京師，任職於戶部。當他人一回到京城，似乎也完成了身份文化上的回歸。他從風塵俗吏變為朝廷官員，特別後來做史館編修，雖無翰林之尊，亦足享士林清譽。儘管有時

〔一〕吳鎮主編《芙蓉山館詩鈔》之《伏羌紀事詩一百韻》評語。

〔二〕吳鎮主編《芙蓉山館詩鈔》之《華陰廟望嶽》評語。

『詩成尚覺邊聲多』（卷八《蕭百堂五十生辰以賀蘭石硯爲壽繫之以詩》），但更多的是一些唱和與即興之作，所反映的生活或心境都較爲平和。雖然其晚年詩在題材及内容上並無多大特色，但在藝術上卻發展到了一個新階段。他一面沿續了早年的清新華艷，一面融合了中年的雄健峭拔，發展出一種清新瘦硬的風格。試看他形容女子嬌弱：『嬌如新月眞宜拜，瘦到秋花轉耐看』（卷七《題梁溪女史吴瑶環仕女小幀》）；回憶少時秦淮春景：『風扉樹緑圍鴉桕，露井花紅綻鴨桃』（卷七《爲吴蘭雪題秦淮春泛横卷兼憶舊遊》）；渲染老來孤寂：『虚堂説劍邀奇士，小像焚香拜美人』（卷八《撥悶四首柬二三知己和之》之四）。諸如此類的詩句，在清新中略帶瘦硬，在平淡中頗覺蒼老，甚爲膾炙人口。这説明楊芳燦的晚年詩作已完全從模擬中解放出來，達到無所依傍而自立一家的境界。

總體而言，楊芳燦長篇歌行的成就和影響要大於他的近體詩。其《董小宛貼梅扇子歌》和《鳳齡曲》尤爲人艷稱。前首敍董小宛的貼梅紈扇：『九華宫扇裁紈綺，錯翠鈎紅世無比』，『活色生香點綴工，折枝梅蕚影重重』，『奪得儇人掃花帚，收拾冰姿出塵垢』。形容極爲富艷，堪為楊芳燦的代表作。後首敍袁枚家的丫頭鳳齡，生得『碧玉嬌癡』。袁枚本為愛惜她，將她嫁與隋氏，孰料她爲大妻所虐，雉經而亡。袁枚祭哭以詩，一時和者甚多，而楊芳燦的《鳳齡曲》最爲人激賞。從杜韓開始，尤其宋代以後，長篇歌行即不再以流美為主流，連音韻亦尚拗險。因此，清代中葉楊芳燦的歌行就很值得注意。王豫譽之為『吴梅村後一人』〔二〕，符葆森説『蓉裳戸部七古詩，如梅村之學長慶體，哀感頑艷，惻惻動

〔二〕王豫《羣雅集》卷十九，清嘉慶刻本。

人』〔二〕，皆不愧為其知音之賞。王培荀在《聽雨樓隨筆》中評論楊芳燦『雖爲袁簡齋及門，詩實不相襲也』，这話單言楊芳燦近體詩尚可，但用來評價其歌行則不甚貼切。其時袁枚正以『性靈說』相號召，強調詩要抒寫眞情（特別是男女之情），要追求靈機之趣，具有清新流暢的美感。這些特點在楊芳燦的歌行中均有比較深刻的體現，説明袁枚對楊芳燦詩風確有重要影響。

楊芳燦在乾嘉詞壇也具有一定的地位和影響。在他乾隆四十四年所刻《眞率齋初稿》中含詞二卷，嘉慶六年所刻《芙蓉山館詩稿詞稿》中含詞四卷，後被嘉慶本和光緒本精選為二卷。他另有單行本《芙蓉山館移箏詞》（含《抝蓮詞》），後收入嘉慶本和光緒本的《詞附鈔》一卷。楊芳燦僅以餘力為詞，不以詞人自居，和當時的詞人也沒有多少唱和往來。儘管楊芳燦詞的數量和質量皆遜於詩，但这並不能掩蓋其文學價值。王昶曾言及他『塡詞亦清妍婉麗，兼有夢牕、竹山之妙』，〔三〕堪稱定評。

楊芳燦詞的藝術風格大體和詩相埒，而寫景抒情則更爲細膩、具體。如《少年游·懷儲玉琴》刻畫一位敏感多愁的抒情主人公，『鬢影恰同花影瘦，淚絲持比雨絲多』（《詞鈔》卷一《雙調望江南》之二），體貼入微，用意精妙。本意敍自己思念故人，卻轉而夢想對方來訪，『想籬豆花邊，涼蟬聲裏，依約認前路』（《詞鈔》卷一《摸魚兒》），讀來親切感人。又敍吃枇杷時，忽然『記端正窺人，當風鄣袖，花底小門鎼』（《詞鈔》卷二《邁陂塘·枇杷》）的往事，雖是化用周邦彥詞，亦自有風致。他的《抝蓮詞》和《移箏

〔二〕符葆森《寄心盦詩話》，见於《國朝正雅集》卷三十二，清咸豐七年刻本。
〔三〕王昶《蒲褐山房詩話》卷三十五，清稿本。

詞》各集溫庭筠、李商隱的詩句為詞，雖不免遊戲的味道，但其創作形式十分新穎別致，亦且揭示出他本人的詩學門徑。陳文述曾轉述楊芳燦論詞之言曰：『人知詩品宜高，不知詞更宜高；人知詩品宜潔，不知詞更宜潔。北宋不若南宋，周秦不及姜張，此中消息微茫，非會心人未易領取。』〔二〕这説明他對詞的創作下過不少功夫，確有獨到的體會。

三

楊芳燦駢文的成就和影響不亞於其詩。光緒本《芙蓉山館全集》含文鈔八卷，收有駢文一百六十七篇，賦、記、書、啟、序跋、碑銘、表誄、傳贊各體俱備。總篇幅亦大大超過其詩詞。乾嘉之際，在樸學思潮的影響下，駢文名家輩出，佳作如林，時號『復興』。楊芳燦即是其中比較重要的一位。王昶譽其『駢體之工，幾於上掩温邢，下儕盧駱』〔三〕，吴鎮讚他『既兼徐庾之長，復運韓蘇之氣』〔三〕，甚至有人認爲其聲名堪与乾嘉時期的『駢文八大家』相埒〔四〕。乾嘉駢文具有強烈的復古傾向，主要視雅潔淵深的

〔二〕陳文述《頤道堂集》文鈔卷八《葛蓬山蕉夢詞敘》，嘉慶十二年刻道光增修本。
〔三〕王昶《湖海詩傳·蒲褐山房詩話》卷三十五，清稿本。
〔三〕吴鎮編《芙蓉山館文鈔》卷首序，乾隆辛亥年本。
〔四〕全椒吴鼒嘗輯録邵齊燾、洪亮吉、吴錫麒及劉星煒、袁枚、孫星衍、孔廣森、曾燠之文為《八家四六》。又云此『八家』外，有金匱楊芳燦，與弟揆並負時名。參見《清史稿》列傳二百七十二《吴錫麒傳》，中華書局一九七七年版。

六朝及初唐駢文為正宗，尤以任沈徐庾和初唐四傑為主要取法對象。楊芳燦自不例外。他自敘『作文喜任沈徐庾』〔一〕，王昶也認爲他為文『尤以徐孝穆、王子安為宗』〔二〕，袁枚還把善『學六朝之文』的楊芳燦與善『學八家之文』的顧立方許為『門下雙絕』〔三〕。

詞藻典麗而音韻流轉，是楊芳燦駢文的主要藝術特色。他曾經自評其駢文曰：『吾之爲儷體文，色不欲其炫，音不欲其諧，以闕采而得古錦之觀，以闕響而得孤絃之韻。是則吾之所取於玉溪生也。』〔四〕這話可以看作楊芳燦駢文創作的理論總綱。他要求色麗音諧而不過度，更要有『古錦之觀』、『孤絃之韻』一般的典雅。《散花集序》被公認為他的代表作，中云：

> 更或蒿墳鬼唱，元夜魂歸，空林狐語，紅飄鬼客之花；幽壙螢飛，青閃神燈之影。亭亭障雨，荷葉蓋頭；裊裊隨風，柳絲入夢。六如亭下，美人之集句偏工；文孝坊前，倡女之聯吟並妙。鳳兒傳語，抱來紫玉之烟；燕子銜春，唱徹黃梅之雨。靈根不斷，情種難忘，惻愴如何，淒涼若此！（《文鈔》卷四）

這裡通過諸如『紅』、『青』、『紫』、『黃』等色彩豔麗的辭藻，將《散花集》中的女性詩歌特徵表現得淋漓

〔一〕楊芳燦手定、盧紹緒補訂《楊蓉裳先生年譜》，國家圖書館藏本。

〔二〕洪亮吉《更生齋集》文甲集卷一《呂廣文星垣文鈔序》，清光緒授經堂刻洪北江全集本。

〔三〕參見《楊蓉裳先生年譜》。

〔四〕參見陳用光《太乙舟文集》卷六《方彥聞麗體文序》，清道光二十三年孝友堂刻本。

盡致。其文多用短句，富含悲音，醖釀出一種纏綿淒切的韻致。尤爲可喜的是，文中隸事繁富卻了無痕跡，表明楊芳燦運用典故的藝術造詣極高。

當然，楊芳燦的駢文並不拘於華麗典雅之一格。尤其在他中年以後，遊歷漸廣，學識日進，漸能超越時習派別之所限，轉益多師，揚長避短。陳用光曾云：『若蓉裳之文，取格近於邵叔寶、孔巽軒，而易其樸而爲華；取材富於陳其年、吳園次，而易其熟而爲澁。』〔一〕此話堪謂知言。正因如此，楊芳燦駢文最終發展出豐富的藝術品格。其中有清新澹遠者。如其《綠淨園記》，文筆娟秀，詞旨雋永，每讀一過，直令人齒頰生芬。又有蒼涼悲壯者。在回民田五起義事平之後，他作《當亭諸烈士贊》，詞義憤激，有如長槍大戟，鋒刃泠泠，足令壯士沖冠。吳鎮評之云：『悲壯蒼涼，堪為國殤吐氣！』〔二〕再如《重修漢平襄侯祠碑記》追敘姜維雖竭力維持仍不免身死國滅的悲劇，駢散結合，氣韻飛動，情感激越，令人為之動容。王文濡論之『偉議宏辭，可當一則史論』〔三〕，尚不免就文論文；吳鎮稱之『生餘遠志，神合當歸』〔四〕，則已道破楊芳燦本人的抱負胸襟。如此看來，無論清秀還是陽剛，乃或華贍與雅潔，不僅反映了楊芳燦多樣的詩學旨趣，還折射出他本人豐富的個性氣質。

〔一〕陳用光《太乙舟文集》卷六《方彥聞麗體文序》，清道光二十三年孝友堂刻本。
〔二〕吳鎮編《芙蓉山館文鈔》之《當亭諸烈士贊》評語。
〔三〕王文濡《清代駢文評註讀本》第二冊之《重修漢平襄侯祠碑記》評語，上海中華書局一九一七年版。
〔四〕吳鎮編《芙蓉山館文鈔》之《重修漢平襄侯祠碑記》評語。

在文學價值之外，楊氏駢文還有多方面的價值。首先是歷史價值。例如，《當亭諸烈士贊》記録了乾隆四十九年回民田五率領的石峯堡起義始末，《廓爾喀貢馴象賦》的背景是乾隆五十七年平定尼泊爾首領廓爾喀入侵事件，《李墨莊使琉球記序》言及嘉慶四年以趙文楷充正使、李鼎元為副使的中國使團前往琉球册封中山王尚温之事，均可視爲重要的史料。其次是文學理論價值。楊氏駢文中包含了大量與當時文壇名宿的贈答書信，以及大量乾嘉文人别集序跋，這為我們了解當時的文藝理論思潮及文集傳播情況，提供了可貴的參考資料。

楊芳燦的駢文能取得如此重要的成就，跟他本人的主觀努力密不可分。他曾旗幟鮮明地為駢文張目，曰：

若謂玩物者易溺性靈，負才者必隣浮薄，是又鄙儒之過論，而非達士之知言。何則？陳思代馬之篇，王粲飛鸞之製，陸士衡之揀金積玉，徐孝穆之列堞明霞，並杼柚清英，激揚鍾律。苟高奇而有骨，卽連犿以何傷？（《文鈔》卷二《與兄永叔書》）

他對當時文壇鄙薄駢文的風氣强烈不滿，轉而理論上積極提倡駢文，創作致力於駢文，作出了巨大貢獻。可以毫不誇張地説，楊芳燦乃是乾嘉駢文『復興』的一大主將。

綜上所述，楊芳燦乃是乾嘉時期清新華艷文風的代表作家。他的詩詞文具有一些共同的特點，大致可用『驚才絕艷』、『錯彩鏤金』來概括。其優點在是；其缺點亦在是，其賞愛者在是，其批評者亦在是。大略而言，和楊芳燦同時的乾嘉時人對他評價頗高。楊芳燦在詩詞文方面都取得了令人矚目的重要成就，且又交遊廣泛，在某種程度上被時人視爲乾嘉文壇的核心人物，甚至『領袖詞壇，允無愧色』〔二〕。連洪稚存批評他『多肉少骨』，還遭到不少人的批駁。但到了晚清以後，楊芳燦的影響就遠不能和乾嘉時的各位大家相提并論了。同時，批評的聲音也多了起來。晚清朱庭珍的《筱園詩話》、陳廷焯的《白雨齋詞話》，民國徐世昌的《清詩匯》、刘衍文《雕蟲詩話》都有一些貶低或否定性的評價。對楊芳燦的評價由高到低，其原因是多方面的，至今仍值得我們關注。

四

楊芳燦的作品傳世較廣。楊芳燦詩詞的單行本包括：清乾隆四十四年刻《眞率齋初稿》詩十卷詞四卷、乾隆五十一年刻《伏羌紀事詩》一卷、嘉慶六年刻《芙蓉山館詩稿十六卷詞稿四卷》。〔三〕其詩詞的選本包括：乾隆五十年畢沅選刻《吟翠軒初稿》二卷（共選錄楊芳燦詩八十七首，收入《吳會英才集》）、光緒間賜書堂木活字本《芙蓉山館移箏詞》（含《拗蓮詞》一卷，與《志序存稿》、《雲陽紀事》、《覺夢詞》合刻）。上述各本都沒有收錄楊氏文稿。他只有一個囊括詩文的選本，即吳鎮在乾嘉之際編選的《芙蓉山館文鈔》及《續刻》各一冊、《芙蓉山館詩鈔》及《續刻》各一冊。其中，《芙蓉山館文鈔》及其

〔二〕王豫《羣雅集》卷十九，清嘉慶刻本。

〔三〕楊芳燦另有乾隆五十七年刻《芙蓉山館詩稿詞稿》詩六卷詞二卷，乃是與其弟楊揆《桐華吟館詩稿六卷詞稿二卷》的合刻本，後被收錄為嘉慶六年刻《芙蓉山館詩稿詞稿》中的詩前六卷詞前二卷。

續刻本是楊氏最早的文集，也是他唯一的駢文選集。

楊芳燦『全集』今存兩种： 其一是在嘉慶十至十二年間刊刻的《芙蓉山館詩鈔詞鈔文鈔》； 其二是光緒十七年刊刻的《芙蓉山館詩鈔詞鈔文鈔》（含詩八卷補一卷、詞二卷附一卷、文八卷）。我們在校勘中留意到一個值得注意的情況，即嘉慶本並非一次成書，而是不斷增補而成。它不僅陸續增入《詩補鈔》、《詞附鈔》各一卷，還陸續增入大量駢文。作者在該本弁首自言『續刻文賦三十五首』，这説明在初刻時續刻文賦僅三十五篇，后又陸續收錄了楊氏後期的作品。今存各嘉慶本中續刻文賦的篇數互有異同，有二十二篇者，有五十七篇者，有多達八十六篇者，卻不見收錄三十五篇的本子，後者可能已散佚。在現存各嘉慶本中，續刻文賦的體例編排較爲雜亂，裝訂秩序也互有出入，也説明它們並非輯於一時一地。嘉慶（增補）本流傳較廣，在道光年間又被重印數次。因沿用了不同的嘉慶增補本，道光重印本中詩、詞的卷數與續刻文賦的篇數、秩序也各有差異。光緒本即以最爲完整的嘉慶增補本為底本，所收篇目完全相同。所不同者，光緒本改進了嘉慶本的體例，把原不分卷的《芙蓉山館文鈔》及《續刻》按文類重新編排，釐為八卷。該本因此成爲楊芳燦作品中內容最爲完備、體例最爲精審的本子。

嘉慶（增補）本和光緒本雖屢被作者、編刊者及讀者稱為『芙蓉山館全集』，但它們實是選集而非全集。據光緒本劉繩增《弁首》所稱，嘉慶本是在楊芳燦主講關中書院時，刪併《眞率齋初稿》、《芙蓉山館詩稿詞稿》等單行本，又『益以續得』而成，是楊氏『晚年手定之本』。因此，嘉慶本和光緒本眞實地反映了楊芳燦本人對於自己詩詞文集的編選和評價標準，被視爲『全集』也是有道理的。

我們在此並不打算整理出一個眞正完整的《楊芳燦全集》。首先，在詩詞方面，若要把楊氏親手刪汰的作品重新輯録出來，顯然有違作者的意願。其次，楊氏文章還包括清手抄本《芙蓉山館尺牘》十六卷和光緒間賜書堂木活字本《志序存稿》若干卷。《芙蓉山館尺牘》内容十分龐雜，其中凡與師友贈答而有關行事為文之大體者，多已被嘉慶增補本和光緒本《文鈔》選録，餘文多述生活或家庭瑣事，價值不大。而《志序存稿》主要是楊芳燦主編《四川通志》等書時所寫的序，多是應用散文，不符合《芙蓉山館文鈔》的駢文體例，也不宜入選。再者，由於時間所限，要在短期内編校出一部眞正完整的《楊芳燦全集》也是不可能的。

本書以光緒十七年刊《芙蓉山館全集》為底本，並以嘉慶本、吴鎮選本和楊氏各單行詩词集進行精校。我們力求在保留底本原貌的基礎上，把錯别字、異體字、俗體字統一成規範字，並將避諱字還原。我們在附録部分還收集整理了楊芳燦的手定年譜、有關他的傳記及詩話評論資料。我們希望該整理本既可作為學者的重要參考資料，也有利於一般讀者的閲讀欣賞。為與整套《乾嘉詩文名家叢刊》相統一，我們命之爲《楊芳燦集》。

在我們的編校過程中，靳建明主要參與文集的校勘，我則負責所有詩詞文的校點、審訂工作，與卷首前言、卷尾附録的編撰。因限於學識，該整理本尚有不盡如人意之處，但卻是楊芳燦詩文的第一個現代整理本。我們熱切地期待著讀者的研讀，並提供寶貴的意見。

楊緒容

二〇一一年四月十五日

凡　例

一、本書以光緒本為底本，以嘉慶本為最重要的參校本。在此基礎上，又校以乾隆四十四年刻《眞率齋初稿》、乾隆五十一年刻《伏羌紀事詩》、乾隆五十七年刻《芙蓉山館詩稿詞稿》、嘉慶六年刻《芙蓉山館詩稿詞稿》等早期詩詞的單行本。此外，乾隆五十年畢沅選刻的《吟翠軒初稿》二卷、乾嘉之際吳鎮編選的《芙蓉山館詩鈔》及其續刻本是楊氏早年的詩歌選集，而乾嘉之際吳鎮編選的《芙蓉山館文鈔》及其續刻本是楊氏最早、也是唯一的駢文選集，清光緒間賜書堂木活字本《芙蓉山館移箏詞》（含《拗蓮詞》）是楊氏詞唯一的選集，這些也都被列爲重要的參校本之一。

一、為簡省起見，本書把《眞率齋初稿》稱眞本、《吟翠軒詩》稱吟本、《伏羌紀事詩》稱伏本、把與楊揆《桐華吟館詩稿詞稿》合刻的《芙蓉山館詩稿六卷詞稿二卷》稱爲合本、把嘉慶六年刻《芙蓉山館詩稿十六卷詞稿四卷》稱爲芙本； 把吳鎮編選的《芙蓉山館詩鈔文鈔》及其續刻稱爲吳鎮本； 把光緒間賜書堂木活字刻《芙蓉山館移箏詞》稱爲賜本； 把嘉慶間刊刻的《芙蓉山館詩鈔詞鈔文鈔》稱爲嘉慶本，光緒十七年刊刻的《芙蓉山館詩鈔詞鈔文鈔》稱爲光緒本。

一、本書文字一律謹依底本，僅對出現明顯錯誤者進行改正。凡所改動，均在校勘記中加以説明，並註明依據。

一、爲方便閱讀，本書對無特別意義之異體字及俗體字，酌情改回，如鑪改為爐，虵改為蛇等。又如間與閑，底本统作『間』，此次参照嘉慶本，在表示時間時改為『間』，表示空間時仍作『閒』。光緒本爲避康熙之諱，一律把『玄』寫作『元』，本書把能確定為『玄』字者一一改回，對兩可者一仍其舊。人名、地名，則一律不予改動。

一、光緒本直接以嘉慶本為底本，兩本文字有較小差異。光緒本與《眞率齋初稿》、《吟翠軒詩》、《伏羌紀事詩》、《芙蓉山館詩稿詞稿》（含合本）和《移箏詞》及吳鎮選編《芙蓉山館詩鈔文鈔》、賜書堂《芙蓉山館移箏詞》的文字稍有出入。本書把上述各本中凡與光緒本文字有差異者均寫入校勘記。

一、吳鎮選本中部分詩文篇目後附有評語，是楊氏作品中唯一有評語者。本書把所有吳鎮評語都錄入所對應詩文篇末的校勘記中。

一、附錄部分包括年譜、生平傳記及前人評騭三部分。其中年譜及原序跋均採用原版文字進行校勘。因前人對楊芳燦評騭甚夥，今惟取其中談藝切實有見者錄入，其他泛泛之語皆從略。另外，有後人引述前人評語者，本書優先選錄前人評語，對後人引語一般從略。

目錄

詩鈔卷二

詩鈔卷三

詩鈔卷四

詩鈔卷五

詩鈔卷六

詩鈔卷七

詩鈔卷八

詩補鈔

芙蓉山館詞鈔

詞鈔卷一

詞鈔卷二

詞附鈔

拗蓮詞

移箏詞

芙蓉山館文鈔

文鈔卷一

文鈔卷二

文鈔卷三

文鈔卷四

文鈔卷五

文鈔卷六

文鈔卷七

文鈔卷八

附録一　年譜

附録二　傳記

附録三　楊芳燦著作各本敍跋

附錄四 詩文評

芙蓉山館全集敍

楊蓉裳先生所著詩文，及身付刊，先後有三本。自少至謁選，為《眞率齋初稿》詩十卷、詞二卷；筮仕甘肅汔戶曹，為《芙蓉山館詩稿》十六卷《詞稿》四卷；罷官後主講關中書院，即前兩本删併之，益以續得，刊《詩》八卷補一卷、《詞》二卷《集句詞》一卷，概以『芙蓉山館』名集。不曰『稿』而曰『鈔』，是為晚年手訂之本，與《文鈔》並行。被兵後，諸版盡毁，流傳日稀。兹所輯，一依關中定本，無少移易。惟《文鈔》原未分卷，釐為八卷。綜名《全集》，而兩本删落不與焉。助余斠讎者，裘葆良廷梁、曹棫卿檏、尤榦臣桐、陸秋查鴻祥及先生族孫厚甫應培。書成，用志緣起如此。至先生詩若文，海内學人都能道之。原序具在，故勿贅。光緒辛卯夏六月無錫劉繼增。

芙蓉山館詩鈔八卷補鈔一卷

芙蓉山館詩鈔目錄序

姱容修態，麗而不奇。不却羅綺，亦調鉛脂。汜人别怨，湘娥古悲。瓊臺曉霞，萬花離離。雲衣羽裳，翩何來遲！揚袂轉喉，比竹彈絲。靈璈八音，華燈九枝。抗手千古，玉溪我師。嘉慶彊梧單閼陽月既望芙蓉山人識。

（以下目録從畧）

詩鈔卷一

採蓮曲

採蓮女，玉腕輕搖櫓。翠鈿紅袖湖中流，中流蓮花過人頭，棹歌驚散鴛鴦愁。鴛鴦愁，入花去。兩相思，兩無語。〔一〕

【校記】

〔一〕吳鎮本篇末評語：『吳松厓曰：纖纖小品，都帶雲氣花香。』

寓言六首〔一〕

寶帳芙蓉氣若蘭，那堪開晚怨芳殘。汝南小女原名玉，洛下才人舊喚檀。憐母日多憐婿少，嫁雞事易嫁鸞難。蓬山咫尺稀消息，擬遣青禽鬬羽翰。

桑葉城南五馬留，日高丈二照珠樓。餘香銷盡寒金獸，晝漏傳來響玉虬。月姊獨眠虛顧兔，天孫隔歲望牽牛。神僊猶自嗟離別，碧海黃塵一樣愁。

屧牕鰕箔鬱金裳，掛鏡珊瑚爛熳光。僊客幾年逢鳳女，孫枝何地覓桐郎。影嬌半掩含風扇，歌緩全飛卻月梁。臥後淸宵饒悵望，繡衾辜負綠熊香。

珠珮犀簪不受塵，無心同踏斷腸春。空褰鴛幞窺香掾，漫挽羊車嫁璧人。黛筆難描眉際恨，銀燈自照夢中身。武陵溪上潆洄水，到否雙魚白錦鱗。

花滿瑤階春滿城，銀雲櫛櫛月朧明。綵鴛十二銜靑綬，飛雁千雙上錦箏。曲院游絲縈短夢，文牕小管理閒情。可憐寂寞瓊樓畔，誰聽嬌獰玉鳳聲。

兩美何時共比肩，霞箋恨字寫蠶眠。可憐日暖風輕候，不到紅愁綠慘邊。檀暈欲融收墮珥，蘭膏初試貼新鈿。臙脂滙畔船應到，西子今當未嫁年。

【校記】

〔一〕眞本篇名作『寓言八首』，嘉慶本、光緒本俱刪汰兩首。

偶興

寂寞雲亭掩薜蘿，年光如水易蹉跎。淸秋風物繁華盡，才子文章感慨多。夜半雞鳴抽劍舞，燈前酒醒擊壺歌。所思遠在瀟湘渚，欲贈瓊英奈晚何。

野眺

獵獵晚風勁，寒空作微雪。延頸望八荒，撲面氣凜冽。草枯殘燒明，木落亂山缺。鳥語因寒悲，人跡嚮暮絕。野煙聚為雲，空中自昇滅。心隨飛蓬轉，愁共層冰結。塞北斷家書，江南驚令節。登臨發長嘯，憂端不可輟。

七夕

天風吹月明，飛度銀沙城。今夜長河側，應聞鸞鳳鳴。華雲納綺閣，雌霓結玉楹。龍箱藏舊錦，河鼓發新聲。車轉行初進，笙調曲乍成。靑鳥閬峯頭，玄波紫貝浮。洞庭嫈杵動，緱山喬鶴留。煙光迎斗暗，漢影帶星流。繫釵連愛縷，穿鍼百子樓。倡樓盼遙夜，鶯閨遣遠愁。同心何繾綣，珀盞屠蘇滿。臂寒羅袖長，鬢重蟲簪短。龍文金錯刀，鳳翼篸纏管。梧庭綠穗垂，蓮浦紅衣散。三更望牽牛，高空目應斷。涼氛透綺櫳，嬌囀滿庭中。逡巡盼僊轂，禱祝託微風。細文雲子纈，結縷鳳兒紅。鴛鴦綠茵冷，翡翠錦屏空。安得靈槎泛，遙將碧海通。蟾光不可掃，簟捲秋風早。瑤琴《廣陵散》，鈿笛臨江調。筵前歡會合，花下聽語笑。願乞九華丹，靑髓長美好。虬箭夜如何，金莖沆瀣多。螢排綠莎出，烏帶碧雲過。蘭釭明孤影，鵲爐焚四和。腰纖減束素，眼俊見橫波。誰令拈繡帶，倚欄看渡河。

寒夜吟

霜飛綠井寒無聲，夜光如煙映銀屏。幽州思婦憶龍城，心同手語彈秦箏。箏絃絕，幽怨多。風吹夢，越江波。越江波，渺何許。入君懷，與君語。月痕墮水曉鴉啼，夢落空房淚如雨。〔一〕

【校記】

〔一〕吳鎮本篇末評語：『老簡齋師曰：學太白。』

試燈曲

日沒月當花，餘霞鬪華綵。蓮燈初試輝，麗人早相待。四術溢遊人，簫管起南隣。擲果窺潘掾，攀花賦洛神。邐迤行水曲，印履春芳綠。鈿車文錦茵，寶馬雕金絡。星移燈影微，斜月趁人歸。燭映垂鬟轉，香迎羅袖飛。吳儂掩歌扇，相逢不相見。使君南陌頭，五馬空留戀。步幛擁青綃，分頭過洛橋。風光三五夜，同伴早相邀。

蓉湖曲

淥水漲桃花，芳洲采蘭杜。儂言江南樂，好在蓉江渡。蓉江節序多，撥棹屢經過。佳期不可駐，齊唱懊儂歌。湖流浩蕩連南北，菌閣蘭牕萬種色。從教畫舫刻龍鱗，好取朱甍垂鳳翼。羅衣珠珮照芳春，日晚湖邊多麗人。黄蝶盤徊依綵袖，青禽來去啄紅巾。紅巾綵袖紛無數，吳娃玉腕輕搖櫓。日映花光豔晚霞，煙開水色横輕素。別有朱樓夾水斜，停橈借問是誰家。碧玉貌如玉，麗華顔正華。欄前露條脱，花下撥琵琶。的的容光人所羡，王孫驄馬空留戀。願作纖羅近瘦腰，但愁綵扇障嬌面。鸞歌鳳吹斷人腸，鼓枻中流望渺茫。一縷眉痕分月影，半江衣麝雜花香。春來春去傷懷抱，不覺朱顔鏡中老。芳意偏輸比目魚，淚痕空效啼珠鳥。狼籍金樽錦綺筵，玉簫斑管負華年。踏歌歸去逢人少，兩兩鴛鴦沙際眠。〔一〕

【校記】

〔一〕吳鎮本篇末評語：『趙億生曰：音節竟似初唐。』

折楊柳

春風似相識，忽然渡灞橋。灞橋兩岸柳，密葉依柔條。柔條直接建章路，銀臺畫閣紛無數。風輕鶯語合歡枝，月明蝶宿相思樹。紅樓少婦望關山，鐵騎逶遲去不還。隴頭春色少，楊柳為君攀。茱萸帶拂飛纖袖，龍雀釵垂窈窕鬟。郎如垂柳花，妾似垂楊葉。花落蚤辭枝，葉枯豈堪折。飛絮飄揚攪夢雲，容華憔悴片時春。折芳濺上千絲淚，驛使西來好贈君。〔一〕

【校記】

〔一〕吴鎮本篇末評語：『松厓曰：工於發端，餘亦輕便宛轉。』

京口夜泊聞隔舫琴聲

江上月初墮，七絃聲未希。明光三十曲，涼雨一時飛。沙響老魚出，渚昏寒雁歸。成連何處覓，滄海寸心違。

秋江泛月歌

江妃扶月出紫雲，天香瑞彩含氤氲。嬋娟臨水鑒孤影，七寶闌上嫦娥嚬。秋空萬里皺寒緑，老兔玄蟾自相逐。水極星搖靨靨珠，潮平月帖團團玉。江頭行客怨别離，倚舷吹碎瓊參差。紫晨擊磬破空碧，天乳溼衣寒不知。軟風壓浪鮫潭冷，酣睡雌龍呼不醒。霞彩空明盪倒光，琉璃雲母空烘影。迢遥京口迷秋煙，隔舫誰人彈雁絃。安得一盃瓊液酒，遥勸雲中金骨僊。蒼茫海色東方動，扶桑啁哳晨雞弄。奈寡姮娥自不情，今宵照斷還家夢。

桃葉渡曲

素波瀲灔銀塘東，小疊重紋搖碧空。江花玉面兩相嚮，鏡奩照處新妝紅。雲光不動沉娥翠，波底嬋娟放韶媚。幽軋蘭橈雪腕慵，棹謳驚起鵁鶄寐。金鬟繡領紅玉春，燕釵插髩扶玄雲。風流大令渡江晚，差差愁浪生鯨鱗。柳影蘭叢大隄上，秣陵春暖波如掌。但願郎心似水平，免打橫塘逆流槳。紅菱翠荇相高低，衹今渡口成荒陂。鴛鴦散去夕陽裏，玉沙交頸青頭雞。

旅懷

晉陵書客怨秋風，青衫淚點斑斑紅。紫絲鞭折蹇驢瘦，長隄衰柳垂煙濃。蹇修美人隔千里，暗風吹秋天墮水。旗亭痛飲金屈巵，酒力壓愁愁不起。空山蘭蕙凝愁香，紅妝啼血眞珠房。盲人不識鳳皇錦，鮫人織罷藏龍箱。興酣擊劍荒臺下，苦霧驚沙滿平野。英雄俠骨沒蓬蒿，勞勞誰念窮途者。廣寒桂樹香扶疏，迷魂夜跨金蟾蜍。銀河浪高渡不得，如此男兒坐嗚呃。

寄衣曲

織寒衣，一行眼淚織一絲。機中羅紈剛一匹，半是妾身淚絲織。織成身著有幾何，征夫遠戍白狼河。官家賜衣不得力，年年邊塞西風多。意中裁翦稱長短，别久恐教衣帶緩。願得妾身如此衣，寄嚮陽關不言遠。阿侯幼小難把筆，殷勤倩人書年月。為語驛使寄莫遲，得及朔漠飛霜時。萬一征人返鄉國，此衣虚寄亦不惜。

青溪詞

雲光不動春塘滿，芙蓉墮〔一〕粉蘭芽短。綠溼紅鮮逐畫橈，鴒鶄〔二〕眠熟金沙暖。小姑嚮曉開新妝，鸞裾鳳帶雙明璫。寶奩露出照膽鏡，花風演漾吹團光。澄潭夜浸桃花月，好與姮娥伴孤絕。玳衾珊枕獨眠醒，一點紅凝守宫血。風車雨馬何翩躚，神雅夜集叢祠前。謝郎走馬射不得，盤盤古木凝愁煙。煙鬟霧鬢韶華老，相風竿上孤星小。隔溪白石自無情，巫雲一夢春江曉。

【校記】

〔一〕『墮』，眞本作『墜』。

〔二〕鶄，光緒本作『青』，據眞本改。

黄保儀掌書歌

玉軸牙籤伴朝暮，鸞雲綾影澄幽素。美人睡起芙蓉屏，爐爇芸香辟花蠹。南朝新敞澄心堂，墨花叢裏金粉香。玉纖親展簟文錦，龜螭印鈕鈐文房。玉釵扶鬢紅妝靚，隻影娉婷對鸞鏡。從知文采累佳人，孤星夜照深宮命。桂紅印臂痕不銷，珠愁玉恨傷春宵。西宮新製邀醉舞，周家姊娣誇妖嬈。小苑銅魚鎖寒翠，班姬左女同憔悴。咫尺蓬山無路通，漫勞食盡神僊字。

湘宮人折花曲

黯黯巫雲楚夢長，亞枝紅影照清湘。靚妝多少司花女，十二屏山護斷香。

薔薇

天然薄媚最夭斜，香影玲瓏近畫紗。一夜東風紅露重，催開七十二行花。

澄江月夜感懷贈邵星城儲玉琴〔一〕

青山澹如畫，孤月千里明。長風掃雲歸碧海，銀河中道流無聲。北斗橫空珠錯落，寒光繞樹驚棲鵲。人生得意有幾時，城市山林儘行樂。恨無百斛金叵羅，酒酣對月發浩歌。道逢俗子開口笑，瘦狂奈爾癡肥何。脱帽科頭鸜鵒舞，興來筆力如牛弩。《范史》曾傳零藿方，卞生自著《蝦蟆賦》。生不得短衣射虎南山頭，馬蹄踏草如星流。又不得龍文金翅橫滄洲，喚取吳娃揚棹謳。男兒二十不稱意，芒芒觸起平生愁。馬坊自教諸奴子，不道英雄竟如此。世間無復常將軍，誰識溫生大才士。金盡交不成，薄俗還相輕。胸中塊磊平不得，裸身大叫千秋亭。感君意氣握君手，昂藏肯落他人後。一笑黃公壚畔春，蜾蠃螟蛉竟何有。絲履貽躄者，寶鏡贈盲人。擾擾塵中子，誰能識君眞。君才奇絶誰與鄰，湘江波浪匡廬雲。揚眉吐氣造我語，相對都非儓儗人。還愁兩地雲山隔，倉雁頳魚歎寥闊。蘭陵美酒廣陵花，相思共望天邊月。時星城就館毘陵，玉琴買舟維揚去矣。風流雲散，言之慨然。〔二〕

【校記】

〔一〕『邵星城儲玉琴』，眞本作『邵大星城儲大玉琴』。

〔二〕吳鎮本篇末評語：『洪稚存曰：飄忽俊麗，青蓮昌谷之間。』

玉階怨

珠箔空明月影低，夜深花漏冷銅蠡。銀釭照見承恩字，紅淚輕彈上赫蹏。

夜泊山塘

一枕秋涼蘭葉風，繁華舊國水煙中。蓮花院落歌聲脆，𠃨字欄干燭影紅。七里鏡塘愁越女，三分璧月夢吳宮。誰憐青翰舟中客，螺墨香箋賦惱公。

秋夜詞

銀河水影漾琉璃，七寶牕開月漸低。連愛縷隨殘夢斷，相思句帶遠愁題。芳幃夜靜偎涼玉，芸閣風微觸響犀。牛女合離誰管領，雕陵烏鵲汝南雞。

紫磨纏臂玉搔頭，少小珠娘不解愁。繡閣炙笙調鳳曲，花盤瀉水貯蟾鉤。蘅蕪煙冷三霄露，菡萏香殘七日秋。匳箔鰕簾人不到，獨拈羅帶看牽牛。

冰肌新試麝蘭湯，杏子花紗貼體涼。一翦香風迷迭檻，半牀華月昔邪房。銀虬貯水丁丁咽，鐵馬敲更細細長。行過芳塘遮鳳燭，恐教驚起睡鴛鴦。

花琯無聲月杵停，夜雲如水遠空青。涼宵夢壓貍毛席，曲院燈明猩色屏。酒瀉蘭樽酬七夕，箋書錦字儀雙星。摩訶池畔嬌無那，怕聽風吹九子鈴。

冶遊曲

紅珠斗帳蘭風微，江南草長春夢稀。小園蝴蝶成團飛，粉香亂撲金縷衣。

碧檻

碧檻通蘭館，珧牕隱翠樓。月從蓮井墮，雲入錦屏流。懷探支機石，槎通聚窟洲。貽椒箏院杳，贈芍瑣窗幽。傅面龍綃粉，膏鬟蘇合油。桂紅春一捻，蓮印玉雙鉤。翡翠酣春帳，芙蓉夢雨裯。酒緣薰髓釀，花為助情收。嬌鳥青絲籠，金魚白定甌。小詞翻越調，急拍按涼州。草可名銷恨，蟲應號叩頭。傳釵巫女豔，解珮洛娥羞。子夜聲聲苦，辛夷樹樹休。鵶啼金井院，人上木蘭舟。遠盼文禽會，訛傳紫貝浮。空房香膽怯，圓鏡澹蛾愁。寂寞蛩蛩夜，飄零菡萏秋。蝶充通夢使，雁作致書郵。錦軸朝彌勒，新詞怨蹇[一]修。銀河一水曲，脉脉盼牽牛。

【校記】

〔一〕『蹇』，光緒本作『寋』，據眞本、嘉慶本改。

採菱曲

妾家住銀塘，遶塘菱葉香。採菱盪槳去，水共離愁長。紅巾綠袖搖輕櫓，青鴨灘頭人不渡。西風昨夜吹素波，蒹花涼雨蘋花露。安得菱四角，生轡郎車輪。郎車不得行，穩醉橫塘春。橫塘屈曲道，鸂鶒鴛鴦少。莫照菱花鏡，愁多顏色老。為報隴頭人，歸時須及早。

畫船

曲渚魚鱗浪，迴堤雁齒橋。繽紛張錦幔，容與泛蘭橈。羅襪淩波步，瓊煙貼水飄。半篙新漲潤，七里淥塘遙。網戶垂銀蒜，琱牕嵌玉珧。簾編湘女竹，扇翦美人蕉。綵絡調歌鳥，珠鈴繫雪猫。叩舷蒹葉岸，解纜藕花潮。迷迭含芳長，蘅蕪爇火焦。繁華今好在，香粉未全銷。午夜開華宴，辛房出阿嬌。約黃孫壽額，束素小憐腰。粉鏡千回照，雲梳百徧撩。眉長勻翠黛，髮膩鞚珠翹。彩釜猩唇煮，磔盃桂露澆。風微衣麝散，帆轉酒鱗搖。射覆圍蟲豸，攤錢喝雉梟。怕成泥絮果，休負雨雲宵。促坐心相印，搴帷目屢招。犀筒銀液減，蛤帳守宮銷。催賜纏頭錦，還留繫臂綃。鴛鴦一夢覺，煙水兩迢迢。〔一〕

【校記】

〔一〕吳鎮本篇末評語：『松厓曰：結好，餘亦能軍。』

畫屏風曲

雲母屏風蠹粉銷，江南山色碧迢迢。庾郎詞賦偏蕭瑟，銅輦秋衾夢六朝。

姑蘇無梁殿歌

殿純以甎石累成，相傳宋南渡時所建。

寶津樓起京東陌，快馬輕車運花石。土木餘殃尚未銷，貝闕琳宮藏穢骨。突兀銅烏鐵鳳翔，半空花雨散天香。搆成馬寶千尋殿，不用龍身百尺梁。磨甎累甓推能手，不識經營是誰某。世遠甯愁蠹喙侵，地靈好教獅王守。亂草荒榛贔屭高，斷碑風雨認南朝。南朝柱石今何處，輸與禪宮結構牢。金牌十二馳飛鞚，風波三字孤臣痛。萬里長城一旦傾，誰與王家作梁棟。此殿翻成讖兆奇，當年謎語是耶非。修羅龍象空神力，甲騎西來勢不支。懺災祈福虛言爾，雪窖冰天道君死。毳幕千羣戰血腥，宮草蕭條土花紫。江水東流作怨聲，偏隅臣構竟偷生。金繒盡付明駝足，那有餘貲給化城。罡風吹盡連雲宅，畫棟文楣竟何益。剩得栴檀祇樹林，猶記炎興舊年月。紺宇嵯峨嚮日開，摩挲古蹟為徘徊。笑他

大厦高如許，衹有釘頭木屑材。〔一〕

【校記】

〔一〕吳鎮本篇末評語：『吳白華師曰：精麗警拔，意調俱佳。松厓曰：墨飽筆酣，淋漓痛快。』

酒僊歌〔一〕

美人家住吳閶路，羅襪盈盈振僊步。借問當壚有幾年，礫椀磁盃伴朝暮。呼來對客笑臨風，酒暈腮渦一抹紅。獺髓神丹勻靺鞨〔二〕，璚壺清露醉芙蓉。妝臺珍膳餐桃李，卯飲纔醒試羅綺。自言生小住横塘，不識猩唇鯉魚尾。横塘瀲灧麴塵波，象管鸞笙唱棹歌。但得半江成玉液，不辭千盞泛金螺。麝臍香撲玻瓈枕，紅玉娥娥薦華寢。檀奴若解送縹醪，抵得纏頭百梭錦。媚眼微含似有情，侍兒扶起倚雲屏。長齋也願皈彌勒，薄命還應嫁麴生。一樽薰髓靈妃送，瑣骨珊珊跨花鳳。眝得他年塵劫空，糟邱臺上遊僊夢。撥悶拚教典鷫鸘，邇來消渴長卿狂。歌樓春色濃如酒，不辨柔鄉與醉鄉。

【校記】

〔一〕眞本、吟本題下俱有小序曰：『姑蘇王氏女，自號酒僊，名倡也。能辟穀，日惟啜酒啖果，而風貌特異。為作長歌紀之。』

〔二〕『靺鞨』，眞本、吟本俱作『瑪瑙』。

姑蘇彌羅閣天神像歌

寥陽寶閣連雲開，銅烏鐵鳳高崔嵬。青霓叩額通帝座，毰毸神物憑虚來。我聞明代眞人出，叱鬼呼星擅奇術。緑章夜付小心風，丹爐曉鍊重瞳日。鑄就狻猊噴異香，混元天界瞰微茫。觚棱金爵開元闕，翠甤〔一〕雲旓拱紫皇。羣神環侍威靈壯，畫戟琱戈屹相嚮。兩面森羅狒狘裝，三宵警蹕麒麟仗。殊形異態窮秋毫，肅立左右如趨朝。身披虎皮血斑剝，腰垂鷹翅毛森蕭。當年召神神不怒，篆字朱符不知數。神龍掉尾下層雲，寶馬摇韁踏寒雨。靈旛華燭光模糊，百靈彷彿來馳驅。獰面魔王被金甲，高鬟天女投玉壺。摶沙範土肖靈怪，燒盡劫灰身不壞。天上曾聞十二樓，人間陡現三千界。我來排雲謁紫宫，神光閃爍入眼中。心魂炫晃難自主，坐覺一氣迴鴻濛。憑高下視如玄窅，珠斗闌干手堪攬。地古常疑黑霧屯，年深不怕罡風撼。縹緲疑登白玉京，翩翻欲跨紫鸞軿。瑤墀碧瓦曾相識，我亦星曹舊有名。從知造物眞豪縱，列缺蜚廉走羣從。手攀鐵鏁下丹梯，嗒然若醒鈞天夢。

【校記】

〔一〕甤，光緒本作『毦』，據眞本改。

夜探若冰洞

山氣夜冥冥，陰崖守巨靈。松荒聞鸛語，洞古帶龍腥。一徑破雲白，雙峯削玉青。坐來煩慮遣，泉韵入清聽。

盂蘭盆歌

毘盧澆酒荒山庵，紙錢燃火紅酣酣。青霓叩額供伽藍，左魂右魄趨趍趲。彩虬搖尾秋潭去，一徑煙蘿鬼相語。荒荒圓月青無光，幽壙秋螢散如雨。妖狸拜斗戴髑髏，夜深破塚松杉秋。畫弦淺促素管愁，空山陰雲凝不流。黑風吹霧野田下，蒼鼠成羣踏殘瓦。一派嘶聲蒿塢空，鬼伯避人鞭石馬。蠟光黯黮斿檀銷，郊原碧血悲號號。山魈攫飦歸古墓，千載冬青啼老鴞。

夕泛蓉湖因訪某氏廢園

秋色在蘆花，明湖浸斷霞。停橈漁子渡，看竹野人家。古堠迷歸騎，平林落暮鴉。棲棲兔園客，悵負年華。

秋夜

老樹得秋色，虚牖延夕涼。幽人愛清曠，躡屐下高堂。時當仲秋節，雲物蔚蒼蒼。華星入池靜，明河界天長。悵悵人有懷，迢迢夜未央。松巖月色古，花林露華香。風景非不佳，同心隔兩鄉。願待重九日，遲君醉壺觴。

客館孤坐

孤坐聞西風，離愁夜來積。徘徊巡前除，秋氣何寥寂。庭延露氣寒，池浸煙華碧。冷蛩揚哀音，征雁厲歸翼。景物日淒戾，羈懷苦煎迫。休文既善病，何堪長作客。明日束輕裝，願言理蘭檝。

吴門與顧笠舫夜話〔一〕

三更青海月，流影滿寒林。喜與故人話，不知秋夜深。風威搜暗牖，露氣冷枯琴。對此感遲暮，還為遊子吟。

【校記】

〔一〕『顧笠舫』，眞本、吟本俱作『顧大笠舫』。

舟中

孤客蹤無定，停橈便是家。水深魚跋浪，霜冷雁眠沙。落月澹楓樹，疎燈明葦花。懷愁不成寐，斗柄又西斜。

懷星城

細雨聞孤雁，思君淚滿襟。登樓望天末，愁與白雲深。蟲囓青鏤〔一〕管，塵淹玉軫琴。欲持丹橘贈，共勵歲寒心。

芙蓉墮殘露，湖水澹無波。不與美人共，其如秋色何。雁行依斷渚，蛩語伴寒〔二〕莎。離思渺安託，臨風時浩歌。

【校記】

〔一〕『青鏤』，眞本作『狸毫』。

〔二〕『寒』，眞本作『殘』。

過錦樹林弔玉京道人墓

嬌魂夜泣茱萸嶺，淚花飄落燕支冷。流作山根一掬泉，冥冥照出棠梨影。僊姬蜕去荒山巔，衰螢如雨飛愁煙。古臺石磴人不到，土花千點圓如錢。秦淮流水鍾山月，斷雨零雲歸不得。半畝黄蒿長似人，下有舊時歌舞骨。巖頭飄落椒花紅，淒淒破塚吹桐風。遊魂莫戀板橋路，雌龍悲嘯秋江空。慘澹楓林夕陽下，蒼狸踏碎鴛鴦瓦。一翦幽蘭帶露啼，錯認卿家寫生畫。嚮空澆酒傾銀甖，西陵翠燭光熒熒。風鬟霧鬢渺何處，老鴞弔月啼冬青。

題畫

緑牕隨意綰雙鬟，玉照臺高不上關。病起眉痕濃似黛，春愁都在鏡中山。

退紅衫子稱身裁，凝睇無言立翠苔。花意漸肥人漸瘦，銷魂春是幾時來。

秋夜詞四首

半規新月到妝樓，蟬翼輕羅怯早秋。忽訝一襟涼露溼，銀河無影嚮人流。

水紋簾影蕩瀟湘，香品茶名費較量。誰嚮風亭調鈿笛，一雙驚起睡鴛鴦。攜將紈扇立中庭，銀燭幢幢背畫屏。落月闌干涼似水，手拈羅帶數秋星。一樹青梧葉乍凋，空簾涼鬢影蕭蕭。階前移過三更月，猶翦秋燈讀六朝。

塘上曲

新蒲含紫茸，奪我蓮花妍。拔蒲不成把，願得天見蓮。放妾撇波去，騎魚還洛川。

織錦曲擬劉豫章

華風吹薄寒，璧月流輕素。樓中織錦姝，含情朝復暮。玉勝綴珠徽，朱絲垂伏兔。琮琤雜佩鳴，簇簌金梭度。網戶掩青苔，秋蟲嚮晚催。天寒絲縷脆，榍高杼〔一〕響哀。橫波巧能語，鸞蛾鎖不開。盈盈坐綺房，的的見紅妝。杏子衣裾短，蓮花裙帶長。一叢金翡翠，八幅紫鴛鴦。殘絲不可斷，似妾愁心亂。機中豔彩凝，機頂流蘇顫。髻滑彈瑤簪，衫輕露粉腕。細文魚子纈，雜寶鮫珠串。翦來雲縫迸，洗出霞光炫。永夜獨含愁，良人戍隴頭。襯以寒蛩褥，兼之鼲子裘。風霜滿西塞，刀尺在南樓。征衣宜早寄，為倩致書郵。

【校記】

〔一〕杼，光緒本作『杵』，據眞本改。

里巫謠

日次角尾年壬辰，冬氣和且溫。陰氛雨溼薰蒸，鄉邑疫癘，訛言沸騰。里中一老巫，能作迎神送神舞。自云見鬼面目，識鬼言語。遣人迎之來，戚戚涕泣〔一〕告以故。老巫瞠目大言，鬼神俱怒汝。一巫從外來，百鬼踉蹡後頭隨。齒牙作光怪，空屋索索陰風吹。室中離立翁姥，一一面色如土灰。曰：『擇月之日，冥鏹百萬誠當治。』可憐鄉老公，扶杖匍匐前致辭。牽率眾童穉，再拜稽首乞哀。釃清酒，烹黃雞，家貧無肴神鑒之。老巫色忽變，代傳鬼神旨：『偏檢地府籍，汝壽當止此。我神微有權，為請上帝宥汝死。』鼓鼛鼛，香煙熅，風車雨馬趨且奔，分肴釃金巫出門。里人愁，老巫樂，合家閉門嚼復嚼。東隣糴斗粟，西家典破屋，荒郊寡婦三日哭。〔二〕

【校記】

〔一〕『涕泣』，眞本作『泣涕』。

〔二〕吳鎮本篇末評語：『松厓曰：用漢魏音節，以代張王樂府，古辣非常。』

夜過楓橋

湖水綠迢遥，中流漾畫橈。雲埋齊女墓，山鎖伍胥潮。狎客青驄馬，嬌郎白琯簫。繁華看不盡，乘月過楓橋。

月夜

忽見高峯月，光含萬里愁。兼之玉關雁，聲散一天秋。落葉寒無影，涼雲澹不流。年來豪興淺，怕上庾公樓。〔一〕

【校記】

〔一〕吴鎮本篇末評語：『簡齋師曰：高逸！』

深院

深院雙梧樹，連宵作雨聲。西風吹不住，涼意滿江城。葉脱寒蟬去，巢孤倦鳥驚。高齋人未寢，坐待月華生。〔一〕

【校記】

〔一〕吳鎮本篇末評語：『松厓曰：大似徐昌穀。』

古墓

黄壚一片瘞繁華，壞道年深塌淺沙。魅氣著人狐拜月，燐光照骨鬼思家。古碑字滅苔添篆，病柏根枯菌作芽。猶有兒孫來上塚，夕陽爭飯噪飢鴉。

聞砧

我本無衣客，時愁霜露侵。那堪當永夜，不寐聽寒砧。明月閨人夢，西風遊子心。哀音吹不斷，為爾淚盈襟。

戲場轉韻擬薛司隸

吳趨佳麗地，士女重遨遊。華筵徵趙舞，曲部選齊謳。衣香散蘭閣，花影護珠樓。臨衢金絡擁，夾道鈿車留。倡女紅裙襵，妖童綠幘韝。相逢各斂笑，對面不成羞。鼕鼞畫鼓撾，百戲迭相誇。團欒歌扇麗，周遭綵幔遮。妙舞如翔鵠，高髻若盤鴉。帶裁鴛鴦錦，袖織葡萄花。細腰生楚國，玉貌出盧家。燈燃蘇合油，屏列靈麝燭。竟夕按節歌，當場吹管逐。細度《廣陵散》，慢摻《漁陽曲》。鈿笛和嗚嗚，金槽彈續續。彩仗顫流蘇，假面塗朱綠。漏滴玉虬寒，宵深興未闌。既躍公孫劍，旋弄宜僚丸。袨服生光耀，婉轉回宮調。白雲停不流〔一〕，華月低還照。千回檀板敲，一面紅妝笑。翠釜點駝酥，金壺沆瀣多。桂尊〔二〕陳百味，猊爐焚四和。姍姍曳長袖，的的見橫波。坐有多情客，聞歌喚奈何。

【校記】

〔一〕『流』，光緒本作『留』，此據眞本改。

〔二〕『尊』，眞本作『樽』。

裁衣曲擬劉庶子

星光懸綺閣，月華燭幽房。愁人不能寐，夜起裁衣裳。細錦蒲桃纈〔一〕，輕羅蘭麝香。鍼孔穿衫袖，花枝繡裲襠。初懸陽燧珠，旋爇驪龍燭。霜落鴛鴦瓦，雲度蜘蛛屋。雙雙垂襻帶，一一成袙複。臺橫象牙尺，榻展狸毛褥。自憐纖指寒，為愴緹光促。盈盈綢戶前，雅步最嬌妍。紅簾一桁捲，茱幔半鉤懸。絮用同功繭，薰將百和煙。裁縫猶未半，淚點斑斑滿。不知腰大小，猶記身長短。雙鉤翦刀響，八幅回文亂。屑金塗熨斗，斲玉纏篸管。休同細葛捐，好代雕爐暖。獨夜自沉吟，相思力不禁。水冷雙魚杳，雲高一雁沉。好憑隴頭使，寄嚮燕山陰。胸前雙卻月，千里照君心。

【校記】

〔一〕『纈』，眞本作『色』。

近而不見擬王左丞

陳后長門愁，班姬別宮老。碧檻落衰螢，瑤階長秋草。花影轉房櫳，雲屏徹曉空。霜凋庭下綠，病損鏡中紅。盈盈鳳樓上，含情各相望。銀蒜水精簾，珠繩雲母帳。絃吹趁風來，西宮夜筵開。舞扇裁圓月，鈿車應薄雷。君恩渺何許，憑欄淚如雨。銀河一水間，脉脉隔牛女。

擬宋臨江王烏夜啼曲

宵闌宮苑啼烏起，曲筵傷心白頭姊。桂樹同根烏接尾，當為先朝念車子。前閣籠牕啼夜烏，後堂花發歌菖蒲。東方飛出金畢逋，雞竿詔下馳銅符。

題永愁人集後 集為邑才媛龔靜照著

七寶樓前侍書女，身跨青鸞入瓊圃。剩得紅箋一卷詩，猶是九天珠玉吐。怨雨愁風不可聽，從來香粉易飄零。蒿墳鬼唱魂銷句，瑤瑟人彈腸斷聲。卿家少小金閨倩，白玉為膚花作面。妝閣朝翻翡翠箋，鏡臺夜洗琉璃硯。東南初日照秦樓，未嫁羅敷不解愁。繡譜新描拈黛筆，裌衣初試倚香篝。鸞歌鳳吹嬌鬟媵，畫堂誤受紅絲聘。可憐文采涴浮塵，為有才華宜薄命。荆棘銅駝帝業殘，蒼茫漢月照衰蘭。靈均竟賦《懷沙》去，弱女空閨血淚斑。年來年去空惆悵，含愁倦倚芙蓉幌。悔同謝女擅風標，詎意王郎在天壤。拍碎珠徽玉軫琴，此生拚不遇知音。條條斑竹空樓怨，菂菂紅蓮獨夜心。綠牕朱戶葳蕤鎖，微吟獨〔一〕擁書城坐。酒覺多情入夢酣，花憐有劫隨風墮。用集中成句。一瓣心香懺上眞，願兒莫作有情人。秖今蠆尾蠶眠字，猶認〔二〕珠啼粉泣痕。燃脂弄墨文焉用，身世淒涼為卿慟。零紅蕩漾怨東風，流水桃花春一夢。『桃花流水漾零紅』，集中句也。

【校記】

〔一〕『獨』，眞本、嘉慶本俱作『猶』。

〔二〕『認』，眞本作『是』。

歲暮有感

霜落荒雞咽，城高急柝哀。一年愁裏過〔一〕，萬響靜中來。古樹鷹風勁，平沙蚌月開。燈前看雄劍，鏽澀漸生苔。

【校記】

〔一〕『過』，眞本、嘉慶本俱作『度』。

冬夜寫懷三十韻和顧笠舫〔一〕

寒月掛松杉，光流百尺巖。良朋占渙散，積悶費鉏芟。華嶽千峯矗，龍牛二鳥銜。燃脂翻薤篆，築室貯琅函。利器韜鋒鍔，蛾眉避謗讒。着鞭爭道路，尋味異酸鹹。並命蛩將駏，攻瑕玏與瑊。相思碧雲暮，托意錦書緘。破鞘青銅劍，荒畦白木欃。途窮慙趑趄，語拙每詀諵。好古余眞誤，耽詩子更饞。才招窮鬼愛，書遺墨神監。星宿憑掎摭，玄黃畏刻鑱。高文光爛爛，雅奏響渢渢。爇髮嗤劉峻，爇薪效畢諴。奇材儲栝栢，絕力扼熊巖。事業千秋在，牢愁兩地咸。難謀千日醉，蚤著七斤衫。世味如雲薄，人情類兔毚。全身棲枳棘，裹足避巉嵒。莫笑卮言妄，休嫌筆陣儳。蓉城花是俸，麴部酒為銜。磊砢才無敵，驍騰骨不凡。鞲鷹張健翮，櫪馬趁驚驦。玉軸千緗插，雕詞八寶嵌。射生旗獵獵，執手燭〔二〕

孅孅。乍捩衝風柁，旋迴架海帆。竭來誇軼宕，崛起謝扶攙。名許丹青勒，歸將苓朮劖。男兒懷已遂，從此老嶔嵒。

【校記】

〔一〕『顧笠舫』，眞本作『顧大笠舫』。

〔二〕『手燭』，眞本、嘉慶本俱作『燭手』。

舟過秣陵口號

蕭踈風柳白門灣，依舊寒潮寂寞還。指點夕陽紅盡處，殘霞一抹六朝山。

擣衣曲擬柳吳興

流塵垂網絲，華月照中閨。一片玫砧響，千行玉筯啼。衰螢無定影，驚鵲不安棲。愁長託牙尺，夢短怨銅蠡。征衣須早寄，萬里白狼西。

折花曲擬江令君

花壓蜘蛛屋，香繞昔邪房。嬋娟彼姝女，當牕理新妝。裁金貼圓的，散麝點微黄。衫織連枝繡，裙垂七寶璫。搴帷曳珠舄，上砌折紅芳。折芳好遥寄，春色方韶麗。風敲雕玉釵，露溼纖羅袂。新光映臉霞，艷霧籠雲髻。上頭憐獨萼，入手嫌雙蔕。桑蛾繞樹飛，海蝶縈空戲。顧影獨含愁，看花轉凝睇。凝睇不勝情，南枝帶笑迎。羃歷紈巾影，琮琤瑶釧聲。葉高粉腕怯，枝軟細腰輕。鬬艷雛鬟戲，分香同伴爭。殘花不可掃，遥憶關山道。雕苑落櫻桃，芳汀萎蘭草。花落花更開，人愁人易老。朱顔偏易改，緑鬢難長好。中園鶗鴂鳴，芳時知不早。薄暮渭橋邊，歸途趁翠煙。綺霞初映水，華月乍流天。踏歌送佳節，望遠惜華年。願君早旋返，折妾片時妍。

暮雨曲

溼雲如夢柳毿毿，花落鶯啼酒半酣。獨倚闌干聽暮雨，吳娘水調滿江南。

結客少年塲行擬庾子山

青門樂遊苑，佳俠少年塲。玉具千金飾，雕弧七寶裝。鞲鷹新摘鏇，珂馬不驚香。躪柳銅溝畔，眠花錦瑟旁。定應嘲執戟，頭白賦《長楊》。

長歌寄顧立方朱紫崖〔一〕

長風吹明月，初嚮南樓見。把酒懷故人，憑高淚如霰。憶昔握手南城壕，骨骼俊健如生猱。虎頭下筆最神俊，髯也磊落人中豪。機才岳藻足驅使，秦碑漢篆爭爬搔。墨狂禿盡千兔潁紫崖喜書，書淫捆載三牛腰。元長年少卿莫問，昭略狂瘦公休嘲。觝頂交跖臥虛室，談空說怪譁中宵。可憐此景大不易，咫尺今無尺書寄。轅駒不展追風足，飢鷹尚剩凌雲氣。世許才華敵古人，天留糠麧貽吾輩。買劍將從俠客遊，簪花且擁名倡醉。乍學毛公隱博徒，恥共揚雲飽奇字。江南三月春草青，新妝袨服照眼明。高崖破空雲淰淰，獨樹臨水花盈盈。皂莢橋頭駐金犢，櫻桃樹底啼流鶯。短衫白帢入山去，長杓巨盞當風傾。胡為局促不出戶，嗟子畢竟非狂生。周家小兒笑破齒，挾鉛齎素可憐子。誰能學此取富貴，適意惟有大槊耳。噫嘻乎！信如卿言良足多，明朝射虎南山阿。〔二〕

【校記】

〔一〕『顧立方朱紫崖』，眞本作『顧大立方朱大紫崖』。

〔二〕吳鎮本篇末評語：『嚴冬友曰：放翁學杜得意之作。』

春晚

閉户無來客，翛然半畝宫。燕歸疏雨後，人坐落花中。斜景明孤嶼，芳池漾斷虹。相思不可寄，惆悵拂絲桐。〔一〕

【校記】

〔一〕吳鎮本篇末評語：『顧笠舫曰：天然佳句！』

春愁曲

鵲爐銷盡玉蕤煙，怕檢芙蓉密字牋。小院晝長人意倦，暖雲如絮養花天。
十里柔桑緑意酣，漫天翠雨偏江南。冰綃自拭纖纖葉，夜起開奩飼病蠶。
曉露瑤臺昨夢遥，緑鸚喚起不勝嬌。春寒瘦損香桃骨，亂灑燕支上鏡潮。

鶯啼曲

毶毶弱柳拂銅溝，坐樹流鶯絮暮愁。絲竹滿堂誰聽汝，隨風飛過望春樓。

寒食詞

鸂鶒起前灘，蒲牙抽短短。柳色埜門寒，煙光烘不暖。水唱背花歸，銀篢澀鵝管。

醉紅軒賞牡丹長歌和劉菽原〔一〕

一庭紅雨東皇老，名園芍藥唐以前不名牡丹，即木芍藥花開早。誰教奇卉殿晚春，亂發繁英媚晴昊。劉侯示我好詩句，暈碧裁紅擅詞藻。鏗鏘球磬和八音，宛轉流蘇垂七寶。乍展霞牋炫心目，擬探苔徑開懷抱。誰其假我半日閒，不辭為花百匝繞。主人有頃呼園丁，灑掃几榻開牕櫺。一邱一壑揖客入，千枝萬枝照眼明。亂捲江霞色翕艴，碎纈蜀錦光瓏玲。朝眠未足臉潮暈，卯酒欲醉瓊酥凝。張孔笑憑結綺閣，尹邢愁倚琉璃屏。圍香步幛煙澹澹，護花簷鐸風泠泠。朱輪繡幰崇敬寺，鵾絃鵝管沉香亭。繁華過眼幾千載，忽移妙境來軒楹。昨夜三更風雨急，蓉城飛下催花牒。海客高擎瑪瑙盤，花工淨洗玻璆葉。茜袖斑斑飛燕唾，璚壺顆顆靈芸泣。惜豔宜將錦繖遮，藏嬌莫放檀纖捻。擬遲晴日借高軒，為約狂朋移步屧。十盞紗籠絳蠟燒，九宮法曲紅牙擪。吾家花發軒之南，妙香小閣空潭潭。黃蜂紫蝶來唼喋，雛鶯憨燕爭詁諵。不如君家更奇絕，鞓紅歐碧同春酣。挈伴好攜鸜鵒榼，貰酒願典茱萸衫。百觚莫笑飲量窄，七字忽破詩腸緘。主持良會子為政，追逐強韻吾能堪。

【校記】

〔一〕『劉菽原』，眞本作『劉大仲彝』。

醉紅軒賞牡丹即席呈杲溪先生四十韻

曲院紅椒壁，迴欄青漆房。周遭種珍卉，取次坼濃芳。密葉調蛾綠，檀心注麝黃。翠蕤雙宛轉，蚊翅五文章。豐草垂長佩，輕煙飾下裳。藏嬌移扇影，學舞彈釵梁。頳玉盤三暈，縹紋錦七襄。殢人殊旖旎，照影轉熒煌。鳳子分香俸，蜂王歛蜜糧。深深結綺閣，艷艷鬱金堂。賢主時相召，名藹許共望。邐迤登棧閣，曲折步斜廊。採朮淵明徑，吹笙向詡〔一〕牀。牕開銀屈戌，鐸響玉丁當。豔句奚囊小，清談麈尾長。金槽壓酒熟，土銼焙茶良。花葉千回數，形骸一笑忘。搜奇辨干鏌，促坐展縹緗。美景交春夏，長天亂雨暘。高檐停急溜，穠蕊炫新光。磔椀三危露，銀盤九蘊湯。醉嬌朝日嫩，浴顫晚風涼。餘潤霑腰綵，圓珠墜耳璫。阿環紅汗麗，飛燕紺津香。密綴金鈴護〔二〕，斜擎錦繖障。雀鈿扶溼翠，菱鏡照啼妝。絡鎖紅鸚鵡，庭延紫鳳凰。詎輪崇讓宅，不數善和坊。為怕芳時晚，頻催華筵張。商量及盤槅，羅列備圓方。香瀉薔薇露，光浮琥珀觴。去毛蒸語鴨，縮鶂膾河魴。虀切青絲菜，匙抄白玉粱。調虀封細筍，作脯糝芽薑。終席無苛令，提壺勸渴羌。公乎情已厚，僕也醉能狂。良會宜牢記，芳華願再揚。當筵抽綵筆，拈韻索枯腸。檀板詞三調，瑶箋字幾行。慙非瓊玖報，持以壽花王。〔三〕

【校記】

〔一〕『向詡』，光緒本作『向栩』。據光緒本後文統一作『向栩』。

〔二〕『密綴金鈴護』，眞本作『細刻銅牌護』。

〔三〕嘉慶本、光緒本卷末題：『原本受業劉嗣綰校訂。』

詩鈔卷二

觀朝雨

朝雨江上來，連山渺無際。輕煙溼不飛，閒雲去還滯。幽花解紫苞，野鳥落輕毳。庭樹珠光泫，缺岸環流細。文通麥未收，仲蔚門常閉。窮居衡茅下，坐惜光陰逝。安得萬里風，長空掃氛翳。〔一〕

【校記】

〔一〕吳鎮本篇末評語：『松厓曰：較宣城作別有意思。』

子夜變詞

君不見美人嬌小藏金屋，袨服新妝採芳藿。玳瑁簾開境似僊，珊瑚鏡照顏如玉。柳外斑騅認陸丞，花下紅絃唱黃督。一笑相逢播掿郎，門前白水近橋梁。邀將月彩歸蘭帳，種得蓮窠抱玉牀。裁羅只贈新歡子，倚曲頻翻夜度娘。迴身故入歡懷抱，儂作雕爐歡作香。鐵鹿長檣留不住，阿歡嚮曉開門去。秋雨螢飛並蒂花，春風鶯語相思樹。生憎金縷畫門楣，枉取沉香帖欄柱。背畫天圖子負星，手傾鐵冶儂成錯。蟬衫麟帶幾時還，空寄揚州蒲鍛環。憶得淚淹蛩蚷褥，分明夢到鳳凰山。芳草萋萋二三月，不堪冉冉韶華沒。牛踏沙痕認宿蹄，龍歸藥店存枯骨。黄蘗偏生梅樹邊，含酸忍苦一年年。舞衫抛去瑶釵折，博得旁人説可憐。行雲泥絮空留戀，何處因風託方便。桃葉輕舟祇載愁，芳姿團扇羞相見。與歡相見在何時，玉局空陳未有棋。倦挼皂莢煎衣藥，嬾取桃花合面脂。儂説三更書石闕，阿誰解是夜啼悲。

團扇詞

小闌閒煞好花枝，萬緑如煙雨過時。莫唱流連團扇曲，秋風瘦損謝芳姿。輕羅小扇竹方牀，乍試生衣減舊香。貪憑紅牕看明月，露華吹上玉釵涼。

題青溪女史蓮花册子

美人家住青溪曲，記得芳名唤珠淑。蘭氣疑〔一〕餐石葉香，韶顔似琢苕華玉。明慧天然林下風，銘椒咏絮最能工。嬉春不鬬呼名鴨，視夜常聽待漏龍。弄墨燃脂坐瑶薦，玉臺妝罷無人見。貼地團窠青雀裙，敲風寶粟金蟲鈿。丹青結習未能忘，畫本徐黄蜀錦裝。玳瑁牕明朝點筆，琉璃硯冷晝研香。雁來燕去韶華暮，鳩鳥為媒坐相誤。可惜羅敷未嫁年，早跨飛鸞入瓊圃。蟫文蠹簡總飄零，鬼唱秋墳不可聽。剩得鏡奩三尺絹，芙蓉花底憶娉婷。風鬟霧髻湘江道，羅襪凌波自娟好。可是卿卿自寫眞，芳根度出污泥早。想見湘簾小閣邊，抒衫揎袖譜清妍。拈來香粉眞如夢，點到明珠不肯圓。此日休詩寫生手，圖中惆悵君知否。蛺蝶雙棲並蒂花，鴛鴦穩傍同心藕。冷香寂寞奈愁何，願證無生優鉢羅。不羨橫塘小兒女，畫船輕槳採蓮歌。亭亭瘦影田田葉，露重煙寒那堪摘。自憐妾命不如花，誰說花顏勝如妾。彷佛湘娥贈錦衾，調鉛吮粉費沉吟。箇中不畫青蓮子，恐被旁人識苦心。熒熒犀角珊瑚暈，不為殘秋減豐韻。裝池〔二〕綠皺衍波箋，壓尾紅鈐辟邪印。苦雨闌風長板橋，斷腸碑碣小墳高。寒宵鼯鼠巢荆棘，黑月鵂鶹哭葦苕。花魂凋落增悲痛，嚴霜翦盡相思種。蓮座應皈選佛場，蓮舟好做游僊夢。天葩吐艷世無雙，冉冉紅衣照碧淙。錦袱珠囊好珍重，莫教紅粉墜秋江。〔三〕

【校記】

〔一〕「疑」，光緒作「宜」，据眞本、嘉慶本改。

〔二〕「裝池」，眞本作「標題」。

〔三〕吳鎮本篇末評語：「邵星城曰：柔肌令儀，按節起舞。此體梅村擅場，君直欲奪其席耶？」

閒適

微風吹紫蘭，襟袖生幽香。開牖撫玉琴，湛湛明月光。徘徊下前除，清景不可度。垂蘿結飛煙，餘花墜暝露。丹經伴雲臥，愛閒復懷僊。龍鸞不可待，蓬壺路茫然。牕引天翠虛，池涵水華碧。泠然夜已深，松峯起寒色。

青山莊歌

誰家園枕青山麓，野棘荒榛亂人目。洞戶交鐶蝕土青，壞牆澁浪粘苔綠。瓦碎香姜剩故基，摩挲斷碣總然疑。路人指點為余說，曾見名園全盛時。名園臺榭遥相接，壯武家聲傳八葉。珍樹春深集紫鸞，蕙欄日暖延紅蝶。冶游子弟盡雕華，連轡經過趙李家。瑙勒珊鞭盤宛馬，繡衫白帢訪奇花。戲馬尋花不知倦，青衣又報開華筵。醉客玻璃七寶盃，贈人蝙蝠雙翎扇。鈿笛銀箏樂未央，鵲爐微炷水沉香。煎酥蠟代勞薪爨，博進錢將寶斛量。孫家荆玉芳年少，莫家瓊樹清歌妙。鳳脛燈明粉壓迴，麟毫簾捲紅粧笑。人傳王謝舊烏衣，少俊聯翩世所稀。從道風花春晝永，甯知歌舞彩雲飛。浮生一枕黄粱夢，繁華轉眼成悲痛。蕭庫飛蚨一旦空，紫標紅牓成何用。雕碣文楣持與人，槿籬攲側半無門。到公奇石鑱為臼，杜老長松伐作薪。潺潺壞道哀湍去，荒徑無人鬼相語。猶有兒童拾斷釵，記得當年教歌處。黑月淒風烏夜啼，野棠花落竄狐狸。重題舊事君應淚，欲問遺蹤我亦迷。乍聞此語心悒快，世途翻覆猶迴掌。綠野堂荒麋鹿遊，平泉莊廢蓬蒿長。欲去還留倚短亭，夕陽城角不堪聽。無情最是遥山色，閱盡興衰眼更青。〔一〕

【校記】

〔一〕吴鎮本篇末評語：『簡齋師曰：藻思綺合，清麗芊綿。』

春江花月夜

華月流光夜潮滿，春嬌入骨瓊花暖。明波不動錦帆迴，殿腳三千鬬歌管。紅粱一醉夢都迷，江水無情不嚮西。萬斛衰螢葬秋雨，玉鉤斜畔子規啼。

潺湲引

《潺湲引》者，令貽伯氏自度曲也。伯氏工琵琶，製此曲。癸巳夏夜，聞之廣勤齋中，喜為作歌。

我曾夜宿青山裏，萬壑松泉入幽耳，跳珠歕玉令公喜。今夕何夕聞此聲，檀槽金屑鳴棖棖。恍疑閬風巔上行，足底水樂流琮琤。慢撚輕攏戛宮徵，一派寒聲赴纖指。綵霞亭亭華月起，寂不聞喧夜如水。忽然入破不可聽，變幻萬象歸空冥。鷩猨彈舌韻嗷嗷，老鶴刷羽音泠泠。水明洛渚降窈窕，草枯青塚啼娉婷。三尺幺絃裂秋練，四條瘦玉敲寒星。飛流瀉入金碧浦，瑶漿迸破琉璃瓶。靜中不辨洄與渟，叢鈴碎佩鏘瓏玲。我聞此曲〔一〕狂興發，拂袖竟欲凌風飈。人間絕調許誰和，紫晨擊磬緱山簫。曲終飄落神靈雨，幽修似與湘娥語。潺湲餘響流不住，一片空山冷雲去。

【校記】

〔一〕「曲」，眞本、吟本俱作「語」。

偶成

颸館梧桐樹，先期報早〔一〕秋。一庭涼雨過，滿地碧雲流。犬吠人爭渡，鴉啼月上樓。誰憐今夜客，又作去年愁。

【校記】

〔一〕『報早』，眞本、吟本俱作『早報』。

夜半

華風吹缺月，半夜上南樓。涼簟回殘夢，明釭照獨愁。葉隨螢影墮，露入竹根流。誰遣眠孤館，悵悵易感秋。

美人篇

燕啄樓前楊柳花，紅樓十二美人家。萎蕤帳捲含香霧，璹瑁牕開爛曉霞。香霧曉霞相照映，侍兒朝拂盤龍鏡。綵絡垂垂嬌鳥呼，金鈴隱隱猧兒醒。靧面纔煎五蘊湯，褰帷小步下斜廊。螺痕巧畫南都黛，花餅新翻北苑妝。出水芙蕖競朝日，含嬌含態曾無匹。輕擲蚨錢愛賭碁，薄施狸薦親調瑟。慧性玲瓏出化城，穠春何處最關情。櫻桃花下三分月，荳蔻梢頭百囀鶯。南曲長干踏青路，珠扉小立窺紅步。瑙勒雕鞍逐隊來，諸于繡裾尋芳度。誰家年少駐羊車，細語殷勤問妾居。只為才情憐犬子，也緣姿貌認檀奴。君情妾意相縈繞，萍梗因緣托蘿蔦。貽妾青瑶鸜鵒環，贈君紅錦蜻蜓帽。織女黃姑水一涯，不愁約誓兩難諧。佳期願攬同心結，袄讖休成獨见鞵。春鶗秋蟀韶華改，誰識相思易憔悴。怨曲聲聲歎白頭，冰壺顆顆承紅淚。可憐魚雁久沉浮，烏桕門前盻客舟。待月倦傾銀鑿落，催花怕聽鈿箜篌。夜深響卜青銅片，可許今生暫相見。已拚長恨五留連，誰看豔飾雙行纏。亞字牆東獨憶君，燒殘鳳腦思氛氳。妾身已是沾泥絮，不作巫峯別岫雲。

綠珠曲

雙角井泉寒咽咽，玉龍哀叫情天裂。一斛珍珠換淚痕，血花碎作珊瑚雪。
艷骨成塵到地香，更無鸚鵡喚珠娘。桃花零落吹紅淚，夜月高樓一笛涼。

夜夜曲〔一〕

洞戶迎涼吹，晶簾凝夜光。愁人不能寐，躡履步斜廊。斜廊寒色裏，露氣清如水。鴛鴦香夢醒，菡菭芳根死。煙彩冷冥冥，娥池漾落星。含情倚羅幌，背面對銀屏。自憐妾命薄，千里相思各。蚪箭水頻催，鯨燈花又落。琪樹為誰攀，征夫山上山。拔開金屈戌，擊碎玉連環。幽懷耿難訴，韶華空擲度。織成魚文錦，寫徧鵝毛素。妾意託春潮，君情竟寂寥。望歡歡不見，玉貌淚中銷。夜永愁相續，形孤影相逐。殘月不成光，濛濛上疎竹。

【校記】

〔一〕眞本篇名作『宛轉歌』。

狂歌贈吳斧僊

饑鷹能啄肉，倏爾凌九霄。餓驎不噬人，誰為落一毛。男兒失足墮塵劫，斷蓬飛絮隨風飆。但令胸有三尺錦，筆有五綵毫，凌轢屈宋驅雄褒，家無儋石亦足以自豪。生不讀《致富書》，死不入《貨殖傳》。莫言灑削與賣漿，齷齪錢愚吾所賤。市兒哆口笑不休，如君自合終窮愁。聞言不答掉頭去，扃扉吟嘯聲咿嚘。居無華堂卧無被，窮年薪米〔一〕難為計。拔劍空為斫地歌，擊甌尚有干雲氣。世人吝一飯，餓死韓王孫。義不受人惠，區區寗足論？吳兒木石心，如君最耿介。才名溫八叉，禮數方三拜。咳唾紛珠玉，著作高等身。青蓮去已久，倜儻無其倫。成言可一家，流輩推為伯。人生良已足，何為坐嗚呃。朝不食夕不食，出亦愁入亦愁。安得葡萄十斛恣拍浮，下視俗物如蜉蝣。我曹踏地有千古，金紫貂蟬那堪數。局局甘為轅下駒，營營肯慕倉中鼠？蓐收虎爪持霜金，御風昨夜空中行。城頭嚴更

四五聲，滿庭秋氣寒稜稜。脫帽狂叫為君吟，繁音促節傷我心。傷我心，淚盈臆。腰間寶弓勁如鐵，可憐有虎不得射！〔二〕

【校記】

〔一〕『米』，眞本作『水』。

〔二〕吳鎮本篇末評語：『冬友曰：豪宕感激，著紙欲飛。君眞謫仙人也！』

董小宛貼梅扇子歌同錢竹初〔一〕賦

九華宮扇裁紈綺，錯翠鉤紅世無比。甯須漢殿織麟毫，不嚮謝家誇麈尾。活色生香點綴工，折枝梅萼影重重。孤山萬樹花如雪，飛入卿家便面中。奪得傒人掃花帚，收拾冰姿出塵垢。畫圖嬌面試春風，未要徐熙誇妙手。纖指拈來上碧綃，忍令香粉逐春潮。招涼曲院藏羅袖，待月西樓傍翠翹。吳儂小掐紅牙脆，掩映歌脣逞妍媚。吹到嗚嗚鈿笛聲，恐教顆顆冰花墜。煙魂月魄太分明，入手翩翻蟬翼輕。借問當年誰鬬巧，依稀記得董雙成。雙成家在金陵住，門前便是長干路。射雉參軍正妙年，飛梁架就銀河渡。錦幕文牕貯粉兒，明霞為骨玉為姿。劇憐妾命如花薄，偏遇霜欺雪壓時。當筵曲唱家山破，高家兵馬闌江過。細雨關山正斷魂，澹妝恐被塵埃涴。歸來魚鑰〔二〕鑰重門，寒食東風度好春。妝閣新翻方勝樣，一枝為贈遠遊人。素英狼籍梨雲凍，一去珠宮騎綵鳳。塵世難逢萼綠華，師雄空入羅浮夢。箑頭點點淚花圓，剩墨零紈總可憐。君不見謝娘團扇曲，一般辛苦五〔三〕流連。〔四〕

【校記】

〔一〕『同錢竹初』，眞本、吟本俱作『仝錢曙川』。

〔二〕『鏁』，吟本作『鑰』。

〔三〕『五』，吟本作『互』。

〔四〕吳鎮本篇末評語：『錢曙川曰：錦心繡口，妙手無雙。自愧效顰，政應焚硯。』

廢寺

松杉鬱然深，遥指空王宅。入門無人聲，棲鶻驚磔磔。卧鐘苔篆青，頽牆土花赤。塵埋狻猊首，泥圻龍象脊。古鼎冷不燃，殘僧瘦如腊。宵寒鬼吹燈，徑僻犬疑客。飛鼯互格鬬，鳴蠻聚啾嘖。銷磨匪自今，繁華記猶昔。劫灰歷千載，慧眼纔一瞥。變滅殊無端，持以問禪伯。

寓感

倚竹蕭蕭彩〔一〕袖寒，為誰憔悴帶圍寬。思如園客繅千尺，淚似鮫人滴滿盤。慵奏新聲調火鳳，頻封密字託青鸞。中庭檢點閒花草，莫種相思種合歡。

少日人誇咏絮才，華年如水苦相催。獸環銅澀花樓閉，鳳腦香銷黛帳開。記得小名書玉冊，曾因歸夢到瑶臺。蕊珠幾許游儷伴，不為多情不下來。

珠帷帖地掩蘭堂，寂寞〔二〕銅蠡漏水長。榆塞路遥稀候雁，鍼樓瓦冷下寒霜。時當搖落難回首，人為聰明易斷腸。獨向合歡牀畔坐，愁眉慵髻不成妝。

庭院深深道韞家，白銅鋪映綠牕紗。朝妝嬾試金跳脱，夜被空薰玉辟邪。閒展畫叉臨北苑，每尋儷籙憶東華。懺除慧業渾無計，願上瑶壇掃落花。

任他豪竹間哀絲，未抵儂歌子夜悲。龍落店中餘瘦骨，燈明罥上祗空棊。浪乘幽夢尋梧子，獨守虚幃咽蘗枝。翦盡田田千萬葉，也應天有見蓮時。

亞字欄干猩色屏，羅衣如霧倚娉婷。彎環月照雙魚鑰，藴藉風摇九子鈴。小研鸞箋填恨字，自持犀琖酌湘醽。隔牆徹夜檀槽響，那管愁人不願聽。

迢遞蓬山路幾千，怨他烏使不相憐。定情空贈琉璃匕，佳約難傳翡翠鈿。鏡裏朱顔銷往日，夢中紅淚泣韶年。來生願作青萍葉，傍著鴛鴦個個圓。

聞道慈航慧海過，挈儂成佛到修羅。也拚舊誓銷烏鯽，不遣新愁上黛螺。一卷金經繙貝葉，半爐檀篆禮維摩。還憂小劫難偷度，阿母偏逢九子魔。

【校記】

〔一〕『彩』，吟本作『翠』。

〔二〕『寂寞』，眞本、吟本俱作『寂寂』。

曉僊謡

碧桃花謝露華寒，笙語幽修喚玉鸞。十二飛樓人小立，曉霞紅似曲欄干。

冬夜曲

雪欲含春語，雲初約夢歸。夜長燈燄短，愁捲楚羅幃。

短歌

公莫舞，聽我歌。繁音促節傷坎軻，淚痕霑袖斑斑多。生前一盃酒，身後一邱貉。問君何為慘不樂，途窮自合困饑寒。身賤何妨委溝壑，嗷嗷征雁求其曹。夜闌歌歇風刁騷，搔首迎〔一〕望明星高。〔二〕

跨鶴將安歸，騎虎不得下。家徒四壁苦無藉，撫劍悲歌嚮中夜。愛博竟無成，放顛輒遭罵。不從薛公博，倦學樊須稼。身世茫茫足悲吒，食牛倘得五羖皮，且向豪門問奴價。

謝朓割氊來，伯桃脱衣贈。稱貸無端累友生，我躬貧薄天所命。萬端耿耿横心胸，窮交今古誠難逢。少來義不當人惠，到此愧赧難為容。冥報相貽虛語耳，男兒饑餓倘不死，若負公恩有如水。

柘絲利屣五文章，躄者著之無輝光。錦囊身毒八銖〔三〕鏡，盲人持照不見影。靈珠委泥沙，白璧沉草萊。珍奇棄置良足哀。男兒富貴須及早，誰能刺促相看老。

誰積萬斛粟，易京走麋鹿。誰藏千窖錢，金谷生荒煙。黄頭郎君竟餓死，銅山摧塌殊可憐。搜括金刀聚珍寶，蕭家阿六生活好。紫標紅牓散如沙，齷齪錢愚何足道。

衡門風雪寒蕭蕭，中有一士方緼袍。半牀苮席積塵土，旁觀嗟惜妻孥嘲。道逢癡肥兒，聯翩數十騎。黄金絡頭青絲轡，蹀躞交衢炫都麗。汝曹但足誇兒童，脫下衣帽欲何計？〔四〕

欲耕作，無良田。欲行賈，無金錢。男兒讀書真大錯，一卷青緗飽花蠹。豈有陶朱《致富書》，空作揚雲《逐貧賦》。他年整頓鐵裲襠，臂鷹放犬南山岡。〔五〕

嚴城隆隆四更鼓，空室精靈聚相語。陰雲滿野昏不開，老樹鵂鶹嘯寒雨。南來征雁謀稻粱，蘆汀沙渚羣飛翔。我獨何為困溝壑，不得搏扶上寥廓。

獰風怒號雲氣惡，嗚咽荒城響哀角。黑月無光鬼車哭〔六〕，今夕何夕歲欲徂。朔氣凜冽皴肌膚，銅盤殘蠟青模糊。腸中九曲轉愁縷，握筆酸呻不成語，躑躅空庭涕如雨。〔七〕

少讀《東華錄》，曾慕求神僊。更遇方外士，授我《黄庭篇》。閉口嚼紅霞，輕身淩紫煙。追征僑，侣偓佺，鞭鸞笞鳳紛翩躚。金丹久不成，四顧心茫然。君不見鮑魚一石腥風起，茂陵桃樹蟠根死，漢武秦皇〔八〕尚如此。〔九〕

學僊既不成，不如圖作佛。斗室焚旃檀，琅函展金氎。西方舍衛國，峨峨青蓮花。三十二相觀如來，千八百佛朝頻伽。人生如電復如泡，火宅煎熬人易老。六根八苦永糾纏，兜率天宮豈能到？

龍劍忽鳴嘯，誰望長安發大笑。丈夫生世有壯懷，何辭跋涉適長道？跨馬出門去，踰巖度嶺嶠，玄猿跳梁杜鵑叫。擊節高歌行路難，虎牙銅柱金牛關，摧輪折軸胡不還？

君不見文通貧採樵，叢中拾得黃金貂。僧孺少鬻布，道逢騶卒溝中墮。朝吁暮唶愁不歡，古來才士多孤寒。子昇賃馬坊，褚生困牛屋。鬱鬱終天恨不銷，誰憐風樹皋魚哭？〔十〕

【校記】

〔一〕『迎』，眞本、吟本、嘉慶本俱作『仰』。

〔二〕吳鎮本篇末評語：『松厓曰：純任骨力，脫盡金粉之氣。』

〔三〕『銖』，吟本作『珠』。

〔四〕吳鎮本篇末評語：『松厓曰：是第六首起法。』

〔五〕吳鎮本篇末評語：『松厓曰：起法又別。』

〔六〕『黑月無光鬼車哭』，眞本作『黑月人愁鬼車樂』。

〔七〕吳鎮本篇末評語：『松厓曰：此首三句一轉，又學岑嘉州。』

〔八〕『皇』，吟本作『王』。

〔九〕吳鎮本篇末評語：『松厓曰：學仙學佛，總是滿腹牢愁。』

〔十〕吳鎮本篇末評語：『松厓曰：數首筆力崚嶒，可擬鮑參軍《行路難》矣。』

和晴沙舅氏謁惠陵作

益州險塞今何在？四尺蒿墳尚屬君。孺子無心綿帝祚，譙侯多智識天文。蠶鳧王業三分定，貔虎雄師一炬焚。終古英靈遺恨在，峽流嗚咽不堪聞。

玉壘川山〔一〕拱帝都，樓桑片土啟雄圖。普天齊奉黄初曆，大統終歸赤伏符。八陣風雲長護蜀，千年魂魄悔征吳。相臣逝後降車出，難問流離六尺孤。

回首荒宮是永安，棧雲關樹路千盤。沙沉斷碣文章碎，峽鎖危祠劍佩寒。此日邨童喧社鼓，當年上將築靈壇。行人駐馬斜陽外，一薦蘋蘩恨渺漫。〔二〕

【校記】

〔一〕『川山』，真本、嘉慶本俱作『山川』。

〔二〕吳鎮本篇末評語：『松厓曰：三首俱穩老可誦。』

王氏漢銅印歌

吾鄉王殿撰為秦中學使，時大吏窮治部民盜塚事，王公因得漢印數百以歸。余於其曾孫光顯齋頭見之，已散失殆半矣。為作此歌。

北邙山勢何嶄巖，聚斂魂魄歸蒿薟。墳封馬鬣土脈旺，碑劖蚪篆刀鋒銛。兕皮作槨堅且韌，蜃灰堊壁幽而潛。深林祇有陰眚語，黯隧不見陽輝暹。健兒嘯聚試身手，黑夜竊發揮鉏鐮。石扉雙閉脫扃鑰，鐵鏽碎落無帷簾。碧玲唾壺賴玉盌，雲母卧榻青銅奩。墓前椎碎捧燭獲，懷中盜出滴水蟾。最多纍纍古印檢，取去一一拋榛蒹。可憐棄置賤如土，誰能購取酬以縑。王公遠宦越險阻，古物入手窮該兼。奇蹤詭蹟搜欲徧，爛銅殘鐵求無厭。俸錢探囊已罄竭，古癖刻骨難鍼砭。裝充翡翠不足羨，車盈薏苡甯傷廉。攜歸幽齋自摩玩，未許俗客來窺覘。匣將玲瓏暨徽尾，配以鼒鼐和盦鬵。土花斑剝鷓鴣鏽，血暈拉雜珊瑚鈐。龜螭壓鈕妙刻畫，虬蛟蟠字驚覷瞻。嗟余好古生苦晚韓句，對此懷舊情難忺。雙眸諦視屢眴轉，寸喙噤斷空舑譫。官銜缺蠹辨蝸扁，篆籀佶屈如疇龜。中樞權勢山嶽重，部曲號令風霜嚴。虎符制閫牘頻押，龍章降省名同僉。奇〔一〕物閱世久仍在，餘威炙手今已熸。吁嗟乎。山陵半入劫灰黑，玉石莫逃野火炎。世餘此物未磨泐，天豈有意存微纖。荒原鼪瑟伴狐兔，幽巖黯黮叢蛇蚺。精光夜上觸牛斗，靈神默護趨屏黔。為幸精英盡洩露，旋恐零落無留淹。著書重訂琳琅譜，蘊奇密鎖瓊瑤椷。未央宮瓦甓作硯，上林苑竹磨為籤。蕭齋得此足三絕，縱有奇賞〔二〕無容添。

【校記】

〔一〕『奇』，光緒本作『微』，據眞本改。

〔二〕『賞』，眞本作『物』。

早春詞

水晶簾外篆煙飄，春在牆東荳蔻梢。喚取扁舟載愁去，雙橈移過畫眉橋。

長堤纖草綠初勻，節過傳柑物態新。一樹香桃如瘦骨，退紅衫子立春人。

皂羅覆額壓紅棉，珍重春寒上寶鈿。樓角明星闌角月，試香風裏落梅天。

錢忠懿王金塗塔瓦歌背有篆文曰顯德二年乙卯錢王弘〔一〕俶製向在西湖寺

貝闕琳宮啟華閟，云是錢王佈金地。椒牆剝落帖花樫，龍帳森寒鎖幽魅。訪古人來叩法扃，摩挲神物易飄零。天衣中坼青猊座，劫火延燒白氎經。賸有嵯峨相輪在，土蝕塵埋經幾載。什襲欣看趙璧完，護持不共梁甌碎。刻畫丹青入細磨，幡幢瓔珞現修羅。偏傳大眾優婆塞，共禮前朝窣堵波。相傳此是宮中物，錢王舊事人爭說。虎落雄圖十四州，龍天慧業三千佛。良工當日試雕鎪，朱火烏金躍冶流。七級浮圖初鑄就，人天珍重勝琳球。無端納土京師去，蒿草蕭條故宮暮。內府圖書秘色窯，流落人間不知數。瓜子南金賂趙公，十瓶海物尺書封。裹蹏輸去黃華盡，那有餘貲給梵宮。塵寰無路求回嚮，不知〔二〕去逐降王長。談禪早已放屠刀，鏖戰底須排甲仗。麟帶貂袍拜太師，一家湯沐奉恩私。始知北面朝元日，卽是西方證果時。閒來日寫金經誦，此塔依然作清供。翻笑癡兒卧榻旁，等閒不醒維摩夢。斷鐵零金總可憐，劫灰寒灺不重燃。幾行蝌蚪書名字，並識柴家乙卯年。好奇今有平原子，購得奇珍歸趙氏余友毘陵趙映川購得之。瑣瑣饑蠹蝕碎黃，斑斑古血凝殘紫。洛下銅駝荆棘荒，傷人流淚别咸陽。古今一例難回首，幻影空花悟法王。〔三〕

【校記】

〔一〕『弘』，光緒本作『宏』，據眞本改。

〔二〕『知』，眞本作『如』。

〔三〕吳鎮本篇末評語：『松厓曰：足敵《青邱鐵券歌》。』

春閨思

掠削妝新倚繡楹，攤門竟日不安横。袖沾甲煎龍綃重，鬢著膏蘭蟬翅輕。薄暝簾櫳飛燕影，細風庭砌落花聲。無聊又掩屏山睡，一枕春愁夢不成。〔一〕

【校記】

〔一〕吳鎮本篇末評語：『稚存曰：「薄暝」二句新妙，未經人道。』

試燈詞

九分圓月湧珠華，柳外東風散暮霞。銀海潮生天不夜，春星萬點落誰家。

博山梟子水沉薰，香繞金泥蛺蝶群。寶苣千枝迷夜色，小樓紅上美人雲。纖雲捲盡碧琉璃，銀漏泠泠月漸低。七寶闌圍燈四面，夜深移影過花西。當筵按罷紫雲迴，鈿笛低吹唱《落梅》。一片花光照涼雪，水晶簾捲夜珠來。

正月十六夜

春星窺戶薄寒增，坐到銅荷燭淚凝。對酒不堪聽白紵，尋山只擬辦青藤〔一〕。夢迴水榭人吹笛，風滿江城夜落燈。瘦盡梅花消盡雪，後堂簾幙正層層。

【校記】

〔一〕『藤』，嘉慶本作『縢』。

瑶宫僊子掌花曲

碧雞曉唱扶桑枝，白榆照眼光參差。盤龍明鏡鑒嬌影，蕊珠宫裏新妝遲。雀扇圓圓掩神女，花前顧影低徊語。璚壺一點貯雲膏，灑嚮枝頭作香雨。迦陵僊鳥雙紅翎，銜書密約千娉婷。當筵小飲不成醉，蘭颸宛轉吹幽馨。娃鬟悄遞蓉城信，催花小牒泥金印。綺閣新更舞鶴衫，犀梳巧掠鳴蟬鬢。油幢雙引朱斑輪，陌頭欵欵追輕塵。僊芬昨夜染花骨，桃腮柳眼都含顰。閒來自掩文鱗鑰，蒜影低垂壓簾箔。涼露如煙麗草香，春風無影瑶華落。欄前千頃瓊田寬，斑龍嬾耕玉子寒。夜深獨坐校花冊，蠶眠小字絲盤盤。人間鶗鴂呼春早，零落嬌魂滿層道。一樹棠梨傍夕陽，碎紅顆顆如錢小。

寒食日九龍〔一〕晚歸

買得蜻蜓〔二〕一葉輕，叩舷歸路不勝情。那堪佳節逡巡去，又背名山宛轉行。新水遠浮菱荇綠，夕陽低傍鷺鷥明。無聊賸有微吟興，遥和漁童欸乃聲。

【校記】

〔一〕「九龍」，吟本作「九龍山」。

〔二〕「蜓」，眞本、吟本俱作「蛉」。

廢宅行

殘蘿絡牆苔覆瓦，雙掩朱門夕陽下。路人説是將軍家，珠歌翠舞曾繁華。昔年籍沒入官府，六印嚴封少人住。琱欄寂寞凝暗塵，衰桃墮紅吹古春。樓頭野鳩來哺子，鼠閉空櫥饑欲死。深宵黑月照斜廊，虚響疑人復疑鬼。彈指滄桑能幾時，麋遊兔窟不須悲。君看今日桑麻地，半是當年臺殿基。〔一〕

【校記】

〔一〕吳鎮本篇末評語：『松厓曰：亦堪驂乘青邱。』

古塚行

白楊三尺〔一〕巢訓狐，羣飛樹頂爭哀謼。髑髏歲歲葬秋雨，血花迸作紅珊瑚。拜壇高處苔錢溼，漆炬宵來抉沙出。棠梨吹霧冷冥冥，春風到此無顏色。墓前松樹三兩窠，野蠶蝕盡空枝柯。樵人持斧斫將去，至今望裏黄蒿多。麒麟僵卧左肢折，斑剝紅脂似凝血。豐碑篆字半模糊，移作前村浣衣石。

【校記】

〔一〕『尺』，眞本、嘉慶本俱作『丈』。

泛舟

笥輳椶笠為春忙，竟日沿洄繞野塘。蕭寺遠猶聞粥鼓，扁舟寬可著琴牀。一陂新水蒲牙浄，兩岸繁花蝶粉香。無奈吟情近疏索，小奚歸去只空囊。

飛龍宮歌

潞州城上黃龍起，潞州城中瑞雲紫。龍種作事非尋常，鐵騎宵飛入宮裏。歡譟人趨白獸門，李家重闢舊乾坤。黃麻旦下恩如水，緹仗晨排騎似雲。昇平樂事今朝見，鯷海雞林慶清晏。報道官家幸潞州，虬車昨下神龍殿。凝笳清吹來故宮，嵬峩牓額名飛龍。搥牛釃酒縱高筵，漢祖不須誇《大風》。屈指龍飛年十九，比戶年年歌大有。玉敕飛來禁捕魚，恐教龍落漁人手。端正樓頭夜筵高，嘈嘈横吹閒秦簫。翠盤舞破霓裳曲，不道龍漦竟作妖。從此漁陽鼙〔一〕鼓動，猪龍撼海驚波湧。苦霧愁雲入劒門，江頭宮殿空如夢。回首煙氛一掃開，哀鵑啼血喚歸來。雙魚夾檝春江渡，父老爭看龍馭迴。射生五百持弓矢，阿瞞此日幾兵死。辟穀南宮鎖鑰嚴，滿眼淒涼怨龍子。餌石燒丹總渺茫，鼎湖歸去路途長。行人欲識龍蟠處，蔓草斜陽金粟岡。

【校記】

〔一〕『鼙』，光緒本作『鞞』，據眞本、嘉慶本改。

寄題袁簡齋師〔二〕園居

不是迎詩客，經時掩竹扉。草深行藥徑，花覆釣魚磯。石古苔成篆，花香蝶換衣。春來足佳味，白薤帶霜肥。

傍石藤為架，臨溪樹作橋。藥欄飄鶴毳，萍渚鬧魚苗。酒料封春甕，詩丸納木瓢。何當拂桂棹，問字不辭遥。

知足猶耽讀，忘機不廢詩。晚風猿蝨落，新雨樹蛾滋。去鳥有遺響，遠山無定姿。美人隔天末，憑眺足相思。

【校記】

〔一〕『師』，眞本作『夫子』。

暮春清華從祖招賀谷叔亦齋兄小飲寶綸堂時牡丹蕙蘭盛開卽席命作

銀雲櫛櫛鋪纖羅，半規蟾影沉微波。春風笑人人自笑，不飲如此良宵何。七寶香車五明扇，百卉爭呈晚妝面。才子工吟鏤雪詞，主人早敞催花筵。相邀南道阮嗣宗，更約東頭陸士龍。酣歌共惜蘭夜短，沉醉莫放螺盃空。花紋槅子烏皮几，揮麈高談眾香裏。鈿影蟠蟠寶篆明，蠟珠顆顆銅荷紫。滿庭煙重月斜時，和芍烹椒入筵遲。供饌筍應刳玉版，堆盤魚盡鱠銀絲。落落高雲墮烏鵲，嚴城欲上萎蕤鑰。滴水生憎銀箭催，當筵更引金壺酌。良會芳筵欲別難，夜深花暝露華寒。捲簾重看千年藥，把盞頻澆九畹蘭。出塵標格傾城貌，宛轉風前共嚬笑。湘娥倚竹影迷離，妃子薰香態妍妙。小步名園六曲廊，酒闌百感正茫茫。我憐癡絕王家叔，誰識愁多〔一〕衛氏郎。昭華小琯花前擫，更數花房摘花葉。九

枝燈影傍花明，驚起花心綠蝴蝶。為祝名花歲歲開，緘書邀〔二〕客約重來。金鯨壓酒觥船滿，一月花開醉百回。〔三〕

【校記】

〔一〕『愁多』，眞本作『多愁』。

〔二〕『邀』，眞本作『招』。

〔三〕吳鎮本篇末評語：『黃仲則曰：華艷如百結流蘇，麗密似千絲鐵網。』

和唐張夫人拜新月詩

拜新月，拜月出疏櫳。簾隱螺痕碧，香煨獸頸紅。拜新月，拜月妝臺畔。翠幔上龍鉤，珠樓弄花瑄。拜新月，拜月暗尋思。記得妙年時，憑欄看樹影，映水掬雲絲。蘼花開盡陽春暮，迷雀西飛雉東去。魚信難傳碎葉城，蟾輝空照衰蘭路。麝枕檀篝伴獨眠，低頭彈淚落金鈿。那能三五團圝月，長照紅閨二八年。

水僊祠偶成

斜港流花影，輕雲逗雨絲。愛聽漁子曲，獨過水僊祠。宛宛春深候，騰騰酒病時。雛鶯知有恨，啼斷綠楊枝。

過蔣重光〔一〕齋頭談去年穴地得古棺事感賦 棺中人宫妝儼然蓋蕭梁時妃嬪也

荒煙白草蘭陵路，黄土如雲葬眉嫵。通替棺歸姹女魂，轆轤碑記宫嬪墓。陵谷遷移閲幾秋，劫灰飛盡鬼神愁。昔時青櫟業高塚，今見朱門起畫樓。怪底秋齋漆燈出，穴地驚看得奇物。石堊斑斑兕槨開，梅灰朏朏犀釘脱。玉容猶是故宫妝，九樹花鈿作兩行。殉葬未曾頒玉椀，招魂不用拾香囊。桐〔二〕棺七尺無銘誌，苔繡〔三〕模糊不成字。廢井爭傳梁苑基，才人解説蕭家事。可憐金粉委蓬蒿，零落殘骸認六朝。麗質幾時花底活，穠歡早向掌中銷。蠶雁無光沉壞道，髑髏那得重妍好。夢破誰歌瓊樹花，魂來應化金䔲草。是處《夷堅》紀異多，千年遺蹟未銷磨。秋墳鬼唱黄華子，舊浦人逢鄭婉娥。我亦三生惆悵客，擁鼻微吟淚沾臆。月落陊門陰眚寒，雨零石室愁燐碧。三徑依然蔣詡家，牆東便是玉鉤斜。春風怕到銷魂地，桃樹年來罷作花。〔四〕

【校記】

〔一〕「蔣重光」，眞本、吟本俱作「蔣人重光」。

〔二〕「桐」，吟本作「銅」。

〔三〕「繡」，眞本、嘉慶本俱作「鏽」。

〔四〕吳鎮本篇末評語：「簡齋師曰：哀感頑艷，前無古人。」

落花

落花吹不盡，春亦戀江南。日照犀簾押，人窺玉鏡函。砌香留碧草，筐暖長紅蠶。歲歲銷魂候，芳辰三月三。

遊大樹園呈劉菽原

一徑穿蘿薜，軒牕為客開。遥山似圖畫，滴翠入亭臺。鬭雀行階草，遊魚唼水苔。微吟不成詠，繞柱久徘徊。

飛蟲低避燕，戲蝶暗隨人。偶爾尋幽徑，難忘是晚春。花房承泫露，日隙看流塵。更愛蓮塘靜，從君乞釣綸。

班婕妤

一賦傷心掩淚題，歌殘紈扇倍淒迷。天教柘館摧龍種，免嚮屏風騐綠綈。

題桃葉渡江圖

小艇明波入畫圖，過江風調數官奴。三生自詡情緣重，記得郗家阿姊無？

李夫人

紫絲複帳輕如煙，蕊宫飛下瓊瑶僊。嬌鬟低擁黯無語，一朵梨花泣香雨。珠樓小鳳聲咿嚶，鳴環戛月寒錚錚。花雲如夢無留影，吹作煙絲墜秋暝。銅蠡滴水更欲殘，茱萸灰燼猊爐寒。回首明星爛如石，天乳無聲點衣碧。

寄懷錢竹初〔一〕

葡萄美酒瀉千鍾，憶昨蘭陵雅會同。南國清才推謝朓，東隅狂客認王融。曉寒簾幕藤花雨，暝色林塘燕尾風。此日相思眇天末，為君惆悵句難工。

一舸寒江袂易分，歸來孤館賦停雲。六朝金粉還餘我，兩晉風流最憶君。彩散魚霞明遠岫，花開燕麥漾斜曛。何年招隱山南北，好策華陽〔二〕十賚文。

彩筆江郎別恨多，芙蓉江上水層波。尺書寄去煩青鳥，遠夢歸來認綠蘿。小搦貍毫慵作字，偶敲銅斗不成歌。相期射鴨菰蒲裏，獨速船頭舞短蓑。

玄亭寂寞掩藜蒿，偶有人來聽解嘲。睡起亂抽蟫簡讀，吟成虛費麝煤鈔。紅珠的皪櫻垂子，青玉參差竹破苞。更拾汀洲芳杜若，臨風為贈歲寒交。

【校記】

〔一〕『錢竹初』，眞本作『錢三竹初』。

〔二〕『華陽』，眞本作『虛皇』。

春感〔一〕

侵曉空林䴈鳩鳴，愁多不耐餞春行。半池水氣蒸雲溼，一角霞輝抱日明。到處揶揄應笑我，此中空洞儘容卿。洛生咏罷支頤坐，一任人嗤老婢聲。

九辨摹成楚些歌，一通小字寄清河。落花風定新詞富，芳草〔二〕春深昨夢訛。紅爛櫻桃垂畫檻，粉香蛺蝶戀晴莎。無端煙景添惆悵，幾度登臨喚奈何。

前身結習破書堆，蠹簡零星散麝煤。慧業生天誇阿客，精心奉道笑方回。閒塗故紙酬詩債，細拾殘花當酒材。正欲劇談無客到，東頭老屋盼君來謂荔裳〔三〕。

玄亭門掩不通輿，倦枕琵琶午夢餘。嬾誦維摩金字偈，細鈔靈寶玉函書。女牀閒集青鸞鳥，碭浦誰乘赤鯉魚。浪說游僊歸路近，五城樓閣是儂居。

【校記】

〔一〕眞本篇名作『春感示荔裳』。

〔二〕『芳草』，光緒本作『草芳』，據眞本、嘉慶本改。

〔三〕眞本無此注。

珠江曲送徐彥卿之粵東〔一〕

芙蓉湖頭春水流，芙蓉峯畔春雲愁。沙棠雙槳木蘭枻，送君遠嚮珠江遊。珠江曲曲環南國，丁星金翠繁華窟。蠻鄉恠物近〔二〕龍編，海國方言通象譯。蜃雨魚雲積水東，山川形勢霸圖雄。誰尋葛令丹砂井，莫問劉鋹碧玉宮。珊瑚扇子猩紅屐，珠江佳麗人爭說。抹厲花開艷雪香，檳榔子熟晴雲熱。珠江淺瀨漱金沙，素足珠孃慣浣紗。日暖章魚齊上水，樹深幺鳳共銜花。富商巨估相誇衒，奇珍入手如泥賤。蠔甲堆成亞字欄，鮫絲織就冰紋練。君去珠江南復南，珠官風俗舊曾諳。秋深桂嶺爭鑽蠹，春到花田學種蚶。誰誇羅襪淩波步，葉葉花舡粵溪渡。怕被嬋娟一笑留，莫耽香粉三年住〔三〕。十八灘頭走急瀧，計程五月下珠江。儻逢庾嶺歸來使，寄我羅浮繭一雙。

【校記】

〔一〕眞本篇名作『珠江曲送徐大景春之廣東』。

〔二〕『近』，眞本作『載』。

〔三〕『莫耽』句下，眞本多『無端送別黯銷魂，把袂臨歧未忍分。我所思兮望明月，君之出矣逐浮雲。渭城三疊殷勤唱，碎曲零歌惹惆悵。磔椀斟來且莫辭，布帆吹去應無恙』八句。

鄴宫詞

歌吹西陵冷墓田，珠襦甲帳散如煙。祗應銅雀燒殘瓦，曾見黄星墮地年。

晉宫詞

侵階細草緑纖纖，祕殿春寒響漏籤。日暮落花深似雪，羊車不認竹枝鹽。

錢二十二韻

魚伯飛來後，平添利海波。斲銅耶水曲，鑄幣歷山阿。輕影翻鯨甲，花紋皺鳳羅。五銖工翦鑿，四柱細摩挲。輪郭分烏滸，文章備隸蝌。穿沙驚雀舞，斫樹畏蛇訶。臺上形成鴨，爐頭眼似鵝。好從牀腳繞，誰嚮夢中磨？箇是繁華窟，眞成安樂窩。齊奴雄洛下，姹女富清河。蕭庫懸標榜，吳宮衛甲戈。營中贖才士，帳下買青娥。藏處聞牛吼，行來倩馬馱。無緣休慕孔，有癖定歸和。積窖千緡朽，當筵一擲多。裁皮嗤大業，翦葉記閣婆。只我偏窮薄，終年歎轗軻。逐貧空有賦，得寶不成歌。的的收榆莢，圓圓愛蘚窠。書堆將紙印，山庫用泥搓。壁立已如此，囊空將奈何。畫叉三十塊，掛壁羨東坡。〔一〕

【校記】

〔一〕嘉慶本、光緒本卷末題：『原本受業周為漢校訂。』

梨花莊歌

相傳吳興富民置妾於此。妾愛梨花，曾植梨萬本。今廢址不可問矣。作歌記之。〔一〕

荒村路遶蓉湖曲，中有豪家舊金谷。不見梨雲照眼明，生憎草露黏衣綠。鏤檻文欞盡已傾，繁華過眼易漂零。空留壞道埋殘甃，誰嚮重樓問故釘。昔年此地花娥住，愛花曾作名花主。蛩蚷氈鋪散玉塵，蠙蛺牕掩圍瓊樹。玉塵瓊樹擅豪雄，人是吳興小沈充。買得嬌郎吹笛妙，携來姹女數錢工。文魚兩兩隨蘭檝，夜嚮蓉湖渡頭歇。粉鏡妝成喚窈娘，金屏開處迎桃葉。愛種交梨萬樹花，萬花深護美人家。雪明簾額棲香蝶，月到樓頭噪玉鴉。陽春三月韶光裏，朵朵含〔二〕香覆池水。冶葉還遮種璧田，交枝直接燒金壘。蠟椀膏毬夜宴遊，最憐香霧罨珠樓。綃衫舞罷迎人笑，素面勻來對影羞。露脚飛飛風草草，狼籍穠華滿層道。舊井唯栽北苑桃，廢基留種東家棗。囘溯風流亦可憐，荒苔何處葬花鈿。綠珠艷骨銷成土，紫玉嬌魂化作煙。黃蒿青櫟埋殘壠，倩誰重取芳根種。擘紙慵賡江令詩，看雲且續王郎夢。翠燭無光冷夕曛〔三〕，瓦棺玉雁鬱金裙。多情應化紅心草，歲歲東風護小墳。〔四〕

【校記】

〔一〕吟本下小字注云：『吴興富民沈萬三。』

〔二〕『含』，光緒本作『寒』，據吟本改。

〔三〕『翠燭無光冷夕曛』，眞本、吟本俱作『弔古開來酹夕曛』。

〔四〕吴鎮本篇末評語：『松厓曰：「緑珠紫玉」一聯，最為警策。』

讀趙璞函先生娩雅堂詩集即以弔之〔一〕

趙公倜儻眞奇才，獨立南國風煙開。詞塲已推萬人敵，墨池欲引千瀾迴。少年薇省燃官燭，旋賜牙緋直天禄。妙選應歸劉祕書，詞人解識王甯朔。劍外蠻兒竊弄兵，虎符龍幟大軍行。憂時定遠甘投筆，出塞終軍願請纓。白鹽赤甲重山遶〔二〕，鐵騎無聲踏邊草。為試千言倚馬才，甯愁萬里盤羊〔三〕道。幕府將軍擁節旄，飛書馳檄愛枚皋。鮫文劍重霜華冷，燕角弓開月暈高。銅鐎蘆管邊聲惡，萬帳弓刀排柞鄂。才子能翻破陣歌，征夫盡唱從軍樂。狡黠妖酋竟陸梁，鐵菱鹿角少周防。屍填柳港人無主，箭盡蘭山事可傷。身是三吴好男子，七尺微軀明白死。拚將朽骨葬沙塲，賸有才名照青史。生死終隨大將營，望鄉腸斷沈初明。誰憐玉筍金閨彦，聽盡冰車鐵馬聲。千盤蜀棧鵑啼苦，颯沓旂旗走風雨。英魄猶提甲盾行，遺文應遣蛟龍護。蠹篋携來一卷詩，掞華抒采是吾師。還從擁鼻悲吟裏，想見銜鬚〔四〕畢命時。會看勒石巴關口，不遣雄文出公手。一曲淒涼楚些歌，招魂酹酒公知否。

【校記】

〔一〕眞本篇名作『讀趙璞函先生詩集即以弔之』，吟本作『讀趙農部文哲詩集即以弔之』。

〔二〕『白鹽赤甲重山遶』，吟本作『赤鹽白甲羊腸繞』。

〔三〕『盤羊』，吟本作『鳴沙』。

〔四〕『鬢』，吟本作『鬚』。

題錢塘遺事後

萬里厓山浪捲沙，西湖歌舞屬誰家。樊樓燈火銷沉久，莫更傷心讀《夢華》。

出塞曲

甲騎秋風出玉關，龍沙夜月怨刀鐶。可憐思婦金閨夢，不到燕支塞外山。

吳黼僊〔一〕告予有敬亭之行作此送之

我聞敬亭山色幽且奇，雲英石黛相參差。遠遊不得理輕策，十載空讀青蓮詩。吳郎款門造我語，別我揚驅敬亭去。攜將竹杖着芒鞵，欲覓青蓮舊遊處。嗚呼！青蓮蛻去經千春，長星黯慘無精神。青山面目尚如昨，冷眼閱盡登臨人。一般歸骨青山路，未許青蓮誇獨步。斷碣猶題小謝城，喬松深拱長江墓。賈島墓亦在敬亭。君到荒墳酹濁醪，焚蘭薦芷楚詞招。靈旗下食魂常在，彩筆成塵氣不銷。捫蘿附葛探巖谷，寂靜丹房待君宿。底須餐玉學三茅，不用泥金圖五嶽。身輕似挾青龍飛，目力所到窮煙霏。濤頭直突燃犀渚，皎月長懸慈姥磯。斑狸捧硯青猿走，靈境天然落君手〔二〕。破悶傾將酒百盃，嘔心著得詩千首。蕩蕩晴雲生遠愁，送君夜上木蘭舟。名山有約何時踐，千里隨君作夢遊。

【校記】

〔一〕『吳黼僊』，眞本作『吳大黼僊』。

〔二〕『靈境天然落君手』，眞本作『醉魄騷魂入君手』。

秋感

經案繩牀半畝居，分甘遲暮孰華予。溪山深處招康樂，邱壑中間着幼輿。階草落紅依古石，池萍沉碧襯文魚。閒來結習銷難盡，又擲精神賦《子虛》。

蠹粉芸煙困此身，臣精銷減不如人。爭看碧漢翔威鳳，誰識空山泣餓麟。擲鏡底須誇骨相，登樓猶自憶星辰。百端交集傷哀樂，未到中年已愴神。

一曲狂歌擊玉甌，好天良夜倚層樓。露凝清影隨雲散，星帶寒芒入漢流。記續《齊諧》工誌怪，賦成《楚些》慣悲秋。年光半為愁孤負，滿架蟲書嬾校讐。

清淚無端涴客襟，凌秋小病瘦愔愔。三生空鑄金為骨，百劫難磨石作心。喚鶴銜芝雲路杳，隨狙拾橡暮山深。聲塵寂寞尋常事，伯玉何緣便碎琴。

喜汪容甫〔一〕過訪長句贈之

汪生俶儻出世姿，短衣孤劒將安之。江湖流浪苦復苦，人說才奇窮更奇。相逢每恨來何晚，掃室殷勤開酒琖。糝將何點白葵羹，捧出休源赤倉飯。狂來不顧世眼驚，相對拉雜談生平。文人失職有同病，出吻各作寒號聲。君言稚齒饑寒迫，棄擲詩書最堪惜。弱冠方傳作賦才，壯年始奪談經席。五經復興魯叔陵，纍纍著作充箱籯。心開窔突深莫測，面若刻畫森有稜。奔走風塵饑欲死，撐腸萬卷徒為耳。肉食難分博士羊，草衣且牧公孫豕。羌余少小趨雕華，斧藻繡帨相矜誇。愛儲奇字未滿腹，慣拈強韻空聱牙。千秋絕業不同傳，君入儒林我文苑。須識夔蚿總可憐，何當蛩駏聯為伴。坐談不覺日影移，榜人催上河之麋。卽今一見復奚益，翻令千里勞相思。留君不住我心苦，握手臨歧涕如雨。他時相望越王臺，何日同澆趙州土。布帆無恙淩風飈，秋來應看錢塘潮。潮頭儻有雙赤鯉，盼君寄我英瓊瑤。

【校記】

〔一〕『汪容甫』，眞本、吟本俱作『汪大容甫』。

和吳斧僊〔一〕韻即以贈之

桂華騫樹兩依然，底事君家作謫僊。一轉風輪殘劫夢，半龕雲影現身禪。饑餐庾杲籬邊韭，貧僦張融岸上船。世路崎嶇雲路杳，此生無計了愁緣。

懷刺匆匆越故鄉，凍雲泥絮又飛揚。春江送別人千里，遠道歸來字半囊。京口濤聲春客枕，敬亭山色照行裝。但教一拜青蓮墓，憔悴窮途總不妨。

依人心事最無聊，水驛山程暮復朝。旅食三旬餐餺飥，秋風一夢落團焦。祇應橘叟隨林住，多事桃人逐浪漂。從此天涯遊興倦，故園堪隱不須招。

去本無端住亦難，胸襟牢落不成歡。神麕在野呼為馬，惡草充幃目以蘭。剩有悲聲歌獨漉，並無佳夢到邯鄲。靈方檢得銷愁劑，願向金僊乞一丸。

蘗裏香餳苦復甜，頻伽妙偈六時拈。更攜短鍤朝栽樹，獨對殘燈夜織簾。入世有緣能作達，求人無術轉疑廉。樂行苦住君應悟，莫問牆東季主占。

醉鄉深處易句留，歡伯相邀便解愁。破鏡蛾眉雲壘月，虛牕龍氣劍花秋。雄心不死抽金鞘，好句如僊詠玉鉤。倚酒懷人清不寐，今宵鮑照在南樓。

【校記】

〔一〕『吳斧僊』，眞本作『吳大斧僊』。

秋雨歎贈顧韶陽〔一〕

西風作商聲，嗚咽不肯住。吹聚秋空萬疊雲，竟夕淋浪雨如注。荒階汩汩盈塗泥，茅簷偪側如雞棲。苦吟杜老秋雨嘆，捉鼻未免聲酸嘶。感君有情能念我，十日柴門九相過。劇憐同病話悲辛，誰遣頻年困寒餓。短衣破帽顔如灰，坐受俗物相塡豗。雄文百軸復奚益，治生無術休言才。狂蹤落拓棲榛莽，親串經時罷來往。肥馬當風避市兒，枯魚呴沫憐吾黨。空思懷刺浮江湖，足跡到處皆窮途。無錢誰識趙元叔，索米恥詣陶胡奴。如此幽寒坐嗚呃，逢人未肯低顔色。客來莫解身上襦，顧郎本是難衣食。崚嶒傲骨無與儔，如君未合終窮愁。悲聲激激歌楚調，雄心憤憤看吳鉤。男兒不灑牛衣涕，何事差堪快人意。萬口爭傳白雪詞，十年未減長虹氣。勸君且止聽我歌，歌成其柰聲繁何。君行不答掉頭去，著屐撩衣踏秋雨。

【校記】

〔一〕『顧韶陽』，眞本作『顧七韶陽』。

寄朱紫崖〔一〕

歲晏孰華予，端憂守敝廬。卻寒行酒後，抱病罷吟餘。涉世乏長策，報君憑短書。齋前松樹子，楚楚近何如？

一片多情月，清光正抱肩。相思無好夢，孤坐撫危弦。雁警殘燈夜，梅開小雪天。何當乘逸興，便泛剡溪船。

【校記】

〔一〕眞本篇名作『寄朱大岳青』。

春陰撥悶

半畝閒齋坐悄然，香爐貝典共延緣。忘〔二〕機不看鏖棋譜，任俠還鈔說劍篇。遮莫風光過上巳，可堪哀樂感中年。好攜小榻簷花下，卧過春陰二月天。

冥濛寒雨殷輕雷，深院閒階閟綠苔。時有野禽窺戶入，惜無佳客款關來。隔簾花醒前塵夢，經宿香留小劫灰。一自故人千里別，春醪釀就罷銜盃。

殘蠟青熒伴夜分，糝空絲雨白紛紛。人遊燕國三更夢，春殢梨魂一徑雲。苦為閒愁常掩閤，任從佳節到湔裙。怪來觸景添怊悵，昨日河干別卯君。時二弟北上。

藥爐茶臼裊煙絲，小院更深坐雨時。幾度拈毫知思澀，偶來攲枕得眠遲。暖風莢藥湔衣句，雪水桃花靧面辭。別有深心托縑素，任人猜作有情癡。

【校記】

〔一〕「忘」，光緒本作「亡」，據吟本、嘉慶本改。

寒食日郊行口占

偶攜吟伴過前邨，寒食風光愴客魂。一樹桃花殘照裏，冷煙如夢不開門。

小除日魏塘歸途偶作斷句

歸思匆匆逼歲除，落然寒事憶吾廬。渡頭喚得蜻蛉小，半載行裝半載書。

雁字斜書黯澹天，濛濛寒緑一湖煙。龍工欲作連朝雪，無數青山已著棉。

漁師曬網夕陽西，水淺魚寒盡入泥。閒煞風標雙白鷺，無端忍凍立前溪。

茅屋臨流三兩家，垂垂雪壓短籬笆。停橈欲問春消息，凍損寒梅未着花。

衾鐵生寒卧有稜，霜痕澹白月華凝。短篙撑出横塘路，聽戛中流瑣碎冰。

敗葦無風亦自摇，滿天星影冷蕭蕭。櫓聲如雁催歸急，送過吳淞第幾橋。

樽酒沙鷗共數公，手攜鐵笛過垂虹。詩人一舸渾閒事，佳話偏傳白石翁。

梵門松雨晚冥冥，幾杵疎鐘隔浦聽。遥指落帆風色外，斷橋漁火兩三星。

安心畢竟是吾鄉，碧礀紅泉引興長。細嚼梅花三百朵，儘教空腹貯寒香。

晚春花事甚盛因寄懷亦齋兄荔裳弟〔一〕

去年看花人在家，一春風雨空嗟呀。今年花開春色好，看花人又涉長道。從來勝事總多磨，每嚮東風〔二〕喚奈何。九十韶華逐塵土，兩三伴侶隔關河。昨日曾過妙香閣，永晝沉沉下簾幙。蜂聲滿院夕陽斜，一架藤花背人落。歸來孤坐傍闌干，抱影空堂慘不歡。數盡銅籤人未睡，薔薇花底露華寒。醉紅軒駐東皇駕，劉侯〔三〕酌我來花下。偓娀高捧赤瑛盤，狂客爭持青玉斝。是處看花勝昔年，紫雲樓閣碧霞天。銷除詩債何辭醉，領取春光不費錢。對景真應放懷抱，底事閒愁倍潦倒。白日惟看北嶺雲，清宵不夢西堂草。春來花事逐番新，每對新花憶故人。皂莢橋頭稀酒伴，青楊齋裏剩吟身。錦江水暖寅哥渡，紫陌塵高卯君去。鄉信千行託便風，歧途一別悲零雨。東頭老屋更西頭，猶記年年選勝遊。袖底新詩飛白鳳，筵前妙令鬬潛虬。別離未慣多孱僽，翻悔當時易分手。一語憑將驛使傳，故鄉風物君思否。春事闌珊花信遲，別來何日不相思。櫻桃著子如紅豆，轉眼江南四月時。〔四〕

【校記】

〔一〕『亦齋兄荔裳弟』，眞本、吟本作『亦齋三兄荔裳二弟』。

〔二〕『風』，眞本、吟本、嘉慶本俱作『君』。

〔三〕吟本『劉侯』下有小字注曰『謂古三』。

〔四〕吴鎮本篇末評語：『劉古三曰：清便宛轉，如流風回雪。』

秣陵城南晚步

殘柳萬千絲，寒花三兩枝。心期正寥落，況復晚秋時。蕭瑟秋將老，登臨客未還。暮雲濃似墨，畫出六朝山。小駐青驄馬，無人問阿歡。南朝金粉盡，空到大長干。悟得空王偈，回頭總劫灰。棲烏如有恨，啼過雨花臺。新愁長短笛，舊事去來潮。一抹荒煙裏，逢人問板橋。

贈何南園

我來秣陵城，十日頓征轡。得逢何仲言，一見託深契。示我詩百篇，才情極清麗。朱弦海上彈，獨鶴雲中唳。澄心領衆妙，爽朗绝氛翳。下士競浮夸，雅音久陵替。懷哉陶謝手，非君復誰繼。愧余莝陋姿，得把浮邱袂。許作忘年交，齊肩若昆弟。君家城南隅，興到輒見詣。形骸互脱畧，談噱到微細。悉君邇年況，棲棲苦失意。運去百謀拙，貧來一身贅。昔年束輕裝，浪游越齊衛。風塵困馳逐，山川莽迢遞。家遥魂夢勞，客久衣衾〔一〕敝。弱軀漸成瘵，腰腳增疲曳。驅車歸去來，養痾室常閉。荒徑塞藜蒿，窮年飽粗糲。況復歎無衣，天寒北風厲。淒涼一歲中，生事那堪計？吁嗟文人命，今古同一例。趙岐憫厄屯，吳均悲侘傺。萬事與時違，千秋令人涕。為君抗聲歌，淸商激悽戾。君復顧我言，近頗識通蔽。把書檐際讀，行樂林間憩。吳兒木石腸，樂饑可卒歲。始知騷雅人，胸次與俗異。溫柔存古風，灑落見高致。所以篋中作，絕無不平氣。惜我塵累多，匆匆買歸枻。未得諧素心，晨夕相砥礪。愛君不忍別，臨岐淚難制。殷勤進苦言，鄭重申明誓。浩浩長江流，蕭蕭片帆逝。別後儻相思，望寄平安字。

【校記】

〔一〕『衾』，眞本作『裘』。

贈蔡芷衫

南都萃人文，蔡侯最英絕。作作龍泉鋒，稜稜渥洼骨。入世寡所諧，終歲掩蓬蓽。所以夸毗人，尠能識其實。我暫遊秣陵，深心訪奇傑。相逢陳孟公謂古漁，郑重為余說。說君抱高才，窮巷闔巾褐。聯袂急訪君，排闥造君室。君為倒屣迎，一見兩心折。詰朝肯顧我，不鄙我凡劣。累幅贈我詩，雲詭而波譎。軒然俊鶻舉，砉若長鯨掣。嫾媥篆籀鼎，璀璨金玉玦。拜賜緘篋中，至寶詎敢褻？君才猛且銳，百氏盡穿穴。撐腸五千卷，文字浩盤鬱。筆底怒生〔一〕花，眼中森有鐵。勘書霹靂手，論事廣長舌。平談若震厲，剌剌不可輟。我亦誇辯才，對君成木訥。磊落如此人，宜充金閨列。誰使驅風塵，十步九蹉跌。獻策棄不收，謀生動成拙。打頭茅屋低，露肘鶉衣裂。無邊愁苦境，天為文人設。君言邇年來，萬念逐灰滅。唯餘愛客心，耿耿腸中熱。留我作狂飲，壺榼自提挈。家肴極甘脆，村醞頗清冽〔二〕。窮交一飯恩，眞摯非瑣屑。惜我難久留，歸心迫冬節。暫遇卽言離，團雪復散雪。男兒須落拓，快馬須踶齧。一生重意氣，世事等蠓蠛。渡口喚歸船，寒潮正嗚咽。星月夜明明，照我與君別。

【校記】

〔一〕『生』，眞本、嘉慶本俱作『作』。

〔二〕『冽』，光緒本作『例』，據眞本、嘉慶本改。

秣陵月夜

如鏡南朝月，和煙蕩冷光。曾從芳苑裏，照過美人妝。小劫三生夢，微吟九轉腸。芙蓉知我恨，一夜褪寒香。

金荔屏招集隨園同何南園蔡芷衫方子雲卽席呈簡齋師三十六韻〔一〕

千載蘭臺聚，風流未寂寥。許參名士會，急赴故人招。地借鱣堂近，游經鶴苑遥。是日先過隱僊庵。問奇應載酒，躋勝遂聯鑣。閏歲冬猶暖，名園景正韶。旱蓮紅瓣瓣，寒柳碧條條。苔皺緗紋纈，篁抽白瑄簫。枳籬懸橘彈，萍沼漾魚苗。盤磴玲瓏鑿，飛樓彩翠描。簾旌垂軟繡，牕眼嵌明珧。偶語憑虛檻，徐行過小橋。繞林花欲笑，出徑鶴相邀。東閣張筵早，南皮發興饒。奇珍鏤蚶蛤，佳味芼橙椒。綺席蘭羞薦，瓊罍桂露澆。氣豪斟百榼，戶小盡三蕉。雅會同游霧，高談競軋霄。傳觴新令甲，佐飲古歌謡。舊手推無敵，羣才盡不驕。繁星羅皎月，巨海納迴潮。絳帳彭兼戴，龍門薛共姚。締蘭齊臭味，倚玉各豐標。燭衹三分刻，香纔一寸焦。擘箋看錦爛，落筆訝珠跳。青兕才眞健，黃獅品果超。酒頻傾畢甕，詩已滿唐瓢。離坐天曛黑，循階夜沉漻。雲綃圍月額，水帶束山腰。砌溼梅灰脫，欄空蕙葉雕。蝦蟆更緩緩，薜荔雨瀟瀟。斑竹留賓榻，紅泥坐客寮。歡宜終此夕，別莫問來朝。密契纔投縞，浮蹤偶聚藻。感君陳酒炙，貺我抵瓊瑤。揮麈論千古，聯牀夢六朝。他年儻相憶，記取此良宵。

【校記】

〔一〕眞本篇名作『金大荔屏招集簡齋夫子隨園同何南園蔡芷衫方子雲即席成三十六韻』。

江樓曲

花落黃陵叫子規，江樓楚雨白於絲。汜人怨別湘娥泣，水色山光自古悲。

鳳齡曲

鳳齡，簡齋師〔一〕侍姬妹也。幼鬻某姓，為贖歸，育之〔二〕。年十六，媵隋生川增。虐於大婦，投繯死。師述其事，作詩紀之〔三〕。

汝南太史人中傑，文采風流世無敵。羊侃筵前舞袖圍，馬融帳外金釵列。我是彭宣到後庭，隔幃絲竹許同聽。酒酣棖觸平生事，嚮我低徊說鳳齡。鳳齡本是蘇臺女，貧鬻豪家傍門戶。牙〔四〕郎那解惜娉婷，竈妾由來耐辛苦。攜出淤泥一瓣蓮，青衣纔脫便登僊。漫拈郭璞三升豆，判費初明十萬錢。關情三五韶年紀，逋髮初齊試羅綺。碧玉嬌癡未有夫，桃根宛轉長依姊。愛惜盈盈掌上身，恐教辜負永豐春。誰言絡秀堪同老，願把西施別贈人。堂前文讌多賓從，隋郎風貌偏殊眾。照影人誇城北徐，嬉春女愛牆東宋。珍偶相看已目成，許將紅粉嫁書生。重重錦幔憑私語，叩叩香囊易定情。蘭期初七銀河渡，啼痕滿面登車去。從此茫茫萬劫塵，回頭迷卻僊山路。銅街別館貯嬌〔五〕姿，蹤蹟難教大婦知。綃帳香濃檀枕暖，一絢絲絡幾多時。宜城郡主威名重，搜牢驚破巫雲夢。浪說王家九錫文，短轅長柄成何用。架上拋殘金縷衣，篋中奪去紫鸞篦。粉痕狼藉垂鬟卸，扶入車中不敢啼。檀郎隔絕無由見，秋雨秋風閉空院。九轉柔腸對暗燈，千行愁淚吟團扇。絕粒非關愛細腰，典衣何計度寒宵。膚皴瘦玉心還熱，口嚼紅霞怨不銷。鳳縶鸞筱〔六〕經半載，九死窮泉更何悔？只是難忘舊主恩，留將一綫殘魂待。更念同根兩地分，蘭幃應亦痛離羣。一朝噩夢花辭樹，百種癡情泥憶雲。誰知路比蓬山崚〔七〕，更無青鳥通芳訊。繡幰頻迎那許還，黃柑遥贈知無分。二句用本事。絜果蘭因去住難，拚將弱息自摧殘。腰間三尺冰文練，百轉千回掩淚看。黃昏人靜重門閉，逡巡竟向南枝繫。紅蠟纔灰輾轉心，冰蠶永斷纏綿意。鬱鬱埋香土一抔，長干西去板橋頭。空林鵑語三生恨，幽壙螢飛獨夜愁。浮花浪蕊消彈指，究竟韶顔為誰死？殺粉親書墮淚碑，燃脂好續傷心史。只悔當初作鴆媒，生將珠玉委蒿萊。縱教採盡中州鐵，鑄錯無成劇可哀。我聞此語心驚詫，潸潸涕泗緣纓下。譜就悲歌付鈿箏，題成恨字盈羅帊。療妬神方秘不傳，塵寰無地著嬋娟。丁甯〔八〕好嚮泉臺住，莫續韋家再世緣。〔九〕

【校記】

〔一〕『簡齋師』，眞本作『袁簡齋夫子』，吟本作『袁簡齋師』。

〔二〕『為贖歸，育之』，吟本作『為贖歸之』。

〔三〕『師述其事，作詩紀之』，眞本作『夫子悲之，命紀其事』；吟本作『師深悼之，命紀其事』。

〔四〕『牙』，眞本、吟本俱作『才』。

〔五〕『嬌』，光緒本作『矯』，據眞本、吟本、嘉慶本改。

〔六〕『鳳縶鸞笯』，眞本作『忍苦含辛』。

〔七〕『崚』，吟本作『峻』。

〔八〕『丁甯』，眞本作『叮嚀』。

〔九〕吳鎮本篇末評語：『松厓曰：絶妙好辭，足慰簡齋崔郊之恨。』

舟過青浦

夾岸山如畫，乘潮晚放船。市聲煙外合，城影浪中圓。薄醉聊攲枕，微吟漫叩舷。今宵如有夢，應遶泖湖邊。

泖湖

遠火兩三星，空波接杳冥。雲英浮水白，月魄盪煙青。客裏吟懷闊，風前酒面醒。聲聲漁子曲，獨夜不堪聽。

客館孤坐

疊皷聲聲促，南樓客未眠。夜長星替月，秋冷水生煙。憎影移孤燭，凝情擘小牋。故人各異縣，離夢杳無邊。

鳴雁行

旅雁嚮南土，鳴聲一何苦。天長水闊儔侶稀，高飛怕觸虞人機。愁雲塞空，驚濤如瀉。荒蘆蕭蕭，徘徊不下。天涯雖好足稻粱，何如棲穩在故鄉？

江上琴興懷宋茗香

楚樹葉微脱，倚舷調玉琴。涼風送高雁，秋意滿空林。極浦起離思，勞人生古心。泠泠七絃定，明月落江潯。

寒夜讀鄒泠齋見寄詩有感

寒雲翳空葉滿地，客子悲秋少歡意。獨坐偏多嚄唶聲，苦吟總帶蕭騷氣。攜得鄒陽贈我詩，行行小字界蠶絲。百回擊節釭花炧，五夜高歌漏箭遲。含商咀徵調清角，楚客幺絃漸離筑。忼壯陰山《勑勒歌》，悽涼北國《摩支曲》。回首天涯落拓身，更番歌哭認前塵。無端此夕添棖觸，一聽清吟一愴神。嗚呼！男兒富貴須年少，底事窮途歎潦倒？當世中郎不易逢，得時鄧禹應相笑。勞勞人事日侵尋，蠹粉芸煙損壯心。銷殘一刺懷中字，擊碎千金市上琴。殘羹冷炙侯門下，可憐名士同奴價。窮年無策卻饑寒，失路原應被笞罵。對面輸心背面疑，異鄉誰與話襟期？名心未死才先盡，俠氣難銷骨尚奇。到處生涯傷刺促，上車著作空盈軸。記得相憐有故人，鄧魴失喜唐衢哭。落落晨星聚會稀，兩鄉相望各沾衣。暮雲春樹新吟少，綠韭黃粱舊事非。謂洪稚存、方子雲諸君。乍得君詩覺神王，慷慨為君發哀唱。庾信悲來涕淚多，鮑昭吟罷音辭壯。心事波濤觸處驚，牀頭劍作不平鳴。與君同是飄零客，不待相逢已有情。〔一〕

【校記】

〔一〕吳鎮本篇末評語：『笠舫曰：擊節高吟，唾壺欲碎。』

將赴金陵晴沙舅氏招飲卽席留別

饑來驅人不得住，片帆行指金陵去。感公折簡招我來，高齋夜飲開樽罍。月明光光燭花短，促坐行觴不嫌緩。匣中寶劒波濤驚，一生知己恩分明。憶昔髫年弄筆墨，爾時公面我未識。巴樹蒼茫棧雲黑，彷彿中宵見顏色。瞿塘水漲雙鯉魚，聊持小札通起居。秋來水落得報書，眞珠密字千言餘。憐我生涯久憔悴，為勗榮名須自愛。五湖更約扁舟載，狎鷺閒鷗苦相待。去秋公賦歸來篇，我初聞之喜欲顛。登堂再拜捧公手，示我新吟三百首。公詩跌宕無不有，醉墨淋漓揮一斗。謫僊才調夜郎西，少陵格律夔州後。前身應是餐霞人，意所到處皆煙雲。眼中碌碌輕餘子，只說文章歸阿士。鄉人誇我不去齒，愛我如公合心死。芙蓉湖水搖漣漪，遠山照人青半規。笭箵榔栗相追隨，坐談竟日忘饑疲。況兼朅末才無兩，文陣相鏖不相讓。堪傲王符無外家，敢說魏舒成宅相？苦恨青年多事身，醉中又別謝池春。東山儻賭圍棋局〔一〕，可念羊家乞墅人。〔二〕

【校記】

〔一〕『東山儻賭圍棋局』，眞本作『東山棋局渾無恙』。

〔二〕眞本篇末附顧光旭晴沙和詩。

方子雲〔一〕喜余至作轉韻長句枉贈卽用余去歲寄鄒泠齋詩韻作此答之

去年相望蘭陵地，暮唶朝吁少歡意。今年相遇秣陵城，橫行闊視增豪氣。百徧吟君贈我詩，苦心一縷裊蠶絲。彈成側調攏絃急，度出雙聲按拍遲。嘹亮疑吹燕客角，蒼涼似擊秦人筑。為訴離時夢短長，故教聽處腸迴曲。兩載天涯飄泊身，路旁花柳馬頭塵。芳時常負琴詩〔二〕酒，獨夜惟看形影神。飛飛黃雀尋年少，舊游如夢還重到。欵戶看君倒〔三〕屣迎，登堂為我開顏笑。朅來勝地愜幽尋（是日遊雨花岡），對話平生骯髒心。王筠好句新花鳥，裴綽高談古瑟琴。紛紛程李才中下，一錢不值甯論價？奇才失路始堪哀，豎子成名何足罵？墨癖詩狂兩不疑，名山絕業早相期。也知墮地星辰誤，猶喜凌雲筆札奇。我輩生涯應刺促，幾見豨膏運方軸。到手千盃雜怒嬉，入腸百怪工歌哭。如此江山天下稀，無端弔古淚沾衣。瓊枝璧月嬌歌歇，紫蓋黃旗霸業非。醉墨淋漓神忽王，可獨君家擅高唱。喚起齊梁六代人，聽我長吟激悲壯。回首春光去可驚，枝頭鶗鴂正悲鳴。與君早訂重來約，我愛青山不世情。

【校記】

〔一〕「方子雲」，眞本作「方五子雲」。

〔二〕「詩」，眞本作「書」。

〔三〕「倒」，光緒本作「到」，據眞本、嘉慶本改。

方子雲〔一〕三疊前韻何南園蔡芷衫李瘦人燕山南俱有和章因繼作誌謝

三載飄零各天地，重逢得遂平生意。舊侶依然金石心，新交更有風雲氣。才人南國總工詩，妙句傳來盡色絲。自媿投魚同傅縡，漫誇乞錦嚮邱遲。絕技誰吹柱間角，擅長誰擊當筵筑。流麗誰工雜組詞，纏綿誰譜雙聲曲。同是萍浮〔二〕梗泛身，故將溫語慰風塵。窮年浪走車生耳，深夜高歌筆有神。容易拋人是年少，轉頭三十鬖鬖到。但博塡胸萬斛愁，難尋開口千場笑。感君愛我屢招尋，為訴男兒一寸心。掌上結交須利劍，篋中同調有青琴。九天咳唾隨風下，靈珠美玉俱無價。但得名流掛齒牙，未妨俗客長嘲罵。青眼相看莫復疑，空王香火有前期。三生劫轉情難盡，千里神交夢亦奇。詩筒來往相催促，會見華牋積成軸。就中悲喜兩無端，香桃自笑枯桑哭。明星落落漏聲稀，五夜沉吟起攬衣。眾許清狂同趙壹，我知孤憤似韓非。伯歌季舞神俱王，白雪家家擅高唱。聽來已覺客愁銷，攜去好教行色壯。累牘連篇世莫驚，由來鸞鳳不孤鳴。他年兩地相思處，對此應添十倍情。

【校記】

〔一〕『方子雲』，眞本作『方五子雲』。

〔二〕『萍浮』，眞本、嘉慶本俱作『浮萍』。

澄心堂紙二十四韻

記昔風流主，爭雄翰墨場。新詞何妙麗，小札最精良。巧織光明錦，勻鋪細膩霜。品方蠶繭重，價比衍波昂。進御君王笑，拈箋女史忙。繙來金葉底，擘⿱鄉糸綺筵傍。妙墨留僊子耿玉眞，香經寫法王。紅鈐署鍾隱，艷曲記娥皇。方麯黃羅麵，燒槽紫錦囊。一般供玩賞，終古怨興亡。五夜家山破，千年劫燼颺。灰都作蝴蝶，魂不化鴛鴦。風送迎降表，星飛告急章。聚時勞護惜，散日太蒼惶〔一〕。故國春江冷，羅衾夜雨涼。纏綿歌半闋，慘淡墨千行。無復迴鸞影，空教齎蠹糧。叢殘歸史館，麄使給文房。淳化銀鉤搨〔二〕，宣和玉局藏。謠緣聽白雁，讖又應紅羊。梅老新詩在，王郎舊志詳。奇珍易零落，尤物幾滄桑。兩軸如相贈，千金可許償。好同龍尾硯，軼事話南唐。〔三〕

【校記】

〔一〕『惶』，吟本作『黄』。

〔二〕『搨』，眞本、吟本、嘉慶本俱作『榻』。

〔三〕吳鎮本篇末評語：『簡齋師曰：才情富麗，音節悲涼，自是才人極筆。』

楊花四首

垂楊千樹又吹綿，滿眼春雲乍熱天。弱質怕沾三月雨，閒愁慣惹六朝煙。撲來帳底渾疑夢，扶上釵頭便欲僊。記說長秋宮畔路，有人拾得淚潸然。

獨嚮花階取次行，縈肩拂面儘逢迎。隋隄流水前身果，巫峽輕雲出世情。翠袖啼痕全黯澹，紅腮魂影不分明。願他化作青萍子，傍著鴛鴦過一生。

生來心性最夭斜，慣逐春郊鈿尾車。掠水燕迷千點雪，窺牕人隔一重紗。粉棉宛轉裝花額，香霧朦朧護月牙。何似魏郎驚蛺蝶，東家飛過又西家。

盼斷天涯長短亭，杜鵑聲裏怨飄零。未應鬢角添新白，已覺眉梢換舊青。送去花魂須緩緩，拈來春恨只星星。眼前指點瑤臺路，莫逐東風舞不停。

碧紗𢣅十六韵

紫貝冰紋檻，明螺梵字櫺。桃笙涼乍展，綗戶靜初扃。暫卻蒲葵扇，教移雲母屏。千絲成巧製，十幅可中庭。水玉寒纔凝，秋雲澹欲停。薄翎裝翡翠，輕翅擘蜻蜓。螢暗分光綠，蟾孤逗影青。雙煙縈寶篆，列點數空星。燈穗看來澹，花房摘處馨。倦眸時甸線，悄語倍瓏玲。小掛龍皮拂，勻排犀角釘。密防蝨陣入，慢〔一〕遣蝶魂醒。白板煙中舫，紅羅水上亭。清疑通溟涬，深好護娉婷。卻暑眠方穩，遊僊夢亦靈。碧城十二曲，曲曲記曾經。〔二〕

【校記】

〔一〕『慢』，吟本作『漫』。

〔二〕吴鎮本篇末評語：『王夢樓先生曰：細意熨貼，神似玉溪。』

秦淮秋泛同子雲竹西作

花外樓臺柳外橋，倚闌吹斷玉人簫。燈迴翠袖移秋舫，簾捲明星落夜潮。鏡閣香痕彈麝粉，屏山煙影護龍綃。寶釵桃葉銷魂地，涼月殷勤照六朝。

得二弟歸書感而有作

飄泊憐吾弟，饑驅傍婿鄉。誰傳方寸札，頓觸九迴腸。久別顔應改，將歸話轉長。計程人漸近，屈指慰高堂。

記得分攜日，千回獨愴神。媿余長坎壈，累汝久風塵。别夢迷中路，歸期及小春。嬌癡諸弟妹，燈下説行人。

兩小爭梨栗，風光在眼前。如何成遠别，不信已三年。夜月黄河曲，秋風白雁邊。懷鄉心一片，應伴客帆懸。

青雲俄鎩羽，門戶苦難持。惻愴《悲秋賦》，淒涼《下第詩》。多應識字誤，只恨報恩遲。無限難言意，天涯獨爾知。

伏枕思陳事，中宵夢屢驚。去留俱失計，爾我兩無成。月黑烏啼樹，天寒柝繞城。不堪檐外雨，已作對牀聲。〔一〕

【校記】

〔一〕吴鎮本篇末評語：『稚存曰：眞情摯語，不必摹杜陵而自然神似。』

渡江

三兩明星墮寒水，戍鼓頻催榜人起。爭拽青蒲十幅帆，東風吹轉銅烏尾。船頭日出看漸高，水光明豔翻紅綃。回頭卻望隔江樹，一碧欲與空煙銷。昨宵猶是江南客，今晚維舟住江北。渺渺滄波千萬重，多恐夢魂歸不得。

揚州

細浪浮蘭槳，斜陽上畫樓。一聲《新水調》，六代舊春愁。快語思騎鶴，孤懷擬狎鷗。客囊羞澀甚，辜負少年遊。

莫唱安公子，隋家事可憐。瓊花春九十，錦纜女三千。墓古埋荒草，魂歸化杜鵑。吴公臺畔柳，空自鬭嬋娟。

小杜狂遊地，奇章幕府開。青樓十年住，紅粉兩行迴。惆悵尋春夢，飄零作賦才。二分今夜月，曾受品題來。

懊惱征程急，孤帆掠岸行。空波流月影，小市沸燈聲。酒薄愁難卻，衾寒夢不成。長吟鮑家賦，草草別蕪城。〔一〕

【校記】

〔一〕吴鎮本篇末評語：『松厓曰：筆筆醒快。』

阻風淮陰

淒涼中酒阻風天，北望淮南路渺然。市上兒童皆大俠，雲中雞犬盡神僊。碑殘尚識前朝壘，米賤多逢估客船。我亦窮途憔悴客，耻緣一飯乞人憐。

茫茫回首百愁侵，底事天涯嘆滯淫。漸覺風煙非故土，只餘僮僕尚鄉音。擁衾半晌闌珊夢，倚劒千回宛轉吟。不信南中丹橘樹，到來便易歲寒心。

茌[一]平道中月夜

戍樓紞紞催嚴鼓，孤館蒼涼月當午。暗魄應憐獨夜長，清輝慣照離人苦。獨夜離人望欲迷，白沙如雪路東西。若教天上無圓缺，那得人間有笑啼。照壁昏燈落殘穗，卻看孤影驚顛領。靈藥何曾療別愁，方諸只解流清淚。見月方知一月行，碧空迢遞夜無情。吹來一片清霜影，添上千羣冷雁聲。藜牀土銼凝塵重，推枕徘徊不成夢。警夜悲笳著意吹，卻寒濁酒無人送。回首吳閶有所思，斷腸芳訊月明知。問他故國三千里，開到繁花第幾枝。吹盡纖雲更清廓，漸覺斜光嚮人落。刀上鐶留只半規，匣中鏡破無全郭。星斗離離夜嚮闌，荒雞咿喔促征鞍。盼他三五團圓夜，便許征人馬上看。

【校記】

〔一〕『茌』，光緒本作『茬』，據眞本、吟本改。

過平原

北風吹驚沙，如雪撲人面。郵亭痛飲不成歡，驅馬夜過平原縣。此時卻憶平原君，雄豪意氣干青雲。黃金隨手散如土，門前珠履來繽〔一〕紛。受君知重為君死，我亦人間報恩子。蓬蒿已沒趙州墳，四海茫茫嚮誰是。千金劍已折，五色絲成灰，俠骨欲腐雄心摧。北行觸處增感激，明日〔二〕又上黃金臺。〔三〕

【校記】

〔一〕『繽』，吟本作『紛』。

〔二〕『日』，光緒本作『月』，據吟本、嘉慶本改。

〔三〕吳鎮本篇末評語：『億生曰：陡健騫舉。』

弔陳思王墓〔一〕

寂寞魚山道，千年草自春。此間歸骨地，猶識建安人。健筆空今古，雄才邁等倫。文星流異彩，紫嶽孕奇珍。公讌南皮郡，陪遊漳水濱。高談能破的，小伎亦通神。恩寵原難恃，威儀太任眞。褊心餘子妬，異目乃公嗔。空說才無敵，甯知命不辰。憂生貴公子，屈首老藩臣。歧路悲黃髮，高天隔紫宸。轉蓬無住著，煮豆太酸辛。計已輸吳質，讒偏遇灌均。九閽雲黯黯，眾口犬狺狺。飄泊遷遐郡，艱難託懿親。風高摧勁羽，浪涸損修鱗。洛浦留殘夢，遮須認後身。蓬山纔歷劫，桑海幾揚塵。壞道沉金雁，高原泣石麟〔二〕。一盃澆濁酒，三步轉征輪。倘給蘭臺札，容參桂苑賓。君應愛枚馬，我詎讓徐陳？代隔交堪訂，名高跡未淪。徘徊夕陽下，嗚咽欲霑巾。〔三〕

【校記】

〔一〕眞本篇名作『弔陳思王墓二十八韻』。

〔二〕『高原』句下，眞本多『緗圖散文藻，黃土蔽荆榛。夙世曾遊鄴，今來豈過秦』四句。

〔三〕吳鎮本篇末評語：『黃仲則曰：蒼涼激壯，寄托遙深。』

春草篇送陳秋士歸毘陵

江南二月青青草，離家便憶還家好。燕臺三月草青青，送客偏傷作客情。一般春草天涯路，我自遠來君自去。極目芊綿長短亭，一年兩度銷魂處。共嚮壚頭貰酒錢，醉來草路踏空煙。立當夜月寒無影，吹上春衫色可憐。故園誰把文無寄，正是芳時理歸計。難忘春暉一寸心，易垂南浦千行淚。此去揚州廿四橋，片帆又掛白門潮。荒荒舊址尋三閣，脈脈斜陽認六朝。馬頭煙雨春愁重，千里萋迷遠相送。我亦裁詩寄阿連，東風綠徧池塘夢。〔一〕

【校記】

〔一〕吳鎮本篇末評語：『仲則曰：王楊標格，李溫風調。』

曉起記夢〔一〕

敲牕小雨作春聲，涼壓羅衾睡失明。夢到桃花最多處，滿身香露聽流鶯。

【校記】

〔一〕眞本篇名作『記夢』。

得錢生竹西〔一〕書卻寄

玉河橋下春波綠，網得錦鱗三十六。中有眞珠密字書，封題遠自章江曲。去年君嚮章江行，秦淮水落秋潮平。勞勞亭邊折楊柳，驪歌悽斷難為情。今年我作長安客，回首雲波萬重隔。青峯江上數才華，瓊樹風前見顏色。歷歷前塵費夢思，燒蘭擘錦記年時。愛君俊健空餘子，媿我迂踈作導師。書中不盡纏綿語，上言雲樹相思苦。下言五月下章江，還到金陵舊遊處。金陵是處好樓臺，近水紅闌面面開。李約瘦人方干子雲無恙在，掃除花徑待君來。知君才氣橫寥廓，盡捲波瀾歸少作。舊蹟重經蔣帝城，壯觀曾上滕王閣。只我愁吟度一春，出門怕踏軟紅塵。誰憐老屋挑燈夜，絕憶元亭問字人。

【校記】

〔一〕『竹西』，眞本、吟本俱作『蔬畦』。

送汪劒潭〔一〕歸揚州卽題其越遊詩稿後

鏡湖水色桐廬雨，蕩槳吳孃浣紗女。落絮遊絲舊夢長，迷離心事分明語。久識君身是謫僊，再來仍坐有情天。幺絃音響悲如許，青鳥文章奇可憐。玉啼寶唾當風墜，澹是墨痕濃是淚。擁鼻燈前破寂寥，牽愁鏡裏添憔悴。似綺年華彈指過，衹餘冶習未銷磨。香詞百闋拈紅豆，淨業三生禮貝多。相逢握手靈臺下，君正金門報聞罷。客路無邊宛轉愁，清宵有限淒涼話。孤劒單衣作急裝，江南花落好還鄉。嫌身李廓頻垂淚，失路溫岐易斷腸。君家記住紅橋口，銷魂板渚絲絲柳。畫檻春風盡捲簾，青旗細雨爭誇酒。我亦懷〔二〕鄉作越吟，清秋準擬共招尋。好堅跂石眠雲約，一慰傷離惜別心。〔三〕

【校記】

〔一〕『汪劒潭』，眞本、吟本俱作『汪大劒潭』。

〔二〕『懷』，吟本作『還』。

〔三〕吳鎮本篇末評語：『稚存曰：纏綿宛轉，令人一往情深。』嘉慶本、光緒本卷末題：『原本受業錢倩履校訂。』

詩鈔卷四

讀史偶成

蓋世功名百戰餘，河山回首霸圖虛。悲歌一曲千秋在，肯信重瞳不讀書？美人愛子總難忘，倚瑟歌成氣不揚。一種聲情兩般淚，英雄末路到詞章。

春夜微雪效玉溪生體

乍覺東風溼，悠颺拂面飄。三英宜夜賞，六出鬭春嬌。竇唾從空墮，冰肌慣暗銷〔一〕。縈煙低可數，隔霧遠難招。艷絕驚花骨，寒嚴禁柳條。雲光沉極浦，月彩逗層霄。燈燄垂紅豆，茶香滿綠瓢。幽蘭不成曲，脉脉坐深宵。

【校記】

〔一〕『慣暗銷』，芙本作『暗裹銷』。

春寒曲

重衾夜覺寒威重，淅瀝尖風透牕縫。麝炷無煙獸炭銷，銀荷半滅蘭膏凍。曉光冏冏團冷雲，瓊霙灑面吹繽紛。小桃憔悴柳芽短，春事十分無二分。江南正是芳菲節，照眼春光爛如纈。水國輕寒別有情，楊花吹起河豚雪。

示朱圉書院諸生

伏羌古冀城，風土最清美。渭水縈迴流，朱山儼環峙。平疇如繡錯，茅舍若鱗比。應有絃誦人，翹秀同杞梓。緊余本儒生，少小誦文史。生涯依破硯，著譔存故紙。奉檄違初心，為貧故求仕。幸綰綬半通，忝分符百里。遠志雖蹉跎，結習未忘弭。驅車莅茲邑，半載閱星晷。習禮詣環林，談經嚮槐市。每喜諸生徒，青衫何嶷嶷！西郛舊講席，規模具堂庳。灑掃刈蒿萊，拂拭去塵滓。碑書存一二，井井有條理。後起賴有人，前徽尚堪企。教督吾所司，頹廢誰之恥？況際隆平時，文治越前軌。風騷崇雅正，詞章戒淫靡。振鷺集巖廊，祥鸞儀殿所。絕塵冀北過，擊水天南徙。讀書要世用，豈獨慕青紫。義舒迅節驅，景光不可恃。努力自鞭策，銖寸看積累。慎勿貪嵬瑣，慎勿墮儓儗。學豈躐〔一〕等躋，功休半途毀。藝香當藝蘭，食魚當食鯉。精故不在多，泛濫胡足喜？彥先吾畏友，相推執牛耳謂顧二學和。

史解辨源流，經能究終始。諸生宜虛懷，月旦聽臧否。求師貴聞道，詎宜計年齒？不見王孝逸，北面文中子。教學兩相資，玉石互礱砥。竚見春風中，粲粲盈桃李。宛轉陳苦詞，非同束溼使。敬矣青雲客，勉旃天下士。

【校記】

〔一〕『躐』，光緒本作『臘』，據芙本、嘉慶本改。

隗囂宮懷古

四七當龍鬬，羣材奮草中。經生習弓劍，文吏〔一〕有英雄。飛檄聲三罪，揮兵出九攻。巖疆分隴右，威望震山東。白水眞人起，金刀帝祚隆。初心原悃欵，內向足謙恭。壤地風煙接，春秋信使通。相期作脣齒，協力殄姦兇。反側由羣議，寬仁負乃公。偏隅憑扼塞，大勢昧朝宗。氣想全師壓，謡占長子凶。封泥潰函谷，倚劒失崆峒。愛士心徒切，攖城力已窮。兩河精銳盡，三郡糗糧空。自任為黥布，無由效竇融。長饑豪氣短，回首覇圖終。暇日尋荒寺，居人識故宮。山門森檜柏，野殿沒蒿蓬。賽社無村覡，行歌有牧童。徘徊古原上，長嘯大王風。〔二〕

【校記】

〔一〕『吏』，芙本作『史』。

〔二〕吳鎮本篇末評語：『松厓曰：語有分寸，論古者宜如是。』

有感二首辛丑年有感癸卯年詩成

寇盜妖氛動，衣冠劫數俱。火炎瑜礫盡，霜殺艾蘭枯。具獄無煩考，屯膏合受誅。貪泉流已徧，狂藥中難蘇。明罰原無爽，微生自速辜。議能開法網，緩死馳刑徒。歸骨黄壚畔，投軀青海隅。恩威均浩蕩，幽顯共欷歔。

五夜欃槍落，長空貫索横。千行歆章密，四出捕車行。刀布收乾沒，脂膏惡滿盈。齊奴財竟散，主父鼎終烹。當局幾甯昧，相蒙勢已成。泔魚先釀禍，懷鴆共輕生。隕首將誰咎，刳心不自明。空餘故人淚，嗚咽只吞聲。

詠鷹效李昌谷詠馬詩體六首〔一〕

側目空凡鳥，奇姿絶世無。如遊雲夢澤，須擊大鵬雛。

大漠野雲開，悲風四面來。呼聲何處急，日暮景昇臺。

攫人郅都猛，擇肉奉先饑。一點凌空起，長天鳥不飛。

玉爪搖金鏇，霜毛映錦韝。衹應隨壯士，萬里塞垣秋。

解辨梟鸞族，能空狐兔羣。鋒稜十二翮，落落削長雲。

俊逸無留賞，昂藏雅自雄。頭銜無限好，特進上儀同。

【校記】

〔一〕吟本篇名中無『六首』兩字。

元夕同陶午莊家簣山分賦得黃柑

令節偕知己，當筵興倍酣。綠浮千榼酒，黃破一筒柑。珍品登嘉讌，清芬佐劇譚。金宜盈手贈，玉愛滿懷探。嗛雪堆盤冷，瓊霜沁齒甘。分香君善謔，賭勝我尤憨。景物佳堪賞，家山味久諳。勻圓壓村舍，錯落貯筠籃。逸趣雲門寺，高吟海嶽庵。鱸香蓴采采，鶯語柳毿毿。話舊偏多思，嘗新不厭貪。一般歲寒侶，丹橘在江南。〔一〕

【校記】

〔一〕吳鎮本篇末評語：『松厓曰：有味之同，不妨小品。』

咏落燈風和家簣山闌字韻

冉冉飆輪動，依依燈事闌。月痕搖彩暈，星影逗明玕。火鳳猶催拍，銅烏乍轉竿。封姨偏蘊藉，少女最便姍。虹落橋雙架，霞收錦一端。冰荷珠蕩漾，寶苣淚闌干。夜色飄難定，春紅翦欲殘。倦拋金葉子，孤對水晶盤。虛館蘭熏歇，生衣玉艷寒。預傳花信息，頻泛酒波瀾。吹面銷微醉，攄懷補墜歡。何當辨〔一〕金綺，更買兩宵看。

【校記】

〔一〕『辨』，芙本作『辦』。

咏春餅和陶午莊家簣山韻

說餅新吟就，嬉春樂事占。筵當燈夕設，技是鼎娥兼。銀屑摶來膩，瓊膏溲處黏。千張輕易研，十字巧能添。薄落雲盈釜，團欒鏡出奩。蕉心抽一束，蓮葉捲雙尖。細擘吳緜軟，勻鋪魯縞纖。莫淘槐汁冷，罷點蔗霜甜。縷切秦人炙，融調蜀井鹽。金鮮虀乍擣，玉脆韭初醃。好饗辛盤飣，還宜卯酒沾。故鄉誇不託，小市認青帘。

分咏泮冰

日暖蘋花渚，冰銷杜若洲。瓊田開霽景，瑤鏡落春流。風翦裁雲夜，雯華裂月秋。圓輝搖滉漾，方響戛幽修。洛浦珠璫散，湘皋玉佩留。鮫工精刻鑿，泉客解雕鎪。野渡迤迤下，橫塘淺淺浮。近槎時聚沫，逐浪欲成漚。冷漱雲牙淨，輕縈石髮稠。空明驚浴鷺，澹蕩媚潛虬。大冶鎔能化，微瀾渙不收。

江鄉此時節，好放木蘭舟。

寄懷秦梧園

便擬從君乞釣輪，江湖無恙白鷗羣。煙波何處尋張翰，花雪頻年憶范雲。蕭寺鐘魚同聽梵，小牕燈火舊論文。只今老大傷飄泊，空把青樽對夕曛。

花朝前一日赴蘭州途中雜題

馬背看花柳，春光負汝多。故園歸未得，薄宦意如何。又續離人夢，誰聽勞者歌。殷勤清渭水，還送麴塵波。

路出當亭口，千山擁落門。風雲隗王壘，烏雀杜陵邨。遠水留斜照，春煙入燒痕。蒼茫懷古意，跋馬嚮高原。

風土南安美，農家樂事偏。窅崖殘臘雪，踈樹隔邨煙。就澗開山碓，疏渠溉水田。棃花春正熟，茅舍一停鞭。

山名猶鳥鼠，異事古今疑。舊跡傳神禹，荒祠賽伯夷。渭流清宛宛，薇出緑差差。竟日探幽勝，經行不厭遲。

一片秦關月，流光入遠春。珠胎明有淚，銀地迴無塵。花竹園官閣，琴樽對故人。鮑家詩句好，若為鬬清新。

日落洮水上，行人生暮愁。風沙迷驛路，燈火上關樓。剌促嗟身事，飄零笑宦遊。誰家吹短笛，苦調按涼州。

行行殊未已，策馬度重關。野渡縱橫水，斜陽犖确山。柳條青尚短，草甲緑初斑。迢遞風塵路，何堪數往還。〔一〕

【校記】

〔一〕吴鎮本篇末評語：『松厓曰：七首俱清眞古雅，足稱合作。』

題雙芍藥圖和孫季逑韻

一種名花兩地開，亭亭雙照餞春杯。憐卿薄命休相妬，伴我多情合並栽。墮砌嬌雲愁易散，翻階豔影惜遲來。歌前燭底添棖觸，小謝詩成有别才。

疊蕚交枝照眼開，披圖為把淺深盃。玉盤金帶殷勤贈，月地雲階取次栽。色界曇華空外現，巫山香氣雨中來。干卿何事閒花草，刻燭微吟也費才。〔一〕

【校記】

〔一〕吴鎮本篇末評語：『松厓曰：此有寄託，近王芥亭云云。』

又題雙芍藥圖四首寄季述〔一〕

徐黃妙手寫生工，幻出僊葩各一叢。舞嚮雕闌雙宛轉，護將珠箔兩玲瓏。持縑比素知誰好，看碧成朱訝許同。笑我風懷似元九，為渠重賦亞枝紅。

芙蓉城裏謫僊曹，花史修成管自操。二月韶華吟荳蔻，六朝遺事說櫻桃。鄂君繡被辭江浦，神女明珠落漢皋。空爇〔二〕沉香熏小像，行雲無定夢魂勞。

廣陵佳種記曾探，畫舫紅橋〔三〕路舊諳。妙〔四〕句輸君傳隴右，閒〔五〕愁憐我滿〔六〕江南。雲因出岫情全淡，蝶為離花夢不酣。檢點小園凡草木，叢殘心緒學嵇含。

悔把將離喚小名，書生薄福誤卿卿。嬌雲一朵尋無跡，春恨三分畫不成。各有因緣酬慧業，共拋心力賦閒情。在旁紅燭能知狀，怊〔七〕悵無眠直到明。

【校記】

〔一〕吟本篇名作『題雙芍藥圖四律寄孫季述』，芙本篇名作『又題雙芍藥圖四首』。

〔二〕『爇』，吟本作『屑』。

〔三〕『畫舫紅橋』，吟本作『廿四橋邊』，芙本作『宛轉紅橋』。

〔四〕『妙』，吟本作『好』。

〔五〕『閒』，芙本作『離』。

〔六〕『滿』，吟本作『徧』。

〔七〕『怊』，吟本作『惆』，嘉慶本作『怡』。

弔李長吉墓二十韻〔一〕墓在隴西縣

覽古懷詩客，尋幽弔鬼才。殘碑沉磵道，古墓傍巖隈。僊李當中葉，靈根挺異材。嘔心成綺繡，脫手散瓊瑰。日炙春紅坼〔二〕，雷驚蟄戶開。精奇穿窔奧，卓犖變風〔三〕裁。百怪行間泣，千瀾筆底迴。曹劉供指使，屈宋合輿儓本沈亞之語〔四〕。豈是聲名誤，翻教物議猜。舉塲原有避，朝列本無媒。短景容華換，高雲羽翮摧。碧虛丹篆下，白晝〔五〕赤虯來。飇忽人長往，冥茫理莫推。人間眞夢幻，天上有樓臺。鬱鬱金刀掩，深深玉樹埋。嬴童愁失主，古錦黦成灰。暮雨神絃急，秋宵鬼唱哀。白楊森若〔六〕彗，衰草短於苔。有客羞芳芷，臨風薦綠醅。敬亭三尺土，相望兩崔嵬。〔七〕

【校記】

〔一〕吟本篇名作『過隴西縣弔李長吉墓』。

〔二〕『坼』，吟本作『折』。

〔三〕『風』，吟本作『豐』。

〔四〕吟本無此小字注。

〔五〕『白晝』，吟本作『元夜』，芙本作『清曉』。

〔六〕『若』，吟本、芙本俱作『似』。

〔七〕吳鎮本篇末評語：『松厓曰：趨新詩亦精湛。』

古落門行 漢來歙破隗純處

天水西來山百轉，巀嶭岡巒忽中斷。雄雄沙磧野蒼茫，落落邊雲天闊遠。居人識是古落門，隗王舊壘今猶存。當年曾此事攻戰，連營勁卒如雲屯。西州反側前盟棄，不識眞人銅馬帝。函關已潰一丸泥，設險空餘方寸地。梯衝百道爭來攻，戰士犇散成沙蟲。謀臣畫策失方望，降將解甲憑周宗。番須兵下何神速，收隴先聲已吞蜀。若數中興蕩寇勳，奇功〔一〕第一來君叔。方今寰宇慶昇平，高原沃衍農人耕。耕餘往往拾敗鏃，土花剝蝕殷痕腥。橫戈躍馬誇雄據，青史人豪竟何處。弔古閒來酹夕曛，無情渭水東流去。〔二〕

【校記】

〔一〕『奇功』，芙本作『應推』。

〔二〕吳鎮本篇末評語：『松厓曰：結遠。』

織錦巷歌

鶯花古巷秦川陌，云是蘇孃舊時宅。遺蹟誰尋濯錦坊，居人尚指支機石。當年薄倖說連波，寂寞深閨別恨多。慧性玲瓏傳綵管，柔情宛轉託金梭。誰憐一寸芳心苦，幻出璇璣女媧譜。百首新詩顛倒看，千行密字縱横數。舊侶重諧繡幰來，此時愁殺趙陽臺。白頭吟罷空惆悵，卻笑文君枉費才。迴環尺幅龍鸞蹙，非我佳人詎能讀。別有閒愁織未成，始知薄命絲堪續。漫誇機絕與鍼神，未抵卿家錦樣新。韻事千秋誰作記，尚留餘巧付金輪。唐武后有《璇璣圖記》。〔一〕

【校記】

〔一〕吳鎮本篇末評語：『松厓曰：韵甚！』

六盤山

羣峭摩空起，縈迴上六盤。馬蹄臨澗怯，人影隔雲寒。敢忘垂堂戒，其如行路難。招提何處是，隱隱暮鐘殘。

過隆德縣

旅宿荒城畔，停鞭日已晡。野橋横古渡，秋雪點平蕪。磧晚牛羊下，風高雁鶩呼。昔賢漂寓地，著論憶潛夫。漢王節信先生流寓處。

宿高家堡

莫上高臺望，雲沙幾萬重。寒威凌白草，霜氣激淸鐘。萍梗蹤難定，風塵興易慵。一樽邨釀薄，不似旅愁濃。

晚至西聳驛

目送歸鴉盡，行人尚著鞭。霜濃疑作雨，霞暗欲成煙。局促嗟卑宦，蹉跎愧壯年。塵勞何日息，回首意茫然。〔一〕

【校記】

〔一〕吳鎮本篇末評語：『松厓曰：好起。』

久不得荔裳書作此寄之

兄官隴東弟燕北，五年別恨横胸臆。百回信到猶悵望，況復經秋斷消息。白晝看雲眼欲穿，靑燈照夜腸應直。心事頻占烏鵲喜，夢魂恐被蛟龍得。霜落秦川衰〔一〕草黃，風吹渭水寒冰黑。宦情羈思迫歲暮，盡日行吟獨悽惻。念君索米忍長饑，愧我濫竽嘲素食。勞勞何異刮龜毛，去去眞當棄雞肋。長恨人生遠別離，何心苦愛高官職。甚時買得二頃田，相約歸耕返江國。弟應荷蓧兄攜耒，朝出辭親暮親側。臨觴對案忽不御，此意妻孥未〔二〕能識。為〔三〕逢征雁嚮北飛，附書道我遙〔四〕相憶。

【校記】

〔一〕「衰」，吟本作「塞」。

〔二〕「未」，吟本作「詎」。

〔三〕「為」，吟本作「會」。

〔四〕「遙」，吟本作「長」。

伏羌紀事詩一百韻〔一〕

聖澤敷殊俗，天聲震八紘。花門何醜類，草竊敢縱橫？釁為尋仇啟，妖由搆煽成。逆回田五謀復新教，勾引匪類，修理石峯堡為聚眾之地。鼠牙工發覆，蝸角怒相傾。先是，賊匪約於本年五月五日起事。緣回民李應得首告〔二〕，未及期而遂反。方鎮空持重，中權孰使令？養癰憂內潰，躡尾失先鳴。賊〔三〕由海城攻靖遠，轉掠而南。官兵尾追，踈於堵截。濡滯師將老，驍騰敵果勍。誰當擒罔象，無計掣長鯨。祖厲朝呼渡，靖〔四〕遠從逆賊匪艤船以待，賊因沿流而下。蕭關夜斫營。西安州營被劫，四月十六日事。定西仍聚落，賊首田五斃於狼山。餘黨僅百餘人，遁至官川，招集安定回匪，賊勢遂〔五〕熾。渭北卻飜城。賊眾劫通渭之馬營監，進攻縣城，一夕而陷。蕞爾當陽邑〔六〕，相違一日程。虢脣虞是齒，邾柝魯聞聲。中夜荒雞嗷，高巖石鼓鏗。先是，伏邑雞未夜半輒鳴，占云有兵。又境内天門山〔七〕有石鼓，相傳鳴則兵起。重圍占月暈，大〔八〕角動星精。縣尉能全節，五月初九日賊破通渭，典史溫模死之〔九〕。將軍竟殉名。明都統孫糸將遇賊於高廟山，奮勇死綏〔十〕。沙蟲師有劫，風鶴信頻驚。陸地機纔發〔十一〕，蕭牆禍早萌。朝三狙暮四，晝伏鼠宵行。無奈禾生莠，難教石化瓊。搜牢甯有術，鉤距遣誰偵？城内回民馬稱驤兄弟數人從賊，約為内應，包藏詭秘〔十二〕。狼卜〔十三〕陰謀泄，犀然詭狀呈。幺麿〔十四〕方擾擾，數士獨錚錚。義可捐妻子，情誰顧舅甥。回民馬映龍，即馬稱驤甥也。矢心先告密，雪泣自輸誠。嘉爾殊慷慨，緊余不聽瑩。終然邀上賞，可以定輿評。五月十四日，回民監生馬映龍、白中煒、馬宏元，首告逆謀〔十五〕。伏邑向〔十六〕未設兵，星馳告急，猝未能至〔十七〕。余〔十八〕督率漢回民夫守〔十九〕城外。議以〔二十〕回民不便同〔二十一〕守。後李制府〔二十二〕到縣，以馬映龍等舉發内應，守城出力，賞給武弁劄付。外議遂息。眾志堅堪恃，狂〔二十三〕鋒猝敢攖。臥羆吞貉子，嗾犬搏狸狌。狡窟憑熏灌，祅〔二十四〕酋競抗衡。交衢長鎩滿，狹巷短刀迎。螳臂窮猶奮，鼈眸死尚瞠。駢頭填犴獄，連頸縛徽纆。五月十八日，請兵未至，而馬稱驤等逆迹漸露，勢難復待，決計擒捕。賊已持械而出。當時格殺馬稱驤等四人，餘皆先後就縛。内患方消弭，前郈倏鬭爭。烽煙騰土堠，賊騎滿〔二十五〕山坪。十八日晚，賊由縣鄉〔二十六〕巴斯坪各村莊驅脅回民，大掠而進。跣足夫攜婦，摩肩弟覓兄。倉皇棄髻亂，嗚咽哭嫈嫇。近郭人流血，環郛火徹明。姚墟餘瓦礫，謝墅剩榛荆。縣北五里姚謝家莊，有武生姚以甯等率眾拒賊〔二十七〕，被害尤烈。譟或千脣沸〔二十八〕，行如一足躄。飛揚氛甚惡，跳盪色何獰。呀闔摧〔二十九〕牆壁，喧豗折〔三十〕棟甍。陣雲愁靉靆，邊日慘光晶。滿谷驅牛馬，連車藉稻秔。爭先誇矫〔三十一〕捷，走險據嶢崢。賊據天門山，距城里許〔三十二〕。巖邑周防早，微官性命輕。俠腸原耿耿，獨行信硜硜。黑子城三版，青萍水一泓。周苛〔三十三〕惟誓死，傅燮敢求生！

羯末才無敵，羊何氣並英。射雕驚斛律，倚馬笑袁宏。時羽書絡繹，皆出戴曉嵐暨從兄弟簣山伯初之手〔三十四〕。而簣山登城射賊，竟斃一人。勢只伸〔三十五〕孤掌，危還藉衆擎。帶刀農佩犢，時招募鄉勇多至千餘人。持戟士離甍。流人李忠邑諸生魏輔君、王表等均有幹畧，悉令守城。等上城禦賊，頗為出力。健婦俱行汲，羸童亦踐更。奔馳勞僕隸，奮勵逮〔三十六〕髡黥。流電飛觩落，狂雷巨礮轟。登陴均受甲，給廩免呼庚。四日孤墉〔三十七〕在，千夫一膽並。徒勞設梁麗，屢見碎衝輣。賊積草盈車，伏車下逼城，屢被鎗石擊斃。天意為誰怒，民心笑爾獰。賊連攻〔三十八〕四晝夜，城上矢石如雨，斃其首從百餘人。賊膽恇怯，遂不敢復進。如棋爭劫勝，似博殺梟贏。侵曉憑樓堞，遙原見旆旌。煙塵飛候騎，笳吹到援兵。象主羣陰遯，爻占大道亨。危巢徙梟鴿，舊穴聚狐麖。二十二日李制府〔三十九〕率兵到縣。賊戰輒敗，遂於二十四日遁走秦安，由底店仍聚石峯堡。自昔恢王度，由來仗國楨。班資周保傅，勳閥漢公卿。福制府〔四十〕暨英勇中堂先後率京兵來甘，進勦秦蜀，各路官兵亦陸續雲集。玉節來樞部〔四十一〕，銅符事遠征。指麾皆頗牧，趨走盡韓彭。茇舍〔四十二〕嚴刁斗，轅門〔四十三〕急鼓鉦。羽書千里應，積粟萬囊盛。纘挾全軍燠〔四十四〕，醪投衆士酲。兩甄排稱婝，列騎雜斑騂。貳負強遭梏，防風窘待烹。長圍羅劍槊，險道斷溝坑。賊堅〔四十五〕守石峯堡。我兵四面列圍，絕其汲道，乘機攻勦〔四十六〕，賊巢遂破。羣慝應簫勺，神姦首滿盈。臍膏明似燭，項骨脆於菁。『項骨脆於春蔓菁』，見盧仝詩。困獸攀籠檻，遊魂戀釜鐺。肘跗紛磔裂，骸骼亂枝撐。烈烈摧枯枿，炎炎燎聚蝱。纍纍俘婦女，婉婉曳孩嬰。跧伏難藏跡，推求莫遁情〔四十七〕。自知應斧鑕，初不假笞搒。縣中從逆回匪有自底店竄回各村者，獲之輒一訊而服。革面從文豹，遷喬慕谷鶯。爾曹生有路，今代獄惟平。近奉上諭，良善回民仍令安業，毋許株累。有向從新教者，許其改歸舊教。寬大羣方悅，明良百度貞。直教空貫索，奚止掃欃槍。歸馬秦川迥，回軍華嶽晴。豹韜〔四十八〕宣偉畧，龍額錫殊榮。福制軍特晉侯爵。銘擬燕然勒，歌同漢樂賡。歡聲溢鄽市，和氣叶韶韺。溫語傳丹扆，恩綸出玉京。蠲租憐瘠壤，給復慰疲氓。賚溥金兼粟，仁先獨與惸。遺墟修板屋，殘骴掩荒塋。奉恩詔，凡被賊焚掠傷害村莊，均與賑卹，恩極優渥。痛定微軀在，腸迴百感縈。失時幾拾瀋，懲熱慣吹虀。彈指龍華劫，當場傀儡棚。青山招遠夢，白水憶前盟。關隴皇威暢，邊陲戰氣清。江鄉三畝宅，何日好歸耕？〔四十九〕

【校記】

〔一〕芙本篇名下有注云：「王述菴夫子序景秋浦跋附同作寄贈詩。」

〔二〕「首告」，伏本作「首先呈告」。

〔三〕伏本「賊」前有「時」字。

〔四〕伏本「靖」前有「時」字。

〔五〕「遂」，伏本作「復」。

〔六〕伏本下有小字注：「伏羌，古當陽亭。」

〔七〕「天門山」，伏本作「梧中聚山」。

〔八〕「大」，伏本作「芒」。

〔九〕「典史溫模死之」，伏本作「縣令王慺潛逸，典史溫模自經死」。

〔十〕「明都統孫条將遇賊於高廟山，奮勇死綏」，伏本作「明都統孫參戎奮勇擊賊，山路崎嶇，后軍不繼，遂被害」。

〔十一〕「陸地機纔發」，伏本作「起陸機纔發」，且后有小字注云：「地發殺機，龍蛇起陸，《陰符經》」。

〔十二〕「城內回民馬稱驥兄弟數人從賊，約為內應，包藏詭秘」，伏本作「伏羌武生馬稱驥兄弟數人糾約內應，包藏外匪，城中居民頗有知其姦者」。

〔十三〕『狼卜』，伏本作『燭照』。
〔十四〕『幺麿』，伏本作『群姦』。
〔十五〕『首告逆謀』，伏本作『將馬稱驥等逆謀首告』。
〔十六〕『向』，光緒本作『尚』，據伏本改。
〔十七〕『猝未能至』，伏本作『官兵猝未能至』。
〔十八〕『余』，伏本作『燦』，芙本作『芳燦』。
〔十九〕『守』，伏本作『上』。
〔二十〕『以』，伏本作『以為』。
〔二十一〕『同』，伏本作『令』。
〔二十二〕『府』，伏本作『軍』。
〔二十三〕『狂』，伏本作『兇』。
〔二十四〕『祆』，伏本作『妖』。
〔二十五〕『滿』，伏本作『漫』。
〔二十六〕『賊由縣鄉』，伏本作『即有鄉民報稱賊由縣北鄉』。
〔二十七〕『賊』，伏本作『敵』。
〔二十八〕『千脣沸』，伏本作『千聲合』。
〔二十九〕『摧』，伏本作『夔』。
〔三十〕『折』，伏本作『坼』。

〔三十一〕『矫』，伏本作『趫』。

〔三十二〕『賊據天門山，距城里許』，伏本作『賊攻圍縣城，據天門山札營，距城僅一里許』。

〔三十三〕『周苛』，伏本作『彥先』。

〔三十四〕『時羽書絡繹，皆出戴曉嵐暨從兄弟簣山伯初之手』，伏本作『謂戴曉嵐暨家從姪簣山秋岑，圍城時告急文稟，皆出其手』，芙本作『時羽書絡繹，皆出戴曉嵐暨從姪簣山秋岑之手』。

〔三十五〕『伸』，伏本作『鳴』。

〔三十六〕『奮勵逮』，伏本作『捍禦賴』。

〔三十七〕『墉』，伏本作『城』。

〔三十八〕『攻』，伏本作『攻圍』，芙本作『圍攻』。

〔三十九〕『府』，伏本作『軍』。

〔四十〕『府』，伏本作『軍』。

〔四十一〕『來樞部』，伏本作『威行部』。

〔四十二〕『茇舍』，伏本作『將令』。

〔四十三〕『轅門』，伏本作『軍聲』。

〔四十四〕『燠』，伏本作『煐』。

〔四十五〕『堅』，伏本作『困』。

〔四十六〕『乘機攻剿』，伏本作『賊窘急乞降，我兵乘機攻剿』。

〔四十七〕『跧伏難藏跡，推求莫遁情』，伏本作『或有逋逃藪，其如罝網紘』。

〔四十八〕『豹韜』，伏本作『虎牙』。

〔四十九〕吳鎮本篇末評語：『松厓曰：有物之言，可參史乘。時同作百韻者，有會稽陶廷珍午莊、華亭楊之灝賓山，詩俱精工，惜鈔隘不能附載。』

過狄道超然臺弔忠愍公三十韻

老屋談經地，窮邊謫宦人。風霆千古淚，桃李一臺春。直道原難〔一〕屈，名儒信有眞。精思通律呂公少精律呂之學，碩學蘊經綸。正色寒姦魄，危言犯逆鱗。封章泣涕上，邊事慨慷陳。賈誼原才子，朱雲信小臣。始聞收杜眾，旋見逐崔駰。官衹紆黃綬，心常戀紫宸。殷勤羅髦士，悃款撫疲民。俗化羌兒悍，名儕漢吏循。遺編搜竹素，荒徑翦荆榛。絕徼文壇起，卑曹宦橐貧。金閨典釵釧，槐市盛冠巾。曰父名何愧〔二〕，兼師誼更親。三年終被召，百里競攀輪。互市言方驗，還朝氣益振。鳳鳴愁落漠，蛇膽笑逡巡。西苑尊僊醮，東樓竊國鈞。彼姦逾杞檜，公節自松筠。白簡飛霜雪，青燈泣鬼神。法先誅內賊，力欲肆宮隣。對簿詞猶壯，捐軀志未伸。丹心懸皦日，浩氣貫秋旻。此地曾遺愛，邦人仰後塵。門牆恢故址，俎豆薦明禋。爵最前僚寀，鄉張舊主賓。儀型瞻泰華，氣象感星辰。嶽麓留祠廟，洮溪發藻蘋。高山標峻節，終古共嶙峋。〔三〕

【校記】

〔一〕『難』，芙本作『非』。

〔二〕芙本下有小字注『本傳狄人呼公曰楊父』。

〔三〕吳鎮本篇末評語：『松厓曰：「杞檜」對「松筠」，虛實俱妙。』

哥舒翰紀功碑

唐家列鎮綏邊境，隴右雄藩是誰領。安西健〔一〕將有哥舒，勇冠一軍無與並。突〔二〕陣長矛半段鈷，搏敵蠻奴左車猛。防秋萬里平沙迥，北斗七星橫夜永。眾籟無譁刁斗傳〔三〕，高風不動旌旗整。帳外雷霆軍令嚴，腰間霜雪刀光冷。直將洮水劃天塹，不許邊人浪馳騁。四塞山河倚屏障，萬家耕鑿安閭井。大書深刻頌功績，要閱千秋並鐘鼎。幾經風雨半剝蝕，尚有字畫留鋒穎。奈何晚節竟披猖，坐使雄心化頑獷。巖關覆師縱云逼，穹廬屈膝緣誰肯？負恩無乃心全死，假息不知兵在頸。立身一敗百無取，縱有功名如畫餅。此碑合遺劫火焚，孰令嵬峩倚高嶺。鬼神呵護不無意，留示後人心自警。

【校記】

〔一〕『健』，吟本作『舊』。

〔二〕『突』，吟本作『奪』。

〔三〕『刁斗傳』，吟本作『鼓角閒』。

寓感四首

冰簟銀牀別有情，今年秋比向來清。瑤臺往事千回憶，錦瑟華年一擲輕。薄霧漸收山匼匝，長河無影月空明。誰翻天海風濤曲，不管離人感慨生。

惆悵鸞飄鳳泊身，水天閒話夙生因。如何一夜迷離夢，不見三山縹緲人唐句。紅豆拋殘歌宛轉，綵毫題罷墨鮮新。雲階月地曾經到，為問而今隔幾塵。

遙夜將闌月乍低，一天涼露小樓西。雲連銀浦槎難到，風引蓬山路轉迷。寂寞好音虛錦鯉，纏綿舊恨觸靈犀。十番牋紙桃花色，新句吟成著意題。

玉宇瓊樓詄蕩開，乘風欲去久遲徊。騷人有託遺蘭佩，佚女無言怨鴆媒。詎為養生留小病，可堪多恨減清才。更長更短難成寐，坐燼銀荷一寸灰。

秦嘉邨〔一〕

去去妾歸甯，行行君上計。客路自逶遲〔二〕，空閨〔三〕獨愁思。淥水漾雙魚，傳來尺素書。清新詩總好，珍重意何如。名香千里送，七寶瑤釵重。明鏡鑒華容，文琴寄清弄。琴德靜愔愔，君心似妾心。祇彈合歡曲，不譜白頭吟。東風吹碧草，屈指歸期早。錦水兩鴛鴦，雙飛復雙老。卓女拂金徽，蘇孃託錦機。才華何足貴，德素似君稀。孤邨清渭曲，何處尋芳躅。遙山薄鬢青，垂柳修眉綠。渭水去悠悠，遙空月一鉤。停驂為惆悵，我亦有離愁。

【校記】

〔一〕吟本篇名作『秦嘉邨寄內』。

〔二〕『透遲』，吟本作『委迤』。

〔三〕『空閨』，吟本作『居人』。

憶舊陳〔一〕情五十韻呈王述菴師〔二〕

憶昔遊京輦，青袍拜月題。蘭成初射策，德祖尚垂觿。氣象瞻嵩岱，文章仰壁奎。雅懷開朗月，豪氣吐長霓。入座皆瓊蕊，陞閑盡駃騠。登龍爭御李，題鳳詎嘲嵇。謂同門叔華、竹橋、仲則諸君。謬採蓬樗質，容參桃李蹊。浣腸吞寶篆，刮目得金篦。賦手驚鸚鵡，詞鋒淬鷿鵜。橫經問萊丣，就席對楂梨。升斗原為養，聲名敢厭低。金臺纔奉檄，燕市遂歌驪。別淚緣纓落，新篇滿篋攜。師恩逾鄭重，吾道在提撕。客路關河迴，勞人面目黧。風塵從漫浪，朱墨學勾稽。虎尾危曾躡，焦原險屢躋。一官來絕徼，六載此卑棲。旌節移三輔，絲綸下九閨。高秋雕鶚翮，遠道驌驦蹄。關吏迎軺傳，邊氓識組圭。祥刑平庶讞，惠政慰羣黎。畫戟黃圖右，烏臺紫嶽西。稍欣函丈近，仍悵笑言暌。昨歲遭兵燹，儒生習鼓鼙。狂塵奔猰貐，駭浪沸鯨鯢。誓死孤城在，輕生短〔三〕劍提。飛灰黯樓堞，猛火照弧鞞。浹日重圍解，星郵尺素齎。一緘詞愴惻，七字韻淸淒。惡鳥巢旋墜，妖狐穴盡犂。感深神惝怳，痛定涕流澌。差喜身無恙，休嗟命不齊。宋人空刻楮，楚客尚吹齏。蓬島風頻引，銀潢路轉迷。往來旋磨蟻，進退觸藩羝。已分安蓬藋，何心慕錦綈。公言眞可憶，鄉思浩無倪。蓉渚尋漁舫，龍峯灌藥畦。菰蒲期射鴨，柑酒好聽鸝。試問飄零者，何如歸去兮。故山聞怨鶴，舊事觸靈犀。櫸柳當簷脫，蛩螿繞砌啼。思枯抽秃管，興索拊空瓻。落日回陂雁，寒煙竄嶺麑。燈光秋淡淡，林響晚悽悽。夢去星沉水，書來雲憶泥。無緣奉譚讌，幾度隔暄萋。爨下邀三歎，車前試一嘶。陸倕知己賦，重疊寫香緹。

【校記】

〔一〕『陳』，吟本作『抒』。

〔二〕『師』，芙本作『夫子』。

〔三〕『短』，吟本作『一』。

送顧元樓改官歸里〔一〕

金城九月木葉黃，西風蕭瑟天雨霜。旗亭貰酒不成醉，抗手送君還故鄉。故鄉煙水縈心曲，浩蕩川原馬蹄速。蛩蚷從今悵別離，雲龍無分相追逐。憶昨逢君襄武城，高歌痛飲兩心傾。風塵蹤跡同邊徼，香火因緣記夙生。黃槐川北當亭口，各有山城大如斗。村落凋殘劫火餘，人煙慘澹兵塵後。賦罷春陵意愴悽，相看無策〔二〕慰窮黎。花門纔覺梟音變，茇舍猶聞雁戶啼。往來亭堠疲奔命，體弱如君更多病。元亮由來尠宦情，季鷹那肯遲歸興。會待秋風整馬鞭，乞身果得上官憐。未工朱墨輸蘇綽，且理琴書作鄭虔。巾屨〔三〕蕭然寡塵慮，官冷偏宜領佳趣。白帢諸生問字時，青山片席談經處。宦海抽帆夢亦安，草堂莫歎客氈寒。文章奇麗芙蓉譔，詩句風流苜蓿盤。嗟〔四〕余七載身飄泊，回首家山淚雙落。平子空愁隴坂長，蘭成祇憶江南樂。冰雪長途耐苦辛，到時應及故園春。儻逢南雁西飛日，莫忘天涯淪落人。〔五〕

【校記】

〔一〕吟本下有題注云：『顧名超，通渭令。』『顧元樓』，芙本作『顧二元樓』。

〔二〕『策』，吟本作『計』。

〔三〕『屨』，芙本作『履』。

〔四〕『嗟』，吟本作『愧』。

〔五〕吳鎮本篇末評語：『松厓曰：絕好慰藉。』

鄭州道中

韶光九十春難駐，行子無端逐春去。空嚮郵亭綰玉鞭，柳條不繫遊驄住。花枝搖紅出短牆，煙絲蕩漾春風香。啼鶯乳燕莫相惱，客路風煙易斷腸。客心不耐花時節，況是花時偏惜別。剩有吳山入夢青，那堪秦樹連愁碧。連朝新雨細如塵，溱洧交流蕩遠春。可惜清明兼上巳，閒情都付採蘭人。〔一〕

【校記】

〔一〕吳鎮本篇末評語：『張桐圃曰：「吳山秦樹」一聯，俊不可忍。』

河陽縣

洛南壖，河北岸，舊是潘郎種花縣。少年專城任六雄，薦牘乃出魯武公。人言桃李花如纈，我識河陽總荆棘。官今種怨不種恩，孫令周旋記疇昔。一生乾沒無已時，禍機猝發那得知。朝豪家，暮公府，高情自愧閒居賦。世間富貴盡空花，可惜種花人不悟。〔一〕

【校記】

〔一〕吳鎮本篇末評語：『松厓曰：指點絕好。』

北邙山

北邙山前小家住，今人耕耘昔人墓。山頭日日驅柳車，新鬼復奪故鬼居。煙林蒙密變風景，瑟瑟回飈捲衣冷。草碧猶疑古血痕，山青卻想春魂影。禁人樵採幾荒塋，幾處行人下馬陵。須信黃壚三尺土，從來埋骨不埋名。不然寂寞歸邱隴，七貴三公何足重？斷碣空鑱蝌蚪文，劫灰那辨麒麟塚。北邙山勢高嵯峨，當年歸骨公卿多。衹今同盡逐螻蟻，詎有姓氏留山阿。山空日落無人語，客子摇鞭背山

去。一逕紅飄鬼客花，怪禽啼上山頭樹。〔一〕

【校記】

〔一〕吳鎮本篇末評語：『星樹曰：能於張王一家外，別樹一幟。妙，妙！』

金谷園

春酒美，園花開，二十四友連鑣來。朝歌停，夜絃續，主人留賓筵金谷。花枝滿堂羅綺陳，勸酒便殺彈箏人。驕奢意氣干青雲，一日謂足當千春。甯知轉眼繁華改，無萬家財散奴輩。陌上千絲錦幛收，樓頭一斛明珠碎。我來駐馬洛城東，惆悵無人識舊蹤。剩有東風芳草外，衰桃一樹委愁紅。〔一〕

【校記】

〔一〕吳鎮本篇末評語：『松厓曰：須如此結乃妙。』

熊耳山

山形如熊蹲，雙耳破空插。崢嶸信殊狀，詭異非恒法。洞黑眾壑深，層青兩崖夾。嶄然聳奇秀，不受嵩華挾。驅車未敢上，輪輻〔一〕恐摧壓。徒行昇層巔，腰腳苦疲苶。一重復一掩，出峽還入峽。古樹鬼攫人，巨石虎離柙。俯瞰洛水源，涓涓細流狹。出山才一掬，遶澗忽百匝。炎劉龍戰地，高積宜陽甲。誰驅百兜鍪，破此千韎韐。時平弗置防，投足心尚怯。轉鬭想當年，地險安可狎。流雲暗亭午，飛雨來一霎。仄徑泥漸深，卻行力已乏。漫作勞者歌，山空響相答。

【校記】

〔一〕『輻』，光緒本作『幅』，據芙本、嘉慶本改。

函谷關

函關何雄雄，蛇勢走秦中。黃河百折繞關下，關路西上河流東。中原到此疑無地，人馬延緣入空際。雙峽天爭一綫青，關頭盡日流雲氣。隘口置一卒，萬夫詎能來？丸泥封不住，畢竟非雄才。猶龍不見周柱史，落日餘霞半空紫。車中讀罷《五千言》，篋底更繙《關尹子》。

灞橋曲

銷魂橋畔暮雲凝，寥落關樓見戍燈。俠少不知離別苦，臂鷹驅馬下崤陵。

華陰廟望嶽

夙慕尚子平，名山寄眞賞。中年婚嫁畢，挈侶遂長往。更羨宗少文，襟情極蕭爽。神遊五嶽閒，撫琴衆山響。羌餘山水癖，少小誇倜儻。所恨窘方隅，兼之墮塵坱。作吏西入關，差喜聞見廣。關中羣山囿，太華獨雄長。排空一石起，傑特非鹵莽。金精自凝結，元氣孰陶旊。三峯類削成，直上無寸枉。偉哉造化工，奇觀世無兩。惜無雙飛翼，安得九節杖。迺知濟勝具，天賦誰能強。金天有清廟，結構極宏敞。前年詔修葺，賜金出官帑。三成搆臺殿，十萬散緡繦。精鏐甃階戺，文石雕礎磉。洞戶綴金漚，高櫚羃珠網。莊嚴秉珪瑁，肅穆垂帷幌。甲夜羣眞朝，中禋百靈饗。陰廊夾砧斧，峻壁圖魍魎。刑神司震攄，氛祲歸滌盪。松槐栝柏古，秦漢商周上。風霜超浩劫，煙露資幽養。昂藏萬夫特，森陳五兵仗。支祈形譎詭，防風骨骯髒。利爪紛攫挐，拗肉立崛強。礪角困猶鬭，捽頭怒而搶。揖讓賓盈庭，抱負兒在襁。駴目洵可吁，撟舌不容獎。傑閣凌重霄，蒼翠塞簷嚮。地勢據嶢崢，天容肅清朗。拓拓層雲開，輝輝朝日杲。眼力窮微茫，心神交炫晃。嶽靈如慰我，軒豁呈萬象。危聳法吏冠，高擎巨靈掌。蓐收倚長劍，玉女披華氅。峩峩青菡萏，拔地五千丈。蓮房嵌明星，荷蓋承清沆。中空如藕竅，呀開昳蕩蕩。飛僊所棲息，巖竇列銀牓。當關踞啗虎，遮道橫修蟒。絕境夢中遊，眞人天際想。雲松知此意，笙鶴招吾黨。家世本西秦，名德溯疇曩。華井吾故山，神皋吾舊壤。淵明里是栗，摩詰川名輞。如何買山志，到此轉迷罔。徘徊未忍去，卻立神愰怳。慷慨自盟心，齊遬重叩顙。願誅茅數椽，更辦〔一〕屐幾緉。投老好餐霞，忍饑甘拾橡。塵纓苦束縛，生事方勞攘。茲懷恐難遂，高吟徒技癢。登車紀奇勝，什一存仿像。去矣意未申，懷哉首空仰。〔二〕

【校記】

〔一〕『辦』，光緒本作『辨』，據芙本改。

〔二〕吳鎮本篇末評語：『松厓曰：煌煌鉅篇，喜無剩語。末插「梓里」一段，更有關生。兀傲似昌黎，擬以皮陸長篇，覺此猶雄駿也。』

曉行

荒雞三號人語喧，起策瘦馬持吟鞭。微霜吹面冷如雨，殘月照影青於煙。泠泠細瀑落寒澗，擾擾陰火行秋田。路危不敢續殘夢，遥望海色心茫然。〔一〕

【校記】

〔一〕吳鎮本篇末評語：『松厓曰：不衫不履，聲調絕好。』

晚行

晚風颯颯吹衣涼，前村煙樹猶微茫。夕陽已沒剩紅意，野水忽明摇白光。僕夫謾嗟行役苦，客子亦厭關山長。據鞍回首忽自笑，百年身世緣誰忙？

欽叔三弟二十生朝詩以勉之

我誦曲臺禮，二十曰弱冠。人生值茲辰，譬如日〔一〕初旦。鼎鼎年華過，嶷嶷頭角換。培風看鷙翮，簫雲試駒汗。開觴壽予季，棃棗羅几案。堂前拜家慶，共博慈顔粲。我年二十時，兀兀事毫翰。一出違初心，風塵逐瀾漫。仲兄二十餘，校書入芸館。索米忍長饑，健足轉羈絆。兩昆少孤貧，況復困憂患。惟有文字緣，未使一日斷。卷無崔儦千，學愧袁豹半。歌吟時自喜，嘲誚非所憚。家門本儒素，身手苦疲愞。既未習蹶張，又不工榷筭。舍此無可為，恐負七尺幹。爾才非朽鈍，爾氣亦精悍。惟患學不專，多好乃殽亂。如駕勿覂馳，如耕毋越畔。攻瑕玉受礪，淬鍔金出鍛。日月如跳丸，入手難把翫。精勤未為晚，蹉跎眞可惋。但使一經傳，何必六藝貫。努力事丹鉛，相期在霄漢。〔二〕

【校記】

〔一〕『日』，光緒本作『月』，據芙本、嘉慶本改。

〔二〕吴鎮本篇末評語：『松厓曰：盡洗鉛華，言言金石。』

送三妹出關兼寄嵇容圃〔一〕妹婿四律時容圃〔二〕以參軍任昌吉尉

離筵相對話酸淒，稚齒鳴鐶惜解攜。鸞鏡將圓關月迴，雁書難寄塞雲低。長征行度交河北，別夢應馳大夏西。萬里從夫饒悵望，誰言嫁娶不須啼。

慈幃珍重勸加餐，老眼臨風淚不乾。已去莫愁征路遠，此行須放悶懷寬。人稀馬邑悲荒俗，地逼龍堆耐苦寒。三載歸期頻屈指，好教驛使報平安。時調口各官三年邊俸，屆滿例得遷擢。

雙袖龍鍾涕淚痕，天涯去住總銷魂。全家已是同浮梗，遠別況兼非故園。落寞襟懷殊綺歲，團欒笑語憶黃昏。阿兄自信無侯骨，翻送班昭出玉門。

寄聲鑾府舊參軍，髯也才華本軼羣。幕府名高書上考時隨都統幕府，聖朝恩重念前勛容圃〔三〕係相國文敏公孫。鳳棲枳棘甯終屈，鶴唳煙霄自遠聞。莫以卑官銷壯志，祖鞭陶甓我期君。

【校記】

〔一〕〔二〕〔三〕『容圃』，芙本並作『問亭』。

初夏雨後看芍藥

一雨留春意，凌晨花氣寒。佳人洗妝罷，幽客捲簾看。粉薄臨瑤鏡，珠輕墮翠盤。飛來雙乳燕，偷眼傍闌干。

荔裳將赴京師長宵話舊申旦不寐成一千三百五十字情難自已辭或傷繁聊以抒離緒云爾

強歌聲無歡，不飲心已醉。明發當整裝，今夕別猶未。人生墮世網，飄忽百年內。如何屢為別，別輒彌年歲。疇昔被饑驅，今則簡書畏。孤雲失棲託，行客無根蒂。幢幢翦殘燭，悢悢念陳事。百感交縱橫，欲語淚難制。記昔我與君，兩小同嬉戲。髫齡解屬文，聰明絕相類。鉛槧索古歡，虀鹽足佳味。此景那可常，荏苒流光異。命途困連蹇，生事悲侘傺。故家忽中落，靈根痛先萎。寂寞掩柴荆，落索供麄糲。墮溝騶卒驅，負薪葛衣曳。堂堂南昌公雲楣夫子，水鏡澄纖翳。鑒君英雋姿，選作高門婿。挈君京雒遊，勗君習文藝。君年甫十六，倉皇作齊贅。百結遊子衣，千點衰親淚。送君蓉湖濆，江天慘陰曀。丁甯未及已，大艑岢峩逝。悲來祇吞聲，迸淚墮腸胃。三載客京華，思家勞夢寐。他鄉親舊少，匹士聲華閟。疎賤難自通，骨體殊不媚。畫省盛冠簪，朱門列勳衛。獻策屢不收，懷刺將誰詣？朅來返故居，風雪衣裘敝。用慰慈母心，晨昏暫同侍。我充鄉貢郎，書判稱拔萃。會當試儀部，撤幕且隨例。君亦欲迎婦，遠鼓西江枻。家貧賴師友，悃款敦高誼。書薦禰衡才，婚資阮修費。獻歲共辭家，江干再分袂。出山眞草草，我擢明經第。聲名不厭低，鍾釜差堪冀。折腰愧陶潛，捧檄儕毛義。請急歸里門，共舉先人櫬。窀穸久未安，芿荏今當薙。與君同負土，慟哭蒼山際。苦辛四尺封，淒涼一棺瘞。明年君送我，西陲去為吏。後歲我聞君，獻賦入中祕。昔為涸轍鮒，今如籋雲驥。庶幾共申眉，安得長垂翅。甯知宦海波，十丈倐騰沸。天霜下嚴威，摧廓除積弊。焦原顛莫救，覆轍危相繼。量從金布罰，僅免徽纆係。豈緊見幾哲，或賴先澤庇。木雁竟得全，塵魚敢言瘁。君時直芸閣，蕭瑟枕書睡。啼饑甑絕炊，乞米臺無餽。五鬼不易祛，二豎旋為祟。馬卿既消渴，杜陵復病肺。輾轉牀褥間，呻吟屢垂斃。相思兩地懸，百苦一身試。匝月尺書來，開緘輒揮涕。窮徼值災年，殺氣騰平地。鯨鯢掉尾鬭，猰㺄磨牙噬。駴機雖竊發，危城幸先備。儒生習鼓鼙，守卒持餱糒。百道紛來攻，孤墉屹然在。全家脫虎口，痛定膽猶悸。以茲列薦牘，轉得拜丹陛。盡室已戒途，及期當見替。關山偏阻閡，時命多顛躓。郵程怪我遲，衣食為君累。門戶苦支持，典質到微細。隆冬入國門，握手兩噓欷。風寒短褐單，煙斷空櫥閉。艱難且莫訴，承明欣謁帝。微生蒙拔擢，果得方州畀。喜已換頭銜，仍許還邊裔。萬端迫歲暮，作計急思避。求人我卑詞，索逋客怒詈。勸君且薄遊，長途好聯轡。暫得遠囂煩，差比息黥劓。惘惘出春明，改歲同卽次。名都何殷賑，盤盤大梁魏。兔苑想風流，繁臺憶歌吹。中丞棨戟開弇山夫子，賓客富才技。說詩毛鄭妙，作賦鄒枚麗。舊侶再論心，新交同把臂。置酒慰窮途，徵歌作高會。衣為顧郎解，粟向謝公貸。提挈荷師恩，感激均吾輩。惆悵別龍門，西行指秦塞。小住話情親，河陽見弱妹。共舁板輿行，川原莽迢遰。熊耳車輪摧，函關土囊隘。煙霞華掌秀，風雨殽陵晦。洛浦咏翠旄，溫泉弔鳴佩。濡墨灑蒼崖，橐筆題蕭寺。文憑河嶽靈，詩挾風雲概。此行良不惡，昔願今已遂。四月到金城，風塵暫休憩。尚書開幕府福嘉勇公時開府陝甘，愛士先羅致。古來薇省郎，例得典書記。君留沼蓮傍，我去園匏繫。相違咫尺間，會面仍不易。羌城昨歲過，靈武今年至。揚帆度長河，漸車涉清渭。兩度〔一〕抵冰衙，三月同長被。歡笑奉慈幃，嬉游偕季弟謂欽叔。燒蘭倒深盃，擘錦鬬清製。兒女共牽衣，平陽頗明慧。教吟柳絮詩，看寫薑芽字。屈指廿年中，此樂今稱最。朝來顧我語，顏色倏顦顇。聚首豈不歡？奈非長久計。休沐別金臺，頻年此留滯。招徠良友書，敦迫羣公意。微名苦愛惜，細累難捐置。行將別兄去，好語還相慰。高堂幸彊飯，筋力未云憊。此間魚稻鄉，饜足供甘脆。會合自有期，音書望頻寄。我知難復留，為君飭車騎。邊方十月寒，霜風激悽厲。獨行多恐怖，長征慎勞勩。攬衣起視夜，磊落明星穊。疎鐘遠寺急，缺月疎林墜。巡檐還共語，壯懷破愁喟。男兒七尺軀，豈得長無謂？局促衹自慙，浮沉竟誰為？操持仗忠信，擺脫須才氣。卓犖樹修名，從容遂初志。蓉渚搖漣漪，龍峯滴蒼翠。江國足魚鰕，家園有松桂。青山堅夙約，白水申明誓。瀟灑好襟懷，清白舊家世。努力念前修，苦辭永為勵。〔二〕

【校記】

〔一〕『度』，光緒本作『渡』，據芙本改。

〔二〕嘉慶本、光緒本卷末題：『原木受業陸芝田校訂。』

詩鈔卷五

徼外

徼外風塵苦未休，天涯詞賦祇牢愁。自憐樂浪長爲吏，卻憶淸河更遠遊。沙草綠隨春出塞，林花紅近客登樓。牙旗玉帳無消息，日暮聽笳淚欲流。

二月十二日夜旅館偶題

邊城寒色晚蕭條，春半河冰尚未銷。愁思不堪孤月夜，佳時空度百花朝。墨昏塵壁前題在，燭爐風簾去夢遙。苦憶江鄉好煙景，綺筵紅袖木蘭橈。

紅柳四首

柳色偏嬌紫塞春，推煙唾月送行人。傷心定染壺中淚，拂面空隨陌上塵，冶葉恰宜縈茜袖，柔條可解綰班輪。小蠻巧按紅兒譜，併覺今晨舞態新。

惆悵江鄉別路遙，無緣移傍赤欄橋。春風百結垂珊網，暖日三眠擁絳綃。底事施朱工作態，卻看成碧轉無憀。抵他南國相思樹，一種纏綿恨未銷。

纖纖小小愛穠華，掠削新妝欲妬花。漢殿漫懸連愛縷，楚宮曾繫定情紗。頬痕欲暈迎朝日，眉黛纔勻映曉〔一〕霞。腸斷紫騮空躑躅，朱樓十二是誰家？

落絮應同嫌雪飛，燕支山下見依稀。啼殘怨血巴鵑去，舞倦香襟越燕歸。豔影易迷三里霧，蒨絲不上九張機。謾誇汁染宮袍色，如此風姿合賜緋。

【校記】

〔一〕『曉』，芙本作『晚』。

望遠曲

彈指韶光過百五，望遠凝情渺何許。繁花紅颭出牆枝，時有閒禽踏香語。欲晴不晴春晝長，遊絲落絮空悠揚。水精枕簟接幽夢，十二峯頭雲影涼。睡餘支枕雙眉蹙，香篆縈愁轉欄曲。庭院無人鎖寂寥，春風吹雨垣衣綠。

九日橫城登高放歌

賀蘭山勢何岧嶢，一碧欲與天爭高。黃流曲折繞城過，迴風滔日翻驚濤。飛樓獨立縱遠目，雲沙草樹窮纖毫。朔方形勝在指顧，山為壁壘河為壕。巖疆四塞信天險，青史百戰誰人豪？赫連阻兵極剽悍，囊霄擁衆尤雄鷙。防秋五路盛麾蓋，屯邊萬帳嚴弓刀。銀衡鐵牡那足恃，銳師突騎紛相鏖。我朝威德服荒徼，駕馭不待鞭箠操。日棲月浴盡入貢，豈徒遠致雉與獒。狼居甌脫二萬里，後先獻壽同迴鑣。錦車都護自持節，旃裘隊長咸垂櫜。奇鷹颯爽刷毛羽，明駝硉兀連脽尻。能通華語頗都雅，共奉甲令無譁囂。邊人安堵長兒女，磧鹵漸已堪耕耨。長城近衹在庭戶，底用蒸土誇堅牢。時護送土爾扈特各部落入覲，回巢至此。昇平服官得休暇，俯仰自慶平生遭。惜無健兒好身手，短裘快馬馳平皋。弓絃拓作霹靂響，黃麞駭竄玄熊嗥。更憐俊侶渺天末，佳辰不得偕盤敖。歌呼慷慨倩誰和，停雲黯黯增煩忉。徘徊不覺日云暮，駕鵝哀嗷求其曹。壯心對景忽飛動，短髮垂領偏蕭騷。涼飈莫漫吹破帽，健筆何處題花餻。縱無監州亦無蟹，孤負此手能持螯。揮鞭徑覓酒壚去，且買一㪷紅葡萄。

吴松厓先生見示隨園詩話因憶舊遊成轉韻六十四句奉懷簡齋師並寄松厓

松花庵中老尊宿，示我隨園書一軸。貝葉瀾翻《千佛經》，天花飛舞《羣眞録》。收拾珠璣筆不停，孤寒攀附眼常青。名流譚讌耽風月，才子篇章主性靈。赫蹏小紙蠶眠字，亹亹玄言足佳致。花前燭底共論詩，記起隨園舊時事。隨園亭榭我曾遊，門繞崇岡枕碧流。散髻斜簪人澹蕩〔一〕，茂林修竹境深幽。龍門聲價高無量，才筆縱横不相讓。入座齊傾北海樽，横經並侍扶風帳。曲閣玲瓏洞戸連，嵰山紅雪蔚藍天。俱閣中小書室，以紅、藍色玻璃為牕，故名。清宵夢蝶聯藜榻，暖日聽鶯設綺筵。東冶城邊箏笛浦，曇首高歌鎮西舞。對客能繙白紵詞，當場競按紅牙譜。秋月春花樂未央，嗟余萬里走伊涼。離家始覺江南好，捧檄先愁隴阪長。十年一鄣乘邊徼，身世茫茫事難料。嬰城向栩陷重圍，却敵劉琨仗清嘯。相思惆悵只吴吟，故國迢遙信使沉。篋底空留懷舊賦，天涯深負愛才心。側聞杖履煙霞外，文史依然供賞愛。天遣人間作歲星，靈光無恙巋然在。一别名園幾度春，卷中憐我困風塵。《詩話》云：『蓉裳、梅岑皆翰林才，而困於風塵俗吏，亦奇。』陳梅岑名熙，為鳩江司馬。鶯花有主陪良會，猿鶴無言怨故人。他年儻遂抽簪計，煙月秦淮理歸棹。衣鉢重來認本師，林園正好尋初地。朔塞棲遲宦興闌，夢中常看六朝山。先生老去頭如雪，弟子年來鬢亦斑。松厓詩老才名重，風雨蘭山一樽共。為言相慕祇聞聲，不覺傾襟已通夢。《松花菴〔二〕詩》為人攜至隨園，已入《詩話》。文采風流此一時，名山著作繫人思。公眞一代騷壇主，我愧千

秋國士知。〔三〕

【校記】

〔一〕『蕩』，芙本作『宕』。

〔二〕『松花菴』，芙本作『松菴』。

〔三〕吳鎮本篇末評語：『李元方曰：大氣盤旋，餘音繚繞。』

秋雪篇

壬子中秋、重陽日俱大雪。念邊候之早寒，感征人之遠別，因成此什以寄荔裳。

賀蘭山接榆關道，颯颯邊風吹白草。四野同雲入望遙，三秋飛雪催寒早。同雲飛雪正紛紛，掩映中秋孤月輪。桂殿修成開玉蕊，霓裳舞罷散珠塵。秋宵官閣圍爐讌，此景鄉園幾曾見。陡覺風威欲折綿，卻看夜色如鋪練。永夜低徊憶舊遊，天涯飄泊迴生愁。誰家月照芙蓉幌，何處香溫翡翠樓。彈指流光又重九，準擬登臨招勝友。俄驚浮霰度房櫳，旋作飄霙入牕牖。浮霰飂霙拂面來，那宜攜酒上高臺。囊萸衹共離心繫，叢菊偏隨淚眼開。抱影行吟意蕭索，憑欄更訝衣裘薄。孤影橫空白雁迷，寒聲捲地黃榆落。黃榆白雁萬重山，望望征人去未還。仲宣謾說從軍樂，明遠應知行路難。蒼茫絕域寒雲重，北風捲雪牙旗凍。草檄愁看硯水凝，翻營怕聽笳聲動。搖落年華已自悲，況看玉樹憶連枝。試聆秋雪邊城曲，莫道弟寒兄不知。〔一〕

【校記】

〔一〕吳鎮本篇末評語：『松厓曰：纏綿悱惻，令人生「脊令」之感。非徒摹初唐音節已也。』

答方葆巖先生〔一〕見懷詩三首

龍豹奮奇姿，鸞鷖耀高羽。哲人宣令猷，聲華邁前古。崇基紹堂構，弱冠登朝甯。槖筆事戎軒，運籌贊樞府。橫海揚鋒旗，乘邊振棡鼓。談笑吐雄辭，指揮萬貔虎。九重賜顏色，舄奕膺珪組。君眞經世才，終賈安足數？欽遲歷年載，蹤跡雲泥阻。側聞軺傳來，前驅欣負弩。長鳴嚮知己，感激出心腑。捧袂未得歡，軍書正旁午。

送君青海頭，嚴冬朔風寒。積雪迷廣漠，堅冰塞重山。有弟亦從軍，念其身手孱。臨岐久屏營，盈襟淚汍瀾。感君重意氣，提攜越險艱。穹廬共野宿，服匿同晨餐。別來曾幾時，弦望如循環。長懷遠征客，沉憂損心顏。明駝傳捷書，軍威讋羣頑。象瑜貢天闕，鐃吹入漢關。文星何熾熾，光明〔二〕上將壇。勞來歌杕杜，振旅期君還。

籌謀稍閒暇，清襟富文辭。煙墨縱橫飛，想見落筆時。雲屋信天構，匠者工何施。迢迢軍幕中，弱弟相追隨。倡酬破孤悶，慰喻忘艱危。譚深頻念我，遠寄五字詩。古道期共敦，薄技謬見推。自憐墮風塵，疵賤人所嗤。君情一何篤，萬里勞相思。臨風再三讀，悲喜難自持。丹青久則渝，金石終不移。寄言報嘉貺，賞心惟良知謝句。

【校記】

〔一〕芙本無『先生』二字。

〔二〕『明』，芙本、嘉慶本並作『照』。

偶唱

偶唱邊城曲，長吟楚客詞。鄉情隨夢遠，詩格似官卑。舊事無珠記，閒愁有鏡知。倚樓頻送目，日暮去雲遲。

新秋夜坐

開牖滅華燭，夜涼生碧蘿。微雲無定影，新月不成波。楚調倚瑤瑟，湘醪浮翠螺。階蛩伴吟客，秋思竟誰多。

蘭倉道中

野寺鐘聲歇，千峯暝色微。水光搖地鏡，霞彩捲天衣。棲鳥各爭樹，居人半掩扉。勞生空著論，漂泊寸心違。

秋漲

積雨添新漲，陂塘一望賒。魚多爭置膢，鳧喜盡浮家。碧色蕩漁舍，白波浮釣查。行吟無限意，水國憶蒹葭。

春曉

小閣明燈炧，高牕曙色分。抱香衣捲霧，還夢枕垂雲。细雨催花信，輕冰護水紋。春寒猶未減，卯酒愛微醺。

海棠二十韻

百媚高城啟玉扃，雲舒霞捲見娉婷。夭斜窺影臨深沼，淺淡凝妝傍小亭。異種偶移來朔塞，僊根應植自東溟。茜紗繫臂承新寵，珠衱圍腰恰妙齡。已奪梨桃無冶色，判輸荃蕙擅幽馨。珊衾壓夢堆紅浪，瑤琖扶頭殢綠醽。薄暈臉潮酲未解，輕籠眼纈睡初醒。高燒葉底千條燭，密綴花稍九子鈴。穠蕊開時含曉露，繁枝缺處逗春星。雅宜倩女簪雲髮，好伴文禽刷彩翎。多恐斷魂迷蛺蝶，偶來偷眼任蜻蜓。五家裝束誇秦虢，一種豐姿妬尹邢。不羨石家金作屋，底須蜀國錦為屏。歌疑絳樹臨風囀，曲愛霓裳入月聽。乍覩曇華饒悵望，卻憐豔雪易漂零。攜將麗質藏芸閣，注得清泉漾玉缾。愁淚一彈羅袖黦，名香千喚綵灰靈。潛英石遠姗姗現〔一〕，縹粉壺空點點熒。殘月幽輝流枕簟，明燈橫影上牕櫺。遺忘為補騷人過，綺語瀾翻筆不停。

【校記】

〔一〕「現」，光緒本作「見」，據芙本改。

初夏郊園讌集漫成十律

邊城花事晚，新夏是穠春。勝地移樽近，高軒發興新。尋山蠟杬屐，漉酒墊紗巾。傲吏耽幽賞，園官莫厭頻。

籬護篔簹竹，欄圍芍藥花。頹牆縈石髮，曲澗漱雲牙。置酒文園會，懸車靖節家。園主人曾為蜀中嘉定守，謝病旋里。莫嫌近城市，即此足煙霞。

久覺塵勞倦，閒尋引興長。兒童笑山簡，吏卒恕嵇康。水靜鷗情逸，松高鶴夢涼。地偏人事少，許我暫疏狂。

傍屋藤為架，沿階溜決渠。花飛看掠燕，萍破見跳魚。意愜微吟後，神清小病餘。還思長夏日，來此皮琴書。

結搆無多地，翛閒適性靈。拂塵安筆格，移石傍琴亭。掬水煩襟浄，看山倦眼醒。濠梁有眞意，莊惠已忘形。

俊侶相於好，風懷各不羣。背牕閒讀畫，促坐細論文。絮罥湘簾雪，苔鋪石徑雲。揭來貪嘯傲，不覺又斜曛。

鶯舌調歌管，花枝簇酒籌。開軒延晚籟，移席近明流。嫩暑侵槐夏，微涼助麥秋。平臺欣騁望，萬綠徧西疇。

百斛酒如泉，頻催藥玉船。狂來誇擊鉢，興到共題牋。菜把供廚美，魚羹入饌鮮。家山櫻筍候，雅會記當年。

卻話江南樂，何時補墜歡。雲波新夢隔，猿鶴舊盟寒。愧乏青精飯，難尋綠籜冠。買山資未得，惆悵獨憑闌。

候騎催歸急，盤桓苦未能。垂蘿上涼月，深樹出疎燈。煙滃晴嵐媚，天高夜色澄。題詩留蘚壁，流覽記吾曾？〔一〕

【校記】

〔一〕吳鎮本篇末評語：『松厓曰：足敵姚武功矣。』

重集郊園

地勝經過數，官閒讌賞便。美花紅映水，高柳碧含煙。繫戀曾三宿，棲遲又一年。眞成疎懶性，愧得吏民憐。

閏夏餘春事，韶光緩緩催。滿園桑椹熟，一徑棗花開。掃石安茶臼，分泉滌酒盃。羊何多逸興，長日共裴徊。

梅風吹白袷，麥雨潤青郊。密樹烏將子，空梁燕補巢。絲桐和水樂，蔬筍佐山庖。拓落年來慣，無煩解客嘲。

興極生離恨，歡餘動酒悲。煙花非故國，容髮異當時。顛倒還家夢，悽涼憶弟詩。天涯春草色，不似謝家池。時二弟從征衛藏，三弟應試入都。

野渡空明水，邊牆紫翠山。鐘聲來竹院，燈影出柴關。薄醉臨風醒，高吟待月還。暫時兼吏隱，偃仰蟻陂間。〔一〕

【校記】

〔一〕吳鎮本篇末評語：『王柏厓曰：清眞流麗，可方杜《何氏》、《山林》之作。』

寄兩弟

昔採籬邊菊，官齋奉版輿。今看雲外雁，遠道悵離居。節物思親淚，關山寄弟書。臨風搔短髮，旅鬢日蕭疎。

葡萄

種自來戎落，根宜植近郊。預期秋得實，先數夏含苞。翳日疑張繖，迎涼勝縛茅。翠蕤森屋角，清蔭散堂坳。椓杙雙松立，編籬六枳交。庭虚憑引蔓，牆矮漸抽梢。穴地蟠春蚓，拏雲起凍蛟。千絲珊網結，萬顆寶珠拋。的的繁星概〔一〕，熒熒碧眼顱。玉璫穿雜佩，瓔珞綴華髾。佳夢捫青乳，奇徵驗紫胞。水精明奪月，瓊液冷凝泡。莫放飛鼯竊，須防啅雀捎。堆盤光剖蚌，裹帕淚藏鮫。摘去看盈把，量來恰滿筲。荔奴名可並，簡子狀難淆。豈意三霄露，翻成一斛醪。涼州眞誤汝，百果合相嘲。

【校記】

〔一〕『概』，芙本作『聚』。

秋海棠四律和張雨巖

宛轉腰支掌上身，水天別館證前因。開逢碎雨零煙候，生是長門永巷人。粉界啼妝緣底恨，黛凝愁思為誰顰？可知世有神僊侶，睡足華清占好春。

居然香色一身兼，無限秋情為爾添。驚翠眉長窺粉鏡，塗黃額小映晶簾。人前相見羞題扇，山下重逢怨織縑。拚把相思換憔悴，爭禁玉骨瘦纖纖。

幾枝綽約背斜曛，豔到秋光已十分。紺袖唾華嬌合德，璚壺淚點泣靈芸。每愁弱質難勝露，多恐離魂欲化雲。信是幽姿愛高潔，綠茵一片護苔紋。

薄雲零亂月侵廊，寂寂牆陰抱暗香。未許蜨魂窺豔冶，儘留蛩語伴淒涼。喚醒石上三生夢，斷盡風前九轉腸。擬向冰綃標逸格，幾回怊悵檢青箱。

甯夏采風詩有序

余牧靈武五年矣。聽斷〔二〕餘閒，宣上德意。而詢其疾苦，懲其末流，亦吏職宜爾也。靈武隸甯夏。于以徵風土之會，因作詩十章，聊以備輶軒之采云爾。

【校記】

〔一〕『斷』，芙本作『覽』。

沙鹻田

我來更吏考，治賦無寸長。常恐民力絀，勸課違其方。弭節原上郵，父老相迎將。舉策誚父老，念爾愚不明。不見古王制，三耕備一荒。李悝漢氾勝，農政斯精詳。節宣事在人，有腹爾自量。比歲值豐稔，猶然無蓋藏。而反累守宰，不得充官倉。父老拜且語，語多情慨慷。自言農家子，銚鎒日日忙。此地多硝鹻，春潮凝若霜。腐根不出土，嘉穀無由芳。又有河壖地，風沙捲雷硠。往往萬金產，廢為狐麑場。黃流況屢徙，拆〔一〕隴如排牆。君看數種田，猶科見在糧。其間可稼處，馬體中毫芒。孤莖出蕪穢，赤立凍不僵。沙鹻之所赦，隄堰之所鄣。耘芓之所壅，豚酒之所禳。上熟畝盈石，中熟六斗強。最下升與豆，子本安得償？腰鐮事未已，吏牒紛在堂。松花壓朱紐，標識森成行。色色著我名，云我有田莊。無田自傭力，有田苦膏肓。愧荷使君語，生事終茫茫。余聞搔首歎，茲實古塞疆。蓐收此乘旺，金鐖木不穰。百卉變衰落，五種無精良。安忍更鞭箠，乘危扼其吭？喟彼好事者，乃云魚米鄉。斯言孰傳播，重為吾民傷。

【校記】

〔一〕『拆』，光緒本作『坼』，據芙本、嘉慶本改。

糧草税

邊徼地何瘠，罷氓心所矜。肅肅集中澤，嗷嗷待西成。歲收無常數，賦入有定名。夏麥秋穀粟，二豆莞與青。四色分兩税，畝入斗二升。析為子母耗，芻束相因乘。其餘減則地，五稔裁一登。差徭復蝟集，與田為重輕。計彼平歲獲，奚止大半徵。況又科所無，疲喘何能勝？繭絲吏有職，按簿事敲搒〔一〕。米鹽綜靡密，瓜蔓紛鉤縈。不悉入者寡，惡知取者盈？側聞前明日，置屯此邊庭。沿河九衛所，一一習戰耕。軍三屯戶七，二丁資一兵。取足峙芻糧，歲收算其贏。地利既殫盡，百役滋繁興。軍操著空籍，賦額懸逃丁。撒派事紛拏，包賠議沸騰。卓〔二〕哉朱笈疏，一字一撫膺。此身非木石，安得頑無情？我朝覃天澤，深仁被邊氓。蠲賑若山積，休養致太平。小臣來吏此，纔閱五歲星。前春豁逋歉，今歲仍減徵。巍巍覆載恩，守宰親奉行。時聞諸父老，感激涕縱橫。

【校記】

〔一〕「搒」，芙本作「榜」。

〔二〕「卓」，芙本作「善」。

渠工税

黃河走鳴沙，雙峽名青銅。洪濤一縛束，勢急如張弓。靈武秦漢渠，上流扼其衝。刷沙借水力，疏濬易為功。春融土膏發，士民自鳩工。錢不借水衡，費不煩租庸。相安百餘年，眾議無異同。郡城渠有四，漢唐留舊蹤。我朝復增置，天澤何龐鴻。灌溉十萬區，禾麥青芃芃。農祥甫晨正，土脉如撥麷。長宮符亟下，按畝人夫充。土石雜薪楗，堆積如山崇。萬人具畚鍤，築鑿聲隆隆。大渠三百里，支渠横復縱。工作官有程，一月期易窮。料理稍不慎，奔潦仍相攻。千緡萬家産，擲嚮波濤中。溝人大修防，民力或不供。里長貸官錢，逋欠還重重。利害固相倚，苦樂殊未公。所願良有司，撙節念疲癃。勿受黠民欺，勿為姦吏蒙。恃人不恃法，慮始復慮終。任人專則奮，用法簡則從。始事宜急急，終事毋匆匆。度幾金堤固，長使黄流通。盈甯慶百室，耕鑿安三農。

堡渠長

周禮置六卿，治具何其縟！州閭族比隣，一一備官屬。漢時鄉亭職，三老最尊宿。其他斗食員，頗亦資教督。自從保甲行，無復在齒録。徒有奔走勞，而無擔石祿。官既賤其人，人亦恥其役。朔方屯戍地，四塞兼水陸。一堡置一長，渠長為之副。厥初在得人，明信堅約束。比來日流失，抗敝寖為俗。額缺更承充，充者半貪黷。堡政號殷繁，渠工亦奔輳。往往徵調時，花名若星簇。公庭持手教，寄之為耳目。謂可制吏胥，吏反緣為壑。一差蔓十家，以次相魚肉。卻署逃亡籍，株累試鞭朴。豈知民脂膏，狼籍飽其腹。邊地鮮蓋藏，聖恩此亭育。採新實廩囷，放舊起顛仆。況又委任之，斂散從其出。正使坐姦贓，豈足償啼哭。更兼絲與粒，國計關錢穀。坐令百年間，積逋不可復。此輩相依倚，善幻如轉軸。頗能知短長，不省顧榮辱。木磨木則燃，水濟水則覆。絲失紕者紊，弓離檠者曲。微詞勿復陳，比類在君觸。莫待薰灌窮，始勘狐鼠獄。

山田訟

靈武多山田，廣袤無〔一〕阡陌。其陽皆石岡，其陰半沙磧。聖朝尚寬大，軫念邊民〔二〕瘠。制賦從其薄，數畜計牛隻。任民自耘耔，不復論丈尺。至今土附者，賦一還占百。雨澤或愆期，連山地皆赤。商量負鋤耒，舍此復他適。數年歸故里，地址不能識。探囊得舊券，轉輾相尋索。不謂南舍侵，定訟東隣匿。覬彼糞壤腴，思以荒田易。盈庭語譊譊，難以情理測。驅車至其地，約畧指疆場。參以故老言，反覆得其實。隱情既已輸，強詞始默塞。雀鼠技易窮，咄哉何足責。比歲雨暘和，高田宜稼穡。愚民貪天功，妄冀千鍾獲。乘間越畛〔三〕畦，嚮夜駕車軛。播種猶未竟，黠者抵其隙。什伍呼其曹，彼此相交格。蔓延滋訟端，經年未能息。靈澤本無私，人心自多僻。甲壤共庚泥，黃壚兼赤埴。此皆官家地，豈容爾私闢？爭競浸成風，本業轉抛擲。爾各田爾田，爾其食爾力。苦口為爾陳，不忍操束溼。歸矣事耕耘，農時真可惜。

【校記】

〔一〕『無』，光緒本作『鐃』，據芙本改。

〔二〕『民』，芙本作『氓』。

〔三〕『畛』，光緒本作『軫』，據芙本、嘉慶本改。

醮婦辭

衛燕甘獨棲，陶鵠無再偶。高節照千秋，從一義不苟。大哉夫婦倫，斯為風化首。奈何此邦人，嫁娶忍含垢。結髮諧百年，阿夫不中壽。骨肉猶未寒，求婚來某某。料理嫁衣裳，仍復操箕帚。媒氏有讕言，持家須舊手。郎如欲娶妻，女兒不如婦。嫖忽背尊章，歡呼筵親友。相看成習慣，不謂言之醜。阿婆重錢刀，母家索羊酒。共忘天屬親，均為利所誘。爭利偶不遂，訟牒或紛糾。士族且復然，蚩氓更何有？復聞東家婦，良人別來久。迢〔一〕遙萬餘里，西出玉關口。自從絕音書，今已五年後。田間無秉穗，室內乏升斗。親屬兩無依，門戶詎能守？里正代陳詞，去留聽自取。竟不念故雄，居然擇新牡。誰謂嶺上松，不如道旁柳。爾情一何薄，爾顏一何厚！亮由軀命重，不耐饑寒受。但願禾黍豐，比戶康且阜。生者不相棄，死者不相負。激勸愧未能，吾其引為咎。

【校記】

〔一〕『迢』，芙本、嘉慶本並作『超』。

賣兒謠

昔聞有林回，投璧負嬰孩。所重骨肉恩，千金何為哉！云何蚩蚩輩，自絕其根荄。不見買奴婢，都鄙甯郡來。幼女齒方齔，稚兒髮覆眉。父母牽就市，相望何纍纍。借問若干值，一緡三歲奇。兒啼父不念，兒去母不思。但云紇干雀，從爾好處飛。好處竟何處？此離定長離！鄉夢久應到，生小魂淒迷。別有市儈徒，剽販轉東西。兒身已無蒂，兒命當屬誰？人家養兒女，三五成冠笄。綢繆六親誼，珍重百歲期。其歌有與樂，其哭有與悲。婚嫁而論財，古賢斥其非。矧乃弃其身，有類貨豚豨？啜羹與放麑，試以仁理推。憶昨設粥日，有婦老且嫠。自言身有子，典鬻無孑遺。只今一身在，微命如懸絲。回頭賣兒錢，撒手風雨馳。溫飽能幾許，不死仍苦饑。予既感斯語，已乃喻遺之。不聞蛩負蟨，銜將甘草貽？不聞烏母慈，仍有反哺兒？微物心尚爾，爾當轉自嗤。徒令桓山曲，終古為酸嘶。

兩蕃部

漢代始開置，徙民實新秦。遂收西郡地，賴此為本根。當時走白羊，依山繕城垣。雖云阻一面，三面垂在邊。西北固磽埆，種族蝗生蝝。自周無上策，何論漢以還。棄之弱三輔，守之孤外援。破完補一敝，其勢無兩全。爰稽勝國時，遺事可悲煎。套地何幺麽，穴此井底天。東馳逼環慶，西突連罕幵。此間大河險，蹂躪為通津。荓蜂起肘腋，掩兎不及奔。時聞出賀蘭，殺人潛草間。已復入村堡，搜牢無一存。爾時疆埸吏，豈無汗馬勳？理國如理絲，哀哉值其棼。我朝大一統，封域極廣輪。自克噶爾丹，已滅河朔屯。蒙鄂兩蕃部，內屬為世臣。迄今百餘載，膜拜奉一尊。平靈數口道，明制表閭門。詔許通互市，弛禁薄其緡。槖駝馬牛羊，彌山塞郊原。王公大貝勒，封爵被國恩。主之藩部郎，玉節乘輶軒。賞功馭有罪，動息必上聞。治以中國法，人以中國人。小臣備職守，目覩想所因。自古聖人世，分土無分民。有如馭騁馬，銜策令其馴。又如哺雛鷇，七子養則均。馴由天子義，均由天子仁。美哉此道行，萬古無邊塵！

栽絨毯

蜀錦濯始成，吳蠶浴還稚。如何西鄙人，畜牧為耕織。常聞古豳原，裘褐皆有事。聖人盡物性，因土布其利。斂皮始用官，貢毳較精細。大旅設旃案，特用贊殷祭。然猶令考工，淫巧防其繼。漢武定西域，方物入圖記。紫氎紅㲛毲，氍毹百種罽。至今資服用，甯人便體氣。朔方有栽羢，毯中最珍異。吾嘗稽其法，乃古氍毹製。工欲操奇贏，增姸出新意。經以𡗝脆旃，緯之木綿縷。或又朱其組，杭產乃最貴。屈蟠龍鳳文，花樣四時媚。購者動千緡，巧宦與豪隸。日索日不供，尺幅萬指萃。厥用在何許，不中衣與被。但云園墅勝，主人作高會。胡床藉綺羅，重褥薦珠翠。別有大地衣，弓笏肖規制。紛袢亘若雲，輦重不易致。土木被文繡，侈靡蕩心志。五載窮塞垣，民瘼多於蝟。而身此悠悠，衣食尚為累。底將有限供，趁此無窮費。寄謝三數公，無為棄菅蒯。

小當子

近時有歌兒，其名曰當子。郡中產尤多，挾技走都市。便串出新變，頹波何所底？公餘集賓僚，百戲盛豪侈。當筵召之來，婑媠齊稚齒。巧學內家妝，垂髻釵鳳紫。偏諸小紺袖，纏臂金約指。氍毹置正中，步搖行且止。老郎抱琵琶，對客據髹几。玉撥風中挑，腕下何奔駛！維時綺席間，横斜不盈咫。鶯喉澀初囀，鷺頸延而跂。三聲歌未畢，擊節為驚起。上客親點籌，斜行白團紙。曲終索纏頭，四座紛塡委。更鼓夜將闌，主賓情未已。或為連臂歌，或如坐部伎。翩翾主觴政，宛轉接簪履。一樽侑一曲，心醉非甘醴。頮頮樺炬燃，峩峩玉山圮。吁嗟乎此時，幾欲為情死。我本非解人，隨眾聊諾唯。擬將紅豆記，謾以香奩比。豈知舉其辭，嘔噦逼心髓。詩騷逮樂府，不盡刪淫靡。要知作者心，雅鄭各有體。金元諸院本，存眞汰其俚。豈聞玩侏儒，直欲窮猥鄙。禁之固無庸，狎之良有泚。奈此嗜痂人，饞餂著瘡痏。徒令兒女嗤，豈惟壯夫耻。歌詞徧六州，音節頗清美。胡不唱《伊》《涼》，澆撥留犁匕？胡不唱《隴頭》，梅花驛邊使？我有數篇詩，頗合風人旨。諷諭雜謠諺，激昂入宮徵。惜無好女伶，歌嚮旗亭裏。黄華一嗑然，古調嗟已矣。〔一〕

【校記】

〔一〕吴鎮本篇末評語：『施雪帆曰：以浣花、昌黎蒼勁之骨，抒漫郎、香山質直之詞。儕輩中安得不推獨步？』

信步

信步尋幽去，名園開竹扉。秋光愜山意，暝翠滴人衣。魚破綠萍出，鳥銜紅葉飛。煙中知有寺，梵唱遠微微。

禹碑追和顧斐瞻作

祝融峯勢高崚嶒，九向九背長雲絙。碑書歷劫不磨滅，七十七字森鋒稜。隨刊大手古神禹，明德遠矣窮名稱。降神石紐地名〔一〕幹父蠱，天綱手挈援黎蒸。參身洪流宿嶽麓，鳥獸門戶勞攀登。烈風霆雨代櫛沐，智營形折疲股肱。疏排湛滯徙鬱塞，山川險阻四載乘。元夷蒼水授百寶，庚辰童律備五丞。夔魖罔象萬萬黨，殊形詭質吁可憎。驅令絕跡遠奔竄，百靈受職江河澄。從茲九牧衣食備，免營窟穴居巢榗。刮磨巨石紀平定，神工鑱鑿非人能！文懸日月自典重，功蓋寰海無誇矜。粵稽蒼牙逮軒頡，聖神接踵書契興。苞符橐籥合宣洩，天誕文命為欽承。鉤鈐玉斗表靈貺，赤珪綠字標奇徵。自然製作侔造化，卓立曠古無其朋。秦碑漢版周獵碣，俯首下視皆雲仍。火維地荒絕人跡，鸞飄鳳泊埋榛艿。窅崖或有鬼神護，仄徑未許猿猱陞。退之好古見未曾，咨嗟空有涕沾膺。由來至寶不終祕，前有宛委後羽陵。乾端坤倪忽呈露，萬本搨出巖千層。沈生妙悟契眞宰，丹餅夢授神所憑。豁如金篦刮眼膜，照耀暗室燃明燈。迺知蟲書鳥篆體製別，破壞古法嗤斯冰。惜哉雌雄鼎鬲淪泗水，龍齒齧斷黃金繩。眞靈玄要亦未覩，石室永閟南和繒。安得龍威丈人盡搜取，坐使光價百倍增？虎頭南遊得此本，不負梯山棧谷行擔簦。蛟螭滿幅岌飛動，芒燄作作空中騰。祇愁轟雷掣電破齋壁，亟命什襲藏篋縢。

【校記】

〔一〕芙本無此小字注。

寒夜效陰子堅體

寒空本明迥，況復月華流。遙夜屏紛務，心蹟暫清幽。輕冰金井結，繁霜碧瓦浮。盈几散緗帙，當戶下羅幬。盃重玉醪滿，爐溫石葉留。孤斟發高咏，因之散遠愁。

歲暮有懷吳松厓先生

晏歲苦短晷，斜暉藹微明。空煙淡欲無，新月霞外生。修夜羣動息，冬心抱孤淸。燈影耿虛室，霜氣流前楹。林巒隔旅夢，簿領妨幽情。故人渺天末，相思聞雁聲。

黃河冰橋

神淵吐洪溜，連天駴奔騰。隆冬阻利涉，壯士不敢憑。陰拱待其定，寒威日以增。玄冥妙迴斡，懸流下層凌。碎響寒咿咿，猛勢高稜稜。排頭方競進，銜尾還相承。無煩夏后鐸，崇山徙崙崚。不待秦皇鞭，巨石驅硱磳。盲風倏怒號，雷轟雪翻崩。河身凍欲僵，澤腹堅如癥。一片玻璃魂，滉漾生鏡菱。遂使百丈橋，起自九曲冰。水程忽登陸，川谷翻成陵。虹腰蟠宛宛，雁齒排層層。擲杖陋方士，結筏嗤胡僧。絕壑好藏舟，通衢任擔簦。卓馬蹄篤速，服牛犖輷輘。未妨壯於趾，竟可麾以肱。小港橫彴渡，大浸飛梁昇。應星照瑤光，通漢連銀繩。陽侯獻縞帶，鮫室曝繚綾。招鸞舞瑤鑑，呼龍耕玉塍。題柱字易滅，掀車力能勝。接岸瓊肪截，隔堰珠塵凝。潛虬目睗睒，凍鮫背凌競。揭來理輕策，甯愁滑行縢。不信水可狎，翻訝雲堪乘。微霜印人跡，獨〔一〕火明漁燈。憑高望繫練，躋險恐裂繒。偉哉崑崙源，紫塞相環絙。瑞應表聖代，榮光叶休徵。津逮出天造，結構非人能。車書此輻輳，琛賮來頻仍。昂首戴靈鰲，偃翼蹋溟鵬。重險履如夷，坎德洵有恒。欲誇東海若，奇觀得未曾？

【校記】

〔一〕『獨』，光緒本作『燭』，據芙本、嘉慶本改。

分賦朔方古蹟得元昊宮

賀蘭山勢何巃嵸，白草颯颯吹邊風。居民尚記曩霄事，荒宮彷彿留遺蹤。曩霄剽悍古無比，緋衣青蓋腰弓矢。合圍壯士慣禽生，突陣傖奴偏敢死。英雄自許不受恩，區區錦綺安足珍？旋風礮石鐵鉤騎，萬里攻戰眞如神！道傍錯置銀泥合，放出摩空懸哨鴿。金鼓鏦錚漢將驚，伏兵四面如雲集。陣中忽卓鮑老旗，左盤右旋任指麾。蕃書百道收銳卒，英謀六出摧雄師。朔方形勝連河隴，二十二州南面擁。張吳狂士竟橫行，韓范孤軍但陰拱。頻年黷武國空虛，比戶歌謠十不如。末路雄心猶倔強，未甘俯首草降書。土木當時誇壯麗，雲房霧殿森虧蔽。差勝夥〔一〕頤陳涉王，居然尊大公孫帝。回首繁華總劫灰，蒼茫無復舊池臺。行人駐馬斜陽外，指點河山說霸才。

【校記】

〔一〕『夥』，光緒本、嘉慶本皆作「顆」，據臆改。

過浄因寺

一徑碧巀巀，招提在遠峯。葉香眠麝草，枝偃掛猿松。露重溼雙屐，雲閒隨短筇。憶同王法護，曾此聽清鐘。

石佛峽

暴暑蒸嵐氣，前山驟雨餘。行人衝虎過，古寺近龍居。陟險心常警，勞生計本疎。何如投劾去，高卧掩蓬廬？

夏夜

苦熱愛清夜，迎涼坐小軒。霞沉紅散影，星過白留痕。浪泊懷征客，卑棲滯塞垣。嬌兒強解事，瓜果說家園。

燃燈寺晚眺

閒憑僧樓望，秋山碧到天。尋幽新雨後，得句晚鐘前。燈續長明焰，香凝入定煙。無由稅塵鞅，空說愛逃禪。

題龔海峯雙驂亭詩集後

生千載後欲論詩，古人邈矣不可追。所恃古有眞性情，衣冠笑貌如見之。生千載後欲作詩，作者已多胡贅為？所恃我有眞性情，前薪後火息息吹。心源方寸無盡境，變化臭腐為神奇。精誠上感鬼神泣，質直下使婦豎知。雲屋無勞架榱桷，混沌詎可添鬚眉？大家相傳有祕鑰，彼膚淺者焉能窺？海峯先生起閩嶠，弱齡頴悟標奇姿。《典》《墳》《邱》《索》經子史，五行一覽咸無遺。平生所學有根柢，祇以餘事為文辭。天風海濤驅入筆，鯨呿鰲擲蛟龍馳。聲華一日動都下，坐取科第如摘髭。惜哉空袖著作手，不使簪筆隨軒墀。趨庭南詔陟萬里，枯魚銜索遭艱危。天涯負米苦奔走，庭闈又失偏親慈。白華朱萼付想像，欲補詩什翻增悲。伯淮季江誼最篤，脊令原上愁分離。故園松桂入夢寐，對牀風雨歸何時？鹿門有婦勸偕隱，數載未得還山貲。祇今遺掛空在壁，傷心兒女啼嘎咿。先生至性重倫彝，篇章感人皆涕洟。纏綿悱惻出肺腑，不事藻飾矜容儀。古來名輩肩參差，中有眞意相維持，不爾何以傳來玆？一行作吏來邊陲，拊循凋𠡠回瘡痍。張堪麥穗秀兩岐，房豹井水甘如飴。時從父老問疾苦，猶愧素食頻嗟咨。香山樂府春陵作，古音嗣響非君誰？羌余少小弄柔翰，繡鞶畫羽人所訾。年來結習頗知悔，願懺綺語湔瑕疵。先生虛懷採葑菲，手題巨軸遠見貽。案頭晨夕勤覽披，如得美饌忘調饑。棄膚抉髓證宗旨，感君為我作導師。命為喤引吾豈敢？先鳴木柷增嘲嗤。聊憑長句誌傾倒，或許挽袖登文陴。

夜過彈箏峽

曾讀嘉州詩，秦箏聲最苦。銀甲十三行，琤琮怨秋雨。今我來百泉，忽聞廣樂來空天。彷彿萬秦女，齊排雁柱調鵾絃。非絃非指非因想，天際流雲出山響。林木蕭騷羣鳥號，成連去後無真賞。峩峩空同山，靈境不可攀，軒轅廣成時往還。疑是雲車羽衛夜過此，喚取修羅天女續續空中彈。迴流戛觸秋潭石，萬古商聲自幽咽。數徧青峯不見人，腸斷天涯遠行客。彈箏峽裏寒水清，彈箏峽畔孤月明。莫言水樂無宮徵，此夜試聽弦外聲。

詠柑

儒生風味是耶非，一點寒香沁齒微。黃綬淹遲吾惜汝，可知江橘已緋衣。

詠霜後菊

一夜霜風衆綠乾，幽姿還許捲簾看。隴頭不到羅浮信，誰道梅花耐得寒。

題相如傳後

半榻青苔秋雨餘，茂陵消渴老相如。可憐秃盡凌雲筆，閉戶閒修草木書。

雪蓮花歌

塞垣雪嶺高接天，中有異卉開如蓮。是何標格幽且潔，要與六出爭鮮妍。攜來萬里貯囊篋，色香不似凡花蔫。今晨朔客持詫我，為語物產多奇偏。窮冬草枯木僵立，九苞僊艷敷瓊田。我疑瑤光散精氣，素蘤搖〔一〕曳玻璃煙。又疑玉苗發光怪，此物無乃來于闐？翻珠定滴凍蛟淚，斷絲欲續冰蠶綿。衆香國裏應未識，藐姑綽約眞神僊。曾聞太華玉井巔，巨藕十丈誇如船。嵰山冰荷出冰壑，覆燈八尺燔膏燃。此花珍異豈其種，託根本在蓬池邊。不爾何以耐寒沍，外似蓮脆中貞堅。龍鬚馬乳入中國，當時何不隨張騫？客言此最暖關鬲，入口能使沉疴痊。月支更取戎王子，禁

方好補桐君編。〔二〕

【校記】

〔一〕『搖』，芙本、嘉慶本作『瑤』。

〔二〕嘉慶本、光緒本卷末題：『原本受業汪士侃校訂。』

詩鈔卷六

臨河堡曉發

隣雞促人起，嚮壁燈微明。春空淡欲曙，林杪三四星。長河冰欲銷，瘦馬凌兢行。趨府豈云勞，簿書有期程。忠信我所持，履險心亦甯。嗤彼千金子，徒言不倚衡。

春霽山行卽事

春山過時雨，萬綠雲外生。晨興理輕策，信意西崦行。初日澹荒荒，曠望天新晴。曲磵亂流響，雜樹高花明。野老遮馬前，呼兒啟柴荆。邀我嘗社酒，羅列紛瓶罌。頻歲喜豐穰，諍訟日以平。家家理農具，無煩吏催耕。淹留日移晷，陶然有餘情。率爾遂成詠，相和田歌聲。

雨夜柬張雨巖

我自耽吳詠，君應愛越吟。亂雲迷客夢，暗雨滴秋心。戍鼓沉沉急，街泥活活深。羸驂怯相過，濁酒只孤斟。

秋夜有懷二弟

獨背秋燈語，相思此夜深。風來千樹響，月過半牕陰。蜀道苦巉絶，武溪多毒淫。平生未識路，擬嚮夢中尋。

送張春溪〔一〕歸里卽次其留别原韵

平子磊落人，才名壓儕輩。風騷有結習，文史非泛愛。誰令束手版，屈首衙官内。憔悴入樊籠，翦翎非所耐。盤旋上折坂，舉步輒多礙。境窮詩益工，微妙得三昧。滌濯塵土腸，九陽餐沆瀣。抉擿大化奇，牢籠衆物態。如秋水涣鱗，如春山罨黛。如露盎朝曦，如霞摛夕曖。纖能穿蚋翼，壯欲騎鯨背。思眞令鬼泣，才不受天槪。萬籟酣笙鐘，千色列錦繢。贈我吉光裘，報君飛霞佩。揮灑珣玗琪，刻畫鼎鼒鼐。藝苑搴葩華，詞源吐汪濊。置之作者間，洵足當一隊。隴坂山嶔岑〔二〕，秦關雲靉靆。憐君踔絕姿，時命偏屯晦。一官墮邊障，觸事增悲慨。銜索泣枯魚，傷心蓼莪廢。窮途苦悽惻，餘潤誰沾溉。鄉園五千里，宵夢迷霮䨴。甯甘鸞鶩餓，詎見麒麟吠。惟我獨知君，逸才驚曠代。金城重會面，風雪一樽對。蛩駏惜分離，雲龍暫追逮。霜空寒屓贔，列宿光烱碎。翦燭話長宵，豁達傾肝肺。簡珠雜砂礫，叢蘭翳荒穢。歸心明月知，舊業名山在。文章雖小技，鍛鍊須年歲。未妨俗士嗤，要與曩哲配。浮榮何足道？積蘇與累塊。抗手從此辭，丈夫意慷慨。明春候雁回，莫忘寄良誨。努力樹修名，盛年安可再？送君還越嶠，我尚滯秦塞。曼容宦不達，靈鞠才先退。東皋有薄田，相約把鉏耒。

【校記】

〔一〕「張春溪」，芙本作「張大春溪」。

〔二〕「岑」，芙本作「崟」。

贈周劉雲〔一〕用春溪韻

金城有傲吏，落寞寡朋輩。旅居吟四愁，古懷歌七愛。羸驂薄笨車，疲頓風塵内。趨府敢云勞，刺促非性耐。欲言口先噤，舉步足多礙。端憂坐兀兀，望遠思昧昧。忽聞春溪來，如渴得清瀣。偏人露奇氣，狂奴饒故態。霜天鬱崢嶸，寒山展青黛。相訪趁晨曦，縱談窮夕曖。此時兩目光，豈復在牛背？爲言周郎奇，倜儻負節概。累幅讀君詩，天然謝雕繢。晶瑩切玉刀，磊落貫珠佩。清音戛鐘石，古色列尊鼐。智刃游恢恢，言泉流濊濊。角立一軍張，橫衝萬夫隊。梁月墮蒼茫，塞雲凝靉靆。復言君念我，風雨雞鳴晦。神交感知己，對酒發長嘅。作吏來邊陲，兹事幾欲廢。如彼枯旱苗，寸莖絕澆溉。如彼塵昏鏡，半面迷霾霿。本無不平鳴，詎作隨聲吠？惟叢兩版書，丹黄勘人代。遥遥作者心，曠古如晤對。名山石室藏，此生冀津逮。才患平原多，文惋次山碎。君言中予痼，感激鏤膺肺。自愧騁瓌奇，未能盪瑕穢。壯夫悔雕蟲，結習依然在。君其厲鋒穎，聲華當盛歲。精深抉閫奥，上與古人配。龍文虎脊兩，萬里看歷塊。兄袁而弟灌，交期故慷慨。懷哉曠良覿，安得奉清誨。春溪辭我去，捧手何時再？君復遠從師，相望阻關塞。詞場得二士，甘作三舍退。惜無佳茗硯，分贈補之耒。

【校記】

〔一〕『周劉雲』，芙本作『周二倬雲』。

花遊曲

啼鶯隔簾催夢醒，春空澹白花冥冥。騷人破曉踏春起，提壺卻嚮花叢行。花叢一片苔茵妥，亞枝紅影盃中墮。著眼從教香霧迷，滿身總被明霞裹。綠嬌紅穉正耐看，花風蕩漾吹微寒。金鯨瀉酒須盡醉，莫待春餘尋墜歡。

禁煙詞

游絲吹斷春風顛，薄雲乍展兜羅綿。打牕一陣潑火雨，萬家寒食揺楊天。煙痕斂盡斜陽晚，滿院花光烘不暖。野曠惟看碧樹圓，樓高只覺青山遠。揮盃獨酌還獨謡，頗黎色凍松花醪。來朝試乞紅一朵，分作蘭燄明春宵。

插柳謡

綺陌春深寒尚峭，萬縷青黄柳芽小。百五韶光取次催，春人纖手和愁拗。拗來猶帶煙露痕，枝枝弄影揺横門。同心百子誰綰結，欲鎖離恨留春魂。小家碧玉偏韶媚，風裊長條拂羅袂。更著香桃一樹紅，左扉題徧相思字。

寒食郊行率爾成詠

天涯冷節最無憀，信馬垂鞭過野橋。前度園林花事減，舊時衫袖酒痕銷。滿陂新水跳魚子，一徑晴煙長藥苗。指點遥邨雲樹裏，青旗風影若相招。

嵐光澹澹水粼粼，春到邊城不似春。雙鷺蕭閒如傲客，孤花憔悴欲依人。久抛謝客尋山屐，空戴陶家漉酒巾。儂是江南遊冶子，爲君怊悵話前塵。

春懷〔一〕

纔見繁紅吹滿林，遶簷新緑已森森。銅鋪雙掩閒門静，珠箔低垂曲院陰。泫露蘭空擡淚眼，受風蕉未展愁心。流黄自嚮機中織，不爲飄零怨藁砧。

照影臨流繡領斜，低回絮語惜年華。便思閬苑尋儔侶，不信明河返客槎。寄恨蘇孃題錦字，傷離蔡女拍金笳。誰知滿地紅心草，原是天邊玉蕊花。

朝煙罨户日暉暉，一桁遥山逗翠微。偶爇名香繙貝葉，愛抽祕笈讀《靈飛》。雲波隔夢鄉心遠，金粉成塵春事違。百五韶光彈指過，壓枝梅豆緑全肥。

明燈照局只空碁，子夜歌殘輾轉悲。一院薄寒花謝後，半衾微暖酒醒時。難憑紅鯉傳書去，願借玄駒入夢馳。何日蕭郎歸計準，櫻桃樹底證相思。

指點屏風六曲山，巫雲悵望有無間。玉薤煙冷香臺徙，鉛水光收鏡檻闗。每坐深宵談往事，總緣慧業誤韶顔。燃脂弄墨知何用，空説才情似謝班。

曾記歌筵唤部頭，天涯淪落杜家秋。縷衣浥透連珠淚，黛筆描成滿鏡愁。瘦骨已看輕似燕，香盟安得信如鷗？春宵寂寞抛絃索，怕聽隣家按石州。

拈來雙繭是同功，絲在春蠶宛轉中。垂柳有情縈斷夢，落花無力舞迴風。燒殘銀葉檀心熱，滴損冰荷蠟淚紅。不分雙飛誇綺翼，鴛鴦竟作白頭翁。

方池一水碧逶迤，浴鳥雙雙滿錦陂。細草自留含恨色，衰桃不長合歡枝。坐來新月和煙墜，卧看春星帶影移。何事闌卿易惆悵，背人玉筯又偷垂。

【校記】

〔一〕芙本篇名作『春懷八首』。

分詠試香

閉閤無塵事，名香試手焚。玉爐留宿火，銀葉炷微薰。迷迭傳山品，都梁海國芬。一痕銷篆印，幾縷蕩簾紋。過眼全成幻，書空忽有文。晴江迷薄靄，曉峽散華雯。幽夢初離影，春魂欲化雲。暖迎花氣入，清共茗煙分。曲院風初定，斜階日漸曛。繙經持淨業，布策命靈氛。碧幌凝殘麝，牙籤糝古芸。驚精傳祕製，辟惡著奇勳。好作眞人想，偏宜大雅羣。和方須范史，拂坐待荀君。默默心淵靜，微微鼻觀聞。晚來還伴月，勝賞結遙欣。

長毋相忘漢瓦硯歌

漢宮片瓦珍於玉，篆文四字迴環讀。剩有煙華起墨池，更無夢雨飄金屋。金屋繁華春正穠，魚鱗六六覆離宮。憑肩密誓標題徧，入骨相思刻畫工。含嬌含妬專歡燕，誰道君心容易變？買賦虚捐陳后金，題詩空掩班姬扇。複閣重樓蹟渺茫，尚餘殘礫記毋忘。池荒涿沐恩波冷，灰散椒風劫燼涼。雕鐫作硯猶堪愛，換得應拚珠百琲。噴出玄雲試兔毫，滴將清露研螺黛。銅雀猶慙步後塵，香姜未必許爲鄰。長留一片團欒影，想見三山縹緲人。玉泜銀帶殊常製，彷彿韋郎夢中賜。淚眼凝成鸜鴒斑，香魂幻作鴛鴦字。往事關心感慨多，摩挲古物奈愁何。三生石在終難化，百劫情深合受磨。千秋逸格誰能似，湘東金管澄心紙。點筆從教綴錦書，燃脂待與脩眉史。一度微吟一惘然，騷情古意儘纏綿。願將昔日宫闈語，證我今生翰墨緣。

首夏信筆柬春塘索和

綠陰如山覆庭户，最愛盤根老槐樹。朝來豁達敞八牕，碎影粼粼日光吐。文書堆案暫擺撥，驅染丹黄游藝圃。客來往往罷迎送，自笑清狂踈世故。江翁不解談狗曲，王子那能知馬數。盈甌茗汁翻綠雪，縈幌爐薰銷碧霧。凝塵嬾拂常滿席，細草爭長任侵路。風蟲日鳥自喧聒，隱几嗒然耽靜趣。興酣伸紙墨淋漓，持觷羊何索新句。精思直與風雲通，奇語還愁鬼神妬。賓朋文史有至樂，塵土腐餘何足慕？他年期作林澤遊，把釣持鉏共晨暮。

題天瓢行雨圖時方久旱

衛公慷慨真人豪，軼事已足驚吾曹。客途託宿眠團焦，赤章雲篆來中宵。結束徑代龍工勞，行空天馬上泬寥。風鬖霧鬣寒蕭騷，蹴踏不覺青冥高。天公符節手所操，百靈奔走鞭螭蛟。列缺辟歷行相遭，雨師風伯抗手招。麾〔一〕幢旛蓋旗旍旓，幃空翳日紛飄颻。雲垂海立木石號，雌雄呿吟六節搖。霏珠潠玉萬滴抛，翻江倒瀆揚波濤。灌注畎澮浮堂坳，肥蟦匿影女魃逃。盪滌六合祓氛銷，少年磊落風骨超。意氣早已干星杓，勳業那不凌夔皋？誰驅煙墨圖生綃，筆勢怒挾滄溟潮。神妙直欲窮秋毫，虚堂落落生風飈。窺牖防有乖龍捎，今年西陲困炎歊。田疇龜坼枯禾苗，火輪翕赩恒暘驕。野夫傴僂抱甕澆，仰天叩額空哀嗷。捲圖而作心鬱陶，安得攘身入層霄？暫借龍母天漿瓢，坐使甘澤徧四郊，淋漓元氣迴崇朝。商羊鼓舞一足跳，狂歌且和兒童謠。

【校記】

〔一〕『麾』，芙本作『旌』。

題天女絡絲圖〔一〕

畫中小閣如煙艇，讀罷丹經竹牕暝。韻事流傳羨沈郎，仙風吹墮雙鬟影。簾前雨腳絲絲飛，玉纖撚處生明輝。雲經霧緯斷復續，七襄分得天孫機。一絇持贈遊僊侶，脉脉凝情悄無語。直是冰心照冷光，不似藕腸牽弱縷。懷僊夢斷減圍腰，銀浦流波入望遙。宛轉空繅園客繭，玲瓏試織海人綃。團扇裁成可君意，虛堂六月含霜氣。解珮疑逢洛浦妃，弄珠謾憶湘江娣。今年月額雨無多，病渴心情可奈何。賸有眞人天際想，絕憐雲影薄如羅。

【校記】

〔一〕芙本篇名作『又題天女絡絲圖』。

題玉女投壺圖〔一〕

宮殿參差壓虛碧，十二嶢關萬靈直。紫皇暇日試投壺，兩行玉女娉婷立。金翹峨髻何雄妍，長籌橫抱當胸前。瑽琤壺口戛哀玉，百枝脱手輕於煙。一枝初入詈嘘起，突兀奇雲半空紫。人間寂靜不聞聲，但訝奔星流枉矢。再投粲然玉齒開，馮夷波底鞭雄雷。羣飛海水入空去，天關隱隱蛟龍迴。百驍賽罷軒渠縱，捲地波濤連澒洞。千尺光中猛雨飛，補天石裂玻瓈縫。偉哉畫史通神靈，氣象慘澹森杳冥。紅輪敓烏騰光耀，安得驍壺博天笑。

【校記】

〔一〕芙本篇名作『又題玉女投壺圖』。

五日詠瓶中芍藥十二韵

令節已逢重五日，膽瓶紅芍尚呈姿。花如稱意休嫌少，開到將離轉愛遲。藥圃待招銷夏客，蒲觴翻作殿春巵。隔牕煙冷窺横影，對鏡霞明見亞枝。蟬雀扇摇香澹宕，蘅蕪珮解態斜欹。羅幕舊曳留僊縐，綵縷新添續命絲。麗質似含傾國恨，韶顔未到退房時。怕銷豔雪頻量水，爲駐嬌雲嬾捲帷。錦帶一緘封别淚，蠻牋十樣譜相思。避塵不耐風人謔，寫怨應題騷客辭。高格詎宜葵艾侶，幽情那許蝶蜂知？相看清簟疎簾畔，可是伊家要賞詩。

重有感二首〔一〕

上相宣王略，苗疆討不庭。奇兵出烏滸，間道走麓泠。威懾槃瓠種，謀深《太乙經》。劒磨知水赤，鏃過想風腥。士氣能揮日，軍鋒欲鬭霆。旌勞懸素賞，宥過用輕刑。冐霆驅千甲，開山役五丁。祅酋歸束縛，殘孽乞灰釘。蕭斧摧朝菌，滄波灌聚螢。行看露版入，坐待凱歌聽。列土苴茅貴，褒功柜鬯馨。如何恢遠略，無計續遐齡？密箐逾危棧，淫溪比毒涇。匪躬終得蹇，盡瘁不遑甯。握節猶呼渡，投營忽隕星。遊魂朱鳥返，噩夢白雞醒。裹革心徒壯，含珠目未瞑。九重悲玉鉞，三錫下彤廷。待起祁連塚，空留枸〔二〕鼎銘。感恩餘故吏，流慟望南溟。

朔塞軍書至，傳聞有是非。風塵連鄂渚，寇盜擾荆圻。米賊潛爲祟，蚩氓本信機。蟊蝨惟恃衆，螻蟻不知微。蹂踐空村落，流離到犬豨。九江妖霧集，三户爨煙稀。土俗原輕狡，天心敢背違。孤軍爭肉薄，孽種尚頭飛。貔虎屯嚴陣，龍蛇發殺機。星流傳急遞，月暈築長圍。上將能持重，中權早決幾。截流罌竟渡，誓衆扇頻揮。自愧無長策，空思著短衣。感深時錯莫，望極轉歔欷。許國懷廉范，臨戎仗費禕。運籌先轉餉，發粟待援饑。欲息梟風扇，宜令雁户歸。無勞涅鋒鏑，坐見偃旌旗。楚塞銷兵氣，蠻方識主威。兼令有苗格，六幕徧光輝。

【校記】

〔一〕芙本篇名作『有感二首』。

〔二〕『枸』，芙本作『枸』。

受降城

萬里榆關道，韓公有舊城。草埋危堞墮，風挾怒沙鳴。戍士櫜弓卧，邊氓負耒耕。無勞甕門設，蕃部久輸誠。

邊牆

野日荒荒外，邊牆入望遥。風高原散馬，雲迴塞盤雕。蒸土頹垣在，沉沙折戟銷。登臨無限感，戰壘認前朝。

賀蘭山

拔地鬱崔巍，兹山亦壯哉！脅分河岸坼，勢劃塞雲開。設險悲陳事，爭雄失霸才。曩霄遺蹟盡，莫問赫連臺。

七夕

霞暗沉紅綺，雲纖颺碧羅。不知秋意早，只覺晚涼多。銀浦纔填鵲，金閨正掃蛾。花廊簾盡捲，苔徑屧初過。掩扇迴星影，拈鍼映月波。綵絲雙孔繫，絳縷一痕拖。弱腕擡還怯，明眸認未譌〔一〕。人間〔二〕空約夢，天上易斜河。麝重休頻爇，犀寒卻待磨。簟紋凝竇粟，燈燄淡冰荷。隱約催宵漏，依稀散曉珂。佳辰勞悵望，良會易蹉跎。謝女拋斑管，蘇孃擲錦梭。慧心憐薄命，得巧竟如何？

【校記】

〔一〕芙本下有『閒情遲鳳駕，密意託蛛窠。搗練誰家杵，彈箏別院歌』四句。

〔二〕『閒』，光緒本作『聞』，據芙本、嘉慶本改。

過僕固懷恩墓

唐代當中葉，漁陽起叛藩。驍雄出裨將，義憤救中原。酣戰摧強敵，孤軍領外援。假威添虎翼，協力翦鯨吞。左僕班資貴，眞王爵秩尊。氣驕非易制，寵極轉成怨。反側由羣口，寬仁負主恩。養癰分節鎮，召亂誘羌渾。自詫功無並，寧知禍有源？飲章爭告變，謾語尚陳寃。蘇峻懷非望，麗葥肆妄言。士擐三載甲，苑率六軍屯。涇水全師覆，嗚沙數騎奔。餘生逃斧鑕，殘骨載輶輼。壞道沉碑失，陰崖破塚存。悲風作嗚咽，疑是健兒魂。

季秋過文氏園亭用松陵集中臨頓里十首韵

秋郊愛明曠，閒訪卞田居。作屋思因樹，看山想著書。花幽藏嬾蝶，萍老覆寒魚。蕭散偕詩侶，行行緩當車。

主人聞剝啄，爲客啟衡茅。砌冷蛩扶户，林疎鵲露巢。翻畦收紫蓼，除架落青匏。鬬茗饒清致，披襟對素交。

偶捉張譏塵，閒登向栩牀。奇書開眼界，靜境養心王。漁子收罾早，園丁抱甕忙。興來同覓句，選韻喜能強。

野性諳農圃，昇沉兩不知。撫琴耽靜理，種秫足幽貲。巖迴猿呼侶，波涼鳧引兒。相於得與可，讀畫更論詩。

樹老橫垂彴，藤疎青絡扉。飯香浮午甑，苔潤逼秋衣。饑隼銜煙出，閒雲伴鶴歸。塵囂全不到，人語隔林微。

林雨頹茶竈，溪風響釣車。小松移瘦影，細菊綴圓花。幾兩吟朋屐，三椽處士家。登臨心有憶，惆悵折疏麻。

野景堪成賞，秋光未覺殘。蘆碕鳴敗葉，竹塢偃修竿。採菊香生袂，穿林露溼冠。高懷攜二仲，來此樹騷壇。

日晚空煙澹，晴嵐媚遠天。風高能送雁，樹靜不棲蟬。古帖摹飛白，高文擬太玄。故山歸夢裏，別有好林泉。

地僻翻留轍，邨深不掩門。白雲低磵曲，紅葉滿籬根。題句劃苔壁，移花帶石盆。黄昏人客散，劚土護雞孫。

畫圖看北苑，禪語愛南能。潦倒塵緣重，疎狂俗眼憎。何時鶴料足，更得橘租徵。邱壑從吾好，眠雲任曲肱。

醉歌〔一〕

今夕何夕秋澄鮮，明雲萬頃鋪霜天。細菊離離正堪把，小松楚楚亦可憐。河魚味美好斫膾，折簡招客開長筵。眼前百事休掛口，謝淪此中衹宜酒。

秋風槭槭吹庭槐，月光如水流平階。開軒促坐縱清賞，蕭散聊復抒幽懷。解事須同索郎語，論交願與歡伯偕。人生難得盃在手，天上有星還主酒。

城頭疊鼓欲二更，筵前紅燭參差明。主人起舞客稱壽，百分散打觥船行。長吟短詠亦可樂，何用聒耳琵琶箏。座中總勝公榮偶，相對那能不與酒？

捲波滿酌紅玫瑰，傀俄玉山猶未頹。重門上關井投轄，勿用此時持事來。半酣離坐拓金戟，更出諧語相嘲詼。君看糟淹更耐久，願君舉爵休辭酒。

倒冠落珮君勿嗔，謬誤須當恕醉人。我生户小不自量，媿此十斛玻瓈春。虚堂説劍出奇語，自覺肝膽猶輪囷。笑謂諸公且屯守，今夜伯仁真被酒。

涼蟾欲墮夜未終，一繩寒雁排高風。官街閣閣響秋柝，僧寺隱隱鳴霜鐘。醉墨淋漓汙衫袖，腕底硬語猶盤空。聞道解醒須五斗，明日閉關應頌酒。

平生有癖好著書，丹黄讐校千箱餘。茫茫文字上下古，欲持寸管窮其初。空齋蹋壁徒自苦，窮年仰屋計已疎。身後虚名亦何有？且盡生前一盃酒。

少年落拓不解愁，持螯爛醉黄花秋。幼輿自許邱壑置，司州時作林澤遊。同時酒徒半零落，今我不樂將何求？只憐鄉味別來久，安得快斟京口酒。

【校記】

〔一〕芙本篇名作『醉歌八首』。

晚秋遊太平寺

衆情共奔悦，言訪祇樹林。煙霜翳曉色，秋郊千里陰。細路入平楚，崇臺俯長潯。華妙瞻寶相，肅肅堂宇深。暫離城市喧，喜聞鐘梵音。機事倏已忘，悠然太平心。

九月二十二日宿沙坡驛舍河聲噴薄塵襟灑然作詩記之

高榆古柳參天青，眼明見此好驛亭。入門下馬踞牀坐，泓崢蕭瑟娱瞻聽。長河咫尺欄楯外，飛濤直下如建瓴。中流突有巨石礙，衝波拗怒迴奔霆。須臾晛日墮峯背，陰霞散落煙冥冥。雁鶩號鳴集沙渚，漁火歷亂爭寒星。河流入夜聲愈厲，洶洶欲撼堅關扃。颯沓晴天過風雨，蒼茫水府驅神靈。胸中埃壒盡盪滌，使我心骨俱清泠。秋衾獨擁枕手卧，迢迢旅夢三更醒。忽疑小榻自掀簸，彷彿春江放溜揚艫舲。

賀蘭山積雪歌

君不見賀蘭山色青嵯峨，倚天疊嶂開煙螺，長風盪雲生翠波。照眼光寒〔一〕忽相逼，千峯一白排空出，飈車夜碾陰崖裂。陰崖太古雪未銷，新雪又復埋巖腰，茫茫旱海堆銀濤。銀濤百丈拔地起，玉龍蜿蜒露脊尾，歕霧挐雲狀譎詭。夕陽倒影瓊瑶臺，憑虚彷佛羣僊來，素鸞白鳳紛毰毸。泱眥狂呼訝奇絶，肝膽槎枒冷如鐵，不識人間有炎熱。受降城畔寒沙平，回樂峯頭孤月明，高低激射摇光晶。安得手攜九節杖？直上層巔披鶴氅，一曲高歌衆山響。

【校記】

〔一〕『光寒』，芙本作『寒光』。

讀盈川集

胸羅斗宿爛生光，健筆横馳翰墨塲。當日聲名出盧駱，吾家體格本齊梁。曾從夢裏分餘錦，時嚮行間挹古香。千載懸河流派在，爾曹輕薄莫評量。

沙溝夜行

千山同一暝，行子尚孤征。雪樹有遠色，風燈無定明。殊方驚暮節，薄宦感勞生。縱譜西烏曲，難傳此夜情。

宿毛卜喇驛舍偶成五韵詩

因悲此行役，轉念昔閒居。步兵惟捉酒，文園懶著書。東橋行藥罷，南榮偃曝餘。漫言從宦樂，誰憐作計疎？荒途雪三尺，日暮未停車。驅車投古驛，不暇計郵程。野堠饑烏集，空槽羸馬鳴。覆垣煙樾暗，當户雪峯明。浪跡如蓬轉，徂年似電驚。靜夜聞邊角，勞人百感生。

回中西王母祠用唐鄭畋謁昇僊太子廟韻

漢代留僊蹟，琳宫敞泬寥。回中欣乍到，海外怳相招。蓬島樓臺古，樊桐歲月遥。叢祠自榛莽，芭舞尚蘭椒。似有祥雲〔一〕護，誰言佳氣銷。奇葩鮮擢穎，古枏秀凌喬。憶昔瓊輈駐，曾看絳節朝。密書三鳥遞，法樂八風調。雅奏傳湘瑟，清音叶洞簫。袿裳爭窈窕，冠帔鬬嬌嬈。月滿疑迴扇，虹垂欲化橋。洛妃貽翠羽，漢女採芝苗。六甲緗圖秘，千言綠字饒。毵毵花鳳尾，宛宛玉龍腰。懷夢香銷麝，潛英帳捲綃。室餘丹竈冷，陵已寶衣燒。靈藥顔難煉，蟠桃實早凋。無緣攀少廣，空擬築昆昭。别殿纔長樂，離宫又遠條。塵寰經浩劫，僊駕渺層霄。秦嶺高低樹，神山上下潮。何當參侍從，執蓋入雲飄。〔二〕

【校記】

〔一〕『雲』，芙本、嘉慶本作『霞』。

〔二〕吳鎮本篇末評語：『路微之曰：孶甲新意，雕畫奇辭，其秀在骨，非徒事煅煉者所能攀。』

擬蕭貫曉寒歌

露井宫鴉啼落月，漏箭無聲玉虬咽。瑶缾水凍斜紋裂，碎紅不墮釭花結。呵光奩上銅照昏，簾絲串斷留霜痕。麝薰空炷九微火，象口細香吹不温。彎環六曲屏風遶，雲母空明催白曉。鸚鵡驚寒語悄悄，一點紅萍隔煙小。

社日郊行偶作長句

勾萌甲坼土脉融，邨邨擊鼓賽社公。比鄰邀迓集婦媼，攔街噭跳譁兒童。捭豚燔黍尚古意，莫以樸僿嗤邊風。去年亢陽少甘澤，芋魁飯豆苦不充。篝車禱祝冀有應，故遣巫陽呪歲豐。神靈迎送例得雨，願早試手煩龍工。豆田見角穀垂穎，餘潤徧及韭與菘。提壺樹底勸耕作，坐看春物爭昌豐。我本農夫偶識字，一官素食慚無功。百弓下潠待鋤理，願就魚麥歸江東。依依桑柘夕陽下，相逢泥飲來田翁。不嫌邨荒酒味薄，更乞一鉼能治聾。

題離騷九歌圖

昔年痛飲讀《九歌》，逸興遝欲凌雲波。眼明今忽見此本，百靈祕怪皆騈羅。精心布置刮造化，歷歷指掌看旋螺。太乙神君倏來下，蜺旌翠蓋交相摩。齊驅兩龍作驂服，頭角突兀形委蛇。誰斟椒漿醉司命，瓊軿斜倚顏微酡。天門蕩蕩羽衛肅，少君冠劒同嵬峩。湘君夫人兩窈窕，頩顏玉色揚修蛾。手持絳節導輿從，指撝河伯鬢九河。鱗堂貝闕岌飛動，鯈水迸集爭漩渦。雲將泱鬱徧六幕，排風馭氣乘高駝。日君煥赫噓紫燄，九光照燭榑桑柯。幽篁山鬼亦媚嫵，解采三秀尋煙蘿。國殤猛志固常在，帶弓擐甲操吳戈。其餘幽詭難悉數，刻畫細碎窮幺麼。我聞三楚尚巫覡，神叢森列淫祠多。雅孃仰面呻復噎，靈談鬼笑紛婆娑。騷人竟逐鵋鳥放，面目慘悴行江沱。淋漓大筆正謬俗，如掃氛霧瞻羲娥。鼉咬屏絶雅聲暢，傳芭代舞賡陽阿。畫史亦復可人意，巧構形似無差訛。湘纍奇蹟落吾手，捲圖南望長吟哦。吟聲出吻苦佶屈，我歌與古原殊科。方今羣神各受範，震風凌雨回甘和。青曾黃須燮元化，污邪蟹堁皆宜禾。夔魖殲除罔兩伏，比户康樂無札瘥。歌成或可迓田祖，前邨社鼓如鳴鼉。〔一〕

【校記】

〔一〕吳鎮本篇末評語：『路微之曰：鋪敘博麗，結構精圓，一篇中陽開陰闔，氣象萬千，令讀者生望洋之嘆。』

王春浦齋頭水僊一叢春深始花愛其姿致娟靜漫賦長句

東風吹出瑤花朵，藕覆凌波嬌帖妥。照眼驚看豔雪明，侵衣怕有涼雲墮。棐几湘簾位置宜，數拳翠石簇花磁。憐他故國移根遠，憑仗騷人好護持。冰魂欲化通春暖，漸見靈芽抽短短。招得飛僊海上來，誰道國香天不管？水沉依約度微薰，彈指春光過二分。花若有情應悵望，腰圍瘦掩砑羅裙。月痕滿地霜華結，對舞亭亭玉煙節。幻影玲瓏看欲無，幺絃宛轉彈初歇。清心玉映澹豐容，散朗兼饒林下風。留伴清談破岑寂，漫拈好句鬥清工。邊城二月春寒重，草甲苔衣青未動。縱道開遲卻占先，羣花尚作江山夢。空香鼻觀靜中參，欲話幽情半吐含。水碧沙明曾見汝，舊遊爭不憶江南。〔一〕

【校記】

〔一〕吳鎮本篇末評語：『路微之曰：格韻高遠，夜半登九嶷，衣裳俱化月。』

空同山紀遊一百韻

空同鎮西陲，五嶽推爲伯。古帝所登臨，僊眞此窟宅。《山經》縱荒詭，《爾雅》最詳覈。漆園誌軼事，龍門證羣籍。剛武著人風，博厚辨土脈。傳疑名偶同，考信記徵昔。惟兹蘊靈奇，孰能並雄特。神功謝雕鏤，天骨立癯瘠。萬景開麗崎，一元閟寥闃。際野褰鵬噣，排空露鯨額。三霄爛金光，百里純黛色。望望神爲馳，卒卒身未歷。非無邱壑志，苦爲風塵迫。今來值休暇，小住息勞役。霽景湛清澄，春容藹明嫿。挈伴果幽尋，逃俗得佳覿。超遥出重闉，逶迤越廣陌。腰下懸火鈴，足底躡雲屐。眞訣呼林央，靈符辟魃魊。意行無滯礙，鋭進忘驚惕。水曲淺可亂，山椒勇先陟。石墮星淪精，崖空月留霸。巍宮煥丹雘，傑構倚巖壁。軒黄傳祕典，廣成留化跡。岐途七聖迷，堯闕萬靈直。膝行下風進，口授至道極。守一契窈冥，處和尚昏默。大隗害馬去，罔象遺珠得。幻夢游華胥，神瀵飲終北。由來眞人蹤，非可常理測。中峯聳處尊，衆皺鬱如積。攢峯小曰巋，列嶂屬者嶧。梵宇敞十楹，貝典藏萬冊。文從身毒求，字記鳩摩譯。前朝誇創造，帝子慕禪寂。空香繞棼橑，天花散衣裓。白業彼所耽，黑學我未識。明藩藏經樓尚存。徑紆修蛇蟠，臺壓伏龜息。靈龜臺。羣峭紛上干，重隒忽南闢。異境屢迴換，舊蹟窮搜剔。仰瞻浮圖高，稍喜僧院僻。風鐸鳴清鏘，石泉疏滴瀝。東岡削高青，古穴洞深黑。上眞駐法從，玄鶴騰健翮。迴翔影或覯，杳渺跡難覓。北嶺最崛奇，中斷砉崩坼。移非夸蛾負，豁豈巨靈擘。蚴蟉架雄蝀，連蜷截雌霓。石磴五百盤，鐵鎖八千尺。呀喘口忽呿，重腿足疑躄。首俯尻益高，脰悁目先逆。高登靈鼇背，危立老蛟脊。林莽如積蘇，城郭同摘埴。齊州九點靑，長河一絲白。危峯名礮磹，雷聲峯有松三百餘株，狀極奇詭，風起則其聲如雷，故名。長松蔭交格。掀騰軋波濤，拗怒摧霹靂。乖龍奮鱗鬣，猛兕觝角觡。窘束貳負屍，耆乾女丑臘。常含煙露滋，不受斤斧阨。樛枝絡兎絲，盤根孕虎魄。齊年多梗枏，後輩列栝柏。帝臺尚置碁，僊人亦耽弈。巨碣誰磨治，方罫自刻畫。石腴髓流丹，草勁髮擢鐵。華池冷宜潄，上藥佳可擇。山叟試赭鞭，羽士斟玄液。瑶渦盪虚明，翠岊混空碧。繁花態娫娟，幽鳥聲格磔。西臺瞰幽翳，中夏失隆赫。窅崖層冰凝，哀壑迅湍激。巖巒皆軒昂，氣勢互凌轢。或如威鳳翔，或如怒猊擲。森森擁旄仗，霍霍交矛戟。跬步錯陰陽，彈指變朝夕。神光倏合離，怪氣或紫赤昌黎句。回頭詫險惡，卻坐轉惶惑。冥濛夕霏斂，晻曖斜景昃。偶投招提境，快得淸曠域。雲卧愛高寒，塵襟盡蕩滌。象緯儼在旁，精靈恍疑逼。梵放靜鐘魚，廣樂聞筝笛。小憩憑藤輪，攲眠拂莞席。藿食分鉢盂，茗飲對鼎鐺。我本山水人，夙負林霞癖。沖情竚飈駕，淸慮馳煙驛。曾覽九僊方，疑自三淸謫。誰令嗜臭腐，遂致困覊靮。墨會久乖離，丹經浪紬繹。難求邯鄲枕，空慕阜鄉舃。塵根未祛六，人壽希滿百。安能超世網，長此依山客？幽懷得忻暢，弱植免淪溺。兹遊冠平生，觸境皆創獲。尋思去來因，頓恐僊凡隔。良期難再遇，往事勞追憶。發倡聯吟朋，紀勝命子墨〔一〕。絶叫互擊壺，高談同岸幘。健筆扛龍文，餘力洞犀革。奇觀摇心魂，狂吟豁胸臆。思將一長劍，耿耿倚穹石。

【校記】

〔一〕『墨』，光緒本作『黑』，據芙本、嘉慶本改。

畫卦臺〔一〕

首纂三微統，蒼精出震雷。法天通窔奧，審帝得根荄。星紀初迴次，虹光久遶胎。方牙傳讖緯，大蹟表奇侅。御世歸先覺，生民尚未孩。精思陳六岦，神化奠三才。卦起苞符洩，圖張橐籥開。畫爻先彖繫，積數兆京垓。亭育乾坤緼，雕鎪混沌胚。炎黄心授受，姬孔道兼該。自是元功大，甯論智網恢？陰陽探始素，文字紀初哉。製作移時定，經綸一理推。朱紘彈駕辯，廣樂奏扶來。萬彙憑陶鑄，羣靈入化裁。如泉疏氿濫，似斗執杓魁。樸略難徵事，洪荒豈有臺。後人增棟宇，此地闢蒿萊。繪畫龜龍馬，周環栝栢槐。重欄峙雲際，浮柱倚巖隈。渭水波翻雪，秦山翠作堆。靈旗瞻舄奕，神物降毰毸。邃古仍元象，塵寰幾劫灰。仇夷山四面，相對鬱崔嵬。

【校記】

〔一〕芙本篇名作『畫卦臺二十四韻』。

河干夜月偶成長句

落日餘霞沉翠巘，長河出峽春波滿。須臾圓月湧中流，倒影空明見崖窾。晶輝上下相激射，此夕塵襟全濯澣。參差煙柳遶沙渚，故傍清陰行緩緩。村荒地僻人跡稀，惜少閒園門可欵。卻歸旅舍翦孤燭，差喜相攜有吟伴。彥倫屬思頗經奇，叔迟談詩更清遠。更闌坐對不成眠，花乳泠泠浮碧盌。

遣春

野曠愁空春，蒼岑四圍繞。薄靄凝華天，初陽翳紅照。高柳曳長煙，朝光乳鴉〔一〕噪。遠水蕩明流，浮媚鮮雲罩。時過一百五，春意來遐徼。荒原草甲蘇，微綠入清眺。小桃坼新蕊，楚楚亦自好。嫣香墮遙吹，露臉不成笑。蒲芽抽暗渚，嘖嘖啼蛄弔。苔錢青壓疊，幽蓁㔟人到。風花倏過眼，觸物增戀嫪。華容易衰歇，騷客減豐調。浩蕩望吳雲，羈心劇懸纛。頗憐鷗情逸，自覺鵝性傲。幽襟拂繁事，安得適吟嘯？願言乞綸竿，河堧且垂釣。

【校記】

〔一〕『鴉』，光緒本作『雅』，據芙本、嘉慶本改。

秋夜曲

銀河耿耿涵星影，涼露團光明綠井。美人獨坐怨更長，淚滴秋衾錦花冷。中庭誰種青桐樹，夜夜烏啼達天曙。六曲屏山鎖夢雲，天涯何處尋郎去？紫蘭紅蕊不禁秋，樹影蛩聲滿鏡愁。水晶簾箔寒生處，夜靜無人月自流。

送客

送客過蕭寺，僧牕落照明。一峯先暝色，萬木〔一〕盡秋聲。鞍馬勞人夢，尊鱸故國情。天涯久留滯，悽絶庾蘭成。

【校記】

〔一〕「本」，光緒本作「本」，據嘉慶本改。

秋感〔二〕

青春彈指去匆匆，薄宦天涯信轉蓬。與我周旋甯守拙，隨人趨走本難工。恥爲夜客甄長伯，甘受狂名蓋次公。頭白草玄吾豈敢？衹應辛苦老雕蟲。

邊城蒼莽獨登樓，落日長煙動客愁。萬里商聲隨塞雁，滿天霜色上吳鉤。好尋蘿薜成孤隱，莫話蒲桃換一州。躍馬呼鷹當日事，不堪回首憶前遊。

十年一障近瓜沙，憔悴青衫兩鬢華。賸有筆能飛白鳳，竟無金可鑄文蛇。篋中空著凌雲賦，海上誰乘貫月槎？何事昇沉勞較計，飄茵墮溷總風花。

千塲縱酒蹋華筵，每聽淸歌輒泫然。故國雲波縈昔夢，殊鄉節物感流年。離心懸似當風纛，文思艱於上水船。擬築維摩方丈室，焚香掃地且逃禪。

【校記】

〔一〕芙本篇名作『秋感四首』。

夔兒讀太白集口占一律示之

胸懷浩蕩海難量，豈獨文章光燄長？氣格直應凌屈宋，風流原不薄齊梁。天人似此眞分界，恩怨從來付兩忘。萬里夜郎歸國〔一〕後，曾無一字報汾陽。

【校記】

〔一〕『歸國』，光緒本作『國歸』，據芙本、嘉慶本改。

東坡先生破硯歌爲張堯山作用集中龍尾硯韵

張君破硯極寶惜，什襲弆藏抵蒼璧。摩挲手澤重坡公，萬古文章一方石。森寒風雨落筆時，光芒磔索鐫銘辭。何年雲壘忽迸裂，星精墮地無人知。疾惡如風掃氛垢，高節嶢嶢世希有。甯甘玉碎恥瓦全，殘缺非關劫灰後。華嚴法界觀浮雲，六十小劫吹微塵。得窺公家祕密藏，猶有我輩嶔崟人。羡君好古精決擇，邀我題詩勞刻畫。仇池九華儻兼致，到眼尚能相識別。

寒夜曲

明星曆曆光侵檐，霜華如煙吹古簾。殘釭背壁碎紅墮，愁人不眠擁衾坐。誰家翠袖彈箜篌，觥船行酒酣高樓。豪犀壓帷寒不入，猶翦豐貂護〔一〕嬌額。

【校記】

〔一〕『護』，芙本作『獲』。

漢裴岑碑用山谷集中磨崖碑韻

碑文云惟漢永和二年八月燉煌太守雲中裴岑將郡兵三千人誅呼衍王等斬馘部衆克敵全師除西域之災蠲四郡之害邊竟艾安振威到此立海祠以表萬世

永和二年破呼衍，燉煌太守留殘碑。斬馘部衆艾邊竟，如以利刃決亂絲。郡兵三千勇且銳，蒼頭奮擊從盧兒。蕭條萬里大漠西，龍祠闃幕無安棲。文詞壯偉篆渾古，心知其是非贋爲。當年東觀缺紀載，但傳班勇殲車師。延光以後武備弛，屬國驕蹇戈矛揮。裴公此舉功不細，河西四郡關安危。燕然厓石勒威德，唐蕺槃木歌聲詩。漢家好大重邊績，胡迺舊史無褒辭？騶駼疎脱謝承誤，范傳〔一〕附和聲相隨。奇功湮没知幾許，摩挲遺蹟〔二〕令人悲。

【校記】

〔一〕「傳」，芙本、嘉慶本並作「摶」。

〔二〕「蹟」，光緒本作「蹪」，據芙本、嘉慶本改。

宿廣武旅舍月色如晝通夕不寐因成拗體排律三十韻以寄劉雲〔一〕

曰歸別儔侶，言邁逾郊坰。飛梁澤腹度，危轍山腰經。枚數雙隻堠，籤記長短〔二〕亭。紅隱孤景入，翠合羣巒暝。徑投野店宿，稍喜征驂停。夜氣頑贔屓，天風颭清泠。素彩懸皓魄，明波湧圓靈。肅肅立疎木，離離歛繁星。急響邐街柝，淒音戛車鈴。邨釀不成醉，勞歌詎堪聽。嗟余行未已，念子心無甯。憶昨歡聚首，相對俱忘形。清言絶梟獠，健筆嗤眠娗。方駕攀屈宋，高步追溫邢。潛心襲元窅，奮身闘驚霆。凌虛佩六甲，鑿險驅五丁。照乘珠出握，剸鐘劍磨硎。異錦炫斑駮，哀玉鏘瓏玲。耽奇摘新豔，嗜古搜遺馨。騄耳騁逸足，長麗刷修翎。諧聲叶宮羽，送抱除畦町。炙硯共雪屋，聯牀集寒廳。談深官鼓歇，坐久牕燈熒。如何搏沙散，忽若墜雨零。密契託蛩蚷，浪跡慙蓬萍。空齋爾索寞，岐途我伶俜。覓句獨見跋，懷人月移檽。駑馬饑齕莝，羸童僵觸屏。霜華浮淡白，海色澄空青。未識夢中路，僕夫催展軨。〔三〕

【校記】

〔一〕「劉雲」，芙本作「倬雲」。

〔二〕『長短』，芙本作『短長』。

〔三〕嘉慶本、光緒本卷末題：『原本受業華景孝校訂。』

詩鈔卷七

元夕夜坐偶成

薄晚雲翳收，天作湅黛色。常儀浴其團，百道寶光直。須臾度瑶井，萬頃瀉銀液。燈聲亂如沸，車馬闐廣陌。掩關謝紛譁，斗室坐虛白。澄輝入懷抱，如濯冰壺魄。人生異所尚，喧寂各有適。盈甌茶瀋綠，泛几爐薰碧。呵硯墨微融，清歡記兹夕。

齋居十首

官齋十年住，不異子雲居。當户有奇樹，堆牀多異書。尋春分社酒，侵曉摘園蔬。薄宦安吾拙，浮沉愧甯蘧。

晝永荆扉掩，庭虛枳徑通。坐來移莽銚，興到理詩筒。舊侶長相憶，新吟苦未工。風光過百五，花事惜匆匆。

高談詩絶倒，對客岸烏巾。自覺風塵倦，偏於卷帙親。玄文眞尚白，彩筆不能神。竟負平生志，終爲率爾人。

繞榻茶煙細，于于午夢醒。時臨《乞米帖》，別著《養魚經》。祈穀農謡喜，占書鵲語靈。自來疏惰慣，不是慕沉冥。

林影疎疎直，煙光澹澹陰。看山添遠色，聽鳥換新音。索解談雙樹，偷閒戲五禽。莫因塵事擾，惆悵損春心。

魚子浮新水，梟雛浴淺沙。緑痕歸岸柳，紅意到溪花。嬾覺詩情減，愁憐春望賒。催耕嚮郊墅，便擬命巾車。

南樓堪縱目，落日一鉤簾。野水澹摇影，遠峯微露尖。緇經開白氎，服散合青黏。許領閒中趣，從誇吏隱兼。

庭階少諍辭，竿牘詎云疲？有託耽幽賞，無悰改舊詩。閒雲依樹静，斜日過牕遲。獨酌懷歡友，蘭時久別離。

晚衙人吏散，襟抱有餘清。向栩閒吹笛，桓伊快撫箏。星窺虚牖入，月傍小檐明。坐到殘釭灺，風傳疊鼓聲。

攬鏡看容髪，棲遲黯自憐。鄉心隨夢遠，詩語似春顛。擊鉢還矜捷，揮毫漫鬥妍。怕人嘲慢戲，如意帖吟牋。

晚晴偶成

溼雲未全歛，斜陽林外微。苔花雨餘潤，滄碧明人衣。春事忽已去，所嗟賞心違。望遠觸離緒，寥寥暝禽飛。

別古槐

庭西老槐樹，我客君是主。投分忘形骸，不覺十寒暑。夜吟踞孤根，曉吟蔭高枝。十年去如瞥，剩有千篇詩。君材最輪囷，我氣亦斗藪。問君千年來，曾見此客否？秩滿客行去，難忘唯有君。遠夢隔翠雨，離情空碧雲。相對各淒然，客愁主無語。且把訶陵樽，酧君中山醑。低首拜石丈，米顛具衣冠。文饒童子寺，頻報竹平安。今古有情癡，文人同一例。再拜贈君詩，別恨君知未？

重過彈箏峽

落日亭亭鞭影度，長煙四合青山暮。彈箏峽裏少人行，淺瀨明漪照秋鷺。巖泉滴瀝成古音，僊風飄落寒翠深。泠然天籟無定譜，移宮換羽隨人心。客路重聽吟興愜，清響漸遥人出峽。回首殘霞空外銷，一痕纖月如銀甲。

雨牕懷王二雪舫

門少經過客，南榮夜坐時。重陰催暝早，積雨放晴遲。野蔓縈牆角，階苔上井眉。瑟居空慕侶，漫興且裁詩。

宿香臺寺

流雲過遠空，片月墜高嶺。客心淡無營，禪關掩虚静。僊梵自清圓，香燈照僧影。

野行卽事

曉起命巾車，郙路行屈曲。不知誰氏園，數椽傍巖築。空庭春草長，蝶意媚幽綠。

喜錢三獻之過平涼阻雨小住次日遊柳湖書院卽事賦贈

故人不相見，彈指星紀周。吏道坐自拘，非關路阻修。豈無空中書〔一〕，往返勞星郵。不如一摻袪，中懷罄綢繆。聞君奉官符，轉餉天西頭。我時寓朝那，孔道識所由。今晨當關報，果見一刺投。倒屣出迎君，喜極涕轉流。無從溯離緒，欲語舌在喉。勸君且安坐，約君三日留。是時天久雨，塗潦妨行輈。積陰晦原野，五月披重裘。官行雖有程，遇雨可小休。爲君敞虚堂，山翠當簷浮。斷酒啜茗瀋，加餐薦芹饈。君才最雄獨，説經世無儔。辨《三倉》《五雅》，證《八索》《九邱》。高文儷崔蔡，傑句凌曹劉。尤工篆籀文，腕底騰蛟虬。《凡將》《急就篇》，上下窮研搜。坐客乞君書，落筆神明遒。斯冰去未遠，隻字成琳璆。布策妙管郭，説劍追風歐。龜枚與鳥卜，絶詣靡不收。高談析羣疑，四座無喧啾。次日稍開霽，雲駁風颼颼。城西有講院，柳湖佳可遊。方池一碧淨，雜樹萬緑稠。冥冥野竹交，獵獵塘蒲抽。地偏人跡絶，室靜禽言幽。小憇偶藉卉，高尋或搴樛。灑灰禁吠蛤，持竿釣沉鰌。風光信可戀，欲去還夷猶。君懷疎且曠，我癖堅難瘳。共是湖海人，狎鷺盟閒鷗。歌呼拍銅斗，長年不知愁。如何墮塵障，觸處生癥疣？我齒齳然脱，玄花翳君眸。誰憐汗血駒，竟作蘭單牛！有書身無事，此外甯多求？願言就魚麥，與君執手謀。江干買薄田，相對操鋤耰。

【校記】

〔一〕「書」，芙本作「詩」。

讀二弟德陽道中留別三弟詩愛其情詞婉篤有觸余懷漫賦長句

三載戎行盼君至，此日官齋欣把臂。回首全家住錦城，一官匏繫憐予季。示我郵亭五字詩，蠶眠細字寫烏絲。君緣抗手悲今別，我恰關心念昔時。弱齡爾我傷偏露，季弟扶牀纔學步。聰明已解識之無，少小相從授章句。貧賤生涯百不聊，篝燈如豆坐深宵。家風共耐虀鹽澹，舊業還欣卷帙饒。一官捧檄過關隴，遠道逶遲版輿奉。頭角嶢嶢漸長成，七年子舍晨昏共。經史紛綸恣意探，傳家文筆已能諳。我知載協應躗亢，人道機雲尚有耽。君時奏賦直芸閣，北望長安感離索。形影相隨衹阿奴，推梨讓棗華年樂。最憶當陽烽火驚，弟兄倉卒扞孤城。煙塵慘澹愁三月，骨肉團圞慶再生。一年奉母之京國，一年迎〔一〕婦還鄉邑。西去君投介子觚，北行季射蘭成策。幾度分攜只偶然，者番契闊竟頻年。超遥蜀道青天上，悵望秦雲落日邊。千盤棧閣愁煙鎖，此度别君如别我。已分魂因送遠銷，不堪淚嚮臨岐墮。漫道同根荆樹枝，如何花葉易參差？崔松廨舍哦詩懶，謝草池塘選夢遲。君詩眞摯無雕繢，白璧明珠堪作佩。果然好語動人心，我亦勗奴須自愛。願得承歡共北堂，堂前雁雁喜成行。岷江水接巴江水，兩地離心爾許長。

【校記】

〔一〕『迎』字下芙本、嘉慶本並有小字注云：『去聲。』

雨中看山〔一〕

秋山無媚色，秋雨有古音。崚嶒煙霞骨，蕭澹梧竹心。凌晨起盥櫛，清氣盈我襟。几硯淨如拭，不受纖埃侵。涇翠逼牕冷，微流落池深。雨止山更佳，憑欄發高吟。

【校記】

〔一〕芙本題作『雨中看山效樊榭體』。

説餅三十韻

仲秋節物佳，作餅肖圓魄。贇原出臼磨，饋且徧隣戚。大庖湯官供，小市鼎娥職。餦餭《楚些》傳，粔籹《方言》釋。豐收覆雉穗，美碾噎鳩麥。重羅颺珠塵，淨釜溲雲液。牛酥厭膻膩，豕膏喜肥澤。潤分石蜜鮮，潔點蔗霜白。細剁靈瓜瓤，新脱珍果核。輪廓妙摶捖，花樣工刻畫。侈應裂十字，豪或誇五色。璧橢扶寸強，鏡圍八銖直。對此愜清歡，相於賞良夕。次第薦蘭饈，周遭展瑶席。穹翠絶纖翳，涼輝蕩虛碧。團欒佐盃杓，重疊飣盤槅。凝脂滑欲流，純綿〔二〕軟宜擘。華池漱玉漿，嵰山咀甜雪。哆口笑魚噞，缺景驚蟆蝕。充虛作談助，銷夜忺茗癖。殘牙愧零落，俊味堪珍惜。桓玄油恐涴，王羆緣休擲。老去戀甘腴，興極追疇昔。紅綾早無分，銀花曾未識。屑榆不療貧，剪韭惟供客。寒具慰輖飢，冷淘嗟旅食。敢嗤公羊陋，幸免邠卿厄。説工愛吴均，賦俳類束皙。恣餮知腹負，顛頤求口實。虚名不可啖，畫地復何益？

【校記】

〔一〕『綿』，芙本作『棉』。

仲秋同黄葯林韋友山〔一〕登白塔寺覽金城關河橋諸勝因作長句

金城形勢天下雄，羣山西嚮長河東。雀離古寺出天半，山色河流紛到眼。塞天微霜昨夜零，木葉欲脱山痕青。飛樓去地已百尺，水氣平檻長冥冥。河流怒觸山根勁，山勢爭迎逆流迸。大地雲崩衆軸搖，晴天雷輥空巖應。中流横繫廿四艘，鐵索連亘三千條。崚嶒似脱瘦蛟骨，屈折欲斷長虹腰。憑高對酒意飛動，拍手狂歌浩呼洶。九曲明波一白浮，千盤秀色層青涌。黄香標格今無儔，韋郎倜儻眞名流。登高何必待重九，適興到處成佳遊。抱山心事還依舊，只恐觀河面先皺。萬里關心故國遥，廿年彈指華年驟。暝色蒼然生遠峯，語君吟眺暫從容。酒闌攜手下山去，天際星星聞寺鐘。

【校記】

〔一〕『黄葯林韋友山』，芙本作『黄大葯林韋大友山』。

長句送韋友山出關

相逢卽有情，相識卽難別。漫道空王有夙緣，此中情事無從説。我昔聞君名，未曾見君面。東西宦轍相背馳，君到蘭山始相見。識君恨已遲，別君一何早！霜氣落黄榆，風威凋白草。客舍悲秋已尠歡，送君又出陽關道。君才俶儻天下奇，篋有百賦千篇詩。崑崙華嶽起方寸，嶔嵜歷落無人知。嶺嶠十年原浪漫，一官久作浮雲看。萬里投荒未足悲，話到高堂腸欲斷。浩蕩度龍沙，愁多兩鬢華。小人還有母，遷客已無家。粤西子舍仍孤寄，入夢慈顔總憔悴。衣上猶看密密縫，客中難制涔涔淚。我心悲君復慰君，至性自足回蒼旻。況今聖德徧八極，定有雨露蘇枯根。邊雲横大漠，秋氣徧蕭索。征裘犯雪輕，別酒經寒薄。爲君慷慨發高吟，朔雁南飛盼好音。飄零塞外悲張儉，遊俠關中仗季心。謂長安費大令歐餘時，以千金爲君贖鍰。臨岐贈子以長揖，轉眼流人玉關入。稱觴重奉北堂歡，解橐急繙西戍集。

藝香圃菊花盛開適逢九日秋雨新霽小坐花下同二弟作

雁風吹裂雲波明，天意滿放重陽晴。窺牎山色碧如許，樹杪猶飛昨宵雨。參差牆外菊一畦，疎綠長與衰黄齊。中庭更放千百朵，秀影壓疊迴闌低。招攜何必登高去，且對名花作佳語。爐煙出户淡微微，茗椀留人華舉舉。此中靜趣無人知，花卻凝情如有思。涼颸蕩漾摇亞枝，得意似賞吾曹詩。把盃還嚮花前酹，一院秋光人薄醉。冷香叢裏立多時，黃蝶飛來上衣袂。楓林高下斜陽紅，邊撩點綴景亦工。閒吟東皐薄暮句，恍到北苑新圖中。君不見百年幾度逢佳節，流景拋人最堪惜。問花花亦憺無言，坐到紛紛涼月白。

遣興四首

西風吹萬木，各自吟秋聲。脱葉雜寒雨，策策飛檐楹。獨夜掩關坐，釭花曖微明。散帙發高詠，翛然神骨清。文字有結習，江湖多遠情。

商聲引清激，夜氣愛蕭爽。更無塵務嬰，斗室足偃仰。心淵湛然明，一靜息諸想。卑棲念故〔一〕人，任達忘悒怏。桓譚六安丞，班彪望都長。

少無適俗韻陶句，長有棲山志。言尋遂初賦，此事原不易。故園三畝宅，上水百弓地。必待作計成，我見得毋滯。落落雲無心，泛泛舟不繫。

拈花忽有悟，臨風時一吟。過眼感風花，忍俊不自禁。游雲本無質，枯桐本無音。五色麗於錦，七絃徽以金。聊憑莊嚴相，寄此空明心。

【校記】

〔一〕『故』，芙本、嘉慶本並作『古』。

題梁溪女史吳瑶環仕女小幀

寫韻人傳吳彩鸞，鏡中留影見姍姍。嬌如新月眞宜拜，瘦到秋花轉耐看。詎仿朝雲留粉本，自研清露點冰紈。東風未許芳心展，翠袖伶俜日暮寒。圖中著蕉竹數株，意極蕭澹。

十二月十六日雪後對月同二弟作

雪積層峯顚，月出遠林頂。凍雲摇曳吹作絲，浩浩明波瀉千頃。當庭老槐無葉飄，空枝尚戛風蕭騷。窺簾星影小於粟，匝地霜氣流如潮。衆籟無聲月亭午，寒光照人毛髮古。相看兀兀兩書生，對擁殘編聽官鼓。小童琢雪巧作燈，蠟煙數點參差明。牆根撿荚玳瑁色，履底悉窣玻璃聲。冰花滿硯尖毫重，綠乳半甌茶欲凍。興來伸紙續清吟，各抱冬心不成夢。

外弟顧行可來蘭州長宵話舊成轉韻九十六句

邊沙塞雪金城陌，歲暮羈人意悽惻。忽報江南客到門，敝車羸馬風塵色。江南我別二十年，親交零落俱堪憐。出迎果喜見君至，聯牀對語宵忘眠。昔年別君我能記，君小猶梳兩丸髻。久別渾忘歲月遷，相看各訝容顏異。君家舊宅城南隅，當門榆柳青扶疎。我居北里路咫尺，雙梧樹底三椽廬。髫齡記住外家好，繞膝牽衣索梨棗。聰慧偏蒙大母憐，嬌癡總説彌甥小。相從舅氏學執經，文字了了通心靈。丹黄狼籍書滿榻，老屋靜對殘釭青。謝庭昆季俱英絶，共我搜奇門知識。益壽先誇論史工，客兒雅負吟詩癖。横行闊視百不憂，跳蕩自許非常儔。尋山吹火自蠟屐，乘夜泛月還呼舟。東齋十笏開軒砌，雜樹疎花栽隙地。拋塼常遭隣舍嗔，琢釘慣逐兒童戲。流光冉冉秋復春，年行長大家苦貧。勞生從此別親舊，乞食那免趨埃塵。出山泉水移根橘，我愧功名太倉卒。萬里伊涼去路長，千盤關隴官程急。別來變故不可論，舅氏捐館荆江濆。謂齋舅氏歿於黄梅書院。湘波浩淼楚天闊，翦紙何處招吟魂。當亭廨舍同棲止，一病拊棺傷仲子。學和偕余至伏羌，歿於官舍。纔賦論都季雅亡，斐瞻以選貢入都，未及試病歿。早探玄測童烏死。傅爰早夭。就中伯氏才最奇，曲江江頭曾賦詩。冷官苜蓿未三載，尺書寄我悲長辭。立方於丁未成進士，得蘇州教授，癸未歿於官署。口銜石闕奈何許，呵壁問天天不語。玉樹凋零浩劫灰，白楊蕭瑟空齋雨。昔時親串冷眼看，誰憐未葬六七棺。愍孫臏有一身在，生涯落拓憂飢寒。讀書堂廢前楹毁，昔日住人今住鬼。唐句。瓴甋苔荒走夕燐，池塘水涸生秋葦。吾家弱弟官錦城，君亦襆被西南行。高堂相見淚盈把，故家中落難爲情。瞿塘駭浪如奔馬，干戈叢裏扁舟下。非關鄉思感丁年，爲覓墓田營丙舍。眠牛地卜山之隈，亟具畚鍤除蒿萊。孤兒負土封馬鬣，一慟萬壑松風哀。宵闌燭淚無端涌，君語唏歔我心痛。歷歷兒時景逼眞，那堪回首都成夢。悲君世母猶倚閭，飃蕭華髮不滿梳。何時歸去侍母側，爲供夕膳兼晨餔。君不見，十〔二〕年鏡裏秋眉换，我亦天涯宦遊倦。小隱甯須舊侶招，好山只合家鄉看。坐聽荒雞已再號，晨星寥落曙天高。一言破涕還成笑，爲説衰宗有鳳毛。時立方子翰已補弟子員，學和、斐瞻子俱秀穎能文。

【校記】

〔一〕『十』，芙本作『廿』。

新正八日二弟督兵自平涼至秦州作此誌別

犂旦送征人，明星照岐路。語長牽別袂，愴悢不能去。從行皆健兒，鞾刀縛衣袴。彎弓向天狼，士氣有餘怒。秦風故慷慨，同袍爲君賦。儒生握兵柄，豈曰非奇遇？胡爲久屏營，所悵別離遽？半載共官齋，荏苒流光度。忽奉尺一書，又叱邛崍馭。尅日作急裝，值此歲云暮。東指數郵程，冰雪關山沍。高平曾假守，十口尚漂寓。僦屋大道旁，留君姑小住。到日正除夜，作歡還治具。守歲擁紅爐，明燈燃達曙。骨肉話團圞，繞膝戲童孺。逡巡畢正臘，春風漸和煦。戒途君欲行，惘惘寡歡趣。君復慰我言，此別知易晤。雲棧望迢遙，慈輿錦城駐。量移主恩厚，喜得遂烏哺。兄亦離去聲風塵，初衣返其素。會當定省來，晨昏共容與。相期愛玉體，別後書頻附。飲餞出東郊，軍書絶塵騖。上言米賊狂，攔江竟偷渡。周防一郭危，鈔略千村懼。幕府急拜章，謂君悉機務。就道勿稽延，速領援軍赴。急病而讓夷，臣職敢違迕？莽莽秦州山，離離渭川樹。愁煙曖廢墟，荒雲暗孤戍。我曾遊宦地，君今過師處。疇昔捍危城，追憶心猶怖。健婦供轉輸，丁男應招募。君試問羌人，艱難諒能訴。君久歷行間，萬謀精一慮。地形扼險要，山勢識盤互。制勝貴先機，成功賴多助。所仗在忠信，可濟惟仁恕。特重環武剛，好整垂跗注。早摧張角鋒，汛掃裴優霧。流庸衆釐復，金湯百雉固。捷書達九重，邊氓盡安堵。努力更加餐，風霜慎調護。行矣事戎軒，朂哉戒徒御。

曉起即事

陗寒簾外飛輕雪，銀牀素綆輕冰結。逡巡曉日紅傍檐，桃花一枝嬌入簾。我吟一詩成，枝頭一花放。東風吹春春意蘇，煙影花光兩摇蕩。春光自去客自留，掩關兀兀慵出遊。滿院蒼苔人跡少，護花鈴語絮春愁。

遣悶二首

一行歸雁過汀洲，有客天涯歎滯留。倚枕不堪思往事，杜門無計卻閒愁。風前晚磬來僧院，樹杪春山入郡樓。昨夢五湖煙水闊，曰歸何日買扁舟？

漠漠寒雲逗雨絲，邊城芳信到來遲。忘機不耐鏖棊局，任達何當兕酒巵。廿載宦情靑鬢改，半春愁緒綠楊知。維摩一榻蕭閒甚，檢點風光付小詩。

庚申四月余將北上留别蘭州僚友兼寄二弟一百韻

地闢金城壯，關連玉塞遥。西秦一都會，全隴此邊撩。積石驚濤激，蘭干峻嶺嶠。依山圍列堞，壓浪駕浮橋。驛柳將吹絮，原荑已秀萋。碧陰初匼匝，朱火未炎熇。平楚晨光逗，輕塵宿雨飄。遄行人祀軷，送遠客聯鑣。漫士甘卑宦，窮年歎久僑。傷離魂黯黯，感舊話譊譊。捧檄纔投足，當官學折腰。性還同野鹿，心不慕華貂。迎養謀升斗，移家挈齔齠。儒風本寒素，衆譽愧清劭。卓犖偏人韙，飛揚儁氣歊。休徵占井冽，吉卜問萑[一]燋。奧渫材甯屈，高明福可徼。五行誇應奉，千卷傲崔儦。樸學羞孅智，方聞恥汎剽。駿思支遁馬，奇賦杜陵雕。勁翮翻鞲鏇，神姿就服鞗。從容奔走地，期會簿書朝。孝綽從甯朔，潛夫謁度遼。香名流齒頰，盛作仰魁杓。樹義能傾座，談玄各建幖。張融仍緩帶，向栩自輕幧。入幕多佳伴，同官得俊寮。趨公欣有暇，選勝迭相邀。山鳥音如瑲，林蘤色比茷。五巖泉灑落，千佛閣岧嶢。妙句搜爭捷，清聲邑遠姚。投瓊魚橇健，射蕞雉媒驕。竹葉傾千榼，蓮花鬥百驍。徵歌敲檠句，倚醉試茶簝。天路吹噓易，清流月旦昭。歡場難再得，旅抱漸無憀。余初至蘭州，適畢弇山師署理督篆，極蒙賞譽。此紀一時遊讌事也。遂作羌人長，偏逢寇騎囂。伏戎屯宿莽，繫卵託危苕。誰發陰嬉讖，將成脂夜妖。挻災侔鬼蜮，扇毒甚猺獠。異祲頹山壓，奔精枉矢摇。風高鳴劍槊，月黑嘂笳簫。鶴翎肥胡雜，犀函貝胄穀。謂伏羌守城事。靈武州雄緊，河奇地沃饒。九重旌尹賞，三府薦劉陶。抱牘知才拙，懷甎畏俗澆。曹司胥吏黠，城闕子衿佻。所冀回淳樸，端宜簡教條。無煩設鉤距，自爾解苛嬈。下潠豐秔稻，高原富菽蕎。儺喧神食虎，蠟賽社迎猫。晝諾陪成瑨，逢迎鄙李翛。拊循宣甲令，影占絶丁徭。丁未冬任靈州牧。五鼓曾留鄧，雙旌暫試蕭。偶誇庖代祝，卻愧斗無料。薄落涇水名迴瀾漫，空同敞沉漻。探奇披鶡鷩，躋險躡龍蹻。講院耽蕭曠，經生採秀翹。買牛師渤海，留犢笑時苗。戊午署平涼守。旋攝河堤尉，欣聞池谷謡。匽渠關輔勝，碑碣漢唐標。己未春，署甯夏水利同知。干鏌神光合，埍篪逸響調。官同靈鞠退，才讓阿龍超。堅坐星連曉，深譚漏轉宵。小園開曲徑，精舍拓疎寮。紫蜃珠噓餤，雄虹玉露膔。華辭羅鸑鷟，淡墨染螵蛸。甫畫綏邊策，旋驅喻蜀軺。浮屠三宿戀，許伯寸心慆。放手沙終散，分行雁忽翲。離觴嫌燭短，別曲怨絃幺。井絡方傳箭，烏櫳尚警刁。蟲沙經浩劫，烽火有遺熛。羽檄何倉卒，廬兒盡勇趫。前塵殊惘惘，後約恐迢迢。己未夏〔二〕，荔裳來甘藩任，歡聚未及半載，即調任四川。正月，因秦州告警，率兵防禦，順道赴蜀。陳跡尋泥雪，流光駴電飈。寄居慚瑣蛣，遠害慨鷦鷯。飄泊文章賤，蹉跎志節銷。懷鄉心耿耿，攬鏡髮髟髟。執戟愁顛眴，文園苦癘痟。餘年希社櫟，噩夢誤隍蕉。祿以狂名減，財緣妄語燒。江郎花禿管，泉客淚乾綃。面枉讐麋借，眉嗤混沌描。五錐頻挫鋭，六博不成梟。舊侶憐淪躓，岐途慰寂寥。頻煩投縞紵，無路報英瑶。豈有金重鑄，徒勞玉再琱。非關慕臺省，終擬返耕樵。莊舄常吟越，奚康嬾鍜譙。守株空待兎，見彈漫求鴞。出竦煙蘿誚，歸憑叢桂招。持竿臨水裔，剃茇傍喦椒。倦數投林翼，閒看掛壁弨。拈華參惠遠，採藥遇征喬。説法常依鷲，忘機更玩鯈。業從離垢白，心免抱薰焦。詩卷留千古，家山認六朝。昨宵清夢好，雙槳渡江潮。

【校記】

〔一〕『菙』，芙本作『華』。

〔二〕『己未夏』，芙本作『己未』。

喜得洪稚存〔一〕入關之信書此代簡

蘭山話別各傷神，浩蕩冰天逐雁臣。幸免若盧收杜衆，還愁樂浪竄崔駰。孤蹤拌〔二〕作長流客，温語旋迴絶塞春。開盡桃花消盡雪，兩行紅柳送歸人。

雞竿詔嚮九天頒，鄭重君恩特賜環。傳到好音先破涕，懸知小別未摧顔。朝搜斷碣窮沙磧，夜聽清笳度雪山。萬里只如庭户近，輶車聊當採風還。

上書慷慨豈沽名，願効涓埃奮聖明。宣室舊曾徵賈傅，讜言今已念班生。親知預擬聯幫屐，邊徼行看洗甲兵。見買夫須營釣艇，滄江穩卧頌昇平。

湖山佳處儘相羊，蠏舍漁村認故鄉。築室且教泥水蔽，著書合付子孫藏。羈魂恐尚依銅柱，痕多〔三〕斯坦有堯時銅柱，相傳塞外人死皆歸之，如中國之有岱宗云。歸夢時應到玉堂。愧我浮沉銷志節，白頭顔駟乞爲郎。

【校記】

〔一〕『洪稚存』，芙本作『洪大稚存』。

〔二〕『拌』，嘉慶本作『判』。

〔三〕『多』，芙本、嘉慶本並作『都』。

安陽官舍喜晤趙渭川[一]作此贈別即題其集後

羅浮兩山天下奇，波濤風雨山合離。煙雲變幻峯㕒巘，僊靈秘怪杳莫窺。我讀渭川千首詩，奇境怳曶移於斯。君才俊邁不可羈，好古具有兼人資。談經亹亹客解頤，説文九千字以孳。剖析疑似窮毫釐，上溯籀史兼冰斯。旁証彝鼎搜殘碑，詩人眞以餘事爲。手持玉鉞登文陴，豪氣欲壓千熊羆。銅牆劒餌瞰鬼炊，夔魖罔兩紛蹮跜。忽造平淡攄幽思，叩宮彈徵調金絲。藹如春卉含芳蕤，朗若秋水揚明漪。至性感入人心脾，此是《小雅》《離騷》遺。臨風三復還喟嘻，愛君卻恨交君遲。夢中尋路覺後疑，我時作吏滯隴坻。君亦薄宦漳河麋，關梁阻隔殊封圻。一官各有纓紱縻，但恐相見終無期。今年我別蘭山陲，緻裾謁選游京師。安陽大邑君所治，身雖未到神先馳。造門握手心神怡，百聞一見慰我私。君聞我至樂不支，童奴奔走開軒墀。擊鮮斫鱠烹園葵，珍果歷落堆盤匜。星闌軟語連朝曦，銅荷蠟淚涔涔垂。我生於世百不宜，耽書少小成詅癡。風塵憔悴面目黧，廿年素食慚無禆。跋前疐後叢瑕疵，麄材拙宦衆口訾。白頭爲郎入以貲，鄉人不覺顔忸怩。感君顧我不鄙夷，隨肩肯以弟畜之。平原十日羅酒巵，圖書萬卷供酣嬉，馬有芻秣車載脂。朝來別君鄉路岐，作詩匪云瓊玖貽。願如兩山相附麗，金石可泐山不移。丹雞白犬陳誓詞，此意敢告山靈知。

【校記】

〔一〕『趙渭川』，芙本作『趙四渭川』。

送潘石甫歸揚州

征馬作離聲，金環戛淒戾。積雪滿千山，天高朔風厲。送別出春明，川途莽迢遞。相對黯無言，空摻臨岐袂。我昨至京師，惘惘無所詣。不藉子公書，肯投正平刺？屈指舊星辰，零落餘一二。汪倫謂劍潭先生吾老友，重逢訴顑頷。暇日相招邀，結習愛文藝。法護與僧彌謂竹海昆季，翩翩好兄弟。座中復識君，風格各英異。俶儻八能才，紛綸五經笥。超俗無近情，忘年託神契。曲巷不數武，過從輒相值。發篋讀君詩，古音孕元氣。湛深作者心，悱惻騷人意。譬如食諫果，齒頰有餘味。寒宵聚深屋，雜坐語無次。盃盤任狼籍，圖史供獺祭。解帶縱彫談，搦管搜僻事。清漏促狂吟，明燈照殘醉。稜稜霜氣嚴，作作星芒概。逸興劇飛騰，詞源吐澎濞。天涯遇心賞，此樂誠不易。高文惜未售，輕裝去何駛。方欣同隊鱗，遽悵分飛翅。君今將母行，反哺心力瘁。高柔得賢婦，一事差足慰。到日正及春，紅橋景韶媚。堤楊綠照眼，官梅香破鼻。江國多勝遊，詩篇足佳思。應念長安人，索米苦留滯。南雁北飛時，望寄平安字。

題法梧門移竹圖

吾家舊住蓉湖曲，湖邊銷夏栽修竹。廿年邊徼苦相思，沙雨濛濛夢涼綠。今晨展卷忽眼明，萬頃湘煙入横幅。閒園半畝槿編籬，小院十弓茅壓屋。繞户爭流宛轉泉，遮門低蔭陰森木。先生長日理小畦，叢篁移向篔簹谷。佳兒愛婿共追隨，慧比靈珠潤於玉。伯夷辛秀亦解事，清靜無殊杜陵僕。盤根帶土蘚斑斑，修尾掃堦風簌簌。送來雲影翠成堆，縛得秋聲青滿束。瘦石玲瓏斜一枝，短牆繚繞圍千纛。勝賞還招與可同，高情合作賓之續。焚香靜對意灑然，恍到江鄉娱麗矚。東華暫許結歡鄰，南垞何當卜幽築。天近常含月露清，歲寒好耐風霜足。籬根迸筍長琅玕，園外高枝待鸑鷟。清遊願得更從公，莫厭欵門頻剝啄。

題華嚴法界圖

手操三寸管，動欲窺天咫。圜則九重十二綱，不知去地幾千萬餘里。罡風簸蕩地軸摇，金水相摩旋轉不能止。人間仰視正色空，青蒼元氣接混茫。上有金銀宫闕白玉堂，城垣牆壁一一可倚著，人天福報隨緣示現之説非荒唐。請從三摩地，更上一初桄。三十三天拾級盡登陟，乘風御氣凌倒景，下視三垣七曜炫轉而熒煌。以尻爲輪神爲馬，儵忽周遊四天下。大鹹海水環絡之，洪濤迅澓風雷馳。鯤鱷蛟鱷龍虬螭，曝背成山沫成雨，百色妖露萬怪何閃屍。又復穿溟涬，遊清微，俯閻浮，上須彌，云是忉利天帝釋天王之所治。左盤青琱右素威，香水之海揚漣漪，貝多羅樹紛葳蕤。蓮花如車蓋，香徧摩偷池，六千綵女結伴相娯嬉。雪山甄陀女，歌聲柔軟調金絲，能使五百清淨僊人心逸不自持。忽逢摩波旬，砰訇擊天鼓，羅刹翻城藥叉舞，修羅宫中戈戟下如雨。檄召四天王，天龍統八部，鏗金鉦，張玉弩，甲胄現出旃檀林，瞻落羣魔色如土。殛之阿鼻獄，名入黑暗簿，佛法自無邊，貪嗔爾何苦！頗復厭兵塵，輕身想騰騫。衆烏金臆隨迦旃，香風裊裊飄長煙。馬鳴把我袂，龍樹拍我肩。豐干逐我後，丹霞導我前。奉行無上無等咒，參演大乘小乘禪。主持色界無色界，佛之第二名字本是天中天。莊嚴華淨七寶座，空中示我光明拳。三十二相看具足，我前合十作禮心虔虔。相傳此間一石或墜地，須經十萬八千三百八十年。我生耽白業，不願再墮落。我佛大慈悲，許我心已諾。説法祛有漏，觀空悟無著。此語非幻還非眞，前生慧業來生因。獻蓋隨寶積，採香通大秦。皈依丈六黄金身，《華嚴法界圖》中陳。小儒見之舌撟而不伸，謂天高高非可以倚杵，何能羅列掌上看螺紋？詎知梵王功德妙不可思議，搏捖大千國界祇似陶家輪。

冰蘭曲相傳閨中人有瀉水置澡盤者經宿水凝成幽蘭一叢作詩紀之

花漏無聲度遥夜，洗妝粉水和愁瀉。寶枕應憐楚夢長，珠盤倏有湘魂化。鏤玉雕瓊費巧思，風枝露葉寫參差。依稀現出空中相，頃刻開成别様姿。名花薄命琉璃脆，未許騷人紉作佩。尺幅鮫綃瑣澹愁，一叢魚魫蘭名凝寒翠。相思人倚緑牕紗，恍對圓蟾印桂華。薄落雲妝宜照水，空明香界合拈花。人間畫史摹難到，白描生色天然好。風外旋看幻影銷，意中偏惜靈芽小。幽姿卻耐峭寒侵，解抱冬心定素心。一曲清歌堪儷雪，爲君脈脈撫瑶琴。

宿燕郊

信馬垂鞭去，川原浩蕩閒。鄉心驚歲晚，客路覺身閒。空磧明駝卧，疎林暝鳥還。雲端見松雪，了了薊門山。

石門

茅屋參差出，人家半在坡。枯苔封虎跡，老樹露鷹窠。牕迴星光入，村荒柝響多。濁醪酤滿眼，一酌醉顔酡。

爲陳雲伯〔一〕題碧城僊夢圖

瑶海明星大如月，峭寒逼動蓬山骨。瑶臺明月小如星，三句用乩僊語。萬朵僊雲護玉扃。碧城縹緲曾棲宿，迴環十二闌干曲。密字親書位業圖，慧根早證長生籙。海思雲愁幾度春，再來原是謫僊人。丹梯迴首千重隔，空爇名香禮紫晨。秋衾夜壓涼煙重，舊事無端還入夢。仿佛羣眞閬苑遊，羽衣金節爭陪從。指點瓊扉認故居，玲瓏小閣倚清虚。攜將朮序披雲讀，種得芝房帶月鋤。六銖衣薄凝寒翠，天乳無聲溼僊袂。銀浦横波匹練明，碧鸞尾掃榆花碎。虬漏丁東怯曉光，一絲清氣墮微茫。滿身香霧僊蹤遠，覽鏡蕭蕭髮彩涼。砑綃寫出餐霞意，聊借丹青寓游戲。試嚮空中寄鶴書，三山舊侶相思未？

【校記】

〔一〕『陳雲伯』，芙本作『陳雲伯孝廉』。

六月十二日〔一〕爲宋黃文節公生辰吴山尊編修招諸同人瞻禮遺像敬賦長句

慶歷五年公誕日，屈指春秋七百七。翰林才子吴叔庠，開筵召客昇高堂。公生乙酉今辛酉，我覺去公猶未久。曾從夜夢見容顏，時嚮晴空數星斗。束髮喜讀公歌詩，穿穴險窩靡不爲。幽祆秘怪入腕底，波濤蹙縮風雷馳。眉山丈人驚且愕，曠古以來無此作。草頭一點過神駒，雲外千盤迴健鶻。公才磊落空古今，以詩傳世非公心。許身稷契杜陵老，九原相對眞知音。宜州永州兩羈管，到死雙眉愁不展。虚名留重黨人碑，奇士惜歸文苑傳。何年寫照煩畫工，晬然和氣頤微豐。滿堂賓客二十四，瞻相頂禮天人容。就公論詩公印可，來處僊雲飛一朵。珠玉隨風落九天，誰言不拾江西唾？鯫生自媿媚學遲，廿年吟鬢垂霜絲。抱公遺集作導師，瓣香下拜公應知。

【校記】

〔一〕『六月十二日』下，芙本多『銷夏第四會』五字。

菩提紗四律同鄒曉屏侍郎作

種嚮羊城定幾年，託根原是〔一〕四禪天。碎篩金界疎疎月，平展香臺澹澹煙。偶縛冰絲愁獨繭，試拈霜翼悟枯蟬。憑誰巧借生花手，繡上摩偷九品蓮。

輕盈百幅琢春冰，魚網翻嫌雜刻藤。質薄好裁香閣幔，眼疎難護石龕燈。圓光乍現豪千縷，空影憑消幻一層。我亦年來諳世味，欲拈枯葉問南能。

龍女生綃手自披，蕭疎不耐好風吹。鏤塵怕損蜻蜓翼，翦紙爭黏蛺蝶絲。薄到十分窺色障，縈將千結悔情癡。掌中細認方空樣，多事金僊費巧思。

霧緯雲經似有無，玲瓏清影覆禪衢。生成壞色剛三種，綴作偏衣抵五銖。縱使奇温輸吉貝，恰宜香妙伴伊蒲。紺園更擷牟尼果，記取光明百八珠。

【校記】

〔一〕『是』，芙本、嘉慶本並作『自』。

宋文信國公致吴架閣三書横卷爲吴二一蘭雪題

德祐國勢不可支，詔徵天下勤王師。信公奉詔募驍傑，慷慨萬人同飲泣。前驅踴躍溪洞蠻，大呼義旅齊入關。軍行饋餉苦難繼，籌筆孤忠憂不細。轉輸重任誰仔肩，治行久識吳公賢。千五百貫發官會，郡帑久已無金錢。三書梗亮有雄氣，古道論交署官位。督師自署朝請郎，告糴全憑永豐尉。空坑兵潰萬事空，蕭條柴市號悲風。精靈下食化朱鳥，天海遊魂招黑龍。餘生杖策歸田里，僵卧肯因徵聘起。遺墨零星掩淚看，幽篁雨暗啼山鬼。握拳透爪亡其眞，北平學士能傳神。原書已失，卷中所存係翁覃溪學士所摹。千秋展卷尚流涕，何況同歷艱危人。黃冠丞相麻鞵叟，耿耿丹心俱不朽。爲付雲礽好弆藏，定有光芒燭牛斗。

夜行郊野間偶然成詩

荒榛礙足攢芒利，洞口懸蘿幽翠翳。敗牆脫粉生莓苔，一燈如粟禪扉開。暝煙團露不成雨，白雲如人隱深樹。二更黑月墮空巖，電影照僧歸寺去。

積雨柬〔一〕張船山檢討

積陰塞宇宙，西山失崔嵬。盲風浩呼洶，白雨爭喧豗。中間更作氣，鼓以雌雄雷。岌然海水立，巨浪排空迴。朝愁朽柱折，夜聽犨牆頽。參軍屋漏中，愁顔苦低摧〔二〕。兩日幸小休，料理叢書堆。詩逋積盈案，紙背生莓苔。最憶張景陽，愁霖句新裁。溼薪燃爆竹，破竈昏煙煤。屠沽有酒食，吾輩甘蒿萊。君昨示我詩，曠代驚奇才。猛炬出犀錟，寒星迸驪胎。我如獲至寶，摩挲日千回。近忽秘之篋，扃鐍不敢開。恐此發光怪，挐攫蛟龍來。

【校記】

〔一〕芙本「東」前多一「戲」字。

〔二〕「摧」，芙本作「催」。

夢僊謠爲胡硯農〔一〕作

鵾笙喚月寒咿咿，瓊樓半開星斗稀。明妝綽約見鬟影，香露如煙吹寶衣。鳶肩公子青霞客，綺歲裁詩花作骨。一夜相思託楚雲，慧因肯信僊凡隔。曲欄十二橫空虛，玲瓏飛閣高眞居。柳風弄影皺瑤碧，明珠亂落金芙蕖。三山舊事啼紅雨，海思雲愁渺何許。夢境迷離覺後疑，玉壺試扣鴛鴦語。

【校記】

〔一〕「胡硯農」，芙本作「胡大硯農」。

爲蔣香杜〔一〕題紉箴課讀圖

兒名甫成母已亡，臯魚風木心摧傷。孤兒此日抱書哭，母昔含悲課兒讀。兒勤讀書母紉箴，一燈如粟秋堂深。三更驚烏啼上屋，滿庭松桂寒蕭森。君今文譽徧九州，從容朱邸常陪遊。廬陵下士愛顔謝，梁園好客延枚鄒。胸中盤盤貯經史，難忘慈親授書始。思親時復展圖看，淚血斑蘭紅印紙。枯魚銜索良可哀，麻衣素韠顔如灰。天涯忍看慈母綫，春暉一去難重回。百年富貴亦何有，但願識字常依母。三牲鼎養詎足論？好以著述酬親恩。他年手寫羣經定，爲報孤兒讀書竟。

【校記】

〔一〕『蔣香杜』，芙本作『蔣大香杜』。

爲吴蘭雪〔一〕題秦淮春泛横卷兼憶舊遊

蘭槳輕翻碧浪明，烏篷緩緩載春行。穠花壓檻朝酣酒，香月窺簾夜按箏。小别語還留後約，相逢緣總説前生。玉釵羅袖銷〔二〕魂地，惆悵相如賦不成。

畫橋煙外柳陰陰，十二朱闌小院深。彈指華年悲錦瑟，移情絶調感青琴。月高猶擁聽歌棹，花豔頻拋買笑金。聞道春潮依舊長，送人香夢杳難尋。

翠管紅牙譜豔詞，三生難懺是情癡。挐舟渡口憐桃葉，鄣袖風前認柳枝。粉鏡乍收眉鑠黛，銀篝斜倚淚連絲。瀟瀟莫雨吴孃曲，腸斷當筵話别時。

記得明漪漾半篙，昔年我亦泛輕舠。風扉樹緑圍鴉桕，露井花紅綻鴨桃。舊侣飄零詩卷在，故山迢遞夢魂勞。劉郎縱有重來分，只恐霜華染鬢毛。

【校記】

〔一〕『吳蘭雪』，芙本作『吳二蘭雪』。

〔二〕『銷』，光緒本作『綃』，據嘉慶本改。

微雨薄寒夜坐偶作

虛館坐秋色，明燈照雨涼。近牕移茾銚，倚壁著琴牀。螢溼度微影，花蔫留舊香。漸堪親卷帙，更漏喜初長。

秋雁四首

一繩新雁起并汾，無限秋情總爲君。孤館昏燈千里夢，故山涼月萬重雲。不逢歸燕應迷路，莫趁驚烏易失羣。二十五絃彈水調，客心悽斷那堪聞？

蒓花楓葉薄寒初，點綴秋光錦不如。悵悵漫彈遊子淚，寥寥久斷故人書。江湖已分浮生老，文字難教結習除。一種徘徊空外影，叢蘆揀盡碧沙虛。

側身南望道途賒，瑟瑟青霜兩岸葭。杜老裁詩長憶弟，江郎作賦苦思家。天高朔漠雲無路，水落瀟湘浪有花。絶徼荒寒生計拙，年年憔悴逐風沙。

飄泊天涯何所求，不勝哀怨入清秋。舊盟只合尋鷗去，薄俸無從與鶴謀。慣歷風波遊興倦，偶因泥雪爪痕留。數聲飛度桑乾水，知否勞人正倚樓。

爲謝薌泉同年題論古圖

謝公胸中有千古，抉擿丹鉛不言苦。每持〔一〕正論折儒梟，偶騁雕談驚義虎。深居兀兀擁百城，問字有酒盈罂程。釣奇或與鬼爭義，埋照不共時爭名。昔年小試鋤強手，不愧惠文冠柱後。看書如月李臺卿，疾惡如風朱伯厚。攀安提萬才經通，詞場卓躒千夫雄。文章自進官自退，拙宦不識趨時工。羌余耽書成古癖，廿載風塵鬢斑白。人生窮達洵有命，過眼流光駈浪擲。公眞好古抱古心，我亦望古操古音。相期淨洗箏笛耳，寶此七尺朱絃琴。

【校記】

〔一〕『持』，光緒本作『特』，據芙本、嘉慶本改。

秋夜詞

銀浦明星光的歷，一行涼雁橫秋碧。峭風吹墮小蟾蜍，露腳斜飛入簾隙。銅荷欻縮蘭炷殘，獨夜苦吟詩魄寒。嚴城人靜漏悄悄，踈柳鴉啼催白曉。

送吳穀人祭酒乞養旋里五十韻

講座三鱣集，先生自此陞。陳情動天聽，勇退服公能。乞養烏私遂，還鄉鳳綍承。歸心趁艫舳，去夢戀觚稜。自欲希萊子，非關羡季鷹。蘭陔香正滿，蔆室慶方增。品望三雍重，聲華萬口稱。叩奇鐘自應，敦誨鼓初徵。守默才偏逸，嗚謙氣不矜。春卿何蘊藉，子壽最端凝。綴學甯駢拇，工文屢折肱。辭壇嚴騕褭，藻府翦榛芿。東壁輝丹篆，南和閟寶繒。雞林爭購覓，魚網費鈔謄。曲愛銅琵撥，絃聽錦瑟絙。豪情濤歕湧，健筆嶽崚嶒。良會聯京國，佳時聚友朋。推襟倒筐皮，畧分接茵馮。賓榻延徐穉，僊舟對李膺。看山車共載，聽雨閣同憑。但覺新知樂，渾忘暮景騰。粲花談似綺，浮白酒如澠。響擊秋堂鉢，明然雪屋燈。摧堅軍拔幟，命中射分堋。密契投何晚，凡才感曷勝。大邦當晉楚，敝賦索邾滕。䱇〔二〕許門生議，鼂教膳宰蒸。羹材煩竈妾，觥政舉甌丞。選勝移樽過，尋幽蠟屐登。清游經幾度，離緒忽千層。極浦橫征雁，疎林噪晚蠅。一鞭燕市別，雙槳潞河乘。驛路初飛葉，川波未結凌。江流迴北固，潮信到西興。峯影窺蛾綠，湖光泛鏡菱。巡簷梅欲笑，欵户鶴先膺。華黍歌應補，常儀福有恒。筍甘宜入饌，魚美好垂罾。摩詰鋤瓜圃，天隨斸芋塍。忘機禪力定，觀物道心澄。近訪比隣友，閒尋退院僧。菊荒三徑杞，茶煮一枝藤。廉讓風堪慕，浮沉跡自憎。塵埃嗟瑣瑣，瓴缶耻仍仍。祀軷陪疏廣，歌驪餞庾冰。墜歡期後續，陳跡記前曾。珍重求金液，遲回望玉繩。新吟懷輞口，舊製愛韓陵。腕弱書縈蚓，眵昏墨誤蠅。苦思同李翰，好句媿胡曾。鴿鯉書頻附，煙蘿約可憑。百弓謀下潠，吾亦辦行縢。

【校記】

〔一〕『鮔』，芙本作『䱹』。

得吴竹橋太史書見寄長句走筆荅之

詞場昔日兩年少，君到蓬山我荒徼。二十三年容鬢蒼，我來京華君故鄉。文章風義交非偶，出處偏教落君後。平生立志苦不堅，坐此浮沉負良友。數椽僦屋閙坊西，短轅薄笨如雞棲。出門惘惘欲誰詣，意氣恐爲求人低。羡君穩住湖田屋，門前千頃明波緑。每逢佳日賦新詩，偶設清樽招近局。午甑燒松野飯香，夜槽壓蔗春醪熟。種樹巖邊待鶴巢，挐舟煙外尋鷗宿。眼中落落空古今，涼風天末思同岑。嗟余薄宦久流浪，江波浩淼吴雲深。興公愧説遂初賦，達夫空作還山吟。欻門忽到江南客，爲説家山好泉石。感君寄我尺素書，七字長篇妙風格。幽州日淡秋蕭騷，霜天白雁斜行高。報書飛去入君手，知我懷君心鬱陶。〔一〕

【校記】

〔一〕嘉慶本、光緒本卷末題：『原本受業陳奇校訂。』

詩鈔卷八

禮烈親王克勒馬圖歌克勒馬者王所乘良馬也汪太史琬爲作傳見堯峯文集王裔孫汲修主人屬張檢討問陶補圖同人賦之

乘黄兹白世希見，渥洼大澤虬龍變。午夜天門裂帛聲，房星墜地光如電。肉騣突角何權奇，奮迅不受黄金羈。長鳴矯首望八極，恍如擇主心然疑。一自風雲從帝子，馬心甘爲英雄死。辛苦沙場百戰身，桃花血濺旋毛紫。角聲吹動蒼山根，二十萬衆連營屯。蘭陵入陳勇無敵，馬是天馬人天人。銜枚飛度薩爾滸，定鼎奇功成一鼓。霜蹄蹴踏萬里空，人是人龍馬眞虎。悲嘶踣地地湧泉，金瘡洗合形神全。鉦鐃凱樂沸官驛，平沙怒步歕長煙。百年部曲同聲哭，殉主空槽絶芻粟。王薨，馬聞哭聲，不食而斃。作歌長憶望雲騅，刻石偏遺忽雷駮。雄姿此日重追摹，猛氣猶足吞羆貙。想見横戈斫堅壘，陰風慘澹羣靈趨。賢王選馬如選將，制勝百中能用壯。當代甯無出世材？會看太乙昭神貺！

蕭百堂〔一〕五十生辰以賀蘭石硯爲壽係之以詩

賀蘭奇石紛瓊瑰，良工採之爲硯材。窮搜地寶元窞裂，巧琢山骨蒼煙開。昔年百戰邊荒地，萬劒横磨供作礪。犖确曾無文字緣，森寒總帶冰霜氣。燭天光燄甯終淪？詞塲磊落今策勛。文鐫蝌蚪成僊篆，墨噀龍魚化海雲。我曾作吏兹山下，入手摩挲自驚詫。洮河緑石詎足珍？龍尾名高此其亞。年來隨我逾關河，輕篋不勞細馬馱。揮毫颯颯頗快意，詩成尚覺邊聲多。蕭雲雅抱著書癖，窮年兀坐三經席。松膠柏麝費研磨，銷盡桑生一方鐵。守玄尚白吾自嘲，願持此硯贈石交。君年五十未爲老，健筆猶足翻螭蛟。硯田期爾千鍾獲，好共琅玕獻閶闔。乍可長讐虎觀經，未須遠勒燕然石。

【校記】

〔一〕『蕭百堂』，芙本作『蕭大百堂』。

題金粟道人像

玉山賓從聲華盛，玉山林壑神僊境。曠代風流萬口傳，留得一龕金粟影。金粟風流迥絶倫，翩翩裘屐六朝人。玉韡翠袖陪清讌，斑管雲牋賦冶春。唐宫遺事搜新秘，天錦七襄裁半臂。文字緣深證大乘，繁華夢破皈初地。偶和陶家影共形，便將心跡寄丹青。圓蒲小坐拈僧偈，曲几閒憑寫道經。

椶鞋桐帽耽蕭放，詩肩瘦聳神偏王。覩空頓悟去來因，埋照全忘人我相。我昔拏舟訪玉山，舊時臺館盡凋殘。空尋寶樹三千界，無復瓊枝十二闌。習家池涸塡荆棘，敗壠沙沉到公石。鹿柴上聲敧傾輞口莊，鷗波浩渺臨江宅。酒社詩盟轉眼空，漫憑圖畫想遺蹤。吟成七客寮中句，愧説才名繼鐵龍。

雪夜

向晚鴉爭樹，寒聲已滿城。雲陰千嶂暝，雪響一樓清。堆几帙初散，背牕燈小明。懷愁不成寐，兀坐數長更。

夜寒曲

花樓十二銀雲滿，咽咽寒簧澀鵝管。鈿暈僊裙舞帶斜，瑶姬醉踏紅霞軟。幽修碎戛雙明璫，玉缸瀉酒玫瑰香。桐君擘紙索新句，小篆漆書生瘦芒。曉星朦朧隔煙別，綃衫冷照榆花色。一點明蟾墮碧空，霜華著地東方白。

寒夜同浣霞孟士芙初敦夫小飲有作

已驚殘臘去匆匆，莫嚮天涯唱惱公。把琖細傾春釀碧，拈毫同翦夜燈紅。客來不速歡尤劇，詩到無題語更工。知否江南春信早，小園吹過落梅風。

辛酉除夕蔡浣霞儀部招同芙初竹素諸君集春雲書屋祭詩漫賦長句

我生精神何所託，耽詩日夜窮追索。相知何深報何薄，卷中曾無祭詩作。明珠爲佩瓊作衣，不受人間祝與機。餐風吸露長苦饑，世人尚説吾詩肥。蔡侯工詩負奇氣，除夕高齋設詩祭。送窮乞巧均游戲，折簡招余且隨例。此例刱自賈浪僊，呼朋置酒開長筵。騷魂詩魄來如煙，醉中放我詩狂顛。幢幢華炬鼕鼕鼓，一屋酒人都起舞。白羊赤鯉登樽俎，歌呼慰勞詩腸苦。少年自許筆力雄，手捫麟篆光如虹。一官邊塞悲飄蓬，頽唐竟成五十翁。伏櫪壯心猶未已，達夫五十詩名起。明日元辰大利市簡齋師句，别開生面從兹始。

早春遣興

漠漠寒雲望遠天，長吟雁後更花前。貧家節物猶柑酒，戚里風光自管絃。東閣官梅香似夢，西堂春草碧如煙。客來總説江南好，我別鄉園廿四年。

飄泊天涯竟白頭，清狂猶憶少年遊。帆冋夜月玻瓈舫，簾捲晴雲翡翠樓。一國鶯花多〔一〕解語，六朝詞賦最工愁。尋常門巷經行地，此日翻疑阻十洲。

薑芽菜甲薦辛盤，坐近春星夜不寒。情話最欣聯舊侶，佳辰且共覓清歡。乘車入穴前塵誤，搏虎收身末路難。回首不堪談往事，重逢眞作隔生看。

短鬢蕭騷百事非，鷓鴣心緒慣南飛。寂寥京國知交少，迢遞巴江信使稀。遠道遊蹤空馬券，故家長物本牛衣。何時種得先生柳，歸掩滄江白板扉。

幢幢短燭夜如何？每蹋歡塲感更多。彭澤閒情耽小隱，琅琊風調怕清歌。叢殘書卷判高閣，潦倒年華付逝波。聞道五湖鰕菜美，不愁無地著煙簑。

【校記】

〔一〕『多』，芙本作『都』。

四月朔日李滄雲京兆招陪姜杜薌先生崇效寺看牡丹復過廣慧寺訪詩僧鏡澈〔一〕漫成長句

城西古寺春風香，綠陰如雲高出牆。遊人作隊尋香至，百朵花開紅一寺。紫微僊人行佩壺，腰腳健不須人扶。陶公不愛八州督，跌宕花前謝羈束。對花環坐笑口開，佳辰願得長追陪。平階一片苔䄄展，坐久濃香衣上滿。歸途逸興猶飛騰，更嚮別寺尋詩僧。腥甌膩鼎莫相近，最好齋廚飯蔬筍。柳梢風急啼晚鴉〔二〕，歸燕入户銜飛花。談深不覺斜陽暝，幾杵疎疎佛樓磬。約題新句贈皎然，愧我凡想難通禪。

【校記】

〔一〕『澈』，芙本作『徹』。

〔二〕『鴉』，光緒本作『雅』，據芙本、嘉慶本改。

壬戌五月都門諸君子以余與法梧門學士賀虚齋侍御祁鶴皋郎中謝薌泉儀部俱以是年五十初度合觴於正乙祠雅歌引和談讌竟日薌泉詩先成即次其韻

學道求謏聞，屬文愛奇字。本非磊落人，自知無遠志。晨夕手一編，覃思役神智。徒作穴書蟫，終愧籥雲驥。立言爲下列，下列豈易致張平子語？五十竟無聞，掩卷空垂淚。

作吏乘一障，盤錯困根節。花門弄戈鋋，連山見積雪。重闉七日火，利劍三尺血。蹈危恥蓄縮，望古想徽烈。微軀幸得全，薄宦甘守拙。推遷任大化，餘生且怡悦。

歲月易消磨，尺捶日取半。晚學苦善忘，散錢不受貫。已驚駒過隙，況復雞失旦。惟思就魚麥，抽帆傍江岸。羣公具觴酌，好我同英盻。自慚草木年，碌碌何足算？

孤生感知己，風義夙所敦。海内數英彦，今日同清尊。槐榆與橘柚，氣合皆弟昆。玉盤冰比潔，團扇風揚仁。流連文字飲，中有古道存。洗盞迭爲壽，滿酌玻瓈春。

長夏讀李墨莊集卽次前韻〔一〕

眞惟寫性靈，妙不關文字。白豈蓬蒿人，甫有江海志。詎屑雕冰脂，刳心矜小智。百鷙見一鶚，千里識一驥。大雅信不羣，事外有遠致。千秋名山業，廿載寒檠淚。

我愛孤生竹，磊砢抱奇節。秀色含春煙，貞標傲秋雪。帝子綠雲間，斑斑灑清血。騷人處幽篁，慷慨思古烈。君詩師其意，遠俗葆吾拙。肯作桃李顔，妍華取時悦？

長風吹雲飄，海水立天半。讀君星槎集，異采若虹貫。魂魂魚龍氣，光采變昏旦。恍惚談瀛洲，方壺連赤岸。島夷迎使節，嘉禮成顧盻。忠信履波濤，胸固有成算。

識君余恨晚，交誼應倍敦。文章雖小技，有本體自尊。暇日相過從，怡怡如弟昆。借袴奇賈逵，聯被偕孟仁。故交半零落，眞賞今誰存？莫將碧海鯨，輕比蘭苕春。

【校記】

〔一〕芙本題作『長夏讀墨莊師竹齋集適以和薌泉詩見示即次前韻題後』。

雨聲四首和墨莊韻

伏暑闌珊雨易成，黄昏淅瀝四檐聲。初疑瓦鼎茶初沸，旋訝松牕紙忽鳴。點滴似酬吟斷續，低迷不放夢分明。跳珠戛玉淸如許，無限秋心靜處生。

暝煙如霧罨疎寮，拂地銀河捲暮潮。楚女雲蹤歸緩緩，吳孃水調唱瀟瀟。綠知菜甲侵尋長，紅惜蓮房歷亂飄。記否江南腸斷句？夜船吹笛驛邊橋。

未秋先已怯涼飇，獨背殘燈有所思。作客最憐孤店夜，懷人長記對牀時。預愁潦集街泥滑，斗覺風沉漏鼓遲。彷彿故山泉韻好，鄉心棖觸更誰知？

林梢冷翠滴空庭，偏是愁人耳倍靈。彈指年光悲落木，關心身事感流萍。哀音乍歇漁陽操，幽恨猶傳劒閣鈴。何似滄江歸卧穩，高荷大芋等閒聽？

彭愛園〔一〕出示馬湘蘭小印上刻浮生半日閒五字旁有款識爲董香光藍田叔諸公社集西湖席間何雪漁爲湘蘭作也羅兩峯山人繪爲横卷余友王秋塍宰睢陽時招集同人爲銷寒會卽以此題分韻得詩八首秋塍書於卷尾兹與愛園話舊而兩峯秋塍下世久矣因作長句以志感云

洪都先生好事者，摩挲片石千金價。拈毫爲賦斷腸詩，續紙更題生色畫。昔年社集醉娉婷，翠袖朱家夙擅名。當筵觥事殷勤錄，風語華言百媚生。衆中何遜多才藝，紅鈐小篆爲卿製。悟得『浮生半日閒』，尊前領取追歡意。明湖高會散如雲，石不能言亦愴神。幾度塵寰經浩劫，不隨鰓骨葬秋墳。水濱拾得蛟螭鈕，乞錢換酒逢漁叟。未斷三生文字緣，逡巡又落詩人手。圍爐雪苑記銷寒，一坐賓朋著意看。吟到魂銷心欲死，淋漓蠟淚滿銅槃。王郎好句眞癡絶，欲唤雙鬟來坐側。長恨花無解語時，空吟酒是銷愁物。『酒是消愁物，能消幾箇時』，湘蘭句也。羅含妙手費追摹，蘭槳春風蕩錦湖。畫裏雲波名士國，鏡中金粉麗人圖。年華過眼如流電，空説梁園盛文讌。飄泊憐君已白頭，燕臺握手重相見。西牎翦燭把深巵，歎逝傷離又一時。隣巷有人吹短笛，夜臺無鬼唱新詩。蠧粉蛛絲搜廢篋，不禁老淚同沾臆。敗紙〔二〕猶存大令書，斷縑好認山人筆。山河滿目酒壚遥，零落詩魂不可招。彈指舊遊容易散，底須惆悵話前朝。

【校記】

〔一〕『彭愛園』，芙本作『彭四愛園』。

〔二〕『紙』，芙本作『楮』。

惆悵

惆悵蜂雄蛺蝶雌，一生難懺是情癡。蕭疏碧樹驚寒早，掩冉青燈約夢遲。花底心盟眉解語，鏡中愁緒鬢先知。柳枝東去無消息，腸斷燕臺七字詩。

讀劉松嵐同年詩集題後

劉郎負奇氣，落落文字豪。精芒烱寒星，猛勢翻秋濤。平生仗儁俠，風義敦同袍。冥心貫經史，苦語耽詩騷。當官任眞意，蕭然解天弢。法令蠲苛煩，撥置千牛毛。了無浮競情，高寄忘塵勞。祇餘吟思深，抽若獨繭繅。晴空孤鶴唳，霜夜幽蟲號。劍澀古光永，琴枯急絃高。但博知者歎，不受俗論褒。剪燈讀君詩，老屋風飂飂。冰雪阻千山，東望心鬱陶。何時豁離抱，共酌玉色醪。

雙鸞鏡歌同陳雲伯作

玉水金煙鍊圓魄，寶奩一片寒潭色。琢花刻葉紛玲瓏，雙鸞宛頸玻璃宫。峻祈山畔分飛苦，對影鶩啼不成舞。願入團圞苔背銅，單棲肯上相思樹。碧城樓閣倚女牀，水晶盤迴含清霜。颸颸紅尾拂空去，萬里銀雲融冷光。五絲帶綰葳蕤結，珍重繡囊雙綺翼。衹應留贈比肩人，巧畫彎蛾學春碧。

秋夜詩擬羅昭諫

哀蛩夕號，屑瑟叢竹。風吹牆蒿，秋老茆屋。車塵冥冥，故人遠行。黄鵠不下，關河縱横。衰燈背壁，空梁鼠唧。口銜窶藪，逡巡失穴。寒聲嘎咿，脱葉槁飛。虚堂無人，涼月在衣。于于浮雲，去來無跡。繁霜滿庭，夜夢孤白。清商戛音，中多古心。思我美子，裵回短吟。

中秋夜偕涂石渠暨夔兒江亭坐月有懷竹士

江家亭子斜陽裏，瑟瑟商聲入葭葦。佳節欣然攜客來，一片秋襟淨如水。遥空湧出白玉盤，徘徊漸上疏林端。清暉入户露欲團，此間夜氣尤高寒。瓢堂左側闌干右，月影窺簾明若晝。秋花相對澹忘言，時有涼雲落衣袖。大瓢貯酒浮月華，酒罷更瀹僧爐茶。堆盤雪藕味清絶，潄齒徑欲餐青霞。歡闌忽訝更籌促，萬瓦參差溼煙綠。共憶天涯飄泊人，月明何處扁舟宿？

春感

無端思發占花先，宛宛春愁赴暝煙。破篋詩篇吟感遇，小牕燈火夢歸田。懷人月静青琴夜，中酒寒銷紫凰天。明鏡不堪頻照影，飄蕭雙鬢送流年。

章治齋公子招集紅牕小舫看海棠有作

嫣紅一夜千枝發，香雨灑空花髓滑。尋香蝴蝶漸作團，簾波不動春微寒。中庭爲展輕羅幕，更嚮花間繫鈴索。養花願得天嫩晴，無風無雨花長生。

次日再柬治齋

簾前細語音嬌姹，燕子如愁海棠謝。日高横影上紗牕，紅露壓枝枝半亞。亭午風吹紫陌沙，逡巡欲出懶將車。閒支茶鼎藤陰下，小汲清泉煮落花。

晚霞四首和雲伯作

落日餘霞分外妍，華鬘雲湧鬱藍天。莊嚴妙相瞻丹地，縹緲明姿憶絳僊。艷影易迷三閣月，倩魂應化六朝煙。彌空錯認霏花雨，參透維摩色界禪。

風剪雯華貼水飛，夢紅浴碧記依稀。脂痕淺淡窺銀鏡，金縷叢殘想畫衣。極浦沙明涼雨歇，遥山翠溼暝煙微。還疑海上神僊侶，載得名花緩緩歸。

一片斜光落畫檐，珠樓十二捲紅簾。飄來茜袖無端麗，染出冰綃別樣纖。綺語未應輸謝脁，彩毫偏祇付江淹。可知晚泊瀟湘客，滿眼詩情爲爾添。

秋水芙蓉傍玉臺，赤城靈氣接天臺。遊經鶴苑曇花現，夢到龍宫寶篋開。千里別情勞悵望，九光空影儘徘徊。等閒看盡朱成碧，日暮佳人來未來？

冶春曲

篆煙斜裊簾紋蹙，小語吹香鏡潮綠。冶葉倡條別有情，大堤人唱《花游曲》。

鸚鵡地西洋地球圖載此地爲南極下野區曾有佛郎西舟於大浪山北望見有地來就平原漭蕩入夜星火彌漫一方無人惟見鸚鵡思元主人繪爲圖兼作長句余和之

百尺青瑤海波立，日華暈作燕支色。窮溟浩淼斷人煙，鸚鵡呼羣成一國。地勢遥連南極星，炎方朱鳥氣通靈。鶉精墮地拖紅尾，散作人間萬綵翎。雲嵁月龕巢痕在，洲島千年長不改。異種曾聞女儿山，奇毛别産條支海。雙棲夢穩不驚啼，日暖煙蕪錦翼齊。香粒飽餐紅靺鞨，瑶池淨浴碧玻璃。萬頃瓊田往來熟，肯信雕籠苦羈束？偶趁春潮出浦飛，摇天海色迷空綠。姹唱嬌歌逐隊來，阿蘇低唤鳳花臺。巴陵錯認游僊路，漢上徒誇作賦才。花樓小鳳原同調，丹山時有佳音報。採藥舟看六鷁迴，傳書使只三鶖到。七寶騫林戛玉柯，漫天香雨散花多。僊都彷像通員嶠，佛地莊嚴近補陀。霓裳綷縩迴風舞，舊侶還招雪衣女。未許塵寰見羽儀，可能重譯通言語。靈境珍禽絶世無，爲憑彩筆寫新圖。誰知憔悴江南客，别倚銀箏譜鷓鴣。

乙丑元夕

小紅燈影照黄昏，亞字闌揩舊酒痕。簾底春星窺曲榭，柳梢圓月到横門。箏絃破夢消僊劫，香炷灰心領佛恩。腸斷華年留怨句，冰絲彈淚懺花魂。

紺袖斑斑淚點勻，霓裳舞罷散珠塵。香殘錦字虛芳訊，夢隔蓬山誤夙因。金雁怕調箏上曲，翠螺空鎖鏡中春。誰憐璧月瓊枝夜，擁髻偏傷絶代人。

記夢

露桃花瘦怯朝風，朱鳥牕寒鏡閣空。僊子小名呼芍藥，夫人新號賜崆峒。玉璫珍重書難附，翠被淒涼夢未通。淪落塵寰無限恨，羨他采伴返瑤宮。

靜夜思

蟾魄斜光冷畫屏，夜明簾捲近春星。金堂門鎖歡期杳，玉樹歌闌促拍停。花骨禁愁長戍削，僊眉角[一]語總瓏玲。飛瓊一枕瑤臺夢，啼殺紅鸚喚不醒。

【校記】

[一]『角』，嘉慶本作『解』。

春感

畫閣簾垂裊篆煙，綺牕風過響箏絃。湖波夢緑思吳鱠，棧雨啼紅弔蜀鵑。露井香桃悲往事，霜絲明鏡送流年。三山小别無多日，回首雲波總黯然。

曼倩辭

朱鳥牕虚夜不扃，十洲來往盡僊靈。如何不乞延齡訣，長住人間作歲星？
金馬門高索米回，玩時恢誕亦僊才。不知紫水登眞日，可挈長陵宛若來？

同麗生雲伯戲集詩牌得無題十二首

紅牆斜界曉煙和，舊夢遊僊閬苑過。絳樹未忘呼錦瑟，藕花無分種銀河。千山静緑聞鶗鴂，二月輕寒憶女蘿。閒整筆牀題小像，箇人憔悴損横波。
草路涼煙走鈿車，小樓東去莫愁家。星榆白社迷歸燕，風柳紅橋帶晚鴉〔一〕。兩地拋笙當落月，半生彈淚報名花。瑶英難續蓉城夢，賸有閒情寫絳紗。

蟾匣銀雲拂鏡光，靈犀秋怨瑣瓊妝。琴僊喚曲紅桐瘦，玉女抛星綠雪香。寶枕花濃棲彩鳳，桂屏燈小繡文鴦。迴環珠斗天如海，夢破蘭衣冷佩湘。

午夜名香叩翠扃，蓮鞾輕躡鳳皇翎。過時慧業歸枯衲，小劫情天戀謫星。紅染鏡潮花一閣，碧傾雲液玉雙缾。金函悔識相思字，爲倩凌華註佛經。

紗障春燈罷酒遲，花陰簾捲月斜時。畫船波暖迎桃葉，團扇風微憶柳枝。蘭篆烏絲書小字，粉奩紅豆記新詞。庾郎銅輦悲淪落，楚尾吳頭寄所思。

闌干十二傍青溪，魚網飄萍出晚堤。畫艇衝煙波路闊，玉笙吹夢水雲低。半天歌散雷塘曲，五夜燈涼鏡閣西。摇落江潭碧楊柳，秋深猶聽秭歸啼。

玉樹歌殘綺閣虚，輕衫曾訪浣紗居。花經香劫魂猶艷，柳補春陰夢轉疎。簾影半攲人去後，月波微暈雁來初。樊川刻意還傷别，孤對茶煙一榻書。

赤城龍女碧城鸞，小别還期補墜歡。澹月琴絲無限感，曉星簾箔不勝寒。夢回檀篆當風斷，悟後花枝倚病看。腸轉蘼蕪分手地，南雲千里是長干。

更見殘泥壓錦萍，薄眉飄艷引離情。歌船去盡閒鷗老，笛步重來怨草生。偶拔塘蒲沙路黯，遥迎江火畫帆輕。落梅掃向孤山葬，又製香銘瘞綠鸚。

最憐飛雨散金鋪，煙水移家接鏡湖。吹袖曉涼時過笛，下樓斜月夜啼烏。歡逢新柳移芳艇，愁近春城種碧蕪。鎮日網絲簾不捲，爲誰彈恨淚痕孤。

猶記晴江祓禊年，傷心南國正聞鵑。香分蘭芍嬉春伴，豔泊鶯花上塚船。扶醉客行芳草路，浣衣人語夕陽煙。盈盈一片羅裙色，何處柔波不可憐？

小樓夕坐引悲吟，雙袖分花拂瘦琴。嬾踏煙莎過巷陌，悄尋涼笛到湖陰。颿檣下渚江聲急，雲水連天別恨深。新月乍來人乍遠，那堪清淚滿衣襟？

【校記】

〔一〕『鵶』，光緒本作『雅』，嘉慶本改。

香修曲爲嚴蕙櫋作

香修，姓張氏，祁門人。幼爲媵於嵇相國家。蕙櫋娶於嵇，乃謀之中閨而牉合焉。初名秋月，既歸蕙櫋，更今名。屠琴隖爲作《秋江載月圖》，緣蕙櫋初識香修在湖口縣之石鐘山舟中也。蕙櫋今春書來索余詩，意殊懃懇，且云：『香修多病，直旦暮人耳。』余憐其意，因作此曲以寄蕙櫋。

石鐘山下扁舟度，江臯洛浦銷魂路。一朵僊雲照眼明，昔年初見娉婷處。背立雲屏似有情，自言芳姓本張星。碧痕秋影明河畔，認取銀蟾是小名。偷彈暗淚紅冰凝，生小飄零傷薄命。出蜃先迷鳳子家，撇波竟逐文魚媵。荳蔲梢頭正妙年，鬖鬖逋髮尚垂肩。玉臺口授青蓮句，聰穎曾邀道韞憐。香修明慧，喜誦唐人詩，青蓮『美人捲珠簾』一絶，其所常諷者也。才郎一見心相許，原是三山舊儔侶。斜轉橫波易目成，低鬟淺黛工眉語。換得拚量一斛珠，亞枝花艷照晴湖。玉釵羅襪凌波舫，翠管銀簫載月圖。西簾曉日蘭情媚，玉鉤敲醒嬌鸚睡。白氎新繙止觀經，紅鈐徧印綢繆字。修到華嚴不染身，蓮臺小像戒香薰。遂令張泌妝樓記，都作維摩貝葉文。楞迦千偈耽禪誦，茗椀香爐理清供。卻笑燈前擁髻人，過時只戀繁華夢。鑾牋百幅寫烏絲，消受檀奴絶妙詞。何事捧心偏善病，秋風顑頷謝芳姿。當門謠諑知難免，柔腸九轉無人見。綺閣長宵裊藥煙，斷紅銷盡春酥面。無憀擬博玉人歡，偏索新篇付與看。題到衍波天上曲，香桃骨瘦不勝寒。鏡潮吹溼燕支露，薔薇一笑留春住。長是清齋倚佛憐，休言慧業將身誤。艷福如君未易償，鬢絲禪榻漫淒涼。避風別築藏春塢，十萬金鈴好護香。

銷暑八首

南正司方紀祝融，炎炎紅鏡照當中。孱軀已分同金伏，下策何勞用火攻。鼓棹每思歌小海，停琴誰與奏歸風？何如徑踏峨嵋頂，終古陰崖雪塞空。

早佩《靈飛》六癸符，晴牕更展《北風》圖。生憎遶樹多乾鵲，何處翻車用渴烏。良會待沉寒水李，閒身願作冷秋菰。銅缾百丈哀音轉，碧甃苔荒暗井枯。

披襟散髻鎮無憀，憔悴文園欲病痟。詎有客分承露潤，轉疑心爲抱薰焦。雲波袛憶前期在，蘿薜何時小隱招。紗縠方空猶嬾著，擬從海客乞冰綃。

錯落珠盤火齊多，爲儂宛轉記新歌。麝臍損肺休頻爇，犀角涼心好細磨。瑤島路遥稀鳥使，錦機人倦擲龍梭。飛星冉冉秋期早，清淺銀灣水不波。

撲面黄塵倦眼迷，華雯屈曲捲晴霓。棲遲元叔悲窮鳥，枯槁盧郎賦病梨。漏短只愁涼月墜，天空偏覺紺煙低。最憐玉水盈盈甚，依舊清流不貯泥。

三山縹緲隔重溟，一枕遊僊舊夢靈。瑤琖瀉殘雲液冷，玉簫吹徹浪花腥。競迴長袖飄蘭雪，待補清陰種柳星。借得蓮舟輕似葉，開函休誦火珠經。

天涯迢遞憶江關，兩槳吳船銷夏灣。買宅地饒菱芡美，追涼人比鷺鷗閒。夕陽虹影初過雨，遠渚波痕欲浸山。三十六陂荷萬柄，紅香搖曳碧連環。

小坐胡牀耐薄曛，營營遶鬢避飢蝱。待迎露氣迴燈影，爲愛涼光拂簟紋。冷嚼冰花玄玉瑩，甘拈瓜字綠沉分。憑闌一曲彈神雪，萬頃頳霞化水雲。

蓮花博士歌爲吳蘭雪作

鑑湖一曲雲水涯，風吹萬柄紅荷花。放翁醉後出奇語，花爲四壁船爲家。滿湖風露涼煙重，冉冉故人來入夢。勸翁暫領新置官，美酒百壺當月俸。明妝環立千娉婷，博士合以蓮花名。詩人自古有奇福，水鄉别築芙蓉城。眞靈位業依稀記，瀟灑吳郎堪作替。夢倚紅香四面風，扁舟棹入空明地。今年花發積水潭，接天雲錦紅酣酣。青山窺人出港北，白鷺導客過溪南。十刹海邊攜俊侶，君自高歌花起舞。角巾微墊紵衣涼，翠蓋輕翻滿身雨。西風瑟瑟零紅愁，乘興還續招提遊。銀雲湧出大圓鏡，琉璨萬頃搖清秋。畫省高閒詩博士，笑指頭銜恰相似。癖嗜從教命屬花，『詩人命屬花』，孟東野句。冰衿儘耐官如水。羨君倜儻才疑僊，珊瑚擊碎詩狂顛。金樽翠管鬬新句，瀾翻舌底生青蓮。夢遊歷歷靈蹤在，眞見蓮花似車蓋。十丈曾搴太華峯，一枝穩坐耆尼界。我亦琳宫博士身，登樓常憶舊星辰。雲階月地如相訪，手把芙蓉證夙因。

題綏吟圖

小謫凌華自不羣，僊風吹颺畫羅裠。天寒淚裛青蘿雨，夢淺香銷翠閣雲。寄遠詩情邀月共，鎖愁眉樣與山分。好將十幅琅玕紙，偏寫瑤淸玉篆文。

遊僊

縹緲辰樓敞玉樞，拈籤新校《蕊珠經》。護香小苑靈幡舉，御氣飛輪絳節停。石鏡曉凉呼澹月，碧城春暖種繁星。當筵按罷賓雲曲，萬樹桃花擁幔亭。

春陰

黯黯層陰桂閣東，碧玲聲戛捲簾風。香凝薄靄縈珠幌，雲引輕寒入綺櫳。池水吹圓春夢綠，檐花飅近夜燈紅。歡華易散蘭期杳，孤負眉圖十樣工。

蘇齋石硯屏歌爲覃溪先生賦屏徑二尺橫一尺二寸烏雲紅日妙繪天然奇物也

何人遺公紫石屏？層嵐疊嶂浮空青。烏雲紅日閃陰映，巧琢山骨開眞形。公家舊寶嵩陽帖，坡翁遺墨光晶熒。君謨夢中句奇妙，懷人萬里心屏營。西湖放棹値休暇，葑雲席捲波洄渟。陳遵好事泥翁飲，小閣盡拓明牕櫺。壁間詩翰尚如昨，少霞已草新宮銘。當年鬥茗傳韻事，縞衣僊子何娉婷。忽然悟讀《般若經》，開籠欲矯雙修翎。同時楚靚並絶世，政自難判尹與邢。彷彿蓉城主高會，左右環侍皆婳娙。酒酣拈筆意棖觸，醉墨無數毫端零。墨池變幻出光怪，珠字磊落成華星。星精墮地化爲石，徑以刻畫煩山靈。由來神物理必合，相遭豈比風中萍。偃松贊字亦雄秀，勁幹勢欲凌蒼冥。我觀蘇齋秘密藏，捧手讚歎心無甯。拜石眞應具袍笏，公當更築墨妙亭。

乙丑十二月十九日蘇文忠公生辰秦小峴太常招集同人設祀卽席有作

嘉平十九歲乙丑，雪霽晴陽滿高柳。奉常折簡約賓朋，共爇心香爲公壽。奉常倜儻淮海孫，風流文采今猶存。遙遙上溯七百載，通家舊誼仍蘇門。爲言祀公在嶺嶠，玉局堂開風日好。黃蕉丹荔飣辛盤，鸚鵡香螺薦春醥。又言祀公在西湖，金虀玉鱠炊雕菰。湖光入寺湛凝綠，萬疊僊嵐張畫圖。今年同作燕臺客，古巷殘冬足冰雪。小劫風輪去可驚，舊遊回首俱陳跡。坐中有客前致辭，西湖祠宇神所依。海南公昔謫居地，乘風或者迴靈旂。此地次公曾奉使，公跡平生從未至。紫府高寒恐不知，南飛曲罷空凝睇。我云公作潮陽碑，曾言靈爽無不之。驂鸞翳鶴定過此，我輩盍進瓊琚詞。四坐聞言爭搦管，揮〔一〕毫落紙珠零亂。速藻先看刻燭成，苦思肯惜吟髭斷。一賦黃樓壓衆賓，無雙國士舊推秦。只今七字新詩就，多少當筵斂手人。

【校記】

〔一〕『揮』，嘉慶本作『彈』。

小峴太常以詩約諸同人清明日出遊即和來韻

遨頭約趁冶春天，青鳥銜牋墮我前。水國幾番蘋葉雨，山郵何處杏花煙。懷人遠道雲遮眼，覓句空齋月抱肩。昨夜夢中新漲闊，輕橈穩泛五湖船。

清明日集太常寓齋再和前韻

一抹春雲媚遠天，食單平展小亭前。苔痕濇濇過新雨，鵲影低低破曉煙。鏡裏衰紅回酒面，牆頭新綠壓吟肩。清齋解後逢佳節，合放當筵藥玉船。

午後過崇效寺三和前韻

莊嚴香界近諸天，小坐瓢堂晚磬前。寒意乍消松頂雪，春魂欲返柳梢煙。看山閣敞青三面，挑菜人歸綠一肩。細草斜陽沙路軟，短轅搖兀似吳船。

題法源八詠後

八詠者唐至德二載寶塔頌景福元年藏舍利記宋眞武畫像遼幢金大安十年藏舍利記及象槐海棠文官果也乾隆辛巳覃溪先生偕錢籜石王述菴兩先生始遊訂分咏之約續同遊者爲嚴冬友吳穀人趙味辛余秋室羅兩峯諸君而八詠成迄今距始遊時閱四十年矣先生以前詩刻石陷於寺壁並作詩紀之命余繼作長句

《東陽八詠傳越中》，《鳳翔八觀》記坡翁。頗嫌衆美一人擅，分題變例創自公。同遊七客意蕭灑，高吟五字詩清工。法源寺古稱憫忠，規模經始唐太宗。國殤風雨九原瘞，巫招毅魄皈大雄。莊嚴法相踴蓮座，重欄叠栱何穹隆！遼金以來建天邑，竺乾象教彌尊崇。唐碑斷缺存一二，剜剔苔蘚離蒿蓬。《淨光塔頌》《石函記》，遶牆森列光熊熊。槐疑醉象蹴危石，幢如寶蓋擎高空。宣和畫像祀天一，大安舍利藏地宮。名花佳果亦芬怪，要與祇樹爭玲瓏。昔年休暇縱清賞，安排茗具攜詩筒。篆煙出戶裊殘碧，花雨著袂吹零紅。墜歡再續卅寒暑，好景過眼嗟飄風。交朋隔面數星斗，文字照世垂霓虹。蛛絲魚蠹篋中句，鐫以翠石勞磨礱。舊推蘇李妙書翰，以今視昔將毋同？蘇靈芝《寶塔頌》、李北海斷碑亦在寺壁。拈毫自寫法界觀，楞伽半偈襟靈通。新詩入手百回誦，知公懷舊情無窮。

小峴先生以近詩見示纏綿悱惻有觸余懷率成四律奉柬

朝來攬鏡惜年光，蕭瑟霜華短鬢涼。海上定教鷗鳥怪，書中偏似蠹魚忙。一襟塵土吟情嬾，滿眼雲波別恨長。草長鶯飛三月暮，爲君怊悵話江鄉。

飄零金粉認南朝，大小長干接板橋。楊柳煙沉箏浦月，桃花雨漲冶城潮。師門遊讌前塵在，親舍晨昏昨夢遥。得傍庭闈貧亦樂，阿奴眞比阿龍超。余少時從隨園師遊，屢至金陵小住。去歲三弟自蜀回，僦屋吉祥街，奉太夫人居焉。

落花如雪撲人衣，春事闌珊百態非。風月有情憐謝譓，琴尊無恙伴王微。名山夢到如親歷，遠道書來抵暫歸。怕譜江南腸斷曲，客心先逐鷓鴣飛。

浮沉人海儘推排，偶踏歡場且放懷。春老鶯花尋古寺，雨餘鰕菜上天街。但容昭略狂如舊，何必文開事果諧。漫興未應疏酒琖，開筵好解太常齋。

六月朔日招梧門薌泉過極樂寺

逭暑挈吟侶，來尋梵王家。入門午陰清，衆綠香於花。小牕敞虛明，淨域祛塵沙。石鼎貯寒泉，陶盤薦甘瓜。好鳥時一鳴，幽韻疑頻迦。驚蟬忽移樹，殘聲曳繅車。趺坐借禪榻，軟語無紛譁。爐煙罨吉雲，墨瀋飛涼霞。歸途葛衣輕，野風吹笠斜。

撥悶四首柬二三知己和之

僊心禪悟兩難分，萬劫靈光一片雲。別有閒愁歸洗馬，不須綺語懺司勳。琳函舊識丹臺字，石篆新鐫碧落文。銷盡平生恩怨感，清齋夜禮玉晨君。

天涯憔悴苦思歸，無恙家山碧四圍。小院星闌花影瘦，斜門煙暝樹陰肥。香龕鐘梵皈心早，綺陌風塵作計〔一〕非。啄腐吞腥都不慣，鵷雛只合忍長飢。

對酒魂銷子夜歌，華年百事總蹉跎。拈來江管才先退，彈到桓箏恨較多。遠道傳書稀錦鯉，名山留約負煙蘿。蕭疏客鬢霜華滿，莫遣青銅照淚波。

曾嚮空王證夙因，相看磊落性情眞。虛堂說劒邀奇士，小像焚香拜美人。浩蕩江湖飛鷺侶，飄零茵溷落花身。男兒意氣錢刀賤，四壁相如未是貧。

【校記】

〔一〕『計』，光緒本作『許』，據嘉慶本改。

寒食日

城西溪路直，斷岸春波活。冷煙飄鬼桃，草長飛撻末。柳弱不勝風，春寒瘦鶯骨。

官街鼓

城頭曉紞紞，紅星落如糝。官街暮鼕鼕，黄月掛明弓。摻撾不是漁陽杖，豆子山頭雨聲響。豐隆昨夜送葬回，臨平大石殷如雷。浩劫茫茫聲不絕，迴環五勝埋香骨。

爲蔣春瑶題簪花圖蔣繡谷先生舊藏張憶孃簪花圖一時名流題詠殆徧春瑶其曾孫也爲琵琶女子宛蘭寫照王惕甫題曰後簪花圖因作長句

春深繡谷繁華盛，蔣家花竹圍三徑。韻事爭傳張憶孃，百年留得娉婷影。一卷簪花舊擅名，江南名士最多情。羣邊袖角留題徧，小字斜行百態生。詞場誰繼風流後，主人好事還如舊。情天重現妙鬘雲，幻出秋蘭一枝秀。綠腰紅撥拍初諳，風語華言半吐含。綃帳月圓宜主艷，珠屏花彈寶兒憨。慵來妝束偏妍妙，頽鬟低髻拈花笑。側正横斜看總宜，玉臺不倩圓冰照。絶世風神認窈孃，蘭情水盼近横塘。釵留小志呼芳字，眉譜新圖倚曉妝。醉眠夢斷傷懷抱，錦瑟年華鏡中老。捲圖莫誤李當當，索句續題張好好。灣頭拋卻四條絃，破恨東風值幾錢。聞道柔卿初解籍，不應定子更當筵。吹花嚼蕊漂零易，遊絲不斷纏綿意。我亦清狂趁冶遊，爲君棖觸年時事。煙月秦淮寄所思，秋孃憔悴減容姿。鬢絲禪榻拈香偈，怊悵三生杜牧之。

江亭偶憶

曲闌干畔看花時，小立春陰玉一枝。今日天涯尋舊夢，碧棠梨外雨如絲。

春日泛舟

艇子石城囘，移橈泊春渚。澹蕩搖楊天，蕭蕭寒食雨。水調隔花聽，腸斷琵琶語。

山中早梅禁體

策策芒鞵涴蒼土，衝寒曉入梅花塢。半房山影碧於煙，老鶴迎人如有語。高枝數點綻冰萼，世外風姿出幽嫵。凌兢不嫌蛟脊滑，綽約欲乘鸞背舉。先期破臘知骨傲，無意爭春識心苦。靈猿掛月愁欲號，古蒳吹香澹無主。墮砌嬌魂夢縞衣，遶樹驚禽啼翠羽。劇憐浮霰散千璣，時見野煙橫一縷。迷濛天氣不成晴，便擬攜瓢酌香雨。開繁只恐易零落，蠟屐休教後時阻。歸來冷齒嚼殘蕊，已覺清寒生肺腑。地爐宿火燼松明，花乳一甌誰爲煮。

高惺泉出浮香樓橫卷索題漫賦長句 樓爲高介石先生所搆先生與查浦太史有卜隣西溪之約未果今樓已圮矣惺泉先生文孫也因作此圖屬同人題之

西溪風土最清美，浮香樓址今猶存。疏枝冷蕊三百樹，昔年曾作梅花邨。風流二老數還往，霜霰時沒芒鞵痕。巡檐索笑得新句，地爐火活銅瓶温。花開警夜來皓鶴，客去守戶呼青猨。香南雪北託深契，卜鄰並宅留成言。人隨塵劫去難挽，高樓久圮餘荒垣。陳芳詩國華鬘界，茫茫何處招吟魂？千堆香雪亦零落，冶火燒盡南陵根。但餘文字還照世，世食舊德推清門。王筠屬文肖乃祖，范喬留硯〔一〕貽厥孫。故居想像付圖畫，卧遊使我尋名園。人生天地亦寄耳，卜築何必依邱樊？得閒且趁腰腳健，紅亭碧磵隨攀援。孤山昨日理遊屐，新月掛樹參横昏。枝頭凍萼猶未放，翠禽無數聲啾喧。東風吹到江南春，銅坑萬樹花尤繁。遲君寄我草堂作，相期花底開青樽。時與惺泉有鄧尉看梅之約。

【校記】

〔一〕『硯』，嘉慶本作『研』。

青藤書屋長歌為陳十峯作

山人奇氣横紫宙，手植青藤亦奇瘦。拔地根如鐵稍盤，拏空勢共梅梁鬬。山人去草新宮銘，青藤僵立經風霆。旁枝秀出極夭矯，亭亭直上凌蒼冥。卻憶山人初植此，靈牙淨漱天池水。酬字堂前翠雨飛，孕山樓畔蒼煙起。山人壯歲事俠遊，仗策歷抵東諸侯。談兵幕府對樽酒，雄豪氣壓千兜鍪。牙旗不動嚴更急，夜深虎帳從容入。猛士營門盡膝行，書生側帽惟〔一〕長揖。酈炎悲憤人不知，高歌痛飲非狂癡。作表未妨修赤帖，卻聘詎屑工青詞？波旬黑劫須臾過，歸去藤陰只高卧。千金盡散一身閒，四大皆空十年餓。青藤凋落絶可憐，壞牆鬼雨飛苔錢。牽蘿補屋映然子，因樹作堂陳老蓮。平泉緑野無遺躅，幾度山邱換華屋。空續東方《草木書》，總歸北苑《雲煙録》。畢竟名高迹未淪，摩挲古榦尚輪囷。中郎老去石簣逝，隔代又有憐才人。讀公遺篇識公意，我愛元方好昆弟。歠月疑聞鸞鶴音，排雲任走龍蛇氣。何時相訪過草堂，坐藤陰下傾千觴。歌成揆筆有餘恨，恨公不見吾清狂。

【校記】

〔一〕『惟』，嘉慶本作『誰』。

浙江提督贈壯烈伯李忠毅公輓詩

北闕宣恩詔，南交失重臣。瀴溟祆祲惡，箕尾大星淪。立慬威名重，旌勞寵命申。哀聲騰舊部，曠典秩明禋。光嶽鍾英日，雷精降誕辰。摩霄下鵰鶚，行地得騏驎。扛鼎奇材舉，翹關上第掄。熊環參警蹕，豹直謹昏晨。勁羽抽三尺，強弓挽六鈞。國能二字見《莊子》兼智勇，帝眷重忠純。虎節遷階數，麟符奏績頻。戎容看暨暨，袀服自振振。雅度追羊祜，儒風習祭遵。彈碁銷赤角，坐嘯靜黃塵。詎意鱣鯨暴，難教梟獍馴。樓船下楊僕，戰艦走盧循。髮爲籌邊白，家因饗士貧。健兒收六郡，牢賞散千緡。恩意投醪偏，歡心挾纊均。鳥蛇形變幻，鵝鸛勢森陳。長策還綏粵，先聲坐制閩。高昂原地虎，韋叡是天神。檣櫓張三翼，旌旄動兩甄。犀渠橫鬱島，鷁首轉颸輪。劒槊千人敵，風雲百戰身。何因罹黑劫，無路叫蒼旻。盡瘁躬占蹇，臨幾兆遇屯。狂波號颶颮，飛礮碎𦪷䑳。破浪心猶壯，捐軀恨未伸。握拳悲卞壺，嚙齒痛張巡。殊錫來丹陛，孤忠感紫宸。易名光册府，世祿賁絲綸。旐已還霞嶠，祠應建海澨。靈旂瞻舄奕，象設儼嶙峋。宗布銘勳大，苴茅列爵新。石渠佳傳在，千載頌完人。

塘西道中桃花盛開

夾岸小桃花，春風破紅意。朝霞朗相映，𣲢𣲢美人氣。中流泛輕橈，波影蕩衣袂。風定釣絲閒，雙飛過魚翠。

富春道中

喚得津亭小畫艭，風漪搖夢過春江。林光澹白水深碧，飛下芙蓉鷗一雙。
杳靄煙林叫畫胡，沿堤新緑長蘼蕪。篷牕盡日攤書坐，飽看春山過雨圖。

詁經精舍卽事

苔堦少行跡，微雨過疎篁。麗鳥學人語，碧雲如水涼。流塵棲硯〔一〕匣，殘蠹落書牀。隣寺鐘魚歇，微聞禪定香。

【校記】

〔一〕『硯』，嘉慶本作『研』。

示麗田上人

一榻僧廬畔，蕭然閉閣眠。鶯花三月夢，鐘磬六時禪。句續香臺偈，茶烹石鼎泉。未離文字障，絣拂且隨緣。

湖心亭吹笛

山翠晚冥冥，湖波四面青。尋幽攜短笛，呼棹上虚亭。暝樹翻孤鵲，涼苔坐小螢。茵于三十曲，吹與老魚聽。

花神廟

盤霧瑤釵重，凌風玉袖分。花魂飄夢雨，香界涌身雲。丹篆芙蓉牒，銀泥蛺蝶羣。三山僊路近，欲附鶴書聞。

自金果洞至北山深處

奔潦雜泉響，壞牆生土花。鳴蛇入深草，吠蛤上涼沙。古柏高懸纛，短蒲新努牙。背山幽路澀，竹柵兩三家。

閏五月六日冒雨至金沙港廢寺題壁

空梁紅脫飄梅灰，斷礎半欹埋古苔。耽閒且避溽暑逼，當晝不見涔雲開。芰荷風急野鷗下，薜荔雨寒山鬼來。遠鐘星星欲催暝，孤棹更逐湖光回。

環溪圖爲鄒補巖題

雨過蓉湖碧漲天，小舟涼載鷺鷥煙。彈碁鬬酒江樓夜，一種佳遊記昔年。

彈指流光去若馳，溪頭瘦盡綠楊枝。空餘湖水明如鏡，惆悵重來照鬢絲。

最憐墨妙秦淮海謂梧園，點綴煙嵐入畫圖。今日黃公壚下過，風流還有此人無？

橐筆匆匆赴隴頭，家山相對話清愁。黃塵烏帽三千里，拚把春波讓白鷗。

秦淮水榭留别湘湄竹士艮甫諸君

一桁簾垂鏡檻前，秦淮新水緑如煙。銀河夜豔蟾蜍月，錦雨秋迷蝃蝀天。酒泛蘭樽聯舊侣，歌緡桃葉怨華年。疎燈人影虚堂話，惆悵相逢是别筵。

虎牢關

浩劫經龍戰，巖關晝虎牢。峭風迎客面，冷月上征袍。出磧明駝健，盤雲俊鶻高。時平猶設險，亭障肅弓刀。

鐵門道中

危峯谽谺日輪匿，寒霧迷漫怪雲黑。短轅兀兀困深沙，雅軋雙輪鳴不息。秋郊白道一絲直，古水搖空凍藍色。隔林燈火細如螢，獨鳥啼呼恐行客。

過汜水

木葉蕭蕭下，霜風捲怒濤。荒雲迷廣武，落日澹成皋。水落魚龍偃，天寒雁鶩號。長征吾意倦，轉惜僕夫勞。

臘月十七日夜坐有感

邊風吹雪下平蕪，入夜青燈照影孤。故里未能依柏壟，闌年怕見換桃符。枯魚書尺憐魴鱮，獨鳥心情訴鶺鴒。乍撫祥琴餘涕淚，明朝忍説是懸弧。

獨夜有懷

明滅蘭釭伴夜分，嚴城疊鼓靜中聞。深閨愁思流黄月，倦客行蹤太白雲。麗句好將斑管記，奇書銷得玉蕤薰。千行錦札憑誰附，盻斷高天少雁羣。〔一〕

【校記】

〔一〕嘉慶本、光緒本卷末題：『原本受業楊文蓀校訂。』

詩補鈔

春曉即事

小閣香温睡起遲，嫩晴天氣晚春時。丹黄小註旁行字，甲乙新編雜體詩。無事聊爲犀首飲，有情眞似虎頭癡。生憎風雨宵來急，減卻繁紅幾萬枝。

秋日遣懷用唐陸魯望韻

已是悲秋客，那堪别緒兼？一官成濩落，六載此留淹。莫問靈氛卜〔一〕，難憑季主占。爇香繙白氎，按拍譜紅鹽。好静眞成癖，無求轉〔二〕近廉。形羸同衛玠，腰折愧陶潛。玉軫琴絲澀，冰荷燭淚沾。微吟頻倚柱，悵望獨巡簷。閒弄桓家笛，慵抛鄴架籤。劒餘干斗氣，錐退處囊尖。頗怪情懷惡，還憎面目黔。會當尋鹿褐，不是薄貂襜。墨瀋雲流硯，茶煙霧罥簾。山空聞怨鶴，天迥盼明蟾。松徑荒應翦，茅齋陋可苫。連宵鄉夢好，恰喜漏厭厭。〔三〕

【校記】

〔一〕『卜』，芙本作『夢』。

〔二〕『轉』，芙本作『似』。

〔三〕吳鎮本篇末評語：『松厓曰：押韵穩甚。』

新店道中遇雨

路逼蒼崖窄，天低白晝昏。雨聲連弩下，雲勢沓潮翻。馬滑蹄頻踠，衣沾絮不溫。前途正迢遞，悽斷旅人魂。

廢寺

廢寺無僧住，經過客獨尋。嶺騣緣殿角，野雀噪庭陰。雲共山容淡，樹隨秋意深。羈懷感蕭瑟，倚杜自微吟。

雪後曉發

立馬遙原望，千林曙色迷。嵒巒雲去住，樓閣雪高低。酒嚮前村貰，詩尋古寺題。塵勞誰念我，歲暮尙棲棲。

春日偶拈舊句成詠

少年記得縱淸狂，竟日高吟凭隱囊。一逕桐陰朝露滑，半池萍影午雲涼。客來有酒時尤好，春到無花處亦香。中二聯皆舊句。此日邊城拈舊句，爭教羈客不思鄉？

晚望

獨倚西樓望，斜陽上客衣。黄花經雨綻，紅稻帶霜肥。江徼離情遠，巴山信使稀。塞雲千萬疊，杳杳雁高飛。

寄吴洵可

春色到邊徼，風和晝愔愔。千枝姚冶花，百囀閒關禽。虚庭少諍辭，隱几耽淸吟。把君一卷詩，泠然滌煩襟。玄冰瑩玉壺，朱絃絙瑤琴。長懷開美度，千里勞寸心。煙灌阻遐眺，雲巒對孤斟。勝抱託豪素，臨風貽賞音。

秋雨初霽郊園遣興〔一〕

雨過微涼白袷輕，林陰繞屋有餘清。偷閒且庋書千帙，破悶宜貰酒一程。帖水晚霞紅綺散，侵階秋草碧茸生。眼前風景佳如許，合著樊川賦晚晴。

附郭名園路不紆，兩三素侶共相於。雨微已覺蒼苔滑，寒早先愁碧樹疏。偶撥枯叢看蠹化，戲拈脱葉認蟲書。瓜畦棗圃明如繡，好是平臺縱目初。

策策芒鞵踏淺沙，柴門地僻靜無譁。隔溪漁子炊菰米，傍舍園丁翦韭花。選勝故應歸我輩，尋幽更欲到誰家？夕霏暝色盈襟袖，笑指林梢接翅鴉〔二〕。

一抹遥山澹欲無，半灣涤水浸葭蘆。東陽好續《郊居賦》，北苑難摹《秋興圖》。江國書沉驚塞雁，天涯歲晚〔三〕感塘蒲。金虀玉膾空相憶，昨夜西風夢五湖。

【校記】

〔一〕芙本『遣興』下有『四律』兩字。

〔二〕『鴉』，光緒本作『雅』，據芙本、嘉慶本改。

〔三〕『歲晚』，光緒本作『晚歲』，據芙本、嘉慶本改。

郵行見杏花始開

野店山橋見幾枝，綠嬌紅小怨春遲。連宵雨潤酥融頰，破曉霞明暈上眉。晚嫁故教留薄媚，高情應解賞新詩。鬢絲禪榻年來事，又爲風懷惱牧之。

十月十四夜月終夜如晝

纖雲凍不飛，一鏡緣空昇。虛庭聚夜氣，天光湛清澄。離離星影動，皎皎霜華凝。開帷步廣除，攬衣欲生稜。地爐響松風，茗飲留吟朋。冰花滿破硯，寒暈搖明燈。欻如街鼓急，檐端低玉繩。

卽事有懷

風影颺簾旌，雲陰覆簷角。冥冥朝雨來，春井芹芽綠。侵尋歡意謝，悵望流光速。良訊滯天涯，閒愁亂心曲。

新秋藝香圃即事〔一〕

雲影薄吹綸，風意涼侵紵。閒澹竹間花，疎明松上雨。清韻裊琴絲，碧痕泛茶乳。緩步遶空階，晚晴聞鵲語。

小圃對秋容，照眼愛明瑟。山翠隱長煙，池光漾斜日。叢編笠澤書，静掩維摩室。坐久落瓶花，幽香隔簾出。

【校記】

〔一〕芙本篇名作『以東坡秋早川原淨麗雨餘風日清酣分韻得二首』。

五泉即事

逭暑憩瓢堂，境静人意古。銅缾汲寒泉，石鼎響春雨。疎籬護菊畦，曲徑繞花塢。暝色起前峯，歸樵隔煙語。

九月十六夜對月用杜集江樓夜晏韻〔一〕

塞月初更上，依然一鏡明。虚庭流夜色，羈客感秋情。衰響樹當户，寒聲杵滿城。繞籬憐細菊，瘦影漸攲傾。

銜山輪乍仄，過竹影微遮。驚鵲翻煙翠，陰蟲泣露華。烹泉移石鼎，鬭酒試銀槎。堅坐消殘夜，明波漾碧紗。

清輝千里共，歸夢落楓江。踈磬出蕭寺，涼燈明小牕。離心隨雁去，遠信盼魚雙。相對敲枯硯，吟懷未肯降。

【校記】

〔一〕芙本『韻』下有『三首』兩字。

幽邃補詩品〔一〕

神之所游，孤雲與飛〔二〕。佳侣天末，賞心久違。懸蘿翳逕，幽人夜歸。修篁雨色，山鬼碧衣。暗泉落澗，空巖掩扉。如聞瑤瑟，卽之已希。

【校記】

〔一〕『補詩品』，芙本作『補詩品一則』。

〔二〕『孤雲與飛』，芙本作『秋鶴獨飛』。

冬曉偶成

夢回林鳥喧，暉暉牕日曬。南榮酣偃曝，肌骨自輕快。風松落清嘯，雪竹展雅拜。遙山出牆角，寒綠淡如畫。頗欣塵事少，未覺闌年屆。起諷淨名經，聞思入禪界。

立夏前一日雨和嵇笠軒職方韻

曉聞陰鳥鳴相和，漫空翠雨纜絲多。藥欄鼪鼪坼穠蕊，萍沼鱗鱗生細波。四野農歌聚圓笠，五湖歸夢尋輕簑。玉壺茅屋縱清賞，一任流光如擲梭〔一〕。

【校記】

〔一〕『梭』，光緒本作『捘』，據芙本、嘉慶本改。

吳縠人先生齋中銷夏第三會分題趙士雷夏塘戲鴨圖

王孫天機精，妙得寫生法。塘水碧於羅，雙雙戲花鴨。羣浮煙荇亂，爭浴風荷壓。索鬭毛襹褷，呼名口呀呷。明漪散千渦，晚雨飛一霎。傍鴛莫輕打，比鷗信堪狎。高齋讀畫坐，涼意滿巾箑。至樂同觀濠，清景疑泛霅。卻思銷夏灣，艤棹菰蘆夾。聽唱靑頭雞，漁榔響相答。

冬夜讀書示華惇園

朔風排戶硯水冰，吳綿欲折衣生稜。神清骨冷耿無睡，坐擁書帙燃明燈。燈光熒熒透簾隙，一縷殘香裊孤白。畏寒時復穴牕看，霜氣如煙月華直。

送陳竹士歸吳門

吟徧春原草，長安住亦難。相逢旋惜別，強聚不成歡。久客憐鄉遠，深盟託歲寒。芙蓉湖水碧，何日覓漁竿。

百幅眞珠字，歸遺織錦妻。才名斑管重，標格玉臺齊。初月眉山近，春風鬢影低。雙棲謀小築，先闞灌花畦。

襆被秋堂宿，知予薄宦貧。檢書搜廢簏，炊飯爇勞薪。黄葉催衰鬢，青燈話故人。謂蘭雪、芙初諸君。眼中如此客，抗手又風塵。

高談時岸幘，俠骨尚昂藏。誰贈劒三尺，祇攜書一囊。歸裝星斗氣，别夢水雲鄉。蕭瑟清秋節，川途愼早涼。

人日偕陳雲伯袁蘭邨登江亭用昌黎城南登高韻

朝光滿綺牕，綵勝和風弄。檐牙雪融汁，池面冰銷凍。佳辰信堪賞，壺榼及時用。江亭舊游地，折簡約賓從。遠春入清眺，笑語一尊共。共惜少梅花，冷蕊疏香送。輕煙媚寒柳，微流潤枯葑。野禽舌猶澀，游鯈鱗未縱。意行遠塵壒，幽尋謝倥偬。山意漸親人，修眉碧痕重。

元夕雪用人日韻柬雲伯蘭邨

癡雲妒佳月，作意苦調弄。撲面玉塵飛，排簷銀竹凍。祛寒酒不神，破悶詩無用。百隊白蜺裳，素娥盛儀從。長空瑤鏡閟，大地冰壺共。彩市燈早收，綺席柑誰送？羈心茹荼蓼，歸夢戀菰葑。朋儔悵暌闊，意氣減豪縱。九衢靜如水，閉戶息倥偬。撥火試香螺，一穟淫煙重。

春晚偶成示長女芸

兩版叢書謝俗譁，撿關忘卻住京華。年光漸覺鶯催鴂，春事從教柳替花。錦字封緘魚㔶匣，寶箏移柱雁敧斜。繞廊靜聽雙鉼響，一縷晴煙上畫紗。

少年行

玉勒雕鞍金絡頭，平明走馬出長楸。歸來醉臥氍毹月，奪得鸞篦贈莫愁。

陶怡雲郎中寓居接近過從甚歡賦贈二首

青楊籠曉煙，門巷好春色。佳士連牆居，招攜心愜適。蕭齋隔囂塵，相對岸巾幘。閒登向栩牀，或弄桓伊笛。竹檻置茶臼，石床拂菭席。素心兩三人，談諧忘主客。坐來耽靜境，不覺日西匿。林梢疏雨明，鳥外涼霞碧。

我憶住隨園，倉山翠連蜷。自落塵網中，忽忽三十年。風月已非故，詩翁久飛僊。與君話舊游，回首心茫然。春風吹微波，秦淮綠如煙。草長鶯亂飛，雜樹花爭妍。長橋十八街，惝恍魂夢牽。阿連奉母居，買宅青溪邊。乞養我當歸，相依僦一椽。他時君宦成，晨夕共流連。尋山蠟雙屐，泛月扣兩舷。

三月十日陶琴坨招同人游法源崇效二寺晚集陶然亭即席和小峴先生韻

莊嚴衆香國，本在耆尼界。素侶相招攜，瓢堂共清話。我非枯淡人，聞香防破戒。瀟灑竹林游，此興豈易敗。花時悵已過，紅香擔頭賣。惟餘萬柳陰，濃綠不可畫。更約鼠姑開，典衣償酒債。依依日欹午，倚檻聽鐘唄。一生幾兩屐，尋幽敢辭憊。

駕言嚮江亭，一徑入深樾。暫遠塵市喧，客興自超忽。西山出高秀，照眼翠硉兀。蘆汀水清淺，鳧浴不能沒。似有飛雨來，雲陰過城闕。傑閣敞八牕，廣除開十笏。勸客陳壺觴，酒行方未歇。回首憶前游，當筵感華髮。歡場不易逢，深盃甘百罰。歸路莫籠燈，疎林上弦月。

題陳晴巖詩稿後

奇氣蟠古胸，落筆欲起嶽。拔地森孤青，秀逼天一握。詩場角才力，如君最雄獨。瑤策入我手，危坐徹宵讀。詩彩照眼明，牕冏月如燭。幽幽鄉思苦，夢繞故山綠。飢蠹落藤牀，流塵積緗軸。春懷感商絃，清響裂哀玉。咫尺不相見，塵事各羈束。願言攜疣琴，請君彈逸曲。

牆根橘樹一株風霜摧剝枝葉凋悴悵然感之效杜陵體

丹橘生江南，嘉實飣盤重。徒負冰霜姿，苦乏皋壤壅。病葉禿似刷，瘦根拳未縱。枝欹銜風吹，膏漏寒雨凍。蛛絲縛敗柎，蟻穴坼深縫。青黄雖雜糅，文采非世用。耿耿歲寒心，未得玉堂貢。不容奕叟住，空説騷人頌。安得蓬萊僊，攜爾瑶臺種。采采盈玉筐，紅星飼饑鳳。

爲徐德泉題探梅横卷

尋香索笑花底行，詩人品似梅花清。疏枝冷蕊滿巖岫，梅花格比詩人瘦。海南僊雲嬌影迴，白月下照瓊瑶臺。春風到樹凍雀喜，花意似待詩人來。不愁寒霰侵衣溼，孤吟愛傍生香立。閒雲野鶴兩無猜，一卷清文足冰雪。相思昨夜疑見君，虬枝晴雪吹紛紛。夢回涼月入綃帳，滿身猶裹羅浮雲。十載衣塵滯京國，抛卻家山好泉石。商聲清怨苦思歸，空倚高樓横玉笛。江南江北通素心，我懷伊人花下吟。碧雲暮合天沉沉，枝頭飛下雙青禽。

雨雪曲

東風吹艷雪，飄入江南雨。光疑妒月來，笑欲含春語。碧戔冷皃花，玉爐銷麝炷。小院聽簷聲，蘭期悵離阻。

松龕題示晚香上人

萬松圍一龕，四山純黛色。天風動鱗甲，拏攫太陰黑。濤聲撼頑空，蒼雲紛側塞。中有示寂人，兀兀以踵息。手攜鞞鐸佉，眞想在冥默。喧寂兩相忘，始得禪定力。爲語支離叟，爾是善知識。天樂空中聞，千百耳功德。

富春江夜泊

纖纖月出春江曲，澮澮明波瀉寒玉。夜山堆碧不留雲，蒲葉裁帆入煙宿。繫纜津亭客思孤，且攜短燭照殘書。罟師吹火隔江語，網得隨潮紅鯉魚。

桐廬

陰霞媚春曉，沙嶼揚煙舲。始知清曠境，可以瑩心靈。鳥語韻幽管，魚沫漂寒星。空濛飛雨來，演漾流雲停。碧侵薜荔衣，翠溼莓苔屏。桐君恍招手，揖我鰲背庭。塵慮苦未忘，安得淩青冥？

曉發嚴州

曉霧盪空水，雙厓碧岑岑。鉤輈叢篠閒，幽鳥皆越吟。明漪清見底，倒影孤雲深。眺聽抒古懷，盥濯除煩襟。汐社跡久荒，釣臺尚嶔崟。高風渺空翠，可愛不可尋。

蘭溪

溪流明似鏡，空影盪晴暉。一鷺忍饑立，千帆趁飽飛。浮嵐罨巖竇，溼翠浸林扉。最羡持竿者，長年守釣磯。

龍游

踈篁引遙翠，碧色侵人衣。春陰雜花明，漁舍朝煙稀。密翳鳥聲樂，淺瀨鷗情饑。盤渦旋瑶井，懸流濺瓊霏。篷牕懵無慮，仰看閒雲飛。高下聽溪春，笑渠未忘機。

自龍游趨衢州作

拔地千芙蓉，奇秀森動目。急峽束盤渦，雲根削寒綠。溯流行自遲，延緣葦間宿。陰雷中夜鬬，凌雨下奔瀑。春枕聞驚湍，江風冷吹燭。侵晨推篷望，稍喜見晴旭。浪急鼉横飛，峰危鶴俛啄。篙師突地吼，水怒不可觸。進寸退輒尺，中流困漩洑。爾曹疲險艱，吾徒忍欣矚。旅宿苦淹留，仰首羨飛鵠。

湖上晚步

雨過遙山堆暝翠，明波萬頃琉璃碎。角巾微墊紵衣輕，涼露滿襟煙拍袂。小步不驚沙鷺拳，立久回看月在肩。草螢無數忽飛出，知有榜人來繫船。

梅天坐雨偶作小詩撥悶

愔愔新綠壓簾櫳，石葉香銷翠幙空。消受熟梅連夜雨，退紅衫子小奩籠。
森森雨腳似排籤，銀竹千條落畫檐。真嚮碧琳宫裏坐，水光寒透夜明簾。
垣衣頑綠接庭莎，階下新添幾尺波。數點流螢自來往，分明一道小銀河。
未秋先已卻輕紈，自掩屏山怯晚寒。知是明朝依舊雨，月痕偷照曲闌干。

葛林園

開士安瓶拂，蕭然丈室虚。湖明山豁處，煙濇雨收初。花塢游僊蝶，香池度劫魚。一椽如可借，九夏待移居。

湖上看芙蓉

萬枝搖曳照銀塘，片叚明霞五色光。天太多情生粉黛，花原薄命到冰霜。秋心似欲傳湘瑟，春夢何曾妒海棠。惆悵鴛鴦七十二，彩衣零落不成行。

春曉口占

隔牕幽鳥語綿蠻，曉夢初回靜掩關。記得桐廬江上路，畫眉啼雨過春山。

偶成

朝來閉閣讀《南華》，一線春痕日弄紗。小院風微雙鵲語，爐燻扶暖上檐花。

秦淮水閣有感昔游

海棠花謝怨東風，凭處闌干損舊紅。一曲春波明似鏡，夕陽飛過白頭翁。

何蘭庭刺史齋中觀趙忠毅公鐵如意敬賦長句

銘曰鉤而無鐖廉而不劌以歌以舞惟不若是折斯君子之器也凡二十三字背有七星五嶽圖

誅佞不爲槐里劍，擊賊不作司農笏。一片丹心照冷光，萬古嶔崎留壯骨。有明末造隳乾綱，茄花委鬼紛披猖。甘陵俊及沸鉤黨，趙公大節眞堂堂。讜言不用竟遠戍，猶勝牢戶塡膺滂。當年鑄此不無意，要抉魍魎捎猘狂。精鏐百鍊色沉黝，作作奇芒驚戶牖。光氣能寒檮杌膽，形模尚識終葵首。朝局爭排南北部，天文欲墮雌雄斗。金箱五嶽圖眞形，招搖太乙森光精。無鐖不劌君子器，二十三字鐫遺銘。撐扶宙合作正氣，空齋恍忽生風霆。我聞公有東方未明硯，草疏淋漓擊大奄。長庚配月光晱晱，雄雞三號更五點。金虎宮隣勢已成，萬死投荒同硯貶。此時如意儻俱在，掛壁還應吐光怪。激觸孤忠感憤心，一揮鐵石愁俱碎。

正月初十日夜坐偶成

維摩一榻參枯禪，示疾且辭歌舞筵。微吟倚柱數歸翼，黄月正抱幽人肩。檐牙一桁古簾暗，林頂數點春星圓。六街燈火亂如沸，隔牆簫鼓聲喧闐。呼童闔戶理殘帙，隱几坐覺心安便。牕前雙鵲忽墮地，瘦竹帶風摇暝煙。

元夕招程彝齋周鑑壺劉雲講院小集

簾捲春星客鬢凉，得閒買醉卽歡場。明燈簫鼓逢元夕，畫舫煙波憶故鄉。夜永圓蟾低過竹，風高孤鵲響驚霜。天涯儔侶殊堪戀，堅坐更闌軟語長。

管夫人墨竹歌

南渡王孫傳彩筆，閨閣丹青亦奇絕。寫出檀欒竹一叢，猶是故家天水碧。吳興小築鷗波亭，亭邊千頃漣漪明。林於防露長繞屋，眼中畫本俱天成。疏枝交戛玲瓏玉，無意寫生生意足。翠雨迷離入鏡潮，添上眉山一痕綠。仲姬自是天人姿，妙擅詞翰工臨池。榦用八分枝用草，想見晴牕落筆時。孤根傍石抽森瘦，露壓煙啼媚春晝。好近清光寫楚辭，天風涼到湘娥袖。飽餐秀色忘輖飢，潑墨著紙僊雲飛。趙家小印分明認，不許人鈐倒好嬉。

綠陰四首

煙條露葉最多情，十二闌干舊碧城。人比萼華成一隊，春尋杜牧怨三生。青歸小閣眠琴穩，涼透生衣坐石平。別院雨簾閒不捲，只愁遮斷玉簫聲。

幾樹濃陰覆短牆，愔愔碧色上斜廊。雨餘池館春如畫，風外簾櫳影亦香。小放嫩晴宜散帙，密圍清夢嬾移牀。一羣翠羽驚飛去，滿地流雲似水涼。

更無人處影毿毿，夏始春餘綠意酣。垂柳林塘迷越燕，柔桑門巷長吳蠶。一絲麝炷香痕潑，半琖梟花茗汁甘。深院日斜鋪楚簟，殷勤留客話江南。

萬綠如山入畫圖，惹人惆悵是西湖。涼煙破曉僧廬靜，新水浮天釣艇孤。招隱會當尋薜荔，傷離誰解種蘼蕪？別來壞壁蠙衣滿，尚有題襟好句無？

哭洪稚存大兄五十韻

一慟追疇昔，椒漿酹寢門。文章今不朽，風義古猶存。直道埋黃土，精誠戀紫閽。天涯傷永訣，往事忍重論。束髮餘交舊，知心幾弟昆。連枝齊橘柚，同臭合荃蓀。志節推懷祖，孤窮識愍孫。三餘耽絕學，九變貫羣言。密契觀濠惠，雄談炙轂髡。鋒稜淬干莫，光價重璵璠。投分先交呂，傾襟早事爰。一官落邊障，十載隔萋暄。愧我卑棲拙，欣君上第掄。異書窺秘府，宏筆壓詞垣。秉節羅施國，觀風太史軒。搜材儲杞梓，相馬得驪騵。俗洗蠻荒陋，文疏學海源。說經摧鹿角，釋奠拜龍蹲。勁節羞嬰婞，孤生絕繫援。聖朝無忌諱，天語最和温。恩重身甯惜，言高舌肯捫？陳詞知過激，削牘或傷煩。伏鑕原臣分，投荒荷主恩。甘同鵩鳥放，敢訴菉葹冤？慷慨蘭山別，蒼涼柳谷昏。臨岐牽短袂，揮淚倒深樽。大漠驚蓬振，長河濁浪奔。鑿行過鐵勒，竄跡到犂軒。臨照迴穹昊，仁慈仗至尊。賜環寬荷戟，橐筆喜還轅。皂帽辭遐徼，青鞵返故園。蒿廬戀松柏，蔬圃藝葵萱。邱首師狐豹，山心慰鶴猨。養閒娛翰墨，投老愛麋健。昨歲過從密，明湖笑語喧。豪情殊矍鑠，俊氣尚騰騫。枉渚波千頃，高峯黛一痕。飲傾銀鑿落，談碎玉崑崙。後約期重踐，成言矢勿諼。附書憑白雁，卜宅買烏犍。巢雋占符讖，蓍蠶兆遇屯。徂年悲管輅，傲骨挫虞翻。江遠遲來夢，天高有斷魂。蛟龍波浪闊，死別竟聲吞。

中秋懷京華故人

惆悵天涯節候催，夕陽西下客登臺。行雲響駐秦青曲隣有度曲者，圓月光搖李白盃。坐久風篁淒有韻，更闌香篆散成灰。勞人自歎周南滯，飛蓋西園憶上才。

中秋夜半復成一律

露下梧桐夜氣清，興闌坐覺袷衣輕。星河乍轉更三點，簫鼓初停月一城。壞砌啼螿聲斷續，高枝棲鵲影分明。南雲極目增鄉思，果否今宵萬里晴？

虛舟方伯新成蘭室以待香車同人先有佳章命余繼組筆花久謝意蕊無妍敢云續段之貽聊博玉臺之笑

安排蘭館佇星娥，眉譜新研九子螺。搴幌月華窺罨颯，捲簾風影拂多羅。明妝粉鏡芙蕖映，芳訊香臺翡翠過。最羡錦心蘇蕙子，肯教佳麗侍連波。

文牕十二曲欄斜，苔格玲瓏上畫紗。燕寢香溫遲夜玉，鸞臺人韻比秋花。彩毫句奪丹霞豔，碧玉奩藏錦字賒。珍重青禽遞消息，秦關穩度六萌車。

緗軸牙籤夾座陳，琉璃硯匣淨無塵。書留鳳諾貽彤管，袖拂龍綃待玉人。百琲珍珠酬慧業，十番繡紙記前因。妝成莫誦靈光賦，羅襪凌波寫雒神。

曾熨名香寄翠牋，西泠新水綠如煙。吟成芳草同心句，春在桃花得氣先。薇省伴拈封事筆，蓬山合喚掌書僊。陶情何必絲兼竹？釧影釵光好證禪。

落葉

看朱成碧無多日，轉綠回黄又一時。春老最憐花委砌，秋殘更悵葉辭枝。霜飛古道行人去，寒到空巢夜鵲知。憔悴不堪頻攬鏡，蕭蕭雙鬢易成絲。

初冬講院夜坐

把卷坐遥夜，紞如街鼓興。冬心清少夢，客意澹於僧。霜重鋪銀礫，星寒耿玉繩。紙牕明似雪，幾處照書燈。

臘月十八日偕陳生奇王生憲章謁少陵祠

超遥出城闉，攜朋愜所適。南山杜子祠，飛甍倚巖壁。一逕翳藤蘿，十圍老松櫟。登堂拜公像，疏髯面微皙。風骨聳高寒，憂時容慘戚。杜曲公故居，詩篇記游歷。投書延恩匭，耿耿氣橫霓。倉皇遭寇難，攜家避鋒鏑。艱難越隴蜀，窮途愁澒淅。魂魄睠舊游，驂鸞定來覿。蓬門隣古寺，梵界契禪寂。風磬多遠聲，雪檐有晴滴。野鼠穴雙牆，荒榛埋斷甓。詩人例窮蹇，才高非命敵。寂寞身後名，千秋發悲激。〔一〕

【校記】

〔一〕嘉慶本、光緒本卷末題：『受業王九齡校訂。』

芙蓉山館詞鈔二卷附鈔一卷

詞鈔卷一

虞美人

獸鐶不啟文鱗鎖，寂寞薰香坐。陰陰斜照上簾衣，一片落花無語背人飛。　羅衣巧襯雙金鳳，猶怯寒威重。春愁如夢不分明，央及杏梁燕子喚他醒。

浣溪沙

宿雨初晴度洩雲，流鶯猶自惜餘春。楝華〔一〕落盡閉閒門。　小市酒旗風帖帖，横塘漁網水鱗鱗。垂楊影裏浣衣人。

【校記】

〔一〕『華』，眞本作『花』。

蝶戀花

獨倚畫屏山六曲。喚起雛鬟，鎖上文鱗鑰。貼地珠簾煙翠薄，隔牆風弄秋千索。　斜抱銀箏嫌寂寞。虬箭三更，好夢偏擔閣。一架薔薇華〔一〕自落，濛濛涼月聞姑惡。

【校記】

〔一〕『華』，眞本作『花』。

清平樂　泛舟

鏡奩眉嫵，湖水清如許。蘭葉輕風槐葉雨，好箇秋光無主。　興闌欲泛歸橈，隔溪漁子相招。一帶藕華深處，夕陽人影紅橋。

燭影搖紅

孤棹邅迴，溼雲如夢吳天暝。一彎微月到蘆花，晴雪寒無影。離思匆匆未定，更那堪、漏長人靜。倚舷凝眺，山瘡無姿，水明生暈。　悄悵冬郎，已涼天氣江南恨。冷蛩哀雁攪余思，淚點青衫凝。拚嚮旗亭酩酊，奈愁思、易催人醒。為秋銷瘦，詩號秋懷，賦題秋興。

浪淘沙 聽雨

落葉帶愁飄，敲響牕寮。相思人度可憐宵。幾片涼雲流不住，夜雨蕭蕭。　鵲尾嫩香銷，燈也慵挑。羅衾如水夢無憀。自是儂家聽不得，錯恠芭蕉。

浣溪紗

殘月窺人畫閣空，碧紗綱戶小簾櫳。相思人在峭寒中。　衾角淚淹愁有跡，枕函香冷夢無蹤。一聲寒雁五更風。

如夢令

何事芳魂栩栩，飛入翠紅深處。香夢忽驚回，暖日半庭花雨。無語，無語，又被蘋風吹去。

鵲橋僊　初冬

遙山欲暝，濃陰猶滯，雁唳一天雲溼。初冬時候恁溫和，好換卻、單衫白帢。茶甌浮綠，墨池泛紫，寫得香牋一摺。輕雷細雨似殘春，只多了、半庭黃葉。

踏莎行　別情

乍引離觴，已添別緒，美人和淚星星語。今宵身在木蘭舟，夢魂仍嚮樓頭住。明月蘆花，淸霜楓樹，出門便是天涯路。一聲新雁送殘秋，個儂也到秋邊去。

少年游　懷儲玉琴

美人何處碧雲流，魚信久沉浮。一行冷雁，幾枝〔一〕衰柳，併作十分秋。西風若解懷人意，吹夢到揚州。心曲愁濃，眼中天遠，獨倚夕陽樓。

【校記】

〔一〕『枝』，眞本、嘉慶本作『株』。

清平樂　秣陵秋旅

半林黄葉，幾點寒雅黑。一展酒旗風獵獵，人醉六朝煙月。　故宫玉樹誰攀，土花血影斑斑。欸乃聲中歸去，愁雲鎖徧鍾山。

臨江僊

草滿瑶階塵滿鏡，鵲鑪殘麝香焦。相思瘦損楚宫腰。花廊月廡，從此罷吹簫。　倚徧危闌十二曲，平蕪去路迢迢。夕陽流水小紅橋。别時折柳，今又長新條。

滿庭芳

柳户雲欹，蘭牕篆裊，晝長瑶瑟慵彈。紅絲小研，纖手試麋丸。縹緲琳華僊曲，繙新譜、寫上冰紈。香肩並，歌脣銜雨，羅袖唾花寒。　無端千里别，空江孤棹，煙水迷漫。漸雙飛，入破聽到離鸞。後夜相思難寄，吴天遠、落月如盤。人何處，夢魂長繞，十二碧闌干。

菩薩蠻〔一〕

琉璃牋譜香奩句，惜春怕到春濃處。門外雨蕭蕭，梨花落畫橋。　淚珠霑粉臉，蛤帳和愁掩。鸚鵡懺多情，金籠學誦經。

【校記】

〔一〕『菩薩蠻』，眞本作『子夜歌』。

前調

東風輕薄窺羅幕，雛鬟曉啟蒼琅鑰。錦雨隔牕紗，夢回聽賣花。　相思銷玉貌，慵揭菱花照。香霧繞垂鬟，濃薰金博山。

前調

無情燕嘴銜花去，多情蛛網黏花住。去住總銷魂，紅巾凝淚痕。　水晶簾押靜，寒浸春人影。新恨壓眉頭，嬌波橫不流。

酷相思

一翦香風吹柳絮，惱亂寸心如許。儘望斷、天涯芳草路。春去也，花無主。花落也，春無主。　回首池臺行樂處，斜照飛紅雨。只可惜、流光空擲度。人愁也，鶯無語。鶯愁也，人無語。

念奴嬌

多情風雨，伴春來、忽又送春歸矣。彈指聲中春九十，麗日輕雲有幾？笑也含愁，醒還似夢，慵上高樓倚。牀頭醽醁，判他眞個沉醉。　萋萋芳草池亭，蟬前鳩後，到處愁人意。擬趁良朋櫻筍約，錦字奚奴先寄。小鉢研香，圓鑪焙茗，寂寂簾垂地。無憀頻問，杏梁雙燕歸未？

臺城路

明霞逗出涼蟾影，空堦徧流銀汞。詞譜三中，笛吹四上，彷彿瑤天簫鳳。輕颸又動。怕紈扇驚秋，舊愁催送。一鏡芳池，藕花香入鷺鷥〔一〕夢。　溼螢時駐槐影，繞回廊寂寂，更與誰共？古硯〔二〕麋丸，磁甌雀茗，儘算騷人清俸。幾回吟諷。柰只是無眠，夜深煙重。清簟胡牀，醉歌懷二仲。

【校記】

〔一〕『鷥』，嘉慶本、光緒本作『絲』，據眞本改。

〔二〕『硯』，嘉慶本作『研』。

摸魚兒　韓景圖〔一〕有句云歸來坐深林悟到秋生處心甚愛之作此以寄

據胡牀、深林獨坐，微茫天色催暮。碧雲幾葉流無影，窣地感秋成悟。秋有語，道還叩騷人、識我家何處？君應不誤。想籬豆花邊，涼蟬聲裏，依約認前〔二〕路。　淒涼意，不數庾詩江賦，天然空外琴趣。倀倀我亦悲秋者，忍掐檀槽遺譜。拚睡去，枕半榻明蟾，夢與秋同住。玲瓏牕戶。正露沁蓮池，夜深人靜，花氣冷如雨。

【校記】

〔一〕『韓景圖』，眞本作『韓大景圖』。

〔二〕『前』，眞本作『來』。

喜遷鶯　立秋日柬顧立方

琉璃牕牖。正紵衫初試，嫩涼盈袖。一抹銀雲，三分璧月，酒醒黄昏時候。儘開簾滅燭，攬不盡、清暉盈手。闌干曲，只拈將抹麗，暗香偷齅。　回首，空感舊。沉李浮瓜，往事卿思否？　菡萏池塘，蟰蛸庭院，贏得而今僝僽。相思無可寄，聊數徧、暝鐘清漏。　怊悵也，稜稜玉骨、共秋爭瘦。

賀新涼

蕉館蛩聲起。足清歡、未寒時節，已涼天氣。著意悲秋秋不管，何苦為秋憔悴？　且領略、露華煙翠。小炷沉煙翻梵夾，正桐陰滿院簾垂地。雕梁靜，燕歸矣。　高樓四面山光裏。又何須、揮盃開筵，燭奴燈婢。銷遣閒情無長策，作達放顛而已。儘拈徧、豔詞香偈。眉月半牕花影轉，拂藤牀、藉月和花睡。蝶夢覺，囅然喜。

思佳客

七寶燈前卸翠翹，更更更漏可憐宵。三分華月芙蓉館，一水明星烏鵲橋。　栽恨葉，種愁苗，綠牕擁髻倩魂銷。他生願化無情樹，不宿青鸞宿伯勞。

一翦梅

秋到黃昏最寂寥，鳳脛頻挑，鵲腦頻燒。玉人孤坐按秦簫，曲點紅幺，淚裛紅綃。　夜色陰陰上綺寮，空院蠨蛸，寒雨芭蕉。魚書無便託江潮，千里人遥，一段魂銷。

雙調望江南

秋如夢，一院雨廉纖。亞字闌干之字路，桐花庭甃棗花簾。側側晚寒添。　相思意，竟日未曾忺。筆染青螺翻黛譜，墨研烏鰂寫霜縑。因使寄江淹。

前調

腰圍減，芳思漸銷磨。白紵單衫裁卻月，紅鹽怨曲唱迴波。閒處斂雙蛾。　人蹟少，瓊砌草成窠。鬢影恰同花影瘦，淚絲持比雨絲多。怊悵奈秋何。

昭君怨

一派雁聲如語，一院寒聲如雨。愁夢不成圓，夜如年。　香閣鸚哥睡未？繡榻貍奴來未？閒事最相關，喚雛鬟。

喜遷鶯　泊舟楓橋聞歌有感

微雲如霧，送晚來幾點、菰蒲涼雨。林影皴紅，潭痕渲翠，做弄秋光如許。悵行蹤無定，繫一葉扁舟沙渚。誰相伴，有蘆花深處，一行眠鷺。　凝佇。天已暮，露柳霜蓮，秋滿楓橋路。絃響棖棖，蠟光隱隱，隔院謝娘眉嫵。歌聲留不住，又化作水煙飛去。淒涼意，算者般情味，絲毫難賦。

滿江紅　寒夜感懷和諤齋舅氏韻

一夢黃塵，人世事、隨他翻覆。君不見，香桃自笑，風桐自哭。儘有熱腸堪任俠，惜無媚骨能諧俗。看容顏，強半為愁銷，秋眉綠。　玄蝶化，緗千軸，白鳳吐，才千斛。算墨池滋味，此生嘗足。詩好只應供鬼唱，文成誓不教人讀。錦囊空，只賸一編書，《東華錄》。

前調

少日詞塲，揮彩筆、雲蒸龍變。曾記得，夢中拜賜，玉泜金硯。書上欲摩烏集闕，賦成不數靈光殿。十年來，意氣漸消磨，聲名賤。　千丈髮，隨年換。一掬淚，和愁嚥。恨流光如此，最難消遣。蘸墨細臨《鷹嘴帖》，挑燈快讀《虬髯傳》。嚮人前，擊碎古桐琴，花成片。

前調

霜幕風簾，青楊樹、幾番搖落。翹首望，青天碎碎，珠星作作。一院明蟾清影瘦，五更白雁寒聲惡。耐淒涼，自倒酒樽看，餘醅腳。　劒欲活，青萍躍。燈欲死，紅蕤落。問人生那得、窮年寂寞。市上好從騶卒飲，朝來更逐毛公博。好男兒，俊健似生猱，甯甘縛？

前調

墨寶騷茵，人爭笑、腐儒塗抹。渾不信，窮愁累我，文章無色。枉費千盃玄麝髓，難求半點青蚨血。只贏來，磊塊不能平，塡胸臆。　蘭膏燼，心還熱。蠶絲絕，腸應直。歎年來〔一〕只與、蠹魚分食。至竟縹緗成底用，少來楮棘何勞刻。不如他，估客競錐刀，驅南北。

【校記】

〔一〕『年來』，眞本作『年年』。

菩薩蠻

葡桃黦錦絲雙扣，龍梭墮地沉吟久。夢雨溼輕容，巫山十二重。玉屏花鎖鎖，獨聽啼蛄坐。無奈洛神何，騎魚慣撇波。

前調

櫻桃花暖棲黃蝶，珠簾掩映春雲葉。門掩寶釵樓，朝來嬾上頭。石榴帬樣巧，綫壓雙鴛鳥。茜帶一條條，相思瘦舞腰。

前調

玲瓏牕掩桃花紙，蠙蛦甲弄三絃子。繡被狄香薰，蟠蟠罨鈿雲。月篩花影碎，人傍花窩睡。惱是夜鳥啼，花飛月又西。

前調

冰[一]紋小簟銀絲細，綠鬢著枕蘭膏膩。懶唱懊儂詞，病闌春去時。　燭花雙苣小，龜甲屏風遶。花外雨瀟瀟，春魂何處招？

【校記】

〔一〕『冰』，眞本作『嘉』。

蘇幕遮　燕

柳風輕，梨雪溶。翠咮紅翎，不羨飉飉鳳。薄暝歸來香雨凍。絮語相偎，似訴春寒重。　掠珠屏，穿繡棟。那管人愁，又踏簾鉤哢。滿地落花紅不動。銜入新巢，軟襯雙棲夢。

摸魚兒　寄王淙雲

閉重門，悄無人到，荒堦苔已成篆。蠻牋摺疊成方勝，倩寄舊時吟伴。腸已斷，問春色、和愁畢竟誰深淺。危欄凭徧。愛空翠濛濛，斜暉澹澹，一縷斷虹茜。 芳洲路，細草高低似翦，柔波來去如濺。冶游情事渾如夢，花雨半樓人倦。春婉娩，拚讓與、尋香小蝶棲香燕。如何消遣。聽曲彔廊西，丁冬鈴語，也似訴清怨。

前調

據蒲團，《楞嚴》讀罷，旃檀縷縷煙細。闍黎公案誰能悟，略遣煩愁而已。拈短偈，蚤度取、一番小劫春聲裏。烏皮棐几。笑斑管敧斜，粉牋狼籍，詩句沒頭尾。 文牕下，一種悲涼滋味，滿襟無限清淚。落花穩傍苔衣卧，無奈軟風驚起。憔悴矣，怪如此穠春，卻有悲秋意。篛簾垂地。又清影窺人，夜闌人寂，松頂月如水。

浣溪沙

窣地珠簾小院空，薔薇香露沁嬌紅。月痕如夢隔疎櫳。 釵影垂垂敧玉鳳，燭煤的的墜金蟲。自摹花樣拂輕容。

前調

一繫斑騅甚處尋，畫橋依舊柳陰陰。別來憔悴到於今。　未許梨花通半夢，怎教梔子結同心。軟風吹淚溼蘭襟。

念奴嬌　答顧學和〔一〕

嶔寄歷落，笑譚〔二〕間、棄筆投觚而起。少日詞場吞彩鳳，人識盧家千里。辛味都嘗，丁年易過，氣短謀生計。有誰知得，溫生是大才士。　須信狂受人憎，才非汝福，寒餓應如此。宿瘤無鹽都已嫁，只有夷光未字。世盡言愁，僕原多恨，卿復何為爾？茫茫交集，伯輿當為情死。

【校記】

〔一〕『顧學和』，眞本作『顧二學和』。

〔二〕『譚』，眞本作『談』。

石州慢 過鄒愚谷十二樓廢址

桐帽棕鞵，無端尋到，最銷魂處。交鐶凝紫，碎屏腐碧，誰家庭宇？斜陽一片，照見十二樓空，釵光扇影銷何許。雙燕不知愁，只銜花私語。　凄楚。靖安坊冷，金谷園空，繁華無主。付與攤錢牧竪，撈鰕邨女。微波如瀫，可惜金粉塘邊，芙蓉蓮子隨他去。賸一樹棠梨，葬年年春雨。

臺城路 為晴沙舅氏題春風啜茗小照

頭銜最愛稱茶部，高風更懷桑苧。柿箎抛時，桐瓢擕處，飄出冷煙千縷。青驄緩駐，約不夜侯來，共伊容與。此客殊佳，未須更顧索郎語。　松濤時沸幽耳，又疑瑤甃畔，亂響春雨。細點紅薑，輕研綠雪，小盞盈盈勻注。清幽如許，吹不上京華，一分塵土。謾解朝衫，腋風輕自舉。

前調

一肩茶具隨行屐，揭來錦城閒憩。巴峽寒流，峨嵋飛瀑，可似江鄉風味。郵筒頻寄，問蒙頂春初，雪芽生未？折脚鐺中，空明滿貯冷雲髓。　軒牕長日無睡，愛披襟獨坐，風日晴美。琴韻愔愔，墨香浥浥，添上半甌寒翠。閒情如水，憶小杜當年，落花風裏。何似眞長，茗柯饒實理。《世説》劉尹：『茗柯有實理。』

前調

長吟平子歸田賦，翩然遂吾初服。調水符閒，淸人樹老，無恙家山新綠。浪翁水樂，愛別有宮商，不關琴筑。貯月分雲，不勞遠去嚮〔一〕甘谷。　眼前塵事都遣，嚮林泉勝處，管領淸福。冷纈冰花，香凝雪乳，抵得明珠十斛。燃將楚竹，看魚眼勻圓，嫩湯初熟。破睡風來，萬松涼謖謖。

【校記】

〔一〕『嚮』，眞本作『問』。

前調

生綃畫出江南夢，而今果饒歸興。綠扨盈階，紅尖照水，彷彿圖中風景。煙霏雪凝。看水色茶香，故山都勝。只是風前，鬢絲換卻舊時影。　相看共有茶癖，記輕風細雨，催喚煙艇。秘色窑邊，長生瓢畔，細和昌黎石鼎。頭綱八餅。怕題起前塵，便勞追省。悟到無言，聽流雲出嶺。

荷葉盃　寄二弟

一點幽懷難寫，深夜。膍燭背人紅。三更殘夢雁聲中，相見總朦朧。　冷月黄花籬落，蕭索。一别兩重陽。故園對酒也淒涼，何況是他鄉！

蝶戀花　吴江道中

秋水一灣雙槳舉。又送行人，過卻吴江浦。回首津亭天欲暮，碧雲如畫含殘雨。　獨倚危舷愁不語。無限吟情，付與崔郎句。夾岸丹楓無别樹，夕陽紅到銷魂處。

水龍吟　舟中對月有感

浪紋千頃玻璃，蘭舟棹入空明地。推篷遥望，露華吹溼，薄羅衣袂。蠟燄幢幢，簟痕隱隱，清輝如水。恰愁人無賴，眉間心上，無限事，都提起。　莫是誤來人世，倩姮娥，把愁遥寄。奈他碧落深沉，長是玉樓深閉。五夜哀蛩，一天冷雁，逼人愁死。看方諸影裏，絲絲點點，替彈清淚。

齊天樂　雪夜排悶

海神慣作魚龍戲，漫空六花零亂。細刻圓冰，輕研碎玉，裝點誰家池館。簾絲串斷。愛脈脈如塵，當庭吹滿。一曲新歌，衍波牋紙付蕭貫。　青燈掩冉如豆，擁裘孤坐處，更箭頻轉。蓮子盃空，蘆花被薄，無分酒香裀暖。淒涼誰管？便憶起天涯，兩三吟伴。凍合江雲，夜深離夢遠。

蝶戀花　旅夜

金柝敲更蘭夜半。燈暈迷離，抱影眠孤館。一榻青綾偎未暖，荒雞又把行人喚。　袖上霜花吹欲滿。裊裊鞭絲，催過溪橋畔。回首吳閶天樣遠，柔腸只共車輪轉。

前調

替戾鈴聲寒轉急。絮起閒愁，百種鎔心鐵。塞北風高綿欲折，蒼涼古道沙如雪。　底事芳辰輕遠別。昨夢還家，似有人憐惜。坐轉碧欄干外月，曉寒珍重分明說。

眞珠簾　冰花

誰將面面琉璃鏡，照出雯華層疊。香色了難尋，最高寒標格。花工小住光明界，早枝葉、生來都別。瑩徹。似一叢蹇樹，逗來圓魄。　惜少嗛雪璚霜，做紅嬌紫奼，助他顏色。移傍水晶簾，怕阿誰偷折。奈他彈指銷融後，便化作冷雲無跡。愁絕。似殘春風雨，一般憐惜。

河傳　夏夜聞隔院歌聲有感

宛轉。淒怨，路迢迢，隔斷紅牆綺寮。香喉一串可憐嬌。長宵，惱人翻六幺。　我亦廣陵傳舊譜，箏琶鼓，紅豆當場數。到而今，恨飄零。空庭，倚欄和淚聽。

前調

記否？紅袖，綺筵前，玉指纖纖攏絃。念奴嬌破想夫憐。纏綿，銷魂自去年。　觸起前塵惆悵夢，江南弄，驀地風吹送。棗花香，月影涼。思鄉，夜深人斷腸。

木蘭花慢 竹簾

是湘雲一片，誰翦落，影娟娟。看愁淚無痕，離魂欲化，院後廊前。玲瓏，冷波低蕩，任花風裊上水沉煙。曉露千絲碧窨，夕陽一桁紅偏。　明玕，戍削可人憐，最好已涼天。憶舊家風景，蕻花小閣，箬葉輕船。而今水雲無分，只紅塵遮斷便疑僊。留伴桃笙八尺，日長枕手閒眠。

念奴嬌

錦筵紅燭，酒三行以後，拍張言志。但得索郎同旅語，眼底何知許事。如此良宵，為招座客，各試平生技。蔗竿為仗，下堦三中其臂。　便擬火底調笙，柱間縛角，演出魚龍戲。打鼓堨來騎屋棟，竟作摻撾而起。人笑顛狂，我誇跌宕，任達為佳耳。誰能端坐，讀書作老博士？

臨仙僊

花瑄無聲虬水咽，比肩人倚紅樓。拈將夜合入磁甌。玉纖斟翠醥，珍重解郎愁。　疊疊涼雲相掩映，素娥也似嬌羞。曲闌干畔笑凝眸。滿簾花影好，不肯上簾鉤。

應天長

半簾花影西風颭，冷逼鳳燈孤燄閃。移妝檻，鋪文簟，十二雕牕和月掩。　離愁濃似釅，宮様雙蛾長斂。檀枕夢醒回粉臉，淚珠三四點。

卜算子

稜稜畫屧牆，窄窄湘裙衩。一寸秋波不耐嬌，彈淚秋千下。　錦字十三行，半摺箋新砑。鸚鵡無情也解愁，學說相思話。

更漏子

卸鸞釵，薰翠被，深院夜寒如水。挑牕掩，畫屏空，箇人愁思濃。　篆香重，銀液凍，醞造一牀愁夢。霜片墜，月華低，早鵶煙外啼。

水龍吟〔一〕

涼波一片空明，飄來露腳如煙細。沙鷗撲漉，草蛩叨絮，攪人無寐。獨憑危欄，紫蕉衫薄，夜涼如水。正嫦娥嬌嬾，裝成半面，徐徐被、雲扶起。　忽聽歌聲搖曳，想高樓、有人偷倚。香咽珠字，玲瓏一串，紅紅難記。已是他鄉，那堪消受，者般情味？看綠牕深處，雙條絳蠟，也飄秋淚。

【校記】

〔一〕芙本有題注曰：『八月十九夜宿水閣聞歌有感。』

菩薩蠻

譙樓撾鼓聲聲徹，小牕初上迷離月。獨自翦秋燈，畫屏山幾層。　夜涼衾半擁，顛倒江南夢。心事倩誰傳，此閒無杜鵑。

浣溪沙

初試生衣怯下牀，小鬟拂鏡促朝妝。露桃紅影上銀牆。　曲院春寒螺黛斂，重幃風細麝煙長。夜來好夢費思量。

蝶戀花〔一〕

小院涼生簾半揭。羅幕如煙，一點明蟾入。浴罷憑欄雲髻側，輕紈掩映芙蓉雪。誰傍花陰調鈿笛？觸起柔腸，多少愁根節。銀漢迢迢蘭信隔，露華和淚吹衣溼。

【校記】

〔一〕『蝶戀花』，嘉慶本作『前調』，誤。

臨江僊

一自游驄花外去，經年久絕音塵。空箱疊損鬱金裙。鏡鸞羞獨照，衾麝惜餘薰。碧海青天人悵望，斷腸最是黃昏。紅箋小字寫迴文。淚絲山枕雨，夢影鎖牎雲。

虞美人

四條絃子龍香柄，紅燭幢幢影。當筵催賜錦纏頭，小隊霓裳都解按涼州。夜闌漸覺聲凄促，不是江南曲。離人聽罷轉無聊，憶著吳娘暮雨唱瀟瀟〔一〕。

【校記】

〔一〕『瀟瀟』，合本、芙本作『簫簫』。

生查子

微紅頰暈生，淺綠眉痕逗。侍女約簾鉤，繡閣妝成後。細步下香階，慢捲宮羅袖。折得小桃花，背立東風瘦。

女冠子

多生慧業，憶在蕊珠宮闕，玉臺前。明鏡圓規月，輕羅澹捲煙。機中挑錦字，花底語香絃。無限關心事，惜華年。

謁金門

更漏轉，獨夜最難消遣。惆悵意中人不見，銀河清且淺。隱隱簾波斜捲，曲曲屏山不展。露溼秋星三四點，熒熒如淚眼。

蝶戀花

記否蓉湖湖水漲？千柄風荷，紅影爭搖蕩。消夏灣頭停兩槳，新詞付與玲瓏唱。久客不須頻悵望。料得年來，風月應無恙。一葉扁舟煙水上，他時容我長蕭放。

百字令 過班定遠墓

蘭臺著作，讓阿兄獨步，甘心投筆。别有奇功垂史冊，伯仲居然雙絕。遠度龍荒，窮探虎穴，不負封侯骨。傭書碌碌，小儒何處生活。當日絶塞留屯，孤軍制勝，拓地通疏勒。萬里功名眞唾手，依舊玉關生入。故國魂歸，高原塚在，三尺麒麟碣。我來憑弔，英風猶振林樾。

摸魚兒 家伯初〔一〕過興平有弔貴妃墓詞因和之

是耶非？人間天上，一抔埋恨荒土。蛾眉訣絕須臾事，此地六軍曾駐。君看取，剩滿地苔錢，淚洒胭脂雨。延秋古路。悵凝露香銷，翦霜紅葬，寂寞佛堂樹。傷心處，零落霓裳小部，千秋絕調誰譜？一般解脱龍華劫，不及雪衣鸚鵡。眞浪語，渾不信、玉眞自返蓬山去。香盟已負。縱拔地生天，慧因重證，此恨也難補。

【校記】

〔一〕『伯初』，合本、芙本作『秋岑』。

錦堂春　新正二日次清風店題壁

樓角初融晴雪，簾旌低襯明霞。佳游彷彿章臺路，細馬玉鞭斜。小豔疎香時候，嬌歌脆管人家。東風從此須珍惜，二十四番花。

定風波　道中見新月

側側輕寒夜漏分，纖纖月影碧籠雲。逗出春光剛一線，初見，如塵似夢最銷魂。看到團圞知有待，無奈，清輝偏照別離人。纔把閒愁拋撇去，凝竚，鏡中眉樣又逢君。

齊天樂　鈴聲

耳鳴不是聞鞾[一]鐸，鈴聲晚來淒警。古堠煙寒，空槽月落，一片宮商相應。清圓入聽。更似怨如愁，助人銷凝。夜雨唐宮，千年恨事劫灰冷。　花叢舊遊堪憶，縮風絨索動，香夢初醒。鸚母簾前，猧兒帳底，不是者般情景。千迴記省。問飄蕩行蹤，甚時方定。伴我心旌，共搖春夜永。

【校記】

〔一〕『鞾』，合本、芙本作『鞞』。

前調　柝聲

是誰散打蝦蟇鼓，聲聲恰環鄰屋。逗破黄昏，敲殘白曉，不管離人眠熟。跳珠撒菽。似玉虎牽絲，桐魚呼粥。記否當場，箏琶滚徧六州曲。　嚴城曾伴刁斗，正邊烽夜警，急響相續。舊事心驚，長途耳倦，孤枕那禁棖觸。更闌轉促。又攙入寒雞，數聲咿喔。催墮燈花，背人紅簌簌。

摸魚子　過邯鄲〔一〕

兩茫茫、神僊富貴，邯鄲古道行客。酒邊卻話才人恨，零落好春堪惜。薄命妾，休悵望鈿車，夢斷瓊樓月。苕華一闋。記當日叢臺，妖歌嫚舞，轉眼也消歇。　人何處，謾道上清淪謫，蕊珠依舊宮闕。年華最怕經風雨，多少粉魔香劫。尋解脱，除非問、青甆枕裏丹砂訣。情腸儻熱。便金屋藏卿，雲臺著我，還是夢中説。

【校記】

〔一〕『過邯鄲』，合本、芙本作『過邯鄲偶成』。

臨江僊　人日〔一〕

屈指春來才七日，行人去去何之？別離不慣苦相思。倩誰簪綵勝，為我把金巵。　雁後歸期全未穩，吟情也比花遲。江南消息早梅知。疎香宫閣夢，冷蕊草堂詩。

【校記】

〔一〕『人日』，合本、芙本作『人日道中』。

祝英臺近　渡漳水

蕩晴雲，流曉月，綠影渺無際。橋斷虹腰，匆匆阻征騎。舉鞭指點斜陽，英雄何處，怎煙景、蒼涼如此！

黯凝睇。惆悵銅雀高飛，無人識遺址。鴛瓦零星，也沒魏宮字。只餘一掬春波，盈盈東注，是多少、望陵人淚。

漢宮春　旅舍見迎春一樹花甚爛熳因成此闋

除卻江梅，算春風消息、伊最先知。蕭疏籬根石角，見兩三枝。宮羅幾疊，怯朝寒、纖瘦難支。依稀似、玉人梔貌，懨懨小病闌時。

香國何人試巧，怪輕勻蜂額，細翦鶯衣。風流未輸弱柳，金縷低垂。初三淡月，逗微光、偷照幽姿。憑寄語，東君著意，莫教擔誤花期。

蝶戀花　鐵門阻雨

滑滑春泥朝雨罷。小卓雙輪，人住旗亭下。一抹淡煙青欲化，乳鳩還把輕陰罵。

韶景拋人彈指乍。柳惜殘春，槐自迎初夏。為問晴光如可借，丙丁帖子催教畫。

洞僊歌 有贈

趁時梳裹，恰明姿玉潤。花朵盈盈壓危鬟。更横波犀利，巧步尖纖，誰得似，一種可人風韻。綵雲行不得，笳囀音高，羯鼓匀圓四絃緊。袞徧小涼州，淺立筵前，又軟語、流鶯聲近。長記得、相逢踏青時，看細馬春衫，倍憐輕俊。

前調

幾番邂逅，信十分閒雅。不是矜持見時乍。看銀泥褭褶，金屑檀槽，貪顧曲，不覺酒闌燈灺。也應憐宋玉，月夕霞朝，為爾腰圍瘦堪把。秀色遠山横，好倩丹青，寫鬟影、春風圖畫。算標格、眞應伴才人，坐翠竹叢邊，玉梅花下。

前調

阿環嬌麗，正穠妝卻扇。半鸋叢鬟貼金鈿。恍羅浮鳳子，五色翩蹮，雙垂手，三疊霓裳拍徧。有緣連榻坐，對話江南，吳語關心最清軟。一曲紫雲迴，賞殺嬌喉，紅氍上、明璣鋪滿。更別有、風流繫人思，聽冷雨幽牕，恁般淒怨。

前調

天然黠豔，是薰香佳俠。放誕卿還用卿法。正落梅妝罷，墮馬梳成用壽陽孫壽事，同心帶、雙綰紅綃尺八。鴛鴦生怕捉，隔著芙蓉，未許相親便相狎。讔語故嘲伊，淺笑佯嗔，腮渦畔、紅潮一霎。只病酒、心情可憐生，便小盞當花，忍教輕呷？

前調

鸞咽姹唱，聽紅牙頻點。銀燭千枝吐蘭燄。怪纖纖過酒，小小藏鉤，看瘦影，何事翠蛾偷斂。紺園留慧種，栯〔一〕樹雙林，肯共羣葩鬬華豔。回首夙生因，解怨飃零，道歌扇舞衫都厭。料別後、秋心定淒涼，對月淡花疎，此兒堪念。

【校記】

〔一〕『栯』，合本、芙本作『梅』。

東風第一枝　人日

拂戶風柔，隔屏寒淺，佳辰入春纔七。綺筵初泛清樽，華旛漫題彩筆。團圞官舍，數樂事、最宜今日。只故園、遠隔天涯，卻憶梅花消息。　恰金斗、生衣乍熨，更篆鼎、水沉旋爇。逗來樓角明霞，減卻庭陰殘雪。薰桃注柳，看取次、春光如纈。愛清宵、脈脈多情，簾外微黃新月。

探春　銀川旅舍元夜偶成

寶暈銷痕，僊雲散影，三五明蟾豔婉。暗釀春嬌，全迷夜色，燈火六街零亂。無奈餘寒峭，尚未放、繡簾高捲。一般笑語盈盈，翠樓多少游伴。　誰念旅愁孤館，覺點碧裁紅，舊情全懶。心字香銷，雙花燭灺，怕聽邊城歌管。凝想江南信，早開過、梅花一半。剩有閒情，彩牋新句題滿。

鳳棲梧　與二弟別後宿平戎驛作

萬里分攜眞草草。流水東西，嗚咽傷懷抱。削雪千山山四繞，塞程迢遞何時到？　我亦風塵行未了。羸馬黃昏，缺月來相照。獨火熒熒郵店小，夜寒禁斷人聲悄。

百字令　旅夜有懷舊遊

華年彈指，最難忘、只是酒旗歌扇。金粉南朝行樂地，水榭中宵絃管。楊柳情絲，海棠夢影，醉眼春撩亂。分香帕子，行行新句題滿。　誰念。關塞棲遲，吳雲萬疊，離恨連天遠。煙月秦淮無恙在，依舊蘭橈波暖。畫角吹愁，銅荷飄淚，聽徹更長短。沉思往事，酒醒人在孤館。

生查子

游蜂觸樹僵，啅雀爭枝墜。暗裏覺春回，尚有餘寒在。　小步粉牆陰，剔雪尋梅蕊。零落惜花魂，滿眼傷春淚。

百字令

藥鑪煙裏，怪春來、小病厭厭如許。玉琢相思金鑄淚，只有此情難訴。麝炷香銷，鉛波鏡掩，誰與修眉譜？　沉思往事，總如春夢無據。須信交頸鴛鴦，雙頭菡萏，慣入閒詞賦。留得情腸經劫在，花鳥也堪千古。光碧堂前，蕊珠宮畔，待覓游僊侶。三生慧業，未妨多作情語。

蝶戀花

紅徧花枝青徧柳。彈指韶華，又是清明後。長日厭厭如中酒，閒愁空在眉尖鬬。　拋卻金鍼慵刺繡。窣地簾波，料峭輕寒透。薄暮倚闌垂翠袖，落花風裏春人瘦。

燭影搖紅

且食蛤蜊，那知奴價高於婢？裸衣亭上大聲呼，何與癡人事。年少疎狂意氣，歎此日、消磨盡矣。風沙裘劍，莽莽天涯，竟無知己。　仰屋著書，千秋萬歲誰傳此？不如魚鳥見流連，肆意酣歌耳。客舍西風又起，憶故國、蓴鱸正美。幾時歸去？一棹飄然，五湖煙水。

摸魚兒　九日蘭山登高

傍層樓、晴雲數點，霜空萬里無際。年年此日題糕會，佳客樽前同醉。離別易，眞箇似、萍蓬聚散無根蒂。漫郎憔悴。也中酒懷人，星星滿鏡，旅鬢早斑矣。　誰相念，十載邊城孤寄，西風吹夢迢遞。故山雲壑應無恙，何日好尋歸計？秋色裏，依舊是、紫萸黃菊傷心麗。憑高引睇。又猛拍闌干，曼聲長嘯，塞雁忽驚起。

菩薩蠻

相思人隔榆關道，芳心卻怪春來早。低語祝花枝，人歸開未遲。　黄昏聽玉漏，影背明燈瘦。香夢遶屏山，雲迷第幾彎。

齊天樂　三弟寄椒珠並蜀箋數種賦此二闋示之

申椒密綴驪珠顆，玲瓏是誰呈巧。郁烈盈懷，匀圓在握，雅稱騷人襟抱。奇芬繚繞。似頌過靈花，酌來春醥。佩作香瓔，辟邪不用鑄剛卯。　休嫌幻成圓相，當風偏逆鼻，生性孤峭。蘭是同心，桂原共氣，風格自憐差老。禪機悟早。愛百八牟尼，一般香妙。證入聞思，帶些辛味好。

前調

文鱗六六巴江到，蠻箋百番相贈。海藻輸華，溪藤讓滑，幅幅琉璃光瑩。粉痕紅凝。更染透桃花，十分妍靚。韻事流傳，錦官城外薛濤井。　宫中曉寒曾賦，衍波題未了，儷夢催醒。冶習銷磨，香詞零落，不似當年吟興。舊游追省。把袍襖留題，偏鈔還賸。待倣銀鉤，撥燈銷夜永。

倦尋芳　春陰

留煙渲翠，借霧迷香，春意無限。薄靄冥濛，吹上苔衣微泫。鵲腦慵添鑪篆細，龍脣罷撫琴絲緩。傍雕闌，問小桃無語，似含嬌怨。　聽屋角、午鳩頻喚，惆悵芳時，晴景難見。窣地簾波、斜倚枕函人倦。好夢竟隨蘭信杳，幽情不逐花風展。望吴關，謾凝眸，綠蕪天遠。

鵲踏枝

錦瑟無端移玉柱。客鬢蕭疎，彈指華年誤。婪尾酒寒盃嬾舉，勸人空費流鶯語。　試看小園桃李樹。嫩綠陰陰，一抹朝煙護。花片似知春去處，隨風萬點尋春去。〔一〕

【校記】

〔一〕嘉慶本、光緒本卷末題：『原本男夔生校字。』

詞鈔卷二

浪淘沙

衰柳石橋邊，且放江船。夕陽明上鷺鷥肩。瑟瑟叢蘆聲似雨，萬頃秋煙。　風緊布帆偏，黯澹霜天。裌衣寒重要添綿〔一〕。回首家山青漸遠，鄉思悽然。

【校記】

〔一〕『綿』，芙本、嘉慶本作『棉』。

謁金門

愁脈脈，抱影獨眠荒驛。階下寒蛩嘑不歇，秋聲高一尺。　涼浸羅衾疑溼，露氣隔簾吹入。單枕中宵頻轉側，夢雲無處覓。

臨江僊

記否徵歌桃葉渡，當筵頻醉羅裙？東風吹暖一樓春。花香歡氣息，柳弱妾腰身。　飄泊天涯人易老，佳遊早謝前塵。藥鑪經卷伴黃昏。鬢沾秦塞雪，夢斷楚山雲。

解語花　鞭春

鮮雲乍捲，麗景初舒，簫鼓晴郊閙。朱幡翠葆，紛成隊、兒女攔街歡笑。蹄瑩角矯。訝刻畫、形模偏肖。待來朝、撲散香塵，看綵絲爭裊。　陌上春泥融了，漸軟紅吹漲，花信先到。玉驄騕褭，尋芳客、別有珊鞭縈繞。田家相報。聽遠樹、架犁鳥名催曉。好呼童、飯犢煙坡，勸東畬耕早。

前調　翦綵

妝成梅蕚，頌過椒花，儘有閒心性。春風曉鏡，雙蟬鬢、宜貼銀幡華勝。金刀手冷，怪幾日、峭寒猶凝。颭晴霞、活色生香，乍看來不定。　花戶油牕相映，愛晨光微逗，分外幽靚。葱纖巧逞，新裁翦、多恐蝶魂催醒。明姿端正，便香國、司花也稱。傍妝臺，小立盈盈，散滿身紅影。

前調　賣燈

春情豔婉，夜色迷離，小市華燈徧。方空素絹，新描畫、露葉風枝低顫。燭花初翦，看萬點、琉璃齊泫。隔簾波、悄擲金錢，不道韶光賤。最憶雪晴池館，正蕙花香散，翠幙初捲。月華如練，人微醉、那管漏催銀箭。春風圖面，在夜火闌珊庭院。悵江鄉、一種佳遊，問甚時重見。

前調　試鼓

架塗青漆，牀釘圓花，百面春雷響。雲牕霧幌，傳聲處、趲得和風駘蕩。歌場十棒，恰袞徧、六幺高唱。遶花叢、紅蕚催開，更翠萌齊長。少日蕭郎伎癢，揭來騎屋楝，意氣豪上。一般俊爽，花奴手、可似《漁陽》清壯。休誇跌宕，怕絕調、更無人賞。近天街，且聽淵淵，和康時擊壤。

臨江僊

露井冰銷寒意淺，抱琴人在閒庭。蕙鑪香裊戶初扃。捲簾邀夜月，滅燭數春星。　憔悴司勳才思減，天涯廿載飄零。江南山色夢中青。梅魂無處覓，柳眼幾時醒。

翠樓吟 丙辰二月花朝適逢春分社日詞以記之

春色平分，花期剛到，又逢簫鼓邨社。韶光看總好，問何處最宜閒寫。少年游冶，記鬬草池塘，簸錢亭榭。彈指乍，前塵如夢，舊歡都謝。牽惹。萬縷閒愁，待雙燕歸來，訴他情話。花梢寒料峭，猶未放、一枝紅亞。春魂欲化。漸苔髮風梳，柳眉煙畫。酣清夜，且傾佳釀，月波同瀉。

浣溪紗

一桁簾紋窣地垂，天涯芳訊費尋思。閒愁惟有翠眉知。 煙裊綠痕歸柳重，霞分紅意到花遲。殢人最是早春時。

邁陂塘 楊梅

記冰橱，吴鹽如雪，滿盤鶴頂初破。年年筍老櫻殘後，便盼洞庭煙柁。園叟過，看拎到筠籠、翠箬重重裹。匀圓百顆。笑嬌小吴孃，玉纖拈處，先怕粉裙涴。 閒銷暑，露井水亭清坐，不須料理茶磨。夜深一口紅霞嚼，涼沁華池香唾。誰餉我。況消渴年來、最憶吾家果。歸田願左。便買夏論園，山資未辨，作計甚時可。

前調　枇杷

傍牆根，篩煙漏月，濃陰一簇如畫。蠟珠密嚮枝頭綴，壓得翠梢低亞。梅雨灑，也染就嬌黃、軟縐宮羅帕。林鶯婭姹。縱香夢驚回，金丸在手，爭忍便拋打。　誇珍品，只有江南亭榭，離離子熟長夏。相如錯認秦中樹，賦筆空勞摹寫。纖露下，愛摘嚮雕盤、俊味甘於蔗。閒情又惹。記端正窺人，當風鄣袖，花底小門罅。

前調　青李

憶江南，堆盤碧實，拈來露氣猶溼。青房別是瑤池種，不數千株玉葉。寒水浥，恰好共浮瓜、顏色爭蒲鴿。甘回齒頰。似青子紅鹽，分來風味，入口卻微澀。　招涼處，偶傍閒階小立，兒童樹底爭拾。一痕細認嫣紅凝，西子春纖曾捻。歸思切，正獨坐幽齋、寫到來禽帖。歡遊未愜。羨當日南皮，名流佳讌，挈爾伴鸞榼。

齊天樂　珍珠蘭

疎花隱葉渾難認，清宵露痕微泫。細裊冰絲，斜穿翠縷，瑟瑟寶珠成串。兜孃試翦。愛插鬟蘭雲，倚風輕顫。一斛樓東，鬟人憔悴訴清怨。疎簾剛逗新月，坐來冰簟滑，漏箭初轉。乍覺生香，如聞吹息，慣惹離人腸斷。愁深夢淺。問碧影纖纖，甚時重見？剩有清芬，夜涼浮茗盌。

前調　茉莉

瓊田萬朵僊雲墮，名花幻成奇絕。玉骨玲瓏，冰魂縹緲，不識人間炎熱。看來總別。似夢入瑤臺，月華如雪。未信炎州，出塵有此好標格。碧紗幮畔銷暑，玉壺曾貯處，一樣瑩徹。冷豔疑銷，空香欲化，頻鬟枕函邊覓。僊姿誰匹？怕素柰青梔，比來差劣。瀹到無言，滿庭涼露白。

前調　夜來香

紗檽月上玲瓏影，幽懷不禁棖觸。似有香來，不知花處，葉色隔簾微綠。芳叢幾簇。愛人定風微，麝薰吹足。素女多情，空中也為撒金粟。追涼最宜露坐，傍垂蘿低蔓，冷翠如幄。碧玉娉婷，綠珠嬌小，相對黛眉雙蹙。明河絡角。只可惜涼宵，漏聲催速。漫展蕉牋，譜新詞一曲。

高陽臺　新秋息園晚眺

小雨催涼，微雲弄晚，一庭秋色澄鮮。茶具攜來，呼童試瀹清泉。遶廊靜聽風甌語，澹吟懷、句可通禪。記前番，藥甲開時，曾放觥船。閒階幾簇秋花瘦，倚玲瓏小石，分外幽妍。垂柳多姿，蕭疏已惹愁煙。林鶯總惜春紅老，到秋蟬，綠也堪憐。正銷凝，新雁行行，又過樓前。

秋霽　本意

涼雨初過，喜天放新晴，滿眼秋色。林響蕭騷，池光澹沱，苔痕綠透簾隙。溼雲無跡，斜陽影裏殘虹直。更杳杳，屋角遙岑，微露一螺碧。蒼然平楚，暝色催愁，幾番巡檐，暗數歸翼。望吳天、故園何處，山中猿鶴正相憶。萬里雲波蘭訊隔。凭高目斷，又是棖觸離心，小樓風外，一聲長笛。

步月　玉簪

玉筋留痕，冰壺蘸影，冷光微映簾押。幽叢淺綠，比蕉心差狹。看露下、素萼開纔，訝雲外、瑤姬來霎。搔頭小，吹墮碧欄，幻成香莢。　麝薰圍匼匝。正拜月妝成，葉底爭掐。箇人纖媚，傍蘭雲低插。愛一縷、香逗秋衾，正半夜、夢回涼榻。清韻足，沉水罷添睡鴨。

水龍吟　蓼花

小紅開徧遙汀，明漪倒浸玲瓏影。花工似惜，秋容催老，渚蓮千柄。故著幽姿，叢叢點綴，水鄉煙景。料閒鷗也愛、風標如許，拚立到、斜陽冷。　宛轉虹橋相映，正湖干、釣絲風定。柔枝婀娜，低梢翠藻，弱牽青荇。擊碎珊瑚，買將瓔珞，粉零香賸。悵江南路遠，何時花外，更維蘭艇？

紅情

小園雨過，看盈盈葉底，危花難妥。照水亞枝，顧影偏憐態纖瑣。薄暝殘霞數點，晴煙外、怯風吹墮。似靜女、病起慵妝，臨鏡鬢雲嚲。　一朵。最婀娜。乍點注絳唇，笑齒微瑳。冶情無那，怕點閒階翠苔破。分付催春杜宇，莫更把、茜痕嗁涴。任高閣、客去也，且留伴我。

綠意

嫩晴臺榭。又壓檐新綠，一片低亞。試拓牕紗，几硯生涼，碧痕潑眼疑瀉。漫研螺墨爭題句，正滑膩、苔牋初砑。羨尋香、小燕身輕，穿過幾重煙罅。　況是迷空翠雨，遠山愁黛斂，秀色難畫。挑菜期過，採菉人歸，可惜好春無價。便尋遊伴攜鑾榼，拚醉倒，青莎堪藉。怎因循，負了韶華，彈指愔愔槐夏。

玉京秋　曉月

天宇碧，冰蜍又飛上，半規孤白。翠波不動，雯華疑裂。掛壁昏燈無燄，漸秋牕、涼影如雪。催行客。夜烏驚起，繞枝淒咽。　冷浸星痕欲滴，點征衣、方諸淚溼。如許清輝，無因嚮、紅樓人說。馬背尋殘夢，髣髴身到、琳華宮闕。太相逼。一片煙霜曉色。

徵招　霜花

玉煙匝地殘蟾起，高空夜雲齊斂。青女鬬嬋娟，散瑤花如糝。著衣明冉冉，只吟鬢、怕教頻點。更惜東籬，菊蘂憔悴，舊香全減。　攏馬過溪橋，空濛裏、回首一番消黯。冷蕊不依枝，逐西風輕颭。莫嫌姿太澹，好秋色、儘伊烘染。看霞外，幾樹丹楓，比茜桃還豔。

菩薩蠻

舞鸞鏡匣流塵滿，曉妝無柰鸚哥喚。掠削鬢雲偏，蘭釵欲墜肩。　陰陰香霧凍，攲枕春愁重。簾捲正西風，落花飛嚮東。

金縷曲　黃葯林〔一〕自興安車營寄梅花小幅因題四闋於左方

廿載辭江國。記尋春、氈衫茸帽，歲寒泉石。拋卻家園三百樹，漂泊天涯為客。聽吹徹、玉龍淒咽。縞鶴青猨勞悵望，繞寒溪、幾度飄香雪。江天遠，夢難覓。　故人知我心相憶。研生綃、一枝疎瘦，翦來煙驛。海月流光明似鏡，冷掛珊瑚七尺。彷彿見、舊時顏色。不分何郎吟興減，索枯腸、試點春風筆。燈欲灺，硯〔二〕剛炙。

【校記】

〔一〕「黃葯林」，芙本作「黃大葯林」。

〔二〕「硯」，芙本、嘉慶本作「研」。

前調

尺幅傳心素，傍南枝、淋漓題徧，相思新句。慷慨短衣隨玉帳，不道此行良苦。看揮灑、儘饒風趣。只我沉吟添別恨，黯銷魂、細雨關山路。佳人遠，碧雲暮。　飄零總怨前塵誤。漫裁詩、嘲桃謔柳，賞心難遇。記否巡簷同索笑，雪北香南儔侶。空回首、舊遊何處？甚日相攜官閣畔，對疎花、重把淒涼訴。展瑤席，酌蘭醑。

前調

薄醉吟肩聳。正邊城、飂寒三九，敝裘孤擁。竹外橫斜看最好，恰伴小齋清供。須省識、寄時珍重。手炷水沉煙一縷，拂琴絲、譜出江南弄。冬心抱，有誰共？　四簷晴雪懸冰凍。照文牕、凌兢蛟背，墨波浮動。十二屏山圍屈曲，似有暗香偷送。賺兩兩、翠禽幽哢。獨夜蘭釭明似豆，擁青綾、定作羅浮夢。寒月影，逗簾縫。

前調

彈指華年過。掩重關、鬢絲禪榻，六時清課。知己關情千里别，貌出寒花似我。有多少、冰霜摧挫。客到任嘲玄尚白，只素衣、空惹緇塵涴。名山約，幾時果。　懷人遠道情無那。劃鑪灰、唤添商陸，徹宵癡坐。一派角聲邊月曉，冷豔盈盈欲墮。更玉齒、粲然微瑳。姑射僊姝天際想，笑騷人、有句吟難妥。憑驛使，寄君和。

百字令　喜葯林至高平招同周倬雲陸秀三遊柳湖即席賦此

廿年舊雨，喜天涯握手，倍增幽興。遲日園林新霽後，占取風光殊勝。瘦竹迎筇，枯苔印屐，柳色明衫影。湖光湛緑，小亭恰似漁艇。　最愛泉味清甘，瓶笙細響，就石支茶鼎。似此佳遊曾幾度，記否故山煙景。静識禽音，樂知魚意，懶愜閒雲性。踏歌歸去，一林疎翠初暝。

玉漏遲　小艇玩月

晚霞初散綺，正素月流空，光逗簾額。試拓疎牕，淺印一方珂雪。涼意蕭蕭竹樹，人静後、滿庭秋色。河影直。遠山不動，夜雲堆碧。　攜手共覓清歡，好料理吟箋，莫負蘭夕。記否頻年，對景漫勞相憶。小閣玲瓏如艇，渾疑泛、鷗波千尺。更漏急，生衣露華吹溼。

沁園春　中秋即席用迦陵韻同二弟作

今夕何年，皓月當頭，停盃問之。記隱囊麈尾，曾陪庾亮，皋禽朔管，曾伴陳思。清讌西樓，冶遊北里，多少騷人絕妙辭。今何處？只瓊宮無恙，環佩袿徽。　晴空霧斂煙霏，算此景、年來見亦稀。儘掀髯老我，音情頓挫，隨肩愛弟，才調恢奇。蘭席平鋪，螺牕盡拓，觥爵齊騰逸興飛。燒高燭，擘蠻箋十樣，醉墨分題。

前調

風度疎篁，露下高梧，清輝轉揚。更涼莎繞砌，蛩聲斷續，明雲度水，雁影微茫。綠釀浮盃，紅紗照坐，起舞當筵低復昂。秋光好，且冷吟閒醉，此計差長。　偶然闌入歡場，有俗客、前來興也妨。恰人如兩晉，襟懷灑落，樽開三雅，帬屐迴翔。笑語官奴，兼呼末婢，落筆爭誇錦繡腸。流連久，愛清言郭象，狂態袁羊。

前調

對月高歌，細數生平，紛紛角張。嘆少儒戎幕，征裘凋敝，相如園令，賦筆摧藏。寄淚音書，驚心烽火，容易人歸百戰場。吾衰矣，漸容銷秦鏡，鬢點吳霜。　風沙古塞伊涼，竟誤認、他鄉是故鄉。悵五湖煙水，空思泛宅，廿年塵土，未許搴裳。忍負盟鷗，更騎官馬，羞嚮關西道姓楊。誰招隱？說小山叢桂，吹滿秋香。

疏影　為顧伴檠〔一〕題梅邊吹笛圖用白石詞韻

明漪浸玉，恰小舟如鷺，波上棲宿。寂寞冬心，黯澹春魂，併付一枝横竹。泠泠清磬聲相應，恍人在、香南雪北。好招他、入寺湖光，來伴吟懷幽獨。　坐到月高花瘦，天風吹暈小，空影微綠。夜氣高寒，孤棹初迴，燈火前灣漁屋。延緣不盡湖山興，絕勝似、當年剡曲。寫清遊，浣筆冰壺，留取疏香尺幅。

【校記】

〔一〕『顧伴檠』，芙本作『顧大伴琴』。

百字令　初七夜月

靈辰過了，愛微黄新月，隔簾初上。星影闌干雲數點，引得吟情搖颺。街柝才傳，庵鐘乍歇，空外箏弦響。小歡微醉，算來不負清賞。　恰好倦枕琵琶，北牕企脚，天際眞人想。從此清輝看漸滿，留客細傾佳釀。燈蕊銷紅，茶煙裊碧，墨泛空明浪。夕陽西下，笑他鄰女猶唱。

前調　初八夜月記去年與荔裳在高平話别時用前韻卻寄

去年今夕，正半輪皓魄，空〔一〕桐山上。偏照離人催部曲，一派旌旗搖颺。間道傳烽，急郵飛羽，笳鼓連天響。良辰三五，可憐孤負歡賞。　轉眼又是經年，燕山蜀棧，各有天涯想。料得高堂應念我，對月懶傾家釀。暈未全銷，圓如有待，夢怯巴江浪。謝家詩句，吟成誰和高唱？

【校記】

〔一〕『空』字前，芙本多一『在』字。

前調　初九夜月適姚春木吳兼山過寓同周倬雲夜話三疊前韻

晚雲齊歛，又月華滿地，新弦剛上。佳客翩然欣入座，風引畫簾低颺。茗瀹皋盧，火添商陸，靜聽瓶笙響。門無剝啄，閒中頗愜幽賞。莫話蜀道風塵，吳江煙水兼山將歸吳門〔一〕，人海飄零想。差喜清光千里共，排悶且沽春釀。境自空明，人俱疎俊，我亦甘流浪。一聲銅鉢，敲殘更促清唱。

【校記】

〔一〕芙本小字注為：『兼山將歸吳。』

前調　初十夜月飲周約齋儀部寓時約齋將乞假南歸四疊前韻

閒園小閣，喜銜盃話舊，明蟾初上。兩樹寒梅齊破蕊，坐覺暗香微颺。妙句調絃，清談戛玉，何必箏琶響。廿年隔面，今宵好縱清賞。羨子得遂初衣，東華夢裏，浩蕩湖山想。京口鰣魚春正美，爛醉洞庭新釀。遲我三秋，買他一棹，共鼓煙江浪。《歸田賦》好，讓君且作先唱。

前調　十一日夜月紀香谷吏部招飲與涼州沈太守話舊作此柬二君五叠前韻

樽開三雅，正清郎休沐，襟情豪上。一院月痕寒似水，隔幔霜華飄颺。綠蟻頻浮，紅牙試鬬，腰鼓春雷響。松明張王，圍鑪雜坐歡賞。　廿載關塞棲遲，故人相見，觸我前塵想。記否蘭山曾買醉？十斛蒲萄紅釀。華髮盈顛，流光彈指，蹤跡萍隨浪。伊涼新曲，只今誰擅高唱？

前調　十二日夜無月顧晴芬〔一〕以詞集見示讀至三更月復明朗六叠前韻

春寒料峭，把文牕六扇，一齊關上。牕燭垂花圓似豆，一縷水沉煙颺。霧淞糢糊，雯華匼匝，風裂輕冰響。笛家琴趣，深宵隨意吟賞。　吟到鳥夢難圓，梅魂欲化，最耐人閒想。惜少紅紅能記曲，且自淺斟新釀。堅坐星闌，重看月起，雲散魚鱗浪。不禁忍俊，抽牋約共酬唱。

【校記】

〔一〕『顧晴芬』，芙本作『顧大晴芬』。

前調　十三日夜月〔一〕同春木兼山晴芬倬雲步月廣慧寺訪詩僧鏡徹七疊前韻

攜朋散步，愛多情皓月，照人衣上。逐隊最嫌燈市鬧，車馬六街塵颺。十棒嬌歌，千羣戲鼓，何似鐘魚響。禪關試叩，佳哉此夕遊賞。　才是小據蒲團，同拈香偈，便作逃禪想。留客仲殊偏解事，蜜酒半甖剛釀。高下樓臺，參差金碧，層疊翻銀浪。花宮人靜，泠泠僊梵猶唱。

【校記】

〔一〕『夜月』，芙本作『月』。

前調　十四夜月吳穀人先生張船山檢討招飲八疊前韻

詞壇鉅手，數叔庠淹雅，景陽遒上。綠酒分曹邀客醉，逸興一時飛颺。隔座藏鉤〔一〕，交竿舞蔗，鼓擿銅丸響。狂歌痛飲，九分圓月堪賞。　漫道磨盾飛書，橫戈入陣，萬里風雲想。縱使功名垂竹帛，不抵一盃新釀。釣渚波平，漁舟夢穩，嬾破長風浪。黃雞白日，玲瓏且慢催唱。

【校記】

〔一〕『鉤』，嘉慶本作『鈎』。

前調　十五夜月過鄒曉屏侍郎寓齋小飲九疊前韻

遙山翠暝，又一輪圓鏡，半空飛上。漸覺鳳城春黯婉，簾捲東風徐颺。梅格孤清，蕙香閒澹，茶鼎松濤響。鄒陽興劇，開樽邀我同賞。　卻語〔一〕杞菊畦荒，雲波路隔，十載家山想。夢裏蓉湖無限好，水色緑於新釀。悄共鷗盟，閒聽鴨語，泛宅桃花浪。倚舷吟嘯，和他西塞漁唱。

【校記】

〔一〕『語』，芙本作『話』。

前調　十六夜大雪十疊前韻

姮娥艷絕，惹玉妃嬌妬，跨鸞飛上。亂撒瑤華迴舞袖，恰趁落燈風颺。簷戛懸冰，牕敲急霰，竹樹蕭騷響。玉壺天地，今宵別有奇賞。　使我神骨清泠，擁裘孤坐，得句無凡想。潤柳吹桃工作態，一半春嬌先釀。銀地無塵，瓊田不夜，碧瓦生寒浪。梁園賦手，招來試鬭妍唱。

菩薩蠻

冰紈小扇裁圓月，羅衫愛染秋藍色。繡作折枝斜，疎疎落墨花。　晚晴深院宇，涼滴青桐雨。簾捲盼銀河，新添幾尺波。

木蘭花慢

雨餘秋淨麗，林影外，蔚藍天。奈一段鄉愁，憑高送目，杳杳無邊。風前。晚霞紅盡，漸遙山、黯澹欲成煙。草際初翹暝鷺，枝頭尚咽涼蟬。　蕭然。素髮已垂肩，飄泊問何緣？悔黃塵烏帽，頻番噩夢，過了華年。遷延，漫籌歸計，惱羈懷、不是為無田。但祝布颿安穩，西風好趁江船。

百字令　七夕招浣霞芙初孟士竹素春木青士小集寓齋分韻得睡字

涇雲歛影，正愁霖乍歇，嫩晴天氣。淡淡銀河橫遠碧，數點落霞明綺。葉響催涼，煙痕送暝，夜色清如水。邀朋共賞，拈毫無限秋意。　莫話天上靈期，人間幽恨，乞巧兒時事。投老情懷偏嬾散，贏得小歡深醉。顛倒桃笙，縱橫茗椀，堅坐渾忘睡。羅心燭炧，冷螢飛上衣袂。

金縷曲　闌干〔一〕

梵字玲瓏極。遶迴廊、行來約畧，舊曾相識。不似尋常閒院落，十二瓊樓寒色。正一把、柳絲無力。約束春情教宛轉，拗明蟾、肯放花陰直？蓬山路，萬重隔。　當風不碍疎香入。蕩湘波、簾紋窣地，翠煙如織。回首遊僊成昨夢，記否曾調鈿笛。更幾度、弓弓點屧。多少啼痕纖指印，待重來、覓徧全無跡。苔花老，滿階碧。

【校記】

〔一〕『闌干』后，芙本多『同汪二竹素作』六字。

邁陂塘　題樂蓮裳訪琴圖

望巉巖，蕭然獨往，此中眞有佳處。調刁萬竅號天籟，天際恍聞琴語。空響聚。正滿澗流雲，昨夜西山雨。前塵頓悟。縱夢斷人遙，絃孤徽冷，懷抱自千古。　幽尋苦，足躡一雙芒屩，秋衫半涴蒼土。林風灑面涼如水，日落但聽樵斧。愁淚注。歎野爨煙寒，焦卻桐無數。良材儻遇。便攜訪成連，滄波浩淼，海上刺船去。

蝶戀花〔一〕

月落空庭雲影度。斷夢難尋，添上秋情緒。搖蕩簾衣輕欲舉，流螢閃閃隨風去。　二十五聲殘點誤。憑徧回闌，夜靜無人語。忽覺花梢飄冷露，曉星移上牆頭樹。

【校記】

〔一〕『戀』，光緒本作『蠻』，據芙本、嘉慶本改。芙本有小字題注云『秋夜即事』。

菩薩蠻〔一〕

琉璃一片空明夜，珠簾半捲榆花謝。花露暗吹香，瑤天鶴夢涼。　離心空脈脈，斗轉銀河直。風外坐調笙，秋光別樣清。

【校記】

〔一〕芙本有小字題注云『七月初八日作』。

前調　浣霞聽珂諸君約遊西山不果作此柬之

秋風薦爽涼雲碎，倚闌望斷西山翠。古夢落誰邊？夜星沉瘦煙。　飛僊何處覓，石徑無行跡。

洞口月明多，年年長綠蘿。

百字令　九日偕法梧門學士賈素齋上舍遊極樂寺

攜朋出郭，正疎風迎面，滿襟秋緒。衰草黏〔一〕天迷望眼，一碧更無今古。老柳長隄，殘荷淺沼，曲徑通村墅。林梢翠溼，猶飛昨夜涼雨。　最愛梵宇玲瓏，僧樓縹緲，絶好登高處。只恨黄花消息晚，寂寞斜陽荒圃。香繞藤輪，茶翻石鼎，靜裏通禪悟。鐘魚催暝，遲回未忍歸去。

【校記】

〔一〕『黏』，芙本、嘉慶本作『粘』。

邁陂塘　送吴兼山旋里即題其湖田詞隱横卷

話江南，共饒鄉思，輸君眞箇歸去。春明門外朝煙綠，官柳陰陰無數。傷別緒，儘曳雪牽雲，不繫斑騅住。銷魂漫賦。算歸到家園，六朝山色，冷翠滴秋句。　湖千路，窈窈煙波深處，櫓聲軟學吴語。明漪萬頃韡文細，浄浣征衫塵土。鷩倦旅。有飛夢隨君，先落蒹葭浦。丁甯舊侶。待招隱吟成，浮家計就，遲我狎鷗鷺。

聲聲慢　題生香館主人茶煙煮夢圖

梨雲欲墮，蕉雨纔停，微煙低裊湘竹。夢境迷離，響聽瓶笙相續。文牕綃帷半捲，漾溶溶、翠痕如縠。詩魂悄，定應吟偏，萬山涼綠。　更著一庭花氣，約幾縷鑪薰，暖香浮屋。彷彿天風，吹度碧城闌曲。惺忪慧心易警，正鸚鵡、簾鉤催覺。扶倦起，瀹靈芽，嫩湯初熟。

蝶戀花　元夜大風寒甚有作

萬頃銀雲迷夜色。杳杳瓊樓，一點高寒月。捲地風威棉欲折，半盃松葉玻璃結。　疊鼓無聲蓮漏咽。蠟淚堆紅，牕紙都吹裂。凝想江南花信息，落梅香散春燈雪。

百字令　春夜聞雁

夜亭寒峭，正風高欲暈，月波微皺。雁影一繩聲嘹唳，萬疊吳雲飛透。細草生煙，殘花飄霰，才是歸時候。星沉雨滯，天涯多少孱僽！　廿載別卻江南，君行過處，風景依然否？水國荒涼生計短，菰米莓苔非舊。潦倒羈懷，飄零倦翮，各自爭春瘦。哀音漸遠，擁衾惟聽清漏。

前調

濃陰罨曙，被東風散作、滿園浮媚。六曲迴廊人不到，一片苔痕香膩。鶯粉銷黃，蝶魂悽碧，都為春憔悴。西山眉嫵，鏡中猶鬭穹翠。　難得兩度花朝，韶華百二，彈指今餘幾。鬖影飄零殘夢斷，小雨也拋紅淚。鈿笛偷吹，冰綃暗寫，惆悵年時事。鵲鑪煙瘦，峭寒簾外如水。

洞僊歌　憶蓉湖

故鄉雲水，憶蓉湖佳絕。滑笏波光漾春色。何時歸計準，小坐苔磯，衣塵浣、俯照明漪千尺。　昨宵清夢好，柔櫓咿啞，驚起輕鷗度環碧。略彴夕陽斜，穿過前灣，林影外、煙嵐層疊。有三兩、漁舟傍桃花，看網出銀鱗，一罾紅雪。

賀新涼　初夏過陶然亭尋壁間竹素青士劉雲舊題半已磨滅矣悵然賦此

散步城西曲。愛蕭疎、江家亭子，數椽幽築。蛺後蟬前紅意盡，換了愔愔濃綠。正雨過、煙蕪如沐。一片涼光雲樹外，看遊禽、三兩閒相逐。耽嘯咏，謝羈束。　登臨悵望流光速。背斜陽、藤花吹滿，小闌干角。俊侶飄零天末遠，回首不禁棖觸。重認取、舊時游躅。壞壁摩挲題字脱，只蘚痕、斷處蝸涎續。消魂句，忍重讀？

浣溪紗

短短紅蘭映碧紗，倚闌人瘦態夭斜。鎖香庭院謝孃家。　蛺蝶情多宜掌夢，鴛鴦恩重合司花。三生惆悵隔天涯。

菩薩蠻

無情霜片催花落，纏綿絮語紅衾薄。嬌喘細難支，秋魂剩一絲。　花叢千窈窕，最憶鍼神巧。彈指彩雲銷，遊僊去夢遥。

前調

迦陵僊鳥傳嬌語，迴闌悄立司花女。劫後再來身，相逢證夙因。　接天秋水碧，樓閣玲瓏極。人倚小芙蓉，紅香四面風。

摸魚兒　重九後一日同梧門薌泉過極樂寺訪菊遲袁蘭村不至

叩招提，四三吟伴，襟懷蕭澹如許。黄花半已移根去，寂寞亂莎荒圃。霜葉舞，任紅到銷魂，不是吴江樹。鄉心漫苦。只目送寥天，閒雲過盡，一碧洗殘雨。　西風裏，野色蒼涼無主，亭臺高下煙霧。山僧留客餐香積，共趁瓢堂齋鼓。聽俊語，道此度清遊，惜少袁臨汝。沿畦小步。又回首疎林，依依暝翠，雁背斷霞暮。

水龍吟　錢謝庵吏部緑伽楠精舍銷寒第二集分賦得騰禧殿詠劉夫人遺事

瑤池八駿歸來，後車載得眞佳麗。明姿絶世，香柔粉秀，六宫誰比？生小傾城，肯輸漢殿、延年女弟？是瓊葩無種，移根天上，莫認野花偏媚。「野花偏有色」，康陵句也。　聞道碧霞牖底，儘雙題、九重名字。昔年扈從，珠璫共輦，錦袍連騎。諫獵書稀，當熊人去，淒涼舊事。問遺簪何處，蘆溝橋畔，一灣流水。

瑤臺第一層　芙蓉山館銷寒第三集分題吴彩鸞寫韻圖

寫出蕊珠，僊子展，銀光點素毫。嬌鬟低亞，八千韻字，纖指能鈔。靈書留秘笈，想簪花、絶世豐標。癡憨甚，從旁袖手，卻笑文簫。　蕭條。傭書生計，便神僊也覺無憀。筆牀塵冷，硯池波涸，情障難銷。上清淪謫久，倩青禽、傳語藍橋。盼三霄，悵眠蠶字滅，跨虎人遙。

天香　程春廬駕部瑞鵲巢探春第一集分賦佛手柑

篤耨香濃，兜羅綿軟，諸天金界招手。指月玲瓏，逆風芬馥，爪甲了無塵垢。禪機參透，問彈處、華嚴現否？　供嚮烏皮几淨，伴人小牕清晝。蓮臺鎮長合十，願皈依、赤華青豆。鼻觀聞薰，未必妙因無漏。應是拈花笑後，帶一種、氤氳自靈鷲。小屈雙尖，似持神咒。

玉漏遲　正月十三夜

中庭閒徙倚，試燈時節，試香天氣。雪意垂垂，釀得春寒似水。疊鼓嚴城暗數，看密炬、頻銷殘穗。風又起，迷離月暈，小牕深閉。　幾處佳筵傳柑，喚銀甲彈箏，繡巾香膩。縱覓歡塲，無柰心情不是。顛倒江南歸夢，只遶徧、玉梅花底。空引睇，迢迢夜雲千里。

沁園春　朱意園水部齋中小集分賦得落花香

搖蕩東風，滿地零紅，餘香尚留。伴茶煙微颺，吹過碧盌，水沉初爇，襃上銀篝。喘細疑無，噓輕易斷，蘭氣氤氳澹不收。閒庭院，覺舊情一點，猶逗枝頭。　穠華彈指成秋，剩翠霧清陰溼欲流。況春歸玉塞，麝迷青塚，魂銷金谷，珠墮紅樓。蝶倦還尋，蜂憨苦戀，十里輕塵萬斛愁。僊蹤遠，縱返生堪覓、何處麟洲？

甘州　為小謝題西溪禪隱圖

怨罡風吹折到青蓮，燈火禮金僊。算埋愁無地，淒涼身世，佛也應憐。空說曼陀法界，歸去再生天。只幾番情劫，斷送華年。　稽首香臺發願，便飄然瓶拂，到處隨緣。嚮團蒲穩坐，清唄磬聲圓。莫重題、三生舊恨，怕參來、都是斷腸禪。誰相訪、西溪雲水，添箇漁船。

高陽臺　江亭感舊

山色零青，土花剩碧，蒼涼亭榭重過。泥雪行蹤，能禁幾度銷磨？　梨魂絮影迷離極，認前塵、比夢還訛。遶回廊，斷盡柔腸，燕子知麽？　青衫我自傷憔悴，怪紅羞粉澀，一樣蹉跎。風颺殘花，無端吹蕩簾波。西陵翠燭知何處，渺天涯、斜照關河。恨無情、春水林塘，弄影羅羅。

聲聲慢　題陶凫香客舫填詞圖

蓴香淺渚，鷺影明波，一枝柔櫓輕摇。待艤烏篷，漫空晚雨飄蕭。遥山數峯愁黛，對離人、商略無憀。繙舊譜，正空江獨夢，落月歸潮。　愧我長年漂泊，悵鱸鄉釣里，小隱誰招？渺渺蕢洲，輸君吟到魂銷。何時共呼煙艇，趁水天、凉夜吹簫。聲未了，伴小紅，低唱過橋。

甘州　題張子白邊城插柳圖

拍金笳別譜柳枝歌，攙入角聲多。渺荒寒一片，夕陽影裏，摇兀明駝。記否藏烏亭榭，春水碧於羅？更層陰駐馬，舊夢蹉跎。　惆悵風姿如許，恁孤根無分，移傍靈和。認塞煙沙雨，此地我曾過。嚮離亭、送君西去，折長條、宛轉奈愁何！人空老，漢南回首，此樹婆娑。

滿庭芳　閏六月十九夜暑甚夢後作

青乳初零，素華微暈，天風別樣高寒。弄梭人倦，垂手玉闌干。指點瓊田萬頃，三山遠，紫府程寬。知何處、飛來飢鳳，偷啄碧琅玕。　銀彎橋未就，盈盈一水，香霧迷漫。聽瑤笙幽咽，清響隔雲端。坐到榆花影瘦，秋如水，孤對晶盤。銖衣薄，綃衫換著、千二百輕鸞。

臨江僊　擬賀方回人日詞

幾陣東風融豔雪，紅霞一抹初妍。者回春色倍嫣然。柔卿纔卻扇，定子正當筵。　曉日低低飛瑞鵲，牆頭樹已含煙。合歡羅勝影翩翩。鑪薰還解事，扶暖上釵鈿。

臺城路　題葉小鸞疏香閣眉子硯拓本

瓏玲片石銷沉久，空留數行題字。鏤雪詞新，簪花格瘦，綠影淺分螺子。疎香閣裏，想幾度摩挲，定勞纖指。無限清愁，遠山低鎖一痕翠。　瑤臺環珮去遠，只雲絲帖帖，暗記蠶紙。蕉葉微涼，櫻桃細雨，滴盡玉蟾清淚。蓮臺證偈，早綺障全空，罷修眉史。楓冷凋紅，水天談舊事。

念奴嬌

溪風迎面，望長淮、墳起狂濤如屋。濁酒澆腸盃快倒，酣嘯好平肌粟。劒事猿公，經繙鹿女，奇氣偏驚俗。旅懷頹宕，雄才誰念蕭育？獨夜越鳥號寒，蒼茫渴旦，電走華年速。蚤歲長楊誇賦手，健筆濃揮散卓。佳俠名虛，談交金盡，無地堪投足。商音催響，高吟還對孤燭。

摸魚子

望鄉園，柴桑松菊，風船小住淮浦。寒潭雪影明漪浸，淨浣征衣塵土。還起舞。憶幾載平泉，滿座詩豪舉。京華俊侶。定酒暖茶甘，清歡淺醉，刻燭引詩虎。　長干好，好在石城東渚，蒼波澹宕佳處。五陵遊俠揮金盡，短髮霜絲垂素。驚倦旅。聽獨夜西烏，杳杳南飛去。吟身感遇。證後約前緣，林扉深隱，眞不羨懷祖。

木蘭花慢

愛清淮水閣，珠袖捲，玉簾絲。喚載月青舟，酒痕零碧，吹上生衣。幾度騰騰淺醉，聽紅鵑、啼過落花時。梨夢悠揚蝶見，桃魂黯澹鶯知。　天涯，佳約斷星期，艇子卻歸遲。好踏歌小海，湘靈悽怨，瘦損吳兒。蕭蕭夜潮寒色，怕驚烏、難戀定風枝。留客新彈短燭，香苔閒寫情癡。

前調

指雷塘舊路，煙影外，雨絲飄。記昔日佳遊，囊琴載酒，岸曲停橈。迷離碧蕪城郭，問錦帆、何處蕩春潮。寒食玉鉤斜畔，落花飛過紅橋。　魂銷，蘭信渡江遙，商女學吹簫。怕後夜香衾，二分月色，孤照無憀。相思雪晴東閣，折苔枝、閒惹翠禽嘲。便擬清歡更續，莫教華賓先凋。

慶宮春

漁浦雲荒，野門椴暝，天半落帆風色。頹岸沙瀾，空潭冰鏡，吳縣眞恐吹折。旅宿淹留，羨水鶴，踏波無跡。冷淡冬心，淨名經卷，好依枯佛。　夜靜星斗高寒，船尾商聲，玉龍吹雪。遙山瘦盡，煙魂欲化，飄出一絲絲碧。元暉老去，但博得、吟懷清發。更長夢醒，霜氣如潮，海蟾孤白。

踏莎行　莫愁湖秋泛

浴鷺明漪，藏鴛近渚，小舟涼載菰蒲雨。晚山相對話清愁，當年曾是盧家住。　衰草迷煙，幽蘭泣露，鬱金堂上人何處？西風吹冷半湖秋，雙棲海燕辭巢去。

憶舊遊　倉山月話圖

又鷗邊過酒，蛩外尋詩，人在池亭。樹老倉山路，約舊時月色，來話飄零。百年幾回圓缺，愁鬢易星星。怪在一片冰痕，照人前夢，別樣分明。　關情。舊遊處，記霧閣圍花，雪屋停燈。冷落琳華曲，悵醉翁僊去，飛珮瑤京。迴廊尚留題句，小字署蘭成。待過盡涼雲，夜峯數朵煙外青。

虞美人　題曉寒僊夢圖

僊鬟十八明妝靚，鸞背娉婷影。瓊樓高處佩聲寒，一抹朝霞紅近曲闌干。　眞珠密字香牋小，帖帖雲絲裊。通詞無計托微波，歸去白榆風裏落星多。

念奴嬌

林光靜鎖，映樓前、渺渺川鋪澄練。水宿悽迷疑中酒，小極吟情微倦。嫩約鱗遙，虚盟鳳杳，風外鄉心遠。黛纖眉薄，晴峯千朵低見。應歎簾動棲鸞，紗空引蝶，客裏年華晚。卧對殘釭凝淺紫，層疊珠裙雙捲。載雪清遊，敲詩癡坐，船火明沙岸。海蟾飛下，冰痕照破霜苑。

蝶戀花

六曲屏山愁萬疊。深掩孤嚬，宛轉牽雲葉。十二瓊樓人小立，翠帷高捲明蟾入。花落黄昏宫漏急。夢冷春魂，紅淚羅巾溼。瘦斷玉腰裙百摺，寶奩香散泥金蝶。

湘月　為倪米樓題蘆中秋瑟譜

雲荒古汊，寫愁漪黯澹，一奩秋鏡。棹入蘆花明似雪，人坐蕭蕭寒影。殘葉敲燈，涼枝過笛，霜意添疎鬢。贇洲按譜，玉絲風外淒緊。當日畫閣徵歌，旗亭貰酒，冶習消除盡。小艇招鷗煙水曲，古調而今誰聽？蒲綠裁帆，荷青製笠，結屋成漁隱。新知最好，浮家有約同訂。

高陽臺　又題夢隱詞

散帙消愁，支琴送日，一番惆悵誰憐？殢酒懷人，思量往事如煙。吟魂合伴黎雲住，醒春愁，莫近啼鵑。嚮翩翩、蝴蝶前身，悟到詩禪。　繁華彈指春明夢，把三分塵土，輕換流年。綠徧西泠，樓前春水浮天。鏡塘香冷蘋花瘦，掩烏篷、雨外閒眠。任飄零，一枕瞢騰，都付遊僊。

憶舊遊　又題酒邊花外詞

記迴闌鬭酒，小閣吞花，同款青尊。倚徧紅紅曲，認春衣零落，猶帶香痕。回首六橋煙柳，濃綠已巢鶯。消受年華，幾番吟醉，惆悵前塵。　家鄰湖畔路，憶筵上橫簫，歌罷囊笙。水榭瀟瀟雨，只畫簾香暗，怕近黃昏。重省三生舊事，幽句慣題裙。儘刻意傷春，小桃樹底深閉門。

水調歌頭　為馮墨香題自在舟吹笛圖

煙水渺無際，自在泛輕舟。一聲嫋嫋橫竹，隔浦和漁謳。薄宦三茅山下，舊宅三高祠畔，風月足佳遊。閒夢驛橋雨，按拍譜蘋洲。　長干曲，桓家步，儘句留。據牀為作三弄，四座散清愁。隨意含商咀徵，乘興提鵰挈鷺，蹤跡信沉浮。吹徹玉龍曲，浩蕩海天秋。

臺城路

柳絲不綰離人住，篷牕一枕殘醉。衣上香痕，酒邊愁緒，小夢暗隨潮尾。紅牙拍碎，忘不得樽前，銷魂曲子。解説相思，曉寒曾汲井華水。　輕橈堤畔初艤，望高樓天末，箇人憔悴。林月微黄，溪風滄碧，夜色半江迢遞。倚舷凝睇。又津鼓頻催，峭帆千里。渺渺啼鴉，水天漁唱起。〔一〕

【校記】

〔一〕嘉慶本、光緒本卷末題：『原本男譽生校字。』

詞附鈔

拗蓮詞〔一〕　集飛卿句

【校記】

〔一〕賜本《移筝詞》在前，《拗蓮詞》在後。

子夜歌

清歌響斷銀屏隔，寒絲七柱香泉咽。素手直淒清，蕭蕭故國情。　舊詞繙白紵，定得郎相許。聽破復含嚬，黛蛾攢豔春。

前調

紅珠斗帳櫻桃熟，香昏龍氣凝暉閣。梔子詠同心，空期嗣好音。　郎隨早帆去，好月當三五。梅落不歸家，滿庭山杏花。

前調

春風幾許傷情事，江頭欲〔一〕種相思子。歌轉斷難尋，誰知歷亂心。　門前烏桕樹，妾住金陵步。雲水是天涯，開帆到曙霞。

【校記】

〔一〕『欲』，嘉慶本、賜本作『學』。

前調

重城漏斷孤帆去，雞鳴埭上黎花露。催過石頭城，歸心在翠屏。　煙波五湖遠，遠水斜如翦。回首更躊躕，晴天度雁疎。

前調

鴛鴦豔錦初成匹，滿樓明月梨花白。人事出門多，青春奈怨何。　蠟珠攢作蔕，夜半東風起。因夢寄江淹，翹繙翠鳳篸。

前調

錢塘岸上春如織，樓前澹月連江白。波淺石粼粼，微風蕩白蘋。買蓮莫破券，蓮少舟行遠。鳧雁滿迴塘，天高一笛涼。

前調

青樓二月春將半，吳姬怨思吹雙管。昨夜夢長安，連娟眉繞山。別情無處說，有伴年年月。岑寂掩雙扉，回文空上機。

前調

玉墀暗接昆崙井，誰言芳草連三徑。何意爲王孫，登臨幾斷魂。寂寥閒望久，贈遠聊攀柳。江浦樹蒼然，山昏鳥滿天。

前調

香燈悵望飛璚鬢，兩重雲母空烘影。斜月到罘罳，何因入夢思？ 城頭五更鼓，慘澹天將曙。宿鳥起寒林，霜清玉女碪。

前調

蘭芽出土吳江曲，門前春水年年綠。鸂鶒〔一〕自浮沉，方疏隱碧潯。 南樓登且望，白雪調歌響。花壓李孃愁，簾搴玳瑁鉤。

【校記】

〔一〕『鶒』，嘉慶本、賜本作『鷘』。

前調

今朝領得東風意，上林鶯囀游絲起。煙暖霽難收，珠簾玳瑁鉤。 池塘芳意溼，春草年年碧。楚國在天涯，馬嘶金面斜。

前調

緘情遠寄愁無色，年年錦字傷離別。回首問橫塘，天邊歸路長。　寶題斜翡翠，薄暮香塵起。柳岸杏花飛，因風到舞衣。

前調

夜閒猛雨判花盡，柳邊猶憶紅驄影。蝴蝶夢悲莊，青樓空艷陽。　送君遊楚國，院裏鶯歌歇。非復嬾鳴琴，文園有好音。

前調

丁東細漏侵瓊瑟，羅屏半掩桃花月。閒夢正悠悠，彎娥不識愁。　薄雲欺雀扇，換袖回歌面。輕步宛霓裳，恍聞蘭澤香。

前調

紅絲穿露珠簾冷，堦前碎月鋪花影。朔雁度雲遲，牕間斷暗期。　理釵低舞鬢，卻畧靑鸞鏡。相顧復沾巾，花題照錦春。

前調

金鮮不動春塘滿，小姑歸晚紅妝淺。多唱柳郎詞，萍多下釣遲。　細音搖翠佩，淅瀝相風外。湘廟夜雲空，相期一笑同。

前調

誰能不遂當年樂，鈿蟬金鳳俱零落。迢遞豔陽時，闌珊玉局棊。　只應春惜別，芳意憂鶗鴂。猶欲過高唐，蟲絲罥畫梁。

前調

韶光染色如娥翠，平春遠綠牕中起。花髻玉瓏璁，美人清鏡中。　粉香隨笑度，寶袜徘徊處。宿雨泣晴暉，梅梁乳燕飛。

前調

愁腸斷處春何限，牕間謝女青娥斂。清漏紫微天，隋隄楊柳煙。　含愁復含笑，嬾逐妝成曉。宮紫暈流蘇，幽屏臥鷓鴣。

前調

自憐金骨無人識，含商咀徵雙幽咽。鬟態伴愁來，閒庭見早梅。　吳妝低怨思，翦勝裁春字。眉語柳毿毿，輕寒不隔簾。

前調

與君便是鴛鴦侶，雲飛雨散知何處。牀冷簟連心，華燈對錦衾。　舞衫萱草綠，晻曖遥相屬。方寸是星河，年年鏡水波。

前調

景陽妝罷瓊牕暖，早梅猶得回歌扇。先解報春風，一枝惆悵紅。　金笳悲故曲，渭水波搖綠。鶯囀柳如絲，爊鑪悵望時。

前調

鶯聲巧作煙花主，低徊似恨横塘雨。眉意似春閨，綠楊千萬絲。　重鱗疊輕扇，豔笑雙飛斷。愁甚擬春眠，相思高楚天。

前調

蠟烟如纛新蟾滿，濃陰似帳紅薇晚。箏語玉纖纖，盧姬逞十三。曲瓊垂翡翠，蕩漾春風裏。此別已淒然，無媒竊自憐。

前調

若教猶作當時意，兩重秦苑成千里。晚柳未如絲，美人何可期？香燈伴殘夢，林外晨光運，餘潤拂芝蘭，漱瓶知早寒。

前調

謝郎東墅連春碧，檐前依舊青山色。紅嘴啄花歸，輕陰隔翠幃。夢長穿楚雨，依約腰如杵。生綠畫羅屏，覺來春鳥聲。

前調

紅垂果蒂櫻桃重，颸颸掃尾雙金鳳。青鎖見王沈，江雲潤古琴。感深情懭恍，屏掩芙蓉帳。一笑事難忘，雞鳴錦幄傍。

前調

粉痕零落愁紅淺，壞牆經雨蒼苔徧。樽酒慰離顏，歲華非故園。春風何處好，門外芙蓉老。蜂重抱香歸，輕陰徑草微。

前調

芙蓉力弱應難定，晶簾片白搖翻影。晴日照湘風，花宜揷髻紅。流蘇持作帳，繡戶香焚象。疑粉試何郎，寶梳金鈿筐。

前調

華堂客散簾垂地，黄鶯不語東風起。棊陳静愔愔，高牕留夕陰。　紫苔侵壁潤，月瑣千門静。幽草緑無塵，枳花春滿庭。

前調

入牕新樹疎簾隔，殘芳荏苒雙飛蝶。紅粉自傷神，分香翠黛嚬。　東風故城曲，楊柳鶯橋緑。此地昔傷離，歲華空與期。

前調

李嬢十六青絲髮，回嚬笑語西牕客。扇薄露紅鉛，歌愁斂翠鈿。　畫樓初夢斷，屏上吳山遠。風暖覺衣輕，香多夜雨晴。

移箏詞　集玉溪句

菩薩蠻

羅屏但有空青色，蟾蜍夜豔秋河月。堂靜桂森森，疏螢怯露深。　蠟花長遞淚，鏡拂鉛華膩。私憾詠牽牛，儂今定莫愁。

前調

舞鸞鏡匣收殘黛，香肌冷襯琤琤珮〔一〕。簟捲已涼天，前墀思黯然。　暗樓連夜閣，銀箭催摇落。眉細恨分明，頻抽翡翠簪。

【校記】

〔一〕『珮』，賜本作『佩』。

前調

嫣薰蘭破輕輕語，覺來正是平階雨。倚立自移時，青燈兩鬢絲。　撥絃驚火鳳，何處無佳夢？第一楚宮腰，曾來碧綺寮。

前調

柔腸早被秋眸割，此情可待成追憶。歌唱落梅前，青樓自管絃。　豈能抛斷夢，舊作秦臺鳳。别夜對銀釭，含情雙玉璫。

前調

西樓一夜風箏急，金蟾齧鎖燒香入。人更迴於棲，凌波有舊遊。　不知滄海路，並馬同吟去。只是見鴛鴦，孤蓮泊晚香。

前調

浣花牋紙桃花色，廣陵別後春濤隔。不奈寸腸何，心酸《子夜歌》。綵鸞空自舞，浦冷鴛鴦去。池闊雨瀟瀟，荷欹正抱橋。

前調

劉郎已恨蓬山遠，宓妃愁坐芝田館。飄落各西東，僊衣盡帶風。心知兩愁絶，解佩無遺跡。好好寄雲波，湘篁染淚多。

前調

扇裁月魄羞難掩，星沉海底當牕見。舊好隔良緣，難忘復可憐。水亭吟斷續，假寐憑書簏。自是有鄉愁，來風貯石郵。

前調

斑騅只繫垂楊岸，後堂芳樹陰陰見。小苑試春衣，簾疏燕誤飛。　小闌花盡蝶，鏡檻芙蓉入。繡領刺鴛鴦，鮫綃熨下裳。

前調

夢爲遠別啼難喚，梁間燕子聞長歎。吟罷更無悰，愁眉淡遠峰。　離情堪底寄，道卻橫波字。枕冷被仍香，先春已斷腸。

前調

深知身在情長在，重吟細把眞無奈。容易卽迴腸，蕭蕭鬢彩涼。　春風三二月，忍放花如雪。聽我苦吟詩，前溪問所思。

前調

桂宫留影光難取，梧桐莫更翻清露。鳥没夕陽天，西樓不住煙。如何爲相憶，多擘秋蓮菂。歸夢不宜秋，殘燈獨客愁。

前調

院門晝鎖迴廊静，蝶銜紅〔一〕蕊蜂銜粉。日薄不嫣花，西樓倚暮霞。含情春晼〔二〕晚，回首雙飛燕。何事亦離羣，端憂復至今。

【校記】

〔一〕『紅』，賜本作『江』。

〔二〕『晼』光緒本作『畹』，誤。

前調

襟灰爲土塡清露，背燈獨共餘香語。唱殺畔牢愁，鴛鴦兩白頭。靈歸天上匹，但見蒙羅碧。臨酒欲伴嬌，凌晨恐易銷。

前調

南塘漸暖蒲堪結，江魚朔雁長相憶。襞錦不成書，今朝百草輸。爲含無限意，怨目明秋水。含淚坐鴛機，小園花亂飛。

前調

謝遊橋上澄江館，閶門日下吴歌遠。渡襪水沾羅，風長柰柳何。故山歸夢喜，我意殊春意。啼笑兩難分，殘花伴醉人。

前調

一春夢雨長飄瓦，堂中遠甚蒼梧野。旅宿倍思家，天涯日又斜。鶯啼如有淚，悵望西溪水。松竹一相思，三年問訊遲。

前調

西園碧樹今誰主，淸聲不遠行人去。一樹碧無情，寒溪曉更淸。畫樓終日閉，秋蝶無端麗。又見鷓鴣飛，煙中結響微。

前調

蘭囘舊蕊緣屛綠，何當共翦西牕燭？迴照下幃羞，簾烘不隱鉤。枕寒莊夢去，舊鏡鸞何處。其柰落花朝，珠啼冷易銷。

前調

今朝相送東流後，金鞍忽散銀壺漏。從此抱離憂，長眉惟是愁。柔情終不遠，客去波平檻。柳色欲侵江，傷離適斷腸。

前調

鶯花永巷垂楊岸，未容言語還分散。空解賦天臺，如何更獨來。　花將人共笑，裙衩芙容小。箏柱鎮移心，中心自不平。

前調

春牕一覺風流夢，越羅冷薄金泥重。舞蝶太侵晨，飛來繡戶陰。　薔薇泣幽素，隔樹澌澌雨。明鏡惜紅顏，春衫瘦著寬。

前調

夾羅委篋單綃起，明珠可貫須爲佩。婀娜曲池東，輕憂豔雪融。　相看不相識，舊思牽雲葉。月幌夢飛沉，園空蛺蝶尋。

前調

身無彩鳳雙飛翼，人生豈得輕離別。含淚坐春宵，相思正鬱陶。　鎖香金屈戌，半展龍鬚蓆。甲冷想夫箏，緗蘭怨紫莖。

前調

輕衫薄袖當君意，更無人處簾垂地。只是近黄昏，星河壓故園。　香桃如瘦骨，預想前秋别。相望不應迷，經寒且少啼。

前調

可憐庾信尋荒逕，此花此葉常相映。竟日小桃園，依依傍竹軒。　檻危春水暖，柳訝雙眉淺。細點未開萍，溪邊坐石平。

前調

更深欲訴娥眉斂，石家蠟燭何曾翦？微露淺深情，羅疏畏月侵。　秦絲嬌未已，月沒教星替。簟捲碧牙牀，温幃翡翠香。

前調

蓬山此去無多路，王昌且在牆東住。十二學彈箏，青樓有美人。　鎖門金了鳥，翠帶花錢小。孤蝶小徘徊，青樓人未歸。

前調

荻花村裏魚標在，舊山萬仞青霞外。柳自不勝煙，愁情相與懸。　西風吹白芷，緩逐煙波起。山晚更參差，蟬休露滿枝。

前調

幽蘭泣露新香死，空留暗記如蠶紙。小閣鎖飛蛾，新歡借夢過。紅樓三十級，鳳女彈瑤瑟。翠幕自黃昏，牆高月有痕。

前調

湘江竹上痕無限，悠揚歸夢惟燈見。同嚮一牕燈，河秋壓雁聲。併添高閣迥，不見姮娥影。臨水捲空帷，輕斟瑪瑙盃。

前調

鴛鴦可羨頭俱白，玉郎會此通僊籍。千二百輕鸞，華星送寶鞍。寶匳抛擲久，江闊頻回首。年鬢日堪悲，新編雜擬詩。

芙蓉山館文鈔八卷

芙蓉山館文鈔目録序

繁華流蕩，君子弗欽。彫鐫費日，博迺溺心。好賦似俳，耽書類淫。連犿何傷？忍俊不禁。煙霄絳螭，蘭苕翠禽。嘔噱徐庾，攀追沈任。朱絃絙瑟，金徽飾琴。匪曰雕華，中多古音。嘉慶端蒙赤奮若壯月既望芙蓉山人識。

賦十一首，記二首，銘一首，贊一首，啟四首，書九首，序四十首，壽序二首，碑三首，墓銘二首，誄四首，祭文一首，書後二首，雜文一首。續刻文賦三十五首。

《芙蓉山館文鈔》原本前後兩帙，不分卷，每帙止記葉數，自一至十百而已。《弁首》自題下所繫目錄，自賦記至雜文，合八十三首，為前帙之目；《續刻文賦》三十五首，為後帙之目。惟前帙中《序》僅三十八首，原目作四十首，闕二首。疑即下文壽序二首誤合，而又別出之。按其葉數，非有奪佚也。後帙續刻文實八十六首，原目云『三十五首』者，據《弁首》自題，作於嘉慶十年八月，蓋其時實止此數。後餘五十一首，為後來再續之文，故編次體類間錯，與前帙異。而原目亦未加订正，將畱以有待也。今以續刻之文，依前帙體類倫次排比，都為八卷，綜一百六十七首，別為目錄如左，而仍繫原目於自題之下，以存其舊云。光緒辛卯夏六月重校訂。

（以下目錄從畧）

文鈔卷一

白雀賦 并序

乾隆庚子年，余令環邑時，祥集里民送白雀一。雪羽揚鮮，丹眸燿采，環姿殊態，曩所未見。按《符瑞志》云：『王者爵禄均，則白雀至。』方今聖澤布敷，徧逮羣品，巖廊有畢昇之彥，倉庾無虛縻之粟。靈貺神符，不其驗歟？既博稽幡簿，旁考圖經。異夫！遐陬僻壤，獲覩斯瑞，其為藻躍，倍百恒情。不揣嵬瑣，聊為賦云：

誌嘉瑞於《禽經》，識殊形於羽族，惟神雀之來翔，異凡雛之馴育。素原天質，潔非日浴，白分豔雪之衣，赤點靈砂之目。是為盛世之休徵，以驗均平於爵禄。爾乃揚翹林表，拂羽山陬，始翩翾而共戲，遂婉僤以來遊。相呼相喚，爰匹爰儔，珠雙輝而詎擬，玉一珏以堪侔。入夢似投懷之燕，鏤形同刻杖之鳩。是蓋奇傳鐵象，精散瑤光，孕靈兌野，炫色金方，荀文表異，唐典徵祥。嫓雅音於謚隘，和奇律於歸昌，對舞則低迷瑤鏡，雙飛而隱見銀牆。若解安巢，四照珠宮之樹；儻工啄粟，雙岐瓊圃之糧。方今玉雉來儀，銀麐入貢，三素書雲，九光紀鳳。惟太和之在宥，致嘉祥之來送，儀質殊觀，羽毛足重。緹緗可採，為披沈約之書；藻綴難工，愧乏善心之頌。〔一〕

【校記】

〔一〕吳鎮本篇末評語：『刻畫處，足敵王元美《白鸚鵡》矣。（吳松厓）』

廓爾喀貢馴象賦　并序

皇帝御天下之五十有七載，湛恩曬鴻〔一〕，輝烈光燭，符乾元之廣運，合坤德之靈長。是以日𣆶歸琛，月窟奉土，六服嚮化，九寰承流。雕題鑿齒之域，望氣來庭；吹鱗沒羽之荒，視道若咫。圖書亮章，宇宙榮鏡，提封無外，振古罕聞。廓爾喀者，紫舌頑人，元蹄外境，近身毒之國，不解皈依；隣舍衛之城，敢行旅距！弄修羅之鎧仗，擾浄梵之旛幢。皇上擴覆育之仁，不置邊方於度外；運照臨之智，早握成算於掌中。爰命重臣，龔行天討。於是大將軍嘉勇公，受牙璋而迅邁，秉琅鐸而遐征。沙度繩行，履之如砥，風災鬼難，過處皆銷。七縱七擒，八戰八克。其陷陣也，如拉朽摧枯；其奪隘也，如決流抑隊。賊勢窮蹙，泥首乞降，表奏九重，網開一面。迺陳兵衛，整軍容，酋長蛇行，種人蛾伏，願執壤奠，請受纓縻。任韎兜離，附宮懸之列；嬰瓌〔二〕璗琫，入王會之圖。厥有馴象，亦充方物，此漢樂所歌『象載瑜，白集西』者也。遂踰紫山，越青海，入玉塞，至金城。士女頌斌，觀者塞道，千百年間，耳目僅遇。自非皇威遐暢，遠人賓服，曷克致兹？臣〔三〕幸際昌期，預覩盛事，不揣檮昧，敬爲賦曰：

惟聖代之威靈，方邃而無匹，邇安遠肅，陸讋水慄，彼負日與戴斗，咸瞻雲而奉律。何蕃部之蕞陋，恃巖險而咆勃，天戈所麾，上將莫敵。聽椈鼓之雷駴，望纛旗之雹掣，迺乞活於旌門，願輸誠於丹闕。

欲知夫異類之傾心，盍觀乎牙獸之屈膝。爾其產吉雲之野，浴金沙之淵，吸甘露，飲榮泉，其性則馴，其力則全。傍牟尼之座，應瑶光之躔，歷崑崙之脩阻，涉瀚海之環連。如騶吾之呈祥漢代，比當康之表瑞堯年。徒觀其異質魁梧，殊姿瓌瑋，兀立山峙，徐行邱徙。牙輪囷而類胛，鼻連蜷而若尾，始盤姍而勃窣，乍磊落而騰倚，或呀呷而如怒，忽〔四〕婉僤而似喜。吁！可畏其駭人，已非恒情之所能擬。況復駕金根之華輦，立玉階之儷仗，竦雙闕之岧嶤，啟九關之昳蕩。被以朱鞸，飾之文鞅，圜壇星穊，觚稜日上，導琱弩而引鸞旗，夾陛楯而趨虎帳。凡夫狼纛鳥章之君，鐻耳貫胸之長，仰儀衛之凝嚴，慴威容之森爽，莫不樹頷惕伏，回面內嚮。是則表蕃人之歸義，彰皇心之在宥，宣威句陳之側，示武執法之右。不寶異物，非求奇獸，豈比夫詔文單而教舞，幸洛城而觀鬪，供耳目之娛〔五〕，誇職貢之富云爾哉！若迺索犀犛於黃支，致狻猊於大秦，誤諫珂之類鳳，訝桃拔之如麐。紈牛露犬之屬，乘黃兹白之倫，惟猛摯而難擾，縱奇詭而非珍。詎若兹覲服習於巨獸，示羈縻於遠臣！遂令亭障之吏，邊鄙之民，讙謡動地，冠蓋驅塵，相與慶來王於萬國，卜耆定於千春。

【校記】

〔一〕『鴻』，吳鎮本作『洪』。

〔二〕『瓌』，吳鎮本作『壞』。

〔三〕『臣』，吳鎮本作『小臣』。

〔四〕『忽』，吳鎮本作『或』。

〔五〕『娛』，吳鎮本作『欲』。

摺扇賦

白羽翻風，青葵翦月，輕名蝶翅，賤呼狗脊。綺閣則雉尾移雲，椒殿則鮫綃凝雪。芳園障日，荷殿追涼，麗綴珊瑚之佩，芬垂蘭麝之囊。妙句則署題文暢，異物則遠贈思光，飛燕入而怨歌班女，芳姿去而羞見王郎。問當年之巧製，曾不外乎圓方。何代良工，爰翻新樣，劈竹湘江之左，塗金漢殿之上。琢象華而紋碎，叠銀牋而光漾，層層開雲母之屏，曲曲展巫娥之嶂。重以折枝低亞，小字斜書，雲絲帖帖，墨暈疏疏，蕭孃寫十香之句，劉郎搨百蝶之圖。清影動而戲魚躍，素光展而飛蚋除，絶勝迎涼之草，何須却暑之珠？深貯錦囊，低垂香串，宜卷宜舒，一重一掩。蘭館羣英，金閨諸彦，贈人鳳閣之上，拊馬章臺之畔。月吐半輪，風輕一翦，能遮庾亮之塵，不蔽褚淵之面。煙波畫舫，褭屐紅橋，高擎彩袖，低掩珠翹，玉骨稀而臉霞微露，蘭風動而衣麝徐飄。木葉秋雲新句好，桃花淚點別魂銷。

歌曰：阿誰裁蜀繭，方麴製偏工？錦紋收宛轉，清影逗玲瓏。碧纖半擎雨，蒲帆初罷風。九折無窮盡，柔腸訝許同。〔一〕

【校記】

〔一〕吳鎮本評語：『昔人謂：「何大復詩如毛嬙西施，不論才藝，却扇一顧，粉黛無色。」移贈此賦，庶幾近之。古臧獲持摺扇，取其近主人，則便於袖藏也，今上下胥用之矣。賦體物特工，足令伊、仰二家重增光價。（松厓）』

素蘭賦

錢樗寮先生齋中，有素蘭一叢。余愛其姿致娟静，爲之賦云：

素鍾應律，素商標爽。雲澄霽以空明，月含輝而晃朗，初過蓮渚之遊，未展桂巖之賞。則有湘江異種，閩嶠靈根，初呈皓質，乍返香魂。影亭亭而獨立，情脈脈以忘言，水玉皴而佩環留影，石華散而衫袖餘痕。爾其孤韻自持，幽芬頻送，泫〔一〕露如啼，澹煙似夢。魚魫青瑩，鮫珠碧凍，苕華並麗，宜棲翠羽之禽；梅格同清〔二〕，好掛緑毛之鳳。曲榭玲瓏，迴廊深窅，憐九畹之清淒，憶三山之縹緲。護香則銀蒜簾垂，照影則冰荷鐙小。十朵五朵，一枝兩枝，根依翠石，葉拂黄磁。容與楊林之步，便娟姑射之姿，悄含情兮坐對，羌有意以相思。是宜留伴孤斟，長陪朗吟，神清欲化，韻遠難尋。墨香浥浥，琴德愔愔，惟主人之素抱，與芳草而同心。

歌曰：蘭品如君子，猗猗發澗阿。攬之情未已，佩此意如何？不入燕姬夢，曾傳楚客歌。高情應儷雪，清致較還多。〔三〕

【校記】

〔一〕『泫』，嘉慶本作『泣』。

〔二〕『清』，光緒本作『淯』，據吴鎮本、嘉慶本改。

〔三〕吴鎮本篇末評語：『雅潔稱題。（松厓）』

夜明鰕賦　并序　十一歲作

乾隆癸未秋初，清華從祖招諸子姪，小集池上。雨過夜静，荷開水香。酒闌離坐，俯檻眺矚，見流光繹繹，池底如織。因命僕人網而出之，得鰕大者盈寸，小如黍粒，俱表裏晶瑩。滅燭視之，光照几席，衆共嘆異。因考箋疏，及古詩篇，均未之詳也。惟《金樓子》云：『帝舜時，海民來獻珠鰕，夜明有光。』此或其類歟？匪惟家祥，抑亦國瑞，從祖命各以文辭紀之。余以丱角隨父兄後，敬爲賦云：

水〔一〕檻迎涼，風亭消夏，翠蓋全欹，紅衣半謝。觴酌初闌，談諧欲罷，俯方池之一鑑，訝流輝之四射。珊網搴餘，珠胎捧乍，羊燈息熖，光浮磲椀，三升兔魄韜明，影透珧牕一罅。爾其往來玉瀲，隱見銀塘，度澄波而映澈，隔密藻以微茫。文鰩作伴，紫貝成行，輝流菡萏，影照鴛鴦。爭星影之雙雙，佳期七夕；效月鉤之曲曲，良夜三商。若乃形遺山海之圖，名軼物產之誌，惟重華之盛世，有珠鰕之獻瑞。竊以今而方古，可比物而連類。得氣稱珍，含靈自媚，空明眞水母之目，瑩淨豈海〔二〕人之淚？若使呈祥太液，定耀綵於緗圖；且令流照文房，看增輝於緑字。〔三〕

【校記】

〔一〕『水』，吳鎮本『水』前有『紀夫』兩字。

〔二〕『海』，吳鎮本作『鮫』。

〔三〕吳鎮本篇末評語：『此蓉裳十一歲所作也，題新而賦有穎思，存之以標宿慧。（松厓）』

送年賦 并序 少作

竊聞別人有重見之時，別歲無復來之日。百年長夢，骨驚牕隙之駒；萬事浮雲，魂栩園中之蝶。陰無禹惜，車任羲馳，夸父攜杖以空追，魯陽揮戈而不返〔一〕。歲云暮矣，能不淒其嗟乎！若木枝枯，咸池浪涸，接漏天之霧雨，歷黑海之波瀾。風吹廿四番，花蕊綻華園之樹；月滿十二度，珠胎迸靈穴之光。水既逝以難回，功告成而當去。白榆林畔，瑤草洲邊，歲其行乎？吾負汝矣！因念長途羈客，窮巷騷人，瑣牕紅粉之樓，罽帳黃雲之塞，各悲同〔二〕銘骨，恨抱徂年。用述閒情，以供點筆，辭曰：

烏輪易墜，龍燭不燃，風掀地軸，雲凍天關，山崒嵂而奇色，野憭慄而苦寒。荒池陷月，古木留煙，獸投穴以如蟄，鳥棲林而不喧。年辭我兮景黯澹，我送年兮涕潺湲。月窮於紀，星周於次，火井煙銷，冰天風厲。黍谷則吹律回陽，葭室則貯灰驗氣，元霜亂飛，黃流息沸。南浦之〔三〕楊柳枝枯，北苑之梧桐紋碎，莫不隨年華以搖落，歷風煙而凋悴。憶初迎歲，綺隊香叢，暗塵冉冉，暖霧濛濛，點梅妝於瑤殿，吹蘭帶於金宮。趙后則觀開却月，紫英則臺名避風，燕婉鶯嬌兮情非一，花穠柳姹兮樂未終。既而令授炎官，序傳青女，玉管調商，銀箏換羽，甘瓜沉水之戲，綵扇迴風之舞。暑避蓮房，秋生桂樹，月沁犀簾，花縈羯鼓，隋苑則萬斛飛螢，唐宮則千枝寶炬。勸王孫兮自可留，惜華年兮不遽去。何期世短意長，星移物換，五勝轉環，千年激箭，虞淵飛勸駕之書，昧谷開餞行之宴。盛鬢如絲，萋華似霰，鷹飛鳩伏，蠆藏蜧現。車迴晝夜之輈，冶扇陰陽之炭，悟大化之潛移，愧微生之善變。玉顏難駐，金丹空鍊，登白蘋兮傷懷，望青年兮不見。心同黃蘗之苦，淚似紅泉之泫。

於時悽涼行客，間關遠道，家鄉一夢，形影相弔。陷馬而蜀坂泥深，摧輪而秦關嶺峭，鶬鴰飛揚，狐狸叫嘯，鬼哭荒陵，鴟鳴古廟。飢掘黃精，暗隨赤燒，貧銷湖海之豪，寒助風沙之貌。冰割敝裘，霜欺破帽，歲歸而人未歸，寒到而衣不到，澆愁借旅店之盃，顰眉寡長安之笑。又如陋巷寒士，蓬門布衣，琴樽塵漬，親故星離。雪照孫康之簡，風褰董子之帷，竈泥黽坼，牕紙蝶飛。添薪而蓬蒿刈盡，空廩而雀鼠來稀，卒歲計左，求人氣低。甕藏燋麥，畦劃寒虀，持舊券而客詈，索殘飯而兒啼。雌風號而樹急，愁雲壓而山頹，流年告別，涕泗交頤。更有黑河遠戍，黃榆永訣，電散飈迴，鼓衰戟折。箭栝梟鳴，馬毛蝟磔，摧征轡於三危，碎戰艦於八節。刃尖傷手，喉中捲舌，雪飛如席，冰堅似鐵，寒勁而雁塞雲高，年盡而狼河月缺。節士抗塞北之歌，降將痛河梁之別，皆聽刁斗以驚心，睨刀鐶而拉血。至若妾居淄右，君成河陽，人隔萬里，音滯一方。風欺犀押，月厭象牀，簟捲沉碧，機斷流黃，丹心一寸，紅淚千行。帳額繡單棲之鳳，爐中銷一氣之香，愁彈玉軫，倦繫金璫。夢短而蘭釭易燼，妝懶而瑶鏡無光，撫流年之晼〔四〕晚，黯無語以神傷。

嗚呼！年代迅速，雲煙寂寥，去若電掣，來若蓬飄。秋實旋落，春華蚤銷，驚鼯雨嘯，哀鴆風號，見荒榛兮鬱結，嘆白楊兮蕭騷。藍田玉共青煙化，空谷蘭隨野火燒，望美人兮雲悅曶，招黃鵠兮風調刁。歲無情兮若此，棄我去而迢遥。

歌曰：北郊方送歲，東苑又迎春。霽日鶯花麗，青陽雲物新。雕籠薰翠被，珠履御金輪。當歌莫長嘆，重傾碧玉樽。

【校記】

〔一〕『夸父攜杖以空追，魯陽揮戈而不返』，吳鎮本作『夸父足不到崦嵫，媧皇膠難粘烏兔』。

〔二〕『悲同』，吳鎮本、光緒本作『同悲』，據嘉慶本改。

〔三〕『之』，吳鎮本、嘉慶本作『則』。

〔四〕『晼』，吳鎮本作『婉』。

春懷賦　十六歲作

春山滴翠，春水流香，雲浮紅蕊，日麗青陽，東皇駐兮芳苑，花史醉兮柔鄉。華桐發岫，紺穗盈塘，綻玉〔一〕桃於露井，倚文杏於銀牆。何春融之豔豔，更春物之昌昌，覺春情之澹蕩，任春夢之悠揚。撫流光兮心自惜，極遠目兮〔二〕思何央！故麗景千變，而離懷殊狀。

若夫明河乍沒，曉星微亮，漢東蚌缺，汝南雞唱，晨飈入鳥骨之簾，暖日上蚔毫之障。拓牕而遠岫低窺，拂鏡而繁花相嚮，衾餘約夢之香，盃滿扶頭之釀，推山枕以低徊，倚玉闌而怊〔三〕悵。既迺晴陽明媚，晝晷舒遲，頳蘭轉風，黃鳥思時。草黏落絮，花罥游絲，茶煙輕颺，簾影低垂，岸烏巾而攲側，抽緗帙而參差。校僊子芙蓉之譜，詠佳人芍藥之詩，拈綺語兮皆有託，破禪心兮不自持。俄而夕鶩墮水，絳氛掩漢，日足照餘，霞紋斂半，下翠幔之雙鉤，却雲屏之六扇。桃花水暖，楊柳煙輕，一梳蛾月，幾點華星，杏梁燕睡，柘彈烏驚。網戶虛而半闔，金釭曖而微明，若有人兮聲相喚，攪余愁兮心不寗。

更迺重陰沉沉，小雨漠漠，鷗波漲兮圓文迴，梨雲凍兮愁黛薄。岑寂池亭，低迷院落，吹怯夜之輕幡，濕護花之綵索。灰寒鵲尾之鑪，苔澀魚鱗之鑰，屏幺絃而不御，檢生衣兮愁著。滯躤柳之狂遊，負尋芳之佳約，坐悒悒以長愁，獨愔愔其不樂。誰最悲者？厥有旅人，於役隴外，之官漢濱。欲馳聲於京洛，遂鞅掌於風塵，望故鄉兮雲渺渺，遵遠道兮車轔轔，岸柳織千絲之恨，水花漂萬里之身。猶復小駐旗亭，閒尋驛舍，藉淺草以行觴，折垂楊而拊馬，感物候以心驚，愴關河而涕下。日暮途遠，形孤影寡，各自媚兮入門，問誰憐兮勞者？至若妾家燕趙，君戍寘顏，芳年三五，長途幾千。淚流波而不息，心膏火以〔四〕自煎〔五〕，賸有蘭心鎖春恨，詎將玉貌鬬春妍？桃憐著子，筍看成竹，穉鶯漸老，眠蠶已熟。匝歲無書，經春獨宿，積愁落鬢，長啼損目。錦字頻挑，金錢暗卜，祇喚響以相酬，還持影而自逐。別有玉臺妙麗，珠館妖韶，讒生貝錦，淚染鮫綃。一曲之苕華空記，雙彎之桂葉誰描？緘深情兮莫訴，鬱長恨兮無憀。攬嘉夜而銷魂，採文無而霑臆，倚羅幌而晝長，怨洞簫而春寂。草延紅蝶，門掩青苔，已嚮花朝惜花落，那宜春日上春臺！帬帶解兮妾有夢，手巾濕兮君不來。

更有麟角才人，鳶肩公子，軼宕多姿，風流自喜，悵慧業於三生，結遥情於千里。謝尚則倦枕琵琶，衛玠則不勝羅綺，念同心之寥落，惜良會之分攜。騷客愁而雲波淼淼，王孫去而煙草萋萋，柑酒聽嚶鳴之鳥，風雨聞膠角之雞。嗟乎〔六〕！何風物之暄妍，引襟懷之悲悄，鶗鴂呼春，棠梨怨曉。盧大夏琱車之日，氣韻蕭疏；王山陰總髮之年，神姿清劭。何如平子思元，延之埋照，勸影揮梧，撫絃動操〔七〕，任天忘達士之機，排悶發才人之藻。唾壺擊碎，嚮碧落而長歌；如意舞酣，對清風而大笑也哉！〔八〕

【校記】

〔一〕『玉』，吳鎮本作『碧』。

〔二〕『兮』，吳鎮本作『乎』。

〔三〕『怊』，吳鎮本作『惆』。

〔四〕『以』，吳鎮本作『而』。

〔五〕『心膏火以自煎』，吳鎮本下有『鳳軫拋兮慵調綠綺，鸞鏡晦兮罷拭紅綿』兩句。

〔六〕『嗟乎』之前，吳鎮本有『舊榻塵生，無君子者； 空山路杳，有美人兮』數句。

〔七〕『動操』下，吳鎮本有『何如狂來斞濁醞三升，興到泛扁舟一櫂』兩句。

〔八〕吳鎮本篇末評語：『此與《送年》，皆蓉裳少作也，然才氣已近文通。（松厓）』

擬盧照鄰秋霖賦

原夫溽暑未闌，窮陰已積。萍號興於兑位，常儀離於畢域。游氛藹以凌晨，屯霾默而迎夕，山黯黯以藏暉，野蒼蒼而晦色。遂乃鞭策雨工，奔馳雲族，神蜧行空，潛虬起陸，纔罥樹以冥冥，旋敲牕而簌簌。拂高瓦以跳珠，灑廣除而噀玉，摧砌蕊之愁紅，破庭莎之幽綠，既盡日以淋漓，竟連朝而滲漉。羈懷易感，秋思無憀，頹牆薜荔，空院芭蕉。冰絲倦撫，緗帙閒拋，苔及杜陵之榻，魚生范史之庖。香心濕而易燼，鐙焰短而頻挑，憶良儔之寥落，嗟故國之迢遙。數對牀之情話，記翦燭之清宵，獨驚離而弔夢，祇坐嘯而行謠。更乃防儉歲於邊陲，念下農於菑畮，早穗黃懸，晚稭紅朽，穿漏兮團焦，支離兮窶藪。

深愁食玉與炊桂，空望乞漿兼得酒，憎積潦之盈階，警頑颸之入牖。襟懷抑塞兮，有蓬之心；行止拘攣兮，如楊在肘。矧夫薄宦有程，浮蹤莫定，忽驅車以濡軌，迺策馬而旋濘。亂眼雲昏，霑衣風橫，頓倦轡於茅檐，燃濕薪於塵甑。屋古多寒，牕低易暝，飄蕭增客路之悲，斷續攪勞人之聽。遵世之占莫能神，武仲之行焉用聖？急響疑停，高空轉清，旛書戊己，圖成丙丁。咒凝雲兮裂璺，呼馱風兮作聲，祝月華之豔婉，盼霞彩之晶瑩。吾將詠南樓之秋夜，先與賦西堂之晚晴。〔一〕

【校記】

〔一〕吳鎮本篇末評語：『蕭瑟善感。（松厓）』

憶江南早春賦

宦遊十載隴頭人，最憶江南物候新。融融晴靄浮佳氣，澹澹煙姿媚早春。幾點遠山凝薄黛，一番香雨浥輕塵。莫愁湖畔冰初泮，齊女臺邊草未勻。韶景舒舒，風光倩倩，過翦綵之佳辰，罷傳柑之華讌。梅點額而微飄，鳥嗚心而始囀，葉淺未藏蜻，梁空猶待燕。重欄日晷遲，别岫雲容變，漸芳意之相催，知勝遊之可選。爾乃名園閒寫，俊侶爭邀，輕衫乍試，細馬初調。任吹花而嚼蕊，更摘葉以攀條，路出烏衣之巷，波通朱雀之橋。才人紈扇，佚女珠翹，碟盃泛月，蘭槳乘潮。銷憂宜假日，倚醉竟連宵，詎肯續墜懽於後約，尋晚景於邊撩。人共春以爭妍，春似人兮未老，憐呵鏡之微寒，嬾倦簾於清曉。苔髮青疏，花房紅小，對煙景之澄鮮，愛物華之娟好。琴彈鳳翮，鑪爇鵲腦，託逸興於吟謠，豁遥情於懷抱。

春色正無邊，春華絶可憐，尖纖春月初三夜，嬌小春人二八年。雲輕似夢，水碧如煙，閣看山而獨凭，船聽雨以閒眠。覺別來之未久，問再見兮何緣？況乎倦客羈孤，邊城寥寂，鷹風猶勁，蛟冰未裂。雪暗山遥，沙平路直，日曀曀以藏輝，野荒荒而寡色。能不含愁榆塞之笳，寄恨玉關之笛？羌笛相和，金笳按歌，感年華之晼晚，傷容鬢之蹉跎。彭澤之閒情不少，蘭成之怨句偏多。

歌曰：天涯春色未闌珊〔一〕，奇樹中庭已可攀。浪跡久留雞鹿塞，離魂常到鳳凰山。從道江南有人憶，好教征客共春還。

【校記】

〔一〕「珊」，嘉慶本、光緒本作「刪」，據吴鎮本改。

老樹賦

偶遊西直門外廢寺，見老樹斷牆，狀極奇詭。朱野雲作圖，余因賦之

悄焉獨遊，憀兮古愁！俯仰曠宇，低徊廢邱。上遺臺而眺遠，聽竅木之鳴秋。盤根互軋，勁幹交樛，問何年之老樹，挾爽籟以颼飀？爾其冰霜今古，風煙朝夕，附贅懸疣，流膏注液。禿柄如髡，駢枝似擘，猛兕突角，饑蛟露脊。鬬黑稍之三尋，拔元雲之百尺，拘攣貳負之尸，犖确蚩尤之額。足使匠石驚而斂手，山精駴而褫魄。況復鶴警苦月，鼯餐瘦煙，銜風氣奪，朽壤根穿。倒掛則兔絲欲斷，寄生而禽華不妍，介性偏宜地僻，孤標詎受春憐？若迺過勝境而流連，供騷人之撫玩，能全劫外之生，終勝溝中之斷。長淪落以自甘，顧婆娑而何嘆？惟餘豪氣之未除，遂繼怪魁而作贊。

斷牆賦

花首龕旁，耆闍崛後，草沒幽墟，沙埋斷甃。遶荒圃之逶迆，見犨牆之延袤，嶷若斷山，兀如古堠。豈陵峥而岸峭，抑風穿而雨溜？遂頽阤乎崇基，賸摧殘之落構。礌珉半蝕，澀浪平傾，屹三成而並墮，聳一面以孤撑。妖藏虺蜮，黠竄鼯鼪，篴悲蛄弔，篆濕蝸行。藤蘿隱翳，枳棘縱横，雨積而蠙衣亂上，宵深而鬼炬爭明。重以野果懸丹，秋蕪翦碧，蜀錦殷鮮，秦灰黝黑，峭崖奇狀，頽雲怪色。何代磨礲，幾年雕飾，徒勞縮版，虛煩密石，慨磚甓之僅存，詎樓臺之可識？千年古刹，一片斜陽，翠沉煙暝，紅黯霞涼，閒尋幽藪，獨立蒼茫。疑寶衣之欲化，如畫幢之猶張，渺古懷其何託，長發嘆而循牆。

擬庾子山小園賦

蓋聞汀瀅之魚，不知浩蕩之鉅澥；枋榆之鷃，甯羨翳薈之繁林？安巢則不過一枝，環游則有同千里。余故家新野，僑居灞陵，感羈泊之多艱，思林泉之暫適。幼輿耽隱，寄興邱壑之中；叔堅嗜書，放意輿蓋之外。招枕石之畸士，慕考槃之碩人，雖囂塵而可容，甘泥水以自蔽。冬菘春韭，差免飢虛；曉筆暮詩，足娱疲朽。優哉游哉，聊以卒歲者也。

爾乃杜曲淹留，茂陵棲止，苟投足而咸安，信余情之所擬。激流植援〔一〕，誅茅藉芷，灌莽密而鳥喧，奔潦盈而鷗喜。煙霞繚繞，松篁邐迆，就曲岸以流觴，對平厓而隱几。迺闢榛蹊，遂開蔬圃，谷暗留雲，林香過雨，花共色而異株，鳥同聲而別樹。池淺鷺漁，梁空燕乳，縛香茆而作亭，架文杏而爲宇。倦移向栩之牀，閒捉張譏之麈，願畢景於岩阿，何縈心於鐘庾？嘯傲林霞，徜徉圖史，恥爲夜客，自稱冰子。類相如之任誕，異敬通之見抵，非頌酒而閉關，廼養痾而却軌。逢輔嗣而談玄，對漆園而言理，識野老之忘機，悟達人之知止。

埋盆作沼，壘土成山，幽能皎潔，近可循環。緣坡莎滑，坐石苔斑，長卿綠暗，簡子紅殷。窺牖而遥峯競入，投林而倦鳥爭還，遁豈鑿坯，暝還倚槁。溪外負薪，田中荷蓧，瓜廬星晚，蓬門露曉。槐短黄疏，松新翠小，採杞葉以煎羹，釀蘭漿而湑醥。魚生范史之庖，蛙躍孔珪之沼，投老邱樊，身閒灌園。籬東藝菊，堂北栽萲，散穀皮之書帙，對壺盧之酒樽。竹低妨帽，柳暗藏門，領絃歌之靜趣，無車馬之塵喧。適興而天機自溢，養拙而吾道斯尊。坎止流行，安於所遇不材；同於社櫟，無用儕於康瓠。悵髮容之難待，慨景光之不駐，掌庾之世德猶存，射策之年華非故。地幸借夫鷦棲，情莫嗟夫萍寓，隙地數弓，荒園十步，雨後鋤瓜，霜前收芋。聊擬仲長《樂志》之篇，長吟平子《歸田》之賦。

【校記】

〔一〕『援』，嘉慶本作『楥』。

一角湖山樓賦 并序

玉年許君，娶於吳門呂氏，得淑孋焉。姿質清惠，無愧古媛，蕃華凋藹，未登下壽。玉年感深奉倩，愴甚子荊，長簟竟牀，遺掛在壁。一角湖山樓者，昔時結褵地也，香銷袿薰，菭沒綦跡。歸魂之室，燃明鐙而不輝；合歡之帳，棲流塵而易黦。追憶影事，託之妙繪。余悲夫青春易謝，朱榮倏霣，妝台儼存，鏡檻已徙。展圖悼嘆，為之賦曰：

苕遰飛樓，玲瓏空界，湖浄開奩，山明點黛，三成華隱之居，一角河陽之畫。匏爵靈緣，文簫墨會，捲珠箔以同憑，拓文牕而相對。月映銖衣，風鏘蕊佩，冰甌則碧乳清泠，霧幌則香嬰馣馤。蟬前婕後，葉蚤花初，納浮嵐於網戶，蕩晴波於綺疏。明霞拂鏡，濕翠侵裾，匣開翡翠，硯滴蟾蜍，繙瓊鈒金鏤之冊，檢蘭薰粉澤之書。何圖菡萏風凋，菱荍霜翦，瑤軫絃摧，玉鑪香殄。翠萼參差，紅蠶宛轉，影分連理之枝，絲斷同功之繭。檀奴之永逝空哀，元九之悲懷難遣，靈姻易散，儷夢難長。臺空月墮，峽黯雲涼，金經鸜鵒，香塚鴛鴦。塵滿蠨蛸之屋，雨昏薜荔之牆，蝶去而花殘舊砌，燕歸而泥落空梁。試覓釵痕，慵憑斷檻，疑聞屧響，誰遶回廊？彈指三生，驚心五勝，呼妙子以不聞，禱神巫而莫應。石潛英兮易泐，鏁葳蕤兮孰贈，鰥魚之目常醒，鮫客之珠欲迸。輿嶠沉浮，蓬壺阻修，鸞吪鳳靡，海思雲愁。花何為而續命，草何事而銷憂？玉格琅函，曾標慧業；蕊珠光碧，合證僊遊。共憐一曲淒涼，長歌子夜；詎識三山縹緲，別有辰樓？

鬬寒圖賦

輕冰在地，涼星滿天，霜濃似雪，月淡如煙。抱閒愁之耿耿，度修夜之綿綿，結遥情兮無語，攬清輝兮可憐。想夫青女娉婷，素娥嬌婹，凌天宇以同遊，駕飈輪而徐馭，散花則玉蕊齊飛，開鏡則銀雲低護。銖衣隱霧，僊骨爭清，瑶佩鏘風，明姿欲妬。爾其吹香冉冉，弄影亭亭，秀鬋垂緑，長眉暈青。寒生杠渚之波，湘娥佩解；凍合斜河之水，織女梭停。哀彈連璅，虚籟流鈴，獨客之悲吟未已，幽閨之别夢初醒。夜静聲繁，響落鴛鴦之瓦；更深影仄，明穿翡翠之櫺。於時蘭燭光微，蓮壺漏永，被掩珠塵，爐銷芸餅。送蟬迎雁，由來詩客工愁；跨鶴驂鸞，畢竟僊人耐冷。舊圖展處，憐金屋之淒涼；新句吟成，愛玉溪之清警。

重修漢平襄侯祠碑記

伏羌縣城西隅，舊有漢平襄姜侯祠，歲久傾圮。乾隆癸卯春，余宰斯邑，改而葺之。縣人咸請立碑，余削簡而稱曰：溯夫郭塢之大星已隕，蜀都之王氣將終。以羇旅之孤臣，受軍國之重寄，卒能奮忠勤，仗膽義，搘拄偏安之局，恢張薄伐之勛。洎乎孱主迎降，全師解甲，猶思運曲逆六奇之策，收卞莊一舉之功。壯謀未成，苦心莫亮，揆其本末，有得言焉。

按《蜀志》：　侯諱維，字伯約，天水冀城人。紹忠節之家風，負俶儻之才略，傾身養士，結髮從軍。仕魏官中郎，參本郡軍事，值蜀兵壓境，太守寒盟，信乃見疑，窮而歸命。武鄉侯見而異之，教以虎步千人，目以涼州上士。馬援明智之識，臣亦擇君；豫讓俠烈之風，士爲知己。建興十二年，武鄉侯卒，進大將軍，錄尚書事，封平襄侯。遂乃繼祁山六出之舉，興石營九伐之師，拔臨洮三縣之民，糾漢樂二城之衆。部落面嚮，羌戎響臻，自隴以西，可斷而有也。無如讒臣搆釁，閹豎擅權，撤渭上之兵，作沓中之避。宫鄰内逼，勍敵外侵，徒恃劒門之險，竟失成都之守。陰平間道，乏銀衡鐵牡之防；綿竹孤軍，有猿鶴沙蟲之慘。君甘銜璧，士盡輿尸。棄三分之業，廟社成墟；奉尺一之書，英雄束手。遂使三軍斫石，氣湧如山，五將投戈，涕流被面。吁！何悲也！夫范蠡策越，保甲楯於會稽；田單復齊，馳鐵籠於即墨。莫不奮折翼於已墜，嘘死灰而復燃，名著區中，功成理外。蜀雖顛踣，外有聲援。霍紹先之勁卒，尚鎮夜郎；羅令則之重兵，猶屯白帝。向使前驅五萬，仍用蜀人，白棓數千，盡坑魏將，艾先自斃，會亦我禽，金刀之祚中興，火井之光復熾，未可知也。而乃空留密表，竟發陰機，寃遭紀信之焚〔一〕，莫効勃蘇之哭。嗟天道之難問，詎人謀之不臧？是則裵世期之《記注》，尚屬知言；孫安國之《陽秋》，徒爲目論矣。

縣爲古冀城地，侯之故土也。黄神紫嶽，昔年曾誕英靈；雲馬飈車，此日應歸魂魄。某〔二〕式瞻遺範，來謁崇祠。霜露年深，丹青歲古，報功之典攸缺，守土之責奚辭！爰翦茅茨，聿修棟宇。抒下士之丹忱，焚椒築醬；紀前賢之偉績，勒石磨厓。庶幾風雲鬱起，遥連蜀相之祠；松檟森行，永護欒公之社云爾。〔三〕

【校記】

〔一〕『焚』，吳鎮本作『烹』。

〔二〕『某』，吳鎮本作『芳燦』。

〔三〕吳鎮本篇末評語：『生餘遠志，神合當歸。（松厓）』

弇山畢大中丞靈巖讀書圖記

靈巖山者，姑蘇之名勝也。瞰孰哉之故里，枕闔閭之舊城，林壑逶迤，岡巒窈峭。鐫劖特秀，徘徊識造化之功；結搆多奇，彷佛入靈僊之境。則有藥房竹塢，苔閣茅亭，長阿連石，華陽曾此棲遲；穿徑臨江，蘭成於焉寄寓。此我大中丞弇山夫子少時讀書處也。夫子瓌文華國，碩學經時，名冠螭頭，夢徵鼇背。九乾動色，賞河官山柱之辭；衆儁傾襟，傳桐露槐煙之句。洎乎宣猷兌野，持節金維。風行十部，則桴鼓靜黃圖；才擅九能，則皮縣供玉策。洵人倫之淵海，學者之斗山矣！

夫若華啟耀，彩焕九枝，榮河始流，源成五色。文豹變而呈隱霧之姿，建木生而有凌霄之氣。大抵萬里功名，肇於早歲；千秋事業，各有名山。夫子幼卽歧嶷，少而通博，五行俱下，萬卷咸披。腰橫紫志，卽是文星；目有青睛，知爲慧相。舉凡壁誥威書之藏篆，佉盧沮誦之秘文，金繩玉檢七十二封，鳳紀龍圖四十六事，莫不胸開秘府，手握元珠，摛壯彩以雲飛，運英思而泉瀉。彼夫謝宣遠《紫英》之贊，揚子雲《靈節》之銘，任彥昇《月儀》之篇，岑文本《蓮華》之賦。雖並珥車馳譽，總角知名，但徒事夫枝條，未深探其根柢，嵬瑣之才，曷足云矣。

兹者有憶故山，回思綺歲，令丹青之妙手，寫鸞鶴之殊姿。半郭半郊，一邱一壑，煙霞照灼，水木清華。丹縢緑笥，滿牀蝌蚪之文；綵襻香緘，插架琳琅之軸。露初握槧，星晚移鐙，黼藻九流，笙簧六籍。是知鄴侯蕭寺，已覘公輔之才；謝傅東山，早繫蒼生之望也已。某昨奉緒言，命題幀首。廣桑山上，悟黻席之緣；通德門前，憶横經之樂。弄太沖之柔翰，薰南豐之瓣香，吴中之山水依然，天下之文章在是。他時問字，侯芭過草玄之亭；此日操觚，薛收撰《牛溪》之賦。

江鄭堂書窠圖記

鄭堂先生癖耽典素，勤味道腴。佩經之雅言，執古之醇聽，敬通著《顯志》之賦，令思輯《辨道》之編。甲乙部裏，綜《七録》以精搜；庚子日中，列五經而下拜。編韋擿鐵，抱葩懷鉛，洵著作之杓魁，儒林之雄彦矣。某夙仰盛名，久託神契，尋高惠於夢中之路，疑公輔爲天上之人。兹來維揚，得奉譚讌，岸幘廣坐，舉盃相於。著録若海，知經術之湛深；談辭如雲，服襟度之奇雅。時君以《書窠圖》見示，讀君自記之什，而有感焉。

君天稟徇通，弱齡察慧。朱育萬卷，應奉五行；緗素盈牀，縚繩壓架。食僊字而自喜，聚鬼名而不嫌。侯岡沮誦之秘文，唐述謨觴之奥義，墨書盈掌，元珠在胸。斆同撰異，終晨迄暮，紛紛欣欣，其獨樂也。然而大雲五色，奥草一廛，文具難施，才高不遇。兼之無禾歲祲，負米心傷，織藜芘以博餐，拘嫌蠛以資養。遂乃欲燃魯論，竟典班書，過西垂之龔家，問北道之阮氏。俾青箱赤軸，盡入塵埃；玉策金繩，半歸駔儈。良可慨矣！君乃豐約不易其操，榮悴不膠其慮，含咀煙墨，藉枕圖史。禮堂所定，已有傳書；蘭臺所藏，尚多異本。董遇百徧而見義，王筠重覽而興深。織簾餘閒，惟緝墜簡；仰屋無事，常思誤書。鄭北海既精且博，荀蘭陵惟專故傳。名山千秋，不在多也。

某識愧溝猶，質惟檮昧，恐小言之破道，知雜學之非儒。魚豕舛誤，既未能詳；蟲虎細碎，又非所習。衰髮苦短，徂年易流，憂患紛乘，塗路羈泊。所攜舊帙，亦已散佚。焚書而舞，擬學王壽；掩書而泣，或類賈逵。願授專經，敢媕羣雅。康成車後，塵垢一囊；子駿書中，油素三尺。古歡既洽，略彼文字；故物已失，託之丹青。求利劍於希夷，得元珠於象罔，有形之妙，固不若無形之神也已。

簡園記

將於三山二水之間，爲谷飲巖棲之舉，尋明僧紹之故宅，追陶通明之昔游。崇櫚霞褰，石室雲搆，猿鳥爲侶，風月無鄰。鑿山架壑，物力未免過勞；離塵絕俗，人事無乃太簡！余以爲抱山澤之志，則纓紱亦有俊人；愜林泉之娛，則城市豈無佳境！會心故不在遠，悅性何假外求？

心農先生高懷淵沖，雅度夷曠，幼輿入宦，邱壑獨存；彥寶卜宅，山池居半。茲於所居之東偏，葺舊有之林亭，度自然之巖岫。松寮樾館，辛楣葯房，陽坡三成，露檻九折。茂灌翳薈，孕成奇煙；方塘艷深，蕩此空影。磴道相屬，飛樓翼然，中峯倒景之臺，四明棲雲之榭，刱自平壤，斯爲振奇。排穹翠而開楹，抗宛虹而架棟，鍾阜峙其左，冶城環其右。東牖延暖，亭亭朝曦；西牕挹爽，寸寸秋色。納萬景而競入，指三霄其不遐，所謂樓外樓也。曲逕逶迤，斜折而北，水明若鏡，亭孤於舟。露荷送香，風篠搖影，麗鳥爭集，欒魚時翻，則鴛鴦亭蕖花艓也。略彴低轉，廲廇暗通，湖淪浮扉，林香襲袂。水鶴入座，時來銜箋；野鷗窺客，欲與爭席，則迴波檻也。單椒秀澤，跳岑隔煙，翳茅作堂，依桑結屋，濕翠陰映，窅崖玲瓏。懸溜落澗，室未雨而已涼；垂蘿罥檐，衣不染而自碧，則卽巖成館在焉。其餘亭榭尚不下十餘所，均極水木之明瑟，擥山川之麗崎，洵足以雪滌煩襟，瑩發靈矚，是知園之以簡名也。簡於雕甍刻桷，而不簡於禽魚花竹也；簡於煩文苛禮，而不簡於琴樽文史也。

爰以暇日，相招雅遊，移徐邈之酒鎗，設陰鏗之犇銚。月話方洽，燭醉薄酣，共賡清吟，間作才語。指物肖形，索王筠之《十詠》；辭妍義舉，賞劉杳之『二贊』。鄙人黔淺，濡毫爲記。怡神家衖，偶述《樂志》之篇；振翮天衢，莫忘《棲山》之誌。

綠淨園記

夫巖岫高奇，則昏旦之氣變；林藪深邃，則華葉之美殊。是以欲搆林園，必擇名勝，劉孝標金華之誌，王摩詰輞川之詩。石淙丹壑，逍遥公之雅游；退谷杯湖，猗玗子之素翫。幽寂澄澹，其獨適者已？綠淨園者，吾友汪紫珊先生之别墅也。枕冶山之麓，接瓦梁之城。江川邐迆，皋澤坱鬱，樹五楸而表宅，編六枳以爲籬。仰跳岑之蔚藍，俯方池之深翠。松杉繞屋，薜蘿匝檐，離離花明，蓊蓊葉厚。

新雨初霽，則一水到門；夕景欲頽，則諸煙合嶺。萬綠如繪，七淨布華，園之名也，殆以此歟？

先是，尊甫芝圃公，遠宦逾百粤之地，投老築三休之亭，竹柏契其沖襟，煙霞供其麗矚。香分月窟，搴桂海之喬柯；冷鑿雲根，載鬱林之怪石。居鄰慈澗，飲汲廉泉，可謂儒者之風，抗希往古；君子之澤，藻被來今者矣。先生上承堂構，夙嗜緹緗，子安標珠樹之聲，叔寶擅玉潤之譽，澹忘世味，靜耽道腴。遂乃緝仲蔚之廬，開元翊之逕，宋廇不改其舊，穼棁不耀其華。文杏之棟，可以棲雲；香茅之屋，可以賞雨。管〔二〕酒槐脯，招蕭澹之逸賓；虬篆靈函，搜邃古之奇字。水竹留客，鷺鯈親人，餔餐松煙，鶴唳蘿月。僊僊乎尋物外之嬉娛，忘寰中之棲屑焉。若夫山眉半黛，墖影一枝，北牖涼颸，西牖朝爽。拈花証偈，則笑語皆香；蔭樹垂綸，而衣裾盡碧。鷗波泛雪，花風驅雲，煙篠千竿，露荷萬柄。空波無際，時聞騷客之吟；拏音已遥，猶和赧郎之唱。吾師簡齋先生題曰：『小滄浪園之最佳處也。』

是則思話琴尊之賞，羣雅輔其心靈；少文山水之圖，萬趣融其神思。他日者流泉出山，將布潤於大野；行雲離岫，彌增戀於舊林。安石登朝，山澤之儀故在；幼輿入宦，邱壑之韻獨存。仕隱雖有分途，蘿衮原無二致，正不必守《樂志》之篇，誦《遺榮》之賦矣。某家空四壁，室賃半椽，安薖軸以忘機，甘泥水以自蔽。金臺石室，游僊之夢終虛；艾席葭牆，買山之資未辦。所恃者櫰榆合契，椒桂同心，將躡屩以尋君，定緘書而招我。一觴一詠，半葉半花。擫笛涼波，篷背譜還雲之曲；停鐙小閣，樽前賡團雪之詞。索豪素之古歡，訂林霞之息壤，素節初屆，塵襟乍攄，迢迢苔岑，采采蘭訊。撰爲此記，青鳥明之。

【校記】

〔一〕『管』，光緒本作『菅』，據嘉慶本改。

重修太白墓碑記

夫黄壤埋骨，不堙者性靈；拱木斂魂，不祧者俎豆。文采照世，椒蘭愈芳；風節邁倫，金石斯壽。是以廣川長逝，留下馬之陵；展季不禄，有禁樵之壟。荒塚三尺，高名萬古，固無事卒徒之守衛，雲仍之尸祝也。當塗青山，太白之墓在焉。祠宇頽廢，風日穿漏，墓門久圮，藜蒿不翦，松檀槐榆，霜雪苓落。嘉慶丁卯，吾鄉周君琦宰斯邑，瞻拜祠墓，鳩工庀材，作之葺之，剔之薙之，曠如罣如，復還舊觀。寓書於余，俾爲之記。

余惟公之文章鞭撻揚馬，公之詩篇凌轢鮑謝，公之榮遇寶牀華炬，公之豪飲千鍾百觚，氣足以跆藉貴勢，識足以鑒拔奇傑。巨唐有公，比漢曼倩，長庚英英，上匹歲星。芬耀簡編，彪炳史册，萬流共仰，茲不可贅已。惟是匡廬避地，夜郎遭斥，艮爻旅人，離光明夷。窮途邅迴，晚歲屯躓，修幕中自薦之表，授枕上手定之簡。以至煢煢愛子，流浪無歸，婺婺弱息，夷從農伍。當傳正表墓，裴敬樹碑，稽其歲月，去公未遠已。懼封窆之淪圮，感雲山之蕭索。吁！可悲也。然而驪山秦市，茂陵漢隧，包九嵕而猶泰，錮三泉其未足。不數傳而帶劒上邱，求羊入藏，盜出金盌，火燒寶衣。至於墓直武庫，塚象祁連者，世異時移，亦就湮滅。惟青山片石巋然獨存，代有賢宰爲之修葺，騷人雅流過而獻弔。九原有知，差足慰矣。公瑰意琦行，海懷霞想，將翺翔於八表，詎眷戀於一抔〔一〕？迺爲之招以代銘。

辭曰：大江東流，一拳采石。扁舟錦袍，千秋此客。敬亭嵯峨，岩幽蛩窅。左攀元暉，右挈賈島。豪騎鯨遊，遯與鳳嬉。明星爲佩，僊霞作衣。蘿磵泉深，松門路直。靈兮歸來，風澄月白。

【校記】

〔一〕『抔』，光緒本作『坏』，徑改。

倉山月話記

禽華舒英，拒霜始媚，倉山亭館，秋容怡人。蘭邨折簡相邀，牽手信宿，於時重露檐滴，疎燈宧明，流雲墮衣，寸寸涼碧，明月入戶，如來招尋。相與促席銜觴，留連話舊。余甫弱冠，卽遊兹山，預扶風之生徒，侍北海之杖履。譚讌暇豫，賓從稱娖，飛膳函珍，珠墳笙典。風雅之盛，千載一時；三十年間，俯仰如夢。素髮垂領，重尋昔遊，苔埋手種之花，蝸漫曾題之字。惟餘池水舊綠，山光古靑，載揖石丈，如摩銅僊。偶坐水天，對話桑海，足使蘿磵咽響，筱風淒聲，月如有知，光采亦瘦。蘭邨奉過庭之訓，傳發楹之書。園林有主，水雲自安，文章未墜，領袖斯寄。謂愜心之事，莫如得朋，窮日之歡，不若選夕。雪泥蹤跡，星萍聚散，良會難得，烏能無言？時同宿者，袁君湘湄，汪君海樹，及兒子夔生。湘湄作圖，余爲之記。

靈芬館記

嘉慶戊辰孟夏，某與頻伽先生同寓於西湖詁經精舍。神交廿年，簪盍一旦，切肺酌酒，傾心論詩。於時林雨暝滴，湖雲曉涼，羣漚欲僊，萬綠如夢。締夏首之新賞，拾春餘之墜歡，時招逸朋，同泛孤櫂。攜笠澤之釣具，選柯亭之篴材，流連浹旬，情話彌洽。

先生辯慧君子，騷雅俊人。韋弦之贄，徧於區中；淵海之譽，溢於甸外。猶復禦冠嫁衛，伯鸞適越，寄跡苟簡之廬，書券不貸之圃。家公舍人，時與爭席，販夫蕘豎，難爲卜鄰。比來魏塘，如獲甯宇，依桑架棟，翦茅作堂，横鶴柴而啟門，傍魚葹而築塢。神經怪牒，積疊半牀；珠匱瑶函，藏弆萬卷。晨餐夕膳，賡雅什於蘭陔；熙春凜秋，奉輕軒於蘐室。加以三荆表宅，六枳樹籬，機雲之屋東西，求點之山大小。伯歌季舞，笙簧典墳，弟勸兄酬，斠酌文史。蕚跗若此，樂不可支。況有高柔賢婦，子廉仁妻，蘆簾紙閣，青琴雙聲。彤奩玉臺，明鏡儷影，有倡隨之樂，無苛妎之嫌。投畚遺榮，賃舂偕隱，達士拔俗，詩人甘貧。吾愛吾廬，從其適也。昔敬通見抵，抒玄眇之思；孝標發憤，著同異之論。遭骨肉之埳軻，悲身世之屯蹇。先生則榮悴不擾其慮，得失不概於胸，室無勃谿，世非鑿枘，而述馮生之顯志，揚屈子之靈芬。義取斷章，勿泥其旨焉。

某好聞棲遯，樂在林藪，而無五畒之宅，一稜之田。張融牽舟，孔嵩僦屋。鄉夢依依，鶴猿招我，孤蹤泛泛，鷺鵁笑人。尋文通《論隱》之書，讀公理《樂志》之論，不禁中懷之悵惘也。

北山旅舍記

余與華秋槎先生，投分忘年，渕交早歲。外家羣從，劉柳之於士安；白社比鄰，何妥之於子愼。中更羈宦，遂相暌離，華顛重逢，素抱如昨。北山朝爽，西湖夏涼，余忝經師之稱，君仍寄公之號。鼓櫂沿溯，攜尊過從，僂指生平，轉瞬疇昔，不自知其言之長也。

當夫仲容入宦，君卿任俠，作參軍而自喜，儕筦庫以無嫌。畱客上關，通賓置驛，酒坐常滿，談辭如雲。左騏史呐，摻闐鼉之音；嚴春午子，發陽阿之倡。笙清簧暖，紙醉金迷，此一時也。洎乎專城作吏，牘薦推賢，分符象山，綰綬臨海，彈治豪右，拊循流庸。班六條之政，瀴溟不波；度五施之宜，斥鹵胥墾。修房豹之風教，鹹井囘甘；法虞愿之廉平，海石耀彩。知言而貫九變，談兵而洞三微，此又一時也。旣擢司馬，旋罣吏議，邴漢移病，鄧晨去官。強臺未登，壯心不已，唐休璟練知邊事，奚康生熟習兵鈐。廼領倉兕之隊，隨水犀之軍，轒盾十重，戈船三翼。當陽武庫，樗里智囊，幕府目爲異才，韎韋驚其奇計。功因謗掩，才與命妨，能馴狎浪之黄頭，莫避燒城之赤舌。竟垂迴谿之翅，未雪雁門之跨，此又一時也。更事旣久，徂年易流，勁髮蕭衰，道心澄濬。見網蟲而慕隱，覘遊蟻而娛意，苔竹半畝，燈火一龕。耽玩禽魚，寄情於飛泳；搜羅泉石，砥行於清貞。繞屋龍鱗，蒼髯迎客，撐空鴨腳，白眼閱人。小凭藤輪，偶攜榔栗。招提僊梵，相隔祇一牛鳴；孤嶼寒梅，聞呼而雙鶴下。入清涼之界，薰知見之香。洵可謂顯不絢功，晦不標跡者矣。

茲者煙霞召友，風月名兒，孔愉卽會稽以爲家，盧懋愛靈昌而不返。朱桃椎兒童盡識，韓伯休婦女皆知。乞伏臘之酒漿，共雞豚之保社。人風淳厚，林壑高閒，雖故土之難忘，覺此鄉之可戀。某山裝未辦，萍蹤尚浮，牽張融岸上之舟，乏庾信江干之宅。挹龍山之蒼翠，泛蓉渚之淪漣，杞菊疏蕪，鶴猿悽悵。與公未能賦《遂初》，太沖何敢反《招隱》也？

瞿花農洞庭泛月圖記

洞庭始波，木葉微脱，千古惟希逸之賦，能傳望舒之神。讀之心骨清泠，毛髮灑淅，每欲題五渚之帆，縱三湘之櫂也。花農先生自號漫郎，出作散吏。騷情蕭瀞，詩思清深，叩舷洞庭，擊汰秋月。於時空水無際，長煙乍收，太虚四垂，如帳碧玉。圓珠裴徊，素華上浮，君山空明，濕翠欲滴。洲小如豆，船輕於凫。叢芮瑟瑟，不聞雁鶩之聲；斷雲離離，似嘘魚龍之氣。揚舲獨邁，不知身之在塵世也。蓬心太守孤情絶照，淵懷洞賞，鍊魄瑶圃，瑩神冰壺。興酣作圖，水墨俱化，靈瑟罷鼓，娥簧正寒。秘怪恍惚，傾耳寂聽，廣樂振野，洪濤殷牀。以茲畫手，儷彼賦心，前謝後王，並臻神品矣。花農家本包山，宅近林屋，吳楚遼濶，洞穴潛通，金庭玉柱之天，左神幽虚之府，郭景純所謂巴陵地道也。茲乘一葉，遠凌萬頃，孤月照影，微霜沾衣。松醪一樽，鐵笛三弄，能無觸渺渺之僊心，增耿耿之離思邪？東華薜苫，嫩暑未熾，涼露滴硯，緑陰眠琴。冰簟風簾，展對此卷，彷象月抱，流連霞蹤。歌碧霜之辭，舞玉煙之節，塵襟頓滌，清思忽來。灑墨濡毫，遂爲之記。

小檀欒室讀書圖記

秋白先生偕其友范君小湖、查君梅史、屠君琴隝、殳君積堂，讀書小檀欒室。蒙泉外史作圖，梅史為之贊，同時勝流，均有題詠。鐘嶸《瑞室》之頌，劉杳《林庭》之賦，遠跡祟情，斯足傳已。諸君俱負英絕之才，為沉研之學，林霞助其高致，煙墨養其惠心。雖經神漢聖，所業各殊；賦手騷情，不名一體。而丹青勿渝，冰雪相照，好古勵行，風義則同。夫獨木無繁陰，幺弦無逸曲，是以異根連於椒桂，眾音合於笙匏。鐵石同氣，雲蒸並濕，山鐘殊質，聲感斯應。將以觸發神識，輔導襟靈，行惟比蹟，誦必共響，古人所繇重交道、慕儔侶也。

曩在春明，與梅史、琴隝共數晨夕，星闌燭炧，促坐論心。每念三君，欽欽在抱，兹來湖上，遂得定交。薦瓠班荆，提鵬挈鷺，延之企慕，曾詠《五君》；青蓮疏放，許參《六逸》。生平志願，於兹一慰。而琴隝已入詞館，梅史捧檄作令，飛沉蹤蹟，差池不狎，俯仰陳事，相對憮然。況復多雨生魚，青苔及榻，藜蒿塞逕，踉位其空，良會難常，琴樽間闊。余又將著《西征》之賦，續《遠遊》之篇。他日傳牋，蒼涼雲樹；今晨點筆，怊悵雪泥。離緒塞胸，紙窮墨燥，屬辭不工，主臣而已。

李松雲先生寫十三經堂記

松雲先生，六儒名世，五緯在胷，早直承明之廬，偏覽延閣之籍。綠鱗丹首，發謨觴之秘函；玉策金繩，守庸成之册府。夢咽丹篆，掌盈墨書，班孟堅碩學冠時，曾談經於虎觀；蔡中郎逸才曠代，宜濡筆於鴻都。俾萬頸胥延，庶流共仰，而迺辭靑瑣之華闥，奉黃紙之除書。十部宣風，一麾出守，猶復專精圖籍，銳意縑緗，人是經神，世推學府。公旦朝起，讀策百篇，墨翟南遊，載書十乘。盧牟秘典，繯橐寶書，手寫十三經，日課五百字。正徐遵明之八寸策，刪秦延君之三萬言，無魯魚亥豕之訛，絕柳卯桃萊之舛。雖羈旅行役，無間濡翰；寒暑晦明，不忘提槧。燃燭而驅煙墨，撥鐙而散縚繩，鈔析六書，尤工八體。署崔儦之室，歗詠自娛；下延篤之帷，紛欣獨樂。露鈔雪纂，紙約需乎八千；月湛日謐，歲忽逾乎二紀。張司業謂讀書不如寫書，唐朝請謂寫書宜先正字，先生之於學，可謂得其要旨者矣。宜寘論堂之壁，以爲羣士之宗，迺金未懸於國門，實僅藏之家衖。

爰搆一堂，顏曰『寫十三經』，志勤也。昔鄭北海有云：『所好羣書，率皆腐敝，不得於禮堂寫定，傳與其人。』先生迺達略輿蓋，考証古今，模神睿之微言，暢經通之遠旨。榱題有耀，卷軸常新，可以簪縹筆而告天，可以執丹漆而隨聖。緘之金櫃[一]，疑聞絲竹之聲；襲以香緹，欲動星辰之色。登斯堂者，不有如遊通德之門，侍司農之座者乎？

某舞堂不入，神士羞稱，少習蕭奮之專經，晚慕始昌之樸學。繡鞶畫羽，方魁彥以多慙；書肆說鈴，見大師而自失。命抽殘思，敢獻小言？奥義紛綸，幸近孝先之腹笥；謏聞孤陋，空攜宣禮之巾箱。

【校記】

〔一〕『櫝』，光緒本作『饋』，嘉慶本作『鐀』，兹徑改。

大像山佛龕銘 并序

距伏羌城西五里，岡巒起伏，林岫參差，飛岊排雲。懸巖〔一〕蔽景，上有石佛像一軀，長十許丈，相傳宋嘉祐四年所鑿也。方耆闍之遠嶽，類檀特之高峰，騫若遊鵾，跱如雕鷲。蓮旛珠絡〔二〕，聚七寶以流輝；月面星毫，極四天而開照。俯臨城雉，旁帶亭皋，清渭環流，朱山對峙，信塵寰之勝境，欲界之淨居矣。惟是規模歲遠，榱棟年深，寶相塵侵，金容雨立。某官事之暇，時遊此山，尋隱嶙之餘基，憫摧殘之落搆。興言改葺，刻日庀材，猶慮一簣虧山，九仞棄井。爰招鄉望，共結勝因，雨多寶於手中，出雙金於掌上。遂乃緣山破芿，翦徑披榛，檀行雲趨，役徒麇至。良材天搆，巨石神鞭。琉璃耀日，七重雀目之牕；金碧憑霄，百尺蛇鱗之桷。法雲普蔭，慧炬通明，重開鹿野之堂，更啟龍華之會。政如率陀天上常〔三〕現大身；非同那竭，城南衹留幻影。迺爲銘曰：

巍峩大像，鍾靈標勝。萬仞危巖〔四〕，千盤絶磴。紺殿雲浮，虹梁日映。境離五濁，法參上乘。星灰屢易，榱桷平傾。銀函歛彩，珠髮韜明。榛蕪蓮座，瓦礫香城。層櫊莫搆，飛閣誰營？爰種善因，護兹法像。丹碧莊嚴，欒櫨宏敞。意蕊晨舒，心鐙夜朗。大衆同皈，羣流共仰。胸書萬字，衣刻三銖。彌空華現，布地金鋪。秦山巀嶭，渭水縈紆。鬱爲淨土，鎮此靈墟。壘土三成，程功百堵。寶刹岧岧，香臺昈昈。鼇負山樓，龍盤〔五〕石柱。法鼓雷音，靈幢花雨。須彌四頂，菩提一門。果超無上，法證同源。龕童對立，塔象孤蹲。眞如不動，妙相長存。〔六〕

【校記】

〔一〕『巖』，吳鎮本作『崖』。

〔二〕『絡』，吳鎮本作『珞』。

〔三〕『常』，吳鎮本作『長』。

〔四〕『巖』，吳鎮本作『崖』。

〔五〕『盤』，吳鎮本作『蟠』。

〔六〕吳鎮本篇末評語：『造句處，往往得未曾有。（松厓）』

當亭諸烈士贊

乾〔一〕隆四十九年，西陲回匪肆逆，始於平涼之海城，終嘯聚於鞏昌之〔二〕石峯堡。天威震讋，王師迅掃，未踰三月，卽行殲滅。而起事之始，官兵遷延，頗失小利，蜂蠆之毒，蔓延於東南各郡縣。五月〔三〕十一日，鞏屬〔四〕之通渭陷焉。蕞爾伏羌，距通僅百餘里。賊衆於十八日轉掠入境，而編戶之逆，又起而應之。虺毒潛吹，梟風肆扇，十雉之城，危如累卵。某嬰城抵禦，凡四晝夜，援兵大至，虎口僅全。而郛郭之居民，被其焚掠者，已不可問矣。

先是，賊將渡渭，瀕渭之村落，有姚生以甯、以治，率衆鄉民之膽勇者百餘人，力與之角，俱死於難。洎賊臨城，士民或因罵賊而受戕，或因拒敵而投命，或被脅不從身罹鋒鏑，錚錚佼佼，不乏其人。事定後，某採其跡之尤烈者，上之幕府，咸旌其閭。嗟夫！伏固窮鄉僻邑，諸人者身未出於閭閻，名不掛於朝籍，而義憤所激，慷慨赴死。在危而無撓，臨難而益奮，雖古烈士，無以加焉！豈輕死重義，其土俗固然耶？益見我國家德化所被，涵濡淪浹，有以感激士心之深也。聖人有言，十室之邑，必有忠信，亶其然乎。某身陷重圍，幸而獲濟。而諸人俱罹其厄，感悼於懷，尤未忍聽其湮没也。爰綜其事實而爲之贊。伏羌，古當亭縣也，概謂之當亭諸烈士云。其辭曰：

聖神御宇〔五〕，輝烈光燭。邊琫嬰瓌，罔不臣服。蠢爾逆回，自干天戮。曾未三月，巢傾穴覆。梟獍誅夷，俾無遺育。妖謀初搆，厥勢實張。醜類煽熾，官師恇懹。如火燎原，如水潰防。既襲渭城，兇渠益狂。旋入當亭，豕突蠭擁。危城岌岌，沸聲洶洶。攻燔浹日，死傷連踵。誰攖其鋒，孰挫其勇？英英姚生，志節高亮。同懷共膽，義聲先倡。梁梠爲柵，耡耰爲仗。投身虎口，思扼其吭。軀骨可糜，風期自壯。姚以甯、以治弟兄，均邑武生，其所居邨在渭之北。賊至境，二人募鄉勇百餘人，率先迎鬭。始殺賊十餘人，後賊衆大至，俱死焉。李族多才，衣冠濟濟。璵也効節，瑗能仗義。兇威莫遏，終然俱斃。李璵，邑貢生；李瑗，邑監生。均以罵賊死。宗揆慷慨，儀容偉異。修幹豐頤，瞭眸巨鼻。賊設甘言，啗之以利。挺立不撓，詈聲益厲。抉面屠腸，分骸裂骴。烈烈丈夫，令人增氣。李宗揆，邑之高材生也，偉軀幹，善屬文。賊至，誘使降。宗揆厲聲罵賊，賊怒，解其支體。其死狀爲最烈。 汝瑚樸僿，孝實性成。讀禮堊室，甯死不懲。苦甴首碎，縗麻血凝。七尺桐棺，屹然不毁。殁見龍舒，庶幾無愧。李汝瑚，邑諸生。時父喪在室，未葬，全家俱出避賊，汝瑚獨不去。賊至，欲斲其父棺，汝瑚號慟，遂遇害，而棺以得全。 父死於慈，子死於孝。卓哉二生，無慚名教。沉綿牀蓐，寂寥蓬藋。蟻賊縱橫，肆其刦剽。鋒刃俱罹，沉冤誰吊？李敦基，邑監生，子于桂。賊至時，敦基病，于桂侍湯藥在側。賊以刃脅于桂去，于桂抱父大慟，賊併害之。 宋子翩翩，居然佳俠。英姿颯爽，輕身趫捷。豺狼塞野，身爲偵諜。呼告守陴，爾氣無懾。攀登未上，羣兇潛躡。首隕短戈，魂依危堞。宋建都，邑諸生，有膽智。賊渡渭時，生趨城下告賊至狀，且謂守者曰，賊來無多，爾等不必恐。語未終而賊大至，遂於城下被害。 韋生殉義，爰在耄年。彭子捐軀，亦已華顛。履尾蹈刃，神色恬然。誰其羸老，似此貞堅！韋文蔚、彭耀千，並邑諸生。時韋年八十餘，彭年七十矣。賊至，兩生諭以大義。賊怒，俱害之。 矯矯不羣，我思二謝。一呼奮臂，百夫悲咤。格鬬荒墟，相持終夜。力絀志伸，青燐俱化。謝陞登、謝咸甯，並邑諸生。率鄉勇與賊角，俱死焉。 蔣生憤發，氣湧如山。丹心所激，有壯無孱。竟思徒手，縛彼兇頑。倉黄遘難，委骨榛菅。賊已渡河，生員蔣德欽，僅率十數人抗之，爲所殺。 古亦有言，烈士殉名。詎以資格，而分重輕？黄冠羽客，秉翟儒生。疇爲小吏，孰是編氓！ 沸湯爭濯，狂刃甘嬰。事誠足紀，義並堪旌。時有道士蔣來俊，佾生王文會、梁相晉，吏員劉名世，民人謝敷教、謝應元、馬居仲，均以拒賊死焉。 聖澤厖鴻，邊氓淪浹。誰謂花門，不知大節？ 闔室雉經，全〔六〕家灰滅。視死如歸，不爲威愓。琨玉秋霜，嗚呼比潔。回民馬子成以罵賊死。馬呈瑞聞賊至，恐被脅，令其妻子自縊，隨焚其屋廬，投火死。馬光漢亦以罵賊被殺。 天討奮揚，聲靈遠布。蕩滌羣醜，如風掃霧。 城郭依然，室廬如故。營魂返宅，暴骸歸墓。凡爾國殤，應無怨怒。我之懷矣，同罹危苦。拊心念往，歷歷如覩。撫爾遺蹤，垂之竹素。〔七〕

【校記】

〔一〕吳鎮本『乾隆』上有『維』字。

〔二〕吳鎮本無『犖昌之』三字。

〔三〕吳鎮本『月』下多一『之』字。

〔四〕吳鎮本無『屬』字。

〔五〕『御宇』，吳鎮本作『馭寓』。

〔六〕『全』，嘉慶本、光緒本俱作『金』，此據吳鎮本改。

〔七〕吳鎮本篇末評語：『悲壯蒼涼，堪為國殤吐氣。（松厓）』

黄孝子贊　孝子名機字聖猷太倉州鎮洋縣人

江夏黄童，世敦穆行。淵哉孝子，幼秉至性。父有力役，跳往代之，手足皸皴不言瘁。而靈根早隕，偏親是恃，為謁三醫，重趼百里。承顔暮景，篤疾沉綿。刺血籲天，衰齡再延。蕭蕭堊廬，窀穸未妥，比隣不戒，忽有訛火。遶棺號呼，精感祝融，迺命吳回，為之返風。百年荼苦，終身苴斬，苫凷骨立，莪蒿色慘。玉無掩輝，蘭無沉馨，為世矜式，貽親令名。枯魚索蠹，音容永慕。投筆心摧，鮮民之哀。

唐孝女贊

孝女名素，邑人，居惠山之鑪塘，工畫花卉，有徐黄標格。鬻畫養其父母，終身不字。丁卯年居憂，旋里見之，年七十一矣。

卓哉孝女，繼嬰兒子。撤環捐瑱，終身不字。晨夕丹青，以供旨甘。一女承歡，逾於百男。冰雪寒閨，蒼涼粉墨。中含古春，天地正色。誰言香界，衆卉紛葩。我歌笙詩，粲粲白華。百年孺慕，茹荼匪苦。仰看白雲，淚落入土。鍾釜不逮，哀哀鮮民。椎心自傷，有媿斯人。

文鈔卷二

上彭雲楣師啟〔一〕

按金衡而調音律，清濁不得相淆；握璣鏡以鑒娥媌，妍醜於焉立判。豈有宮懸十二，啞鐘早受摐撞；粉黛三千，瘦女偏勞刻畫？是蓋非常知遇，夙有根因。拈花梵殿，曾參金粟如來；襒席緇林，早侍儒童菩薩。一介預蘭臺之聚，三年陪藝苑之遊。憫投懷之窮鳥，假以羽毛；解銜索之枯魚，貸之升斗。顧盼則榮於尺錦，咳唾則重若連城，譬大鈞之坱圠無垠，而小草之涵濡獨厚。伏惟夫子詞壇圭臬，翰苑夔龍，通百氏之津梁，抉九流之鈐鍵。八章作頌，知吉甫爲古詩人；再拜賡歌，識庭堅是眞才子。凡夫壁誥威書之策，綠鱗丹首之文，羽陵百軸之遺，金版六弢之舊，莫不十行俱下，一過不忘。宜乎摛詞而銀湧金鳴，落筆而鳳蹌鸞奮矣。猶復搜才路廣，揖客門寬，倒屣而接詞人，束帶而迎縫掖。經郭泰之品題，茅容望重；受裴頠之識拔，夏少名高。譽人不吝其齒牙，說士更甘於肉食。桃李盈前，還登橘柚，椒蘭在御，不棄蓬麻。

卽如某者，南國之鄙人也。鹿鹿何奇，狙狙有志，昏鈍實棗膏之性，液樠乃樗散之材。未吞夢鳥之一毫，敢竊神人之雙筆？問藻廉而不對，諮鼮鼠以茫然。高齋樹義，誰云畏此後生；弱冠迎賓，爭笑是何年少？況乎早歲單寒，窮年坎壈，街頭販鐵，市上傭書。無他志略，班筆空投；未遇知音，陳琴欲碎。青雲路杳，素韠哀纓。半年鸊鵜，不過貞簡之廬；一斛檳榔，忍飽彥昇之腹？鶡鼻魋肩之骨相，鼠汚鵓結之冠巾，陋若徐摛，弱同王粲。每邀遊其有願，思干謁以無媒。淋漓七紙，敢誇倚馬之才？迢遞三門，宜絶登龍之想。然自一登蓮府之餘，兩拜月題而後，公每煦之愛日，浴以清波。揚仲容之佳譽，許以無雙；愛孝綽之清才，還他第一。識王公孫於綺歲，願舊籍悉以相貽；賞袁郎子於鬐齡，謂博士已堪見代。牛心割炙，麈尾交談，因而得泛文瀾，遂窺藻府。園令上淩雲之賦，賜鏹百金；佐公進石闕之銘，賚縑千匹。公每強之評論，借以傳鈔公以進呈歌頌暨《淳化閣帖賦》見示。欲知古事，每問仲舒；偶得精文，定呼子慎。玄言不倦，神契殊深，斯眞臭不却岑，味能茹蓼。飾駑馬以鞶纓七就，寶燕石以緹緇十重，在人則驚以爲奇，而公且愛忘其醜。

兹繕舊作詩文若干首，謹封如別。鄙言累牘，江東號曰『癡符』；僻字盈囊，都下嗤其『澀體』。冀文星之朗照，希巖電之流輝。儻《郊居十詠》，獲見賞於東陽；《宮體》一篇，免遭訶於北海。則雖追氣泰山，添年斗極，未足方斯盛德，譬此殊恩。日者九花虬遠，千仞牆遥，執丹添而暫奉光塵，詠鱒魴而還贍黼黻。此生見元魯山，應無他恨；於人得歐陽子，便謂奇觀。今晨尺鯉，好乘江上之潮；他日雙鳧，誓立門前之雪。千祈以屢，戰悚增深。〔二〕

【校記】

〔一〕吳鎮本篇名作『上彭雲楣夫子啟』。

〔二〕吳鎮本篇末評語：『隸事雖多，喜無痕跡。（松厓）』

再上雲楣師啟〔一〕

載別旌門，屢更蓂葉。波駭〔二〕雨滯，奉清塵以無因；魚愕雞睨，負深恩而若悸。長安路遠，日下雲高，空結徊皇，未能忘弭。猥當獻歲，獲聆好音，知夫子忠簡帝心，揆留睿鑒。代工天府，爍臺曜於紫宸；奉職冬官，耀文光於華省。戟架有烏翔之兆，綬笥徵螭繞之祥，榮問遙傳，欣忭何已！

次弟揆承盼睞之榮，許絲蘿之附，不嫌寒賤，遂締婚媾。才慙逸少，公然坦腹東牀；學遜延明，竟爾奮衣上座。束鶴裝而隨鷁舫，曳鶉衣而侍鱣堂。某因敢以愚衷，達之鈞聽。揆蹉跎失學，懦鈍無才，纔識妃豨，初分甄盎。茲得進窺文囿，日侍宗工，展香緘綵襻之書，問瓊鈒金鏤之字。伏望憐其竅啟，破厥愚蒙。庶珠鱗瀲灩，分餘沫於潘江；翠鑷〔三〕熒煌，擷寸絲於宋錦。加以才同品陋，學共家貧，囊篋蕭條，資裝寒薄，以支離之骨相，著了鳥之冠巾。任西華負薪郭北，惟曳練裹；韓康伯熨火懷中，未成布褌。燕臺雪厚，朔塞風高，裋褐何以禦寒，敝裘豈能度歲？儻得賜之文罽，覆以綈袍，割氈席於江郎，解絮衣於顧協。如芟穗之晞甘露，何處非恩；似桃李之仰青陽，無言可謝。此某之所仰冀於公者也。

每念於陵子慎，兩小齊肩；仲海季江，十年共被。當開花落葉，早雁〔四〕初鶯，或斑管分題，或蠻牋對擘。一旦束裝欲去，把酒言離。輕車共載，不隨康樂還都；老屋同居，翻遣清河赴洛。詠夜雨連牀之句，和春流北渚之章，行矣銷魂，潸然落淚。所恃者戴恩隆重，託地崇高，玉逢訪璞之人，桂入搜香之藪，纔欣中雀，便擬登龍。字李翱以兄子，依然舊日門生；愛盧肇是文人，取作高閎嬌婿。公之意厚矣，公之德大矣！某甯匪人，有不鏤膺銖腑者乎？日者棬樞寂處，蓬戶索居，灰心久寒，蒲姿易改。更冀曲逮恩光，分河潤於東里；襲承導引，借雲棲以南枝。輕觸威嚴，不遑流汗。〔五〕

【校記】

〔一〕吴鎮本篇名作『再上雲楣夫子啟』。

〔二〕『駮』，吴鎮本作『馳』。

〔三〕『鑷』，吴鎮本作『餌』。

〔四〕『雁』，吴鎮本作『燕』。

〔五〕吴鎮本篇末評語：『文從肺腑流出，自能惻惻動人。（松厓）』

上朱笥河師啟〔一〕

蓋聞屯雲醲霧，發揚龍豹之輝；駭浪衝飈，鼓舞鵾鵬之勢。良工鐫琢，則虹玉離巖；大匠埏鎔，則星鐔出冶。於以驤鱗奮翼〔二〕，絢彩飛芒，苟無憑藉之資，甯免湮沉之嘆？是以羊陟周旋於趙壹，劉惔賞譽於張憑，蔡仲郎寫公叔之書，任敬子誦陸倕之賦。斯並一經題品，便越儕流，吹噓揚竹素之芬，顧盼感風雲之氣者矣。亦有風期舛午，心跡差池，如荷戟以入榛，異處囊而脫潁。絳帳尊嚴，三年不見，謻門迢遞，一眄〔三〕何期。屈延明於馬廐之中，坐季寶於牛衣之上，甚且愛思道而排詢祖，重班固而薄崔駰。文章之投契何常，知己之遭逢不易。初未有聞薰識桂，嗅氣知金，飛耳而納虛聲，樹頰而延佳譽，如公之於某者也。閣下瑶躔降彩，銑社抽英，領著作於蘭臺，典圖書於鶴籥。經神學府，紛綸撮馬鄭之標；辯囿詞宗，盤礴吐淵雲之思。凡夫羽陵落簡，汲冢遺編，龍威靈寶之書，昌僕彤魚之譜，莫不胸開册府，手握靈珠。易中九事，管輅皆明；帝後七車，張寛獨坐。宜乎庶流仰鏡，羣士欽風矣。

某引絙頑姿，挈瓶小智，劉瓛命蹇，光逸門寒。乞食路窮，謀生計短，鳥困雕陵之彈，舟沉破冢之風。固已分作散材，甘爲餓隷，惟是靈根未夭，結習難忘。雕畫奇辭，丹黄稗說，發簡而擿〔四〕經三折，燃燭而燼有數升。黄頭作字，惟乞漿壺；仁軌屬文，輒書空地。發哀唱於斷竹焦桐之下，拾殘編於補袍覆醬之餘，敢云架學飛才，差用礪鉛摩鈍。猶記少從儕輩，逖聽風聲，知閣下玉尺搜才，冰衡鑒物。揖賓朋於上席，拔奇畯於單門，竊幸與北海同時，歐陽並世。所恨僊凡逈隔，流品相懸，公遠於天，愚卑如地。縱復三霄露渥，不潤枯荄；九仞風高，難扶弱羽。將與腐芥曲針而並棄，安望丹砂玉札以兼收。不圖弟某猥以庸音，上塵清聽，因垂緒論，曲奬蕪詞，逢子愼而必問黔婁，得僧彌而難忘法護。孺子何知，早奉康成謦欬；微生多幸，更邀許劭題評。不待趨塵，甯須識面，身猶泥滓，名已煙霄。澡盤鳴處，竟諧龍筍之聲；布鼓攜來，遥答鱗皮之響。此某所以撫臆知恩，循涯自愧者也。所冀廣桑山上，不昧夙因；通德門前，可希後會。幸厠鄒枚末座，願陪籍湜班行，三尺之素方傳，一瓣之香有屬。輕干威重，曷任兢惶。

附復書

向從仲則處，得讀足下駢體文，以爲初唐四子之風於今再覩。趣博語重，鬱爲通人。今兹可存，他年可傳，無遺憾也。但惜無由接晤，惟往來於心，不能去耳。頃從令弟荔裳處接手書讀之，浩乎焕然，若江河之决，虹蜺之興也。益太息者久之。惟稱許過情，僕非敢當。柳州之爲衆人師且不可，足下何待之非分耶？慙愧，慙愧！辱厚意，惟相與最勵，以諸經註疏爲根柢，以百家撰著爲枝葉。知作者之意，極文字之能，凌雲雕龍，不足盡也。惟賢者能辨識之〔五〕。

【校記】

〔一〕吴鎮本篇名作『上朱笥河夫子啟』。

〔二〕『翼』，光緒本作『翌』，據吴鎮本改。

〔三〕『眪』，吴鎮本作『笑』。

〔四〕『擿』，吴鎮本作『樀』。

〔五〕吴鎮本『之』下有『筠白』二字。

謝法梧門侍講集序啟

日者高軒枉過，未遂趨承，鉅製寵頒，過蒙奬飾，如舒麗錦，似握美珵。三棘六異，襲以緹緗；十色九光，耀於几席。心期坐合，風雨之感魚龍；景氣潛通，磁魄之收針芥。夙生多幸，三復增慚。伏惟閣下文籍先生，風騷宗主，含香日近，珥筆霞高。玉緯瓊綱，發謨觴之秘笈；神經怪牒，探宛委之藏書。蘇廷碩之制詞，有同宿搆；馬賓王之掌故，若所素諳。癖嗜清吟，獨抒妙緒。幼輿位置，有邱壑間情；摩詰篇章，是人天外想。鶴裝煙駕，時人目以僊才；靈石雲和，識者比之天樂。可謂兼衆妙而成能，挹羣言而高視者矣。猶復搜才路廣，愛士情殷，選異材於高遷之亭，識良驥於寘零之坂。愛裴裳之句，報以錦繒；得陳遵之書，弆之篋笥。宜乎庶流仰止，衆譽歸高，如遊鱗之赴瀴溟，迅羽之爭翳薈也。

某樗櫟凡材，菰蘆蕞品，少歲攻文，敢誇貍別；中年入仕，有愧雞廉。董方下第，撤席而試明經；趙壹窮途，襒裾而隨計吏。文章得利，不過齒舌之間；竿牘疲精，久頓風塵之下。心已同於冰子，跡迺溷於山郎，容髮蕭衰，學殖荒落，無袁遺之篤志，如師丹之善忘。偶以暇時，自甄舊作，鼓縻輅缶，唱挈輪轅。叢雲之辭未工，防露之音不雅。恐屈轂之瓠，難爲五石大樽；梧臺之石，空費十重革匱。然而一詠一吟，難忘結習；九總五總，猶冀晚研。間窺大雅之牆藩，竊証少陵之宗旨，一傳而有玉溪之遒麗，再變而爲山谷之清剛。分甯之逸軌匪遥，懷縣之風流如昨，私心向往，實在於斯。拙手追摹，無能爲役，兹荷良工識曲，眞實察微，略其玄黃，辨其甘苦，以此時之印可，定他日之依歸。王長史有言，『劉君知我，勝我自知』，斯之謂矣。盼睞所及，敦洽變於陽文；題品偶加，瓦釜重於岑鼎。感惟鏤腑，言不宣心！

答阮芸臺中丞啟

前歲與衛在都，感蒙過訪，懷刺報謁，未奉光塵。景仰私忱，欽欽在抱，復荷示之鉅製，惠以琅書，探宛委之藏，發謨觴之秘。經神學府，則殷陸扶輪；辯囿詞宗，則淵雲承蓋。猥以汎剽，妄測湛深，編摩積年，神蕊形茹。閣下文惟天授，才爲世出，藝林哲匠，康時寶臣。抱醇悫之心，敷塞晏之化，鳩邑率職，澤覃耕桑。鯤鱣匿形，波靜溟澥；絳闕倚重，蒼生仰流。廼復愛士情殷，搜才路廣。含經味道之士，懷鉛挾槧之生，入學舍而橫經，登禮堂而寫簡。咳唾所及，不數顧廚；陶鞴之餘，猶成曹陸。秣縫鞮冠，流談若海；緗縢綠牒，著錄如雲。海內龍門，舍公誰屬？

弟揆早邀英盻，得託素交，稟命不融，中年遽隕。閣下古道盛心，綢繆備至。朱季致賻，卹張堪之孤；子明緘書，求李賀之集。念其慧業工文，癖性耽句，弱齡羈宦，壯歲從戎。歷繩行沙度之鄉，供炊矛磨盾之役，境極險塞，詩亦經奇。茲《衛藏紀事》二卷同少作，已付剞劂，尚有《苗疆蘭州詩》並遺文共四卷，俟梓成續寄。幸藉品題，俾傳不朽，感何如之！

某材既凡庸，識更檮昧，偶撫瓴缶，獨倡楊荂。胡叟才拙，時有鄙言；鮑昭思竭，尤多累句。補袍覆醬，無可觀采，茲承來命，不敢自匿。謹封如別，仰酬褒誘。貴門生陳君文述，曠代逸才，揚班儔也。在都與某爲文字至契，敬肅蕪函，屬其轉達。輕干清重，曷任兢惶。

辭阮芸臺中丞啟

自愧輇材，得親大雅，凌門夙企，備蒙知顧之殷；簜節初臨，卽荷招延之德。爲劉瓛立檀橋之館，俾周續校馬隊之經。喜賓從之雍容，追陪屐屐；值籌謀之清暇，嘯咏湖山。方期受簡禮堂，應劭甘居北面；詎意驅車函谷，潘生遽賦西征。緣淺自憐，感深難別，廼復分之清俸，潤以廉泉。解推之意愈深，銘荷之情曷極！敬惟閣下茵馮集慶，綉黼增華，碧海波恬，靑疇歲稔，翹瞻棨戟，忭頌良殷。別後於月之十二日抵錫，緣秋暑隆熾，稍事遷延，定於七月初四日束裝赴陝。長飢驅我，垂老依人，能無懷土之情，彌切慕徒之戀。依光日久，思德滋深。清暉在望，祝卿月之常圓；寸念遄飛，與嶽雲而共遠。虔布謝忱，伏祈垂鑒。

復袁簡齋師書〔一〕

獻歲發春，猥辱教命。適以身負重憂，微命如絍；作報未閒，思德滋深。望南雲而引領，蒙東雨以搖心，空結回皇，未能忘弭。自惟譾劣，久荷帡幪，屢有緒言，長其佳譽。雖川波遥隔，而鱗札時通，善誘之誠，溢於楮墨。念孝標之篤學〔二〕，憐〔三〕元叔之奇窮。不圖磁石，竟受曲針；豈意獿人，能收瘣木？此君山所以嘆神交，佐公之所以感知己也。

去歲釁犯靈祇，招延禍罰，痛閔凶之早遘，爲孤露之餘生。號叫無聞，肝心欲殞，誠不難殉龍舒而入地，效皋魚以沉波。而衰族少丁，小人有母，偷延視息，苟郗光陰。僦居蓬蕪，甘爲雜保之傭；隱作漆工，誰識高門之子？良可哀也，尚何言哉！方秋英才叠足，俊賢驤首，而某市中鬻布，郭北擔薪。棄傅介子之觚，燒崔君苗之硯，心如槁木，形類寒蟬。樊間窮鳥，仰觀勁翮之翔；峽畔沉舟，靜聽驚飆之過。著《五悲》之些[一]，投《萬憤》之詞，未嘗不仰天椎膺，泣盡繼之以血也。顧惟不肖，碌碌無所短長，刻鵠下才，雕蟲末藝。瑣碎同於綫縷，繁猥譬之米鹽，又不能流麥下帷，棄竿投斧。困以憂患，迫於飢寒，拾餘唾於夢中，丐殘膏於席上。庾信則譏爲驢犬，陸雲則譬以猪羊，情泛不專，言浮妨要。備聞明訓，敬以鏤膺矣。

頃知儷體已付雕工，輝重錦於藝林，懸珏玉於都市，望采者精墮，聞風者意移。某也狂愚，竊思學步。豈敢以庬涼鬬華衮，鉛刀齒步光哉！特以入針神之室，雖拙女亦解鉤描；遊匠石之門，雖賤工亦知雕斲。儻啟瑶械，賜之縹帙，是所望也。再唐初王楊燕許諸集，亦祈購一二見賜。蔡中郎枕中之秘，悉付仲宣；沈尚書架上之珍，盡歸元禮。某之薄德，敢附古人？公也雅懷，實追前彥。以兹瑣屑，上瀆尊嚴，死罪死罪！頃白藏司秋，素鍾屆序，想攝衛惟宜，興居多福。雲飛泥滯，奉譚讌以無因；魚愕雁沉，盼箋繒而不至。昔日綴王盧之末，曾造高軒；何年陪彭戴之班，還沾卮酒。投觚隕涕，臨楮馳神。

【校記】

〔一〕吳鎮本篇名作『復袁簡齋夫子書』，篇末附有簡齋復書。而嘉慶本和光緒本未收該復書。

〔二〕『孝標之篤學』，吳鎮本作『邠卿之好學』。

〔三〕『憐』，吳鎮本作『憫』。

寄袁簡齋師書〔一〕

自違誨言〔二〕，倏易星琯，龍門天際，翹首云勞。稔復川路迥隔，箋繒莫因，懷戀舊恩，積思成疢。敬〔三〕惟〔四〕福履康娛，與時恬暢，葄圖枕史，激流植援。補汜勝之書，和淵明之集，寓賞物外，索解玄中。緬想起居，歆羡何已！某以不才，素蒙賞愛，追隨杖屨，動輒彌旬。每憶黼筵夕張，華燈明穊，竹露滴酒，荷風入衣。靜聆緒言，仰和高詠，自謂此樂，千載一時。陳思桂苑之遊，任昉蘭臺之聚，無以加也！何圖良會星乖，芳訊雨絕，遠遊漂摇，歧路嗚邑。歷秦關隴坂之險，從皂衣黑綬之役。自獻歲首路，暮春解鞍，尋復西抵流沙，東窮洮水，奉檄何喜，折腰自慚。重以才性凡庸，時形短拙，匑匑斂手，伈伈俛眉。航漿衝薺，既違其宜，堂蓑雨裘，罕適於用。常恥以脂膏潤己，不敢以琅瑒傲人，內手捫心，進退維谷。邇來文字結習，猶尚纏綿，然恐日遠日疏，性靈坐夭。潢汙一勺而易竭，駑馬十駕而中疲，尚冀時賜裁成，曲加提策。則首戴公恩，更無涯涘。〔五〕

【校記】

〔一〕吳鎮本篇名作『寄袁簡齋夫子書』。

〔二〕『誨言』，吳鎮本作『過庭』。

〔三〕『敬』，吴鎮本作『邇』。
〔四〕吴鎮本『惟』下有『老夫子大人』五字。
〔五〕吴鎮本篇末評語：『作意處，姿態横生。（松厓）』

與黄仲則書

某白：自别光儀，甚相思想。不見叔度，鄙吝日增，古人云然，殆不謬也。前在蘭陵，與諸君寒牕翦燭，商略文藝，弟時負重憂，戚然不怡。及匆匆返棹，孤坐蓬廬，藜蒿塞門，徑無行者。追憶曩時聚首，又邈若夢中，不禁淚之滛滛承睫也。昨以不棄，示之緒言，雒誦再三，心折久矣。雲蒸龍變，虬翔鸞躍，希世寶也。希世之寶，當爲世秘之、惜之。夫貧窶之子，藏燕石者什襲，享敝帚者千金，此矜惜之過也。若陶朱猗頓之家，揜夜光，碎結緑，則暴殄之過爲尤甚。竊見足下有所撰作，略無留手，而倦於裒録，弟私以爲過矣。

又嘗論人之聰明才力，當用其所長，掩其所短，與其博而不精，毋甯嚴而不濫。譬如首路者裹餱糧，整車騎，雖崑崙流沙之遠，循途刻日可至也。若朝思登崑崙，夕欲泛洞庭，吾恐願奢志紛，終至白首鄉閭耳。古人遺集，奚翅百數，談六藝説五經，陳言累累，盈緗溢縹。後人視之，惛然欲睡，以塞鼠穴供蠹糧矣。向亦鏤心刻骨，求其可傳，乃今如是。悲夫！詞賦小道，然非殫畢生之力不能工也，而好高者往往失之。子建既小辯破言，子雲復老不曉事，強思畫虎，故薄雕蟲。願足下勿爲所誤，幸甚！

弟窮愁轗軻，萬緣都廢，惟文史結習，未能去懷。日來窺班范之鉅製，仿徐庾之瑋詞，銖積寸累，自謂有得。然眞賞殆絶，知音者稀。張率之詩云沈約，則句句嗟稱；慶虬之賦託相如，則篇篇傳寫。庸流之人，貴耳賤目，依古有然，何足怪也。想攝衛惟宜，眠食增勝。兹因風便，敢獻狂言。〔一〕

【校記】

〔一〕吴鎮本篇末評語：『立論名通，措辭淵雅，是魏晉間人吐屬。（松厓）』

與張仲雅書

長離〔一〕善舞，焦明〔二〕必按拍而歌；應龍好飛，鶡吻〔三〕輒憑虛而望。瓠巴鼓瑟而遊魚聽，師曠調琴而玄鶴翔，是皆景氣潛通，心靈默會。物猶易感，人豈無情？所以聲華相慕，孝穆投箋於李那；風器不凡，叔夜測交於趙至。何必垂髮齊年，撫塵而遊，始謂之知己耶？

今秋於家舅氏〔四〕處，敬析名作，玉篆銀鉤，珠胎鼎氣。何郎得意，霞朝霧夕之篇；鮑子知名，別葉歸華之句。熒煌耀彩，龍兹華覲之森陳；曲折通幽，樾猊疏房之架搆。可謂美矣，可謂麗矣！夫漢樂唐謡，詞裁互異；吴歈越豔，興旨相通。苟非淹雅之才，難語諧聲之妙。迺者古音易濫，眞賞殆稀。眠娗者喜爲神〔五〕禫之詞，憀牙者不識瑰奇之製。五色鸞章，空資裸壤；八銖鵲鏡，徒覆盲卮。寡識則狐認爲蒼，多怪則馬驚其腫。緣兹憤懑，歷有歲年，豈意今辰，遂逢作者？載觀高製，快極生平，披月幌以長吟，對風軒而細寫。蘭芷充幃，擷芳華而增〔六〕慨；絃歌赴節，顧流水以移情。千里神交，九回腸轉，不自知〔七〕其一往而深也。

某童子蟲雕，辯人貍别，結習未忘夫翰墨，夙好衹在乎詞章。揚雲綺歲，早傳《靈節》之銘；任昉髫齡，便有《月儀》之製。雖備經屯阨，而不輟呻吟。譬之鉗射稽之口，不忘謳也；挛獿人之手，不忘斵也。兹者繕爲行卷，呈之典籤，過雷門而布鼓無聲，投珠海而小璣失色。倘不呵爲澀體，誚以癡符，幸矣！所恨川波迴隔，抵掌莫因。好命趾離，明指夢中之路；先呼慶忌，緩通江上之書。行看朱鼈之浮，佇望青鸞之報。〔八〕

【校記】

〔一〕『長離』，吴鎮本作『靈鳥』。

〔二〕『焦明』，吴鎮本作『鷫鸘』。

〔三〕『鵾吻』，吴鎮本作『泥蟠』。

〔四〕『舅氏』，吴鎮本作『渭陽』。

〔五〕『神』，嘉慶本、光緒本俱作『裨』，據吴鎮本改。

〔六〕『增』，光緒本作『憎』，據吴鎮本、嘉慶本改。

〔七〕『知』，吴鎮本作『禁』。

〔八〕吴鎮本篇末評語：『抒詞雅麗，絶似孝穆，更難其生韻迴出也。（松厓）』

寄方子雲書〔一〕

判别以來，忽忽半載。江皋隴坂，相去遼絶，每一念及，離腸九回。邊地蕭寒，秋飈已勁，朔雁遠唳，悲笳亂吟。念舊日之南枝，悔昨年之西笑，中夜起坐，淚如綆縻。某以譾才，得託神契，傾心倒意，七載於茲。猶記拏舟桃葉之渡，躡屐雨花之岡，美酒十千，涼月三五。才儁盈座，筆墨横陳，歌呼相娱，嘲謔間作。方謂古歡易索，良會可常，何圖一別，邈若墜雨耶？遐想足下起居康娱，著作日富，飫領靜趣，殊勝勞人。惟空釜生魚，青苔及榻，寂寞之況，近復何似？達人耐貧，君子安雅，是瑣屑者諒不以置念也。

某獻歲束裝，暮春弭節，尋復西窮弱水，東抵臨洮，僂〔二〕指半年，繭足萬里。未嘗不覽山川之雄奇，覩雲物之瓌麗，悲英豪之蕪沒，慨陵谷之遷貿。思託詩歌以放懷抱，無如性靈坐夭，煙墨久疏。始嘆江山之助人，不敵風塵之困我也。南園瘦人，近況何如？念之殊切。凡我舊好，幸俱致相思。搦管操觚，可勝悽咽，儻逢風便，幸惠德音。〔三〕

【校記】

〔一〕吳鎮本篇名作『與方子雲書』。

〔二〕『僂』，吳鎮本作『縷』。

〔三〕吳鎮本篇末評語：『筆筆生動。（松厓）』

與華湘屏書

籍甚清徽，久深延佇。猥蒙不棄，惠以良書，伸紙發函，歡喜無量。惟揄揚過當，君子失辭，雒誦再三，伏增慙恧。某少歲狂愚，竊不自量，綴奇辭而繡帨，誇末技於雕蟲，實習結之難忘，匪偏人之自韙。積年既久，篇什遂多，總未能遠溯淵源，深探根柢。同菁蓉之不實，譬蒸棗之徒華，知未窺大雅之藩籬，詎足掛通儒之齒頰？自謀升斗，早歷風塵，簿領沉迷，朱墨塡委。胸臆糾結，張敞自謂無奇；吏道迫促，陳咸因之憤積。鋒穎日退，縑緗久疎，加以精力易疲，髮容難待，即偶有述造，亦不堪就質當世矣。閣下以媕雅之才，爲通博之學，方當校秘文於册府，奏遥響於鈞天。迺荅惜同岑，芰憐共嗜，遠垂緒論，曲奬蕪音。恐貽君以寶璞之譏〔一〕，益滋我以享帚之惑。方今隴雁送秋，臯鶴警露，木葉欲脱，邊草已黄。訟庭稍暇，書帷寂然，唱古寡和，呼今莫應。我懷伊人，渺在天末，何時得促膝論文，慰生平之衷悰乎？神交識路，蘭訊可通，後有箋繒，祈申昆季。前書謙退，未略形骸，轉令懷慚，殊乖素願。裁書代面，臨楮馳神。某再拜。〔二〕

【校記】

〔一〕「譏」，光緒本作「璣」，據吴鎮本、嘉慶本改。

〔二〕吴鎮本篇末評語：「懇切可存。（松厓）」

答趙艮甫書

艮甫足下：前奉贈言，敬析名作，發函伸紙，歡喜無量。風藻豔發，天才掞張。五音繁會，簡子魂驚；九光徘徊，安豐目眴。范史事外，殊有遠致；庾郎胸中，故無宿物。出入懷袖，恍如覿面，紙敝墨渝，諷覽無斁。情文兼摯，辱郎君之謙下；揄揚過當，恐君子之失辭。中心欽欽，以感以愧。

僕少好辭章，頗自鏃礪，殫精圖史，頤情典墳。託豪素以抒懷，撫瓴缶而發唱，庸音自效，結習所存。如鼯鼪之甘煙，若蝍蛆之赴濕，或歌或咢，一詠一吟。希掉鞅於文壇，庶繼組於作者，無如人事煎熬，家累驅迫，竊升斗之祿，爲風波之民。邊障十年，覊宦萬里，堙腐性靈，疲頓竿牘。偶有撰述，輒自慙恧，深藏篋笥，不欲示人。志業蹉跎，光陰遷貿，兹復倦爲塵吏，甘作山郎。筋駑肉緩，不利走趨；心頑質堅，偏好冥默。屬文多骫骳之習，當官有蕭杌之稱。推排已久，覺老物之可憎；揜抑自傷，知盛年之不再。王微之宦情本淡，江革之僻疾難瘳。時恐急景凋顔，牢愁驅壽，思欲返芰荷之初製，踐猿鶴之舊盟。而塵累尙牽，山裝未辦，眷言疇昔，彌用疚懷。兼之京華知舊，意緒寥落；天涯倫好，蹤跡暌闊。握管無侶，舉觴莫屬，春寒陰陰，獨坐閒館。輕塵盈几，飛鳥窺戶，管甯榻破，向栩牀空。我懷云勞，不可說也。

足下馳儁譽於早歲，揚采烈於名區。青萍結綠，望氣者知貴；濫脇號鐘，知音者競賞。含香漸越，蜚聲日遠。方當雍容臺省，翔步雲霞，道直途清，相見或易。藉得挹注宏抱，雪滌素懷，跂予望之，心乎愛矣。川途間隔，久遲作報，兹乘風便，聊布夙心。

答楊米人書

夙耳聲華，時深欽挹，偶因良會，得預勝流。識騶忌之微言，覓孟嘉於廣坐，清談似玉，藹抱如春。

椒桂氣連，槐榆誼合，流連晷刻，藻暢襟靈。得賢友等於次福，獲師資侔於至寶，珍逾六棘，美動七情。方幸盍簪，俄成分襼。渫雲蔽岫，駛雪壓岑，聽橐木而興懷，折疏麻以軫念。綢繆雅契，寤寐宏襟，言念音徽，良增戀嫪。每擬虔通牋素，略述胸懷，而俗物塡豗，塵緣囂滓。託雙鱗而有待，呼子墨而未遑，抒軸於心，迴環在抱。

辱承英盼，先損良書，珠字九光，琱章五色。豐辭麗密，妙旨纒綿，伸紙發函，色飛神舞。重荷揄揚失當，謙抑過情。雖客遇麗公，易邀嘉獎，文如謝閣，姑予佳評，而爲混沌書眉，蒙倛借面。循環周誦，倍益悚惶，承示盛作，如讀異書。七襄成文，八琅競響，思通機妙，才擅淵英。不遺理而課言，乃緣情而立則，雅而能整，博而不窮。鉅海汸汸，自異汀瀅之水；和琴采采，知非箏篴之聲。洵可謂結瑶搆璚，經奇緯麗者矣。夫末流益縱，大雅云遥，單慧師心，儇才貴耳。或務爲崛奇，崇浮夸之製；或囿於軥錄，尙神〔一〕禫之辭。苟非高掲羣言，豈能力追正始？伏觀尊著，獨暢玄風，雅聲遠姚，軨才却步。吾宗著作，代有聞人，盈川擅博麗之稱，少尹負宏通之譽。宋初格調，首倡西崑；元季才名，爭推老鐵。文章未墜，非閣下其誰嗣響哉？

某性惟檮昧，學愧淹該，甯焠掌而讀書，徒折腰而負米。墨綬纔綰，塵衣易緇，枝官廿年，榆塞萬里。低首風塵之下，疲精竿牘之內，薄植早落，咫聞日稀。雖復耽結習而屬詞，效庸音以足曲，而荒徼之人文寥落，故鄉之親舊暌違。空唱古而呼今，難搜逑〔二〕而索耦，夔隻脛而踸踔，鶴孤喙而噤吟。獨學寡聞，冥行失道，類荃蓀之化艾，等蘭槐之漸滫。日月其除，光陰易邁，齫然齒落，皤爾髮凋。一吟一詠，從可知矣。此所以駑蹇之乘，自羞見伯樂而嘶聲；缺鬣之劍，未敢遇風胡而淬鍔也。而閣下顧喜聞槌鑿，樂聽瓴缶，拾荒亭之爨竹，收古井之墜釵。倒篋何辭，披陇知感。謹寄上舊詩一册，品異參苓，空邀採劚，質同瓦礫，終愧弃藏。尚望箴規，指其疵考。相去匪遠，良晤何時？室邇人遐，波駁雨滯。所望鹿軥覲闕，鶴駕過都，斟宿醞於煙晨，翦春鐙於雨夜。雜花著樹，攜鑾榼而待君；時鳥變聲，抱清琴而訪我。會言近止，不其樂乎？聊報瑶章，書不盡意。

【校記】

〔一〕『神』，光緒本作『神』，據嘉慶本改。

〔二〕『述』，光緒本作『述』，據嘉慶本改。

與兄永叔書

猥惠良書，用斸疾首，知兄已解鞍幕府，弭節錦城。經行五旬，得詩百首，抗勞商之古調，變華羽之南音。策馬晨征，記蛇鳥庚丁之陣；懸車夜度，上蠶梟子午之天。瞿塘波浪，湧現毫端；棧閣風煙，盤旋腕下。必有奇音震物，異氣驚人，惜不即寄我一編，藏之什襲也。重惠苦言，開聆高論，驅使草木，比喻詞章。莊生放誕，雅善寓言；淳于滑稽，喜爲庾語。識異蕊奇花之不殊散木，知華詞麗句之無當清裁，研研之論確矣，超超之悟神矣。

然揆余懷抱，頗有異同。夫朱羲啟曜，九枝揚若木之華；黄河始流，五色絢崑邱之派。搆雲屋而虹梁煥彩，鼓洪鑪而赤堇飛芒。豐貂隱豹之珍，其文蔚也；綷羽明璣之貴，其采鮮也。地非裸壤，甯有棄綺繡而弗陳；人異哀駘，孰肯却鉛華而不御？如必欲易縑緗以結繩，返輪轅爲椎輅，有不令見者口呿、聞者舌攣乎？若謂玩物者易溺性靈，負才者必隣浮薄，是又鄙儒之過論，而非達士之知言。何則？陳思《代馬》之篇，王粲《飛鸞》之製，陸士衡之揀金積玉，徐孝穆之列堞明霞，並杼柚清英，激揚鍾律。苟高奇而有骨，卽連犿以何傷？而世乃有學昧鼠坻，經談狗曲，早已斥詞章爲末技，薄藻翰爲駢枝。如吳邁遠之凌轢古人，同劉季緒之詆訶作者。有是哉！俗士之披猖，更甚於才人之躁脫也。且夫蹄涔水淺，豈能容横海之修鱗；魁父邱卑，安得產凌霄之建木？自古文人之表異，必由大地之鍾靈。故哀江夢渚之奇，爰生景宋；井絡天彭之險，特秀淵雲。而吾鄉自六代以還，三唐而降，雖清詞麗句不絶於時，而亮節驚才罕聞於世。弟所以仰山川而怫鬱，發綈槧以欷歔，槺〔一〕榳獨前，恢奇自恣。窮搜蠹簡，三千鄴架之函；廣集咫聞，八十陶家之甕。所慮者陸雲貧儉，謝客空疏，思多而過眼卽忘，氣鋭而經時輙輟，有乖通閡，無解蚩儜耳。至若脂粉讕言，玄黄稗說，習虔儇之語，工側豔之詞。六言伴侶，誤陽五是賢人；百首比紅，目羅虬爲才子。篇章細碎，音響妖浮，未由犯我筆端，早已置之牀下，固不必〔二〕爲弟過慮也。

嗟乎！入世寡諧，知音難得，自兄行役，久不作詩。蓋以目窘方隅，身淹區里，不足以馳驅煙墨，嘯咤宮商。抑緣境遇轗軻，生涯寥落，牧承宮之豕，護高鳳之雞。折芰燔枯，量鹽數米，落紙而飛揚氣少，發唱而寒乞聲多。手未柔而且韜射虎之弓，臏將絶而莫舉函牛之鼎。待崔岐叔讀書五千卷，王元偉閣筆三十年，此時倚馬千言，必且加人一等。兄以爲然乎否耶？方今白藏紀序，朱律謝期，想攝衛惟宜，興居多豫，但望數行時標蘭訊，莫教萬里久斷魚緘。以休璉敘意之詩，當子雲《解嘲》之作。扃函

削札，一笑臨風。〔三〕

【校記】

〔一〕『槺』，吳鎮本、嘉慶本作『棟』。

〔二〕吳鎮本無『必』字。

〔三〕吳鎮本篇末評語：『議論大而非夸，其筆力則夭矯奇變，不可方物。（松厓）』

與張子白書

握別以來，屢易寒暑，人事推遷，境遇邅蹇。隔闊相思，發於寤寐，獨居邑邑，淒泫彌襟。側聞閣下始有遷擢之喜，繼有帷帳之悼，江淹之落入室，潘岳之簟竟牀。感念賢儷，提攜弱女，丐沐仰飴，觸緒增慨。君本多情，何以堪此！所望以禮制悲，排愁破涕，不必效蒙莊之達，亦無庸如奉倩之傷也。

某於去秋九月在都，奉先慈之諱，十月中旬倉皇就道。麻衣披星，野飯餐雪，塗路歨難，提挈細弱。資斧乏絶，到處滯留，臘月初旬，始抵金陵。苫次獻歲，回無錫舊居，屈指離家三十餘年矣。既觸蘇耽城郭之悲，又抱臯魚風木之慟，回溯子敬人琴之痛，兼軫彥威朋舊之傷。帶索冥行，則百憂交至；揜關孤坐，則哀憤兩集。覥顏視息，不知人世之可戀也。

先慈窀穸，已卜吉於十二月十九日。而翳茅負土，有待盧牟，傾楮解驂，誰爲佽助？所冀慈靈早安宅兆，則一身困躓，八口溝隍，俱所弗計矣。金陵旅舍與甘亭相遇，其才力雄獨，文藻富豔，方之古人，亦罕其偶。而窮年失職，戚戚寡懽，涼鐙空館，譚次時念閣下耳。隆暑告謝，商風戒寒，木葉隕地，長年易悲。蟲聲扶戶，獨客多警，風騷騷而振野，雲于于而墜天。我懷伊人，渺隔關隴，何時得促膝談心，一傾積愫耶！搦管操觚，言不盡意。儻逢風便，幸惠德音。

與家芸墅書

曩在京華，知閣下架學區中，飛才甸外，傳佳什於縑素，馳儁譽於倫好。下走之欽遲者，有年矣。顧春條秋蔕，氣候莫同，羈羽沉鱗，差池不狎。每懷雅度，不禁神依。迺蒙閣下謬採白望，先枉赤牘，輕苔魚網，出入懷袖。英瑶繡段，輝映几席，如獲百朋，喜慰無量。昔人所云，志均者相求，好合者齊顔，文章交道，非偶然也。循誦良書，快讀大集，嗢噱任沈，攀追鮑謝。函宫吐角，錩玉和鳴，情往興來，葩華葓布。煙霞命侶，苔竹寄懷，於模山範水之中，爲轢古切今之作。流連逸藻，嘯咏玄風，窮晨訖暮，不忍釋手也。

某容髮衰謝，學殖荒落。早困風塵，君賓非撥煩之吏；中更憂患，苞邱愧學道之人。兹復痛抱蒿莪，感深菀蔚，回首受書之歲，傷心不髦之年。失路蒼茫，窮途潦倒，長飢驅我，垂老依人。以致李翰思枯，鮑昭才竭，何敢主張文字之盟，管領湖山之勝耶？惠詩四律，天才掞張，風藻豔發，譬之餙混沌以須麋，被土木以綈錦。揄揚過當，比儗非倫，溢目增華，撫心多愧。廢業之餘，未敢酬和，端函削牘，聊布往懷。帶水可杭，相見或易。鶴望佳問，以代萱蘇。

答張介侯書

睽闊光儀，十易寒暑。道里隔閡，人事邅蹇，未奉書問，自知疏節。而仰高睎驥，歷年滋多，拳拳寸忱，時在心抱。乃荷閣下貽之良翰，惠以德音。椒桂之氣，合於嶔崟；魚龍之感，動於風雨。攄纚綿之雅思，暢經通之遠旨，蘭杜芬馥，琳琅清越。長卿亟其文藻，子雲摲其筆札，萬徧循諷，三陌距躍。惟是獎飾踰分，推挹過情，流汗騂顏，失容墜席。

敬惟閣下雅性都長，天才郎邁，玉瓚璪猛，黃鍾灑光，品登明堂，書校中秘。司淵向之籍，辨章舊聞；摛卿雲之辭，潤色朝典。發徐防之五十難，試李充之九千言。長才曠度，無所不淹，西州聞人，九牧稱嘆。乃未得久居承明，回翔禁省，一命作吏，遠踰丹徼。羅施俗異，牂牁路阻；削牘移病，投紱乞歸。不慕朱文之軫，甘守綠縢之帙，含光韜采，收華稚節，潛志墳籍，殫心經訓。默而好深湛之思，舒而為彬蔚之作，抉精剔華，擿伏發隱。近復講藝龍門，談經鱣舍，學宗鄭賈，文羞曹陸。榘模規箕，羣士步趨；神墨靈式，萬流慕習。凡夫常揔星氣，耿昌月行，逢門射法，宜僚劒道，劉昆清角，趙定雅琴，莫不元鑑在胸，靈珠入握。某初來關輔，得讀黔書，一斑驗豹，半毛測鳳。其紀載詳贍，搜揚奧廣，河圖括地，輶軒絕代。長沙土風之碑，建康山水之志，雖裴秀精審，闞駰通博，以今方古，殆有過之。大雅謙沖，恕其瞽論，辨雌霓之連蜷，忘蕪菁之唐突。許為眞賞，託以良知，文字心交，千里如面。子休之於惠施，君山之於班嗣，無以喻也。

某鉼管小材，蟲篆末藝，文繡鞶帨，刻雕冰脂，賈山僅事涉獵，江淹不嫻著撰。詞賦百六家，頗嘗留意；經術上下古，夙未究心。掇拾邱言，網羅瑣說。風蟲露鸖，助其呻吟；病葉狂花，同其迷悶。間嘗啾發投曲，雕鎸屬辭，大類辯人黄馬之談，徒貽下士蒼蠅之笑。兹者時邁齒戴，英華凋落，亦思窺六藝之旨，成一家之言，而老覺氣衰，疾令志沮，萱蘇未樹，鉛槧易疏。慚公叔之精專，遜伯業之篤嗜，日暮途遠，心爹力躓。如嚇河之臞夫，類移山之愚叟，誠恐典籍腐敝，學業沉隕，謏聞不遠，沒世無稱耳。兼之寄食殊方，端憂卒歲，入士鄉而友教，借經舍以棲遲。徒抱貞孤，甘同淪廢，雖謝瀹未嘗拒客，而王微不好詣人。坐此闊踈，遂相詬病，齷齱穴逕，藜蒿塞門。嗟身世之飄泊，惜朋儕之間隔，目感氣草，耳悲時禽，倡古寡和，呼今莫應。宜乎述造之無成，見聞之益陋也。閣下垂念陳人，曲加存問，所望遠頒鉅製，時示周行，發其疹憒，啟其聾瞶，俾鈍聞條達，庸神曉泠。則砥摩鉛鈍，或並價於龍阿；鞭策駑痾，得齊蹤於驥騖。君之惠也，何幸如之！邇惟攝衛惟宜，道履多豫。端函布復，言不宣心。

復張介侯書

前奉翰札，如獲百朋。璘玢在握，雕繢滿目，辱荷撝謙，曲加獎飾。溟澥浩森，猶納氿濫；恒岱巘嶫，不卑部婁。欽感之餘，慙恧無地。敬惟閣下素瓠習禮，青藜照書，華搴七英，藻速十札。潛神默記，導引後進；浮英湛德，追蹤前哲。宅心醇粹，樹義淵奧，瞻望英塵，不勝欽佇。承示大著，實爲巨觀，幽思詰屈，琦字琛麗。金鏗球戛，韃鞳動心，麟儀鳳師，騰翥爲瑞。身佩靈符，指撝怪偉，手脫神珠，激揚霆電。譬猶異錦百鑷，譎采氬費，奇花四照，瓌輝霅煜。璃宫玕殿，妙臻異境〔一〕，珉膏雲液，迥殊凡味。和璧獻而瓊玖淪彩，陽文進而娥媌失艷，固足含咀班揚，凌轢徐庾。不圖衰暮，覩此奇特，彥昇則當時無輩，持正則後代難繼。捧誦流沫，何啻絶編；珍貺秘藏，謹用貯枕。欽愛靡已，贊嘆欲絶。

拙著猥承見索，兹特呈覽。雉誇錦羽，殊異鵷鸞；貍炫文皮，甯儕龍豹？緬維往歲，翔步藝林，雖復枕葄圖史，鑽研典策，同傅毅之迪志，等趙昱之下帷，而早縛塵纓，糾紛衆務。中躓宦途，流離孤寄，文多率作，詩皆漫與。慙子長之愛奇，惋次山之嗜瑣，即今顛毛澌汨，壯懷積散。枯桐氣索，鍊不成雲；衰竹心空，吹難應律。偶復命筆，更難言文。衹以摯愛，遂敢布露，蚓竅蠅聲，彌增赧汗。伏惟大雅進而教之，不勝厚幸！講院生徒，比因秋闈試畢，盡皆倚席，不復橫經。叢竹檀欒，古槐蕭颯，涼風乍起，秋意薄人。緬懷風範，更增戀嫪，覼縷奉覆，敬候福履。馳企之抱，難以言宣。

【校記】

〔一〕『境』，光緒本作『鏡』，據嘉慶本改。

答陸秀三書

都門握別，七易暄萋。途路隔闊，人事邅蹇，長圖大念，隱心莫申。比來青門，瞬息兩載。夏間一奉手牋，略悉近況。而秋試在邇，生徒盈座，帖括堆案，疲精批閲，久羈裁答，寸心歉仄，非言可宣。价人就試來陝，復接良書，發函伸紙，恍如覿面。慰問有加，詞意懃懇，出入懷袖，企想彌深。藉稔足下杜門家居，覃思文史，採華落實，著撰日富。簞瓢捽茹，聊以自娱，膝前佳兒，已見頭角。晨燈夜燭，發篋督課，仲任閒靜，公叔貞孤，希風古人，庶幾未遠。

某講院棲屑，懷抱無俚，方徂隆暑，又値凜秋，涼雨一天，鳴蛩三徑。燈火青氈，江湖白社，鄉關羈思，形諸夢寐。至於出處久已，自審本尠才用，又乏經濟，肯以暮齒干於浮雲？自脊令抱痛，莪蔚銜哀，故山松楸，尚未成長。悲淚承睫，懸心若旌。願學羲之，歸誓墓下，貪冒苟進，實非素心。惠子知余，諒不爲怪，若輟西笑，卽應南飛。徒以一椽未卜，八口長飢，家室負累，米鹽瑣屑。却顧無資，前盼奚藉？戀此片席，以塞啼號，未能決舍，良用愾嘆！大兒在家，摒擋門戶，朋輩牽率，近就南試，文藝荒落，無可覬倖。次兒相隨，俾習經義，一知半解，未見斐然。豹雲貧悴，屈首經師，近復多病，呼醫飲藥，偶得相見，索寞寡歡。迴思昔時，分題角藝，光景如夢，渺不可追。飄泊天涯，惆悵何極！足下如赴春闈，定踐秋諾，翦燈聯榻，冀罄離悰。良會有時，希惟珍重。

答劉崧嵐書

崧嵐年大兄閣下：仲秋望日，接奉良書，發函伸紙，喜與忭會。知閣下言辭京輦，遄歸梓里，游梁入洛，復回運城。萬卷羅胸，雙珠在掌，人生至樂，誠無以逾！下風企羨，非可言喻。並稔閣下興逸區中，趣寄塵外，躡康樂之屐，佩紫微之壺。欲搴玉井之華，蹠巨靈之掌。氣豪拂霓，詩奇問天；名呼林央，志擬禽向。因命不佞，共探幽奇。

自惟靑鞵布襪，本有前期，翠巘丹崖，屢入昔夢。西風涼冷，尋問眞源，極欲追隨，以償夙願。無如精力衰羸，腰腳疲苶，本乏濟勝之具，又抱幽憂之疾。覽鏡顧影，則蒲柳呈姿；臨壑怨遥，則煙霞絶想。足躓蟻封之垤，力殫魁父之邱，散步行藥，猶覺呀喘。而況太華千仞，拔地倚天，高峯尋雲，深谷無景。未能懸崖撒手，固當望岫息心。通天敂門，欲觀栝栢之箭；布地求福，愧乏棗梨之錢。既負嘉招，又乖素尚，臨風軫慨，愴悢何言！所望閣下清遊既愜，高軒早臨，翦燭西牕，藉傾積悰。會言近止，何快如之。

答吕湘皋書

齊年昆弟，卅載暌離。秋初趨叩高齋，蹉跎不面，浦颿風利，遽爾解維。迺荷閣下垂念故人，河干延望，遠辱手筆，追路相尋，託赫蹏於沉鱗，寄削哺於羈羽。文采鉅麗，慰喻綢繆，出入懷袖，紙縟墨渝，一日千周，以當侍會。並示大作《太白墓表》，鯨鏗春麗，驚耀天下。卷裨海之長瀾，搴鄧林之鉅榦，謫僊有知，猶應頫首。鄙製嵬瑣，曾何足云？猥蒙緒論，曲垂奬飾，撫衷循省，彌增慙恧。

弟草土餘生，家居貧悴，積石不食，刮毛無氊。相如游梁，禦冠嫁衛，長飢驅我，垂老依人，再入秦關，事非得已。牛屋星飯，雞棲露宿，中賢《失意》之賦，節士《愁思》之歌。精力銷亡，髮容凋謝，孟冬十日，始抵靑門。就劉瓛之經舍，入周續之講肆，耗歲月於蒲柳，寄生涯於蟫蠹。鄉路千里，良儔三五，感憶星辰，驅役魂夢。愛而不見，我勞如何？恂齋南歸，刻日遄發，匆匆搦管，聊布往懷。稚存、味辛諸兄，不及札致，晤時幸為道念。天氣嚴寒，伏惟保愛，不盡欲陳。

與陳雲伯書

自違譚讌，忽更歲籥。山川超緬，鱗羽淹滯，每懷雅度，惄若輖饑。敬維閣下，製錦宣猷，鳴琴著化，侍奉多福，循蘭在陔。拊循有方，拔薤當戶，臺府賞譽，閭閻歌頌。儁譽雷顛，清聲飈起，下風傾聽，喜與抃會。某遠越隴坻，坐守經舍，敝氊折几，蕭寥無侶。戒香定水，枯冷如僧，涼風碭駭，秋陰黝儵。廣除十笏，荒宮五畝，寒卉宗生，幽鳥族聒。每當晦雨溟沐，長廊隱翳，壁苔紅綠，色類殘畫；砌蟲啁唧，聲應古瑟。對茲岑寂，殊乏趣向。慨焉寤嘆，念我故人，莫由咨覿，彌增苑結。加以倫好殊寡，呼唱莫應，帖括塡委，苦乏秀異。丹黃點注，彌損神智，才思轉退，撰述亦稀。每念閣下快字淩紙，儁語霏屑，每示一篇，輒諷百過。譬猶神鄉奇帛，經緯騰輝，海國異香，肝脾沁馥。睽離日久，吟咏更富，愛而不見，搔首踟躕。何當郵示，慰其索莫？至於旅遊寡味，徒事羈泊，僚黨拗歡，更無結納。貧悴冗散，有似孝標；潦倒羸疎，竟同叔夜。徒暖姝而自好，甘貞孤之不諧。無如甄宇篤學，終累家室，向平肆意，未畢婚嫁。生計蹙迫，方寸堙鬱，每翹首南望，未嘗不自悔西笑也。

小兒夔生，兩謁高齋，備蒙款洽，閣下念其窶貧，加以周恤。俾昌黎舉室，暫止啼號；史雲窮居，不須捃拾。分金指囷，誼等古昔；呴濕濡沫，通其有無。高義如斯，銘感尤極！某射猶觀於兔首，味無戀於猪肝，興切蓴鱸，夢繞松桂。會泛江頭之棹，佇陪湖上之尊，相見匪遠，馳神轉切。端函削牘，敬候近祺，書不盡言，但聞爻繫。

答岳一山書

春明，盍宗詶酢歡洽。山川隔閡，星歲遷貿，光景莫接，波濤寸心。駐車關輔，談藝橫序，坐戴憑之遺席，擁馬融之舊帳。屏營無已，馳卬倍增，遠辱損書，曲蒙存注。子元論議，懸河注瀉；令明辭義，澄波淵映。披閱雒誦，不勝慹服。敬維閣下早辭清要，夙標高尚，白華致養，詩咏壽康。冰鑑衡文，士欽精藻；總攬英偉，搜緝文獻。高風遠洽，化雨溢流，駿譽日隆，多文為富。植耳逖聽，欽挹良深，關內神皋，人文蔚起。惜某往歲捧檄，遠在邊鄙，今來主講，又尠結納。暖姝藏拙，孤陋抱愧，一時賢達，罕通紵縞。幸得指示，昭若發蒙，藉茲品題，可希津逮。物色異人，從茲始矣。

每怪秦中自三李、山史、豹人諸先生後，詩文傳播，音響沉閴。既而思之，蓋非人材寥落，步武乏絕，良由表章無人，是以湮滅不顯。即今屈指，已得數人，或紹詞賦於淵雲，或辨聲形於倉雅。强君星學，則甘石之經也；介侯黔書，則裴闞之志也。並世如此，前此堪知。昔《玄文》五千，尚虞覆瓿；紫宙三萬，幾無剩牘。謨觴古簡，半歸蠹蝕；宛委殘編，悉聽鼠齧。流傳之難，古今同嘆。伏維閣下，望崇關學，蔚為儒宗，繼馮、李之淵源，奮王、康之文筆。土壤不讓，羣士學山，魁杓所指，君子秉斗。則網羅遺佚，補綴殘缺，攄懷舊之蓄念，發潛德之幽光，非異人任也。久勞蒐訪，定多創獲，一經著録，即播遐邇。斵石而寃璞呈輝，探波而遺珠迴照。宣揚風雅，嘉惠後學，甚盛事焉。某雖衰鈍，樂觀其成。尚望留意，以副厚願。講院生徒，向荷教澤，即今馳企，悉感化裁。守丁恭之講義，遵劉昆之典儀，文學皆欲就匡衡，朱墨則猶傳董遇。靡醢所漸，風流未沫，臯比繼擁，教授空勤。無袁遺之篤學，詎可為師；異崔儦之讀書，聽其入室。玄惟尚白，青易出藍，内手捫心，良增慙悳。何當時聆屑鋸，教以斲輪，永戢箴規，庶寡𠷣咎。至承渥愛，問及出處，關念篤摯，感佩靡涯。

某少無宦情，誤紲塵鞅。毛義作吏，實資禄養；顔駟為郎，即同引退。今者永抱風木之悲，長茹脊令之痛，久傷哀樂，更乏趣嚮。且日月逝邁，精力衰耗，等長卿之痟渴，同子雲之顛眴。顧兹疲茶，豈期榮進，稍謀山資，即返野服。幸畢願於婚嫁，庶樂志於邱園。雖復公叔貞孤，史雲單陋，生計蕭瀍，經營拮据，然道在日損，性無所溺。處兹窮約，亦當有以自娱耳。拙著詩文，曾付剞劂，並求是正，以祛蒙霿。自維少尚偏奇，老謝精詣，智慧日減，撰述亦稀。同許惇之隱几，愧君孟之伏書，炳燭已遲，懷鉛徒奮。所望加以繩削，賜之甄録，俾附驥驥以長傳，不共烏蟫而俱朽。其為感激，甯有既耶！

復法梧門書

敬復者：某於去歲恭閲邸抄，伏讀上諭，以内府所藏《全唐文》宣付文潁館，令詳稽載籍，加之補輯，校勘完善，進呈乙覽，刊刻頒行。欽惟聖祖仁皇帝《欽定全唐詩》，海内奉爲矩矱。我皇上崇文講學，嘉惠士林，聖治光昭，後先繼軌，文章際會，千載一時。凡方聞向學之儒，萬頸胥延，以先覩爲快。竊謂自漢魏以來，辭章著撰之富，無過於唐，玉海金淵，莫測涯涘。先生以通博之才，領纂輯之任，搜羅散佚，冀無闕遺。猶復采及芻蕘，以編次之例，殷殷下問，不揣檮昧。敢以管見所及，爲閣下陳之。

按《藝文志》有總集之目，有別集之目。如《文選》、《唐文粹》、《文苑英華》所采詩文，分體編纂，此總集例也；若專家單行，則謂之別集。《欽定全唐詩》則彙別集而爲總集，篇章宏富，蔚爲大觀。其例以人繫詩，時代先後，秩然不紊。今《全唐文》亦應遵照此例編纂。其人之名位不顯者，當考其出處交遊，按年羼入，庶無舛互。此體例之宜審者一也。按《全唐詩》於諸家之有專集者，逸篇必錄；其無專集者，單辭必收。今如王、楊、燕、許、韓、柳諸大家文集，其完好者，無論已然。而釋迦成道之記，子安之集失編；西域經記之序，燕公之文不錄。自當旁搜博采，補入集中。至若馬賓王之章疏，郭汾陽之表奏，鄭台文之露布，見之《唐史》而無專集者，指不勝屈。偉人鉅公，猶復如是，其寒畯單門，一鱗片羽零落者，又復何限！應徧檢新舊《唐書》、《佛藏》、《道藏》及別集之附見者，如《李太白集》之有范傳正《碑》，《昌黎集》之有李漢《序》，《杜牧集》之有斐延翰《序》是也。以收散佚。此體例之宜審者二也。按《全唐詩》選詩而不及賦，以賦雖古詩之流，而其體則近於文也。唐以詩賦取士，功令所繫，故作賦者尤多。今諸家之有專集者，其賦自冠其文以行。至如盧肇《海潮》、何諷《夢渴》之類，一賦之外，別無著撰。場屋覓舉之士，僅傳一賦者，不可勝數。《全唐詩》有止登試帖一首以存其人者，今之錄賦亦當如是。此體例之宜審者三也。又考唐人文集，兼有子史，如昌黎之《順宗實錄》、杜牧之《罪言》、劉蛻之《鼎書》、羅隱之《兩同書》、皮日休之《鹿門子》，其本在集內者，自已全歸著錄。其在集外者，如《國史補》、《讒書》、《猗玗子》之類，卷帙綦繁。如欲盡采，則盈箱充棟，如竟置之，則與他集之例不符。此體例之宜審者四也。按《全唐詩》采晚唐之詩，兼及五代，是以韓偓、韋莊、孫光憲等之小詞，均歸甄錄。蓋韓偓諸人，雖託身霸國，而俱係唐臣，是五代之於唐，猶餘分閏位，當比附以傳，不能離異也。歐史不載文字，薛史間載詔命章奏之屬，至馬令《南唐書》所載之文，俱係全篇。吴任臣《十國春秋》，雙行小注中，采文極爲詳備。其餘諸國霸史，如有遺文，均應采入附於末簡。此體例之宜審者五也。至小説九百，本自虞初，干寶《搜神》、吴均《志怪》，《列仙》之傳、《靈鬼》之記，漢魏以來，篇帙甚夥，洎乎唐代，爲類尤繁。按《全唐詩》凡童謡里諺之辭，勞人思婦之什，僊靈詭怪之語，滑稽慢戲之流，片語必登，罔有遺漏。以此類推，唐人小説不下千種，《廣記》五百，已不勝收。或當列之外篇，或竟置之别録。此體例之宜審者六也。再歷觀唐之初盛中晚，自貞觀以至龍紀，作者往往以駢散序言冠於詩首，致爲詳贍。如王勃之《滕王閣》、王維之《送秘書晁監》、柳宗元之《平淮西雅》。《全唐詩》於此類，則登其詩而并録其序。然文可以入詩，詩不可以入文，今將録其序而遺其詩乎？抑并不録其序乎？此體例之宜審者七也。至來書所云金石文字，頗難搜訪，然近日如王述庵先生之《金石稡編》，搜羅最富；涇川趙琴士之《金石文鈔》，校勘尤精。其餘考據金石之家，自歐趙至今，不翅百有餘種，似尚無難裒集。惟是吉金樂石，歷年既久，剝蝕寖多，志金石者或可以闕文存疑。若采入《全唐文》，則當旁引曲證，以期完善，是則搜訪非難，而考証實難。任其斷爛，既難入於簡編；妄下雌黄，又恐滋其附會。此體例之宜審者八也。

頃聞此書總裁，皆當代宗工，又得晴芬、石士、芙初諸君爲之分纂，而先生潤色其間，撮指條篇。原原本本，而文淵《四庫》所藏唐人别集，極爲美富。行見勒成一書，高文鉅製，照耀千古。上克副乎聖心，下加惠於來學，豈不懿哉！某無袁遺之强記，如師丹之善忘，精力銷殘，學殖荒落，平生記誦，十不得一。聊布區區之忱，冀垂省覽焉。某頓首再拜。

三易注略序

余友洮陽吳松厓先生，儒林丈人，僊都外史。蚤耽白業，晚嗜玄言，遂精二氏之書，喜交方外之士。昔爲余言，去金城一百許里，其山曰棲雲之山，丹厓百尺，翠壁萬尋，羲舒蔽虧，雯霞蔚駁。有悟玄道人者，雋逸士也。葺宇山間，閉戶靜習，瓊綱玉緯，靡書不覩。而夙心冥契，尤善易言，亹亹良談，時標勝理。余心慕之，而未得見。庚午夏，余改官曹郎，謁選北上，小住金城。道人弟子某，持其所著《三易注略》一書，謁余求序。余受而讀之。其書扶寸，共數十餘萬言，凡夫《河圖》、《洪範》之精，八卦、《九疇》之序，先天後天之秘，無極太極之原，蒼牙通靈昌之成，素王翼元公之蘊，苦縣漆園之邃奧，參同抱朴之隱深，莫不手探月窟，足躡天根，究其指歸，泯厥同異。攬之不見其極，索之彌覺其深。如水行地，各疏於源，如湯沃雪，胥歸於化。洵可謂宣聖之功臣，豈第爲伯陽之益友哉？

余去國千里，遊宦廿年，徒抱向平長往之心，難尋興公《遂初》之賦。陳桃入夢，悔三爻之未吞；管輅共談，愧九事之不解。讀道人此書，覺情冥言詮，意與道適，煙霞召我，泉石親人。緬塵外之孤踪，想山中之樂事，悔不投簪釋紱，早事玄虛。而髮容難待，精力就衰，望岫息心，撫鶴寄慨。生平舊遊如松厓輩，或復離散，或爲異物。惠施既逝，莊周嘆其質亡；輔嗣云遥，士衡難於索解。今昔之感，曷歛奚極！道人殫精繫表，密契玄攡，天人啟棊，情理兼遺。黄芽白雪之妙劑，璧檢金繩之寶書，坎離何以共濟，姤復何以相邅？二五妙凝，陰陽協變，知必有以異夫人之爲之者。善《易》者何必不言《易》也！讀竟，爲書數語於簡端，道人見之，亦知余有慨乎其言哉。

李墨莊使琉球記序

《使琉球記》者，賜一品服中書舍人副使李墨莊先生所輯也。洪維聖神御宇，遐邇來王，熙皥之化既成，醇醲之德斯布。嬰瓌璗琫，執壤奠者四方；鯤鱷彗濤，慶晏靜者八極。標若華於東道，置戴勝於西門，委炎火於南垂，棲燭陰於北陸，提封無外，振古未聞。琉球者，雒常之附枝，鱗洲之小水，歲貢方物，世爲藩臣。嘉慶四年，歲在己未，國王尚穆世孫尚温表請襲封。聖主懷柔遠籓，錫以恩命，臨軒召對，特簡儒臣。於是趙介山先生充正使，先生副焉。賜麟蟒服，奉典册以行，禮也。先生學該衆流，識洞九變，乘風破浪，遂其壯懷。浮槎貫月，符其吉夢，兹迺握英簜之節，被織成之衣。鷁首乘雲，蜺旌耀日，精誠自矢，甯同虚誓。愆祈忠信可憑，何慮持衰不謹，天威所被，靈貺聿昭。祥飆送颿，神魚扶舳，鯋渜鰟渚，清瀾鏡澄。伏鱗昇鼢，采色錦絢，無蛟鱷之患，颶颵之災。凡六晝夜，徑達所屆。前驅負弩，夾道焚香，國主稱娖以迎，陪臣黎收而拜。先生迺宣揚恩意，砥厲清操，俾海邦懷德，知中國之有聖人；荒服覲型，識大朝之多君子。銜命而出，成禮而還，往來利涉，重險如夷。前此所未有也。

爰自始事，及遵歸途，循天曲日術之法，比年經月緯之例，凡所目擊，咸登掌錄。每當星館宵静，風簾晝清，黄車使者，博採方聞，組帶儒生，能獻舊典。詢軼事於晁監，寫遺經於奝然，偶搜奥義，如獲珠船。廣集散材，待搆雲屋，遂迺表士女之風節，載官司之典章。志山水之麗崎，記物產之瓌怪，油素四尺，鉛槧千言，文不矜奇，事皆紀實。昔騫英鑿空，未聞論撰之工；酈桑著錄，徒囿方隅之見。若夫出宙合之外，覽溟渤之勝，以今方古，殆過之矣。是記也，王會有篇，職貢有志，彰國家之盛美；歸義有表，樂德有歌，嘉遠人之賓服；輶軒有采，皇華有述，勤使臣之職業。三善咸備，九能共推，公之藝林，永以傳信。不揣檮昧，敬爲序引。自知淺見，甘貽測海之嗤；徒罄褊詞，終媿懸河之目。

午風堂叢談序

《午風堂叢談》者，今農部侍郎鄒曉屏先生之所輯也。先生行爲士則，學本儒宗，著述思專，風雲才大，早預石渠之選，徧覽延閣之藏。吉茂力學，恥一物之不知；董遇耽書，得三餘而自足。既而翱翔九列，揖讓三雍，癖嗜緗緹，不殊寒素。休沐而未嘗釋卷，退食而便已下帷，蒲牒堆牀，墨書盈掌。精力所聚，咫聞遂多，積有歲年，編成卷帙。某受而讀之，曰：

夜光鼂采，非寸璧小璣之可希也；承雲六英，非扣缶拊瓴所能和也。詧廷之魚，不知渤澥；榆枋之鳥，詎識鄧林？雜學難語於方聞，鄙儒終慚於都士。先生受宣室受釐之召，讀東觀未見之書。上丁釋奠，陪盛典於環林；元日談經，奪諸儒之重席。洎乎持節登嶽，觀風遵海，訪漢碣秦松之跡，尋金繩石碣之封。摩挲禮器，曾昇聖人之堂；瞻拜緇帷，並識驕孫之祔。以至庸成所守，唐述之儲，莫不寫定裝池，標題置篋。惟見聞之廣博，斯記載之宏通。如千腋之裘，被之而晏溫；如百末之醞，酌之而馨逸。宜乎自成一子，無煩畫羽繡鞶；高挹羣言，不媿履絇冠述矣。慨夫曲學披猖，鯫生詭激，專求怪説，好著聱書。效乾腜之鬱憂，續猗玗之隱僻，甚或承公孫龍之餘竅，拾鬼董狐之剩言。嫚罵爲工，洸洋自恣，衹足供淺人之嗢噱，初未窺大雅之籓籬。先生駕説必持其平，數典能舉其大，樹義悉探其賾，修辭務立其誠，朱紫不淆，蕭蘭自別。裴遐齒頰，時聞琴瑟玄音；太初襟抱，自有尊彝法物。洵足爲百家之錧轄，六藝之喉衿也已。至若辨金石之異同，析題躞之新故，草木之狀偶採稽含，蟲魚之疏間徵郭璞，職方之識鼷鼠，大中之對騶牙，斯又博物之别才、通人之餘事也。

某業未勤於目耕，學實漸於耳剽，頴嚴淺近，靈運空疏。求靡蓱於中逵，尋蒸棗於東海，徒勞刻楮，終等鏤塵。愛安國之《陽秋》，茫乎莫贊；泛思光之《玉海》，浩若無津。浴素陶玄，公真握萬流之鏡；索途擿埴，我悔廢十年之書。

黄冶齋先生安定守城事略序

乾隆庚子辛丑之歲，余與冶齋先生先後試吏蘭州。既而先生補安定，余得伏羌，又同爲鞏郡之屬縣焉。比肩百里，列宰一同；並綰銅墨，各乘邊障。先生正潘掾西征之歲，賤子亦陸生入洛之年，契密均茵，交深傾蓋。暢挹宏抱，快接英談，擕徐邈之酒鎗，鬬江洪之詩鉢。嘯歌不廢，賓從多賢，陶陶焉，洩洩焉。自謂古之石交，不是過也。

無如前塵易謝，良會難常，正欣拙宦之多閒，詎料陰機之竊發。花門搆孽，榆塞徵兵，地出蒼鵝，庭棲白雁。當軍書之火急，驚驛騎之星流，文案自環，職事塡委。先生迺從容辦賊，談笑臨戎，謂首惡既除，則千奴喪膽；先幾有備，則衆志成城。亟淸張角之風，早廓雄鳴〔一〕之霧，擒此大憝，如縛孤雛。決義兵之勝，兔起鳧趨；揚壯士之威，螽耀蛟奮。卒使纛旗一指，祅氛四除，謝艾可謂雋功，許歷足稱完士矣。時則幕府上其勤勞，天語加之優敘。迺遽罹金布之獄，旋有謫戍之行，竄亭伯於遼東，徙長瑜於關外。冰天雪窖，淒涼節士之心；管木吹金，忼壯騷人之氣。穹廬夜起，服匿晨持，代馱嘶風，邊笳裂月。鸊鵜泉涸，征人之淚空垂；蠮螉塞長，異域之愁曷極！山頭送別，臺上瞻鄉，水縱知歸，而雲難託訊。飄零絶徼者，凡十餘寒暑焉。既而聖主宣恩，蒼天與直，雞竿詔下，雁磧書傳。占角馬而生還，隨旄牛而內嚮，枌榆凋落，重尋故墟。齒髮蕭衰，欣逢舊侶；茲來燕市，同話曩遊。流光不居，陳跡如夢，平生尹范，孰是知心？海內應劉，半爲異物，宵闌燭燼，雨暗星沉。能無侘傺傷神，欷歔掩涕也哉！

雖然，不偶者命也，不朽者名也。先生雖一官屯厄，萬里羈孤，而宣猷布惠，標三異之稱，捍患禦災，寄百里之命。漢代桐鄉，奉嘗朱邑，周時畏壘，尸祝庚桑。況復建倉英之旗，衣成慶之服，激據鞍之壯志，攄磨盾之英思。果以公忠，得邀懋賞，名重登於朝籍，績更著於荆圻。亮節邁倫，隱德及物，此又內手捫心，差堪自慰者矣。某以譾劣之材，荷知顧之雅，雷封接壤，簜竹分符，共嬰獸角之危，並效羊玲之守。而頹年急節，志業蹉跎。茲者素髮掩玄，枯顏落蒨，濫竽吏隱，屈首郎潛，負良友之厚期，慨修名之不立。循覽斯册，又不禁感愧之交集也。

【校記】

〔一〕『嗚』，光緒本作『鳴』，據嘉慶本改。

吴黼僊詩集序

夫炫妖麗於娉婷之市，而首行偏列讐糜；設瑰奇於錦繡之叢，而上貨先陳氍毹。祇形蚩鄙，貽誚通方，宜袖稾以自慚，縱禿毫而何益？雖然，桐魚吴石，質殊者聲應也；黄鐘牛鐸，氣感者音調也。《土爐》一賦，交孫逖以忘年；雌霓數言，許王筠爲眞賞。高軒握手，偏愛總髮書生；奇士論交，何必華顛胡老！則展煙墨之清光，發綈緗之渥彩，知公有素，舍我其誰？

黼僊先生，季子靈苗，孰哉華冑，夙標慧悟，幼有奇徵。龍門碑字，一覽不忘；靈穴册書，千言能記。篚盛靈產，窺七政於星臺；箸轉甄鸞，握五曹之算術。布文楸之罫，智運六奇；拂野繭之絲，妙傳雙璅。李陽冰雄推筆虎，董仲綏智作儒梟，固已馳譽者雷癲，藉響者川鵞矣。況復自抽妙緒，雅愛清吟。韋應物五言製就，妙絶時人；劉夢得七字裁成，目無餘子。歌前燭底，雪夜霞朝，擒詞而花蕚爭開，擊節而瓊瑰亂落。泠泠幽韻，有松石閒情；落落神鋒，是風塵外物。加以流連景色，悵眺關山。閩中十五樹，文通之賦物偏工；劒外萬千峯，子美之紀行獨妙。嗟乎！弄煙墨於愁中，等身不易；運才思於方內，超俗爲難。勞生無晷刻之閒，歧路有漂零之恨，而清言霏屑，錦字盈囊。此其孤抱崇情，所以加人一等也。

向使先生佩紱龍樓，握蘭鶴籥，校琅函於天麌，簪彩筆於文螭。卿煙僊露，子昇得意之篇；木葉秋雲，文暢知名之句。椒壁〔一〕競書其宮體，梨園爭譜其俳歌。雲箋江硯，十吏給札而前；銀燭金花，兩婢捧毫而進。就令千張官紙，盈宣禮之巾箱；萬顆珍〔二〕珠，貯昭明之錦帶。徒勞騁博，詎足矜奇？抑或掛檄而逃，買山便隱，得八百株栽桑之地，有二十頃種秫之田。一邱一壑，幼輿身置巖中；半郭半郊，彥寶心遊物外。通明夢覺，只聽松風；摩詰閒來，惟鉏瓜圃。瓊敷玉藻，蕊簡金書，雖其屬思之經奇，亦緣處境之超曠也。所獨難者，窮年坎壈，終歲奔馳，擔鏡具以辭鄉，策笥將而就道。西泠小住，煙水供愁；南國重遊，鶯花惹恨。一登蜀棧，兩度秦關，弔古墓而草沒豐碑，問舊宮而湍流壞道。冷炙殘羹，杜老曾遊幕府；羸童疲馬，伍喬空憶山林。既而侘傺回車，蕭寥閉戶，樵蘇不爨，杞菊全荒。時牽殗殜，黃鷁爲災，重以艱辛，青蚨告罄。漢陽西縣，悽涼窮鳥之吟；光德南坊，惆愴病梨之賦。髮容難待，精力行衰。斯時也，即不遇士衡，故應燒硯；有懷介子，從此投觚矣。而先生猶枕圖葄史，咀徵含商。夙眈古癖，上藥難醫；別築詩城，偏師莫破。蕭瑟泓崢，得江山之助；雕華綺密，擷竹素之精。蓋桐焦爨下，始出異聲；劍閟函中，仍衝寶氣。名山有待，絕詣必傳。雖盧照隣之遭際，永抱五悲；而劉光伯之平生，不留一恨。此又內手捫心，差堪自慰者矣。

某樗櫟微材，菰蘆下士，曾拜老龐牀下，頻過陶令門前。香火緣深，金蘭誼重，空執鞭其有願，將追步以何從？不揣卮言，敬爲嘷引。從兹初日芙蓉，鮑照定謝公之品；會待秋風桂樹，劉安學屈子之騷。〔三〕

【校記】

〔一〕『壁』，吳鎮本作『璧』。

〔二〕『珍』，吳鎮本作『眞』。

〔三〕吳鎮本篇末評語：『筆力矯矯，捫紙上，若有鋒稜。（松厓）』

顧韶陽詩詞集序

夫聆《九磬》《六莖》之樂者，始知《擊轅》之可鄙也；覩齊雲井幹之構者，始識採桑之爲陋也。足躡蝯眩之岸，則塊阜卑矣；身泛鯤運之波，則蹄涔隘矣。苟屬拘方之士，難言鉅麗之觀。憶自幼涉縹緗，少攻綈槧。鱺辰馳譽，銅儀玉樹之篇；綺歲迎賓，銀杏金桃之對。每淋漓自喜，雕繢爭工，捫古篆而文説探來，笮大材而詩將飛去。驅藝林之甲卒，任嗤世盡雌材；望藻府之旛旗，試問誰爲勍敵？則有吳中佳士，江左名流。青楊巷口，舊稱蕭慎隣居；丹柰齋頭，少與楊愔同塾。如我韶陽顧子者，今之振奇人也。家傳野王之學，能貫一經；人是長康之孫，夙嫻三絶。英姿玉立，壯思泉流，發唱而豔雪爭迴，擊節而驚花亂下。乍幽乍蔚，夏孝若之精思；一縱一橫，馬相如之健筆。固已共推賦手，獨擅詩豪矣。

況乎早歲飢驅，頻年作客，茸城春草，魚泖涼波。聽風亭之唳鶴，二儁祠荒；採江渚之香蓴，三高跡杳。流連花鳥，惆悵煙雲，鮑照歌行路之難，王粲賦登樓之恨。弔往事於頹垣斷塹，留妙墨於旅壁郵亭，宜乎標句雄奇，抗聲哀厲也。加以餘波綺麗，逸思清華。桓君山雄文鉅手，妙解宮商；蔡伯喈曠世逸才，旁通音律。紅鹽價重，白紵詞工，愁言則河女三章，古調則山香一曲。拊幺絃而彈阿濫，掐檀拍而譜龜茲。是則出其才技，足了十人；何必借彼齒牙，始堪千古。然而才能折命，學不療飢，巵戴清癯，朝霞貧薄。典班書而貰酒，爇魯論以充薪，日暮途遥，天寒袖短。侯門路絶，懷一刺以誰投；米市價高，索數升而未得。半帙芙蓉之譔，詩豈成妖；滿牀蝌蚪之書，文工作祟。是又金壺灑墨，和痛淚以俱流；紫石濡毫，寫牢愁而不破者矣。

某宴歲長貧，閒居多感。碧海青琴，惜知音之難得；枯魚窮鳥，笑同病之相憐。所望苦轉爲甘，慧能兼福，焚蘭而香彌烈，埋劒而氣難銷。猥以六甲四數之文，弁之萬字千言之首，竊君麗篆，愧我蕪詞。三徧讀何郎之集，不覺神移；一卷得謝令〔一〕之詩，頓祛口臭。〔二〕

【校記】

〔一〕『令』，吳鎮本作『守』。

〔二〕吳鎮本篇末評語：『媿黄儷白中，乃有崩雲湧雪之觀。大奇！大奇！（松厓）』

洮陽詩鈔序

《洮陽詩鈔》者，余同年友李元方刺史之所輯也。原夫鐵勒雄州，素昌古郡，風土清壯，山川奥奇。我朝文教覃敷，英才蔚起，踐三唐之閫閾，窺六代之牆籓，幾於人握夜光，家藏鼉采。先是，張康侯、牧公兩先生，急難競秀，同懷振奇。摛銳藻之繽紛，飛清機之英麗，足使儀廙失步，溉洽慚顏。惜其齡促，才未可量。洎乎松厓先生以通博之才，爲沉研之學，激揚鐘石，揮斥風雲。探丹縢於宛委之山，捫麟篆於陳芳之國，貫穿五際，罣牢羣能。前哲遜其精深，後生奉爲準的。其餘方聞素士，婞雅儁流，跼壁耽吟，閉門索句，喻鳧少綺羅之習，張祜有竹柏之姿。虎獄鬼炊，抉古人之窔奧；撐霆裂月，劫作者之肝脾。片語推工，偏師制勝者，又未易僂指數也。

嗟乎！波流電謝，薰歇光沉，慨後起之無人，恐浮名之難恃。沉之江底，信明一卷之詩；投嚮溷中，長吉百篇之集。昔日之鏤冰刻楮，徒擲精神；今朝之覆醬補袍，終歸蘦落。興言及此，惋嘆何窮！元方是以不憚蒐羅，加之綴輯，登美珵之六寸，補僊衣之五銖。從此焦桐爨竹，音響長留；秋菊春蘭，英華靡絕。祭先河水，樂操土風，豈惟枌社之美談，抑亦藝林之秘寶矣。至若謝家昆季，庾氏知交，雖阿連之才悟不凡，而孔顗之聲名未立。微雲疏雨，詎乏清詞？池草園禽，非無佳語。不惜齒牙之餘論，俾附壇坫以同傳。如隱侯之十詠，最賞王筠；豈蕭兩之一編，不收何遜。平輿負人倫之鑒，樂安推風雅之宗，洵有意於奬成，復何嫌於標榜乎？剞劂未竟，元方出牧劍州，馳長卿之檄，勒孟陽之銘。時值張角挻災，裴優起霧，桴鼓有傳聞之警，芻茭極供頓之煩。迺遠惠良書，屬予論次。當軍書之蠭午，猶才語之蟬嫣，可謂好學深思，義心清尚者矣。至元方專集，其外弟吳小松《仿唐芮挺章國秀集》之例，亦附茲集以行。余前已序之，不復贅云。

石田子詩鈔序

昔皮襲美編甫里之詩，皇甫湜作逋翁之序，或耽閒適，或事壯遊。故語其幽異，則吮煙液而漱雲華；敘其高奇，則穿天心而出月脅。若乃早年埋照，沖襟蘊泉石之靈；中歲長征，健筆得江山之助。此爲才子之最，兼有詩人之長，於吾友石田子見之矣。君天才爽邁，風骨端翔，少解屬文，早工索句。茸城春草，追二儁之風流；圓泖涼波，洗六朝之金粉。宜乎吐辭新拔，發韻清鏘，名家惟錢起擅場，舊手讓王筠獨步。味在酸鹹之外，千里蓴香；韻高松石之間，三霄鶴警。固已掃纖穠之習，標儁逸之稱矣。

洎乎感廣川之不遇，抱季重之長愁，橐筆南辭，驅車西〔二〕上。想橫汾之簫鼓，覽全晉之雲山，揮毫鸛雀之樓，仗策蠮螉之塞。更復由牂牁而經越嶲，踰爨氐而歷夜郎，弔花鳥於三春，愴風煙於萬里。碧雞金馬，耀光景於詞鋒；洱月蒼雲，護波潮於筆海。時則雄心憤薄，逸興飛揚，白眼睨人，青樽對客。陳元龍湖海之士，豪氣未除；吳武陵遊俠之魁，壯心不已。千言倚馬而可待，八韻叉手而立成，觀其才性之益奇，可知詩格之善變也。遂迺遨遊既久，聲譽彌華，名卿皆交口以說項斯，幕府時折簡而招阮瑀。雍容入洛，慷慨過秦，泛竹箭之波，蹠蓮峯之掌。蕭關遊子，隴首勞人，隗王宮畔，煙草蒼茫，大夏城邊，雲沙回互。君於是增平子之遠思，覺長卿之倦遊，氣更斂於木雞，學始成於秋駕。據鞍得句，跡已半於區中；仰屋著書，心忽歸於天外。其爲詩也，雄深而蒼秀，清峭而纏綿。此眞凝於神乎，無以測其至矣。

僕也十年落拓，取誚麤〔二〕官；一障棲遲，祇諳傖語。喜他鄉之得侶，笑結習之難忘，題襟而醉墨淋漓，擊鉢而豪情激越。話到西牕，偏宜聽雨；人逢東野，只願爲雲。白犬丹雞，早結千秋之契；明珠翠羽，終輸十倍之才。數晨夕以彌年，攬篇章兮盈篋，爲君編錄，攄我襟情〔三〕。愧喤引之末工，覺巵言之無當。敢云元晏之作〔四〕，能重左思；或附仲言之詩，兼傳劉綺云爾。〔五〕

【校記】

〔一〕『西』，吳鎮本作『北』。

〔二〕『麤』，吳鎮本作『麄』。

〔三〕『情』，吳鎮本作『懷』。

〔四〕『作』，吳鎮本作『序』。

〔五〕吳鎮本篇末評語：『清切新穎，此蓉裳作意之文。（松厓）』

吳松厓詩集序〔一〕

懿夫！車轔駟驖，秦聲列於《國風》；整甲辛餘，西音傳於樂府。由來古調，半屬伊涼；自昔才人，多生關隴。況乎西傾山古，岡巒險奥以多〔二〕奇；北斗星高，音韻沉雄而入妙。風土壯氣，篇章夏聲。爰生偉才，上媲羣雅，變化成一家之則，佃漁該百氏之全。宣揚鍾律，如金絲之引和；杼柚〔三〕襟靈，似錦純之錯彩。聲塵繼夫前哲，膏馥丐乎後人，吾於松厓先生見之矣。

先生幼卽歧嶷〔四〕，長而通博〔五〕，智〔六〕非外奬〔七〕，質任自然。强記則一覽無遺，鋭讀則五行俱下，張衡擅振奇之目，揚雲好深湛之思。少遊山左牛眞谷先生之門，以一代之宗工，傳千秋之絶業。姚合受詩於太祝，薛收學賦於文中，卓冠時流，鬱爲文棟。倜乎遠矣，良有由焉。遂乃射策乙科，觀光上國，周宏正堪爲博士，明山賓屢作學官。得以蓆枕圖經，搜羅墳典，尤工謡詠，雅〔八〕嗜詩騷。林靜山幽，文外應推獨絶；微雲疎雨，座中故是無雙。宜乎時譽歸高，才名邁古〔九〕矣。

洎夫〔十〕屢薦入官，一行作吏，牧方州於齊右，典大郡於荆南。登泰岱之高奇，攬衡巫之靈秀，鵲華秋色，沅澧春波。日觀雲亭，既盪胷而決眥；楓江蘭浦，復極目而傷心。歷城尋詞客之遊踪，夢渚弔騷人之遺跡。荒臺老樹，蒼茫覽古之思；早雁〔十一〕新鶯，棖觸離鄉之感。緒發而宮商應，翰動而綺繡飛，自我心極，爲之宰匠。謝宣城之治郡，篇什彌工；阮始平之在官，嘯歌不廢。斯眞得江山之助，不徒乞煙墨之靈矣。

既而罷官歸里，謝病杜門，仲長統吟《樂志》之詩，孫興公尋《遂初》之賦。得林霞之妙境，入風月之清關。近復講藝蘭山，談經槐市，相從問字，每多好事之車；促坐論詩，大有入神之作。新情藻拔，逸氣霄飛，林嬉水晏，追摩詰之高吟；海立雲垂，耽少陵之佳句。連晨接夕，照軫充箱。古有云：『身老而才壯，齒宿而意新』者，其先生之謂乎？

兹迺更選名篇，傳爲别録，綜羣言而取雋，奄衆妙以稱珍。傾崑採玉，卞和之璧連城；竭瀨求珠，朱仲之瑨四寸。含光宵練，受辟灌而增奇；綷羽明瑰，經濯磨而益貴。改迴蟲濫，屏斥妖浮，洵足圭臬詞場，敦槃藝苑。共謀剞劂，以代傳鈔。先生命以斯編，藏之講院，將使執經弟子被光景而德彰，還贊儒生窺奧藏而心喜。名山秘惜，靈物護持。瑶函蝌蚪，甯教鼠齧銜殘；金薤琳琅，除是風雷取去。何必寄之禪刹，龕藏太傅之編；擲嚮江流，瓢貯山人之稿也哉！

日者示之鉅製，惠以良書，定文已覺疑難，作序彌慚蕪穢。然而感風塵之物色，論交便已忘年；同文史之嬉娱，相見頻呼小友。謝公初日之評，出於鮑照；隱侯雌霓〔十二〕之句，賞自王筠。記知己遭逢之樂，遂古惟艱；覺名流謙退之風，去人未遠。執鞭有願，授簡何辭〔十三〕。

【校記】

〔一〕吳鎮本篇名作『《吳松厓詩錄》序』。

〔二〕『多』，吳鎮本作『爭』。

〔三〕『柚』，吳鎮本、嘉慶本作『軸』。

〔四〕『岐嶷』，吳鎮本作『恂通』。

〔五〕『通博』，吳鎮本作『敦敏』。

〔六〕『智』，吳鎮本作『性』。

〔七〕『獎』，吳鎮本作『餙』。

〔八〕『雅』，光緒本作『惟』，據吳鎮本、嘉慶本改。

〔九〕『古』，吳鎮本作『等』。

〔十〕『夫』，吳鎮本作『乎』。

〔十一〕『雁』，吳鎮本作『燕』。

〔十二〕吳鎮本『霓』下小字注『入聲』二字。

〔十三〕吴鎮本『辭』下多『是為序』三字。篇末評語：『體大思精。所謂揚之高華，而按之沉實者。（張桐圃）』

吴小松詩集序

臨洮吴松崖先生，儒林丈人，詞壇宿老。壯年出守，著次公之循聲；晚歲歸田，返平子之初服。言該百氏，學洞九流，尤嗜詩歌，上探騷雅。海内名公，傳其聲譽；隴右人士，奉爲羽儀。千函雠鄴架之籤，百軸寫禮堂之本。伯歌季舞，同邕宗風；三筆六詩，咸承家學。而王家劇勔競爽者，更有子安；劉氏威儀擅奇者，尤推孝綽。如我小松三兄者，斯其人也。蓋自金鈴墮地，即具夙根；異烏入懷，彌耽慧業。子雲綺歲，著《靈節》之銘；彦昇髫齡，有《月儀》之製。得玉笢秘笈之傳，功歸名父；有銅盤别饌之設，遇異常兒。君於是肆意編摩，殫心竹素，把卷昇江泌之屋，照書燃劉峻之薪，茹古涵今，含章奮藻。清文滿篋，笑王筠之未工；奇字盈箱，覺庾持之猶陋。時袁簡齋先生推風雅之宗，負人倫之鑒，君以詩贄，大相賞譽。羨枚乘之生皋，喜肩吾之有信。謂庭竹之什，不愧比興之遺；陔蘭之詩，别見孝弟之性。自有真賞，不同妄嘆也。

某學愧淹該，識慚檮昧，徒以聞長者之餘論，預好事之末流，刻雕冰脂，驅染煙墨。横經北海之座，即蒙小友之呼；樧裾朗陵之門，忝附通家之好。風期坐合，芬若椒蘭，聲氣相孚，和如笙瑟。雖關河遥隔，而箋札時通，披連錦之書，擷眞珠之字。雕龍壯思，耀符彩以驚人；非馬高談，馳光芒而動俗。雷雹破柱，助其發揮；雲霞在天，從其翦裂。鯨呿鼇擲，方昌谷之奇辭；虹絢冰瑩，得元英之逸格。

百回擊節，千里傾襟，幾欲袖陽源之稿，燒君苗之硯焉。所望秋駕學成，雲衢早騁，瓊葩得露，百卉斂華。威鳳鳴霄，凡禽結舌，蜚英聲於甲觀，答雅奏於鈞天。聊以斯編操夫左券，道勝賞應歸我輩；豈能閟此彩毫，妬大名又屬君家。竟欲貽之石斧。〔一〕

【校記】

〔一〕吳鎮本篇末評語：『典雅清切，足稱合作。（松厓）』

張春溪詩序

夫涉樂必笑，言哀已嘆，杼柚〔一〕本於性情也；彈徵苦發，叩宮甘生，感觸由於境遇也。境之眞者語必工，情之至者傳自遠。是以上追《風》《雅》，必云溫厚和平；遠溯《離騷》，亦曰芬芳悱惻。嗣後辭人才子，意製各殊，漢樂唐謡，體裁互異。皆濬發靈府，宰制清衷，非雕畫夫奇辭，恃汎剽於單慧。斯言不易，作者皆然。

春溪先生思業高奇，天懷敻朗。楊綰早歲，能辨四聲；王筠弱齡，即工五字。游善採中原之菽，嗜學難午夜之薪。呂向溺苦，就藥市以觀書；魏舒居貧，爲里人而管碓。寂寥半畝，誰過藜藿之居；落索一餐，自給杬櫨之食。既迺厭桑樞之寂處，挾油素而薄遊，藏名白社之中，寄跡靈臺之下。亭伯測交於車騎，倒屣迎門；元叔長揖於司徒，降階分坐。斯時也，人思薦禰，衆共推袁。方期訪古西都，杜篤獻重知之賦；策名東觀，黃香讀未見之書。無如旅食大難，文戰再北。始則傭書以供色養，繼則求祿以代耕耘。襒薛憕之裾，數參吏部；捧毛義之檄，來作參軍。屈黃綬之卑官，鬱青霞之奇志，秦關阻塞，隴坂嶇嶔。悵囊篋之蕭條，客裝霜儉；望音書之闊絕，子舍雲孤。固已動莊舃之吟，下唐衢之泣矣。況復纓素鞸之哀，痛靈根之隕。鑿楹無日，空留晏子之書；負土何年，得傍許孜之墓。時驚心於搤臂，莫慰望於倚閭，兼之夢炊臼而失淑儷，風吹竈而災主婦。憶廡下賃舂之日，悼田間投畚之人，萬感交并，一身孤寄。潦〔二〕倒侯門，書記爭留阮瑀；徘徊幸舍，資裝誰助雲卿？能不臥龍具而銜悲，撫蟫編而流慟乎！是以劉楨文筆，人怪經奇；庾信平生，自知蕭瑟。羌無故實，直舉胷情。譬之泗石不雕，終非俗品；吳桐經爨，始有異聲。縱連犿以何傷，每蕭騷而善感。正不屑闈黿華羽，操嘽緩之音；萍布葩流，鬬綺靡之習也已。

僕與春溪，甫連潘夏之輿，卽結尹班之契，言投水石，音合塤篪。客舍對〔三〕牀，夜牕翦燭，願逐雲龍而上下，何圖燕雁之差池。去矣嵇生，黯然江子。愧乏指囷之贈，慰爾羈孤；豈無斷帶之言，開君結轖。鳳應耀羽，何妨六月培風；豹已成章，尚待三年隱霧。青琴莫碎，世間自有知音；神劒雖埋，識者猶能望氣。君方茂齒，我未頽齡，悵祀載於此時，卜班荆於他日。非關同病，和伍員河上之歌；欲慰相思，尋元結篋中之序。〔四〕

【校記】

〔一〕「杼柚」，吳鎮本作「抒軸」。

〔二〕「潦」，光緒本作「淹」，據吳鎮本、嘉慶本改。

〔三〕「對」，吳鎮本作「聯」。

〔四〕吳鎮本篇末評語：『序次井然，筆亦深秀。（松厓）』

秋林集序

昔昇之抱疾，握牘而賦五悲；惠開無年，撫鏡而發三嘆。遂乃聽白楊之蕭瑟，傷病梨之凋悴，寄思無端，鬱伊不釋。嚴霜欲霏，驚碧樹之早落；商飆乍起，恐修夜之不暘。『秋林』名集，意旨遥深已。甲族昆謀五丈，少負異才，夙抱奇志，有文園令之節概，慕藺相如之爲人。高門鼎貴，而有并介之風；膏腴，而無綺靡之習。篤嗜圖籍，殫精緗素，李謐著《神士》之賦，王符撰《潛夫》之論。一詠一吟，乃其餘事，而時出雋語，老宿咸推服焉。今集中所存，天藻豔發，雅聲遠姚。竹柏之契，證於靈襟；泉石之華，交於麗矚。含懷敻遠，事外之致殊多；造語幽微，區中之韻彌少。信可謂神棲颷藹之表，氣凌煙霞之上者焉。惜乎長轡未騁，逸步屢蹶，如屈蠖之終蟄，如瘮病之不㪺。玉三獻而遭刖，博十擲而得鞬〔一〕，非關操技之拙，可知賦命之奇。幽蘭易萎，誰尋空谷之香；神劍長埋，永閟窮泉之彩。昔王仲祖疾亟，慨然曰：若人竟不得四十乎，齎志以終，長懷無已。以今方古，有同悲矣。

然恒幹難恃，而聲華不滅；隱德未耀，而弓冶克傳。枚乘之後生臯，夏侯之門有建，宗風斯在，世澤弗渝，珠水依源，槐根仰蔭。此我尊樓三兄所以啟楹書，抱竹册，胖胖兢兢，思致先人於不朽者也。某嘗讀舅氏雙溪先生遺文，其稱五丈也，有曠代逸才之目。每企慕風采，以不及見爲恨，兹受斯集而卒業焉。都官晚出，得讀表聖之詩；玉溪後生，竟序次山之集。不可謂非厚幸也已！

【校記】

〔一〕『鞬』，光緒本作『犍』，據嘉慶本改。

陳寶摩詩集序

余與春谿張君，文苑心朋，騷壇執友。揖陸荀於綺席，雲龍日鶴之談；游景宋於蘭臺，玉敦珠槃之約。每至春葩四照，秋箭三商，流觴曲水之雋吟，飛膳函珍之雅集。縱談子史，品藻英畸，讀榴枕之篇，輒推子布；示靈節之作，謂似相如。每言其友陳寶摩先生者，今之振奇人也。

先生浙右之令族，香泉之文孫，少傳賈祛之經，家藏范喬之硯，豐神標令，文采瑰琦。姬文櫛沐，讀以百篇；展惠辯言，書之三篋。凡夫羽陵蠹簡，龍威隱函，甕壁七枚，崑書萬穀，公帶明堂之繪，叔孫綿蕝之文，《靈飛》玉葉之寶書，《般若》金繩之秘笈，靡不一覽無遺。九變復貫，學成秋駕，牘薦春卿，作明山賓之學官，坐楊子行之講席。玄豈尚白，藍甯謝青，詠詩而苜蓿盤馨，留客而芙蓉饌淨。職閒無事，識杜欽之高情；官冷耽吟，得鄭虔之逸致。當夫露初星晚，早雁新鶯，白雲在天，青山入戶，撫孤松而有託，折疏麻以寄思。神筆在握，夢鳥入懷，隸僧儒之新事，壓元禮之強韻。操觚而金鳴銀湧，應節而徵苦宮甘，推其合作，目以傳人。余斯時也，握蘭有贈，采葛興謡。湘浦結言，解佩而默訢神往；岣峰攜手，聞雞而每悵路迷。方恨苔不共岑，書難浮渚，一管雖窺乎文豹，半毛未罄於吉光。然而蕤賓操律，聆三泉而鐵踴，其契應精也；俱魄被衣，睇九霄而雨生，其感乎摯也。訪高惠之夢，風雨弗能睽也； 答茂齊之函，山川靡得閒也。

嘉慶庚申，余寄寓金城，先生書來，以全集屬余編次。才非子建，敬禮屬以定文； 學愧士安，太沖須其撰序。聽青琴之三疊，窺繡紙之百番，令我移情，爲君頫首。先生之詩，取材於楚騷，樹骨於漢樂，馳驅六代，輘轢三唐，冥思雲構，蔚采霞褰。其寄志也，窈窕而靚深； 其遺音也，悱惻而清壯。異公幹之齊氣，變士衡之楚聲。庾信老成，乃極清新之製； 揚雄博麗，獨好深湛之思。凡夫微雲疏雨之澹詞，別葉歸華之麗句，夢紅浴碧，抽秘騁妍，已令學子鑄金，同人燒硯。他若紅牙冶思，錦瑟綺情，竹屋遺音，蘋洲墜譜，水佩風裳之側調，玉韡〔一〕翠袖之新聲，亦復方軌周秦，比肩姜史。此又乞彼片詞，足名一代； 分其餘技，可了十人者矣。

余漫遊秦隴，屢困風塵。安仁宦拙，自等枝官； 荀況賦工，終嫌俺語。每憶花生草長，蓮開水香，蘭舫棹輕，蓉湖波軟，招攜儔侶，歗咏琴尊。靈運得句，邀長瑜以共賡； 何遜裁篇，強休文之再讀。自謂爾時，此樂易遇，廿年以來，皆爲陳跡。讀先生之詩，覺齊梁褰屧，揖遜行間； 吳越江山，委蛇字裏。因君清製，觸我鄉心，庶異日者買田陽羨，營老菟裘，牽舟卜岸上之隣，解紱〔二〕返山中之服。當與先生望風扉而命駕，移雪艇以橫琴，厠密座，接英音，製荷衿，開蘭徑。松枝作麈，竹根捧盃，壺缺歌酣，詩成燭短。息壤在彼，斯言不誣，雉盟共尋，此樂何極！ 敬爲喤引，以志神交。渭樹江雲，雖抱與君相望之感； 小山叢桂，定有招我歸來之篇。

【校記】

〔一〕『韡』，嘉慶本作『靴』。

〔二〕『紱』，光緒本作『韍』，據嘉慶本改。

法梧門先生存素堂詩集序

蓋聞懸黎結綠，非山林之珍；逸鵠潛虬，豈池籞之玩？是以通方之才罕覯，異量之美難兼。自古文貞丈人，儒林學士，詩吟僊露，辭掞叢雲。執制誥之杓魁，標著作之準的，非不周張黼繡，調鬯莖英。然而極涌胸中之思，終尠事外之致，藝苑所傳，類皆然矣。

梧門先生，六籍埏鎔，萬流淵鏡，早預承明之選，得讀中秘之書。博聞不矜，探夫物始；聰聽無閡，識厥音初。揚〔一〕雲靈節之銘，終軍奇木之對，賈逵神雀之頌，班固寶鼎之歌，俱足以潤色皇猷，軒饕帝載。遂乃職司太學，秩峻清卿。龍勺犧尊，習環林之禮；蟲書虯篆，摹獵碣之文。鳩採典墳，古訓胥經寫定；譽興孝秀，士類藉其獎成。宜乎發揮霄翰，吐納瓊音，使邢魏推工，常楊讓美也。而先生則表夷曠之雅度，抱清迥之明心，忘情於榮辱之羅，証悟於損益之卦。司州逸興，時好林澤之遊；幼輿高風，別具邱壑之性。信并介於往籍，均貴賤於條風。積水一潭，狎波間之鷗鷺；清琴三疊，招海上之蜻蜓。雖紆青紱〔二〕，不異荷衣，縱在朱門，如遊蓬戶。其職業也如彼，其懷抱也又如此。信可以宏長風流，增益標勝者歟！故其爲詩也，幽愜山志，淡契僊心，濯魄冰壺，浣腸珠澤。美珵之輝自照，靜雲之蔭不移，振瑶韻於寥天，接琚談於曠代。巖松林菊，彭澤之憺詞也；海月石華，康樂之逸調也。香茅文杏，摩詰之雅製也；疎雨微雲，襄陽之儁語也。至若春潮帶雨，秋浦生風，則又兼左司之恬適，柳州之踈峭焉。桃花流水，靈源自通；桂樹小山，淸夢長往。夫乃嘆采眞建德之國，以心搆難以跡求也；姑射化人之姿，在神合不在貌似也。

某與先生，测交既証前因，嗜古亦同素尚。一編著錄，曾邀月旦之評；千里貽書，夙有風期之遲。茲來京國，遂託心知，猥以詩篇，囑爲論次。欲破拘方之見，敢陳連犿之詞？俾知謝公寢處，自有山澤間儀；逸少襟情，時作濠梁上想。又何待雲裝解紱〔三〕，煙駕辭金，始詠招隱之詩，著遺榮之賦也哉！

【校記】

〔一〕『揚』，光緒本作『楊』，據嘉慶本改。

〔二〕『紱』，光緒本作『韍』，據嘉慶本改。

〔三〕『紱』，光緒本作『韍』，嘉慶本作『黻』，現統一為『紱』。

明我齋詩集序

蓋聞風雲兒女，通才始得兼工；秋實春華，大手斯能具美。若迺薄茂先之綺語，目公幹以偏人，謂好麗者壯違，恃華者質少。此猶拘方之見，未窺掞雅之材也。則有程形賦音，尋變入律，五際諧鬯，八風循通。錦摛霞駁，緣情多靡密之章；谷應山鳴，競氣振高奇之響。如我齊先生者，斯其人歟？

先生三貂右族，雙戟高門，吟鷺陪軒，高蟬映鬢。居金支秀華之地，而雅擅清才；遊曼陀忉利之天，而能耽慧業。風神元定，翰藻紛綸。入崔儦之室，卷署五千；答陳遵之書，函馳數百。固已才飛甸外，譽溢區中矣。加以情瀾不竭，詩律尤工，潤色風花，吐含商羽。譜豔歌於子夜，揮彩筆於丁年，句有別才，調傳新變。定情妙製，憐約指之金鐶；記曲清吟，悵移心之玉柱。鑾牋乍襞，零珠粲錦之詞；螺墨纔融，駭綠紛紅之字。以至蔡中郎《青衣》之賦，張季鷹《小史》之詩，亦復不諱閒情，時爲俳語。此眞嗣庾徐之妍唱，軼温李之新聲者耶！至若登山臨水，望遠送歸，興乘障之雄心，激從軍之壯氣。陰山校獵，蒼茫《敕勒》之歌；朔塞懷人，悽惻《阿干》之曲。雙鵰乍落，磨盾揮毫；萬馬爭馳，據鞍得句。氣凌鐵磧，韻入金笳，又何健筆之縱横，高懷之磊落也！是則上擬風騷，能兼衆體，若使平分才技，足了十人。先生眞令我移情，賤子早爲君頫首。

兹者遠貽鉅製，命綴卮言。桓君山風塵漂泊，意緒可知；邱靈鞠仕宦淹遲，才情亦退。不慙檮昧，敢露疏蕪，庶千秋絶業，附駔驥之軒髦。兩地神交，託飛鸞之迅翮云爾[一]。

【校記】

〔一〕『云爾』，光緒本作『爾云』，據吳鎮本、嘉慶本改。吳鎮本篇末評語：『精確不泛。（松厓）』

怡齋六艸序

星霜古道，揮毫乞山水之靈；劒槊連營，磨盾作風雲之氣。雖古今作者意製不同，而豪情高唱，總宜於軍旅行役也。怡齋先生神思妙遠，雅性都長，協宫羽於聲歌，記鏗鏘於樂府。幽蕙吐馥，叢篁孕清，和墨瀋情，灑翰摛采。妃豨中吾之語，能和古詞；昌玹抃草之詩，間操越調。殆荀子所云『雅文辯慧之君子』歟？

洎乎蜀都隨宦，益部趨庭，覽山川之崛奇，記物産之瓌麗。長征萬里，霜辛露酸，古棧千盤，陵崢岸峭。探奇井絡，搴兩角之孤雲；覽勝峨眉，潄千年之古雪。凡夫泣鬼驚人之句，都自星心月脅而來，此君詩之一變矣。至於小醜陸梁，羽書旁午，斥堠盡羊玲之守，孤城同獸角之危。君乃槖筆從軍，據鞍草檄，古劍則蛟龍吼血，斑管則風雨蜚聲。白骨青燐，弔鬼雄之慷慨；頹垣斷塹，聞野哭之悲凉。和僧超臨陣之歌，應越石登陴之嘯，雄心憤薄，壯氣飛揚，足使魯日回輪，秦雲變色。此君詩之又一變也。是則才因鍊而彌工，詩以變而益上，標舉風骨，澄震聲音。

評君詩者，謂得少陵之沉雄，兼劍南之忼壯。惟襟抱不殊，故波瀾莫二，信有然矣。今者清曹多暇，水部工吟。撫絃動操，歛雷殷雹砉之聲；浴素陶玄，極林静山幽之致。必有登陶謝之堂，摩曹劉之壘者，竊願更窺其盛也。

辟疆園遺集序

《辟疆園遺集》者，余外兄弟顧立方昆季之所著也。惜其稟命不融，相繼夭殁，清詞麗句，蘊而莫傳。爰偕兩弟，輯其詩歌，都爲一集，剞劂既竟。遂擥涕而序之曰：

蓋聞蒙莊寢說，悲臣質之已亡；伯牙絶絃，痛知音之難遇。陸士衡有《嘆逝》之賦，庾子山有《思舊》之銘，莫不俛仰傷懷，哀鳴感類。然使思光不禄，同氣者猶有三人；子雅云亡，競爽者止弱一个。

尚留餘望，庶慰沉悲。兹則玉友金昆，咸登鬼籙；釋奴龍子，盡執殤宫。比謝氏之連枝，靈根全萎；擬桓山之四鳥，勁羽齊摧。夭枉兼常，脆促已甚，行路爲之太息，知交聞而纍欷。況乎垂髮齊年，推襟送抱，如余者耶？

於是心念舊恩，睠懷往事。自德祖佩觿之歲，洎蘭成射策之年，早慧而大母偏憐，孤露而離孫尚小。質慚員俶，舅子則幸有長源；才遜嘉賓，外兄則欣依文度。以至薛家鸑鷟，穆氏醍醐，俱負瓌穎之殊姿，秉纏綿之至性。油油焉，翼翼焉，謂百年可期長保，一日未忍相離也。最可憶者，晨燈夜燭，春煦秋陰，牽手同行，連牀對語。雅耽墳籍，癖嗜風騷，前于而後喁，伯歌而季舞。芬菲沁齒，夢餐一樹之花；錦綺盈懷，神授百番之紙。遂使儕流斂手，老宿傾襟。鹿角談經，戲朱游爲栗犢；龍攄作贊，嘲孫綽以眞豬。望氣咸驚，含香漸越，如簡珠之照十乘，叢桂之馨一山焉。無如流光電謝，良會星乖，人事煎熬，家累驅迫。遂竊斗升之禄，始爲漫浪之遊。絶塞風雲，望秦關如天上；故園煙月，憶吴苑於夢中。君乃贈子荆零雨之章，賡獨孤《散雪》之什，言皆唾耳，交本知心。早期宦海之收身，莫負名山之諾責，情瀾不竭，别淚難禁，罷酒無歡，挐舟遽去。方謂前期不遠，少年之手輕分；何圖舊約難尋，長逝之魂終恨乎？

嗚呼！釁集衰門，哀歸短數。仲兮永訣，送旅輤以遄歸；季也不苗，撫玄經而流慟。嗣得長安之信使，復傳叔氏之凶書，丹霄則屢下金棺，黄壤則頻埋玉樹。遊僊路近，沈子文已赴嘉招；罵鬼書成，王延壽又驚袄夢。無情霜雹，摧殘夏緑春紅；有限年華，變幻女青男紫。堂前慈母，老淚如絲；室内嫠孀，麻衣似雪。羣季之凋傷若此，阿兄之惻愴可知。悲哉希逸，家世無年；慟矣徽之，人琴俱逝。宜乎邠卿屯阨，甘心絶學，捐書玄晏，風痺不復。呼醫飲藥，每慨人生，天道到此，甯論自憐。宦意文情，忽焉都盡，委形漸槁，宿疾不斟。千里書來，九原人往，能無心如轉轂，腸若涫湯，拊琴而悼彦先，扱衽而傷鮑叔乎？

因而搜羅賸墨，補綴殘編，訝才筆之常新，識音徽之未沫。旃檀香在，甯同空井之灰；神劒光銷，肯作幽泉之鐵。況乎三英耀彩，六琯調風，笙磬同音，塤篪競響。或思標澹雅，或才擅經奇，或藻采葩流，或麗〔一〕詞雲委。孝儀孝綽，並流英跱之聲；茂灌茂沿，均有清工之製。搴藝林之巨榦，泛學海之洪瀾，是則蝌蚪瑶函之字，萬劫長留；琳琅金薤之文，六丁難取者矣。悲夫！浮生易盡，餘恨終多，嗟壽命之不延，負才名而何益！天隨廢圃，黄菊飄零；惠開故居，白楊蕭瑟。摩敦猶在，而藁飫誰供？德耀偕亡，而嫛婗何恃？某〔二〕愧乏郈成之宅，庇爾遺孤；亟營董相之陵，妥君幽魄。遺文入手，孤憤塡膺，苟一息之尚存，誓寸心之不負。儻前緣未斷，杜子美待尋泉路之交；幸後起不凡，元行沖猶有外家之寶。〔三〕

【校記】

〔一〕『麗』，吴鎮本作『雅』。

〔二〕『某』，吴鎮本作『芳燦』。

〔三〕吴鎮本篇末評語：『悲痛悽惻，可以不朽。（松厓）』

葯林詩鈔序〔一〕

蓋聞游雲無質，故五色含焉；明鏡無瑕，故萬象麗焉。是以錦繢摛華，不敵花蘤之美；絲竹發響，終遜山水之音。情至者語自真，志和者聲自雅，激揚鍾律，照發襟靈，不煩雕飾之工，動合莖英之奏。此東方生之憺〔二〕辭，而漆園吏之天籟也。若葯林之詩，其庶幾乎？溯自識面虬戶，訂交雉盟，預北海之座，侍扶風之帳。興寄魚鳥，賞窮湖山。三升酒盡，接子春之清談；一聲鉢鳴，散江洪之速藻。於胥樂兮，彼一時也。

君擅大夫之九能，舉光祿之四行，襟情妙遠，才思都長，弈〔三〕有僊心，畫入神品。文暢才伎，足了十人；子雲文筆，曾讀千賦。宜乎並鼂賈以蜚聲，共嚴徐而應詔，談經虎觀，簪筆鳳池，雕今潤古，何多讓焉。無如崔駰上四巡之頌，龍識未逢；王喬綰半通之綸，鳧飛偏迅。君乃褰帷入境，露冕班春，瞻泰岱之嶔崟，辨濟漯之支委。顧憲風清，建康酒旨；房豹政美，樂陵井甘。俾青土之風移，果丹穴之人智，公儀能執，甯各折腰。小鮮可烹，何妨試手？案牘無滯，朱墨推工。昔太沖詞藻，不嫺吏牙〔四〕；令明高簡，徒矜清譽。以君方之，倜乎遠矣。斯時也，君游東魯，我宦西秦，燕雁差池，萍蓬飄寄。浮河達泗，悵川途之阻修；餞露賓星，驚流光之逝邁。命趾離而通夢，中路或迷；呼慶忌以傳書，急郵轉滯。蓋分手背面者，垂二十年焉。

去歲君褫裾而謁選人，捧檄而來邊徼，除目纔見，離心已攄。方擬掃徑相迎，聯牀共語，而巨猾逞暴，米賊挻災。幕府以君才比枚皋，智同崔浩，甫受軍諮之寄，便著從事之衫，參上將之飛箝，騁書生之神筆。值此戎機之倥傯，依然名士之風流，折梅一枝，握蘭三札。雖相思之各天，知論心之有日矣。今夏余弟荔裳，旬宣此邦，君以師資，例應引避，遂乃停車空同之側，聯襼蘭干之旁。餘花晚筍，共續墜歡；夜燭晨燈，重談舊事。擘彩牋於酒坐，揮鏤管於吟壇。驪珠競採，湧沃焦呼吸之潮；麟篆爭捫，觸珠鬥雌雄之氣。香薰迷迭，都化羅雲，墨灑溪提，盡成錦雨。極酣嬉之樂，抒鬱輪之懷，此又一時也。

君流連清藻，沐浴玄風，澄聲上音，窮初郄始。長康以高奇自賞，子昇之庸峭難爲，氣凌青霞，韻激素瀨。露蓉月柳之句，宿老傾襟；梟禽朔管之辭，英流削稾。何必效惠施之連犿，丁厷之掞張也哉！茲者循三五之成法，典二華之名區，驪駒乍歌，縵篆將發。命爲序引，自愧疏蕪。元暉才薄，技止蟲雕；長卿思遲，筆肖魚翯。聊綴離前之藻，以慰別後之思云爾。

【校記】

〔一〕吴鎮本篇名作『黃葯林詩鈔序』。

〔二〕『憺』，吴鎮本作『澹』。

〔三〕『弈』，光緒本作『奕』。

〔四〕『牙』，吴鎮本作『才』。

文鈔卷四

春草軒集序

嘉慶壬戌，大兄謁選入都，出示《春草軒詩詞集》若干卷，余受而讀之。秀色襲人，生氣盈楮。音情頓挫，憶西堂之墜歡；思緒纏綿，觸南浦之舊恨。韻調穆羽，采溢縚繩，不矜文字之能，別見孝悌之性焉。當夫葉早花初，苕發顥豎，擢孤芳於荒薉，挺奇秀於榛菅。翦薙陳荄，莩甲新意，趨庭西蜀，預攤測於玄亭；射策東堂，擷芬菲於藝苑。邱遲詩筆之妙，落花比妍；江淹賦體之工，綠波競媚。此其少作，芟存者不過十之一二云。

洎乎辭種花之封，就牽蘿之屋，金蕿曼壽，慈竹平安。張仲蔚之閒居，蓬蒿不翦；庾叔褒之色養，藜藿皆甘。餌黄精以引年，植青裳而蠲忿。陔蘭供饌，補亡束皙之詩；園果充珍，樂志仲長之論。怡怡然，春暉之慕，愛日之誠也。若夫感物懷人，傷離憶弟，驚園林之春早，怨關山之路長。秦塞羈遊，燕臺薄宦，巴山傳羽，楚幕飛書。羣季暌違，可念阿連，才悟哲兄，仳別何殊。康樂情懷，感觸心靈，驅役魂夢。人但疑其筆有神助，甯知其文自情生歟？乃至淒涼蒙楚之篇，惻愴卷施之句，哀深破茐，感極焚蘭。秋水生波，空呼桑姊；春霜隕彩，頻悼杏殤。撫錦瑟以傳愁，對金觴而掩涕，絳蠟之灰一寸，青銅之雪千絲。每緩頰以長吟，輒迴腸而蕩氣。

或者謂綺語是休文之累，閒情亦彭澤之瑕。縱意蕊欲飛，終嫌有漏；恐情根難剗，又復重生。則咀五色之靈芝，種三遷之荀草，未免勸多於諷，質徇於華。不知碧杜紅蘭，偶然託興，曼陀優鉢，半屬觀空。軼宕多姿，蕭騷善感，雖好麗有殷勤之意，而任達多解脫之詞。況乎鍊魄金門，遊神瑶圃，瑩發麗矚，曲鬯沖襟。續甫里之句，花影滿衣；和玉田之章，涼氣吹燭。蓮謳菱唱，夢入水鄉，葦雨蘋風，吟過煙浦。何嘗不極幽微之致，攄澄澹之思乎？

兹者兄行辭芰製，將樹棠陰，以匝月之清歡，敘廿年之往事，逭暑待旦，貪談失眠。所願在山出山，心期無易；南社北社，歸計早成。他日薜荔有緣，菰蘆無恙，采蓴波緑，瀹茗泉清，補老屋之松篁，聽對牀之風雨。白鬚紅頰，二老風流；翠渚丹厓，一編酬唱。則斯集也，不但證池塘之昔夢，並可堅山水之成言也已。

馬秋藥先生擬古雜詩序

昔靈運公讌妙於擒屬，文通雜體，巧構形似。然芳草同氣，擷蘭荃以寄情；蛾眉異姿，對靨施而寫照。是猶以跡求，未必其神合也。吾友秋藥先生，秩列清卿，品則畸士。上尊酒美，欲追河渚之高風；覆盎門遥，不對敬容之殘客。而且地蕃草樹，氣積煙霞。燕臺千金，弔望諸之遺烈；廉堂萬柳，思王孫而數遊。所謂氣候古澹，心跡閒冷，非樵罩之人不來，無車馬之塵相溷。則有過庭令子，乞墅名甥，歌呼相娱，嘲謔間作。先生顧而樂之。介居多暇，葄枕圖史，取流傳之軼事，悉鼓吹以新聲。清角協律，老鶴一鳴；僊韶颺音，雛鳳五色。或鬬捷而擊鉢，或沉思而腐毫。莫不翻空易奇，吹氣欲活，辭工數典，義比補亡。撐霆裂月，劫作者之肝脾；凌雲御風，攝古人之精魄。中綮奏技，節應桑林；撫弦動操，情移海上。能事穎脱，心花怒生。題凡二十，得詩八十一首，試妙手之空空，合成數之九九。余受而讀之，曰：嘻！文心之幻，一至此乎？是眞以神遇而不以跡求者矣。因知古亦日月，今亦日月，穹壤無敝，神奇不窮。湧胸中之思，非同吹影鏤塵；騁物外之觀，奚止夢紅浴碧。如冥雨晦夜，曜靈忽生；如荒埴古原，神菌自茁。星闌燈灺，擊壺朗吟，覺一縷靈光，三生慧業，時隱躍流露於青曾黃湏間也。

汪鶴崖桃花潭水詩集序

潭水悠悠，李白長留贈句；歌聲杳杳，汪倫不解吟詩。然而風標可思，襟抱如晤，知情之感人爲最深也。況乎抗絶節而發唱，溯流風而寫懷。横竹孤吹，譜文子返潮之曲；幺絃獨撫，奏成連汎海之音。有不令我情移，爲君擊節者乎？吾友汪君鶴崖，夙稱詩豪，雅擅吟癖，寄情敻遠，託興高奇。卞士蔚自署田居，煙霞骨傲；陶通明早耽慧業，山水緣深。闔廬城畔，僦屋幽棲；鄧尉山前，結茅小隱。獨鶴無侣，而清夢轉長；老梅半開，而香影無際。驅役煙墨，濬發心靈，洵物外之勝情，區中之逸致也！既而遊八閩而觀渤海之大，歷三齊而仰泰華之高，登絶頂則星斗四垂，泛洪瀾而魚龍百變。層雲歸鳥，擬少陵之奇辭；鶩棹驚流，軼康樂之雋句。又何其胸襟之豪宕，才藻之鉅麗耶！

兹復浪跡天涯，棲身人海，悵交遊之寥落，感容髮之蕭衰。董威輦寄白社之中，第五頡滯靈臺之下。緗帙一編，惟餘落蠹；青氊半榻，但有凝塵。歗月歌風，招手難逢詩侶；挾鉛摘槧，低顔甘作經師。宜乎著怨錄而鬱憂，撰謦書之詭激，而乃天懷澄澹，神思都長。尊鱸遠夢，彷徉雲水之間；文史清娱，灑落風塵之表。極纏綿之致，無噍殺之音，太祝沖和，文房蘊藉，君詩近之矣。客思不樂，鄉心易馳，言返吴中，先過邗上。尋藝苑之舊侶，謁騷壇之鉅公謂曾賓谷先生。愛元度之高風，定逢劉尹；賞鹿門之逸致，自有清河。行將謀買山之資，尋歸田之賦，浣緇塵於湍瀨，契玄賞於林霞。佘山之巖壑依然，笠澤之風光無恙。潭影深碧，桃花自開；異嶺合奇，諸煙共色。鶴崖之詩，必更有超詣入神者。雉場春草，魚菘涼波。他日巾車過從，烏篷共載，願與君賡唱於九峯三泖間也。

許春山詩序

自太白輟翰，襄陽絶吟；靈鳳秋秋，千載無響。百家衆流，意長相詭，徇華者操闡鼃之音，釣奇者趨險急之節。莫不氪費錦繢，鏗調金絲，求其清激素湍，響扣哀玉。神超黄頊之表，氣凌青霞之上者，寥寥古今，百不得一焉。春山先生慧業夙標，儃心自遠，流連逸彭之翰，沐浴扶陽之墟。狀風煙之奇態，幽思若抽；寫山水之高懷，點〔一〕藻斯坦。金潭碧障，探靈境於區中；霞袂雲袖，想眞人於天際。

先生自言，卷中之詩，皆佇興而作，不求人知。空山夜雪，獨撫雷威之琴；絶澗寒泉，自瀹日鑄之茗。得至味乎澄澹，蓄逸韻於幽微。昔逋翁之贊太白也，謂飄飄乎有凌雲之姿；襲美之序襄陽也，曰涵涵然有干霄之興。朗抱如晤，冰襟各攄，不求面目之同，自有神明之合矣。幸以管識，得窺枕秘，接琚談於細席，聆瑶韻於靈篇。言尋古歡，娱此修夜，孤月照雪，殘星墮煙。渺渺予懷，恍如在鹿門敬亭間也。

【校記】

〔一〕『點』，嘉慶本作『默』。

樂遊聯唱集序

原夫桂苑之遊，篇章並美；蘭臺之聚，文筆皆工。荆潭有酬和之詩，漢上有題襟之集。命儔嘯侣，則鳳德有鄰；散采擒華，則鴻文無範。斯並矜奇藻府，擅譽詞壇者焉。至於聯唱以成章，尤屬諧聲之至妙。漢代則栢梁兆軌，宋〔一〕年則曲水揚波。絺章繪句，梁説何劉；洪筆壯詞，唐推韓孟。自兹而降，尠有專長，蓋勝地難逢，良知罕覯。咫聞自拘，何以臯牢五際？幺絃獨撫，亦難揮綽三雍。其有材全能鉅，體大思精，含萬彙以吐辭，包衆妙以爲質。鵷分虎位，河山則三輔之雄；鷹揚翰飛，才畯則一都之會。於以激揚聲律，杼〔二〕軸襟靈，宜乎邁古無前，冠時獨出矣。《樂遊聯唱集》者，我弇山夫子與同幕諸公之所著也。

夫子文章圭臬，神化丹青，東閣琴尊，南樓風月。每詩酒連流〔三〕之會，適籌謀閒暇之初。捧袂言歡，舊手原推莫敵；傾襟得侶，逸才更是無雙。金函瑶笈，森陳於精思之亭；豸角雞香，翔步於欒賢之館。當夫開花落葉，早雁初鷽，選勝張筵，探奇蠟屐，咸抽寶思，各罄蘭襟。雲藍官紙，驅煙墨以如飛；青鏤神毫，灑珠璣而競落。古體今體，五言七言，標骨氣之端翔，極音情之頓挫。乃若滎河九曲，龍門竹箭之波；神嶽三峯，玉井蓮花之掌。考遺經於太學，尚有殘碑；尋故物於昭陵，惟餘石馬。溫泉荒址，驪〔四〕宫舊墟，韋曲風花，灞橋煙水，莫不陳之華簡，緯以雄辭。今風古轍，當歌對酒之餘；遠蹟崇情，範水模山之外。以至蠡鐘篆鼎，斷瓦零縑，品題華實之毛，搜羅水陸之產。如承天之識威斗，如文收〔五〕之辨啞鐘，可以補子雲之《方言》，可以廢郇〔六〕公之《食憲》。探幽索隱，殫見洽聞，銀湧而金鳴，鸞歌而鳳舞。蘭荃之氣，同岑而共馨；蠙蜃之珍，量谷而且溢。般倕齊巧，千尋搆凌雲之臺；夔牙並時，九變叶咸池之奏。洵學海之洪瀾，藝林之巨榦〔七〕也已。

某飄飄羈宦，零落縑緗，憶絳帳之清嚴，慨素交之睽闊。聞玉敦珠槃之會，不覺神移；覩挾輈拔戟之材，能無色動？喜一編之入手，寫萬本以難停。屬以緒言，命爲喤引，過元圃之瓌奇，侈陳燕石；聽宫懸之嘈囋，濫列齊竽。未知所以裁之，多見不知量也〔八〕。

【校記】

〔一〕『宋』，吴鎮本作『晉』。

〔二〕『杼』，吴鎮本作『抒』。

〔三〕『連流』，吴鎮本、嘉慶本俱作『流連』。

〔四〕『驪』，光緒本作『驤』，據吳鎮本改。

〔五〕『收』，吳鎮本作『成』，誤

〔六〕『郇』，光緒本作『鄒』，據吳鎮本、嘉慶本改。

〔七〕『巨榦』，吳鎮本作『秘寶』。

〔八〕吳鎮本『也』下多『謹序』二字。吳鎮本篇末評語：才如大陸，人患其多。然元圃積玉，無非夜光也。（松厓）

梁家廢園唱和詩序

得泓崢蕭瑟之境遊焉，市廛亦深山也；得清曠超逸之士友焉，區中卽物外也。何必買山而始結社，入林而後論隱哉？梁家園者，平泉遺址，梓澤廢墟。往來古今，世事代謝，白楊翳日，黃蒿没人。栽花舊圃，區分芋畦，巢燕故堂，羅列雞栅，枯藤纏而樹死，奔潦集而池平。破甓妨轍，長迴步兵之車；荒榛塞馗，欲折謝客之屐。咫尺闤闠，喧寂殊境，余樂閒曠，時來相羊。

容堂寓齋，近衹數武，爰偕蕭君，日夕吟嘯。得林澤之遠致，託槃阿之寤言，秋緒遺其寂寥，冬心抱其幽素。當夫陰煙冥緬，斜景遼映。搜涼散步，則苔光上衣；乘月言歸，則草露溼屨。至若積雪浩白，遙峯孤靑，驚蓬坐飛，槁籜〔一〕自隕。怪松落落，疑聞鸖鶴之聲；敗蘆蕭蕭，不見鷗鷺之影。猶復撥置塵務，間相招尋，共賡淸吟，彌洽玄契。土花剝落，仿昔人之履綦；寒籟噓吸，想往日之歌吹。景光易逝，繁華不居，流連古歡，俯仰陳跡。未嘗不極綿邈之思，盡沉頓之致焉。

二君詩豪，對壘角立；僕也不佞，時一致師。積日閱月，遂成卷帙。昔次山漫浪，命侶石魚之湖；東野蕭淡，哦詩投金之瀨。皆身羈纓紱，而志在邱壑。吾輩未成中隱，且覓暫閒。未〔二〕敢擬曩哲之遐蹤，聊以寄一時之逸興云爾。

【校記】

〔一〕『籜』，嘉慶本作『擇』。

〔二〕『未』，嘉慶本作『非』。

朱約齋先生林下語序

昔王充有《論衡》之作，中郎賞〔一〕其瑰奇；徐幹有《中論》之篇，魏文稱其典雅。原其恬澹寡欲，本有箕潁之情；沉默覃思，幾絶慶弔之禮。蓋居幽則思至，志壹則神凝，藏用鯢桓之淵〔二〕，頤靈蟬蛻〔三〕之表。徜徉林壑，而下筆千言；吁納煙霞，而吐文萬牒。向使沉迷簿領，馳逐錐刀，其能博綜羣言，自成一子乎？

約齋先生，一門穆行，七葉素儒，幼即岐嶷，長而敦敏。惜寸陰之徒靡，恥一物之不知，同元晏之書淫，等文勝之經溢。凡夫羽陵蠹簡，靈臺秘函，五音奇胲之文，六壬陰陽之術，河圖四十六事，劒道三十八篇，莫不成誦在心，環流於手。長老驚其夙悟，士流嘆爲軼倫，迺射策以蜚聲，即牽絲而入仕。初膺銅墨，旋綰珪符，吏治飾以儒風，奏牘本於經術。賈琮之莅冀郡〔四〕，百城憚其威稜；郭伋之至并州，諸童符其恩信。臨替而時苗留犢，却饋而羊續懸魚，恩以字人，淸以勵己。古所謂良二千石者，其先生之謂乎？

旣而謝病乞身，抽簪歸里，懷抱沖一，歌詠太平。早悟漆園龍蠖之旨，非慕龔舍蜘蛛之隱。夙耽翰墨，癖嗜典墳，采子駿之《七略》，刋公曾之《四部》，寢懷鉛筆，坐擁縑緗。袁遺老去，惟絃誦以爲娛；徐邈閒居，覺景光之可愛。遂乃傳舊德，述淸芬，憶曩遊，抒素尙。秋御晚學，方聞日多。如建章之門戶，茂先立成；如原陵之松柏，子大悉記。雖范甯目疾，尙作火下細書；元晏風痺，猶把案頭殘帙。此《林下語》一編所由作也。

慨自末學膚受，俗儒耳食，謏䛄者以叢論爲精深，縱脫者以放言爲宏曠，脢䏲者以無檢爲博達，𢗗忓〔五〕者以有忮爲經奇。獺祭稱工，狐穴搜僻，翫所習見，而奇所稀聞。甚或掊擊前人，詆訶作者，競爲劇難，爭發大言。以至精神辭李廣之軀，鬼物褫劉蘭之魄，類山膏之善詈，如狂鳥之有文。縱充箱壓軫，徒騁華辭，厄棗夭藤，何關名教也哉？而先生則宅心醇粹，持論和平，軥錄躬行，矗没古訓。宗風克紹，賈祛之學傳山；經訓相承，夏侯之門有建。孝弟之性允若，仁義之言藹如。康成嗜學，禮堂寫靑簡之書；邠卿表微，玄冬夢黃髮之士。《易》曰『多識前言往行，以畜其德』，《孝經援神契》曰『矜莊嚴肅，出言必雅』，先生是編，足以當之矣。

喆嗣省堂大兄，悲庭訓之難追，捧楹書而增慕，命爲喤引，屬以編摩。靈幽體翳之餘，典型不再；鐸振鐘鳴之下，謦欬如聞。副墨可耀於藝林，什襲且藏於家塾。幸同文舉，下車過通德之門；竊比樊南，濡筆撰猗玗之序云爾。〔六〕

【校記】

〔一〕『賞』，光緒本作『嘗』，據吳鎮本、嘉慶本改。

〔二〕『淵』，光緒本作『潤』，據吳鎮本、嘉慶本改。

〔三〕『蜕』，吳鎮本作『脱』。

〔四〕『冀郡』，吳鎮本作『益部』。

〔五〕『伢』，吳鎮本作『牙』。

〔六〕吳鎮本篇末評語：『詞意穩老。（松厓）』

張芑園集蘇詩序 芑園自題曰眞一酒

昔人評坡公之詩，謂如氿濫之湧地，如溟渤之浮天，驟難測其渟涵，杳莫窺其涯際。乃有貯中泠於盎裏，甘冽無雙；納東海於袖中，波瀾莫二。則芑園先生之《集蘇詩》也。

先生胷有靈源，神無滯用，嘗以峨嵋之佳句，紀空同之勝遊。石火電光，叩禪機之迅捷；雲斤月斧，琢山骨之離奇。我曾目以異才，君亦矜其創獲。以至羈旅之作，贈答之章，莫不情往興來，左宜右有。屬思則僊衣縫合，落想則靈檀字呈，散天女之花，鬬吳王之草。枯禪參得，偈悟三三；好句拈來，珠穿一一。洵詞場之巧製，法界之慧因矣。近世辭人，尤耽集句，或采謝華於六代，或沾剩馥於三唐，累牘連篇，盈緗溢縹。然而肴羞旅進，徒誇五侯之鯖；采繢畢陳，終嫌百家之衲。駝峯珍美，味偏雜以雞豚；錦地光明，綺且裁爲負販。工拙互見，蒙無取焉。玆則醖釀於衆妙之旨，沉酣於一家之言。蘭生味清，椒英氣烈，非同雜瑞之樣，自成百末之馨。超俗之嗜，本異鹹酸；與古爲徒，可方麴蘖。此『眞一酒』之所由名也。

爰溯玉局之風流，徵金蕉之軼事，酒戶雖窄，而飲興自豪。上尊則日瀉黃封，曲筵則時呼紅友，碧香貽趙，銀盃酌喬。晉卿之方，乞來瀑釀，師是之餽，侑以土酥。啜中山之松醪，賦才偏麗；漱博羅之桂液，頌語尤工。最後『眞一』之名，獨超無上之乘，品如君子，清中聖人。所謂漸近自然，歸於平澹，以名斯集，疇曰非宜。五七言俱妙，共訝先生詩筆之奇；三十日而成，深得此老酒經之秘。

瑞麥圖詩序

懿夫！紀瑞日於丹蓂，三成階峻；扇和風於翠箑，六膳庖清。紫脫朱英，敷榮上苑；賓連闊達，垂蔭〔一〕中闈。以至屈軼延喜〔二〕，服常靈壽，禁闥長華平之樹，齋房茁威喜之芝。不過草木下祥，筐篋中物，猶復入靈徵之志，寫瑞應之圖。況夫紫穗徵奇，黃粦表瑞，居五種〔三〕之尊，爲六田〔四〕之首者哉？

嘉慶三年，歲惟戊午，三微牙赤，萬物棣通，百寶用而曰金穰，四時和謂之玉燭。占祥徵於隔歲，積霰融津；喜甘澤之應時，靈潢滋液。協氣浮〔五〕於首種，歡聲徧於下農。纔看碧浪之翻畦，俄見黃雲之堆〔六〕隴，深堪没鶴，熟趁眠蠶。臯蘭所部，四鄉農民，刈穫大小二麥，有一莖五穗七穗、多至九穗者。

種先上戊，收値三辛，碧玉解苞，黄金綻粒。纖芒潄潤，濯僊露以扶疎；密穟含馨，帶祥飈而披拂。連根疊穎，陋漁陽之兩歧；壓軫充箱，比高昌之再熟。稽之崔寔《齊民》之術，氾勝《九穀》之書，曠世難逢，於斯爲盛！

伏念金城邊郡，鐵勒巖疆，水異肥仁，地非饒沃。脂田脯田，無由穫五；輕土弱土，安望餘三。而迺靈貺自甄，天膏屢沛，致兹上瑞，慶此豐年，峙若京坻，盈於廩廥。惟天子之恩普濩，故庶物咸亨；惟大府之政端平，故嘉生並茂。遂復神迎福習，君册氳陶，康衢騰《擊壤》之謡，石戶得含餔之樂。宜乎傳之歌詠，繪以丹青，宣皂〔七〕風，軒羲帝載。竊比元霄甘霤，束皙〔八〕補《華黍》之詩；角澤辰畦，沈演上《嘉禾》之頌〔九〕。洵風雅之餘緒，政教之盛美，不可闕也。所望濬發淵襟，敷揚藻思，如洪鈞鼓鑄，而萬物華滋。方邃古之官聯，責先扂正；續中和之樂職，事首農功。不揣顓愚，敬爲喤引。

【校記】

〔一〕『蔭』，吳鎮本作『映』。

〔二〕『喜』，吳鎮本作『嘉』。

〔三〕『種』，吳鎮本作『穀』。

〔四〕『田』，光緒本作『川』，據吳鎮本、嘉慶本改。

〔五〕『浮』，吳鎮本作『孚』。

〔六〕『堆』，光緒本作『推』，據吳鎮本、嘉慶本改。

〔七〕『皇』，吳鎮本作『王』。

〔八〕『晳』，吳鎮本作『晳』。

〔九〕『頌』，吳鎮本作『誦』。

蕭百堂夜紡授經圖序

溯夫三遷成教，四業並授，斷機投杼，警其惰游。登櫟椓蠡，勗其陳力，或畫荻以作字，或鑿楹而取書。繄昔聞人，咸遵慈訓，成藐孤之篤志，貽先人以令名。固知緗素流馨，益助椒蘭之馥；丹青發彩，能增金石之華者矣。吾友百堂蕭君，幼秉異姿，弱遭偏露。夏侯樸學，僅有經籍之遺；康成單家，曾無紱冕之緒。鼪鼬窺室，榛蓬塞門。太夫人十指捋荼，一心飲蘗，折葼勉孤童之學，掃室理寡女之絲，紡績不休，咿唔相應。當夫燈影半粟，秋聲一廬，機纔停而更鳴，緯欲斷而旋續，風蕭蕭而徹旦，蟲唧唧而號寒。曳葛爲帔，篋鮮禦冬之具；採梠作食，甖無逮晨之糧。而苦節彌貞，素風不墜，臚陳古事，景企前脩。不授宣文之徒，而自貽《家範》；無俟義成之號，而手定《禮經》。其高識崇情，有加人一等者焉。

方期焠掌勵志，報誨迪之勤，致身得祿，逮生存之養。無如愛日難駐，徂年不留。寒林冰雪，憐返哺之窮鳥；空山風雨，泣銜索之枯魚。菽水之歡，已成過隙，几筵之慕，難酬倚閭。其能無栩棘傷心，莪蒿廢讀也哉！茲者平原文學，夙著英聲；東海孝廉，行登上第。回思發篋授經之日，牽衣問字之年，結悲思之纏綿，緬遺容於彷像。長康傳神之筆，煙墨寫其幽涼；右軍告墓之文，情辭敘其辛苦。某自知黭淺，莫罄揄揚，聆穆行而涕流，感至性而心惻。將使吾友終身之慕，永託於霜縑；母兮不朽之徽，長留於煒管云爾。

散花集序

蓋聞瓊葩一現，華林之桃李無妍；靈石三聲，曲部之笙簧盡啞。麗質應生天上，奇姿不墮人間。册書虬篆，三千玉女之名；路繞麟洲，十萬金僊之府。人都姝麗，才盡雄妍，珊瑚妝鏡，照花貌以流輝；玳瑁書牀，摛錦思而錯彩。紀鳳臺之妙句，瓊豔三枝；聽龍女之新聲，雲歸一片。隔藍橋而贈答，拊寶瑟以吟謡，由來絶世之姿，大有銷魂之曲。更或蒿墳鬼唱，玄夜魂歸。空林狐語，紅飄鬼客之花；幽壙螢飛，青閃神燈之影。亭亭障雨，荷葉蓋頭；裊裊隨風，柳絲入夢。六如亭下，美人之集句偏工；文孝坊前，倡女之聯吟並妙。鳳兒傳語，抱來紫玉之煙；燕子銜春，唱徹黄梅之雨。靈根不斷，情種難忘，惻愴如何，淒涼若此！然而芝田息駕，魚嶺停車，雖詫奇蹤，究成疑案。曹子建感甄之賦，枉説三生；杜蘭香降碩之期，空云九日。啟金函而志怪，梁説吳均；憑班管以《搜神》，晉傳干寶。未曾目擊，敢詡神遊。自憐下士，但聆蟲鳥之吟；誰望眞靈，忽降蟪蛄之窟。迺者花壇夕啟，錦字朝題，人來翡翠之樓，名隸燕支之部。乩剞翠竹，字劃銀沙，異彩爭飛，奇葩競落。豔雪鏤夫人之字，妙香團幼婦之詞，纏綿則哀鴂揚音，圓轉則雛鶯弄舌。或拈南北宮之調，滴粉搓酥；或工五七字之吟，磨雲琢月。風前鈿笛，雨後零鈴，試緩頰以長吟，每盈懷而掩涕。

況乎僕本恨人，少多悲緒，王伯輿當爲情死，衛叔寶觸處神傷，弔古興愁，代人寫怨。上荒陵而躑躅，蘭露如啼； 尋香徑以低徊，梨雲是夢。燕樓空而白楊喧雨，桃洞杳而碧水流春，未免有情，能無所感？ 猶幸芳心不死，豔魄長留，紫宫有行樂之方，青塚非埋名之地。呼龍耨菜，喚鶴銜芝，鴛幃貯掌籙之靈儷，雀扇掩司花之嬌女。千驍輸去，欄前投雕玉之壺；百卉催開，牒尾壓蘭金之印。許衆香之分典，庶夙恨以都捐。

嗚呼！ 蟠蟠作篆，盡沉檀死後之芬； 碎碎成花，是豔錦焚餘之色。瓊筵譜去，從教虎鼓鸞歌；寶軸裝來，莫訝靈談鬼笑。嗤他楚女，衹解行雲； 何必謝娘，方工詠雪？ 爇鯢脂而暝，寫銀泥五色之牋； 研螺墨以晨，書瓊鈒千花之管。編成斯集，名曰《散花》。非關說法，紅飛梁武之臺； 似解逃禪，香繞維摩之室。覩曇華之颯纚，擷天藻之繽紛。非食荒中之訛獸，我豈浪傳； 不逢海上之靈禽，君休過聽云爾〔一〕。

【校記】

〔一〕吴鎮本無『云爾』二字。吴鎮本篇末評語：『如錦如繡，非霧非煙，即着人衣，從他不去。近三原閨秀有路凌波者，詩人郭靜昇之妻也。所著《剪紅齋詩》，足可入《散花集》。附識於此，以俟他日之流傳云。（松厓）』

飲水詞鈔序

倚聲之學，惟國朝爲盛，文人才子，磊落間起。詞壇月旦，咸推朱陳二家爲最，同時能與之角立者，其惟成容若先生乎？ 陳詞天才豔發，辭鋒橫溢，蓋出入北宋歐蘇諸大家。朱詞高秀超詣，綺密精嚴，則又與南宋白石諸家爲近。而先生之詞，則眞《花間》也。今所傳《湖海樓詞》，多至千八百闋；《曝書亭詞》，亦不下六百餘闋。先生所著《飲水詞》，僅百餘闋耳，然《花間》逸格，原以少許勝人多許。《握蘭》一卷，《陽春》數章，散翠零璣，均可寶也。

先生貂珥朱輪，生長華膴，其詞則哀怨騷屑，類憔悴失職者之所爲。蓋其三生慧業，不耐浮塵，寄思無端，鬱抑不釋。韻澹疑僊，思幽近鬼，年之不永，卽兆於斯。嘗謂桃葉團扇，豔而不悲；防露桑間，悲而不雅。詞殆兼之，洵極詣矣。或者謂高門貴胄，未必眞嗜風雅，或當時貢諛者代爲操觚耳。今其詞具在騷情古調，俠腸儁骨，隱隱奕奕，流露於毫楮間。斯豈他人所能摹擬乎？且先生所與交遊皆詞場名宿，刻羽調商，人人有集，亦正少此一種筆墨也。嗟乎！蛾眉謡諑，没世猶然；眞賞難逢，可爲絫息。

余向欲以朱陳二家詞，合先生所著，爲《三家詞選》，顧力有未暇。先手鈔此本，藏之篋笥。淒風黯雨，涼月三星，曼聲長吟，輒復魂銷心死。聲音感人，一至此乎！先生有知，其以余爲隔世之知己否也。

袁蘭邨捧月樓詞序

吾師簡齋先生以抉雲分漢之才，出起雷造冰之手，詩古文駢體，俱臻絕詣，詞則間一爲之。而獨賞樊榭之詞，登之著録，先生之意，固未嘗薄詞也。今蘭邨之詩，清工遒上，不墜宗風，而尤肆力於詞。標舉性靈，激揚鍾律，葩華菶布，金絲引知。蓋風雅一家，夙承庭訓；江山六代，仍作寓公。聞歌石子之岡，最憐曇首；邀笛冶城之步，每憶桓伊。弔結綺之廢墟，訪華林之舊址，斜陽小巷，寂寞鸎花。流水長橋，漂零金粉，渡荒桃葉，湖冷莫愁。獨夢無悰，薄遊易感，爰寄情於錦瑟，時託意於《金荃》。渺渺焉，逸逸焉，宜其情之一往而深也。

嗟乎！白門昔別，郎君纔綴鳳之年；紫陌重逢，才子擅彫龍之目。西州涕淚，方愴羊曇；南國聲華，復推袁虎。話水天之舊事，續香火之前緣，悵望吳闕，歌呼燕市。發篋而窺麗製，擊鉢而鬭清吟。新秋過酒，徙倚涼雲；寒夜停鐙，流連豔雪。江花禿盡，愧我衰遲；邱錦裁成，輸君佚麗。尋古蹟於遺臺老樹，按新聲於直笛横簫。玉韡翠袖，記妍唱於旗亭；斑管蠻箋，寫幽思於樂府。一篇跳出，四座傳觀，自謂窮幼眇之致，極酣嬉之樂焉。

兹者春流浼浼，客路迢迢，勞人遂捧檄之歡，良友有分襟之恨。習彦威初爲從事，鮑明遠自署參軍，君營薄祿以無嫌，衆爲高才而稱屈。所喜一帶春江，家鄰建業；二分明月，官愛揚州。竹西之歌吹依然，板渚之煙波如昨。當日借秋聲之館，譜琴雅之詞，固樊榭先生舊遊地也。水邨山郭，合住名流；畫舫紅橋，又招詞客。他日過放螢之苑，登鬭雞之臺。玉鉤香冢，點點飛花；禪智山光，泠泠仙梵。於以極遠目，蕩遥情，撫幺絃，吹急管。花間蘭畹，無以逾其麗；蕢洲竹屋，不足比其清。當與樊榭異曲同工，各臻妙境。晉人云：『見阿恭，始知庾公之眞。』今讀蘭邨之作，益信吾師之果不薄詞也。祖帳將設，離觴欲傾。三疊青琴，難遺當筵之别緒；幾枝紅豆，留爲兩地之相思。

琵琶俠樂府序

懿夫！賦泥中之鷗翼，朱穆絶交；張門外之雀羅，翟公謝客。貞孤之論，孝標更暢其辭；憤激之談，思道爲申其說。皆寄慨乎薄俗，未波及乎名流。至於朝局玄黄，黨人冰炭，途有正邪之判，事關理亂之機。崖岸爭高，風裁競峻，允宜割席，無誚操戈。初未有詩酒浮名，文章小技，亦復袒分左右，交異始終，出羽尋瘢，增華改葉。反脣相詆，棄江湖鷗鷺之盟；高氣自矜，忘風雨魚龍之感。噫其甚矣！蒙有猜焉。

四溟山人思業高奇，神情散朗，叔夜則青霞直上，泉明則素波自流。才爲談士之雄，名冠藝林之儁，與于鱗、元美諸君，珠槃高會，金管豪吟。園禽池草，自守宗風，夜火春星，咸推絶唱。既而歴下之聲華大起，弇州之位望彌尊。侈彈冠結綬之游，寵而忘舊；渝戴笠乘車之約，貴乃易交。以責善而見疏，遂昌言而示絕。山人迺襒裾徑去，澺澌遂行，此中空洞容卿，一任揶揄笑我。彈天海風濤之曲，自有知音；尋屠沽飲博之場，甯無同調。黄鵠斯舉，白鷗難馴，蓋其傲骨之嵚嶔，不耐俗情之溫蠖也。時盧次楩先生讐逢貿首，寃極覆盆。梧臺火烈，琴尾先焦；豐獄光沉，劍鋩欲折。平生把臂之英，撫塵之契，雍容臺省，翔步雲霞。未聞脫越石於羈囚，解邠卿之屯厄。一時浮慕，徒云交呂攀嵇；千古遥情，空說哀湘弔澧。山人乃抱奇文而泣，負建鼓而呼。卒之交道有神，蒼天與直，澆醇酒而銷怪哉之氣，出文星而空貫索之垣。此山人之義俠也。

至若好士廬陵，偏奇靈運；憐才隨邸，極賞元暉。圖形樂賢之堂，授簡忘憂之館。高風可挹，肯教安道彈琴；盛節不衰，仍爲穆生設醴。楚澤之雄風獨扇，梁園之豔雪爭蜚。葛巾野服而來，千人避席；脆竹嬌絲之側，一客吟詩。而且譜檀拍之新詞，出璇臺之麗質。儘容平視，詎責劉楨；忽發狂言，不嗔杜牧。竟粉兒脱贈，天游眞個銷魂；豈蓮花偶來，嵩伯空勞索句。此趙王之豪俠也。

若賈姬者，本自無雙，由來獨立。安黄約翠，翳長袖而霞飛；嚼蕊吹花，抗丹脣而雲遏。合就文鴛覓侣，詎宜野鶴爲儔？而乃郎譜竹枝，妾歌桃葉。慧如通德，願伴伶元；貞比清娱，終隨太史。甘縞袂青衫而共老，任紅顔白髮以無嫌。憐昔日之才人，竟歸厮養；識今生之知己，應託清流。此又粉黛之逸民，閨房之奇俠也。

嗟乎！流光鼎鼎，來日大難，宙合茫茫，此身何寄？謝塵中之舊侣，一夢遊僊；想天際之眞人，全家泛宅。廣野是埋憂之地，高才有出世之方，幽趣自娱，勝情相引。四絃轟砉，雷驚電激之聲；一葉飄浮，潦盡潭清之色。謁騎鯨之太白，送跨鶴之浮邱。子晉吹笙，湘靈鼓瑟，奏千秋之絶調，騖八極而遐觀。始知成佛生天，應居謝後；即論飛才架學，誰在盧前？彼夫夸飾冠裳，睥睨壇坫者，亦當向若生慚，迷途知悔也已。

吾友董君，天才儁麗，逸藻雕華，含咀宫商，驅馳煙墨。借往事之翻雲覆雨，佐良宵之抹月批風。何倜言愁，遂著《拍張》之賦；江郎感遇，偏工刺促之吟。燕市羈孤，吴關迢遞，慨古今之氣節，半出布衣；怪天地之英靈，盡鍾巾幗。紅牙一曲，衹自寫其牢愁；緑酒千觴，亦難澆夫塊壘。怕聽開寶當年之調，僕本恨人；快論嘉隆以後之詩，君眞健者！

紅豆齋樂府序

蓋聞翠翎紅咮，六幺傳瑞鳥之聲；珠佩雲璈，三疊按素娥之譜。由來法曲，半出僊靈；從此塵寰，盡嫻音律。一曲鸞吟，唱安公子；數聲魚沫，聽念家山。麗華巧囀，瓊枝璧月之前；靜婉嬌歌，銀燭金花之下。莫不拊紅絃而彈怨曲，翻白紵而擅佳名。洎乎院本爭傳，新聲代變，宮分南北，事雜悲歡。含商咀徵，才士摛詞；傅粉塗丹，伶官借面。笑陳王之細碎，只校妃豨；薄江令之妖浮，空歌宛轉。

則有紅豆齋主人者，青琴妙譽，湘瑟家聲。高琳出而玉磬浮波，任昉生而金鈴墮地，髫齡顧曲，綺歲安歌。僧孺論樂，早知檀拍之名；摩詰按圖，便識霓裳之製。出畫羽繡鞶之餘技，爲哀絲流管之新聲。雲箋細擘，墨浮蚌硯以成煙；鈿笛孤吹，塵繞虹梁而入〔一〕夢。洵足令雙鬟垂手，合座傾心矣。重以奉倩神傷，安仁嘆逝；香桃骨瘦，玉豆心寒。鸞檀參佛，塵凝七寶之龕；刻石招魂，燭閃千花之帳。每當篆銷寒獸，月上明螺，銀蒜簾垂，冰荷鐙灺。影竛竮而無主，思結縎以誰知？翠管頻抽，紅牙小掐，一聲初下，萬縷爭迴。眞珠密字，和淚點以俱圓；疊雪輕綃，寫愁絲而不斷。人之情也，能無嘆乎？是以辭緣苦而彌工，言因悲而轉幻，非因非想，疑佛疑僊。鸞膠再續，倩女魂遊；蝶夢翻新，書生羽化。黃姑助聘，完舊誓於三生；綵翼爲媒，傳好音於一水。寫鳳靡鸞吪之恨，寄天青海碧之愁，慧業難忘，情根永懺。風輪劫轉，大衆〔二〕離欲界三千；綺語障空，隨地設寓言十九。

嗟乎！有懷難語，暫寄託於俳歌；獨處工愁，惟連流〔三〕於短翰。擊節而珠跳玉裂，發唱而肉奮絲飛。偶墮青琳宇下，未換儇心；曾參金粟臺前，兼通禪悅。試看江管，應放西天稱意之花；儻問蕭齋，好尋南國相思之樹。〔四〕

【校記】

〔一〕『入』，吳鎮本作『若』。

〔二〕『衆』，吳鎮本作『象』。

〔三〕『連流』，吳鎮本作『流連』。

〔四〕吳鎮本篇末評語：『噴玉霏珠，才情滿紙。（松厓）』

賀方葆巖通政西征凱旋序

蓋聞負魁碩之福者，履重險而如夷；具淵偉之才〔一〕者，當非常而不懼。是以推轂而需良，副朝家之令典也；櫜筆而事戎，軒奇畯〔二〕之素志也。若乃鑿空九垠，破浪萬里，極柱州之遐敻，越裨海之瀴溟。發策而制鯨鯢，折簡而招贇普，愔愔幕裏，嶽嶽師中。非夫福慧兼隆，識量俱遠者，孰能臻斯懿乎？葆巖先生，慶雲薦祉，神嶽降靈，紹堂構之崇基，負鈞衡之重望。金閨通籍，粉署含香，早直樞庭〔三〕，即參戎幕。奇謀六出，嘉慮四迴，曾掃蘭山之塵，靖潢池之寇。當荀〔四〕令則擁旄之歲，終〔五〕子雲請纓之年，固已絳闕係心，蒼生延首矣。

乾隆丁未，臺匪不靖，上命使相福嘉勇公率兵進剿。以君習韜鈐，工書檄，因加表薦，詔令隨行。遂迺伐鼓浮江，揚旌下瀨，路絶百粵，境環四溟。斯時也，日爲魚笪，星當晝而忽明；海被鰲呿，水淩空而倒立。勁旅千羣而不渡，戈船三翼以難飛。君乃倚驂馬而作誓詞，沉豪牛而書祝册，卒使天吴匿影，陽侯偃波。巨艦龍驤，高帆烏逝，反火而收王則，迴旗而縛孫恩。蓋惟忠信可以利涉波濤，惟文章可以彈壓靈怪。彼吴均任誕，檄責江神；張融好奇，賦誇海若。方斯蔑矣，奚足稱焉。

歲在辛亥，廓爾喀侵擾衛藏，九重震怒，授鉞重臣。大將軍嘉勇公奉命取道青海，統師冞入，簡選參佐，君復偕焉。韠刀縛袴，稱娖從軍；扈帶鮫函，慨慷就道。探星源而上，窮月𡸣以西，間道裹鄧艾之氊，折坂叱王尊之馭。手爲天馬，筆奮神錐，臯牢邛石之符，囊括谷箭之錄。軍謀已定，麾蒼兕以渡河；檄草甫成，却黄龍之繞樹。先聲雷動，迅羽星馳。於是廓爾喀酋長扶服蛇行，惕息蛾伏，願陳壤奠，請受纓縻。象馬之貢，狄鞮之倡，遠逾西荒，來集北闕。皇威斯暢，邊隅以甯，大將上其嘉謀，聖主加之懋賞。出納朕命，則書紀龍言；對揚王休，則詩歌虎拜。賜櫻桃於芙蓉闕下，歌杕杜於苜蓿宫中。斯眞曠代之遭逢，冠倫之事業也已！

夫天上文昌，原兼樞府；古來才士，多歷戎行。如退之之從晉公，孟堅之隨車騎，祭酒諮謀之號，參軍司馬之名，載在史策者，未易一二數也。所獨難者，遲速應手，兼枚馬之專長；謀斷因心，掩房杜之偏勝。焦原側〔六〕踵，而意度安閒；疾霆破柱，而心神元定。雖宵眠警枕，曉聽吹鞭，猶復揮斥風雲，環流煙墨。百函立就，五版交馳，武露布而文露沉，景星輝而德星耀。鶚爭夔吼，千夫和檲〔七〕鼓之歌；鳳泊鸞飄，十丈勒磨崖之製。《詩傳》〔八〕云：『小雅之才七十四，大雅之才二〔九〕十一。』君殆兼之，無愧色矣。

某夙企清塵，未瞻曠度。屬以櫜鞬西邁，幸弱弟之追隨；因而韊矢前驅，荷偉人之知顧。金城榆塞，兩奉徽言；玉帳牙旗，屢頒芳訊。聽鼓笳之胥競，愧〔十〕發唱於擊轅，喜旌旆之言旋，敢効鳴於歡玉！自知黯淺，莫既揄揚，聊綴蕪詞，冀迴英盼云爾。〔十一〕

【校記】

〔一〕『才』，吴鎮本作『材』。

〔二〕『畯』，光緒本作『晙』，據吴鎮本、嘉慶本改。

〔三〕『庭』，吴鎮本作『廷』。

〔四〕『當荀』，吴鎮本作『時惟』。

〔五〕吴鎮本無『終』字。

〔六〕『側』，光緒本作『削』，據吴鎮本、嘉慶本改。

〔七〕『棡』，光緒本作『掆』，據吴鎮本、嘉慶本改。

〔八〕吴鎮本『傳』下多一『有』字。

〔九〕『二』，吴鎮本作『三』。

〔十〕『愧』，光緒本作『惋』，據吴鎮本、嘉慶本改。

〔十一〕吴鎮本篇末評語：『典則可誦。（松厓）』

送韋友山出關小序

友山先生，儒林丈人，詩壇名宿。中散高奇，青霞直上；淵明閒澹，素波自流。顧迺十載宦遊，蛇山黿水，孤身謫戍，雪窖冰天，傔從星稀，資裝霜儉。可謂數踦於隻，理塞其通，人悲節士之心，天鍊才人之骨。金城乞病，得班草以論交；玉塞遄征，爰樹芻而祀〔一〕軷。臨歧抗手，話別銷魂，樽蟻將空，驪駒遽唱。識彼蒼之與直，雨露終逢；嗟來日之大難，風霜慎護。是日也，河流咽浪，天風枯聲，倦馬嘶而塞柳黃，獨雁下而邊雲碧。章華好事，繪行色以成圖；江夏多情，寫離愁而入句。置君懷袖，汰我衷襟〔二〕。

【校記】

〔一〕『祀』，吳鎮本作『祝』。

〔二〕吳鎮本『襟』下多『是為序』三字。

送友人詩序

某束輕裝以首塗，酌深盃而引別。於時金波月上，玉李星懸，淒風起而流水寒，淸霜下而停雲碧。黯然江子，去矣稽生，鱗翮差池，萍蓬上下。極浦蘭荃，留連臭味，空山猿鶴，眷戀煙雲。歲行嚮暮，不

無摇落之悲；人漸相知，易有别離之感。掩朱絃而不御，抽銀管以傳情。兹辰卽席，各賦新詩，他日相逢，聊資大噱。〔一〕

【校記】

〔一〕吴鎮本篇末評語：『似太白諸小序，而風韵復各别。（松厓）』

微波詞小引

湘江淚竹，滴滴圓紅；洛浦情瀾，鱗鱗皺碧。回腸蕩氣，弔夢歌離，爲此辭者，其古之傷心人歟？卒之急景凋顔，沉憂損壽。梅信明湖，空懷故國；鵑聲孤館，易近斜陽。玉河一詞，竟成絶調；少游已矣，百身何贖哉？嗚呼謝盦！燕市逢君，玄亭訪我，共耽慧業，遂託心盟。長宵把酒，嚼蕊吹花；小閣圍爐，引商刻羽。唱烏鹽之古調，和黄淡之新聲，笳囀遏雲，歌唇銜雨。自謂極題襟之樂，擅倚曲之場。何圖瑶札尚新，而玉棺遽掩，知音長逝，才子無年。鍛赤水之珠，碎紫山之璧，天高難問，誰能不憤悒者哉！《微波》一卷，片羽僅存，品貴陽春，名齊蘭畹。峽雲舊夢，江月前身；繁花乍零，淒涼遠目。疎樹早落，棖觸離襟；調逸千秋，情深一往。世有解人，斯足傳矣。寒燈欲燼，雪影如波，搦管無悰，紙窮墨燥。汍瀾者久之。

金纖纖女史瘦吟樓遺稿序

懿夫！鼂采夜光，非同金石之質；瑶林琪樹，自異桃李之姿。三危之瑞露易晞，五色之優曇偶見。是以蓬萊彩伴，名隸琅書，芍葯僊姝，神超元圃。智瓊小謫，空留九日之期；蕚緑言離，遽返三霄之駕。蓋其海懷霞想，玉恨珠顰，抱隔世之愁，有離塵之志。沖情孤往，幻影難留，詎能局靈步於中區，混僊心於恒俗哉？纖纖女士，明姿月朗，天韻風遐，識字靈根。曾到詩王之國，投懷佳夢；先占女史之星，夙嗜縑緗。尤精篇翰，落紙而巧思綺合，拈毫而異采霞飛。畫閣春深，咏同心於梔子；文牕晝永，靧妍面以桃花。粉本摹成，蚪篆印珊瑚之暈；銀鉤倣就，犀紋壓玳瑁之斑。玉子文楸，旁通弈[一]旨；金徽碧軫，闇解琴言。可謂悟徹三生，才兼衆美者矣。

洎乎魚嶺停車，初逢張碩；鴛幃却扇，得配文簫。贈跳脱而郎賦定情，展琅玕而妾工寫韻。九華帳底，熏衣荳蔻之香；百福奩前，砑紙芙蓉之粉。鏡檻花開，吟成《十索》；妝樓燈灺，譜出雙聲。鬭茗則白定甌圓，試墨則紅絲硯小。萱支慧婢，持紈扇以求題；桃葉名姬，斂香襟而乞句。裁緗刻翠，何其麗歟！無如弱質端憂，華年善感，香桃骨瘦，苦竹心空。秋燈擘錦，繅恨繭以抽思；夜雨横箋，灑啼痕而弔夢。當夫空梁宿燕，網戶黏蟲，白雁驚秋，紅鸎怨曉。每低徊而欲絶，時伊鬱以無悰。以致態失嫿妍，病成殗殜，緗絢黯色，繡纈銷華，蕙折蘭摧，鸞叱鳳靡。既生才之不偶，何賦命之相妨耶？因知秋水樓臺，靈蹤不遠；神山宫闕，舊侶相招。瑶英遊戲於蓉城，密香往來於蓬島。林霞素女，翶翔光碧之堂；龍月靈華，嘯咏空青之樹。受鍊形之術，尋解脱之方，玉格俱存，卮言非妄矣。况乎容輝易謝，而才識難亡；華采不凋，而芳馨彌茂。金箱妙跡，零珠粲錦之詞；寶瑟新聲，碎佩叢鈴之韻。

兹陳雪蘭、李紉蘭兩女士，曁余長女芸，共好辭章，咸耽翰墨。感湘靈之絶調，慕雪絮之清才，惜其芬散奩芸，香寒匣麝。付之梨棗，襲以緹紬，俾銀翰長留，瑶華不沫。寄言美子，好穩驂閬苑之鸞；定喜名篇，幸未飽羽陵之蠹。

【校記】

〔一〕『弈』，光緒本作『奕』，徑改。

樊學齋文集序

文以識爲主，而才與情輔焉。識不卓無以達其才，識不遠不能宣其情。是以萃百家於豪楮，納萬彙於襟靈者，才也；隔千里而遐慕，曠百世而相感者，情也；握寸管而權衡邃古，不下堂而周知宙合者，則識也。

思玄上公以淵嶽之心，奮麟虞之采，神思妙遠，雅性都長。處金鞞玉楨之地，而性樂圖史；居緑墀青瑣之間，而興逸丘壑。屏絲竹之娱，而耽翫松石；却紈綺之習，而驅染毫素。所謂跡局區中，而心遊物外，其識固卓矣，遠矣！故發而爲文，淹貫九流，吐納羣雅，瀋賈馬之遥源，疏淵雲之别派。登韓柳之堂奥，軼孫李之牆籓，統大魁而爲笙，砥中流而作柱。意匠獨運，直欲該夫眾長；辨才莫當，每不拘於常律。神王而吐文萬牒，興酣而落紙千言。其才之博達也如此！若夫散帙晨披，含毫暝寫，今風古轍，時感觸於寸衷；早葉新化，每流連於素抱。暫涉閒曠，卽紀風雨之遊；偶接賓朋，亦述壺矢之樂。模山範水，則手爲心使；投牋答簡，則墨以硯露。涵泳儒先之旨，逍遥緇素之文，處貴而寄意林霞，忘勢而傾襟縫掖。其情之深摯也如此！

至若博綜圖籍，尚論古初，搜洞記以研心，括長編而練志。採摭逸事，網羅舊聞。不待燭照犀燃，而目光似月；無煩奮袖抵几，而談辭若雲。闡幽表微，玉石之辨無爽；循名核實，雀燕之衡適平。陽秋之筆謹而嚴，君子之言宏以恕，集中諸論，尤極名通。古鑑當胸，智珠在握，惟九變爲知言之選，使千秋如對面之人。才之博也，情之摯也，本乎識以貫之者也。是知閬風樊桐，非陟部婁者所能擬也；瀛洲溟渤，非泛涔濇者所能測也。拊瓴扣缶，詎知韶鈞之響；嚌菽甘藿，不識鼎鬲之味。屬以緒言，命爲序引。授簡慚惶，彌月不獻；才鋒久挫，情瀾欲竭。敬抒所見，不自知其識之陋也。

陳雲伯碧城僊館詩集序

原夫龍梭翠鑷，七襄分星漢之華；靈石雲璬，九變叶鈞韶之響。懸黎結綠，非光彩無以辨其珍；濫脇號鐘，非繁會不能流其韻。鵠蒼鷺白，而孔翠綷其羽毛；蕭敷艾榮，而蘭芍抒其葩藻。曠觀物象，竊比辭章，倩盼生於淑姿，窕冶原於天質。苟蕭騷而善感，則綺靡固屬緣情，如高麗以見奇，則絢爛甯非本色？何必謂雕鎪之文費日，柔曼之音導淫，遂嗤孝穆之華詞，訾士衡之緒論也。憶自幼嗜謳吟，長誇摛屬，獵豔侈於楚漢，逞雕繢於齊梁。遠溯玉溪，近宗婁水，自謂情靈無擁，意匠獨窺。亦未敢喜甘忌辛，好丹非素。然而既識異量之美，豈忘同體之工？撫絃共操，暉心齊契，有不移成連海上之情，把子晉雲中之袂者乎？

雲伯仁弟，太邱華胄，浙右名流，負伉爽之才，爲通博之學。驅染煙墨，鏗調金絲，探龍威之藏，紬雞次之典。凡夫瑶華十乘，緗帙千函，紫宙異聞，黄車軼事，莫不流談若海，著錄成帷。丹篆羅胸，吐陳芳之符采；墨書盈掌，搜唐述之菁華。故其所作如雕雲五色，儀鳳八音，情瀾生睢渙之文，藝圃耀玗琪之彩。銀毫句麗，奪東方之錦袍；團扇詞工，掣王憲之花簟。猶記訂金臺之密契，證玉格之夙因，貽予玳瑁之箋，贈子珊瑚之架。搜逑索耦，奮藻含章，勝賞琴尊，清談風月。筍鞵桐帽，訪種竹之名園；茗椀香爐，坐圍花之小閣。三升酒盡，四座興酣，方絮纔陳，青鏤競握。君乃銷鳴錦地，璆動綃宮，唾地而文成三篇，叉手而詩吟八韻。靈源自濬，銳藻不休，共驚謝艾之難删，何羡延年之善減歟？

既迺扈帶鮫函，橐遠游之筆；危冠欙具，束出塞之裝。呼鷹披青兕之裘，尋箭踏盧龍之路。射秋雕於大漠，勁翮盤雲；驅代馱於陰山，霜蹄蹀雪。紫蒙荒野，黄圖舊墟，承華故宮，回心廢院。蒼涼弔古，曲譜婆駝；惆悵懷人，歌翻勅勒。滌硯鴛鴦之濼，濡毫鸊鵜之泉，標句驚奇，吐聲雄異。洵集中之高唱，域外之奇觀矣。若夫尋舊夢於碧城，誌靈書於墨會，關心慧業，彈指浮塵。情深百劫，配瑛靈鳳之歌；緣重三生，紫玉韓童之曲。惜蘭香之小謫，記匏爵之天姻，半屬寓言，何傷綺語？乃至香奩荳蔻，粉鏡芙蓉，拈韻字以低徊，寄密書而凝佇。玫砧畫屧，步修嫭之遥塵；螺墨蚿脂，寫穠纖之逸格。

花承節鼓，明童光伎之游；香暖輕簧，烏角紅鹽之調。口銜石闕，偶作庾詞；背畫天圖，間爲俳體。亦復古香拂紙，僊露零毫，意似蕩而彌貞，態雖穠而自遠。以視驍壺伴侶，得寶胡騰，雅俗相懸，妍媸自判。

嗟乎！葩華莽布，徧遺空谷之孤芳；綿羽啁啾，莫聽樊衢之鳴鳥。握靈珠而匿耀，拊古瑟以銷聲。殗壺春黍，恐趨舍之違宜；粱卵焃黃，卜行藏而莫定。風花錯迕，才命昇沉，當作達觀，無庸累嘆也。惟是流光易邁，良會不恒，自顧衰遲，漸成癡鈍。江淹才盡，更無妙緒妍思；鮑照文枯，賸有鄙言累句。若兹之四鈞朗唱，六琯均調，薰將旃葉之香，盥以薔薇之露。溯流風而獨寫，對皓月以長謡，不覺低顏，轉思學步。英瑶入手，何殊貺我百朋；斗石量才，奚止輸君十倍耶？屬以殷勤之意，命陳連犿之詞，築春〔一〕牘作先聲，飾駑駘爲前馬。定鏡寫廧施之貌，方響諧商羽之音，媿非金奏識微，敢並玉臺作序？綴萬言之麗藻，須讓煙霄鸞鶴之羣；託千載之素交，難忘風雨魚龍之感。

【校記】

〔一〕『春』，光緒本作『春』，據嘉慶本改。

蘊山三兄詩文集序

乙丑孟秋，蘊山三兄入都，計與兄别二十七寒暑矣。年華易徂，容鬢非故，欷歔摻袂，相牽信宿。對牀雨罷，促坐星闌，繙舊稿之叢殘，懷往事而嗚咽。吾家吏傳清白，儒守布素。閒廛半頃，勤惟種藍；

敝廬數椽，貧且采梠。兄髮未燥，余齒方毁，撫塵嬉遊，牽手笑語，戲操筆墨，癖嗜謳吟。李謐經奇，弱齡卽賦神士；張融卓犖，長者目爲聖童。遂乃咫聞日多，俊譽漸起。賈山涉獵，不治專經；荀卿諧讔，喜爲小賦。五千卷署崔儦之室，八十函答齡石之書。騁辯如雲，噴墨成字，文陣卓爾，詞鋒森然。

方謂良會可常，盛年足恃，而乃月逌日湛〔一〕，星迴斗移，共迫中年，各値多故。兄則射策不售，獻玉屢擯，顋暴龍門，翮傷鵾路。逢萌擲楯，介子投觚，南踰瀠溟，西越卬僰。獨抱登樓之感，徒推作奏之工。況乎膝下蘭摧，掌中珠碎，窈冥難問，粤宛無言。遂使雄獨之氣，鬱成僾噫；諧婉之音，激爲噍殺。所謂公家擊磬，能感路人；寡女珥絲，遂移物性。襟情所觸，理其宜歟。弟亦一障空乘，十年不調，逐漫浪之吏，爲風波之民。蘆管金笳，惻愴阿干之曲；邊烽戍火，蒼茫《企喻》之歌。窮年寡懽，索居無俚，無怪乎靈根坐夭，華色易醜也。

翳余同祖昆季六人，短算促齡，偏傷二仲。雁行中斷，似坼離爻；華蕚方榮，忽遘否運。士衡嘆逝，大都辛苦之詞；蘭成思舊，惟以悲哀爲主。宦意文情，倏焉都盡；壯盛智慧，知不再來。迴思伯歌季舞之娱，酒坐琴歌之雅，能無俯仰傷懷，汍瀾漬紙也哉？鬌絲散雪，心旌摇風，聚未浹旬，别已筵日。驪駒在御，又涉長途；款段何時，同乘下澤。所望抱德煬和，頤性養壽。篋中著撰，已自可傳，無再驅役心神，劇鉥肝腎也〔二〕。

【校記】

〔一〕「月逌日湛」，嘉慶本作「日逌月湛」。

〔二〕「也」，光緒本作「為」，據嘉慶本改。

文鈔卷五

王葑亭先生雙佩齋詩鈔序

余弱冠從隨園先生遊。案頭見七律四章，聲和被紙，光影盈字。模山範水，如蕭遠之《九吟》；指事肖形，類元禮之《十咏》。心愛好之。先生曰：此葑亭舍人詩也，有子昇之庸峭，兼蒯徹之雋永。先生既深相推挹，賤子亦誌其欽矚焉。既而葑亭先生賦紅藥之詩，奉紫荷之橐，曳綬華省，含香掖垣。執簡西臺，豪强避其驄馬；轉漕南國，鄉里羨其繡衣。遂迺秩峻清班，名高丹地。而余則沉淪邊徼，疲頓風塵。雲飛泥滯，侍會莫因；魚沉鳥翔，差池不狎。而迴環佳什，時切眷懷。

丙午歲，余以上計入都，於家弟荔裳處讀先生詩。時先生才望日隆，著述益富。珠槃玉敦，締雲霞之交；遒文麗藻，黌龍虎之采。暉映先達，領袖後進，荔裳以末坐之賓，訂忘年之契。琴歌酒賦，送抱推襟；月夕霞朝，掎裳連襼。酬唱之作，今存卷中。而余則面塵不浣，自愧鸁官，懷刺任滅，未通謁者。交臂失之，行自悔也。兹者年齡遲暮，才思枯涸，挾鉛齎素，復來京師。靈鞠蕭衰，孝標穴散，故歡雨墜，素侶星稀。先生同隨園已歸道山，荔裳亦中年溘逝。感師友之凋謝，傷昆季之零落，戚戚無悰，生意盡矣。

哲嗣竹嶼六兄克守家學，早馳令譽。肩吾有信，士秀生陵；眞冷緒言，捧抱遺集。命加讐校，將付剞劂。爰與法洗馬梧門、何蘭士太守、吳蘭雪舍人，參互考隲，編成八卷。雅聲遠姚，澄芬遥挹。讀樊川之集，比之大呂洪鐘；定次山之編，況以融風彩露。時或冥雨晦夜，殘膏黯燈，眼眵忽明，心頞忘寐。每欷歔掩卷，涕泗緣纓，所謂未面已親，聞風如舊。豈襟靈之善感，而文章之有神歟？全集之富，幾及萬篇，兹鈔所存，不及什一。赤水求珠，美璣六寸；元圃採玉，明瑶九光。覩曜日之片羽，彌重吉光之裘；擕捎雲之半柯，益想檮木之蔭。吾知此鈔一出，家置一編，奉爲軌範。著録之弟子，私淑之學人，必更以全集之梓爲請也。

翠微山紀遊詩序

都城西三十里，有翠微山焉。單椒秀澤，跳岑造霄；離離蔚蔚，迥出霞外。自龍泉庵至竇珠洞，招提蘭若，十有餘所。金碧隱見於崖谷，林篁纓帶於岡阜，道合緇素，跡交樵隱。信法界之幽棲，神都之勝境也！

梧門學士、蘭雪舍人，值休澣之日，作聯鑣之遊。尋煙忘歸，觸岫延賞，暢遥情於逸眺，追高躅於昔娛。披雲覓逕，窮巖壑之靚深；逆風聞薰，擥草木之芬怪。於時秋也，林寒澗肅，涼飆掃空，千里澄碧。長松嘯籟，笙竽一音，飛溜灑光，紫翠萬狀。耳目迴易，氣候變遷，援蘿騰崟，捫葛降深。凝神念一之所，放意不拘之境。遂訪禪客，宿於瓢堂，林巒既昏，鐘梵相應。薜荔翳牖，山鬼嘯於星闌；灌莽被崖，迷禽警於霜旦。危坐無寐，詩襟轉清，高言霄崢，奇句響答。骨聳東野，濤洶退之，詞鋒森然，對壘角立。各得詩若干首，同人退避，莫抗顔行。琴坨以横翔捷出之才，爲摩壘致師之舉，掩關一夕，和如其數。動少文之操，興等於卧遊；賡襄美之詩，事涉於遐想。而幽愜山性，澹契僊心，可謂翻空見奇，課虚責有者矣。

自愧疎惰，未遑攀追。具非濟勝，久經望岫息心；語不驚人，衹合當場斂手。聊爲喤引，以博解頤。

顧修圃方伯詞集序

原夫周秦妙手，託麗思於閨襜；姜史憺辭，寄靈襟於煙月。美難並擅，藝本專家，能兼之者，其惟張子野乎？是以纏綿之旨，則調譜二中；超逸之思，則句傳三影。至坡公贈詩之時，子野年已八十矣。詩人老去，公子歸來，燕燕鶯鶯，綺羅猶在。風情不薄，齒宿意新，斯眞耆舊之僊才，詞流之逸品歟！

脩圃先生，虎頭華裔，麟角高名，起家清郎，躋秩方伯。庾望嶽峙，郇膏雨甘，既迺著《遺榮》之篇，尋《遂初》之賦。澡雪塵翳，徜徉林霞，騁妍抽秘，夙推文雄。含宫咀商，蔚作詞傑，證風人之宗旨，探樂府之源流。謫僊寫恨，暝色高樓；鍾隱言愁，西風羅幕。紫簫度曲，紅豆記歌。薰衣荳蔻，函光佳俠之姿；障袖櫻桃，嫮目姱容之質。照青鸞之鏡，螺黛修眉；拓朱鳥之牕，蟲簪麗鬢。三星網戶，五夜羅衾，綠篋塵封，緗約苔涴。量石家之寶斛，淚比珠多；送蘇小之香車，腸如轂轉。足使金荃讓艷，蘭畹慙工。斯眞綺密之瑋詞，夫豈妖浮之側調歟？

至若歸風送遠，獨夜懷人，雜花長亭，細草征路。酌宵粱而小別，策笥將而薄遊，夕照西陵，衣都化蝶。春波南浦，樹不藏鶯，尋往跡以低佪，何古懷之綿渺。更或閒呼漁艇，散步瓜畦，幽徑紘詩，涼天過酒。梅溪勝賞，畫裏移舟，竹屋高情，花邊覓句。賡玉田之雅調，葦雨蘋風；追石帚之清遊，鷺汀鷗浦。又何興趣之遥深，風神之散朗也！

是則妙兼衆體，公眞子野後身；窺僅一斑，我愧都官知己。迺蒙撝挹，命作敘言。夫陽文之姿，非容成不能描也；白雪之操，非青琴不能協也。竊維檮昧，敢露疎蕪，而迺習有難忘，情不自禁。混咸招之響，拊瓦缶以歌呼；擥嬙施之袪，笑無鹽之唐突。所冀亭名花月，席鬭箏琶，得掛名於安陸集中，斯厚幸已！

送何蘭士爲甯夏守序

要服五百里，爲畿望之屏障；良吏二千石，宣廊廟之風猷。珪符是膺，鎖鑰攸寄，歲在端蒙，日躔奎陸。天子念邊郡之需賢，綜羣才而取儁，於是蘭士先生有甯夏守之命。士流稱慶，民萌相賀，美雄劇之得人，知守屏之稱事焉。先生以通博之才，爲經濟之學，夙馳令譽，早登甲科。由水部之望郎，晉鐵冠之清秩，蘇綽文案，立之程式。馬周臺省，悉其典章，甫巡東國之漕，卽有西江之拜。蒞宋均之舊治，揚衛颯之清風，報續未及三年，治行已推第一。望雲念切，移病乞歸，讀禮既終，復有此授。

甯夏扼三城之險塞，當九邊之要衝。漢設屯戍，樓煩肆其侵陵；唐置壅門，土蕃縱其鈔盜。巖疆難治，依古類然。我朝則中外一家，部落咸附；亭障列衞，桴鼓不驚。牛馬內嚮，坰牧羣戢，先生示以恩信，布之廉惠。有馬如羊，不以入廐；有金如粟，不以入懷。使裔土永甯，皇人受穀，此鄧訓之感罕羌，田豫之撫鮮卑也。

甯夏地濱大河，物產豐博，土沃饒而近鹽，水肥仁而宜稻。河渠之制，肇於漢唐，我朝增置二渠，灌漑萬畮。蒼龍既見，則荷鍤如雲；朱鳥方殷，則決漚爲雨。川瀆於焉順導，薪楗宜乎預儲。撝流之方，防先嫩堰；均水之法，施及瘠區。惟歲功之是興，爲經務之最急。先生熟班氏溝洫之志，兼氾勝農田之書，將使舄鹵無荒，磽确胥墾。手實之施七尺，膏壤之入萬鍾，此又史起之引清漳，鄭國之疏瓠口也。

甯夏士習禮儀，俗尚節概，傅昭蔚爲學府，梁祐暢其儒風。方今文教覃敷，英才輩出，橫經之彥，日詣檀橋；著錄之生，霧集槐市。先生下車觀風，釋菜入學，舉咫聞之訓，敞待扣之教。傳微詩細，摘鉛槧之千言；規筴矩模，勵庠序之四行。獎弭生於馬隊之肆，成季寶於牛衣之砌。行見裁章，礲璧養其瓌奇；甯徒畫羽，繡鞶加之斧藻。此又任延之治河西，文翁之化蜀郡也。

至若朱墨塡委，而剖析如流；文案周環，而嘯歌不廢。敷塞晏之化，行端平之政，物在宥而咸理，民緣督而自勸。固先生之所素裕也，余何贅焉？某曾任靈州，甯夏之屬邑也。十年不調，自恥孅趨；三異無稱，人笑方格。屢書下考，甘爲宂散之材；儻執公儀，合在沙汰之列。茲來京國，遂託心交，琴歌酒賦，頻奉緒言。蕙鬱蘭薰，忝同臭味，送君遠道，感我舊遊。高柳可折，遙指楊榆之關；驪駒欲行，遄經雞鹿之塞。辱承下問，竊附贈言，敢云乘韋之先，聊當負韉之導云爾。

送張子白回鎮番序

嘉慶甲子十二月，甘肅鎮番令張子白先生，以卓薦入都，謁帝於承明之廬。天子懋奬循良，命回任候擢。乙丑，既畢正臘，筮日戒途，同人祖餞於江亭。折柳賸觴，樹芻祀軷，禮也。先生甲科起家，邊郭從事，美績斯茂，循聲遠聞。上官不以公禮格范滂，同寮均以儒術重顏斐。鎮番爲姑臧之下邑，豬野之舊區，地異沃饒，俗本凋边。君乃墾闢朽壤，規畫瀆田，截流濬渠，樹表度陌。五種三種，續氾勝之新書；七施四施，行夷吾之寶法。變磽确爲墳壤，化舄鹵爲陂塘，薅稂拔其陳根，禾麥擢其翹穎。準白公疏濬之方，躬信臣畚鍤之役，華離覝土，流庸歸耕。訟平而蚩頑革心，經明而齔髫嚮學。尹興賦粥，續命者七千人；劉昆詣庠，習禮者五百士。遂膺三異之薦，特受九重之知，政並中牟，歌傳于蔿。佳乎吏也，美矣君哉！

余乘障抱關，亦逾廿載，詘腰撓膕，迄無寸長。負強項之名，僅稱吏隱；届龐眉之歲，甘學郎潛。寥落晨星，更參商之避面；差池舊雨，若燕雁之代飛。雖輝華相照，幸接玗琪，而簸揚在前，終慙糠粃。以視君之惠澤及人，令名傳後者，固無能爲役也。曩在青門，得聯儔賞；茲來燕市，重拾墜歡。凡青雲素交，白社儔侶，莫不治魚牲以相召，願驂騑之久留。遂乃掃元詡之徑，開文舉之樽，翦林宗之蔬，說叔庠之餅。流連翰墨，嘯咏林霞，對士雅而失眠，爲嘉賓而倒屣。韋弦幽贊，笙磬諧音，証香火之因緣，忘塵海之棲屑焉。客思不樂，遵途倭遲，王事有程，抗手緬邁。滯崔駰於樂浪，返文羆於斥邱，征人懷往路之悲，良友有慕徒之戀。指天山於萬里，陟隴坂之千重，浮雲易馳，春草初碧。攜我別酒，共登離亭，生煙起而泊山，寒雨零而灑道。野陰不散，鬱爲羈愁，林芳欲舒，媚此行色。同人咸集，分韻賦詩。仲宣贈別，比子篤於飛鸞；正叔敘懷，目河陽爲逸驥。皆誌欽矚於麗藻，託眷戀於瑶情，愛護波潮，敬勗光彩。今晨鳧舄，宣賜出於尚方；他日鶴書，著作登於東觀。聊書左券，以俟後期。

送陳雲伯之官皖江序

嘉慶辛酉，余與雲伯相見於都下，投分執贄，忘年測交。情露辭端，志通衿曲，效長慶之因繼，續松陵之倡和。淄澠合器，易牙味而弗知；笙竽一音，榮猨聆而莫辨。甄琛借書於赤斧，李諧問字於黃頭。酒坐流連，不孤花雪；吟箋酬答，無間晨昏。偶影聯形，於茲五閱寒暑矣。君含章奮藻，鳳觀虎視。孫綽赤城之賦，鏗金石之聲；顧愷丹樓之詩，絢雲霞之采。作奏則公卿動色，摛辭而老宿傾襟。咸謂觀河刻玉，封山鏤牒，鴻文鉅製，非此才莫屬也。迺澠池之翼未奮，神山之舟遽迴，吹藜不燃，種棠有蔭。教習期滿，引見以知縣用，君復輸貲求自試焉。方聞充選，不羨鶴頭之書；武功拜爵，迺營虎爪之版。捧檄而喜，束裝遂行。雲屋方搆，齕指者般倕；廣樂既張，逃聲者牙曠。中朝人士咸爲君惜，不知君意固別有在也。

夫金羈玉軑，非致遠之資；瑶舟翠楫，鮮涉川之用。是以太沖才藻，不復以吏幹推長；輔嗣高簡，或寛其文案之責。古來名士，每不勝官，文豔用寡，德優能少，蒙莊取喻於康瓠，子家致誚於畫餅。君則抱奇偉之志，負通方之才。蘇綽朱墨，析其精微；翁歸文武，惟所施設。醇茂飾以經術，溫柔本於詩教。以此厲俗，以此擾氓，將使武城弦歌，桐鄉謡詠。古所謂禮意風猷，樂情膏潤者，君饒爲之，復何歉焉！況思光居貧，不擇微禄；文疆娛親，願乞隣郡。皖江去淛，千里而近。布颿之穩，過於蒲輪；官舍之樂，不減家弄。琴溪赤鱗之魚，可以供饌；天都青精之飯，可以延年。墨綬纔紆，綵衣有耀，天倫之樂，里黨榮之。以視余索米長安，望雲吳下，定省久闕，藁飫不供，其賢不肖相去何如耶？

雲伯行矣，春草初碧，朝雲欲馳。離觴不御，悵良會之稀；清琴罷鼓，惜知音之少。兼之意緒寥落，容鬢蕭衰，事有限而星乖，愁無方而雨集。墜歡莫補，後約未期，能無送遠銷魂，臨歧躅足也哉？夫夜光晁采，天下之寶；隋掌郢握，非所得私。但分析之日，不能不悵恨耳。悠悠我思，信越石之知言矣。同人惜别，贈言盈篋。余與陳編修用光、查孝廉揆俱爲序引。時丙寅新正穀日也。

金瑶岡一百二十本梅花書屋圖序

夫江陵之橘，洲植千頭；渭川之竹，家封萬戶。一升穀易僊人之杏，八百畮栽丞相之桑，皆有意於治生，初無關於託興。至若膩香春粉，竹籠昌谷之溪；露葉煙條，柳蔭柴桑之宅。揮盃對酌，孝穆之桐兩株；移榻追涼，退之之楸五樹。冬榮夏色，嵇含所狀者百有餘名；碧磵青崖，江淹所憐者十有五族。耽玩草木，嘯傲林霞，洵達士之淵襟，騷人之逸致矣。

一百二十本梅花書屋者，瑶岡先生之别業也。傍崇讓之故宅，拓平泉之舊莊。清芬未沫，家傳廣平之賦；古香可挹，人誦沂公之詩。先生雅抱冰瑩，逸藻雪艷，其於梅花，殆有夙契焉。遂乃翦徑開軒，繞屋移樹，危岫孤聳，瘦石玲瓏，方池不流，空水澄映。冷蕊半坼，掛海月於珊柯；虬枝欲飛，立湘女於蛟背。艾蒳幽緑，薜蘿古青。韻澹疑無，聽鶴聲之一一；枝斜更好，伴竹影之亭亭。先生挈笠澤之詩瓢，攜桑苧之茶具。眠琴北牖，泛神雪而叩絃；横篴南岡，佇還雲而按曲。積霰盈砌，懸冰墮階，倚樹吟香，巡檐索笑。信可謂鍊魄瓊臺，遊神瑶圃者歟！

兹來京邸，彌念江鄉，寄素尙於丹青，結遥情於篇什。昏黄煙月，澹碧溪山。雪響虚堂，惟遺青猨守户；雲迷遠道，難憑翠羽傳書。數花信於二十四番，寫梅魂於百二十本。我方惆悵，憶銅坑之雅遊；君自清華，紀玉照之韻事。

竹嶼垂釣圖序

昔摩詰坐幽篁而撫琴，野王攀崖篠而作賦，子猷之癖嗜，嗣宗之雅遊，莫不因寄所託，日涉成趣。寓賞物外，放懷區中，高風勝情，曠代若接。吾友潘竹坪先生，晝省望郎，茂苑奇士，寄興魚鳥，縱情林霞。蔣詡之徑，畦畛成三；庾詵之宅，山池居半。雜花婐妮，層瀾靚深；蝶魂酣紅，魚影嬉碧。尤愛種竹，繞屋千个，縠霞纈煙，日夕澄鮮，風蕭橚而送香，露滴瀝以成韻。君把釣竿，踞坐盤石，淵懷洞賞，與古同符。

茲來京華，曹務淸暇，時吟白雪，間寫碧雲。命畫史而作圖，集詩流而索句。芝軒侍郎題曰：『竹嶼垂釣圖』，紀舊遊也。君抱俊逸之才，樹英峙之望，品重東箭，秀凌秋筠。正如蓬山異條，響應鐘磬；臨江直榦，音諧笙簫。方將拂煙霄以苕亭，來鸑鷟之棲託，豈僅爲柯亭之笛材，笠澤之釣具也哉？

孫蓮水詩集序

蓮水先生，藝苑淸英，詞場名宿，袁山松襟情秀遠，韓康伯思理倫和。其爲詩也，靈響獨結，僊心自超，玉壺滌毫，金門錬魄，餐九陽之淸瀣，咀五色之華芝。平揖錢劉，高視沈謝，海內推之者無異詞也。君與余同受業於隨園，瓶鉢共傳，波瀾莫二。講龍門之藝，名儕於薛姚；橫絳帳之經，誼均於彭戴。斯時也，白麈談玄，靑山招隱，林亭是六朝之舊，裙屐有兩晉之風。伯倫閉關，託深衷而頌酒；中散入座，抒雅思以賦琴。索文史之淸娛，極賓朋之勝賞。而乃風花錯迕，蹤跡傑池，蕭葛三秋，雲月萬里。余與君初未相識也。

既而煙颿雨檝，君賦近游；烏帽黃塵，余嗟遠宦。悵參辰之隔面，如燕雁之代飛。一則翠管鑾箋，湖山秀麗；一則金笳戍火，邊徼蒼涼。或操越調之淸工，或習秦聲之抗壯。大江東去，花月輔其襟靈；黃河遠上，風沙凋其容髮。抗懷千古，各手一編，雖勞逸境殊，而詩騷旨合。風雨動而魚龍感，隆墀歎〔一〕而遠壑盈。香火之緣，或通於夢寐；儔侶之慕，無間於關河。愛而不見者，三十年於茲矣。

客到東華，屢貽蘭訊，人歸南國，幸接冰襟。時隨園師已歸道山，而君與余問年皆逾五十。歲月不居，孔文舉之所嘆；明勝長謝，習彦威之所悲。悁悁有懷，蒼蒼在鬢，冀墜歡之可續，覺情話之彌長。隆暑嚮闌，蕭序行屆，梧墮衰緑，蓮舒晚紅。薰知見之香，入清涼之界，素月流景，青琴欲言。濡墨含毫，感我心曲。使臨汝郎見之謂蘭邨，亦當徘徊竟日，惆悵極夕也。

【校記】

〔一〕『歎』，光緒本作『歡』，據嘉慶本改。

劉茶僊快晴小築詞序劉觀察錫嘏晚號茶僊殁後其壻孫太史爾準刻其詞集屬余爲序

一樽江月，蘇長公蓋代之才；百戰河梁，辛幼安凌雲之氣。如秦青轉喉，響振林木；漸離擊筑，精感風雲。誠壯思之雄宗，亦雅才之變例。正無事裙裾溺志，和周柳之曼聲；山水移情，貌姜張之逸格也。茶僊先生，風裁通倪，才性都長，早飲香名，即登清秩。傳洞簫之謚，宫人盡識子淵；記樂句之名，座客咸推僧孺。既而鋒車按部，簜節宣猷，嶽瀆助其襟靈，川原供其睇盼。治河三策，哀湘九章。挹呂梁懸水之洪，驅煙染墨；過洞庭張樂之野，咀徵含商。速藻葩流，勝情飆舉，游楚之琵琶箏笛，盡載後車；羊侃之銀燭金花，常留上客。落唾則珍珠百琲，摛毫則寶薤千行，絳樹調簧，黄華按拍。覺稼軒之龍香鳳尾，遜此新聲；東坡之玉宇瓊樓，謝斯高唱矣。

然而美人遲暮，蘭杜驚秋，旅客羈棲，鷓鴣啼雨。銅絃鐵撥，浪淘千古之悲；芳草斜陽，春去人間之感。散浮塵於短夢，銷綺緒於牢愁，被冷香銷，琴孤徽急。鶯花小劫，楚雨三春；絲竹中年，吳霜兩鬢。近彈碁之局，心自難平；擊唾壺而歌，口眞欲缺。沙驚蓬振，陰山朔客之吟；鼍憤龍愁，小海吳兒之唱。訝豪情之未滅，知絶詣之必傳也。

兹者陽羨田荒，未遂歸耕之願；偃湖人去，偏慳結襪之緣。招白鶴而空憶滄江，弔青兕而難尋元冢。一編循諷，百感縱横，皺水風高，返潮笛脆。聆音識曲，我慚花影郎中；綴玉編珠，公有微雲佳壻。覽南徐懷古之作，尋北固感舊之篇，風骨高奇，音情頓挫。始信賦才相遠，如秦淮海之傾心；敢云使事大多，效岳倦翁之指摘也。

張花農遺集序

四十不遇，幅巾窮巷。仲蔚臥病，蓬蒿塞門；少陵窮愁，苔蘚及榻。衰燈秋室，短褐長夜，宿草將刈，緒言莫傳。而能使詩人徘徊，弔張祜之舊宅，故交鄭重，求孟六之遺文，則其人之詩品可想也。今之少年喜謗前輩，文舉雖爲千古篤論，孝章要有九牧大名。若夫負宙合之望，而重里黨之彦；抱雄異之才，而愛孤冷之作。詩編笠澤，書答秣陵，發潛德之幽光，慰長逝之私恨，則其人之交誼可知也。

花農先生，雲間儁人，江左畸士。稚圭通經，早傳令譽；子雲作賦，少無俗聲。尤工詩歌，癖嗜吟詠，經緯文質，激揚《騷》《雅》。撫景光而叩寂，抗音響以結風，氣出與精列相和，濫脇共簴鐘迭奏。棄膚抉髓，斂志詣微，窮興寄之殊軌，極律切之能事。兼以高才淪躓，壯志忼慨，鬱伊不舒，幽憤間作。子昂感遇，轢古而振頹風；彥伯詠史，吐音而非凡唱。嘗自定《牀山堂詩集》，穀人祭酒序而行之，世咸知其工矣。

嗟乎！詩能窮人，才偏妨命，著筮塗以抵疑，釋玄居而寄傲。鵩鷩集舍，雟識巢門，傃幽告終，懷和委化。徂年促迫，已傷朝露；遺編零落，將同秋草。姚子春木以張堪把臂之託，軫向秀思舊之悲，緝溫岐《漢上》之詩，歸元結《篋中》之集。搜其散佚，正其訛誤，合前爲若干卷，付之剞劂。董遇朱墨，不患其無傳；方干篇什，可期於不朽。較之割宅遺孤，懸劍空隴者，淳至之行，何多讓焉！余重先生之詩品，感春木之交誼，濡毫削牘，敬爲序引。不猗不呰，貞曜迺昌其詩；一死一生，巨卿無負於友。俾後之觀者，有所興起云。

三家詞序三家爲黄仲則高東井錢謝庵皆工於詞歿後篇什零落袁子蘭邨彙而刻之余爲之序

嗟乎！湘靈鼓瑟，曲終人去之悲；子野聞歌，嘆逝傷離之感。黄華一闋，春樹鵑呼；碧血千年，秋墳鬼唱。平池廢苑，愁聽雍門之琴；斜日寒冰，愴賦山陽之笛。錦字銷磨於白蝨，鈿箏零落於寒灰，不遇知音，誰傳絕調。此袁子蘭邨所以有《三家詞選》之輯也。

爰有山谷詩孫，襟情豪上；雲溪詞客，姿制清狂。譜哀曲於玉龍，鬬雄才於青兕。酒旗禪榻，刻意傷春；鬼冢神林，嘔心索句。聽笳聲於絕塞，響落繁霜；傳芭舞於叢祠，靈飄夢雨。空山獨鼓，雷輥銅絃，霽曉孤吹，雲停嘒管，絕節高唱，難與並能矣。至於同黄九以齊名，則有高三十五。梅花人日，草堂自愛清吟；桂樹小山，竹屋尤工癡語。拗蓮擣麝，按摩支之散辭；暈碧裁紅，變紇那之新體。揚幼眇之韻，寄浩唐之思。開五夜之金屏，蛞蝓星小；聽三商之玉漏，蝃蝀天遥。嚼蕊吹花，絃幺徽急，所惜者鈿蟬零落，銀雁銷沉，徒誇慧業於三生，僅譜哀音於十拍也。洎乎止息無傳，陽阿絕響，風流不墜，尚有錢郎，集號微波，體兼衆妙。服姑䔄之草，媚可悦魂；彈寡女之絲，悲能蕩魄。每憶金臺握手，燕市論交，月地分箋，涼天過酒。聽風聽水，同製霓裳；花落花開，共歌金縷。摸魚戀蝶，讓子擅場；烏角紅鹽，爲君擊節。疏絲滁筦，咀徵含商，吾曹既别有閒情，都下亦傳爲韻事焉。

此三君者，俱推蓺苑之英，舊是隨園之客。金迷紙醉，極賞會於琴樽；茗苦香甜，每流連於花月。何圖業傳青簡，人隔黄壚，墜雨不收，摶雲易遠。玉樓天上，散比晨星；元冢人間，悲逾宿草。蘭邨迺晨書而瞑寫，俾儷景而同聲，未妨椒桂連枝，何必尹邢避面。庶才名之不朽，或逝者之有知。律吕相和，竟躍蕤賓之鐵；絃歌赴節，能涌蓋山之泉云爾。

馬香田女史詩集序

香田女史，馬文肅公之裔孫，吾友雲題先生之妹也。雲題生負雋才，上承家學。文疆俶詭，能賦《九宫》；孝緒閎覽，兼該《七録》。惜長轡未騁，芳華早凋，青霞鬱奇，才未可量。女史生而警慧，幼即莊姝，翠琬鐫銘，金函書字。髫髻之歲，習保氏之禮儀；鍼紝之餘，弄諸兄之筆硯。雅擅摛屬，尤工吟詠，西園梔子之詩，南山啄木之什。識者謂才思清拔，過於孝綽；音情頓挫，不減太沖也。

迨乎笄總，歸於陳生叶雲。生亦振奇人也，却扇而聯墨會，齊牢而攜絳雲。鶼鰈同心，蛩駏儷影；緗帙參差，時爭古義。金釭晻晱，猶鬭新吟；春檻紅鸚，曉簾青鳳。花光照字，都化儷雲；墨瀋拂箋，盡成香雨。髣髣乎三島之瑶裝，泠泠乎九霄之嘒管焉。無如叔寶神清，仲宣體弱，遽埋玉樹，遂掩金刀。照影鸞孤，雲散麝賓之彩；返生香斷，風銷聚窟之煙。女史永屏鉛華，欲焚筆硯。蓋自叶雲歿後，詩不多作。作則多悽惋之音，祭晉安而製文，謚柳下而作誄。衛氏孤燕之句，陶嬰別鵠之歌，往事三生，遊僊一夢集中句。塵封斷軫，罷彈九寡之絲；月照高樓，間作《七哀》之曲。

覽其詩者，悲其志焉。迺者裒前後所作，都爲一集。詩似維摩，神超埃壒；人如道韞，服到心形。以淹雅之憺辭，襮愊愉之修美。彤歘絢彩，丹青之色不渝；斑管傳馨，蘭菊之芳無絕。敬爲序引，以諗來茲。

郭祥伯魏塘移家集序

山紅磵碧，可致幽人；欒危桂棻，宜招隱士。耽泉石之素翫，極煙霞之麗矚，鑿巖架屋，依林結宇。將以抗希若士，睥睨僊夫，而徂年易流，山資未辦，望岫息心，弗可及已。至若疲精田舍，恣意聲色，庚辛之房，甲乙之室，銅沓金塗，綠墀青瑣，重樓跨雨，高閣連雲，匪我思存，亦君所諱。所望五畝之宅，半郊之居，桃李須陰，藜蒿不翦。闢鼪鼬之徑，學蜘蛛之隱，卷帙可娛，鎌採自給。放懷魚鳥，息影松阿，是區區者猶不余畀。迺使風塵羈泊，江湖流浪，斂眉寄食，俛首求衣。居賓石之壁間，僦伯通之廡下，俯仰身世，能無慨然？

郭子祥伯，族本松陵，住近楓浦。士鄉難託，經舍就荒，飄零琴書，提挈老幼。浮家武水，卜居魏塘，嘉賓助買山之資，季雅署賣宅之券。荒齋十笏，小園百弓，鑿壁而貯酒鎗，就石而支舂銚。畦韭乍翦，時來故人；林花初開，閒招近局。略多白醉，偶爲玄言，賦劉杳之林庭，贊江淹之艸樹。此《移家》一集所由作也。

憶余少歲曾遊此邦，水土清佳，人風淳美。坐三經之席，招八能之儔，蘿牕棲煙，竹閣臨水。孤月白夜，惟聞櫓聲；微雲澹秋，獨與琴語。一彈指頃，三十餘年，前塵波馳，影事電謝。而蓬萍流轉，杞菊疎蕪，稅駕何鄉，卓錐無地。他日者，成獨往之志，結自得之遊，當與祥伯連塊而居，薦瓠共酌。丹崖素瀨，賡蕭遠之《九吟》；蚪篆琅書，授敬游之《十賚》。息壤在彼，何日忘之。

窈窕艸堂詩詞集序

戊辰仲夏，余與簣山大兄聯榻於西湖之詁經精舍。林雨乍歇，蘋風微涼，翫海上之蜻，狎湖干之鷺。新水拍岸，舟行碧虛；浮嵐塞門，衣染黛色。清遊既倦，介居多暇，搜舊稾於故篋，追往事於前塵。屬以編摩，命爲序引。

離合之跡有可述焉。當夫隴首停驂，秦川捧袂，言尋昌谷，共訪仇池。荒艸斜陽，隗孟尚留軍壘；頹垣老樹，杜陵曾賦《羌村》。攄懷古之思，多寄愁之作。至於星闌燭灺，葉早花新，醉墨題柯古之襟，儔侶把浮邱之袖，伯歌季舞，酒座琴言。此則引聲發唱，宮羽相和，因物騁辭，情靈無擁者也。洎乎花門搆孽，草竊挻災；鶻騎晨馳，狼烽夜警。助余張目，與子同仇，却攻之帶一圍，禽敵之符九寸。雄心憤薄，壯氣飛揚，和僧超斫陣之歌，應越石登陴之嘯。落紙而風雲欝起，擲地而金石爭鳴，推塞上之豪吟，爲集中之變格矣。

斯時也，兄方茂齒，弟亦華年，辯折神錐，手馳天馬。管輅枝葉之論，能服子春；劉陶縱橫之辭，常屈輔嗣。自謂筆揮虹電，氣逸煙霄，何期人事蹉跎，行蹤錯迕。十舉不第，君似温岐；一官不調，余如羅友。況復同抱鶺鴒之戚，更銜莪蓼之悲。孤桐之枝，其根半死；卷葹之艸，其心永傷。腸縷縷而九迴，髮斑斑其二色。天涯流浪，旅舍棲遲，誰爲餓驎而落毛，徒效窮魚之呴沫。而迺搜羅皀蠹，掇拾叢殘，鏤心於魚網蟲書，留意於玉笢金鐀。恐遭覆瓿，甯望籠紗，無乃耽結習於三生，墮名心於九鄣乎？然而木槿早落，不如薰艸晚華也；班嗣夙悟，不如袁遺耄學也。東堂射策，雖負龍鬚之友；西清薦士，或下鶴頭之書。幸賓卞珍，無愛倕指，沈冥而研典籍，韜養以待徵招。擴炳燭之明，惜落棠之景，願與兄共勗之而已。

自序

昔劉孝標慕馮敬通，有『三同四異』之論，傳之藝林，以為故實。余髫齡嚮學，即慕義山，綜厥平生，亦有同異。竊比有志，不能無述。若夫流連簡牘，窺尋行墨，諷其綺豔之詩，愛其瑰邁之筆，未免撏撦貽譏，描摹致誚。詩宗子美，別刱《無題》； 文學彭陽，遂擅今體。有心晞驥，肖形刻鵠，天稟雖近，亦由人力。神合貌似，俱無足言。

義山早困孤貧，夙標民譽，《才論》、《聖論》受知于華州，《甲集》、《乙集》編次於桂管，靡不傾襟方聞，頫首博奧。余束髮投贄，見知鉅公，中年論交，不乏勝侶，盼睞增其光價，招延長其聲譽，過仲郢之好賢，方崔戎之愛士。此一同也。義山壯歲掇科，一命作尉，宏農活獄，致忤孫簡，不遇武功，幾遭斥放。余早乘邊鄣，迭經盤錯，重圍鼓鼙，危堞烽火，虎尾甘蹈，鯨牙幸脫，而遭白眼之睨，被赤舌之謗，仕途淪躓，十年不調。此二同也。義山晚得一官，檢校水部，浮沉幕僚，未掛朝籍。余少無吏幹，老愛郎潛，職兼金倉，籍檢黃白，執戟自喜，索米長飢，趨曹有年，注籍無日。此三同也。義山性似夷姤，中實耿介，南國妖姬，叢台妙伎，雖有涉於篇什，實不接於風流，自敘所云，諒非矯飾。余亦掮屋稱貞，閉房受記，不入季女之室，不登孌童之牀，雙髻吹笙，十眉環坐，雖耽綺語，終等妄花。此四同也。

義山策名上第，校書中禁，枕芸香於天祿，咏霓裳於大羅，鵬翼曾摶，鳳巢未掃。余則明經入仕，青袍自公，贖帖徒勞，撤幕見待，愧為塵吏，仍作山郎，禮千佛之名經，羨眾僊之同日。此一異也。義山晚辭幕府，投老玉溪，打鐘掃地，皈心白業，林霞契其清襟，苔竹供其麗矚。余則家徒四壁，田無一廛，子公丐貸，邠卿留賃，關河棲屑，蓬萍飄泊，俗塵眯目，奇愁塞胸，誰贈棲山之資，竟乏置錐之地。此二異也。義山文字傳後，聲華照世，名列文苑，書傳延閣，段溫逐其藻麗，錢劉拾其膏馥。余則聞見不博，文采無奇，恐鼠壤名銷，蟫編字滅，灰寒空井，簡覆敗瓿。此三異也。

爰撰茲序，誌厥景行，世有知己，或不以為妄云。

附門人周爲漢書〔一〕

承示《自序》一篇，於義山深欣慕之衷，效孝標著同異之論。比量藝業，考覈生平，出處畧符，乖合無異。惟言玉溪麗製，插架長留；元亭奇字，覆瓿猶愳。茲殆自道，漢不謂然。竊為計之，夫子文章，比於義山較為易傳，蓋有三焉：

夫顯晦之跡，關乎否泰；盛美之著，視其後先。義山患其才多，丁乎阸運，齟齬鉤黨之會，蹇產書記之任，栗駴蓬轉，骨磨金爍。雖復彭陽禮其少俊，崇讓締以嘉姻，而私人排笮其黨牛郎君，阻絕於行馬。霜悲東閣，雪夢銀臺，屢通誠欵，以文辭終慨，沉淪於使府。且也段溫交密，籍湜侶稀。卅六名體，僅重當世；西昆效格，空著異代。才同奉禮，無昌黎為歸依；集等浣花，乏微之之撰論。虬龍困淖，判棄文鱗；孔翠入籠，遑矜珍尾。是以《聖論》、《才論》既恨珠遺，《甲集》《乙集》半歸蠹蝕。幸也玉眞耐鍊，金精不渝，猶得目著絲編，傳歸文苑，精華未竭，沾溉後人。不爾，則慶雲叢天，遘凶飈而戢采；金樞告望，掩窮陰而淪曜。盡歸澌滅，詎留膏馥？若我夫子譽著淵雅，躬際雍熈，作吏則鸞止學宮，為郎則鶴鳴華省。雖彈琴宓縣，誤方駕於張桓；而獻賦金門，待聯鑣於班馬。又復鉅公聯桂椒之氣，後進勗〔二〕丹青之價，綿羽嚶鳴，層葩密映。知人論世，披一集而名字互存；度閣納楹，布四方而縹緗家襲。觀此遭際，迥判菀枯。一則困誣蔑於詭薄，掊〔三〕擊紛拏；一則欣許與於氣類，風雲感契。彼猶不朽，此豈輕廢？傳之可必，斯其一也。

抑又思之，慈明龍奮，彌彰先美；嵇紹鶴立，益著前德。故經義每重家傳，箕裘常期不墜。

緬思義山，哀師雖見於篇章，白老乃資於嗢噱。陶令有子，但爭棗栗；韓公遺胄，徒識金銀。罔讀父書，誰知世業？遺文雖美，散佚可虞。若夫子則蘭芽怒茁，鳳毛爭絢。雙珠重價，肯堂構於文壇；百金懿名，繼弓冶於藝圃。克承家學，足揚靈芬，傳之可〔四〕必，斯其二也。

即以文論，更有可言。義山抱負瑰偉，懲創謠諑，言為禍匠，常慎樞機；語達幽情，第求隱曲。托興閨闥，寄情花柳，斯猶湘纍放逐，喻假美人；賈傅謫遷，賦傳《鵩〔五〕鳥》。寫哀情於麗字，諷鉅事以微辭，績藻惑心，香粉迷目，是以體歸縟麗，氣近偏奇。雖詞旨深婉，或能紹楚騷之正宗；而比興紆迴，正難索時人之眞賞。至其今體，半代他人，馳檄飛章，務矜敏捷，抽心呈貌，強述悲歡，眩孫策帳下之兒，言黃祖胸中之事。失職至此，良亦可哀。若我夫子，無須諱忌，但務精博，既盡專長，遂兼眾體。用杜韓之氣格，擷錢晏之妍華，別具爐錘，甯同撏撦。既已才力相匹，加以敷陳無隱，初倣麗則，終成鉅觀。慨自王朱既邁，風矩不存。率眞者，則麄服亂頭；好奇者，乃蛇神牛鬼。譬猶野戰雖勇，終非節制之師；俚曲強調，殊乖宮商之度。求其詞工律細，齒宿意新，為後生之楷式，作中流之砥柱。非我夫子，其誰與歸？方之義山，似為過之矣！若夫駢四儷六，已足駕庾追徐。蓋求合庸俗，定多降格；自抒胸臆，無妨獨創。因茲區別，遂判低昂，義山則厠身塵雜，無福盡其技能；夫子則娛情簡冊，恣意出其瓌寶。文人幸與不幸，有如此者！然則樊南編集，既得不刊，《藝文續志》，何難並重？傳之可必，斯其三也。

漢幸因著籍，方深附驥之思；偶共論文，灼有闚虎之見。率爾而對，不知所裁，伏維鑒察，不備。

【校記】

〔一〕嘉慶本題作：『《奉答〈蓉裳夫子自序與李義山同異書〉附》　周為漢』

〔二〕『朂』，光緒本作『最』，據嘉慶本改。

〔三〕『掊』，嘉慶本作『棓』。

〔四〕『可』，光緒本作『何』，據嘉慶本改。

〔五〕『鵬』，光緒本作『服』，徑改。

于印川詩序

夫跡之所寄，而情寓焉；　意之所感，而辭發焉。騷人著作，借助江山；　才士襟靈，感觸羈旅。故能絕節高唱，雅聲遠姚，有鮑明遠之驚挺，兼溫子昇之痡峭。金鐵爭鳴於腕下，珠璣競落於行間。吾於印川之詩見之矣。

君天機飆發，逸興霞騫，雕管粲花，古囊綴錦。少歲則秦淮煙月，發其清吟；　壯遊則隴坂風雲，資其勝概。當夫歌筵佇月，篴步邀秋，井失燕支，渡荒桃葉。今風古轍，遠跡崇情，借光什以引伸，泛明波而斟酌。青溪流水，烏巷斜陽，拾六代之墜歡，挹三山之賸翠。尋花怨晚，折柳傷離。雨幔煙篷，閒隨鷗跡；　漁榔釣笛，響答菱歌。防露悲深，浮鳩節短，所謂闌讟之新變，幼眇之遺音也。既而結束行縢，提攜長鋏，出門西笑，策蹇東來。嶽掌岧嶢，河流潼激，訪甘泉之荒址，尋華清之故宮。韋曲無稱意之花，灞岸有銷魂之水。復登棧閣，載策笥將，搴兩角之雲，出五丁之峽。問穀城之黃石，丹竈灰寒；弔郭嵨之大星，神叢樹老。吐辭慷慨，造句雄奇，覺西氣之驚商，異南音之華羽矣。是以屈子遠遊，騷情善變；仲宣于役，賦手彌工。從來詩什之奇，由於見聞之廣。絃匏之感，引之而愈長；山水之靈，挹之而不竭。慨人事之離合，嗟歲序之遷貿，蘊魁壘之奇氣，抒連犿之瑋詞。鮮榮煦華，冷汰結質，冰雪瑩澈，雯霞捲舒。斯眞孤情絕照，秀冠江國者歟？

茲者話別青門，言歸白下，君賦歸雲之引，我賡《散雪》之章。家山夢遠，能無懷土之思？文字緣深，彌切慕徒之戀。聊抽兔管，用代驪歌。他日者枌社共依，苔岑無間，文鱗有約，泥爪重來。安石墩邊，莫愁湖上，結鷗鷺之侶，攄竹柏之懷。舊雨今雨，莫逆於心；長吟短吟，益臻其勝。則『相思天末，我且諷君』句，為『疏麻招隱巖幽君』。其記余言為息壤也。

伍康伯詩集序

原夫眾卉吐馥，而蘭茝之芳獨幽；八音調風，而琴磬之韻為古。逸鵠謝池籞之玩，潛虯媚淵壑之姿，斯天質之本然，為詩品之最上。淸辭夐發，雅聲遠姚，遊心溟涬之表，振衣埃壒之外，動與神會，匪由思至。如康伯之詩，其庶幾乎！

蓋其幼秉庭誥，早傳家缽，鳳九光而耀彩，麐一角以振奇。士秀生陵，肩吾有信；人如武子，叔是濬沖；弟有惠連，君為康樂。四始五際，溯厥淵源；三筆六詩，自相師友。宜乎沖照洞徹，靈襟卷舒，賞極煙霞，悟參花水。命儔嘯侶，時為林澤之遊；坐席行衣，閒發樽罍之興。醞釀百家，成其馨逸；澄汰眾製，煦以鮮華。昔人所謂『首尾裁浄，風彩遒上』者也。

夫音樂所以順耳，而魏文愛槌鑿之聲；芬香可以悦魂，而唐宮厭都梁之氣。歸昌之律莫采，娵娃之髢誰珍？知音者稀，眞賞殆絕。喻鳧吟卷，不見許於樊川；崔顥詩篇，乃遭訶於北海。風花錯迕，才命昇沉，客路關河，塞天冰雪。伴秋蟲而自語，擥春翹而有思，能無增嚄唶於窮途，寄鬱伊於枯管乎？昔雍門揮絃，而孟嘗掩泣，感曼聲也；桓伊撫箏，而安石隕涕，悲促節也。

僕本恨人，同為羈客。孔臧援筆，自賦蓼蟲；劉峻難薪，共嘲書蠹。江湖白社，誰貽《招隱》之篇？燈火青山，時作懷鄉之夢。擇枝之鳥，相隨並集；下瀨之水，迴復俱流。同病相憐，固其宜矣！茲復送君灞水，遠赴夷門。太華孤雲，渭城零雨，對離觴而不御，聽別曲以沾襟。異日者過繁吹之遺臺，尋鶴鳧之舊苑，古歡可索，佳俠所游。山水輔其奇懷，風雲歸其壯思，擺落詩械，解脫天弢。他年信其可傳，前路甯無知己？將見鑄金而事賈島，浣筆而圖孟公，亦仍以康伯之詩卜之而已。

劉松嵐行腳集序

松嵐先生風骨高奇，音情頓挫。甫離竿牘，便愜山心；偶脱簪纓，即尋野服。芒屩行腳，瓢堂打包。以禪語名集，紀雅遊也。先生樹菩芻以祀軷，戴席帽而出都。朋舊惜別，賦零雨之篇；鄉土繫懷，按歸雲之引。歷下亭高，尋名士之讌賞；斥邱地古，續童年之釣游。招苾蒭之侶，爲竹篠之飲，銷夏泛水，追涼入山。乃逾成皋陟伊闕，訪香山之古刹；登龍門之峻巔，繼歐公之雅遊。想白傅之高躅，勝襟拂霓，清談干雲，詩題松關，墨灑苔壁。茲復蠟高齒之屐，製遠遊之冠，問渡風陵，攜笻太華。經黃巷之坂，歷青柯之坪，攀鐵鑠之千盤，窺箭栝之百尺。跳岑拔地，嶟嶟造霄；窅崖入雲，蒨蒨梯翠。帝座呼吸，罡風動搖，衣牽藤蘿，足躡猿鳥。可謂窮登陟之勝，極眺聽之奇。

故其爲詩，緬邈幽邃，雄奇嶢峭，霆奔電駴，冰懸雪跨。捫星烏帑，拾月鯨口，銅牆鬼炊，虎獄劍餌。穿穴險窩，卒造平淡；百怪退舍，萬象呈露。盤羊烏樠，化爲康莊，珊瑚木難，不易菽粟。直詞正氣，宏辯博議，與道大適，方古無上。非夫澡玄瑩素，蕩累超神者，其孰能臻斯懿乎？

某軨材寡識，末學膚受，毫楮枯腐，石墨熬燥。旅愁羈思，損其形魄；陳編斷簡，銷其知慧。久耽疎放，合號懶殘，未能追絕塵之蹤，自知無濟勝之具。藉君奇作，滌我俗腸，倘得兩版叢書，更願十年面壁。偶參梵語，且學惠遠修心；又作讕[一]言，未免豐干饒舌。

【校記】

[一]「讕」，光緒本作「譋」，據嘉慶本改。

陸杉石雙溪草堂集序

蓋聞符采協而篇章貴，心物交而音律和。游雲無質，繪繡兼麗；大樂希聲，衡鸞斯應。《八變》《九闋》，播之風謠；四始五際，作為雅頌。迨後詩殿變聲，騷矜霸采，靡為六代，放乎三唐。雖復闡黿華羽，翽費錦繢，然猶芬芳悱惻，低徊顧慕。或以抒胸臆而託歌咢，或以發菀結而通諷諭，由波溯源，其揆一也。夫登高能賦，意緒不窮，溯風獨寫，哀樂斯至，和如笙磬，炳若丹青。其逸也，則雯霞捲舒；其壯也，則垠崖崩豁。擷孔翠之羽毛，拔蛟龍之牙角，春坼顛蘖，霹開幽蟄。倅色揣稱，造微達隱，縱或異其體製，繁其章條，要皆藻不妄抒，作必有為。故憔悴婉篤，無傷中和；長短高下，胥本志氣。非徒媒但示奇，連犿駴俗，鬉紙搖翰，遽誇能事也。嗟乎！論倫無奪，溫柔不愚，自非妙具淵材，躬踐篤行，其孰能臻斯懿乎？若我杉石先生，斯其人矣！

先生通籍金閨，筮仕儀部，清冰瑞錦，擅譽容臺。承明石渠，校書秘閣，策避人之驄馬，駕夾轓之白鹿。攬轡嚴道，分符粵徼，歇歷中外，環組星歲。德器醇深，藝業該貫，淑性淵騫，高文舒嚮。琴瑟林帷，鐘石壚畹。蕭文行之誦典，盥濯危坐；杜叔和之教授，沉靜樂道。含香漸越，令譽日起，淹中稷下之藏，魯壁汲冢之秘。撿括參合，紛綸蘊蓄，碩學淵富，雅性都長。戴憑詰難，眾皆讓席；匡鼎談說，人盡解頤。目厭義藻，口飽道潤。中郎著論，公叔傾心；太沖作賦，士衡斂手。

出典大郡，勤恤民隱。黎風雅雨，民俗獷悍；龍戶蜑人，土性妖詭。賨僰巉險，梟音乍革；瀴溟澔汗，鯨波猶沸。先生勞徠流庸，亭毒凋边，散杜弢之眾，斷盧循之艦，應變察微，剸繁治劇。而文舉下教，先修庠序；桓公習禮，常集生徒。篇什所陳，痌瘝在抱，次山《春陵》之作，樂天《秦中》之吟，發於性情，不假雕飾。其他摛屬，備極精綺，罣牢圖史，達畧輿蓋。鈞深弋冥，瑩璞劘鈍，軏輗無拘，捭闔多變。夏侯庭誥，見孝弟之性；子荊誄辭，增伉儷之重。白華朱蕚，廣微補亡；綺窗蕙質，安仁哀逝。以至淵明之戒份儼，伯輿之告儀媛，莫不俯仰傷懷，纏綿盡致，感賈涕淚，淒入心脾。蓋其秉性醰粹，宅心夷曠，故能掩有羣雅，蔚為正宗。宏旨博議，今施古設；麗句瓌辭，左宜右有。游神於溟涬之表，挫思於毫芒之內，而卒造平澹，歸於雅馴。足以裨補風猷，扶翼禮教，上追作者，其殆庶幾？

某耳熟聲華，神合夢寐，塗轍乖分，蹤迹睽舛。兹來關隴，始得蘚苫。車輪蹄鐵，銷其知慧；蝨簡腐毫，凋其容髮。遲暮而惜光輝，羈窮而念儔侶，秋蟲春鳥，各言其傷。敢託心知，不慙膚受，悵年運之漸往，幸術業之不殊。願同蘭石，長保其堅芳；竊比桂椒，無差於臭味。質之几席，惟有主臣。

路微之先生詩文集序

微之先生，儒林丈人，詞壇尊宿。識貫五際，才兼九能，含咀道腴，驅役心匠。八义詩就，驚風藻之掞張；三唾文成，訝雲屋之靈搆。挹玄流以澄氛滓，鼓芳風以扇遊塵，誠藝苑之宏裁，學林之通矩也。夫玉以含輝而見寶，劒因藏用而稱神。司馬文章，庋名山而始壽；曲陽著撰，歸邱里而彌工。先生茂齒辭榮，華顛樂志，忘情纓紱，息影林阿。帟帷曼壽，補束晳之笙詩；家衖怡愉，葴夏侯之《庭誥》。洎乎坐三經之席，爲羣士之師。媚學之彥，雜襲龍鱗；著錄之徒，拔擢麟角。學紹關隴，因流溯源；聲振咸秦，能夏則大。夙敦風素，老益精專，奧義晨研，雅歌夜誦。上善若水，大方無隅。

故其爲詩也，鍾律依韋，風雲叶筦，聲移宮羽，采照山華。嶽瀆助其襟靈，煙虹資其光氣。左珩右瑀，範其步趨；前衡後鑾，和其節奏。絜曹劉之矩矱，躐韓杜之牆籓。風人麗則，君子安雅，洵足以暉映先達，準式後進者與！其爲文也，涵泳聖涯，擩嚌道眞，摛曼倩之贍辭，闡康成之《緒論》。相如才士，能授七經；仲宣文人，兼通三禮。華實並茂，文質適中，模神睿之微言，暢經通之遠旨。縑酬持正，千言修福之碑；金鑄子昇，一片韓陵之石。盧牟舊典，震耀方聞，可以茹古涵今，何止雕章縟采！信如《法言》所云：『足言足容，德之藻矣。』至於枚臯骫骳，工爲禱祝之詞；安仁駢儷，善作誄奠之體。拈豪襞紙，藉以獻酬，累牘連篇，半由牽率。如桓團之善飾，類惠子之多方，固〔一〕大雅之外篇，非通人之極詣也。

兹者黄壚人去，已閲周星；青简書存，長懷舊雨。哲嗣植桐，捧抱遺集，屬以編摩。夜燭晨燈，如聞謦欬。某曾拜龐公牀下，屢陪北海樽前，迴思捧襼之時，重到談經之地。彦昇之懷仲寳，惆悵生平；義山之敍容州，仿像儀範。遺文未墜，交道有神，憮然援翰，欣然削牘。使疲暮之年，得附兹集以傳，亦厚幸已。

【校記】

〔一〕『固』，光緒本作『困』，據嘉慶本改。

文鈔卷六

李旵塘遺集序

嘉慶壬戌仲夏，墨莊先生以哲弟旵塘中允詩集屬余校勘，云將付之剞劂。時距旵塘之歿已四年矣。旵塘有子，弱齡殤折，而阿兄抱此遺集，為弟身後名計者，靡不曲至。鴒原之誼，為可悲也。旵塘少穎敏，周晬識字，弱冠溺苦於學，通諸經，善屬文，性尤嗜詩。通籍後，雖盛寒暑，吟詠不輟，所交皆一時名宿。有所長，必虚己下之，而持論嚴正，不少阿屈。凡與旵塘善者，言皆如是。余深以不得見旵塘為恨。旵塘為余丁酉選貢同歲生，廷試時，共居人海中，卒卒未得通謁。試後，余即捧檄西去，旵塘掇科第，讀中秘書，文名滿天下。而余則一官邊障，關河遼邈，人事闊絕，讀書志業，日就荒落。余固知有旵塘，而旵塘不知有余也。

辛酉歲，始來京師，得交墨莊。每當酒闌燈灺，為余述旵塘平生，孝友淳至，輒欷歔流涕。因知性情風概，弟昦大略相似，見墨莊如見旵塘焉。今讀其遺詩，見其忠義激發，如揚衡抵几，慷慨論事也；其至性纏綿，如浣腧捧卑，怡愉笑語也。以至感懷嘆逝，羈旅行役之作，忽悲忽喜，忽歌忽号，生氣躍躍，在筆墨畦逕之外。然則旵塘固不死也。余不及見旵塘，見其詩如見旵塘焉。猶憶昨歲，讀汪明經全德哭覺塘詩，慨然想其為人。汪君年甫冠，而覺塘以名德夙望，忘年論交，覺塘歿，汪君有絕絃之痛。其傾襟愛士，為何如耶？使覺塘且未死，余得交君伯仲之間，其相愛更當何若？而今已矣！余雖得交墨莊，得讀覺塘之詩，而終以不得見覺塘為恨也。嗚呼！〔一〕

【校記】

〔一〕復旦所藏嘉慶本附手書：『諸駢作中，忽存此散文一首，固知作者精心結撰，亦自信其可傳也。以見不見為樞紐，一線穿成，每一間字弱句，且無詞章語，體制潔淨，情致淵微，洵稱作手。楓道人庚辰四月。』

家西臺遺集序

歲聿云暮，風景淒然。獨客無悰，旅居易感，酌魯酒而薄醉，聽秦聲而寡歡。隴雁少飛，蒼涼太白之雪；塞沙無際，迢遞終南之雲。爐燃不溫，棉凍欲折，悲谷景短，玄冬漏長。自手一編，靜對孤燭，則《西臺先生遺集》也。余故家關西，少宦隴右，與先生訂交蘭山，敘昆季焉。斯時也，余方茂齒，君未華顛，把酒論文，拈毫索句。樵蘇不爨，招劉杜以清談；山水方滋，共羊何而雅詠。慰祖說十餘事，一座盡傾；茂瀠屬二百言，淹晷便就。勝襟橫霓，古情鬱霞，陶陶焉，逸逸焉，不自知其樂也。

先生通悟軼倫，倜儻邁俗。名法之學，受於恢生；捭闔之傳，得之王詡。幕府側席而待，名卿倒屣以迎。少歲躭奇，工六甲四數之術；晚年好道，藏《五鑑》《七釜》之書。開秘笈於三元，習隱文於八素。自號為『金華道人』，蓋有所得也。故其為詩，逞田駢之天口，雜郭璞之僊心，八牕皆通，六鑿無礙。達如曼倩，加釀嘲辭；詭異鄱陽，間為諧語。博同束晳，賦則慢戲之流；俳似枚臯，文多《骩骳》之作。昔人所謂『佚宕恢詭，不主故常』者，君詩近之矣。

兹者余當垂暮，重到青門，君已遊僊，奄歸玄壤。抒思舊之感，結嘆逝之情。落月屋梁，但照青楓之色；流泉琴軫，空留白雪之聲。膏明易銷，蘭薰無歇，篇什猶在，謦欬如聞。哲嗣榮階，早登賢書，克承家學，遺書能讀，留硯可傳。幸手澤之尚新，知徽言之未沫。屬為喤引，以發幽光，敢布牘端，用攄心曲。庶幾鮑家詩句，託綈槧以長存；鄭老交期，寄縚繩而不腐。九原有知，差足慰矣！

劉竹山挹翠軒詩集序

昔蕭子顯云：『文無新變，不能代雄。』溫子昇云：『文章易作，庸峭難為。』之二言者，洵文苑之元樞，亦詩家之靈矩。九變復貫，論超摯虞之《流別》；五際遞嬗，識過鍾嶸之品藻矣。然非轢古切今，未易言新變也；非情贈興答，未易言庸峭也。求之作者，殆難其人。今讀竹山先生之詩，庶有合乎？

先生負軼羣之才，有韜世之量。方聞充賦，明經入仕，歷巴僰之巉嶮，越蠶鳧之重阻。孤雲兩角，奔湍三折，叱馭度懸索之艱，鼓棹駭脫笮之駛。虵霧噓毒，窅厓層青，虎風吹腥，密箐深黑。先生乃據鞍慷慨，灑墨淋漓，標句恢奇，吐辭雄異。勝襟拂霓，逸興橫雲，少陵紀行之篇，仲宣《從軍》之什。奇情既同，健筆相抗，惟于役之勞歌，實詩壇之高唱矣！洎乎移官三輔，訪古五陵，眺華嶽之三峯，溯長河之九曲。猶復西越蘭干之嶺，北叩楊榆之關，霜辛露酸，沙驚蓬振。蒼厓題字，雕側目以遙看；古驛吟詩，馬長嘶而若答。邊聲石裂，壯思霄崢，語以峭而逾工，格每變而益上矣。至於陔蘭補亡，白華養志，顧彦先贈婦之作，陶淵明戒子之詩，則別見孝弟之性，自矢和平之音。原本騷雅，在集中又成一格焉。是知其新變也，由其思精，非模山範水、摘花鬬葉者可幾也；其庸峭也，由其力鋭，非練青濯絳、鏤冰刻楮者可擬也。

蓋君之測交也，有奇人傑士輔其襟靈；君之遊宦也，有名山大川擴其聞見。故其造詣夐絕流俗如此。余以檮昧，得窺鉅麗，嚮若增嘆，絕塵莫及。命為序引，彌月不獻。聆鈞韶之奏，撫絃而不成聲；見嫱施之容，攬鏡而憎其貌。聊弁數言，以酬諸責云爾。

莊虛堅先生詩集序

戊辰仲冬，莊修塍丈手其曾祖蓼原先生遺稿，屬余校勘，將付剞劂，以行於世。既卒業，復以其祖虛堅先生遺稿示余〔一〕，胖胖兢兢，惟恐失墜。余敬受而讀之。其詩麗而有則，婉而多風，因物騁辭，性靈無擁，據事剬範，雕藻不矜。能探騷雅之源，別見孝悌之性，知為篤學勵行之君子也。

先生早登賢書，即直秘省，朝廷以清英之選，為慈惠之師。遂由望郎出宰劇縣，扶風地古，膏雨政成。鉤距不設，而勞魚自蘇；苛嬈既除，而害馬迺息。易於引舟而腰笏，敦頤築堰而持畚，治行交推，輿頌斯協。旋以公事去官，士民上書請留，不允，走送百里外，涕泣而別。五更聽鼓，鄧侯挽而不來；

一縣持韡，崔戎留而終去。循良之稱，方古無愧矣。歸里以後，侍蓼原先生，啜菽可樂，羹藜忘貧。激流植援，常咏循陔之詩；拂繫絕纚，自著《歸田》之賦。時蓼原先生注釋羣書，助其探索。晨昏抱槧，寢膳懷鉛，老宿服其沉深，儕輩推其精博。方謂望都之史篚就，而孟堅可傳；詎意禮堂之經未成，而益恩先卒。駬駿中蹶，蘭荃早凋，惜其齡促，才未可量。

修滕丈上述世德，載揚宗風，賈山傳博士之文，陳羣稟太邱之訓。條篇撮指，思託不腐，其志尤可尚也。《詩集》二卷，軼去一卷，又《紀行草》一卷。編校既竟，序之如右。

【校記】

〔一〕『余』，嘉慶本作『予』。

李夢九先生拾香韻偶序

蓋聞袁伯業之篤志，博學流聲；王仲任之覃思，著書垂範。選言宏富之域，豐藻斯呈；遊心淹雅之林，奇章克炳。鄱陽善悟，無事可讀韻書；昌黎有言，為文宜略識字。屬辭比事，瓌瑋連犿而何傷；轉注諧聲，華羽鬮黿之必辨。此夢九先生《拾香韻偶》一編所由作也。

先生貫九變之知言，窮五際之絕業，含香未越，遁奇不耀。匡衡射策，廑中丙科；劉峻躭書，未登甲觀。迺怡神典籍，樂志衡茅，藏用鯢桓，立言魭斷。敬通德誥，引六經之精微；次山聱書，探百氏之淵奧。擅鉤沉之學，操隸事之觚，翫古披文，終晨訖暮，緬以年歲，勒成斯編。溯自朱方隱者，著録成帷；白學先生，流談若海。纂言始於《皇覽》，儷事繼以《編珠》，鄴侯之錦軸三千，白傅之陶瓶八十。記醜爭誇於五總，辭繁競採於百家。唐述秘經，謨觴怪牒，沮誦佉盧之字，戈蟲殳鳥之章，排比尚奢，蒐羅務廣。入衆香之藪，盡擷氤氳；聽廣樂之聲，但夸繁會。未免博而寡要，擇焉不精，泛鶩者莫究其原，沿襲者或忘其祖。蛙鼠徒供夫稗販，烏豕莫訂其舛訛，侈豔徒矜，掞張何益？先生則餐勝非同耳學，好古自有心師，萃前古之膏腴，運一家之杼〔一〕軸。練青濯絳，搜異字之千名；鍛歲煉年，集咫聞於萬卷。三言叶韻，略殊《急就》之章；四字成文，差類《蒙求》之體。綺揚繡合，綠駭紅紛，剖璞呈輝，儲士衡之積玉；披沙見寶，綴安石之碎金。洵學海之虹梁，詞流之錦肆也已！

喆嗣印全，能讀遺書，克承家學。緹素四尺，子駿成中壘之書；丹黄一編，泰和補崇賢之註。詳分颸段，細校妃豨，其溺苦於學，亦可尚也。某孝先笥儉，中郎枕空，如師丹之善忘，異應奉之多識。學慚道濟，記事無赤水之珠；僊憶霜回，益智少靈檀之几。敬爲序引，冀廣流傳。惠子多方，偶假漆園之論；仲長盛作，何資繆實之言？捧手逡巡，傾心讚嘆。譬之懸河待酌，方聞者味其溢流；詎云雜佩可紉，童蒙者拾其香草也。

【校記】

〔一〕「杼」，光緒本作「抒」，據嘉慶本改。

蔣安谷萍香集序

蓋聞靈機啟而鐘律自調，風骨超而詞采斯振。是以聆水樂者，云有《韶頀〔一〕》之音；翫晚霞者，謂勝錦繢之色。斯乃探元音於正始，愛天質之自然，固不事金碧之錯陳，絃匏之雜奏也。今讀安谷先生《萍香》一集，而有合焉。

先生負通侻之才，爲該贍之學，衍靈支於華閥，挺雅材於鼎門，早飲香名，夙馳儁譽。段柯古趨庭之歲，簡札推工；王元禮騎竹之年，篇章已富。遂乃笙簧五際，斧藻八能。玳瑁裝書，奇字驚其老宿；珊瑚架筆，麗句壓乎賓僚。錦采紛披，華葉麗爾，此集中之少作也。洎乎川原供其睇眄，江山助其襟靈。泛龍門竹箭之波，揮濡豪素；望神嶽蓮華之掌，歘咤風雲。尋繡嶺之鶯花，訪輞川之竹石，吐青霞之奇氣，紀黃圖之勝游。叔庠則標舉清新，明遠則發唱驚挺，所謂神與古會，匪由思至者歟！茲則胸懷蕭澹，神識淵沖，脫埃壒以爲姿，閱酸鹹而得味。間參玄理，時雜僊心。曰演曰丹，煙霞命友；一筇一瀹，山水名兒。瀟灑邱園，寓高懷於裙屐；詠諧歌酒，託雅興於樽罍。偶伸紙而拈毫，每得心而應手。其趣之澄夐也，可以追蹤摩詰；其言之樸茂也，可以嗣軌香山。異老泖之不波，如野雲之無跡，所謂言象俱忘，而品詣益上者耶？

某〔二〕萍梗多愁，風花小住，訂天涯之交契，作隴上之寓公。屬以虛懷，示之鉅製。比左思之賦，敢弁一言；得何遜之詩，不禁三復。灑墨而龍賓欲舞，展卷而脉望通僊，仰瞻天半之朱霞，更羨庭前之彩鳳謂兩令嗣俱負異才。草玄未就，我愧居揚子之亭；菊把方開，君當掃蔣生之徑。

【校記】

〔一〕『護』，嘉慶本作『濩』。

〔二〕『某』，光緒本作『其』，據嘉慶本改。

吴退菴先生遊僊詩序

自景純名篇，挺拔爲儁；太白逸製，清新不羣。厥後異軌同奔，遞相師祖，曹堯賓變風華之體，鼂具茨擅瑰詭之才。天風步虛之詞，海山法駕之引，並傳之蕊簡，貯以琳函。樊樹振奇，後出爭勝，寄懷沖邈，託意玄虛。餐沆瀣於九陽，御扶摇於八極，騎龍弄鳳，游戲雲津。駕鶴驂鸞，往來霞肆，爲僊都之鼓吹，抒才士之襟靈。固已聲諧怫澤之鐘，韻叶法嬰之曲矣。

退菴先生，具邁俗之姿，負凌雲之氣。靈芝宮裏，曾記夙因；光碧堂前，偶然小謫。驪珠探得，巧分瑁朗之星；麟篆攜來，聲振陳芳之國。夢遊山水，握華青之環；手散綃繩，憑靈檀之几。生平著譔，不下千篇，兹《游僊》三百首，乃一時佇興之作也。溯劫塵於龍漢之前，運風力於鯤溟之外。星文雲籀，八角垂芒；繡羽銀泥，五華暈彩。奇情濤涌，逸氣煙高，青泥灑篆漆之文，赤玉鏤蕊珠之字。間抽斑管，千枝之異卉爭開；偶拂瑶牋，百琲之明璣競落。涵涵然有干霄之興，彯彯乎有遺世之思焉。

兹者人去玄都，名標絳籍，而風流未沫，篇翰如新。香百和以聞薰，霞九光而吐絢。曼卿麗藻，合主蓉城；貞白高名，宜居蓬島。俾讀之者，如遇浮邱於海上，揖若士於雲中，訪琴高於赤鯉之溪，尋李叟於青羊之肆。將使靈華拊石，子晉吹笙，容成奉盃，安妃絙瑟。凌虚倒景，忘其身之在塵境也。某未接風儀，夙深景企，想琦行於曠代，挹瑶韻於後時。愧無竇思，難繪僊心；恨乏金丹，能换凡骨。公眞超世，爲三十六帝之外臣；我亦耽奇，徵四十萬言之秘籙。

王虹亭碧螺書屋詩序

虹亭司馬負經濟之才，爲通博之學。地員宙合，深沉究經世之書；鞭算箸籌，精敏裕濟時之略。谷子雲之筆札，阮元瑜之書記，棼山爭辟，榜道以求。遂以幕府之上賓，作河堤之都尉。知言九變，嘉慮四迴，熟班掾之書，獻賈讓之策。相度堤堰，儲偫薪楗，舉鍤萬柄，釁河一枝。奔流馴弗鬱之魚，中澤息哀嗸之雁，宣房既塞，波濤不驚。膺三臺之薦牘，受九重之懋獎。

石秩既轉，循聲益著，簿領紛仍，籌謀尠暇。而意度夷曠，襟抱安雅，鑒古之識逾於何承天，藏書之富過於杜子夏。廓勝奇字，搜秦漢之遺文；蟬翼古香，拓晉唐之舊槧。接八能之才儁，敞七客之齋寮，遠跡崇情，不可及也。迺以餘事發而爲詩，意蕊爭開，心源自濬，戛鏗金石，萍布葩華。紅粉兩行，牧之驚座；青琴一曲，端己擅場。彈毫而彩露零珠，落紙而艷雲舒錦，又何風藻之便嬛，天懷之通侻也。

某久託素交，得窺鉅製，過承諈諉，屬以編摩。采玉玄圃，積爲夜光；淬劍雲津，爵成宵練。各有謳吟之癖，要之華皓之期，報繡段以摛辭，刻青瑶而贈字。論詩律細，羡君家有蘭成謂令子芸巖；授簡思枯，愧我才非元晏。

王芸巖天繪閣詩集序

夫麗則壯違，華則質反，固藝苑之常談；和者好粉，智者好彈，亦偏人之自蹖。意製相詭，風氣不齊，嗜甘忌辛，喜丹非素，均屬拘墟之見，難語淹雅之才。若夫徽猬百家，翾翔羣藝，游雲在空，五色兼麗，靈籟過簫，八音齊協，天懷散朗，風藻雕華，如芸巖之詩，其庶幾乎！

蓋其印承家學，早負時名，以高明伉爽之資，抱旭歷鋭銀之志。夢吞丹篆，神授青鏤，揚雲以靈節為銘，子淵乞洞簫作諡。《月儀》之製，馳譽於髑辰；《蘭彈》之篇，摛華於綺歲。情靈無擁，篇什遂多，兼該眾長，暉麗萬有。江山助其壯思，玄儒養其惠心，煦鮮榮以為姿，結泠汰以為質。朝霞晴雪，差可方其麗也；魚油龍罽，無以喻其華也。都梁迷迭，不能敓其芬也；健駃豪鷹，未足比其儁也。遂乃梁園咏雪，作賦以擬相如；西陵遇風，得詩而獻康樂。

哲兄惕甫先生，愛其才悟，賞厥高奇；有代興之思，延軼倫之譽；精彩相授，瑕瑜無隱。程以纆牽，加之砭藥。謂含光宵練，淬鋒者十年；濫脇籧鐘，叩絃者千曲。負大翼者，必扶搖之風；浮巨舟者，非汀瀅之水。當施李杜之鉅手，鑄韓蘇之偉辭，揚刅摩天，燒燭照海。始能臻作者之奥，極文字之能。如徒採公幹之春華，拾靈均之香草，恐繁華流蕩，君子弗欽。汎剽單慧，大雅不尚。論之篤也，蒙有進焉。

夫恢台典凝，歲序之殊也；冐茆荄茲，氣候之異也。霜皮黛色，遇晚節而見奇；日萼風條，當韶華而共悅。君方英跱之齒，具佚麗之才，金相玉式，豔溢錙豪，鳳翥鸞翔，彩流緗縹。陽源辭翰，不為章句之儒；賈山通博，無事沉研之學。冬心能抱，自然斂志詣微；春政方行，詎可搴華絕芓。梁簡文云：『立身自須謹重，文章且宜放蕩。』正不必惡喝而反風，陋今而榮古矣。況乎任宣防之職，讀河渠之書，築遮害之亭，設搊流之障。俾鄭白之績，復見於今；酈桑之經，不戾於古。才全而能鉅，體大而思精。聚百二十國之寶書，探七十二家之秘記，灑練標格，澄震聲音。如君家玄禮，以一官為一集者，余又烏能測其所至也。

黃秋圃詩序

秋圃先生，為余丁酉選拔同年友。其醰粹恬曠，風神超遠，具塵外高致。與人交，纏綿婉篤，情味醇深。如君家叔度汪汪千頃之陂，挹酌之而不竭也。間見所為詩，溫柔敦厚，如其為人。惜各捧檄應官，未能常數晨夕。戊戌冬，余請急歸里，先生拏舟枉顧，信宿別去。明年春，余試吏赴甘肅，先生亦筮仕關中，晤於青門客邸，以詩文互相質証。嗣後書牘往返無虛月。未幾，先生以乞養歸，音問阻隔者十餘年。甲子歲，余抱牘農曹，先生謁選入都，出《三入潼關圖》屬題。余為作長句，以誌平生離合之跡。惜一晤旋別，未得盡讀別後所作也。

戊辰冬，余應葆巖中丞之招，主關中講席，先生方宰山陽，冀圖良晤，而盡讀其平生著作。乃山陽去省數百里，至今不獲捧袂，中心欽欽，無時或釋。先生遣一介來，存問款摯，寄之以詩，且以舊稿見示，屬為釐訂。不覺為之距躍三百，晨燈夜燭，高吟雒誦，幾忘寢饋。其託興也遠，其儲思也深，其裨補詩教也為功甚鉅。而余風塵奔走，學殖荒落，曾何足以知先生之詩？至於釐訂之責，尤瞿然不敢自任也。

雖然，余與先生定交三十年，始喜見其所作，繼以未得全讀為憾。官途錯迕，會合不常。至今始得披尋篇什，考證淵源，而余與先生皆垂垂老矣！其可無一言以報先生乎？因試論之。思根於心，心有清濁，而雅俗分；興發於情，情有厚薄，而眞偽判。彼汨沒嗜欲，沉溺不返，煩手淫聲，慆堙心耳，防露桑間，雖悲不雅，君子弗尚也。若夫用情浮泛，應酬牽率，游談無根，杏舌不信，縱加塗飾，偽焉而已。先生至性過人，早辭簪紱，歸田養志，澹泊自得。無他嗜好，徜徉林壑，馨潔膳羞者數十寒暑。此其發為詩歌，宜乎淸眞靈淑，天懷通悅。如雲水迴復，意態自閒；如金絲引和，節奏無舛。渺渺焉，逸逸焉，溫柔敦厚之旨，流露於筆墨之表。眞有裨於詩教者，豈徒求工於語言文字間耶？然後知向之所謂『纏綿婉篤』者，迺歷久而彌摯也。而所謂『醇粹恬曠』者，斯言益信。爰敘交契始末，且著鄙論於簡端。後之覽者，因詩而見其人，因人而益重其詩，定不以余言為阿好也夫！

譚薈亭先生紉芳齋稿後序

嘉慶癸亥，某與譚君光祜東華邂逅，送抱推襟，贊合韋絃，交申昆季。嗣後，分手背面，星霜七更。今來錦城，同輯省志。晨燈夜燭，挾鉛摘槧，掎裳聯襼，無日不偕。因出其尊人薈亭公《紉芳齋稿》若干卷，屬某編校。爰拜受而卒業焉，遂削簡而稱曰：

公太邱道範，林慮懿德，蚤推敏士，嚮爲聞人。通經致用，絃琴樂古，守主於寂，謙而不鳴。洎乎驤首凌門，奮翼交宇，烏臺粉署，風裁峻整。魚符篆節，政績宏達，力墨準斥，成博古諸。輒啟宣風，塞晏敷化，變醨養瘠，含甘吮滋。坤柄巽繩，信符智燭，功在八表，恩承九乾。鐫勒鍾彝，彪炳竹帛，宙合共仰，略而不言。公雅敦風素，不事藻飾。其爲詩也，賅備九能，淹貫羣雅。瑟師拜瑟，輪扁斲輪，效於不窮，妙乎自得。未嘗矜奇騁博，爀世烜俗，而自以心極爲之宰匠，擷其秀華，噫其醇腴，百經萬書，異品殊流，穿求崖穴，卒造平澮；未嘗粉畫綫纖，條修葉貫，而高言霄崢，清氣沇達，攝提魁杓，光采清潤，太室華蓋，岡巒聳峙，百爾矜式，萬流具瞻；未嘗眥程事律，束縛名教，而涵泳聖涯，擩嚌道眞，如正人矢夫，危冠長劒，廷立讜議，衆不敢撓；未嘗幽求鍾律，搜訪金石，而八音諧婉，含宮咀商，前衡後鑾，自然合節，如觴觚雷洗，雜陳几筵，韶鈞鏘鳴，羣情肅穆。故篇什不繁，約敕有法。並以宣條暇日，聽政餘辰，寓目寫心，佇興而作，須其自來，匪以力搆。曹劉軌躅，杜韓牆藩，出入變化，不拘一格，鎔今鑄古，撢騷弋雅。暉如炳如，美矣備矣！

某譾學膚受，謏聞耳剽，鉅人長德，平生景行，未能結韈撰杖，親聆緒論。猶得揚其淸芬，味其溢流，循諷再三，神蕊形茹。命爲喤引，怏墨而謝，綴名末簡，有榮幸焉。

朱聯璧詞序

淒風振野，涼星墮煙，夕蟾欲波，曉黛如畫。動勞人之歸思，觸覊士之秋心，怨采藍之不詹，思樹萱而益痗。索居易感，孤坐無悰，獨手一編，能銷萬緒。鏤心貯雪，漱齒餐霞，萬花悅魂，衆嫭蕩目。碧雲天末，懷佳人兮未來；紅豆江南，寄相思而無路。蠻牋寫怨，錦瑟傳情，信琴趣之雅音，爲詞塲之高唱矣。

蓋其落唾成珠，嘔絲爲錦，蘊幽靈之想，抱綺麗之才。冠柳名篇，握蘭撰集。花前葉底，多佇興之詞；霧夕霞朝，有緣情之製。按雙聲於午子，記十索於丁孃，蠟淚堆紅，酒鱗漾碧。繁花曲巷，金縷歌殘；細雨小樓，玉笙吹徹。固已感均頑艷，意極纏綿。洎乎吳苑辭家，秦關作客，譜飛卿之麗曲，題柯古之香襟。繡被薰籠，悲生秋夢，珊鞭玉勒，悵賦曉行，調急響高，絃幺柱促。當夫長宵岑寂，空館摧藏，憶吹蘭之小語，共花一香；獨佇月以閒行，與鶴二影。單情若水，幽思如春，姍姍其來耶，僊僊乎遠矣。

僕也少溺情瀾，老耽綺語，求影事於幻境，尋舊夢於前塵。掩抑紅牙，低佪鈿閣。偶拈豪素，寫風前故國之思；倦枕琵琶，作天際眞人之想。

王佩青人月圓詞序

懿夫！覺華不落，定果長圓，天號光音，竇尊耀魄。多生慧業，曾到鶱林，夙世靈根，原名金粟。九華銀地，分來歡喜之丸；萬頃瓊田，鑒徹團欒之相。人圓似月，月滿如人，調競譜於紅牙，典則徵於白氎。遂迺名題闞澤，樹倚吳剛，占歸妹於有黄，證遊僊於太白。銀河不夜，彩蜺通博望之槎；珠斗高寒，瑤函鏤少霞之字。丹梯飛步，蕊榜平看，固已朗蓉鏡於重霄，咏霓裳於同日焉。

至若匏爵良姻，文簫佳偶，月朗清虚之府，人來忉利之天。吟詩而鶴解銜箋，寫韵而雲爭繞管，衣薰豆蔻，紙擘琅玕。穿來宛轉之珠，一雙約指；琢就玲瓏之玉，三五連環。彩映重輪，輝呈疊璧，招鸞鷖而不遠，挈蟾兔以皆僊。於是人天艷福，播以詞章；絲竹新聲，諧之翰墨。明漪錦水，鴛鴦之約三生；綺閣文牕，鸚鵡之言一諾。泠泠逸韻，疑聞迦葉之箏；嫋嫋清歌，似按甄陀之譜。君知明月，原是七寶合成；我識伊人，應在五雲多處。

張蓉湖先生笙雅堂詩文集序

昔鄭夾漈有云，義理之學好攻擊，詞章之學尚雕鏤。習義理者以詩賦爲曼辭，工詞章者以箋疏爲樸學。卒之朝霞落采，空谷尋聲，根柢不存，二者交病。若夫才全能鉅，體大思精，宫衆嶺而爲山，彙萬流而成瀆。經神學府，擷服鄭之標；辯囿詞宗，吐卿雲之思。春華秋實，美可兼收；文苑儒林，理原一貫。成德不器，大方無隅，吾於蓉湖先生見其人矣。

先生體英絢之姿，爲賅博之學。兼九能之備，自有德音；通六藝之全，闡其奧旨。早受禮堂之簡，晚讀中秘之書，鉤稽紹繩，薈萃墳典。甲乙觀裏，執『四部』以精搜；庚子日中，列『五經』而下拜。其於易象，尤極淵微，平八索以成人，吞三爻而協夢。得馬陸之象數，舉荀王之正宗，施孟異聞，周韓殊旨。自以心極，定其指歸，知三聖之心，折諸家之說。綿絡輿盖，懷囊古今，其餘羣經，準於一例。仲師作周官之傳，安國紬孔壁之書，承天緝羽陵之祕文，廣微證安釐之墜簡。莫不啟其錧轄，綜厥喉衿。其自序云：經傳之出，至兩漢而已全；註疏之學，至正義而略備。二千餘年，不能增易，嗣後異學爭鳴，遞相祖襲。竄易經典，穿鑿新奇，信口說於末師，束傳記於高閣。徒誇捃摭之富，不事研窮之精，慨經訓之支離，懼聖道之湮晦。先生之意深矣，先生之學粹矣。

故其爲文，醞釀書味，含咀道腴，述潭奧之微言，排溝猶之瞀論。三摹九據，不事玄亭之奇；《七緯》《六弢》，自得緇壇之祕。淹中學士，著錄成帷；棘下儒生，流談若海。洵可謂雅文之君子，博大之眞人也已。至其爲詩，則逸響獨結，雅聲遠姚，日光玉潔，海懷霞想。手爲大冶干鏌，發其精芒；胸有靈機錦績，陳其綺麗。詞源所到，似瀉崑崙之渠；墨瀋之餘，猶成睢渙之水。自序云：舊作數千篇，刪薙大半，存者僅千餘篇。簡玄珠於寸璣，擇神劒於一鍔，含經辨迭，變醨養醇。冰襟不寒，菊韻彌淡，成連之琴再鼓，化人之酒欲清。統大魁而爲笙，包五際而奏雅，古樂振咸韶之響，鴻儒傳金玉之音。祇出學海之緒餘，已樹詞壇之極則。彼甲非乙是，分道僢馳；入主出奴，反唇交詆者。讀先生之集，當適適然驚，規規然自失矣。

喆嗣霽巖，捧抱遺集，將付梓人，屬以編摩，並爲敘引。自惟末學皮傅，謏聞耳剽，漢代經法，僅涉其籓；宋儒理譚，未博其趣。挾苦鮮獲，削牘徒勞，敢以黯淺之辭，妄作高深之測。惟是企丈人之穆行，慕前喆之遐規。未能結韤撰杖，捧手書策之旁，猶得齎素濡毫，綴名緹緗之末。忺墨而謝，竊自幸焉。

沈庚軒存存堂詩集序

美珵盈尺，有夜光晁采之奇；游雲扶寸，著友風子雨之應。光宅之鐸，流姑洗之韻；方池之鐵，躍蕤賓之音。文字關乎性情，詩篇感乎氣類，韋弦幽贊，夫豈偶然？僕也幼嗜謳吟，老耽聲律，驅染煙墨，放浪儒玄。闚作者之藩，接時流之席，抽觴擊鉢，燒燭題牋。竊謂弦匏殊音，可免比附之習；椒桂合氣，必無差池之言。送抱推襟，搜迷索耦，不圖疲暮之歲，復見振奇之才。如庚軒之詩者，能無述焉？

緊惟國朝之詩，度越前代，名公才士，磊落相望。鍾石並奏，韶鈞相和，雖正變不同，流别異詣，無不胚胎性靈，撢弋騷雅。奮藻含章，自成一子；擷華擢秀，各名其家。苟背斯言，無當述作。庚軒輯《詩軌》一編，端所趨嚮。觀海尾閭之穴，導河崑崙之墟，固已樹幟騷壇，扶輪藝苑。故其所作，驅役萬景，刻雕眾形。潛思淵渟，壯采雲布，蔚六藝而成國，抗諸家而代雄。若夫巨刃摩雲，雄劍嘯月，鯨呿鼇擲，夔吼鶚爭。樹義必取其堅，總千山立；運筆莫當其鋭，橫槊風生。則君之《從軍詩》也。至於下三峨而鼓枻，橫大江以揚舲，今風古轍，棖觸襟情；旅緒鄉思，紛披藻采。過黃鶴之浦，弔鸚鵡之洲，哀壑奔湍，神叢靈雨，吐詞雄異，標句高奇。南國尋春，鶯花無恙；西泠訪舊，雲水重來。此君之《浙旋草》也。更若南隆之諺，晏州之謡，始陽之吟，黎州之作，皆音情頓挫，律切精深。紀謫僊之遊躅，三月三巴；定玄禮之詩篇，一官一集。其沉冥之思，包眕而入蕆；其桀厲之氣，走海而驅山。感物造端，如往而復；詣微索隱，吾無能名矣。

兹者騁彩筆之妍辭，續錦江之雅詠，尋浣花之遺宅，訪草玄之故亭。幸傍吟壇，得聯游屐，引盃看劍，促坐論文。金奏遠姚，珠談間起，自愧英華凋落，精力蕭衰。同劉峻之聲塵，寂寥有恨；異温生之文筆，庸峭難爲。無能贈子一言，惟當避君三舍。操觚援翰，叩首主臣。

夏五趙芸浦學使招遊草堂詩序

濯錦江頭，浣花谿上，榿林籠竹，滴露吟風。曲榭方池，浴鳧飛鷺，緣江徑闢，背郭堂成。經始昔年，斷手前日，旁鄰古刹，小築幽棲。煥若神明，頓還舊觀，翳然林木，別有會心。芸浦先生以大雅之瓌材，作衆流之藻鏡。手持玉尺，沾雨化而仰文翁；官是繡衣，假霜威而促山簡。徧召逸侶，成兹雅遊。

是日也，駃雨初晴，隆暑未熾，野煙冪水，江霞綺空。景物則疏快宜人，境地則蕭閒遠俗。露荷依渚，紅攲亞枝；風蟬過簫，響曳殘韻。依竹而鬢眉盡綠，當花而笑語皆香。遂乃竹裏行廚，花邊過酒，登草亭而送目，俯水檻而遣心。放濬弄舟，追涼繞樹。垂釣浮槎，僻耽佳句；疏簾清簟，閒愛劇碁。先生卽席成詩四章，衆賓以次繼組。宮羽協律，金絲引和，流連忘歸，嗢噱終日。洵足企景前軫，追芳昔娱。

嗟乎！往來古今，人事代謝，昔賢嘯詠，我輩登臨。撫苔石而依然，想履綦而如昨，陵谷忽貿，標勝獨存。丹青可渝，聲華不沫，晤畸調於曠代，貽逸韻於後時。恨古人不見吾狂，冀來者或欽其躅，論文筆則波瀾莫二，題詩卷而天地長留。林壑千年，令我兼懷高李；江河萬古，知公不薄齊梁。

董莊坿遺詩序

夫嚴霜下而繁林羸，纖繳舉而勁翮墜。榮落者，時也；昇沉者，命也。獨異夫蘭蕙馨於一山，而萎偕靡艸；鸞鷟翔於千仞，而鎩同凡羽。望秋易零，折風先抎，行路猶其相愍，有識甯不同悲？

莊坿董君，鄒嶧高門，海岱清士。爲沉研之學，負倜儻之才，覃思下仲舒之帷，知名入威輦之社。觀經太學，獻策秋闈，射三發而折牙，博十擲而輒韃。干將之鍔，棄並鉛刀；懸黎之珍，擲比燕石。遂乃著《中賢失意》之賦，和《節士愁思》之歌，食字蟫枯，照書螢死。竟忘情於榮進，爰縱意於壯遊。益部趨庭，蜀都隨宦，尋錦江之煙水，搴巫峽之風雲。望古雷嘆，感今雨泣。含宮咀徵，鏘玉和鳴，情往興來，葩華荓布。縱橫文陣，翕張鵝鸛之軍；噴薄文瀾，呼吸魚龍之氣。飛清才於甸外，摛壯思於區中。使能假以年齡，未易測其涯量也。無如沈憂損壽，急景雕顏，借醇酒以銷愁，託狂歌而遣興。長吉則嘔心索句，樊川則刻意傷春，遂至結柱末由，生桑遽兆。韓卿永逝，輔嗣無年，薰郁而熸，雉文而翳。吁！可悲已！

君友許西垣明府，輯其遺詩若干首，屬余審定。今編次如左。西垣又言：君秉性孝友，持操廉介，測交尚綢直之行，念舊重然諾之言。君山簡易，恥爲瞀儒；長文宏雅，不持劇論。餘事兼工書翰，暇日不廢丹鉛。當寢疾之彌留，猶握卷而不釋，其篤志尤可尚也。君名大椿，山東兖州府鄒縣人，卒時年僅三十有二。其世系子姓，載在家乘，茲不贅云。

家斐園五兄遺集序

斐園五兄抱英跱之才，爲沉研之學。博綜流略，兼工詩歌，和墨瀋情，灑翰攄采。一篇甫就，眾口爭傳。少與西河三兄齊名，伯歌季舞，同罔宗風，三筆六詩，咸承家學。芳柯蘭沚，益壽既有清吟；曲汜迴潮，惠連尤多雋句。信如盈川所云：瓊敷玉藻，未足多也。余纔弱冠之年，即厠諸昆之列。時過履道之舊宅，訪崇讓之故居，巷指青楊，齋尋丹柰。所謂九柏山房者，余昆季鈞游地也。密葉翳日，牕光團青，修榦聳霄，壁色純黛。洵足方元亮之五柳，傲少陵之四松。相與激流植援，蒔圖枕史。解巾待月，踞向栩之牀；把卷追涼，移魏收之榻。陶陶焉，逸逸焉，不自知其樂也。無如年華迅驅，人事逋駭，俱營薄祿，各辭故邱。翩若驚禽，墜如秋蔕，分手背面，寒暑十更。既而弟從宦於伊涼，兄移官於關隴。游鱗飛羽，頻傳連錦之書；白草黃榆，疊和邊笳之曲。塗路雖局，官守有限，聚首之期，亦未能數數焉。

戊辰歲，兄爲華州别駕，余應方葆巖先生之招，主關中講席。捧蓺破涕，銜盃敘懷，指少華爲故山，説童年之舊事。時西河三兄已卒於西粤，余弟荔裳亦殁於蜀中。各傷雁序之凋殘，共抱鴒原之慘戚，每有唱酬之作，輒多悽戾之音。兼之薄宦無悰，徂年善感，思欝欝其不樂，日昭昭乎易馳。至己巳之秋，而兄亦下世矣。青簡尚存，黄壚遽隔，撫今追昔，弔夢歌離。未竟百年，漸覺素交零落；又弱一个，能無老淚萑蘭？

迺於鉛槧之餘，力任詮排之責。宵長漏急，月黯燈昏，愴遺墨以如新，思悲翁而不見。自愧謝家末婢，文采無奇；惟望阮氏阿咸，聲華不墜。兹編成《詩集》四卷，《補遺》一卷。付姪岳生，藏之家塾，以待梓行。音徽未沬，想道山絳闕以非遥；詩卷長留，與黛甲霜皮而並壽。

賀衷雅堂先生重赴鹿鳴序

嘉慶癸酉，蜀中秋試屆期，牓發得士如額。嘉燕既設，工歌《鹿鳴》。南昌衷雅堂先生，以乾隆癸酉登賢書，甲子再周，例得重赴斯讌。而先生以文孫邦渭筮仕於蜀，安輿就養，兼主芙蓉書院講席。先期制府，據情入奏，奉旨准其在蜀與讌。以大前輩會後同年，洵盛事也！泰岱之望，斗北仰其聲華；文字之祥，弧南耀其星緯。况乎乞漿得酒，占符在酉之年；鼓瑟吹笙，詩叶《由庚》之詠。麟師師而遊聖，鳳足足以歸昌。斯爲聖世之休徵，不僅蓺林之佳話矣。

先生耆英尊宿，儒林丈人，馳譽詞塲，傳學家衖。游目《七略》，焠掌三餘，繙十二經可以説老耼，窮三千牘可以誇曼倩。取青紫如拾地芥之易，嗜丹黄如採原菽之甘。遂由甲科，出宰望縣，巽權風動，泰柄雲行。范孟博以名士而執公儀，任長孫以儒術而飾吏治，崇階再陟，令譽益隆。洎要銀艾以宣猷，仍設素匏而習禮，一琴流韵，兩穗興謡。稅顏斐之薪，爲諸生炙硯；下孔融之教，爲先達式廬。而吉茂當官，衆謂德優能少；陽城書考，自言政拙心勞。雖風引蓬山，仕路早回六鷁；而雨敷槐市，經堂仍集三鱣。士奉軌儀，匠成翹秀，傳微詩細，震耀方聞，漢聖經神，掞張德講。青衿組帶，濟濟趨塵；高蓋華軒，佚佚奉手。兹者銀袍鵠立，玉杖鳩扶，顯慶輅存，風規儼若，靈光殿古，品望巋然。文星則環拱瑶光，蔚成奇彩；桂苑則齊開金粟，吹出古香。承闓澤於三霄，聆雅歌於『四始』。頻書亥字，已逾絳縣遐齡；試看丁年，再預瓊林盛集。

趙味辛先生亦有生齋詩文集序

味辛先生，儒林丈人，詞壇尊宿。多識前代之載，工爲古人之文，海内誦其詩篇，士流奉爲矩矱。兹手定其詩文若干卷，問序於余。余受而讀之，逸藻雲布，潛思淵渟，詩品高奇，文格古貴。鏗戛金石，瓏玲其聲；羅列模繡，繽紛其采。神明律吕，得賒促之中；杼軸清英，擅錯綜之美。七門四徹之書，窮其垓極；百氏九流之學，探厥淵源。兼華實而無兩傷，合駢散而爲一手。斯可謂文章冠冕，述作楷模。趨曹劉陶謝之墻藩，追賈馬劉班之軌躅者矣。

最可憶者，居同白社，巷指青楊，自束髮之年，訂撫塵之契。交綏藝苑，掉鞅文場。斯時也，稚存負雄鷙之姿，仲則挾飛騰之氣，淵如擅宏通之譽，叔訥矜奧廣之才。莫不鷹揚其體，鳳覩虎視，逞汰輈之勇，効徹札之能。君乃北拒南連，左縈右拂，當萬人之敵，車騎雍容；合九國之師，旌旗整暇。偉長在應劉之列，別有風裁；巨源居嵇阮之間，獨推識度。每當書古談洽，燈涼酒温，濡毫而醉墨爭飛，擊節而驚花亂落，豪情激越，逸興縱横。此一時也。

既而君鏘翔薇省，余飄泊榆關。一則藥露槐風，朝班容與；一則金笳戍火，邊徼蒼涼。或宣揚班馬之詞，鶴鳴雞樹；或促拍伊涼之調，鳳撥鵾弦。每憶風月三千，掖垣梧竹；秦關百二，古塞塵沙。君操觚而銀湧金鳴，我應節而絃幺徽急。青山高而望遠，白雲深而路遥，呼慶忌以傳書，命趾離以通夢。時家弟茘裳亦幸通朝籍，偕步禁林。西庭掌制，楊炎與常衮同登；東觀除書，蘇晉與賈曾並列。每吟杜老看雲之什，兼和任昉休沐之詩，駸駸焉，愉愉焉。長離舞而紫鸞歌，應龍翔而鵾吻望，飛傳韻牒，響答詩筒。又一時也。

洎乎中秘掄才，外事獨任，遂要銀艾，出貳青齊，更綰邦紱，再臨大郡。問斟鄩之俗，歷少皞之墟，不廢嘯詠，間摎巖壑。君乃述郭緣生之記，校馬第伯之書，攷琅邪搏揖之遺文，辨東嶽岱業之僻字。丹崖翠屏，招僊眞而可即；雲亭日觀，呼帝孫而如聞。殿巋獨存，城明不夜，象緯在目，鴻濛盪胸。蹋閬風以覓句，老鶴導吟；彈琴雪以絃詩，神虬頂禮。以擬查志隆《岱史》之輯，蘇和仲《海市》之篇，亦應奇響振空，玄精貫墨。而余以倦爲塵吏，甘作山郎，愧含雞舌之香，羞詟虎爪之板。乙丙既空爲之押，甲辰亦自笑其雌，靈鞠蕭衰，孝標冗散。舊雨今雨，燕雁差池；長吟短吟，風花舛迕。此又一時也。

迨至君辭官而歸梓里，余奉諱而返蓬廬，悲子敬之人琴，感彥威之朋舊。情同散雪，愴望歸雲，未免戚戚寡懽，棲棲失職。又以山資莫助，未遇郗超；眞隱難充，見嗤袁淑。關河彳亍，萍梗因依，老作寄公，貧爲浪士。擘華嶽蓮花之掌，激黃流竹箭之波，次入鳥帑，梯攀鶉首。入士鄉而友教，借經舍以棲遲，周續講堂，劉瓛精舍。五總九總，點注丹黃；大經中經，紛綸帖括。萱蘇未樹，鉛槧空疲，更搴兩角之雲，出五丁之峽。捫參歷井，折柳浣花，山子秋啼，杜鵑春喚。詞繙樂府，誦青天蜀道之詩；夢入江南，憶小海吳兒之唱。庸音誰和？覊思難傳。尤可慨者，君亦驅馳，同余寥落。關東士子，再設魯丕之經；濟南生徒，更受杜林之學。許慎無雙，戴憑獨步，賢爲聖譯，經有說郛。足宣虎觀之風，允叶鱣堂之瑞，而乃抱皇甫謐之風痺，嬰劉公幹之沉疴，畚粉一牀，茶煙半榻。余亦王微疹疾，馬卿癘痟，泊爾尸居，頹然廢日。掩關獨夢，念我故人，彌覺覓指尋聲，馳情撫臆也。

猶幸吐文萬牒，積篋十重，夜光玄圃之珍，弇樹槐眉之跡。泠汰結質，鮮榮煦華，藏用鯢桓，立言魭斷。以之鳴節竦韻，振采負聲，可以罩牢百家，淹貫羣雅。他日江山招隱，香火尋盟，返棹蓉湖，買田陽羨。話韶鬈之往事，尋弋釣之昔遊，各湧言泉，同鍼文律。所言當得君意，竊比孝標敘舊之詞；後世誰定吾文，更切子建相知之感。

朱約齋先生集古詩後序〔一〕

余自戊申之歲，來牧靈武，謁約齋先生於息園。慕龍邱之重望，擁篲門前；敬鹿門之高風，襒裾牀下。先生不鄙黔淺，忘年測交。每筵賞於琴樽，或留連於風月。入荀令之室，芬芳襲衣；聆裴遐之言，琴瑟盈耳。星霜互易，寒暑載周，凡先生之鴻寶鉅製，委宛秘言，莫不目染耳濡，心領神解。捧襼雖晚，推襟頗深。今春，哲嗣省堂大兄以先生《集古詩〔二〕》序見委，余何敢辭！

先生夙擅慧業，少稟庭誥，岐嶷之資〔三〕，佩夫觿韘〔四〕；炳蔚之文〔五〕，驚其黨塾。焠掌自勵，指心得師。季長經術之通，能貫九變；文暢才藝之富，可分十人。識者知其遠到焉。後膺望縣，旋典大郡，望雲嵩嶽，觀濤曲江。太行孟門之險，峨嵋劍閣之雄，巖壑嶔崟，煙波鼓盪，足以宣揚藻思，暢發沖襟。而先王迺本風雅之懷，爲端平之政，化中牟之馴雉，致鄱陽之瑞鳥。王景功齊叔敖，衛颯德侔子產，恩流愛結，膏潤風猷。《記》所云：溫柔敦厚，得於詩教者也。方且降璽書而封卓茂，泥屏軾以旌次公，而先生則懷止足之誠，尋《遂初》之賦。常曰：仕宦至二千石，不爲不達矣，尚何求乎？年非懸車，以病自免。還家裝薄，但有囊書；渡水舟輕，止堪載石。自號七松處士，人稱五柳先生，鼓元忠之箏，對景山之酒。門有通德，家多異書，時命親賓，共遊林澤。三層閣上，洗耳松風；半畝園中，拂衣花雨。枕圖藉史，激流植援，雖盧敖若士，張筠散僊，不是過也。暇日復肆其餘力，取四代之作，爲一家之言。其間懷人感舊，嘆逝傷離，情動於中，借書於手。華言風語，逸藻奇芬，理以神超，音同古會〔六〕。

茲者煙霞人往，桃李蹊成，每遇息園，輒增悵惘。座上之素琴杳矣，階前之紅藥依然。刊太邱文範之碑，續《襄陽耆舊》之傳，能無臨風而思元度，看竹而念辟疆也哉？至若織連錦爲裳，穿散璣作佩〔七〕，暈碧裁紅之巧，撐霆裂月之奇，前序論之詳矣，余何贅焉？故止追述曩遊，綴之末簡。車過三步，愴喬太尉之平生；篋衍一編，感元次山之交舊云爾。〔八〕

【校記】

〔一〕吳鎮本篇名作『朱約齋先生集古詩序』。

〔二〕『詩』，吳鎮本作『之』。

〔三〕『資』，吳鎮本作『質』。

〔四〕『佩夫鱺觻』，吳鎮本作『見於髻齔』。

〔五〕『炳蔚之文』，吳鎮本作『炳藻之作』。

〔六〕『理以神超，音同古會』，吳鎮本作『令我移情，為公頫首』。

〔七〕『佩』，吳鎮本作『珮』。

〔八〕吳鎮本篇末評語：『整齊工鍊。（松厓）』

文鈔卷七

大宗伯紀曉嵐先生八十壽序

懿夫！官職與聲名並重，而才如賈董，位不躋於蕭張；辭章與經術殊途，或文似班揚，學多慚於服鄭。其有盛名兼擅，碩福兩隆，推當代之宗工，爲眾流之淵鏡。威儀象緯，則度叶珠繩；潤色經猷，則品尊玉瓚。荷天之寵，鳳翮播其輝華；戴斗之稱，龍門高其譽望。禮堂簡策，寫定羣經之文；芸閣篇章，編成一品之集。如我大宗伯曉嵐先生者，洵無愧焉！

先生濟北名門，河間望族，世有隱德，代產聞人。簪纓繼武，座分雲母之屏；翰墨傳家，篋有青鏤之管。先生幼而開敏，長更徇通。赤文綠字，一覽無遺；縹帙緗緹，五行俱下。振奇於橫經之歲，擠雅於選儁之場，固已望氣咸驚，含香漸越矣。嗣登上第，益廣方聞，黼藻九流，琴筝《五典》。金繩鏐檢，探宛委之名山；玉緯瓊綱，守庸成之秘府。証易中之九事，手握神蓍；坐帝後之七車，胸羅玄象。上奇木白鱗之對，辨騶吾鼮鼠之名。張茂先之洽聞，三十餘乘；鄭夾漈之博物，五十八籤。莫不竟委窮源，望表知裏。球圖法物，問承天而必知；典冊高文，待元成而始定。其學問之該洽，有如此者！

然使李善淹通，僅稱書簏；裴遐博綜，第號談林。勤董遇之三餘，徒工隸事；賦劉晝之六合，詎足動人？未免爭鳧鶴之短長，較素絢之優絀。先生則詞源濤湧，筆陣雲騫，龍翰鳳雛，金淵玉海。藝林耀辯，折鉤鬒丁尾之談；禁苑摛文，軼山柱河官之作。嘉禾神雀，頌成而帝賞其工；僊露卿煙，詩就而羣驚其麗。開函香氣，瓊臺之花蕚千重；拂紙光芒，金谷之珊瑚七尺。揮翰所及，俱作雲霞之文；頮硯之餘，尚成睢涣之色。其文章之華貴，有如此者！

夫寶登延閣，光采耀其裔皇；樹入華林，枝條蔚其膏茂。向使張衡碩學，久滯日官；馬卿異才，僅爲園令，亦不足吐淩雲之氣，表靈憲之奇。先生則翔步霞高，賡颺日近。僊人入宦，東觀比於蓬山；太史占星，文昌統夫上相。班斿早歲，卽涉清資，安上一生，未離朵殿。山虎澤龍之節，五雀六燕之平，文運提衡，士流圭臬。遂乃再登槐序，五入栢臺，譽重貞清，榮專獨坐。道侔風力，屢爲黄帝侍中；學並彭聃，合作周家柱史。尚書迺天之喉舌，秩宗爲國之羽儀。其官閥之清要，有如此者！

且夫中天紀運，生其間者福自隆；上聖應期，際其盛者道自合。當泰始成鳩之歲，初元紀鳳之年，惟授受之上儀，實埏埏所罕覯。先生則職司禮闈，儀掌容臺，親承堯舜之諮詢，手定夷夔之典物。凡夫雲門鍾管，衢室彝章，莫不成誦在心，應答如響。至於百神薦祉，五老來朝，八方之壽域宏開，萬國之耆英式筵。先生兩陪嘉禮，疊被殊恩，香惹祥煙，果懷珍核。繡囊文綺，錫賚出於尚方；珠字銀毫，歌詠傳爲故事。接雲天之燕樂，瞻日月之光華。其遭逢之隆盛，有如此者！

昔班固史才，首刱藝文之志；黄香博士，徧讀中秘之書。以至劉子駿之《七略》，荀公曾之《四部》，王仲寶搜羅散佚，阮孝緒掇拾叢殘，皆未窺典籍之鉅觀，敢謂極編摩之能事？我朝儀璘啟耀，奎璧騰精，開《四庫》之崇閎，括千秋之著作。先生欽承睿命，倍竭精思，寢抱縑緗，行提鉛槧。陳農奉使，竹素咸收；公玉呈圖，琳琅備列。燃藜達旦，削牘窮年，鉤玄提要，實總其成，合璧聯珠，於斯爲盛。共仰文光之朗照，頻聞天語之褒嘉，兹復觀令典之會通，輯朝廷之掌故。宣揚美備，典謨訓誥之文；記載詳明，禮樂兵農之事。帝眷已徵於歷試，公才本備夫三長。其編纂之宏通，有如此者！

猶復激揚聲律，杼軸襟靈，高文揚星漢之華，秀句得江山之助。時或著《十洲》之記，發五總之函，偶寄閒情，歸之副墨。酉山大小，並富藏書；譙舍冬春，從無釋卷。惠施好辯，偶爲連犿之詞；匡鼎說詩，間作俳諧之語。黄車逸事，著錄成帷；紫宙異聞，流談若海。洵足儷謨觴之秘笈，詎止匹猗玗之隱書？其著撰之淹雅，有如此者。

維兹六月之吉，爲公八秩之辰。元氣調化，如春之溫，景風扇和，能夏則大。蘭階集綵，荷沼舒華，承湛露於楓宸，蔭祥雲於珂里。玳筵錦晝，珠履塵宵，羨純嘏之方臻，識遐齡之未艾。某等曾陪杖履，備荷陶鈞，忝隨編錄之班，幸預校讐之末。竊喜樽前授簡，無殊座下傳衣，仰大手之鴻裁，慶高門之燕譽。窺養氣立言之旨，道在則尊；識培基積福之原，德成者上。登堂祝嘏，揚觶陳詞，義不取諛，言皆徵實。此日金徽一曲，聊佐黄封介壽之觴；他時銀管千枝，更紀紫閣調元之績。

彭雲楣師暨師母夫人七十壽序

蓋聞六管垂象，文昌連太紫之宮；八柱承穹，華蓋近中黄之域。篤生耆碩，用贊隆平，是以崧嶽降神，申作周翰；傅巖賚弼，說爲商霖。璇衡政齊，奇麗之士斯輔；玉版圖啟，明允之佐用光。使非瑤躔誕靈，銑社毓德，其何以經緯懋典，訏謨大廷？至於慶吉耦之齊年，登康時之上壽，五韙來備，百祥有徵。外修内型，克濟其美，我黻子佩，共受其榮。信惠迪之有基，知建福之不爽矣！

我老夫子大人，鍾天之間氣，爲國之寶臣。靈珠之輝，吐於神澤；黄菌之誕，俟於慶霄。徐僕射目有青睛，知爲慧相；沈家令腰横赤志，卽是文星。早掇巍科，洊登清秩，敷非煙之藻思，掞叢雲之奥辭。珥筆螭坳，備堯韭舜冠之對；含香鰲禁，上河官山柱之文。遂乃受九乾特達之知，領中朝著作之任。畀大手筆，推第一人，簪冕班行，丹青神化。時或獻金天之頌，賡卿雲之歌，輒落簡如飛，濡毫立就。至若玉檢金繩之典冊，黄縑紫綍之制詞，亦復步淮南食時之工，同仲宣夙搆之敏，聆乙夜之天語，近九英之日光。每謂鈞軸調元，丙魏乏文章之望；樞庭視草，枚馬非宰輔之材。方之於公，彼誠多愧。

夫子機神警悟，體質貞明，察金奏而識微，端玉容而領度。其敭歷於六官也，則本巨源之識量，兼懷慎之公勤；其典司夫二試也，則勵敬輿之清操，秉歐陽之藻鑑；其論思之密勿也，則條平津之《十策》，進衛公之《六箴》；其編纂之宏通也，則軼中壘之《七略》，該公曾之《四部》。當太上垂衣之歲，迨今皇秉籙之辰，眷顧不遺，倚任彌重。太保列公孤之右，司空居岳牧之先，海内繫心，蒼生延首。瞻六符之光耀，卜三能之色齊，卽贊綸扉，復登揆席。此眞歸昌節足，協幡簿以呈祥；元扈鏘翺，望羽儀而頌吉者也。猶復搜才路廣，揖客門寬，持衡於常羊之維，薦士如閼奕之隸。姬公握髪以出，而還贄三千；孫叔散臑不收，而傾襟七十。身爲大匠，千尋收集鳳之枝；手鼓神錘，萬斛鑄函牛之鼎。一奉顧盼，龍門若登，凡所吹噓，駿價始貴。豈非萬流之淵鏡，庶士之楷模歟？

況乎陳仲弓之內行聿修，柳公綽之家風最肅。晏嬰之祿，待舉火者萬家；陰慶之園，執義讓者數世。閨房雍睦，少長恬愉，成君子之大名，識賢〔一〕媛之內助。蓋我師母夫人，蘊華珂里，儷德名門。孝敬篤於鸞幃，淑慎式於宗黨，和順洽於姻戚，慈惠逮於嫈娸。不侈笄珈褕飾之榮，時親錡筥蘋蘩之事。吉人心小，衹謹柔儀；華閥望高，不形矜色。每勞謙而自勅，信積厚以流光，盈階之琪樹呈華，繞膝之鵷雛絢采。舉錦堂之案，華首相莊；捧綺席之觴，斑衣成列。可謂情隨性善，福與慧兼者矣。

茲者季秋開蓬島之樽，小春展麥邱之祝。方輝可覿，葛鮑怡顏，圓景常盈，劉樊介祉。香散沉榆之屑，吹徧蓬壺；風生寶甕之雲，覆來閬苑。伯雅季雅，飛四座之霞盃；大鶩少鶩，集三山之青鳥。玳筵錦晝，珠履塵宵，羨純嘏之方臻，識遐齡之未艾。某等里過通德，閣侍延英，曾備聆王文正之謀猷，非敢傳范魯公之衣鉢。撰杖康成座側，執經韋母幃前，陶鑄恩深，景行念切。效擎拳而鞠跽，敬述德以抒情，擷威喜之華芝，採壽榮之僊草。許聽後堂絲竹，奏曲愧非鸞鳳之音；幸探大雅淵源，摛辭敢竭麒麟之筆。

【校記】

〔一〕「賢」，光緒本作「質」，據嘉慶本改。

陳汾川先生暨查太孺人雙壽序

蓋聞隱德傒天，積愛者福之府；修心逢吉，達生者壽之符。是以定性於大湫，識六氣之淳悶也；和神於景風，知萬物之丸蘭也。若夫應歲星而度世，含神霧以葆眞，外修內型，嘉瑞斯集，崇情遠跡，靈貺自甄。故無事薰修之習，而齒積陀移；不煩導引之方，而年齊旗翼矣。

汾川先生，浙西高門，宇內奇士，圭璋植品，模繡範躬。偕其德配查太孺人，慕鹿門之風，爲皐廡之隱。穎〔一〕川家法，不媿前修；元方高名，成於內行。某與哲嗣雲伯，訂縞紵之契，聯雲霞之交。吐珠於澤，上溯璇源，結桂在山，仰挹靈蔭。文章瓌麗，知枚乘之傳皐；經史紛綸，羨班昭之授穀。共數晨夕，悉其家庭，而嘆夫襲慶有基，鍾祥非偶也。

先生懷橘抱柰，孝本天情，浣牏捧笲，性非外奬。季江仲海，誼篤於連枝；末婢胡奴，愛均於猶子。氾勝之宅，衣無常主；董陽之閭，爨無異煙。其至性也如此！迺若志願奢於廣廈，然諾重於岑鼎，鬻車牛而拯急，操釜鼓而周飢。信臣臣以慕賢，非貧貧而妄振，養菀枯於時雨，均貴賤於條風，飲汲廉泉，居隣慈澗。其篤義也如此！遂乃識輪椎之分定，屏筳篿而何卜，執謙柄而作退母，守靜根而爲躁君，書仲長樂志之篇，著陽固演賾之賦。含經味道，人推白學先生；種蔬灌園，自號朱方隱者。其達識也如此！于是偕齊牢之淑儷，擕投畚之賢妻。舉案相敬，則藜藿皆甘；下牀答拜，而縞綦自樂。幼輿具邱壑之致，次宗好林澤之遊，諮穀稼於閭丈人，同保社於鄉祭酒。其高致也如此！

雲伯識該三微，學貫九變，炳然龍豹之穎，暉如孔鸞之儀。本傳家之庭誥，作諭蒙之治譜，求官養志，捧檄娱親。蒲輪之迓，從以版輿；蘭陔之章，間以華黍。洵人倫之盛事，里黨之美談矣！兹者戒裝京國，占鳧舄之飛；衣繡鄉園，介鳩笻之祉。槐榆昆季，椒蘭友朋，共罄衷衿，敬申祝嘏。幅巾他日，定拜華堂；僎爵今晨，各摛柔翰。

【校記】

〔一〕『穎』，光緒本作『頴』，徑改。

張偉莽處士壽序

懿夫！仁知之性樂壽，效其崇深；天人之際淳漓，别其修短。觀於竹箭駛湍，而迴波以綿遠自逸；飆輪迅往，而條風以長養自培。是知美意卽可延年，積愛斯能成福。昔人謂琅書斗檢，畸士之華説；熊經鳥伸，齊物之寓言。祝嘏之義雖附於經，而頌美之文不登於集。良由高語祈淪之齒，侈言旗翼之齡，徒騁夸辭，無關實行也。偉莽處士，抱淳䍚之德，安樸素之風。邠卿處困，迺作餅師；僧珍食貧，常居葱肆。獨行之傳，闇合前修；長者之風，矜式同里。

其令子鵬翼，受業於余，夙負振奇之才，可充方聞之賦。諗彼淵懿，詢其稟承，而知處士之不可及者，厥有五焉：夫石建浣裙，黄香扇枕，袖懷公紀之橘，饌供季偉之雞。百末稱觴，思柔進酒，南陔肄雅，華潔歙笙。是皆樂子舍之優閒，欣養堂之安悆。處士則蓬藹不蔽，糠覈自甘，而能使庭闈之滫瀡常豐，晨夕之饔飧不闕。融怡孺子之慕，淳至古人之風。此其不可及者一也。夫幽贄所及，白駒維谷；惠風所被，枯木生荑。朱家郭解，交朋通其有無；稺季君卿，閭黨通其緩急。此其人原任俠，家本不貧。處士則薜蘿被屋，有杜陵廣厦之思；雨雪載塗，作白傅長裘之想。盎無儲粟，待以舉火者數家；鐙有賸膏，借其餘光者徹曙。此其不可及者二也。李仲元化行鄉閭，汜稚春施及邱里。霍原以公方服物，而氓俗歸仁；郭泰以盛德董衆，而凶慝改行。此其人皆負宙合之重望，馳九牧之大名，故教化易行，而風猷遂遠。處士則伏處蓬蒿，混跡闤闠，而能使穿窬夜客，越境潛踪，栗果少年，聞風斂手，盜牛者遥羞王烈，失脯者自愧桑虞。此其不可及者三也。又聞船工某竊處士稻，有告者，處士隱之。或以僞銀償直，旁人慫恿發其奸，處士棄銀而寢其事。麟士認屐，孝緒焚車，王忳任繡被之隨風，張稷笑銀盃之羽化。文饒雅量，叔度寬中，洵可以激薄停澆，歸眞返樸。此其不可及者四也。夫祖德能傳，績學捧范高之硯；宗風克紹，通經發韋氏之籯。受金鑽之楹書，藏珠囊之庭誥，是皆上承先蔭，下啓後昆。處士則世是壙僚，門無樸學。孤同孟陋，但擁牛衣；貧似文休，惟資馬磨。迺能延名師而課讀，朂兒輩以勤書，銅槃具遵彥之餐，嘉樹爲憲之而種。二子鵬翼鳳翼，俱擅博通之學，挺秀穎之姿。篤志縚繩，蜚聲黌序，瓜鎮心而並勵，炷焠掌以同劬。行見龍文虎脊，籋雲霞而上馳；虬鍔蛟鐔，貫星虹而並耀。此其不可及者五也。

叢善既徵，定臻胡耇。賁五履二騰，書其潛美；絲三竹四軒，罄其歡聲。不使暮氣之相乘，常守曙戒而勿怠，惟提躬之介介，自徯福以貞貞。隱德自知，夜行獨有姱修之美；稱述非誣，紀實之詞掞張勿尙。聊侑手仇之爵，用伸心企之忱。

峽口禹廟碑

原夫統系承於五帝，敷土之烈獨隆；隨刋偏於九州，釃河之功最大。蓋溯陽紆之巨派，探板桐之遥源，枝流之并千渠，懸水之高萬仞。嘘吸則轉旋星宿，蓄洩則鼓蕩雷風。而龍門未開，吕梁尚阻，元氣淫濯，百脉沸騰。巽聚灰之可堙，豈捧土之能塞？使非神奇特起，聖睿挺生，何以奠坼副之黄輿，拯沉菑之赤子乎？溯自石紐降精，玉斗表貺，幹父之蠱，分帝之憂。靈龜呈括象之圖，神龍獻導川之畫，丈人之稱九潦，將軍之號百蟲。五伯宣力，八神受命，咸稟指麾而助順，並宣勞勩以奏功。遂使雚蒲之地，悉返耕桑；巢窟之氓，盡登衽席。非天下之至神，其孰能與於此？

峽口者，黄流之險阨，紫塞之巨防也。舊稱銅口，亦曰青山。岧嶤對峙，似重樓之百常；突兀相望，侔圓闕之雙起。奔湍爲之縛束，碕石爲之鑿落，下通伊闕，旁帶流沙。窅崖闢鳥獸之門，駴水集蛟鼉之窟。上有禹廟，由來已久。飛榭虚搆，浮柱相承，像[一]設崇嚴，儀衛森列。所以資呵護妥神靈也。或者謂神功廣運，靈跡遐宣，是以東造絶跡，西延積石，南逾赤岸，北達寒門。降雲華於清都，鑠支祈於惡浪，夷嶽封青泥之檢，洮水受黑玉之書。共知九野之平成，何待一方之尸祝？祀典得無近褻，明神方且弗歆。殊不知其用力深者，其感人也遠。覩洪瀾之湍悍，識底定之艱難，疏鑿居四瀆之先，勤勞分九載之半。駢手胝足，績用最多，馭氣乘風，魂魄猶睠。曩日北阿之享，歸成功於上穹，今兹朔塞之祠，垂明禋於萬禩。亦民之不忘舊德也，而何疑哉？

惟是丹青歲久，霜露年侵，棟幹庯庩，宋霤陊剝，徒襲卑宮之舊，未抒崇德之忱。制府福嘉勇公，因巡閲之餘，行朝謁之禮，憫摧殘之落搆，察隱嶙之餘基。鳩工庀材，凝土度木，測景經始，尅日蕆功。金爵承雲，璇題納月。千尋桂柱，峙鰲背以巍峩；百尺梅梁，化龍鱗而飛動。冕旒肅穆，寶光騰宛委之圭；椒茝氤氲，香氣覆昆吾之鼎。將鐫樂石，遠命觚生。知聖德之莫名，如天容之難繪。探秘文於嶽瀆，敢摹岣嶁之碑？固淺見於方隅，僅紀崑崙之派云爾。〔二〕

【校記】

〔一〕『像』，光緒本作『象』，據吳鎮本改。

〔二〕吳鎮本篇末評語：『氣古筆蒼，眞不朽之作也。（松厓）』

靈州移建太平寺碑

原夫禮燈王於石室，須陟名山；謁梵帝於香城，先尋福地。丹崖崒嵂，識檀特之高峯；碧嶂巃嵸，仰耆闍之峻嶽。千欒跨險，百栱憑虛，發雲構於自然，極神功之不測。是以簡棲頭陀之頌，蘭成麥積之銘，佐公天光之碑，子昇寒陵之石，莫不寫林霞之奇秀，狀巖壑之幽深。遂使鵝殿增輝，龍宮長價，勒〔一〕翠珉而不敝，標白氎以長新。若乃寶地迫於囂塵，靈境局於平壤。築昆侖之土，不過三成；開般若之堂，無逾十笏。縱爲極筆，徒事華辭，何足以照燭人天，發揮龍象？然而法惟平等，甯陋夫偏隅；教推廣大，不遺於荒徼。憑五乘以導迷途，宏六度而濟塵劫，在有心者，能無述焉。

惟靈武之故城，卽河奇之舊苑。沙瀾匝地，東接楊榆之關；河流帶天，西連雞鹿之塞。爰有梵刹，近峙亭臯，雖岡巒乏隱嶙之奇，而川原有奥衍之勢。徒觀其靈宫四柱，祇樹雙林，星毫月面，供寶相之莊嚴；珠網銀繩，護蓮臺之香妙。百枝鐙影，光搖怯夜之牖；九乳鐘音，響答占風之鐸。崇軒間出，層構相承，已足壯紫塞之觀瞻，作青郊之屏障矣。矧夫闡微妙之法藏，具調御之神通。流傳沙界，諷光音之經；震動風輪，建塗毒之鼓。雪山吹藥，慧伏衆魔，苦海浮航，慈濟羣品。俾鑿惈之土俗，共結勝因；率剽悍之人風，爭趨善果。詎非象教之宏誘，法王之神化歟？方今遐邇乂安，中外禔福，種人內嚮，裔土永甯。七政均明，躋蒼生於曼壽；三階齊色，慶豐年之樂康。見瑞星雲，降甘露雨，此太平寺之所由名也。是則嘉禾合穎，詎讓苾芻之芬？密樹垂陰，卽是菩提之彩。元髫黄髮，俱遊釋梵天宫；野菽溪毛，如饜祇洹法供。又何必訪栽民之國，登化人之臺，求鷲窟之淨居，企鹿野之華苑也哉？

惟是舊基卑溼，流潦浸淫，高檲岌以將傾，繚垣犨而不直。苔侵玉座，雨壞寶衣。奔流深黑，非關劫燒之餘；鷩沙坐飛，似集微塵之衆。余職司守土，恧然於心，爰出俸金，以倡善信，更命僧心福，募之四境，以廣檀施。鳩工庀材，凝土度木，去故址三百餘步，築平臺二十餘丈。雕甍映日，鵬翼將騫，翠瓦排雲，魚鱗欲動。寶龕忽徙，疑忉利之飛來；紺宇潛移，肖化城之涌出。是役也，檀行皃趨，役徒麕至，闢三空之勝境，啟七華之妙覺，分庵羅之浄土，樹堅固之貞林。諸天則藉以閑安，法侶亦此焉遊集。某未通釋典，摛寫葉之玄詞；夙慕禪宗，喻貫華之微旨。非云宣揚正覺，於以歌詠太平。銘[二]曰：

靈郊淨域，朔塞香林。松關左闢，菌閣斜臨。近帶華薄，旁連碧潯。圓鏡四照，洪鐘一音。持戒定慧，閲去來今。丹青歲古，霜露年深。隄銜蟻穴，潦集牛涔。銀楹陊剝，珠字銷沉。金容雨立，瑞象塵侵。萬善咸起，衆力克任。康時胥樂，至教同欽。手雨七寶，掌出雙金。層臺駊騀，麗墖嵜嶔。影藏怖鴿，樂應靈禽。花雨灑落，松風嘯吟。慧日夜朗，慈雲晝陰。定香浥浥，靜梵愔愔。早耽白業，敢閟清襟。憑廣長舌，寫妙明心。眞如不住，了義難尋。〔三〕

【校記】

〔一〕『勒』，光緒本作『勑』，據吳鎮本、嘉慶本改。

〔二〕『銘』，吳鎮本作『廼為頌』三字。

〔三〕吳鎮本篇末評語：『古氣盎然，大家手筆。（松厓）』

誥授朝議大夫湖南沅州府知府吳松厓先生墓碑〔一〕

夫惠能及物者，方金石而彌壽；文足傳後者，比桂椒而信芳。有鸞鳳之采性，自異於鷹鸇；具騷雅之才識，早遠乎刀筆。是以倪寬本經義而奏獄詞，任延以儒術而飾吏治。文章政事，道本同原，循吏儒林，美能並擅。如我松厓先生者，斯其人矣！

先生諱鎮，字信辰，號松厓，甘肅狄道人。韋少翁五世壙僚，汜稚春一門篤行，載在家牒，協於鄉評。先生幼秉異姿，弱遭偏露，未承過庭之訓，空留鑿楹之書。魏太恭人育而教之，燃糠照讀，截蒲作編，追涼蔭以移牀，隨月光而昇屋。子雲沉默，雅好玄言；春卿藴藉，深明經術。方聞日廣，時譽斯歸。十七補博士弟子員，辛酉選貢成均，老宿傾襟，儕流歛手。讀士衡之賦，君苗硯焚；見希逸之文，陽源筆閣。時山左名宿牛眞谷先生作令平番，因從遊焉，傳細席之言，授禮堂之簡。河汾弟子，雅重薛收；東京學堂，獨尊庾乘。庚午舉於鄉。先後赴禮闈者八，而六薦未售。庚辰大挑二等，以教職用。初選耀州學正，再授韓城教諭。明山賓屢作學官，元行沖願爲都講，含經味道，折芰燔枯，先生怡然自得也。

既迺幕府交推，剡章特薦，謂先生才足以膺緊望，德足以撫華離。引見授山東陵縣知縣，解巾赴郡，露冕班春，種桑百枝〔二〕，拔薤一本。撤唐邕之簿，替羣吏唱名；稅顏斐之薪，爲諸生炙硯。竿牘稍閒，不忘緗素；撫綏有術，尤愛文儒。下教而子遠踵門，側席而龍邱備錄，民依若母，士奉爲師。甲午歲，壽張王倫作逆，先生解馬至夏津大府，飭在營諸州縣，窮治餘黨。先生察其迫脅株累者，請之大府，全活者數百人。楚獄無濫，賴寒朗之寬平；廣陵獲全，服張綱之膽勇。神犀自秉，光燭覆盆，亂羊既除，風清貫索。數其陰德，蓋非尠也。

嗣因獲鄰邑盜犯，保薦擢湖北興國州知州。先生乘小駟以巡鄉，衣布袍而問俗。洞知民隱，不發私書，電掃訟庭，曾無積牘。庚桑入楚，風移畏壘之民；子香治荊，德感枝江之虎。鄰邑民爲鄉豪所殺，以自縊立案。經其子上控，大府檄先生治之，虛衷訊鞫，悉得其情。正不必設鉤置距，鬬智翹明，卒能使孤弱氣伸，豪強膽落。神君之頌，旁邑同聲；循吏之稱，上官動色。委解京餉回任，卽奉旨特擢湖南沅州府知府。歌傳于蔿，名記王邱，超越非因，歲遷除拜，悉從中出。先生潔清勵己，慈惠字人，但飲廉泉，不燃官燭。吳祐之竹書兼兩，猶恐生疑；范岫之牙管一雙，尚嫌其費。美俗致中牟之雉，勸耕買渤海之牛，戶息懷甎，人皆挾纊。廣微之霖雨自足，房豹之井泉皆甘，古所稱良二千石者，先生足以當之矣。

嗣因失察屬縣，諱盜爲竊之案，竟議落職。邵公不肯錮吏，張叔未嘗按人，觀過知仁，士論韙之。或勸先生委蛇其道，冀復職者。先生曰：「吾精力就衰，久思田里，得以微罪行，幸矣！又何求乎？」聽鼓者方挽鄧攸，臥轍者爭留侯霸。而先生乃單車就道，襆被戒行，誦《樂志》之篇，尋《遂初》之賦。隱之裝儉，但有琴書；元亮園蕪，惟餘松菊。枕圖葄史，相羊翰墨之場；抱德煬和，韜晦邱園之跡。登山蠟屐，對酒漉巾，縱釜甑生塵，樵蘇不爨，不以屑意也。

乙巳歲，使相福嘉勇公耳先生名，延主蘭山書院。投贄爲招，傾襟作禮，倒屣而迎亭伯，束帶而待潛夫。劉瓛立館，近依楊烈之橋；張楷傳經，即號公超之市。青衿捧席，緇布横經，授以咫聞，振之醇聽。門下士如秦編修維嶽，周主事泰元，郭進士楷，皆一時儁彥也。莫不挾張藻采，跨躡風雲，桃李之蹊既成，斗山之望益重。車盈問字之酒，人饋束修之羊，被容接者若登龍門，邀品題者如附驥尾焉。

癸丑，養疴歸里，謝客閉關。士安風痺，不廢著書；伯業蕭衰，依然嗜學。無如凋年漸迫，宿疾難斟，雋識巢門，鵩驚集舍。孰賓孰主，邠卿開壽藏之圖；在辰在巳，康成受丹書之讖。以嘉慶二年丁巳正月十三日卒於家，年七十有七。

先生内行淳深，天懷夐朗，奉親如汝幼異，事長如庾叔褒。眷懷舊誼，逾分宅之郈成；篤念疏宗，過讓園之陰慶。彦輔名教之樂，叔寶情恕之譚，僚采樂其寬和，藏甬服其德量。史稱「長者」，《易·繫》「吉人」，先生之謂矣。加以夙耽著述，癖嗜詩騷，罕牢百家，貫串羣雅。伶倫吹律而重敏，經迭之辨必嚴；輪扁運斤而甘苦，疾徐之妙自得。情靈無擁，意象獨窺；煙雲捲舒，金石諧婉。所著《松庢詩文稿》、《律古》、《集唐》諸稿，俱已梓行，海內傳誦。雞林估舶，購白太傅之編；鑾徽弓衣，繡梅都官之句。豈僅士林馳譽，名輩推工而已哉？

子承祖、承福、承禧，共守青箱，能傳素業，夏侯之門有建，枚乘之後生皋。以是年三月初八日，葬先生於北郊祖塋。以先生易簀之時，曾有遺言，屬余誌墓。胖兢奉命，連遻陳詞。芳燦早謁李膺，蒙呼小友；久欽蕭奮，願受專經。十載陪游，曾荷牛心；割炙九原，懷舊難忘。麈尾交談，敢染丹毫。備書穆行，陳仲弓之令範；紀以二碑，橋公祖之良謨。鐫之三鼎，銘曰：

淵哉若人，眞想在襟，行不雕飾，恂恂德心。文筆高奇，思業湛深。射策東堂，聲蜚士林。沖懷月和，曠度春藹。初綰銅墨，遂要銀艾。屢書上考，百城推最。惠洽蒸黎，文而無害。難進自居，稚賓免官。爲法受黜，行心所安。馬失更喜，甑墮弗看。一邱一壑，俯仰自寬。上相推賢，講席幣聘。庶士傾風，衆流仰鏡。河懸待酌，鐘扣斯應。推獎風流，增益標勝。不猗不訾，乃昌其詩。鰲擲鯨呿，放爲偉詞。高穿溟涬，細窮毫釐。金鑽名山，千秋在斯。憶奉譚讌，舉觴相對。共索古歡，多識前載。靈幽體翳，曩遊不再。叡音永閟，徽言空佩。延之後起，玉溪小生。潯陽作誄，香山勒銘。巉巉樂石，鬱鬱佳城。敬遵古志，式揚令名。〔三〕

【校記】

〔一〕『墓碑』，吳鎮本作『神道碑』。

〔二〕『枝』，吳鎮本、嘉慶本俱作『株』。

〔三〕吳鎮本篇末評語：『宏博偉麗，足滿孝子顯揚盛懷。（路微之先生）』

誥授資政大夫兵部右侍郎右副都御史廣西巡撫孫公神道碑

蓋聞丈夫立功，遇明盛之世；聖主聞樂，思封疆之臣。跡其入參樞機，出擁麾鉞，宣佈威德，拊循華離。識量可以安遠人，智略足以儋絕域。卒使雕題入貢，侮食來王，披雒樹之枝，屈牙獸之膝。而心力交瘁，體魄全歸，洵守蓋之貞臣，爲抱德之雄彦。吾於中丞孫公見其人矣！

公諱永清，字春臺，江蘇無錫人。曾祖某，祖某，父廷鏞，山東德州州同。三世以公顯，贈資政大夫。公天稟英特，弱齡察慧，鰲擲筆海，鷹揚藝林。偏讀經世之書，恥爲晉儒之學，才如仲任，萬牒吐文；智比叔皮，千言草奏。少以諸生入廣東布政使胡公文伯幕，時土司以爭襲告訐，其文牒皆明時印璽，大吏將以叛逆律坐之，株連甚衆。公別具奏牘，以示胡公，上之大吏，得免者二百人。楚獄無濫，賴伯奇之上章；沈氏獲全，佐威明而舉奏。識者早知爲遠大之器矣。

戊子，順天鄉試舉人。己丑會試，取授內閣中書。旋入軍機處行走。慶霄揚輝，靈鳳修羽，接上台之符彩，掌中樞之綸綍。元康閣中作字，七紙立成；廷碩殿前爲文，十吏並授。遷內閣侍讀，充《方略》館纂修提調官，又充文淵閣校理《四庫》館纂修。時武功燀赫，文教隆洽，三十六國，臧旻紀其土風；百五十種，甘英志其職貢。遂迺綜劉向之《七略》，括李充之《四部》。簪毫芸閣，懷鉛畫省，聞見既博，員程無曠。公卿倚賴，如臂指焉，鑾輅時巡，帷〔一〕宫扈從。嚴安近臣，兼騎馬之令；步隲文吏，爲繞帳之督。嘗以要事騎而馳，高宗純皇帝遙識之曰：『此孫某也，孰謂南人不能乘馬耶？』縛成慶之袴褶，據鞍若飛；嗚傅永之鞭鞘，視道如咫。遂迴天矚，膺斯懋奬。詎同張敞，但誇便面之拊；不數處沖，惟矜縈策之妙。

擢江西道監察御史，生風白簡，蜚聲皂囊，共憚驄馬之威，不恃觥羊之毅。踰年，遂晉左副都御史，超拜端公，榮專獨坐，不次之擢，前此所未有也。帝知公幹濟之才，可任屏藩之寄，擢公貴州布政使。貴築遠郡，羅施異俗，公翦鉏豪胥，彈治墨吏。劉宏下教，十部風行；賈琮褰帷，百城震悚。

五年入覲，召對稱旨，旋有廣西巡撫之命。蒼梧鬱林，桂海象郡，察鳥言之諜訴，懲虎飽之貪婪，禁苞苴以絕官邪，杜芽蘖而防民患。百蠻愓息，尊士燮之威儀；九真環嚮，服陶璜之恩信。廣東大飢，穀價翔貴，公轉輸有術，調劑得宜，開不涸之倉，散常平之積。望千石之氣，可以療饑；聯百舳而來，無令遏糴。奉旨嘉奬，謂深知大體，詩以志之。臺灣林爽文作逆，調廣西兵會勦，公出駐梧州，簡鍊梟雋，厚其牢賞，士氣騰踊。陷堅突陣，賀齊白棓之兵；洞胸達腋，孟幹側竹之弩。福嘉勇公謂臺灣之平，得廣西兵力爲多也。

南交異域，風教壅隔，大姓酋豪，互相吞噬。土性淫厲，難爲郡縣之置；人風介鱗，不被冠裳之俗。先是，黎氏殘莫氏而據其國，阮惠復逐黎氏。公方入告，而總督遽請出師，深入重地，以致挫衄。天威震讋，命嘉勇公督師議討。公以爲蠻觸交鬨，外夷之常，非敢抗大兵也。常惠特節，豈能臥護昆彌；捐之建議，無勞遠攻駱越。且委火炎風，軍威必然坐蹶；飛芻挽粟，民力亦恐不支。天戈所指，有征無戰，安南蕞爾，可以折箠使也。嘉勇公然之。既而阮惠悔罪輸誠，回面內嚮。請封赤社，來覲絳闕，書金葉而奉表，歌槃木而歸義。九乾懷遠，錫牙斯之名；三象重譯，易屈紒之服。千載嘉會，一時盛事。運籌決策，皆公之力焉。

然自安南事起，籌備儲偫，督運輜重，觸冒瘴癘，程治文書，囊赤白以交馳，案朱墨而錯置。精力易竭，齒髮早彫，聞鼓驚心，伏弢咯血。遽兆白雞之夢，竟歸朱鳥之魂。馬援從征，疾亟猶思裹革；張光報國，病殁無異登僊。以乾隆五十五年五月二十日卒於桂林官舍，春秋五十有七。

公風儀峻整，才思都長，穎悟絶人，魁梧動俗。懷橘抱柰，孝本天情，背碑覆局，智非外獎。一門昆弟，篤伯淮之愛；九原朋舊，敦季札之誼。祿俸所餘，散贍婣族；退食之暇，葄枕圖史。言貫九變，而不雕瑑曼辭；智周萬慮，而不嘐喋苛事。僚屬服其仁恕，氓庶被其惠澤。而稟命不融，有涯先謝，未登上壽，遽喪哲人。此所以僑終致舍玦之悲，蹇謝有輟舂[一]之慕也。

公配華氏，早卒。繼配顧氏，賦質柔嘉，秉性淑懿，婣戚觀禮，宗黨稱賢，先公五年卒。子某某，孫某某。爾準秀出士林，克承家學，充方聞之賦，讀中秘之書。先以某年月日葬公於金匱縣北胡埭之新阡，兩夫人祔焉。王述菴司寇撰文銘之幽宮，兹復樹麗牲之石，乞表墓之文。某拜公邸第，夙荷提攜，别公宦遊，遂隔音範，思盛烈其如在，覽遺編而曾嘆。羊曇涕淚，彌軫零落之傷；張悌生平，難忘知顧之重。啟楹書於令子，紀枸鼎於勞臣，授簡奚辭，當仁不讓。緘其寶墨，别爲羣玉之藏；勒此貞珉，定有生金之字。銘曰：

猗歟中丞，勳德邁古。神化丹青，休明黻黼。翕張經綸，施設文武。胸涵靈珠，手握機矩。鸞翔綸扉，豹直樞府。英思泉流，曠度春煦。峻秩栢臺，峩冠銕柱。稜稜鶻鶚，嶽嶽觟觽。象卉八郡，龍編萬戶。銀青開藩，英簜行部。百度惟貞，六條具舉。赤子扶扶，青疇膴膴。噓荼景風，氾濩甘雨。炎方片壤，交州尺土。井喧羣鼃，穴鬭兩鼠。彼自崖柴，非敢旅距〔三〕。云誰夸毗，缺我錡斧。龕旂電指，虎旅颺怒。公洞機宜，謂可綏撫。搏鴞愧甲，射蹶惜弩。卒受纓縻，遂格干羽。七族簫勺，兩階儀舞。臣節匪躬，王事靡盬。山川瘴癘，霧露寒暑。疾疢不斟，藥石奚補。遊神粵嶠，隕星郭塢。巫招桂管，喪歸荔浦。禮堂簡策，戟門簪組。餘慶在韋，碩學傳庾。鬱鬱佳城，蒼蒼宰樹。我鐫銘辭，昭示來許。

【校記】

〔一〕「帷」，光緒本作「惟」，據嘉慶本改。

〔二〕「輟春」，光緒本作「惙春」，據嘉慶本改。

〔三〕「距」，嘉慶本作「鉅」。

通奉大夫四川布政使姚公神道碑

夫雲屋架搆，楩柟之質千尋；神冶娫鎔，龍阿之鋒百鍊。震風淩雨，識其栟茈之功；錯節盤根，展其斷割之用。遂乃起家令牧，陟職藩屏，國家倚爲寶臣，疆埸樹其奇績。而積勞匪懈，宿疾不斟，命不副其才，名可永於世。吾於方伯姚公見其人矣。

公諱令儀，字心嘉，別字一如，松江婁縣人。曾祖某，祖某，考某，均抱淳匽之德，表愠惀之美。積有家慶，誕生國楨，三世皆以公貴，贈如其官。公幼卽岐嶷，長而通健，九變貫知言之選，八能推冠古之才。逸藻瑰詞，驚其儕偶；高名儁譽，著於鄉閭。弱冠補博士弟子員，丁酉科選拔貢生。飛虡躡雲，靈虬縱壑，充方聞之賦，登拔萃之科。朝考一等，引見以知縣用。漢時循吏，半出明經；唐代郎官，皆由博士。分發雲南，署祿豐令，兼攝易門縣事。改署尋甸州知州。九章惟精，三政咸理，換薛恭之劇縣，典邊讓之方州。令典具張，流庸胥復，總督誠嘉毅勇福公器異之。適四川有警，福公移節鎮蜀，奏以公隨幕府。陳孔璋之才筆，初歷戎行；溫簡輿之籌謀，宜參軍事。首出奇策，屢收雋功，歷犍爲、仁壽二縣令，晉石砫同知。以握文之敏士，爲奮武之力臣。軍戎以濟，無慚汗馬之勞；才幹方申，衹膺展驥之任。

時廓爾喀酋長侵擾西藏，將軍鄂輝奉命進討，公隨營籌辦糧餉。夷庚星運，捲甲風馳，預偫邊儲，飽揚士氣。以至繩行沙度，道路趨難，雪嶺冰山，氣候凝沍。而猿攀猱附，符節應期，魚頡鳥胻，轀轤不絕。鄂公調四川總督，尋以罪降。孫公士毅爲總督，福公爲大將軍，皆檄公入幕。公以既許鄂公，從之不去。雖大將幕中，書記爭招阮瑀；而故侯門下，賓客獨有任安。不隨流俗以轉移，猶見古人之風義。上聞其事，以公爲賢特，賜花翎，擢雅州府知府。洎廓爾喀事竣，調成都府知府，民萌偏德，僚屬仰流。文翁之治蜀郡，石室談經；王襄之涖益州，青衿習禮。

方將布鍾離之條教，振蕭育之鋒稜，而槃瓠之種挻災，板楯之蠻搆孽。福公時以雲貴總督爲大將軍，前往征勦，檄公至其軍。公復衣成慶之服，稱娖從戎；佩赫連之刀，慨慷就道。墨磨盾鼻，米淅矛頭，飛蟲噓煙，跕鳶墮水。俯弓弢而咯血，聞鐎斗而驚心。當赤白囊之交馳，及朱墨圍之錯置，猶復闇書七紙，立草萬言。先是，大將軍以西藏之役，徵公未至，有憾於公。至是，知公敏達之才，獨任賢勞之責，猜嫌盡釋，禮意有加，將列剡章，擢之峻秩。會大將軍輿人毆都司徐某於營門，公叱止之，不聽。兇逞狼心，惡逾雕面，肆其抵觸，任彼侜張。遂擒杖之，一夕而斃，申金布之條，肅銀刀之隊。彊項而出，董宣格湖陽之奴；戴頭而來，段尉誅郭令之卒。暴横以戢，風規凜然。公旋以勞疾請假，而大將軍亦薨於軍。

無何，盜起潢池，氛纏井絡，叢林鵶跱，篝火狐鳴。三巴煽張角之祆，五里起雄鳴之霧。時威勤勤公總帥全蜀，卽拜經畧之命，公以鹽茶道參其軍事。奇謀六出，嘉慮四迴，掌運地圖，手爲天馬。軍中所獲俘囚，命公訊鞫，全活者數千人。元惡既殲，脅從罔治，德星鏡朗，貫索躔空。智燭犀燃，覆盆光照，蒙褫濟物，其功溥矣。威勤公因事被逮，公護送入都；事雪，仍權蜀帥。時數大帥相峙，公勺藥其間，勸其和一。遂使甘淩釋忿，廉藺交歡，主將同心，偏裨効命。金湯天壘，雷電皇威，走魁奔魑，覆巢薰穴。夔巫砥屬，水絶鯨鯢，巴僰囊懷，山無梟鴿。全境敉甯，公有力焉。

嘉慶六年，蒞鹽茶道，任逾四年，陞按察使。數月之內，清釐積案六百餘事，雋不疑之明決，徐有功之寬平，以公方之，詎云多讓。次年，陞布政使。威勤公推誠論事，虚己測交，稱量人物，知公無輕重心；操縱紀綱，倚公如左右手。公亦匑匑如畏，亹亹竭忠，文案自環，竿牘無滯。覃思損壽，積疢成災。初，公在軍中得失血證，至是增劇。遂請解任調治，而終以不起。空謁三醫，難求上藥，壑舟遽貿，風燭俄驚。僚寀軫捐玦之悲，閭里深輟舂之慕。嗚呼哀哉！

公內行深淳，天懷篤摯，崇厚以培先德，敦本而贍疏宗。仲海季江，昜之庭誥；僧彌法護，示以義方。接物無媒但之言，論交尚綱直之行。洎乎當官剸劇，臨政撥煩，帷幄佇其謀猷，典憲資其整輯。祓躬樹善，濡跡拯民，斯又雅操金貞，沖襟玉粹者也。芳燦與公，交本齊年，誼深同譜。又與弟揆共參戎幕，俱掌藩條，未及十年，後先溘逝。宣勞盡瘁，難保玉躬；急景凋年，易銷金骨！公之亡也，某尤有隱痛焉。

公以某年某月日卒於成都，年五十六。子椿楗奉公匶歸里，於某年月日卜葬於某原。姚比部鼐，孫兵備星衍，皆賢達素交，文章雄伯，既作銘幽之誌，復爲表墓之文。某稔悉平生，眷懷疇昔。總持撰陸襄之誄，義在酬知；蘭成著蕭永之銘，感深思舊。屬以關河覊泊，衰病侵尋。杼軸於懷，載更星紀；悲銜於口，愧在其肝。是以濡染丹毫，應文度再三之請；摩挲樂石，書太邱第二之碑。銘曰：

猗歟哲人，崇情遠跡。罣牢文藝，驅馳翰墨。蛟龍入懷，風雲在腋。裕乃經猷，展其輪翮。拔萃書判，起家雄赤。環流治譜，屈蟠兵策。玉帳唱籌，柳營飛檄。壁壘星陳，糗糧山積。筆奮神錐，弓開伏石。捷應捶鉤，響聽鳴鏑。才識開敏，風裁勁直。強劘虎牙，威觸龍頷。懋賞疊膺，崇階洊陟。豸冠拄鐵，烏臺列柏。參井大藩，蠶凫舊國。萬戸承流，百僚舉職。帝納嘉謨，人傳偉績。中壽未登，徂年遽迫。蜀日頹光，棧雲晦色。華屋山邱，佳城窀穸。陳實高名，劉寛盛德。爰樹兩碑，千秋不泐。

文學劉乙青敘略

嘉慶庚午歲，余主關中講席，朝邑劉生學寵，負笈從遊。受丁寛之專經，預庾乘之末座，其人恂恂，儒雅士也。因述其世守儒業，家敦素風，金昆玉友，俱負穎姿；仲海季江，咸能媚學。其次兄學向尤爲振奇，惜其稟命不融，中年隕卒。爰敘其平生崖略，屬余志之。

君名學向，字乙青，號陟山。世居朝邑之龍門邨，五世壙僚，一門穆行。君生而愔定，長更恂通，修業無息版之時，爲善絶踐繩之跡。約敕自好，湛深多聞，黄香則優行無雙，紀瞻則秀才第一。作關中之都講，爲隴右之聞人。緗帙縹囊，著六儒之論；蟲書蝌篆，摹三體之經。方冀碩學成名，酬桓榮之稽古；方聞充賦，寵趙典以徵書。乃藴璞無輝，含香未越，亭伯達旨，孝若抵疑。散藻含毫，紛欣獨樂，編蒲緝柳，研究益勤。董遇獨抱冬心，尹儒學成秋駕，未嘗以得失累其懷，寒暑輟其業也。至其天懷淳篤，至性纏綿，竭力忘劬，承顔盡樂，石建則裙牏親浣，束皙則羞膳常豐。己酉冬，生母李孺人卒，君頫寒泉而沫泣，攀壠樹以隤心。廬墓三年，哀毁骨立。灑許孜之淚，茂樹皆枯；聞蔡順之號，馴鳥自下。以今方古，殆有同符。

先是，哲弟捷三，負才夭閼，君誼篤友于，踰時猶慟。念其繼嗣未立，不爲表墓，欲綿瓞瓟之緒，始樹棠棣之碑。有志未成，弟昆俱逝。良可悲也！膏明而焫，翠羽而殃，隙駟不留，尺波電謝。心殫義府，既耗精神；踵隮焦原，又更憂患。長離未舉，而勁翮已摧；吉良欲馳，而健足中蹶。徐悱不禄，設祭僅有孤嫠；輔嗣云亡，傳業並無弱息。宜學寵之追述遺徽，而掐膺洵涕也。兹當禫祭之期，宜爲神道之誥。陳思作仲宣之誄，表以素旂；醴陵悼叔明之文，書之青簡。

明誥授通議大夫翰林院編修廣東按察司副使分巡惠潮兵備道青海魯公傳

公諱元寵，字君世，號青海，浙江會稽人。魯氏自政成三異，學興五經。荷擔吐奇，佐南邦之霸業；執簡抗節，振西臺之直聲。世非曠僚，代有明德。公生而穎異，長益魁奇，身若植鰭，目如巖電。以班斿之碩學，兼蔡雍之逸才，下帷專思，重席擅業。萬曆戊午順天舉人，崇禎戊辰成進士，釋褐授江南徽州府推官。作平刑之司理，輡捕盜之督郵，赤棒宣威，彤幨問俗。時有布估二人，爲盜所殺，守牧已捕一人抵罪，公廉得其寃。密以布估所遺圖記，遣人四出買布，與圖記合者，究所從來，遂獲眞盜四人，置之法。崇龜治庖，饗客卽辨屠刀；傅炎縛柱，鞭絲能看鐵屑。遂平疑讞，共頌神君。既乃薦牘交推，璽書特召，表陽城之治行，奬龔遂之循良。莊烈帝臨軒策試《趙充國屯田議》，公援筆立就。恢張智畧，洞悉機宜，十二事撤戊己之邊防，八千人增庚戌之士斷。議上稱旨，曰『魯元寵不特政事第一，文章亦第一』，卽授翰林院編修。郎官報最，入爲俠御之臣；法星移垣，遂直文昌之府。司李之遷館職者，自公始，蓋曠典也。

時則簪毫左掖，曳綬中朝，人稱池上夔龍，帝倚禁中頗牧。法𠯈令𠯈，多所淹通；公望公才，隱然丰采。中涓鼎貴，欲與交懽，公崖岸自高，危言謝絕。勝朝寵任閹寺，奬蹴威權，二孽之燄雖熸，四星之光復熾。張彝憲按行兩部，高起潛監視諸軍，金貂右璫，出入殿省，苴茅分虎，淩轢公卿。時有大奄謂公曰：『魯翰林風流大雅，不久將登臺輔矣。他日南北兩衙，能和衷共濟乎？』公直視不答。王墮國士，詎識董榮；李膺黨魁，何知張讓？態臣因而側目，朝貴爲之寒心，公夷然不屑也。未幾，奄人陰嗾吏部，出公爲廣東按察副使，分巡惠潮。邊隅凋劫之區，海裔華離之地，丸探赤黑，變起倉黃。公乃誅惡子之狼貪，懲姦胥之虎飽，亭公弩父，戶設游徼；里尉鄉師，野除鈔暴。卒使梟風革面，狐火潛蹤，牛脫佩而朝耕，雉忘羅而春乳，羣僚徧德，比戶懷恩。以視雄文驅惡溪之魚，惠政感零陵之獸，炳耀方策，今古同符。

三載還朝，遂乞歸省，以沈太君有羸老之疾，無復仕宦之志。北堂護竹，南陔採蘭，浣石建之帬，視崔邠之膳。與弟都憲晉侯公友愛臻至，晨昏必偕。杜門懸車，不與嘖室之議；編韋折摘，惟定禮堂之經。時當宵路烏號，虞淵日薄，羣飛海水，已蔽天杭，隻手夸娥，難扶地軸。魯王監國，以左副都御史召，不赴。薰銷龔勝之年，艸沒孔珪之宅，韜光匿耀，肥遯以終。

公爲推官時，再攝歙篆，又攝休甯篆，拊循孤弱，鉏治豪強，路絕行禽，市無訛虎。迄今徽人與潮人兩地祀之。祠王渙於安陽之亭，圖朱穆於東都之驛，遺愛在民，非偶然也。公充庚午應天鄉試同考官，庚辰會試同考官，璣鏡當胸，靈珠在握，鑒拔雄駿，提拂孤寒。伯騫一顧，重於籯金；展季片言，信於岑鼎。凡所品藻，半持鈞樞，游殷識張既於童牙，王修賞高柔於早歲。蓋薦賢報國，公之素志云。

公猶子謙庵先生仕國朝，以銀臺卿外謫，亦任惠潮，有善政。張猛仍涖涼州，杜緩再來蜀郡，薛內史之磐石，劉丹陽之古柳。後先輝映，鄉里榮之。公文孫和仲先生，夙有異稟，幼多咫聞，潛心道淵，馳譽藝圃。枕經葄典，袁伯業之嗜書；規筴矩模，鄭次都之勵行。纂輯家乘，建立宗祠，敦倫睦族，克承公志。讌林移居蕭山，今已五世，仰公穆行，摭公遺事，胖胖兢兢，惟恐失墜。將鐫樂石，屬余補傳。汝南先賢，襄陽耆舊，敢援斯義，陳其梗概。謙庵和仲，例得附書傳之雲，仍敬俟惇史。

文鈔卷八

甯朔縣尉聞君墓誌銘

君姓聞氏，諱天民，字某，吴郡長洲人也。丁未之冬，余刺靈武，君尉朔方，展梓里之素歡，幸雷封之接壤。時共譚讌，悉其生平〔一〕。君祖某，父某，世守儒業，家傳義方。君少工藝文，壯躓進取，為貧而仕，以祿代耕，屈黄綬之卑官，鬱青雲之奇志。筮仕得甯朔縣尉，視獄惟謹，恤囚以仁，清圜戶之煩暍，出輕繫之梏拲。可謂一命之士，能行其志者矣。

朔方地濱大河，田多沃土，渠侔鄭白，堰同壽陽。君審隄障之宜，盡疏濬之力，遂使舄鹵胥墾，萑夷無淫，民咸賴之，君之力也。惜乎長轡未騁，修齡不延，空習龍宫之方，遽兆貍脹之夢。以某年月日疾終官舍。君配袁孺人，孝德〔二〕篤於庭帷，淑行聞於宗黨。中闈代匱，健婦持家，茹堇荼以如飴，供瀡滫以罔缺。以某年先卒於里門。

君生營薄祿，没無餘財，慨廉吏之難為，悲旅魂之久滯。越三年，嗣子詩始得扶柩歸里，將與孺人合葬於某原。臨行捧手，洵涕請銘。余與君為同官，君之子詩又受業於余，誼不敢辭。乃為銘曰：

天懷儻蕩，君眞長者。未竟所施，才高位下。聊營升斗，以代耕耘。撫民以惠，趨事以勤。膏壤疏渠，蓄洩灌溉。督爾銚鎒，潤爾耜耒。釜甑生塵，卑曹耐貧。沉淪邊徼，終身苦辛。君之淑儷，孝行堪紀。良人遠官〔三〕，婦職代子。合窆非古，周禮所存。一棺萬里，同穴雙魂。煢煢孤嗣，終天抱恨。文章既成，羽翼斯奮。行矣勉旃，無忘先澤。我表幽光，勒之貞石。〔四〕

【校記】

〔一〕『生平』，吳鎮本、嘉慶本俱作『平生』。

〔二〕『德』，吳鎮本作『行』。

〔三〕『官』，吳鎮本作『宦』。

〔四〕吳鎮本篇末評語：『文有古拙之趣。（松厓）』

陝西岐山縣教諭陳君墓誌銘

蓋聞滂仁曠義，無憂名德不昇；冠述履絇，自有方聞足重。是以韓嬰著論，爰推先醒之名；苟況傳經，徧列眾儒之目。若夫居萬流之屋，為羣士之師，含咀道腴，佩服聖訓。周官所謂『儒以道得民』者，吾於同年友秋谷陳君見之矣。

君諱茭英，字衣如，號少山，秋谷其晚號也。世居甘肅之安定，七葉素儒，一門樸學，世澤載於家乘，庭誥式於里閭。君幼稟異姿，夙敦穆行，守蓬蓽而無悶，織藜茈以自供。呂向就藥市以觀書，遊雅乞漿壺而作字，三冬勵志，萬牒摛文，心醉六經，胸羅百代。以至景純蟲魚之註，相如草木之書，鐘鼎銘辭，尊彝款識，無不寓目闇解，遊心默通。年十五，補博士弟子員。學使宮清溪先生器之，識高柔於幼歲，拔張既於單家。咫聞日多，令譽斯起。時海豐吳恭定公守㻶昌，弇山畢公觀察隴右，每見君文，輒加激賞。威明望重，側席而待王符；有道名高，下坐偏尊庾乘。以今方古，異世同符。顧乃十赴省闈，屢薦不售。開元射策，偏擯杜陵；嘉祐掄科，獨遺明允。博十擲而輙鞬〔一〕，射每發而解弸，固知賦命之奇，非關操技之拙也。

丁酉，受知於學使嵇晴軒先生，貢入成均。戊戌，廷試二等，充《四庫全書》館謄録官。元叔隨計吏之車，稚圭注選人之牒，隨西雍之衆儁，校東觀之秘書。期滿，例以直隸州州判用，君呈請改授教諭。事功非王弼所長，閒寂實杜欽所好。願為博士，甯辭苜蓿之餐；甘作冷官，仍守鼪鼬之徑。既乃秉鐸岐山，君忻然曰：『教授生徒，吾素志也。』岐山鄰邠斄之故地，有豐鎬之遺風，士氣清淳，民俗樸僿。君迺啟陸澄之厨，發邊韶之笥，習禮秩秩，論文齗齗。玄亭問字，從遊豈獨侯芭；禮堂寫經，執贄何須應劭。後進之士，翕然景慕，文風丕振，君之力焉。

君藴義生風，趨善若渴，留賓設子玉之饌，周急解伯桃之衣。陰德及物，自覺耳鳴；徽言盈筴，曾無口過。在岐山時，力為雒孝子請旌，闡揚潛德，尤其犖犖大者。至於工書居逋峻之間，嗜古在酸鹹之外，勒朝鮮之槅，尋鍾離之碑。詩文稿外，著有《岐陽集古録》藏於家。雞林購白傅詩篇，百濟索蕭雲筆墨，辨甄邯之威斗，識子尾之犧尊。斯又揜雅之別才，博物之餘事也。

君任岐山，引疾歸里。復起，署靖遠貴德教諭，造士有法，如在岐時。嘉慶五年，復以疾作乞歸。正月二十三日卒，春秋六十有六。娶孫氏，封孺人。子三，正常、兆常、敏常，皆以儒業，能世其家。女一，孫男一。茲正常等以某月日卜葬，書來乞銘。余與君測交廿載，賦別三秋。青簡尚〔二〕存，黃壚遽掩。琴歌酒坐，從今不接風流；馬磨牛醫，疇昔曾同月旦。雲迷宰木，空餘掛劒之心；土蝕貞珉，或有生金之字。銘曰：

猗歟我友，風義近古。望德而趨，抱道而處。焠掌志苦，下帷業勤。藹如春煦，靜若夏雲。屢試不售，明經入仕。竿牘簿書，非性所喜。愛閒多病，迺乞儒官。五經紛綸，今之井丹。文藻蔚炳，著於岐陽。宛宛長離，和鳴歸昌。秀髦承風，窮經媚學。執古醇聽，覺彼後覺。少歲攻文，迄於華皓。齎志以終，螢乾蠹老。青山邐迤，幽宮在斯。斵石考行，庶無愧辭。

【校記】

〔一〕『鞬』，光緒本作『犍』，據嘉慶本改。

〔二〕『尚』，光緒本作『常』，據嘉慶本改。

甘肅鞏昌府知府胡公墓誌銘

夫擅製〔一〕作之才，而張左不嫻吏幹；播慈惠之譽，而龔黃不事文章。即有石室談經，桑弧習禮，雖表儒雅之望，卒鮮編簡之傳。若乃十行奉牒，千室鳴絃，辭宗辯囿，學貫九流，縣譜州書，政標三異，具通人之宏致，為大雅之兼才，於息齋胡公見之矣。

公諱紀謨，字獻嘉，晚號息齋，浙江山陰人。出文定之華胄，為吳會之望族，代承隱德，世非壙僚。

考雅宗公抱器幽潛，含淳履軌，王烈以公方服物，郭泰以盛德感人，州里歸高，姻戚矜式。公天質醇嘏，神識都長。瞦合之辰，孝敬發於至性；鬌彌之歲，朗悟挺夫殊姿。強記贍聞，驚其耆宿，英辭麗藻，軼乎朋儔。雅宗公稟〔二〕性方嚴，晨夕督課。中榆小榆，寒威正肅；甲夜丙夜，誦聲不休。雖在元辰，不覺申旦。年甫十七，依伯父於通州。寄籍應試，受知於學使金檜門先生，補博士弟子員。荀卿署年，十五始舉秀才；鼂錯試字，九千乃得掌故。旋丁母憂，星奔南下，哀毀骨立，幾不勝喪。服闋，應戊子順天鄉試，中式舉人，含香漸越，令聞日起。趙壹上計，司徒降階；王符踵門，度遼倒屣。宜乎罣牢《七略》，揮綽三雍。

旋以雅宗公捐館，聞訃南歸，臯魚抱木而幾枯，崔九吹風而即倒。四時瞻拜，每伏故奩；萬里奔馳，惟持遺硯。庾褒明發，有懷二人；鮑昭同氣，實惟一妹。孝友無間，族黨稱之。公愴艱棘之屢丁，悲鍾釜之不洎，忘情干進，絕意希榮，堙曖自甘，臞腜已甚。遂學攝生之道，求服氣之方。朮序芝圖，丹爐藥竈，拘嫌資養，捽茹供餐。後復遷於大房山中，陰堂夜響，似喚祁嘉，石壁晨開，欲迎辛繕。八籌七釜，靜讀僊經；六皦十芒，閒繙秘笈。幾將守處子之耿介，尋眞逸以遨遊矣。

嘗夜夢雅宗公勗以宗嗣為重，並命出仕，以宏善果。辛丑，始出應會試，大挑一等。奉旨分發甘肅，以知縣用，含神霧以度世，蒙厖褫以拯民。甘肅當兵燹之餘，為華離之壤，公乃拊循凋攰，招復流庸，濟阨扶傾，風纚露沐。孔君魚之清節，出宰姑臧；崔亭伯之高才，遠官樂浪。補鎮原令，調署安定，路當孔道，軺傳絡繹，公損供億之煩，除徵徭之累。時逢大祲，民困荐飢，籲請臺府，奏明蠲賑，先發倉廩以給餓者。員半千能濟飢貧，明山賓何辭耗闕，起瓢囊之瘠，均鍾釜之施，全活者數十萬人。調任中衛，百姓攀留，遮道涕泣。三老上書，願留焦贛；一州臥轍，爭挽崔戎。大府體察民情，仍留署任。時有陝西鳳翔奸民雷得本倡立邪教，煽惑甚眾。公奉臺符馳往，會同查辦。既抵鳳翔，人心恟懼。公命設樂置酒，潛以輕騎執其元惡十七人而歸。武襄張飲，遂已捡渠；文偉圍棋，竟能辨賊。兩省官僚，咸服公之膽識也。

丁未，抵中衛任。會高宗純皇帝閱宋蘇轍、元曹伯啟詩，以涇清渭濁，其說可據，毛鄭傳注，或有謬誤，特命西省大臣察視。大府素重公方聞博識，因檄公與鞏泰階道李公殿圖，分查二水。公乃登笄頭，涉薄落，窮源溯流，澄清無滓，恭著《涇源記》，繪圖以獻。奏上，純皇帝韙之。學過酈元，堪補《水經》之註；功侔王景，合賜《禹貢》之圖。大府由是益重公。壬子，調皋蘭首縣。地界要衝，邑兼赤緊，案牘山積，驛騎星流。邊郡多奔命之書，旁邑有疑難之讞，公從容應事，剖決得情。州次部居，朱出墨入，夙宵不勌，砥節首公。乙卯，擢安西直隸州。瓜沙邊裔，蒲昌瀚海，土性深厚，人風樸淳。公撫以慈和，政尚清靜。先是，州屬常有狼患，公莅任後，為文以祭社神，其患頓息。巨猾張雄，橫暴鄉里，聞公至，挈家遠遁，終公任不敢歸。虎眞出境，盜亦奔秦。強衙改節，張歐未嘗按人；惡子潛踪，王渙無須著籍。盡革苛嬈之政，遂變枝拄之俗。古所謂以德服民者，公之謂矣。

方川楚教匪不靖，公隨制府宜公至興安辦理軍務，復隨方伯廣公至階成籌辦堵禦事宜。後因青海生番滋事，又隨制府長公前往剿撫。罌灰箭火，矛淅劍炊，磨盾作書，據鞍為几，蹠穿膝暴，口不言勞。事竣，大府以公歷年勛績，列入薦章。特擢鞏昌府知府，引見後請。上垂問青海番地情形，奏對稱旨。鞏郡毗連楚蜀，號稱難治，公廉平鎮靜，氓庶乂安。旋護理鞏秦階道，六條馭吏，九職鳩民，農戶優啞，士鄉絃誦。庚午，以年當大董，引疾乞休，書疏再上，得如所請。而積齡已迫，宿疢不斟，遽兆夢瓊，奄沉連石。遂以是年九月十一日丑時卒，得年六十有八。

公行合韋弦，操厲冰蘗，含靈湛鏡，蘊智成囊。內行深醇，交情篤摯，寬中如卓茂，蘊藉如桓榮。雋味無窮，情瀾不竭。張憑言旨玄遠，足暢彼我之懷；韓康思理倫和，能通古今之奧。治獄則不從奇請，從軍則不邀雋功，裴子野自刻亡期，任彥昇可云知命。生播高譽，歿垂令名，落落焉其有風飆者也。公生平酷嗜風雅，述造甚富，著有《知足居詩》若干卷，《文》若干卷，均待梓行。

公元配潘恭人，繼配嚴恭人，俱名家女，有淑德。子二：定生、衛生，秀頴能文，克紹家學。茲定生於辛未四月十七日，將扶公柩歸葬於山陰之祖塋，述公遺範，前來乞銘。芳燦與公廿載同官，交傾肺附，稔悉行義，不忍沉湮。爰勒貞珉，敝之穹壤。銘曰：

文章政事，本無二途。樂情禮意，慈惠以敷。公性通侻，大方無隅。恥與庸人，羼並枱驅。少歲敦行，規篏矩模。中年筮仕，智燭信符。嘘枯潤槁，赤子扶扶。洎要銀艾，典籍是娛。百家五總，波瀾委輸。繄古循吏，實惟通儒。達生者傀，達知者胥。委化知息，睪如曠如。身沒名邇，丹青不渝。我銘幽宮，徵實匪誣。

【校記】

〔一〕『制』，嘉慶本作『著』。

〔二〕『禀』，嘉慶本作『秉』。

例贈登仕郎邑庠生華春林先生墓誌銘

公諱某，字近光，號春林，江蘇常州府金匱縣人，南齊孝子裔孫明學士子潛先生八世孫也。世德作求，人倫著望，溯純孝之華胄，為通德之高門。大小夏侯，世守儒業；東西裴氏，代非壙僚。考子謙公，品詣端淳，操行純備，藏經緯於不試，樂優遊以順時，李仲元矜式州閭，張公超教授鄉里。母諸太孺人，女誡克嫻，婦德彌謹，辛勤紡績，攻茹虀鹽，内政聿修，家道稍裕。

公生有淳行，幼稟異姿。典要之言，恒服其老宿；孝悌之性，早篤於庭闈。明三物於鄉，横七經於座，文成唾地，賦擬淩雲。方謂弱水可航，強臺直上，乃因靈根中萎，乾蔭忽傾，陟岵嗟傷，發楹愴惻。乃移心蒔鬻之計，有事羽鳩之司，以樊重之治生，兼桓鸞之勵志。耕奴織婢，人無坐食之虞；芋圃瓜畦，地有常收之利。緗素之側，雖雜以米鹽；鉤稽之餘，不忘夫鉛槧。某歲補博士弟子員，剔蠹搜芸，鑽燈散帙，感芹香之晚掇，或桂蕊之早搴。迺大中射策，偏逸溫岐，龍紀掄科，屢遺羅隱。兩應鄉試不售，遂怡神樂志，絕意希榮。先人故宅，舊傍廉泉；處士幽居，新栽讓木。

子謙公歿時，諸庶弟俱在襁褓，公為延師訓課，經營婚娶，友愛臻至，迅寒急景。驗大被之奇溫，越陌度阡；乘下澤而共樂，田宅可讓。何有於銅盤重肉，婚嫁有願；均及於玉樹樝梨，條風披拂。葛藟庇其盤根，膏露滋培，棣鄂韡其澤色，怡怡一堂，無間言也。更迺蘊義生風，趨善若渴，宅心仁恕，擴量淵沖。陰德耳鳴，崇情雲藹，貧宗賴之炊舉，執友仰其財通。乾隆甲辰乙巳間，歲逢大祲，時值薦饑，公首倡輸粟以濟飢貧，呈請邑令，各鄉一體捐賑〔一〕。公率同董事，悉心經理，杜其遺濫，鄉人藉以全活者甚眾。黔敖設粥，子敬指困，莫不操量鼓以虛來，挈瓢囊而實往。事竣，上憲給『惠濟桑梓』扁額，名其鄉為『崇仁』之里，指其居為『履道』之宅。父老之於蘇則，頌美而歸高；州將之於邴原，式閭而致敬。盛德感人，固其宜也！

公秉性絅直，養氣恬愉，自樂蕭閒，無他嗜好。花竹供其麗矚，泉石暢其雅懷，鹿門子之朮序芝圖，香山叟之藥爐經卷。徜徉林瀲，嘯傲煙霞，折簡延賓，舉觴命侶。雖應休璉之爨，祇有樵蘇；而崔子玉之筵，必豐羹臛。朋儕樂其坦易，臧獲被其寬仁。非寄通於挹景之區，弭節於和神之國者，而能如是乎？況乎舊德不忘，內行尤篤，葺宗祠而門煇綽楔，護先隴而蔭茂松楸。書策栝棬之慕，迄華皓而不渝；蘋蘩魚菽之供，暨孫曾以必謹。其持躬植範，接物待人，洵可謂金心在中，玉質無玷者矣。

徂年易流，有涯先謝，嘉慶十一年九月十三日辰時卒，年七十有二。德配馮太孺人，名門淑懿，閫範夙彰，先公卒於乾隆六十年九月初七日卯時，年六十有一。子二：斌，陝西侯補主簿；某，業儒。孫四，某某。曾孫四，某某。茲斌將以某年某月奉公暨馮太孺人柩，祔葬於某山祖塋之昭，乞余作銘。余於公為姻家，予素仰風徽，稔悉行義，敢濡丹筆，勒之貞珉。銘曰：

辛樹蓊鬱，高原崚嶒。曠如罣如，幽靈所憑。惟公淵懿，先緒克承。孝友淳至，希風閔曾。抱德煬和，謙而不矜。夙耽墳素，疲精緗縢。把卷隨月，斷帶續燈。屈首黌序，名德不昇。祓躬樹善，立心必恒。蒼天與直，錫羨有徵。蘭芽玉茁，子孫繩繩。我銘永臧，以福雲礽。

【校記】

〔一〕「捐賑」，光緒本作「蠲振」，據嘉慶本改。

甘肅鞏昌府知府署鞏秦階道黃公墓誌銘

公姓黃氏，諱某，字潤之，世居江右。前明洪武進士諱某者，公五世祖也。因避紅巾之亂，流寓湖北黃岡縣，復遷漢陽，遂家焉。高曾以來，代有隱德，經明行修，抱道不仕。考某，太學生，縹囊緹帙，觀書成均，絢履鉢冠，授學家衖，含香未越，韜華以終。公負英跱之姿，秉淳毖之行，幼遭孤露，恪守儒風。偕其弟易齋公共侍偏親，友愛臻至。地員宙合，讀經世之書；天曲日術，講濟時之略。偶營居積，以備旨甘；鳩羽漸贏，烏私獲展。有讓瘦推肥之誼，無緩儒弟墨之嫌，奉季雅之觴，共伯淮之被。庭闈之樂，怡怡如也。

乾隆丙申歲，援川運例，以巡檢分發四川。遂綰半通之綬，營三釜之供，不辭枳棘之卑棲，自有荃蘭之遠馥。時金川大功甫蕆，軍儲未覈，月日參互，條目紛繁。公乃行抱文書，寢懷鉛筆，朱出墨入，州次部居。綜理無遺，會計已當，才識並懋，宰司嘉焉。補彭水縣郁山鎮巡檢，旋膺保薦，陞補太平堡主簿。時大府以峩眉地方遼濶，民猓雜居，特設此缺，以資彈壓。公於是續《諭蒙》之書，贊《理縣》之譜，蘇珣來而案無積牘，桑懌至而境戢羣偷，黎庶懷恩，猓夷嚮化。復捧檄經理平番局事。軍需告竣，再列剡章，又隨川督和琳公進征楚苗。稱妮從軍，慨慷就道，祖逖著鞭而起，王尊叱馭以行。衣裁成慶，便擊黃麾，刀握赫連，能馳赤驃。彎繁弱以射賊，起駢隣而翼軍，箸籌鞭算，動合機宜。矛淅劍炊，備嘗艱險，大府由是益重公。事平，陞補蒲江縣知縣。

蒞任匝月，檄署南充，未就道而達州教匪不靖，即調赴達州軍營。斯時也，偵騎飈馳，嚴烽雷警，邨落有蒼黃之眾，斥堠多赤白之囊。公則艾蘭為防，拔戟成隊，宵憑警枕，曉聽吹鞭，餽軍之粟千囷，禽敵之符九寸。儲偫山積，師無庚癸之呼；壘壁星陳，尉兼戊己之位。保奏，以同知直隸州陞用，即署達州。州民申志修等，新坿賊黨，將伺官兵出城時，乘虛掩襲。公偵得實情，先期擒訊伏辜，藏伏突之刃，偃倉英之旗。術既明於燿蟬，功乃捷於搏鼠，巨猾則俱膏椹斧，餘黨亦咸就維婁。賊首徐添德、王登廷等謀據太平寨。公掩賊不備，馳抵寨門，與紳士鄉勇併力固守三晝夜，賊不得上。公度其計窮，率眾掩擊。適大帥引兵截剿，兩路夾攻，斬獲無算。嚴其鶴列，潰彼蟻屯。箭火罌灰，扼鮑信之堅壁；纛旗族旐，練李瑒之鄉兵。乃復短劍剸鯨，空拳扼虎，兵鈐指畫，契箭傳呼。環武剛以為營，斷靈鋅而誓眾，卒使兇渠授首，殘孽潛蹤。事聞，奉旨署達州知州。黃銑文員，能於剿賊，甚屬可嘉。

旋補授石砫直隸同知，仍管達州軍務。庚申，隨同總督勒保公於龍安府平武縣，生擒首逆汪瀛。入奏，奉旨着以應陞之缺先行陞補。壬戌，官兵殲斃賴飛隴等。大府奏公久歷戎行，賢勞懋著，蒙恩賞戴花翎，荷綸綍之褒嘉，膺徽章之寵錫。公亦彌軒勇氣，盡瀝丹誠，擒渠掃穴，間道用奇，斫箐焚林，搜牢莫遁。激義兵之氣，兔起鳧趨；壯介士之容，螽耀蛟奮。遂迺封狼斂角，伏鼈銷芒，民樂耕耰，邑停桴鼓。甲子，署潼川府，接署保甯府，奏補順慶府。蒞任未久，因常公發祥陞任四川按察使，兒女姻親，例應迴避。籤掣甘肅，奉旨補授鞏昌府兼護鞏秦階道篆，循三互之成規，典兩河之劇郡。尸祝庚桑，難亡畏壘，奉嘗朱邑，終戀桐鄉。官已遷秦，人還思蜀，兼之年當大祲，民困洊饑。戶給淖糜，手操量鼓，憫流庸之凋瘵，憂廩廥之空虛。蒿目勞心，櫛風沐雨，徂年已迫，宿疾不㪷。遽兆夢瓊，奄沉連石，以某年月日卒於官，得年七十有四。

公天性慈和，内行純備，方寸之心惟愛日，終身之慕若嬰兒。士燮則兄弟同官，韓康則舅甥共宅，際人倫之盛，盡色養之歡。護先隴而蔭茂松楸，贍疏宗而分均金粟，焚質券之三篋，芘縣釜之百家。邱成割產而篤窮交，鍾離辦裝而嫁孤女，施祁寒之饘粥，驅剛癉以刀圭。古所稱藴義生風，趨善若渴者，公之謂也。

公配馮氏，誥封恭人，先公卒。子一，某，浙江湯溪縣知縣；女三。今某將奉公柩歸葬漢陽之祖塋，具狀請銘。某未接光塵，夙欽行誼，緬廉丹於庸部，惠政長留；想魏尚於雲中，英規如在。特書玄石，用寘幽宮，雖龍泉之氣長埋，而麟篆之名不朽。崇封四尺，永依敬梓之鄉；宰木千章，合表樹欒之墓。銘曰：

上馬殺賊，下草露布。如傳修期，兼備文武。按條察吏，傾襟禮賢。如鍾離意，威惠並宣。才思都長，節概忠雅。氣帥萬夫，官終五馬。枕戈磨盾，雄彥冠倫。身歿名邕，為國力臣。鬱鬱佳城，岡隆澤窅。千秋令名，視此華表。

福建臺灣府鳳山縣知縣卹贈雲騎尉世職吳君墓表

夫捐軀赴難，識志士之成仁；臨事決幾，服儒者之有勇。是以陽瓚貞臣，殉義滑臺之戍；杜篤文史，戰歿射姑之山。士君子職膺民社，出綰銅墨，值巨猾鈔盜，兇渠横行，扞〔一〕衛侯遮，艱危搏戰。迺至畢命鯨波之外，横屍虎落之旁，骨鏃通中，面創裂血。如吳君者，其節為尤烈矣。

君名兆麟，字德洲，號雪槎，江蘇無錫人。高曾以來，世守儒業，四經並授，七業俱興。君考凝香先生，諱某，孝友性成，行誼醇備，藏經緯於不試，樂優遊以適生。王彥方化行鄉閭，汜稚春施及州里，潛德不耀，令譽自彰。君幼而岐嶷，長益慧邁，凡將元尚，小學早通；魯說韓故，專經能治。蓋君伯父，工部容齋先生、學士易堂先生，均以經學起家。儒術顯世，後倉禮經七十卷，丁寬易說三萬言。條篇撮指，校羣書於天祿；考同撰異，折衆論於石渠。君仰承家學，既有端緒，兼以彊力，殫其研求。遂能含香藝林，擢秀學圃。年十七，補博士弟子員。士流寫公叔之書，先達倒威明之屣。《赤鸚》賦就，袁淑遂匿其文；《黄絹》碑成，魏朗亦焚其草。乾隆癸卯，中江甯鄉試副榜。屢應京兆試，薦而不售。匡衡之試，文學止得丙科；摯虞之策，賢良僅登下第。高才不遇，識者惜之。

庚戌，考取八旗官學教習。秩比師儒，坐三經之席；班儕都講，集五館之生。期滿引見，奉旨以知縣用，未隨牒以謁選，乃投筆而從戎。時苗匪不靖，妖徒搆逆，福嘉勇公執靈鉦而盪寇，乘琅鐸以平蠻。君以儒生，軍門上謁，短後成慶之服，高前舞陽之冠。即奉臺符，俾轉軍餉。星流電速，士飽馬騰；龍節如期，纛旗改色。事平，幕府上其雋功，選用越等。戊午，選授福建壽甯縣知縣。小邑寡民，訟庭無事，君以劉寵之廉平，行阮種之簡惠，吏民同聲，謂之不煩。

在任數月，大吏謂君才足以應赤緊，德足以撫流庸。臺灣孤懸海外，俗稱難治，迺薦任延之才，換尹賞之縣。君以親老固辭，不許。遂逾鯤身抵鹿港，隸鳳山縣事。蠻落無城，番民雜處，宵小乘機，交相煽誘，急則鋌險，緩則養癰。君迺寬嚴異施，德刑互用。龔遂治盜，理渤海之亂繩；虞詡擒姦，誌朝歌之綵綫。時姦民吳光傳、番賊三巴六，連結嘉義匪徒，刻期起事。君廉得其實，密募壯勇，將賊目三巴六擒送省城正法。賊黨兇懼，揭竿並起，君躬持露陌，馬束殷緧。度尚知兵，景丹持重，人蒙甲以成隊，地艾蘭以為防。契箭傳呼，義兵距躍，克靖飛頭之孽，衹如反掌之間。賊平，君以鳳邑為郡南要地，不可無城，議捐俸修築，以委解京餉，不果。逾年，君差竣回任，而懷甎之俗未革，探丸之黨公行。君嚴金布之令，設鉤距之法，酋豪盡翦，惡子咸誅。衆志成城，千夫共膽，方謂列戍無驚，夷庚可塞也。無何，鶻騎星馳，狼烽電警，蔡逆全幫賊艇，徑犯鳳山。君仗劒當門，椎牛誓衆，簡練梟儁，結束弓刀。射危檣之怪鳥，落雁名都；殲聚窟之妖狐，老羆卧道。梟其渠帥，搴彼牙旗，士氣方揚，賊鋒大挫。時乙丑正月事也。至十一月，蔡逆勾結陸路姦民，復窺滬尾。時總鎮諸公均備兵北路，賊乘虛南下，逆匪吳利萬等糾衆應之。斯時也，壞雲晝壓，驫水朝飛，更無鵶跱之城，可禦狼奔之寇。孫恩萬舳，衆號水僊；張燕一軍，羣呼山賊。虵涎吹雨，誰犂螌虺之頭；蠆毒噓煙，孰斷盧亭之尾。君乃身披越鎧，手淬吳鉤，翦爪設衣，作書磨盾。高堂屬弟，對法護而欷歔；愛子託人，呼別成而慷慨。孝侯臨命，賦詩迺幸令終；新息誓師，裹革方酬素願。遂復横戈直入，披羽先登，觀者知君有死志矣。既而蘭干箭盡，不偃倉英之旗；陰陵路窮，終嬰伏突之刃。力戰殺賊，身被十餘創，遂遇害。嗚呼哀哉！

大府以君死事狀入奏，奉旨照陣亡例，賞給雲騎尉承襲，賜祭葬銀一百兩，入昭忠祠，隸孤兒於羽林，祠國殤於宗布。表無忌之節風，勵於來兹；念張嵊之功賞，延於奕葉。龍章恩重，馬鬣封高，九原有知，可以慰矣。君弟某，子某，艱難漏刃，號泣招魂。求君遺骸，知為高王二生收護，複衾明器，以禮入殮。血尚朱殷，眦猶怒裂，生時勁發，上盡衝冠，死後空拳，握眞透爪。嘉兩生之義烈，沐三襚之寵榮。鯷渚鯊潯，安返次房之骨；犀軒蜺茀，遄歸穆伯之喪。韋母憑棺，杞妻臨穴，非君之忠孝上感神明，而能如是乎？

君生於乾隆丙子年二月初六日，死事以嘉慶〔二〕乙丑年十一月十九日，得年五十。子某，以丁卯某月某日奉君之喪，歸葬於某鄉某原。復累君行事，乞為墓道之表禮也。君秉性英淑，負材振奇，敦叔褒之素風，修文彊之內行。余與君推襟早歲，投分齊年，弟英燦又君之妹壻也，締葭莩之世親，託文字之密契。自分宦轍，遂闊燕譚。癸亥，君以解餉來都，銜盃話舊。共循短髮，各愴離悰，官事有程，臨歧惜別。燕雲北滯，越鳥南翔，路阻重溟，書傳隔歲。鷹風動地，將吹夢以奚之？蜃氣成雲，何相思之可寄！遽傳凶耗，喪我故人。雖臧子源之志節，千載如存；而張元伯之交知，平生已矣！援來禿管，愧我無文；勒以貞珉，期君不朽。大書神道，敬告鬼雄。沴氣未消，猶鼓長鯨之浪；英靈不泯，應飛白馬之濤。嗚呼哀哉！

【校記】

〔一〕『扞』，光緒本作『扦』，據嘉慶本改。

〔二〕『慶』，光緒本作『處』，據嘉慶本改。

容太空先生墓表

夫滂仁彍義，為抱道之僞民；川蟠林潛，有韜寶之君子。蓬藹自蔽，介介常守其貞；藜羹無糝，坎坎不失其範。探經術之梱奧，抉道蓺之喉襟。規箴榘模，姓氏昇於州乘；儒宗學府，品望重於鄉評。遺絢翰藻之間，賁華竹素之上。如太空先生者，斯其人與？

先生姓容氏，諱萬有，字太空，一字伯涵，陝西寶雞縣人也。代有隱德，世非壙僚，間出通博之才，共推方雅之族。先生稟五常之性，明三物於鄉，幼即恂通，長而秀跱。執古之醇聽，味道之華腴，穆行克敦，純修是踐。扇文疆之枕，浣石建之裙，棣鄂連跗，荆枝達柟。抱子續季江之嗣，割宅成許晏之名。氾毓之家，兒無常父；董陽之室，爨無異煙。其制行之淳篤也如此！至若朱穆貞孤，井丹高潔，拘嗛蠘以資養，織藜芘以供餐。適志自娱，居貧何病，不乞胡奴之米，自採周黨之薪。嘗曰：『惟貧乃視其所不取，設不貧，即不妄取，烏足尚也。』是則被季次之鶉衣，溫於狐貉；啜北宮之莪菽，美過珍饈。其持躬之耿介也如此！若乃閎覽典墳，冥搜載籍，折眾說而垂訓，括羣言而暢旨。薈蕞篇翰，鉤稽縚繩，每斷帶以續燈，時爇髮而焠掌。虞書稽古，刪秦延君三萬言之繁；魯論傳疑，正徐遵明八十宗之誤。窮源竟委，百川承流，研精洞微，六府如燭。其嗜學之專精也如此！於是居萬流之屋，為羣士之師，人餽束修之羊，門盈問字之酒。以蒙來叩，望若斗山；以疑相質，奉如蓍筴。先生汲引無倦，講習不休。

傳六經七緯於緇壇，儒林望重；萃八索九疇於函丈，縫掖名高。茂先成勵志之詩，虞溥著勸學之誥，謂士以敦行為本，學以立品為先。臨財如圈文生之多情，守道如黃子艾之不篤，雖掇科名，登仕籍，絕之勿〔一〕與通也。是以門牆崇峻，學術端醇，使盛服者畏見子將，盜牛者遙羞王烈。其立教之嚴肅也如此！若夫握文字之瑶樞，表言音之藻鏡。翔實之學，薄華語而不為；揜雅之材，集方聞而益富。辭源洊溢，文陣縱橫。今集中所存，如考獵碣之訛，著陳倉之辨，證杜南蝕中之道，疏昇原成國之渠。以至酈炎書疏，蔡邕碑誄，莫不闡揚潛德，刊削浮詞，殫見洽聞，切今轢古。購孔文舉之集，片言可敵班揚；遊蕭頴士之門，五尺羞稱曹陸。其綴言之通博也如此！

嗟乎！榮悴命也，遇合時也。擁鄭君之縹緗，服曾子之緼緒，帖書墨義，大經雖通，風簾棘闈，屈聲屢振，荊璞遭刖，隋珠匿耀。早年卓犖，即馳令名；中齡冤夭，遂喪懿寶。講義陰堂之奥，委化知歸；納書寢室之楹，望罣遽息。吁！可悲已。

德配李孺人，夙守閨箴，克彰婦德，善心為窈，含章可貞。簪蒿杖藜，為偕隱之服；捋荼〔二〕茹藿，甘食貧之風。先於某年卒。以某月某日合葬於某原。先生之少子旭，即先生昔年與弟梅峯先生為嗣者也。乾隆乙卯科舉人，今任長安縣教諭。恪遵庭誥，不墜宗風，捧抱遺文，乞余表墓。某備聆穆行，敢閟徽言？刊化臺玄石之文，入魯國先賢之傳。太邱懿範，宜書第二之碑；江夏高風，合擅無雙之譽。

【校記】

〔一〕『勿』，嘉慶本作『弗』。

〔二〕『荼』，嘉慶本作『茶』。

朱母張太恭人墓表

蓋聞《易》稱備德有四，而節永於貞；《禮》推孅行者六，而孝冠乎首。是以徽烈兼劭，比丹青而勿渝；柔順無僭，方椒蘭而逾馥。朝廷崇褒錫之典，里黨式聖善之型，永終知敝，世奉軌儀。昭明有融，門標綽楔，為興門之母範，作青史之女宗。如朱母張太恭人者，洵無愧矣！

太恭人茂苑高門，清河華胄，世有隱德，家傳義方。太恭人預聞《庭誥》之遺，能闡籯經之義。閨壼所則，善習柔儀；篇什兼陳，惟取德象。莊姝表其度，淑慎著其規。年十八，歸贈公竹庭先生。堂雁修儀，河魴飭詠，香纓乍戴，便却鉛華。竹笥自將，不矜珍麗，持榮以約，處嗇而安。斯時也，翁伯衰年，威姑善病，伯鸞以居貧自樂，德耀乃操作而前。煩擱絺綌之衣，滌濯梡籩之器，晨餐夕膳，黽勉承顏，簡米量鹽，辛勤執爨。良人課讀，奉修脯以致歡；健婦持家，惟織紝而代匱。竭閨中之婦職，慰堂上之親心，三族觀型，六姻承矩。洎乎靈蘐霜隕，淚灑憂雲，慈竹風凋，誠枯孝水。太恭人始則叩天籲禱，繼則擗地呼號，哀欲忘生，毀幾滅性。嗣後，籩供魚菽，牖設蘋蘩，舉念不忘，踰時猶慟。蓋三十餘年如一日也。

贈公研窮六籍，條貫百家，勵苦志以冥搜，抱高才而蹇產。楚璞屢獻，莫剖連城，燕骨不收，終淹歷塊。傷鄽炎之濩落，感趙嘉之厄屯，體則苦其列贏，業猶勤於焠掌。孝標貧悴，復染沉痾；輔嗣清羸，竟嬰瘵疾。太恭人典鬻衣簪，經營藥餌，侍疾兩載，昕夕不懈。贈公纏緜牀蓐，終至不起。龍蛇發讖，遽占君子之災；鵰鶚摩霄，竟負才人之志。太恭人呼天咯血，誓日椎心，恨欲磨笄，身甘化石。乃勉遵嚴命，以撫遺孤，僅一息之尚存，痛百身之莫贖。曳麻衣之似雪，坐蔓室以無言，十指捋荼，終年茹蘗。事翁以孝，教子以嚴，母也為師，恃而兼怙。折蔆勉奇童之學，掃室理寡女之絲，四壁秋風，一鐙霜夜。灰留荻字，篋啟楹書，是以王氏龍超，賈家彪怒。或蜚聲於仕路，或馳譽於文壇，皆太恭人之教也。嗣君廷瑛官候補員外郎，遵例加二級，誥封太恭人。廷璣援例授州司馬；廷瑾、廷琛皆能以儒業世其家。太恭人勵節垂三十年，隣族臚列事實，申請題奏。奉旨俞允，給帑建坊旌表，鳳誥既膺，龍章疊賁。過清節之里，目以禮宗；讀大家之書，垂為女憲。繼周篇而騰茂，冠魯冊而飛華，詢足傳淑問於扶輿，慰賢雄於泉壤矣。

嗚呼！不朽者名，大齊者壽，悵頹光之易逝，傷愛日之難留。而彤管常昭，清芬靡忒，廷瑛頫寒泉而沬泣，望故隴而隕心。感極蒿莪，痛深茺蔚，爰具累行之牘，乞為表墓之文。前太恭人之歿也，顧星橋太守曾為作傳，敘次有法，懿孅備書。茲復舉其犖犖大者，貞石不磨，賢墳足式。辭慚綴玉，芳馨永播於緗緹；字定生金，湮沒不隨乎陵谷。

外弟顧學和誄并序

維〔一〕乾隆四十七年秋九月己亥，外弟顧君學和以疾卒於伏羌廨舍，春秋二十有六。嗚呼哀哉！余舅氏雙溪先生以名進士出宰楚南，中年殂謝。哲嗣四人，君其仲子也。伯歌季舞，並峙英聲；三筆六詩，咸承家學。余方稚齒，即依外家，垂髫齊年，連茵接席，相知之深，膠漆莫能喻也。君蘊吐鳳之儁才，表植鰭之雅度，柟榴賦就，總角知名。芍藥詞工，琱車馳譽，先君子器之，以余妹字焉。聯何劉之世親，締潘楊〔二〕之舊戚。手足之誼，在昔已深；骨肉之情，自茲彌篤。

乾隆庚子，余竊祿邊陲，得伏羌令，時太夫人板輿西來，君亦相從於官舍焉。春華秋月，佐我承顔；夜燭晨燈，勗君勤學。聯牀聽雨，蠟屐登山，補童年之墜歡，破旅人之孤悶。時或親賓筵集，觴酌流連，蒲簙相娱，竹肉間作。君獨彬彬安雅，不激不隨，所謂玉韻能和，珠光無纇。方君標格，殆近之矣。伏羌舊有朱圉書院，辛丑春，余延君主講席，從遊者百有餘人。君論史亹亹，說經鏗鏗，懸河俟酌，洪鐘待扣。問奇盈座，益廣其咫聞；還贄踵門，無勞於影質。青衿髦士，組帶儒生，無不仰其褒誘，服其通博焉。君體素清羸，端憂善病。衛叔寶自憐身世，祇解言愁；盧詢祖早擅才華，恐難久壽。蟲號鳥嘆，詩欲成祅；弔夢歌離，文工作讖。余心竊憂之，未忍言也。

無何，家書來，妹一女殤。君壻鄉漂泊，方對蓬轉以驚心；子舍迢遙，忽念杏殤而隕涕。青蓮寄遠之句，最憶平陽；陳思嘆逝之辭，偏哀金瓠。鍾情過甚，排悶無方，時悒悒若有亡，獨怦怦其不樂。膏肓〔三〕之疾，根於此矣。猶復疲精圖史，刻意縹緗。鐵擿竹素，無非咯血之由；蠹粉芸煙，盡是傷生之物。子雲才竭，腸胃俱流；李廣心勞，精神先去。欺魄之形〔四〕漸槁，殗殜之病不斟。長桑路遠，莫致良醫；玄父地窮，難求上藥。雀藏覆斗，知思話之將亡；鵩上承塵，兆賈生之長逝。

嗚呼哀哉！君雖當疾革，不改神清，發篋理衣，呼湯頮面。蘇韶永訣，恐旅櫬之難歸；李賀彌畱，念阿嬭之已老。嗚呼哀哉！僧舍一棺，家山萬里。玄夜表思歸之夢，異鄉留羈客之魂，使爾棲棲，呼余負負。今則丹旐將發，靈輀欲行，關路險巇，風煙慘愴。元伯喪歸，死友誰為范式？荀郎年少，後事反託鍾君。

嗚呼哀哉！痛矣孤嫠，傷哉余妹！堂前衰白，尚有慈親；膝下悽涼，並無弱息。藁砧何在，盼化鶴以歸來？琴軫長抛，撫離鸞而慟絕。雁行如故，隻影疇依，荆樹依然，一枝獨悴。嗚呼哀哉！某飄零羈宦，契闊親知，顛躓頻仍，憂虞日積，君復棄我，早世即冥。知音已逝，獨何心於世緣；後會無期，悲莫深於長別。天高難問，命也如何？嗚呼哀哉！乃作誄曰：

憶在稚齡，爰依外氏。與君昆季，共肄文史。撫塵〔五〕而遊，聞音而喜。密契微言，如石投水。君方總角，誕茂英標。華敷巖桂，穎發陵苕。偉節最怒，阿龍自超。甯隨驥尾，詎作蜂腰。舊戚新姻，門楣有慶。延明奮衣，太眞納鏡。共羨冰清，無慚玉映。骨肉情親，彌敦愛敬。緊余竊祿，奉檄隴頭。輕軒迎養，君亦來遊。殊鄉握手，情欵綢繆。看花命酒，嘯月登樓。朱圉山前，茅堂竹院。捧手橫經，諸生北面。茵薢緹緗，耕耘筆硯。循循善誘，孜孜無倦。仲宣體弱，子建憂生。專精文藝，銳意科名。櫝中玉韞，掌上珠傾。羈愁莫釋，旅病交并。營魄若亡，形骸漸槁。靈藥難求，神巫莫禱。黯黯夜泉，悠悠穹昊。陸厥無年，龔生竟夭〔六〕。悲君屬纊，適值蕭辰。燈昏月黑，霜酸露辛。長懷故土，永念慈親。聞茲苦語，疇不傷神〔七〕。僧舍數椽，我館我殯。星灰一周，倏不逾瞬。送君歸里，靈轝發軔。絮酒淒涼，關山阻峻〔八〕。哀余弱妹，遘此憫凶。輕塵短夢，斷雨零風。長離泣鳳，半死悲桐。天長地久，銜恨何窮〔九〕。文〔十〕契難忘，音儀在目。春雲等潤，秋蘭同馥。君之淑懿，宜膺多福。弱齡隕逝，神明何酷〔十一〕。猶憶寒夜，一燈熒熒。子文我定，我歌子聆。盼君翔躍，慰我飄零。如何背世，長即淪

冥〔十二〕。死別香聲，沉寃莫訴。已已金骨，嗟嗟玉樹。此日分岐，何年題墓。流慟斯文，庶通幽路〔十三〕。〔十四〕

【校記】

〔一〕『維』，光緒本作『惟』，據吴鎮本、嘉慶本改。

〔二〕『楊』，光緒本作『陽』，據吴鎮本改。

〔三〕『盲』，光緒本『盲』，徑改。

〔四〕『形』，吴鎮本作『刑』。

〔五〕『塵』，吴鎮本作『座』。

〔六〕吴鎮本『夭』下多『嗚呼哀哉』四字。

〔七〕吴鎮本『神』下多『嗚呼哀哉』四字。

〔八〕吴鎮本『峻』下多『嗚呼哀哉』四字。

〔九〕吴鎮本『窮』下多『嗚呼哀哉』四字。

〔十〕『文』，吴鎮本作『交』。

〔十一〕吴鎮本『酷』下多『嗚呼哀哉』四字。

〔十二〕吴鎮本『冥』下多『嗚呼哀哉』四字。

〔十三〕吴鎮本『路』下多『嗚呼哀哉』四字。

〔十四〕吴鎮本篇末評語：『此題入作者手，要看其情有餘處。大意已盡序中，誄特瑩淨。（松厓）』

署伏羌縣事香琳沈君誄

乾隆五十二年六月二十六日壬戌，署伏羌縣事沈君卒。嗚呼哀哉！乙巳之夏，君奉檄來甘，某〔一〕得識君於蘭州旅舍。比肩千里，列宰一同。託高惠之神交，歡均傾蓋；跂夏侯之雅望，契密連輿。橘柚共岑，淄澠合器，奉袂論心，恨相見之晚也。

君吳興令族，東陽遺胄，世有隱德，代產聞人。其孝友醇深之行，家庭雍穆之風，載在家乘者，兹非所詳焉。君生有奇徵，幼稟靈質，弱齡嗜學，早歲知名。篡香千字，悟本天成；墨啜三升，文同宿搆。耆儒碩士，共稱為國器焉。嗣以故家中落，壯歲薄遊，千言則倚馬可成，百函則濡毫立就。鄴下翹材，獨推陳阮；梁園上客，雅重鄒枚。固已賞〔二〕譽者傾衿〔三〕，招延者側席矣〔四〕。既遊京邑，遂列賢書，以三長之才，備《四庫》之選。時與哲弟比部，君品高雙珏，價重兼金，爭傳傅毅蘭臺令史之文，共識徐堅鳳閣舍人之樣。方擬淩雲奏賦，晝日持權。乃登壇射策，未躍陶邱之二龍；入仕牽絲，終絆平原之一驥。釋褐為甘肅縣令，非初志也。遂乃驅車遠邁，橐筆長征。越禽代馬，常懷鄉土之思；老樹遺臺，時動登臨之感。詞人作客，篇什彌工；才士入官，風流自遠矣。

乙巳冬，某以薦擢入都〔五〕，大府檄君攝伏羌令。君撫循多術，聽斷忘疲，拔薤當門，鞭絲縛柱。清年餘之牘，一縣稱平；上月計之書，百城為最。某〔六〕窺傳家之治譜，聆輿人之頌詞，雖同湛於茝蘭，實增慚於糠粃矣。君秉性剛急，素疾婞婟，時鳴琴以導和，亦佩韋而示緩。然而吏人有犯，撫心每欲自撾；風教未行，掩閣長思己過。悟養空之旨，恚亦戕生；誦《樂志》之篇，憂能損壽。囚山賦作，思越吟成，崔駰出樂浪以長愁，桓譚居六安而不樂。塵勞已倦，宿疾難斟。洎某〔七〕之再回伏羌也，君之病已深矣。猶復力疾傾襟，披帷執手，夜風燭燼，晨雨衾寒。死生有命，達哉賈誼之言！妻子何依？淒絕張堪之託。嗚呼哀哉！膏明而銷，翠羽而殃，喪杞梓之良材，兆瓊瑰之祅夢。鍾期永逝，傷心柱絕絃摧；管輅無年，瞑目男婚女嫁。嗚呼哀哉！關路正長，孀嬰在遠，愴丹旐之將發，悵素車之莫追。覽獨行之傳，我眞有愧於巨卿；刋第二之碑，君或無慚於文範。嗚呼哀哉！乃作誄曰：

渭水潺潺，迓君朱旛。隴雲窅窅，送君丹旐。蘭山之南，有城如斗。君來承乏，與余先後。惟君慈惠，雅善撫循。庭眞有草，甑或生塵。別君經春，交君兩載。我貧君念，君言我佩。重來握手，君據匡牀。通眉長爪，羸然以尫。麥穗方歌，桑生遽兆。繐帷寂颺，素車爭弔。來兮何暮，逝也溘焉。傷此哲人，胡不永年？秋風飄飈，歸裝蕭瑟。南郡無錢，西陵有石。煢煢孤嗣，渺隔山河。翔魂異域，空懷薜〔八〕蘿。文譽長存，循聲不朽。聊布哀悰，用酬執友〔九〕。

【校記】

〔一〕〔六〕〔七〕『某』，吳鎮本作『芳燦』。

〔二〕『賞』，吳鎮本作『馳』。

〔三〕『傾衿』，吳鎮本作『雷癲』。

〔四〕『招延者側席矣』，吳鎮本作『藉響者川騖矣』。

〔五〕『某以薦擢入都』，吳鎮本作『芳燦以計偕入都』。

〔八〕『薜』，吳鎮本作『碧』。

〔九〕吳鎮本『友』下多『嗚呼哀哉』四字。吳鎮本篇末評語：『悽惋纏綿，山陽《思舊賦》之亞也。正不似安仁工為誄奠，下筆不能自休者。（松厓）』

金朗甫誄

元默紀年，蕤賓旅月，清故翰林庶吉士仁和金君朗甫以疾卒於邸舍，年僅二十有七。嗚呼哀哉！月沉朓輝，花凋暈采，是殲才子，實喪儁民。若其才性都長，風儀淵令。知言九變，敏逾陸生；異字千名，富於朱育。英辭壯思，殫見洽聞。識安鼇冢之古文，緝顯節陵之墜簡，賦以高麗見奇，詩以〔一〕清工入妙。狹襟單慧者，莫測其涯量也。文戰屢捷，巍科早登，以通博之才，與清英之選。羅含則胸吞彩鳳，阮籍則手搏赤猿。桐露槐煙之什，老宿傾襟；蘭臺桂苑之篇，名流袖稾。方當分榮鳳掖，被蔭鑾坡，晝日濡毫，凌雲授簡。何期時當大瘠，景値凋年，墨翟逢壬，侯岡厄丙。擥轡欲騁，而驥騄之步中徂；含香甫越，而蘭茝之華蚤落。幽扃長閉，昭途永隔。嘻其酷矣！能不悲哉？

某年當疲暮，跡尚飄浮。公幹著論，空負經奇；文舉屬詞，多傷偏宕。君顧癖同痂嗜，密締心知，味葇逾時，燃糠永夕。時或逍遙閒夜，徙倚涼雲，魚鳥流連，竹肉諧婉。雖春星墮杯，曉露沾袖，不自知其沉頓也。隙駟不留，濛陰遽戢，埋玉樹於重泉，鬱青霞於修夜。韓卿長逝，論《詩》孰辨音初；輔嗣云亡，談《易》誰知繫表？嗚呼哀哉！昔袁炳異才，文通作傳；孝若素交，潘岳著誄。敢援斯義，為之詞曰：

文星繫絕，光嶽精淪。崑邱碎璧，凌門落鱗。溟涬始奮，扶搖未申。曾不中壽，喪此哲人。翳惟哲人，神姿夙悟。篤嗜典墳，殫精緗素。麗藻風飛，高辭河注。耀羽丹山，揚輝玄圃。館啟翹材，名登上第。射策東堂，讀書中秘。子野博聞，承天多藝。行對三雍，待成《十意》。方題朝籍，遽執殤宮。泣瓊兆夢，巢雋徵凶。朝薤晞露，秋條迮風。行善遭命，懷和告終。疇昔交期，忘形語默。臭味風雲，談諧翰墨。星晚露初，燈青月黑。促坐論文，微言相得。舊歡已矣，宿諾何追。壞陵絃斷，山陽笛悲。西樹長靡，南雲易頹。行行孤轊，寂寂遺徽。嗚呼哀哉！

【校記】

〔一〕『以』，嘉慶本作『則』。

湖南湘鄉縣丞吳君誄

夫義風振世，秩何愧乎末班；修名冠倫，數何歉於中壽。赤石不奪，獨守耿介之心；沉檀甘焚，不銷鬱烈之氣。古來節士，多出卑官，黃綬榮於龍藻，銀佩美於垂棘。如湘鄉縣丞吳君者，信有徵矣！

君諱英玉，字玉泉，蘇之常熟人也。周章令族，孰哉華胄，代有名德，世非壙僚。君生負瓌姿，幼秉琦行，斑管在手，風雨蜚聲；蓮花插腰，虹霓耀彩。無如射策不售，贖帖徒勞。喟然曰：『丈夫處世，安能碌碌為章句儒乎？』遂焚王壽之書，擲逢萌之楯，明習吏事，揣摩兵鈐。以武功爵起家，得楚南零陵尉。拊循編戶，矜恤辜人，有陸景倩之貞清，行員半千之實惠。三年書考，以卓異聞。時值蛇巫不靖，犬封搆孽，君勇氣慷慨，雄心憤薄。短後從軍之服，高前却敵之冠。宵眠砂磧，笑看宛轉之刀；曉渡冰河，浄洗連錢之馬。餫餉無缺，轉輸若神。時嘉勇郡王總統戎律，目元康為快吏，上許歷之雋功，特擢湘鄉丞。

君激揚自勵，奮發敢為。密箐叢林，佻身獨往；甖灰箭火，舍命不渝。受瘴癘之毒淫，攖風霜之爪甲，積勞成疾，閱日不斟。按劍撫膺，空餘裹革之志；攬鏡照影，知有犯兵之欄。隨總兵花連布移營泠風坳，巨猾恣睢，列營屠潰，君力疾抵拒，斃於馬鞍山下。嗚呼哀哉！幕府愍君勞績，奏牘上聞，詔贈國子監學録，賜金祭葬，從祀忠義祠，賜以儒冠，祀之宗布。槃瓠革面，遂偃靈臺之旌；鵋鶀變音，迺獻泮宮之馘。君之英靈可以慰矣！

夫誄以美終，文由累行。安仁操翰，表汧城之功；延之綴辭，昭滑臺之節。式遵前典，迺作誄曰：

矯矯吳君，古之節士。徒抱高才，而無貴仕。低首風塵，卑棲棘枳。誓命戎行，不甘委靡。壯氣飛揚，龍阿知己。實命不猶，若擠而止。膏明則熸，玉縝翻毀。君之入仕，不卑抱關。一命之吏，威惠克宣。山多義鳥，地有廉泉。三年報最，輿論稱賢。蠢爾苗頑，挻災荆楚。鋒蝟斧螗，公行呂鉅。上將專征，統兹勁旅。君請鑿行，枕戈負羽。蹠穿膝暴，執獿搏虎。不避阽危，甯辭茹苦。頭塵不浴，衣焦不申。峙芻魯遂，轉粟秦囷。馳驅盡瘁，忠以忘身。炎風委火，蠻煙瘴雲。蛇涎吹蠱，蜮沙中人。遽嬰沉痼，竟遘艱屯。精魄銷亡，壯心未已。磨盾作書，據鞍為几。笳鼓翻營，力疾而起。深溪濕瀑，危峰崖屭。攀藤附葛，賊來如蟻。被髮呼天，慷慨赴死。賫志以終，沒而猶視。嗚呼哀哉，煢煢孤嗣。亦抱亮節，隻身提劍。萬里負骨，脫命鯨牙。招魂馬鬣，乞彼高文。鐫此貞石，九重軫恤。殊恩祇承，錫之儒秩。名德已昇，國殤往矣。精靈有憑，為書素旗。余言可徵。

陸節母誄

夫四星炳符，天垂須女之紀；六德貽範，地起榛娥之臺。要惟緦芳矩於佩彤，體崇規於纂素，從容陰禮，婉娩柔則。三心五噣，長懸替月之輝；側調偏絃，代譜將雛之曲。故能葳楹書之付託，峻蔓室之風規。明哲之稱，踵美前古；蕃衍之福，延光後來。如陸節母林太孺人者，洵無愧焉！

節母諱某，福建閩縣人，學生林某之女也。靈根夙隕，尚餘儒素之風；疎宗亦凋，惟傳方雅之族。怙恃偕亡，合稱愍女，孤寡相恤，依於義姑。淑問柔儀，弱顏固植。禮容德象，織紝組紃，慧擅針神，工推絲絕。時陸補山先生為連城令，正室高、莊二孺人相繼歿，聞節母賢，納為側室。遂攝女君，即持家政。蘋蘩是芼，牖下季蘭之尸；饘飩聿修，竈觚摶頰之祭。寬和足以容眾，明敏足以辨物，威姑道孝，娣孟稱賢。既而蒲生吉兆，蘭茁祥徵，墮任昉之旗鈴，出高琳之玉磬。生二子曰繼裴、繼輅。先生歷任大邑，擢陞同知，節母皆隨任焉。共飲廉泉，不燃官燭，洲無種橘，舍有栽棠。王遜捐駒，時苗留犢，胥藉賢媛之內助，克成君子之高名。

當先生之任百色同知也，以隔省代追債項被劾，青蠅譖棘，赤臭播闕。無故吏之訟冤，有宵人之抵隙，訛言駭聞，事且不測。節母焚香籲天，願以身塞禱，精誠所感，瀕險獲全。先是，高孺人所出之子某來省視，歿於官舍。先生既落職，令節母挈棺詣省同歸。中途舟破，衆人惶急，請節母登岸。節母呼曰：『當先移棺。』堅坐以待。水波齊足，凝神不驚，濤瀾殷牀，撫棺弗去。既而登陸舟沉，一無所損，非惟膽智之殊衆，難其慈愛之感神也。

洎乎先生懸車閭里，解紱林泉，著録之生若雲，載酒之賓如市。炊粱剪韭，供神士之琚談；倒庋傾筐，副後堂之琴問。康成通博，徧授諸生之經；絡秀賢明，仍具卅人之饌。浣牏滌器，數米稱薪，夜燭晨燈，不言勞瘁也。既而巢雋徵凶，蓍蠶告咎，竟發陰堂之讖，空留緘篋之書。庚子四月，先生病卒。時繼裴已夭，繼輅年甫九齡。節母誓日椎心，呼天咯血，勉留一息，以撫遺孤。惡笄露紒以終喪，茹蘖餐荼[一]而志痛。當倉卒之際，戚黨有欲以四品服斂先生者，節母以為僭，持不可。正黔婁之衾，易子輿之簀，又何禮教之嫺習，精神之懀定耶！

繼輅年稍長，文譽籍甚。嘗客浙撫阮公幕，節母貽書戒之曰：『禮寡婦之子，非有見焉，弗與為友。何者？父教無聞，而母慈多誤爾。當念此，勉力自強，勿為人所棄。』阮公見其書，嘖嘖稱賢母不置。昔班昭作賦，敬慎述《魯論》之篇；韋母傳經，訓誡通曲臺之禮。以今方古，有同符矣。

初，節母隨任順昌，有以相術謁令君者，謂節母年不越三十。節母笑曰：『壽由人自致，豈有定數哉？』至嘉慶十四年，節母年七十有五，預知亡日，徧誡子婦，沐浴更衣，正容而逝。其潛神內識，靈襟默照，達生者傀知命不惑，求之巾幗，豈易有其人者哉？繼輅痛蓼儀之劬勞，感鳴鳩之平一，備書穆行，徧乞高文。某綈縞紵之素交，託葭莩之世戚，飫聞塞淵之化，敢陳連遱之辭。聊綴德於旂旒，冀傳馨於鍾萬。其辭曰：

柔惠成資，幽貞植性。令質瓊淑，沖懷淵映。海嶠清門，閩鄉著姓。風實魯妃，姑非鄭媵。自歸鼎族，內政能持。慈流異腹，孅繼前規。相夫從宦，備歷艱危。共餐冰蘖，不潤膏脂。曼容解綬，君山罷任。鴛鸞鎩翮，龍蛇發讖。堊室心摧，蒿廬口噤。勉勗遺孤，上承先蔭。煢煢孤嗣，黽沒深造。說經紛綸，媚學騰趠。登槢或惰，折荄猶教。秀出士林，雋聲清劭。恕本如心，福原積愛。贈綈嚴寒，分餐儉歲。時賙饑困，不嫌丐貸。媢戚嗟稱，嫈娸銜戴。哀哉賢母，胡不百年？落棠景仄，黃竹悲遄。幽宮永閟，貞石長鐫。清操栝柏，令聞蓀荃。

【校記】

〔一〕『茶』，嘉慶本作『茶』。

周淑姬哀辭

乾隆壬子歲，周君鏡塘抱愛女之戚，寓書於余，示以詩什。陳思哀金瓠之辭，樂天悼金鑾之作，哀感悽黯，動人心脾。余悲夫花隕春蕤，月淪鼂采，賦質何淑，稟命不融。震靈聚窟，方無續命之藥；陰天紂絕，路斷返魂之期。況乎弱質易萎，蕙業已亡，孤神永傷，奉倩亦逝。尤生死之殊感，骨肉之極艱矣。泚筆和墨，遂成哀辭，將以述逝者之懿孅，抒吾友之僾唈云爾。辭曰：

何斯人之婉嫕兮，毓秀質於闈房。含菱萩以承景兮，結蕙若而懷芳。習陰臣之六禮兮，嫺《女誡》

之七章。爰履順而蹈和兮，洵金昭而玉粹。惟太沖之愛女兮，憐纖素之明慧。敓彤籢而捧手兮，弄斑管以揄袂。偶鍼紝之閒暇兮，儼綈帙之相對。洎于歸於望族兮，媚戚紛其有喜。從魚媵之育育兮，戴香纓之纚纚。作三日之羹湯兮，潔中饋之滫髓。威姑稱孝兮，邱嫂推賢。積勞成疢兮，鍼石難痊。飛龍骨出兮，熊失嫓妍。雖殗殜而自力兮，曾不形其燕婧。猶嚴而視夜兮，供梡籩之帖妥。迺隨翁而遠宦兮，逐魚軒於山左。別姑姊而言邁兮，淚瓊瑰而交墮。同齊女之悲思兮，望吳山之駊騀。處海壖之卑溼兮，百沴劇以攻中。竟形神之遽離兮，乘蓬島之回風。遺絃在匣兮，長簟牀空；綠落生閫兮，永閟綦蹤。愴珠沉而香殄兮，終莫慰乎賢雄。旋弔夢以歌離兮，倏悲黃而懼綠。嗟仲祖之無年兮，痛韓卿之不祿。詎隨唱於泉臺兮，叩雙飛之逸曲。秦簫月墜兮，楚挽風淒。靑曾黃頊兮，生滅難稽。何椿齡與蜉晷兮，概百年之大齊。庶令名之難朽兮，冀靈光之不迷。屑隃麋而陳辭兮，揚馨馥於璇閨。

公祭嘉勇福公文〔一〕

惟靈紫嶽降神，綠圖薦祉，將相連華，親賢濟美。馬鄧扶輪，韋平讓軌，世德銘於鼎鐘，家聲著於圖史。篤生碩輔，俾贊皇猷，九宗五正，四姓小侯。陶子翊夏，申伯佐周，丹穴高而威鳳耀，黃菌出而慶雲浮。含香螭陛，曳紱龍樓〔二〕，威儀峻整，機鑒清遒。畫地成圖，洞知邊事；横鞭代算，早預軍籌。令則擁旄之歲，仲華拜衮之年，參謀武帳，宣力戎旃。瘴洗金沙之霧，烽銷玉壘之煙，介胄曾生蟣蝨，兜鍪果出貂蟬。殊恩疊被，偉略遐宣，太保公孤之右，司空岳牧之先。

典周廬之十二，領宿衛之三千，著英規於西蜀，作重鎮於南滇。隴坂驛騷，潢池蠢動，祅聚蘭干之山，寇煽花門之種。受命而六月鑿行，誓衆而三軍曲踴，耀彌龍蛟龘之威，奉英璗金符之重。梏貳負於三危，殪蚩尤於四冢，塞墝埆以夷庚，掃風塵之澒洞。遠邕皇威，上承天寵，侯封啟而帶礪山河，使節持而指揮關隴。黄扇躋臺輔之班，紫塞執封疆之總。蛾賊方張，鯨波忽驌，授廟畧於伏波，統舟師而横海。露橈冒突，蒼鷹赤雀之航；爆槊犀函，馱水明光之鎧。收王則以回軍，縛孫恩而獻凱。帝曰：『欽哉！績宜嘉。』乃桓圭輯五玉之華，繡卷絢九章之采。

龍編之左，象郡之東，地名丹粟[三]，俗近朱蒙，受羈縻而請吏，隨琛賮以來同。騶牙之獸嚮化，歸邪之星耀空，壤奠願陳於北闕，旌麾先拜夫上公。俾象卉狼朊，咸沾聖澤，雕題鑿齒，共識華風。恩無遠而不懷，戰無堅而不克。雪山鷲嶺之區，祇洹舍衛之國，繩行沙度之鄉，鬼難風災之域，拯象教之沉淪，度修羅之黑劫。龍麗十重，韥盾一戟，人著翅以皆飛，陣摩雲而深入。黔羸動而雷奔，金累驅而石裂，逾身毒萬仞之山，抵挹婁九梯之穴。酋長膝行，妕徒股栗，願附編氓，長為屬國。共仰德星，齊呼生佛，捧牢賞以趨蹌，擊蒙排而感泣。鑄金葉以輸誠，牽玉象而歸德，歌騰鐵拔，隊肅銀刀。風和笳鼓，雲護旗旄，元戎奏凱，上相還朝。懋賞則勛高百辟，崇班則禮絕羣僚。裝德林以七寶，筵邱和以九招，泰階斯炳，玉燭均調。

鎖鑰仍資夫寇準，珪符再畀於韋臯，遂啟兩川之幕府，旋馳六詔之征軺。惟虵巫之僻壤，有犬封之聚族，率醜類以譸張，負元化之亭育。肆扇梟風，潛吹虺毒，載驅下瀨之師，又樹中權之纛。璣鏡當胸，靈珠在握，粃糠邛石之符，囊括谷箝之錄。士氣飈騰，軍鋒電速，水赤厲劒，風腥過鏃。酋望塵而鼠竄，頑聞風而蟻伏，係徽纆而乞降，請灰釘而就戮。喜吉語之頻傳，荷聖恩之特渥，班聯親懿，榮加章服。爵已冠於公侯，位更崇於令僕。

嗚呼！不知者壽，難言者命！匪躬而不避險艱，盡瘁而惟思報稱，既食少而事繁，遂違和而傷性。每當曳足以臨戎，猶欲攻心而決勝，投百藥而不神，禱三靈而罔應。難招岱岳之魂，竟革壺頭之病，捷書未達於星郵，遺表遽聞於天聽。宜乎帝眷優隆，宸衷愴惻，輟朝而悼柳莊，加紼而封丙吉。易名而宗布書勛，庸器則司空列籍，繪象丹青，銘功金石。起塚發元甲之軍，藉幹輳〔四〕黃腸之室，備恩禮以無加，感哀榮其已極。

某等或位繼蕭規，或身經孔鑄，奉緒言於細席，感深仁於舊部。悲卿月之易淪，慟慈雲之不駐，碑沉峴首之川，星墮渭濱之塢。覩文終之劍履，想武侯之旗鼓，降人剺面以吼號，衛士椎心而顧慕。奉觴奠以長望，仰蒼穹而莫訴；儻騎氣之不遐，式來歆於椒醑〔五〕。

【校記】

〔一〕吳鎮本篇名作『公祭嘉勇郡王福公文』。

〔二〕『樓』，光緒本作『棲』，據吳鎮本、嘉慶本改。

〔三〕『粟』，光緒本作『栗』，據吳鎮本改。

〔四〕『輳』，吳鎮本作『湊』。

〔五〕吳鎮本篇末評語：『蒼涼雄健，卓乎可傳。郡王前在甘肅，延余主講蘭山書院，禮儀極周。今但恨卧病牀褥，未能縷述知己之恩德耳。（松厓吳鎮記）』

書七人聯句詩記後

右《七人聯句詩記》，明儀部主事君謙先生之所著也。先生雅負高氣，不耐俗氛，攄幼輿蕭淡之懷，抱子雲顛眴之病。陳牒得請，買舟欲歸。時黄巖老人與趙栗夫諸君，以賢達之素交，惜江湖之遠別，攜尊話舊，促坐論文。勝流畢集，同竹林之雅游； 今雨不來，異杜陵之秋述。簪紱盈座，間以芰荷之衣； 桂椒共岑，參之竹柏之韵。情殷索偶，交本忘年，甯知仕隱途分，惟識風騷旨合。遠跡崇情，弗可及已。

當斯時也，天欲暮而秋生，客入門而雨作。庭緑如洗，林芳轉清，抽蕉葉之箋，酌蓮花之醖。枯桐流潤，對虚牖以眠琴； 古石蒸雲，就方池而滌硯。速藻豔發，雕談掞張，情往興來，推襟送抱。聯句則奇追韓孟，倡和則雅匹王裴，簪溜不歇而吟情愈豪，街鼓將沉而酒趣彌永。可謂盡頹唐之態，極酣嬉之樂焉。夫哀絲豪竹之娱，饌玉炊金之筵，珠履接席，紅裠踏筵，非不羅水陸之珍奇，鬭聲色之姚冶。然而歡塲易散，甯殊聚蝱； 華光不留，忽若秉電。誰復尋遺踪於仿像，撫軼事而流連，浩劫浮塵，古今同慨。若兹之激揚羣雅，照發沖襟，詩諧鐘石之音，人有僊靈之氣。逸韻宛在，高風可思，非所謂靈山一會，儼然未散者耶。

濮陽策蹇圖跋

右圖，余同年友李載園先生攝令清豐時所作。時有長垣疏濬之役，君熟《太史》、《河渠》之書，遂獨任焉。奉大府之檄，釁河一枝；先役夫之勞，舉鍤萬柄。相度危堰，綫路或爭牛羊；信宿野廬，破屋時見星月。凡兩閱月，始克竣事。又值霪潦洪集，塗泥尺深，官事有程，簡書可畏，乘馬屢蹶，策蹇遂行。家公舍人，時與爭席；書司曹佐，不辨要章。既環顧而相驚，迺覽鏡而自笑。作為是圖，紀于役也。昔襄陽入關，寫席帽之影；東坡過嶺，留笠屐之圖。雖寄託之偶同，實勞逸之不侔矣。茲來握手，同話舊遊，銜深盃以敘心，尋陳跡而披卷。賢勞勘暇，知君非覓灞橋之詩；愛博無成，愧我僅書唐肆之券。

瘞老馬文

敝帷之仁，昔人所稱。況我與爾，曾同死生。甲辰之夏，跳踉羣醜。賊多於蠭，城小如斗。涉波躍塹，帶月登陴。出入鋒刃，交横旃旗。慚余儜弱，不習於騎。賴爾深穩，險迺克濟。尋途躑躅，涎顙摧頹。齧蕢齒長，伏櫪鳴悲。妥爾營魂，高原茜崒。秋草彌山，誰知奇骨〔一〕！

【校記】

〔一〕吳鎮本評語：『死生所託，感激良深。（松厓）』

附録一　楊蓉裳先生年譜

世系名字詳家譜鷺溪府君、顧太夫人家乘紀實中。謹按：公家譜載，系出關西，自華陰遷居常州府城，再遷府屬之無錫縣。家乘毁於火，自八世祖以上世次無可考。曾祖聲毓公諱宗濂，邑庠生。祖端操公諱孝元，邑庠生。父鷺溪公諱鴻觀，太學生。均以公仲弟揆任四川布政使，贈如其官。

乾隆十八年癸酉十二月十八日未時，生於無錫縣天授鄉幸皐里北門下塘祖宅

宅有雙梧樹，枝葉扶疎，為世父笠湖公手植者。余生之前一夕，顧太夫人夢見有五色雀翔集雙樹間，以告端操公及大母倪太夫人。至未時，余生。端操公曰：『此唐崔信明之祥也。此兒長成當有文名。惟雀形既小，爵位不甚顯耳。』十二月為嘉平月，端操公名之曰嘉郎。余生七月即能言。端操公愛之，指楹帖字令識，一過即記。因手書唐人詩句作椀大字，徧黏書屋壁，晨夕指而教之。《存之堂集》中句云『嬉戲皆詩書，文字滿牆壁』也。存之堂，端操公集名。謹案：《存之堂集》兵燹後已無存，惟其中之《衔恤草七絕》壹百首刻家譜中，其他諸作不多見矣。

乾隆十九年甲戌，二歲

是年，端操公以《通鑑》及『二十一史』事為四言，名曰《史略》，授余讀。自製小序亦四言，云『涑水《資治》，紫陽《綱目》。原原本本，曷可不讀。全書俱在，此姑引端。年行稍長，記取縱觀。子記我錄，我錄子記。手口相追，老弱一氣』云云。序凡三百餘言，惜不能全憶矣。

乾隆二十年乙亥，三歲

端操公授以『四子書』。歲暮，讀至《子路》。自書唐人律詩絶句教之。讀一徧輒能記。

乾隆二十一年丙子，四歲

是年，讀『四子書』竟。每日讀『四子書』畢後，授以唐人古詩長篇，如《石鼓歌》、《琵琶行》、《長恨歌》、《北征》、『三別』、『三吏』諸篇，俱能成誦。三年中，古唐詩背誦精熟者，計有八百餘篇矣。余時讀經書須十餘徧纔能背誦，至唐人詩篇不過三兩徧即牢記不忘。四歲時，端操公教之作字，能作擘窠大書，並設沙盤習之，觀者以為奇。自長成至今，字畫極拙劣可笑，此理殊不可解也。九月長妹生。

乾隆二十二年丁丑，五歲

讀《詩經》至《小雅》。端操公患淋癥，入秋疾漸劇，未能督課。鸞溪公亦以侍奉湯藥不遑兼顧，荒廢日多。至十二月，端操公疾革，謂鸞溪公曰：『嘉郎廢學久矣。我死後，爾如不能親教，務延名師課之。』因口占詩云：『階前忘灌溉，蘭芷化為茅。矧是芽初茁，如何便憚勞？』鸞溪公涕泣不能仰視。芳燦扶牀立，亦泣不止也。十二月初二日，端操公卒。

乾隆二十三年戊寅，六歲

是年余多病，尪瘠殊甚。鸞溪公居憂，在家授徒。倪太夫人憐余弱，不令就塾。惟命顧太夫人取端操公所授詩書隨時溫習。十二月，出痘疹甚劇，瀕死者屢矣。倪太夫人同鸞溪公、顧太夫人哀籲痘神，百方醫療，僅乃獲生。而神思憒亂，經月猶不甚省人事也。

乾隆二十四年己卯，七歲

是年痘疹滿百日，尚未離牀褥。余本弱於行步，四歲能循牆行，扶掖並須人。五歲始能離人移步。至是足弱無力，不能履地。兩手亦拘攣，飲食均顧太夫人哺飼。冬月，始下牀，而神識昏瞀，示以六歲前所讀之書，漫不省記也。

乾隆二十五年庚辰，八歲

鸞溪公在家授徒。正月，弟揆生。余入塾偕諸童讀書。唐詩、《史略》尚能記十之五六，『四子書』、《詩經》則盡遺忘矣。鸞溪公令仍從《學》、《庸》讀起，每日不過五六行，非五六十徧不能背誦。八月中添至八九行。鸞溪公憂之，謂顧太夫人曰：『嘉郎痘後竟換一人矣，奈何？』是年鸞溪公應江甯鄉試，薦而未售。九月十八日，倪太夫人卒。十一月，次妹生庶母盛孺人出。

乾隆二十六年辛巳，九歲

鸞溪公疊遭大故，家日益落，授徒不足以給薪水。時舅氏雙溪先生為瀘溪令，因橐筆往依之。得與溆浦令陶公金諧定交，延主廬峰書院。余從鄰塾華先生名榕邑諸生受學。是年讀『四子書』、《詩經》卒業。陶公號適齋，江西南城人，名進士也。著述甚富。今其孫選拔貢生、名本忠者，曾從余遊，亦負雋才。

乾隆二十七年壬午，十歲

從鄰塾顧先生名錦章邑諸生授《書經》。時學徒皆習專經，所謂本經也。鸞溪公在楚南，道遠，音信間隔。家貧甚，太夫人紡織自給。北里老屋數椽，僅蔽風雨。日暮挾書歸，太夫人篝燈夜織，余就燈讀。至夜分始寢，以為常。

乾隆二十八年癸未，十一歲

余外祖母黃太宜人自瀘溪歸，見芳燦，絕憐愛之。太夫人時攜之歸甯，舅氏諤齋先生工詩文，癖嗜吟詠，教余為詩。初作近體，時得佳句；後漸能作歌行三四百言。諤齋先生喜謂太夫人曰：『嘉甥下筆不凡，吾妹有子矣。』是年仍從顧先生受經，讀《小戴禮》、《左氏傳》竟。族叔祖清華先生名德沖，憐余幼慧，時相招攜。是夏，隨謌齋舅氏集其園亭，荷花盛開，池中繹繹有光。綱取之，則小蝦。族祖命作《夜明蝦賦》，極為贊賞。今存《文鈔》中。

乾隆二十九年甲申，十二歲

外兄顧立方敏恆自楚南歸。時雙溪舅氏已調任桑植令，遣外兄歸侍黄太宜人也。外兄長余五歲，性沉靜，工詩古文辭。與余一見如舊相識，談詩論文，亹亹不倦。黄太宜人命余與外兄俱從謌齋先生習舉子業。間作詩歌，筆力馳騁相上下。舅氏每曰：『阿士阿咸皆異才也。』

乾隆三十年乙酉，十三歲

應童子試，邑令青田韓公諱錫胙器之，有神童之目。是年，雙溪舅氏卒於官，舅母黄太孺人挈諸外弟扶櫬歸。鸞溪公亦相隨歸里。

乾隆三十一年丙戌，十四歲

應提學試，不售。仍從謌齋先生受業，宿於外氏。三月，三妹生盛孺人出。

乾隆三十二年丁亥，十五歲

讀書外氏，與外兄弟立方、學和名敦愉、斐瞻名敬恂、傳爰名敬憲及黄正晹晨、朱振基岳青同習舉業，並習經解、史論、詞賦。杜門累月不出，親戚有慶弔事皆不往，人皆以為專愚也。余讀書之外，如書畫圍棊等雜藝一無所解，又懶於酬接。立方兄弟亦然，故同有『專愚』之目。

乾隆三十三年戊子，十六歲

世父笠湖公為四川邛州牧，鸞溪公於正月赴川省視。余仍讀書外氏。六月，三弟英燦生。

乾隆三十四年己丑，十七歲

邑中有文望者，岵齋秦公朝釪、半谷鄒公方鍔、吳黼僊先生峻，暇日過從談藝，詩歌唱和，忘年齒之相懸也。鸞溪公自邛州歸。

乾隆三十五年庚寅，十八歲

以詩文寄蜀中，笠湖公大喜，作書寄鸞溪公，有『吾家千里』之譽。嚮泉舅氏諱光旭時任四川觀察，見余詩，寄三絕句云：『少年誰似馬雲翀吾鄉文肅公之孫，碧海長鯨噴日紅。只有吾家天石老，龍門相對撫絲桐。』『一曲桃花一往深，人間難得有知音。辟疆園後雙溪去，惆悵聊為擁鼻吟。』『甥如其舅更何疑，歎絕無梁殿裏詩。小坐錦江天妙閣，半酣吟到月斜時。』溧陽彭賁園先生光斗年七十餘矣，見余詩，寄詞二闋云：『錦瑟新詞寶劍篇，文人俠骨美人禪。翩翩白袷正華年。　名重肯如泉第二，才雄雅擅賦盈千。阿誰載酒草亭邊。』『我愛梁溪水竹清，松風月浪鬬泉聲。朅來卅載夢猶縈。

頭白漫希陶菊隱，眼明初見庾蘭成。翦燈吟罷若為情。』《浣溪紗》調也。

乾隆三十六年辛卯，十九歲

補博士弟子員。學使為長白景公福。余與立方分試無錫、金匱兩縣。試文出，謂齋舅氏暨諸老輩謂二人必皆第一。發案，果然。秋應江甯鄉試，昭文令常公諱養蒙，甘肅靈州人得余文，力薦之。主司大主考為彭文勤公，以余首藝欠精實，落之。是年世父笠湖公運川木入都，道經江甯，為延譽於袁隨園師。余因以詩卷為贄。師為署其卷尾曰：『昔元微之年十九作《秋夕》、《清都》詩，當時稱為才子。作者亦年十九，而能搖筆萬言，獵取百家，其才直在元相之上。所謂生有自來者也。吾愛之重之。』因與立方同受業焉。余幼時作詩，喜學三謝及青蓮，未免句摹字倣。師謂曰：『昔王朗欲學華子魚，惟其似之太過，所以去之愈遠。吾輩讀書時要與古人合，落筆時要與古人離也。』余於是始悟作詩法。作文喜任、沈、徐、庾。師每曰：『立方學八家之文，蓉裳學六朝之文，吾門得此，可稱雙絕。』其賞愛如此！庚寅秋，鸞溪公偕喆園諱朝泰舅氏赴直隸南宮縣。至是冬，抱疾歸。醫者以為鼓癥，勢極危篤。忽遇異僧，投以方劑而愈。僧號映洲，余贈以詩，存《初藁》中。

乾隆三十七年壬辰，二十歲

侍鸞溪公於里門。同里劉杲溪先生諱寅賓延主其家，授諸孫經。即今國子生嗣富、孝廉嗣綰也。相得懽甚。並得交其長君重彝汝器、次君古三汝暮，俱以博學高才有聞於時。課徒之暇，以文藝相切劘。

是年詩文頗進。夏，應歲試於澄江，學使為彭文勤公，取余古學第一，文亦列一等。復試古學，題為《剕鐘無聲賦》，公讀竟，擊節曰：『繁音切響，蘭成之遺，非近今所有也。』因延入書室，示以近著《淳化閣帖賦》、《萬福慶成頌》。從容問曰：『爾文藝頗佳，何以秋試未中？』余以實對。公瞿然曰：『黜落汝者，我也。』意惋悵者久之。在澄江與邵星城辰煥、儲玉琴潤書、孫淵如星衍、呂映薇星垣定交。是冬，徐宜人來歸。

乾隆三十八年癸巳，二十一歲

館劉氏。修脯所入，僅供饔飧。鸞溪公舊癥雖愈，而精神未復。夏秋間，疾復作，藥餌之費，太夫人典鬻應之。秋，赴澄江應科試，古學、經解、時文俱第一。賦題為《調水符》，中有云『候吏歸來，甖瀉千盃之水。先生睡穩，夢酣一榻之煙』，又『朅來分法海之波，到日啟琳宮之鏁。仗魚節之雙雙，洩鮫珠之顆顆』等句。文勤公深為激賞，知顧之重倍於曩年矣。復試賦，題為《神女不過灌壇令》。諸賦俱為同學攜去，篋中並無存稿。約略記之，志知己之感。九月，黃仲則景仁、洪稚存亮吉、趙味辛懷玉過訪，定交而去。十月，鸞溪公病甚，醫藥祈禱，百方不效，於二十三日子時溘逝。時家無隔宿儲，含殮棺衾，凡附身之具，賴族戚維持，僅不失禮。哀慟慘剥，靦顔苟活，無以為人矣。族叔祖清華公，族叔貿如先生棻，表伯王雲峰先生峪，皆敦古道，佽助多方，并無德色。今俱先後逝世。眷念舊恩，無日能忘也。

乾隆三十九年甲午，二十二歲

居憂。仍館劉氏，杲溪先生相待益厚。嗣綰昆季文筆穎秀異常，俱嶄然見頭角矣。秋試人歸，隨園師以書慰問，情欵綢悉，且云『五十無車，不能越疆而弔，尤抱不安也』。文勤公學使任滿，九月，以書相招，至澄江話別。至日，留衙齋，云此時試事已畢，無嫌疑矣。問余家事甚悉，曰：『已婚否？』余答以已婚。『弟兄幾人？』余答以三人。問：『二弟年若干歲？』余答以十五歲。曰：『習文藝否？』余以『文筆清穎，尚堪造就』對。公曰：『爾亟回家偕之來，並偕顧生來。』因出朱提二十金相贈。余初未識公意也。回錫，偕外兄立方及二弟至使署，公一見曰：『風采秀重，令器也。』因謂二弟曰：『余將面試汝。』因命題為《南容三復白圭》，詩題為《蘭有秀兮菊有芳》。令余與立方就別館曰：『無擾文思。』抵暮文成，公閱之甚喜，設酒果，延三人入座。謂立方曰：『吾倩汝為媒。吾先兄有孤女，就撫於吾。今某文頗佳，可期遠到，吾願與之締姻。』余起，以家世寒微遜謝。公艴然曰：『吾知汝家貧，寸絲為定足矣。但汝弟須隨余往京邸讀書，庶有成就，未識太夫人意肯否？』次日歸告，太夫人曰：『學使愛才如此，豈可拂其意？』又謂揆曰：『婚姻功名，汝終身大事。吾雖不忍離汝，亦不能阻汝也。』遂擇吉行聘。十月，文勤公先入都，余送至江干。公曰：『爾弟於明春偕吾眷屬來京。爾服闋後，當應選拔試，吾已面囑金圃矣時接任為謝金圃師，但得選拔後，不願爾作知縣耳。』是年，從兄掄捷京兆試。十二月，長女德芸生。

乾隆四十年乙未，二十三歲

館劉氏。二弟於正月杪隨文勤公眷屬入都，泊舟蓉湖。余拜見師母趙太夫人，慈祥藹吉，厚福人也。弟兄言别，涕泣沾襟。歸後惘惘如有所失。秋初，赴金陵，立方為余攝館事。謁隨園師，小住緑淨軒書室名園中兩月，因與何南園士永、陳古漁毅、蔡芷衫元春、方子雲正澍、李瘦人葵、丁星墅珠定交，詩句唱酬，極一時之盛。並謁江安觀察錢南浦先生名金殿，訂於明春至署，授其子詩古文辭。臘月除服。

乾隆四十一年丙申，二十四歲

春初，南浦先生丁本生父艱回籍，即延余至嘉善。其長公子清履、次公子清豫，皆資質穎秀。時授舉業者為吕香圃孝廉，人亦温雅。余授以詩古文辭，昆季皆能領解。嘉善古魏塘地，人風清美。書舍數楹，下臨官河，榆柳蕭疏，饒有勝致，月明夜静，猶聞『欸乃』聲。錢裴山楷太常時年僅弱冠，南浦先生族孫也。家秀水，距魏塘不百里，時相過從，與余為文字莫逆交。是年得詩最多。臘月歸。長妹適外氏。

乾隆四十二年丁酉，二十五歲

春，赴澄江應科試，古學、經解及文俱第一。古學題《燕睇賦》、《春雨賦》，經解《四巡考》。旋考選拔。舉主謝金圃師以余充賦試竣，仍赴南浦先生之招。時先生治喪一年，服闋寓江甯，赴京謁選，得江西南韶觀察，夏五月挈家去。余住隨園以待秋試，時與南園、子雲、古漁諸君結詩文社，隨園師第其甲乙。秋試者接踵至，黃左田鉞、吳竹橋蔚光俱入社。秋試被落，謁文勤公於杭州。時公以主試，旋奉視學之命，遂留余在署閱試文，因得與黃藥林騂定交。二弟應京兆試，報罷回家。臘月，來杭署，偕歸度歲。

乾隆四十三年戊戌，二十六歲

春初，將入都應廷試，文勤公與之書，贈以資斧。書云：『新正惟福門多祉，若朝考上第，連入仕途，則非所願頌也。』正月十六日，偕從兄掄北上，三月朔抵京。大廷尉王述菴先生在蜀中見余詩文，激賞之，至是相見懽甚，留住寓齋數日。適江西楊桐舫懋珩進士充《四庫》館總校，延余校勘書籍，遂移寓揚州會館。與黃仲則、汪端光、施雪帆晉、俞少雲鵬翀同寓張蕚樓述菴先生宅。趙渭川希熿、韋友山佩金亦時相過從，詩詞唱和，或隸事屬對，翦燈煑茗，每至夜分不倦也。五月，廷試，余字畫拙劣，不望入等。而欽命詩題為『詩書敦宿好』，余第四聯云『雅嗜應同菊，移情不獨琴』，主試程文恭公景伊、錢擇石先生載以為佳句，列入進呈卷內。欽取一等第三名。舊制：選拔貢生入一二等者，欽派王大臣挑驗引見，以知縣、教職用。是科始有以七品小京官分部者，蓋異數也嗣後以為定制。余挑取引見，奉旨以知縣用。時吾鄉在都諸公均以為應具呈乞改教職。述菴先生曰：『不然，擇官而仕，古人所非，且命中應作縣令，即中進士入翰林，亦不能免也。』余遂謁吏部，掣籤分發甘肅。是年從兄掄成進士，歸班銓選，余在部請憑，七月買舟偕歸，八月初間抵家。得文勤公書云：『青袍北去，墨綬南歸，衣繡之行，足為健羨。但以燕許大筆句稽朱墨，不能無悵怏耳。』發函捧書，感愧次骨。春仲，二弟赴南昌就婚，先一月挈婦歸家。十月，次妹適張氏。臘月，葬先大夫鷺溪公於嶂峒灣之祖塋。事竣，偕二弟謁文勤公於淛署，余時跼蹐，幾無地自容。公慰之曰：『人生遇合，命也。知縣任亦匪輕，努力為之可耳。』留署數日，歲事已逼，垂涕而別。

乾隆四十四年己亥，二十七歲

正月，啟程赴甘肅。二月，抵關中。時畢弇山先生為陝西巡撫，修刺晉謁，並以詩文為贄。大相賞譽，留住十餘日。與嚴冬友侍讀長明、張瘦銅中翰塤集終南僊館，為詩酒之會，拈毫擊鉢，不知身之在風塵也。四月二十七日至蘭州。七月，署西和縣事。遣家人回錫，迎接太夫人安輿及眷屬赴甘。是年得隨園師札云：『畢秋帆中丞書來，以足下宏筆麗藻、驚才絕艷，出自僕門作賀。如此聆音識曲之長官，世不多得。所惜羨隣婦之美者，偏不是堂上姑嫜，奈何！』

乾隆四十五年庚子，二十八歲

高宗純皇帝五巡江淛，弟揆進獻詩冊江甯行在。召試，欽取一等第四名，恩賜舉人、內閣中書。太夫人欣慰逾常。四月，自錫起程赴甘，徐宜人偕弟妹輩隨侍，妹壻顧學和偕行。關河險阻，慈躬無恙。時余署慶陽府環縣事，太夫人於六月抵署。九月，題補鞏昌府伏羌縣，遂奉太夫人安輿并挈眷口赴任。

乾隆四十六年辛丑，二十九歲

在伏羌。四月，河州循化逆回蘇四十三爭教事起，蘭州知府楊公士璣往諭之，遇害。遂攻陷河州，戕害官兵，勢甚猖獗。先是，安定逆回馬明心者，倡立新教，回民稱為『罕職』。『罕職』者，華言『聖人』也。從其教者甚眾。至是與老教搆釁，遂起事。布政使王公廷贊先誘馬明心而執之，逆回等以索教主為名，進攻蘭州省城。王公縛馬明心，戮之城上，逆回憤恨，悉力攻圍。王公率兵民晝夜抵禦，城幾陷者數矣。賴英勇阿公、嘉勇福公先後率兵至，屢戰皆捷，賊退保龍尾山。環攻百餘日，始就殲滅。當馬明心與老教搆釁時，伏羌民有馬得建等十六家，斂銀為訟費。事平後，獄詞連及。臬使福公甯馳駟來縣，執馬得建等二十餘人，嚴加鞫訊，俱稱餽銀歸教屬實，謀逆實不知也。時二十餘人家屬不下數百人，徧城皆哭聲，勢洶洶。余哀，祈量從末減，具稟。旋得制府暨英勇公檄，云：『馬得建等餽送銀兩，在蘇四十三未起事之前，究與從逆者有間，罪止其身，免其緣坐。』於是臬使止將馬得建等解省論如法，闔城帖然。而馬得建等之子姪如馬映龍、馬宏元等，頗識道理，諒余不得已之苦衷，感念不置。逆回甫平，而有折捐冒賑之案，事具爰書，茲不詳述。而道府以下伏法者不下百人，余以頑愚，僅從薄譴。余以折捐不及十名，奉旨革職，留任八年無過，方准開復。深感皇上天恩，祖宗福佑，而目擊情形，心膽俱裂矣。是年六月，長子承憲生。九月，長妹壻顧學和卒於官舍。太夫人甚痛之，余作誄辭。

乾隆四十七年壬寅，三十歲

在伏羌。時冒賑獄竟，制府隴西公清釐各屬倉庫。六月中，本府張公燮以余虧短倉糧一萬六百石聞，功令方嚴，事且不測，合家惶懼。而制府批牘尾云：『伏羌縣虧短倉糧一萬餘石，楊令接自前任，係向來積習，固無足怪。但倉貯豈可虛懸？應勒令賠補。着道府督同委員採買，勒限於歲底，具報通完。』余之接伏羌也，前任尤令永清虧短倉貯，實有八千餘石。尤令已遣戍，項歸無着。八年軍需墊用，不准報銷之欵，亦有一千餘石。隴西公不待籲求，即能洞鑒。公向有嚴刻名，余不知何以得此於公也。是冬，年穀大熟，民情踴躍。候補令黃公家駒來縣採買，余典質丐貸，得七千金，而萬石倉糧，已有盈無絀矣。會稽陶公午莊廷珍來署定交，有唱和詩存卷中。午莊，辛卯舉人，為篁邨先生名元藻長子。博學工詩文，以大挑來甘，借補肅州州同，卒於任。

乾隆四十八年癸卯，三十一歲

在伏羌。修朱圉書院。漢平襄侯姜公祠與書院接近，年久傾圮，因修葺之，為立碑記。碑文存《文鈔》中。後二弟撰題其楹曰：『九伐出奇兵，斗膽常寒司馬膽；三分膺重寄，存心不負卧龍心。』人傳誦之。十月，修縣城，充武闈同考官。

乾隆四十九年甲辰，三十二歲

在伏羌。自辛丑年蘇四十三作逆，雖旋即蕩平，而逆回之習新教者芽蘖其間，陰圖報復。伏羌訛言日起，石鼓鳴邑西南天門山有石鼓，相傳鳴則兵起，民家豕生象正月，南城民家豕生象，甫生即屠之來獻。鼻甚長，皮蒼黑色，居然象也，余心竊憂之。上年已修築縣城。二月，請大加減糶以備庫貯。後嘉勇公據以入奏，奉旨俞允，令他州縣仿行之。詳《石峰堡紀略》中。及至四月，而田五起事。伏羌向未設兵，余聞警，即召募鄉勇，修守禦具，設立堆卡，每日所費不下數百緡。或曰：『賊勢尚遠，如此糜費，其如虧空何？』余曰：『虧空事發，所斫者惟某一頭耳。較之一城生靈、全家性命，孰輕孰重耶？』未幾而賊掠固原，攻靖遠，擾安定，勢漸猖獗。而城中馬稱驥等約為內應。五月十四日，馬映龍、馬宏元等以逆謀首告。十七日，偵知通渭城已陷，又獲賊營姦細丁再鶴，訊知與馬稱驥等通信，云大眾明日即至，屬其接應。因召集民壯鄉勇，於十八日辰刻擒捕。馬稱驥等持械拒捕，當時格殺者四人，餘皆就縛。正飛稟請兵，並聲明擒獲內應，而賊已大至。郭外民居，焚燒殆徧，火光燭天。時城上民役已有四千餘人。伏羌舊有獵戶，鳥鎗不在禁例。余已調得三十餘名，每發必中，中輒洞胸達腋。賊甚畏之，惟惜其少耳。余懷印佩劍，率同馬映龍、馬宏元、白中煒、武其舉、魏輔君，上城督禦。馬映龍等各守一門，余同馬宏元守北門，為賊匪出沒最要處也。賊百方攻圍，鎗箭雨集，城上亦矢石交下，斃其首從百餘人。相持五晝夜而援兵不至。二十二日午刻登城樓，見有騎步自南而來，穰穰無數，至二十餘里外頓兵不進。是夜，賊攻圍益急，眾心驚疑，以為賊黨續至也。余以為隊伍整肅，必係官兵。雖好言撫慰，而心亦憂懼。欲往偵探，而難其人。因念獄中有積匪李五者，其人可使也。遣役脫其械，呼之來，謂曰：『官兵已至，第未知領兵者為何人。爾能於二十里舖探一實信，即免爾行竊之罪，並拔爾為頭役。』即以印稟付之。李五欣然縋城而下。時天尚黎黑。至日出時，李五回，亟挽之上。見其胸懸銀牌，心竊喜。詢之，曰：『領兵者總督大人也。投稟即喚入帳中，問城未破否，爾本官在城上否？即命賞銀牌，付文書，令速回城。云今日即與賊接仗矣。傳諭爾本官小心守禦，毋以官兵已至，稍有疏忽。』探懷出文書，果制府印信也。內批稟一，銀牌十。面所批即係十八日擒拿內應及請兵之稟，曰：『危城困守，烽火連天，不意書生當此重任，抒丹保赤，實堪嘉尚。所有馬稱驤等持械抗拒，其為賊匪無疑，即於城內正法，不必解送大營，致滋疏悞。馬映龍、白中煒等協力守禦，實屬知義之人。先給與銀牌，該令並給袍套，以示獎勵，不日當賞之以武弁劄付也。』余即以銀牌分給馬映龍等，以批稟傳示四城，歡聲如雷。即令典史葛崇仁將獄中內應各犯斬訖，以木匣封貯首級，以備查驗。午刻，官兵與賊接仗，互有傷損。二十三日復接仗，殺賊五百餘人。賊匪膽落，是夜不復攻城。先是，賊衆屯於天門山，連營如積雪，每夜下攻城，寂無燈火。是夜忽列炬數千，侵晨遁矣。二十四日，制府至城下，余縋城出見，慰問之餘，相視隕涕。問需兵否，余曰：『大營正當勦賊之時，豈能多分兵力？得鳥鎗兵五十名，弓箭手五十名，協同壯勇固守，足矣。』馬映龍等亦出見，制府慰諭久之，賞給千總、把總劄付有差。命涼州朱都閫率兵百名入城，分守四門。是日，賊走秦安，制府亦即拔營前進。是日，余始回署叩見太夫人，舉家感泣。謂邀神明祖宗之佑，幸獲再生也。嗣後搜捕餘匪，查被難傷亡之戶，殊少暇日。賊衆據石峰堡。隴西公以通渭失守事逮問，英勇阿公督師進勦，嘉勇福公為陝甘制府。七月初五日，石峰堡蕆事，伏羌始撤守城兵民，朱都閫辭去。先是，捕得賊首張文慶之子張太，解送靜甯大營。張太以舉發內應憾馬映龍甚。因稱圍伏羌時，馬映龍與伊父通信，約五日後獻城，因官軍速至未果。當奉飛檄逮馬映龍至靜甯質訊，余慰之曰：『誣詞耳，無慮也。此行吾與爾偕至靜甯，求見英勇公。』公曰：『助爾守城者回民馬映龍耶？其人詐也，五日後即獻城矣。』余曰：『首舉發內應者，馬映龍也。彼果欲獻城，將約為死黨，何肯舉發？且獻城必於五日後者，俟守者力盡也。伏羌向不設一兵，某又係書生，民夫皆烏合之眾，賊至卽獻耳，何必五日？』英勇公意解。又曰：『彼馬得建之子也，其父以新教伏法，其子安肯助汝？』余曰：『彼固感天恩及公恩也。』公矍然曰：『吾有何恩？』余曰：『四十六年馬得建之案，當吏議已照叛逆律具牘，公以其餽送馬明心銀兩在蘇四十三未起事之前，與從逆者有間入奏，免其緣坐。馬映龍與某言及，時時感涕，欲得一當以報公，且雪其父新教之恥耳。』公曰：『其人來否？』余曰：『已交靜甯州收禁待訊矣。』公曰：『爾願保之乎？』余曰：『非惟某願保之，伏羌同守城者均願保之。』時白中煒、魏輔君俱在靜甯，卽具保狀。公喜曰：『我固疑張太之誣陷也。』立命出之獄，與余偕歸。事後，余常謂人曰：『昔陳卧子先生招降許公子而不能免其死，常以為恨。然許都固身為叛逆者也。馬映龍助余守城，首發內應，而以誣枉死，余如坐視不救，何面目見隴西人士乎？』是秋，從兄拱以時疾卒於官舍。冬，太夫人抱病甚危，得良醫而愈。歲暮，城外時有訛火，緣兵亂之後，人心未定故也。是年，余作《伏羌紀事詩》，王述菴師序之。同作者陶午莊、家簣山之灝，事已入《紀事詩》註中及《石峯堡紀畧》者，茲不詳載。

乾隆五十年乙巳，三十三歲

甲辰七月，軍務告竣。余以守城功，經制府福嘉勇公保奏，奉旨送部引見，伏羌受代有日矣。二弟在京邸聞伏羌被圍，驚悸成疾。事平後，遣家人至署，問太夫人起居。太夫人亦念之不置，欲往京邸看視。徐宜人父母僑居泲南，亦欲順道歸甯。遂於正月十二日，挈幼弱輩，自伏羌啟程，以為余即入都引見後，或得遷擢，即偕至任所也。不意余為蜚語所中，謂余冒銷軍餉，擁厚貲，是以眷屬先行矣。制府於是百端齮齕，所報軍需，如守城民夫等十八案，無不苛駁，甚至以濫應七千金劾奏，勒令追賠。幸聖明洞鑒，硃批：『知道了。不必深求急辦。欽此。』得分限八年完繳。三月戊刻，西城樓火。時本府遇公昌在縣，相戒勿妄動。城樓居高，不致延燒。民家遣役，約束回漢民人，不必往救，恐黃夜或生他變也。余隨遇公堅坐待之。至四更火始熄。次日上城檢視餘燼，見女墻有利刃，一垛口皮繩長五丈許，垂在城外。皮繩，守城時所用物。因令幹役密捕，得奸民王錫。余隨遇公訊之，云：伊與革役王宗田，俱掠得回民婦女，余斷歸其夫，伊與王宗田俱被枷責。因懷怨恨，同謀於城樓縱火，俟一城人亂，即戕官殺掠，且諉罪於回民之復反也。急捕王宗田，已遁去。遇公將王錫具文解省。余遣役四出捕緝，旬月絕無蹤跡。四月，北鄉里長報崖下有屍。余往驗，面目已腐。吏役曰：『此王宗田也。』因申請本府並拘伊家屬，細驗衣履及足底斑痣其妻云：王宗田平時嘗言『腳底有痣，必大貴』相符。即申請臺府，王錫伏法，案始結。而制府嫌終不釋，不令交卸。環縣汪令名琳被劾，復以余曾任環縣令，分賠虧項，署中搜索一空。自入官以來，困頓煩寃，無逾此年者。而太夫人入都，資斧之外，未攜一錢。二弟京官本貧，一載支持，亦已典質殆盡，逋負不少。是冬，始委侯補令沈公名維基，字香琳接署，余於臘月十九日卸伏羌事。是年，次女德嫄生於沛甯寓舍。

乾隆五十一年丙午，三十四歲

正月赴蘭州。時已卸事，而虧累已多，署任不能結報。時述菴師為西安廉使，因遣人往陝西告貸。咸甯令莊虛菴炘、臨潼令蔣玉予騏昌，皆舊交也，俱分俸相助，得二千餘金。在蘭州假貸，又得二千餘金。交沈公歸欵，得結報請咨，時已五月杪矣。復摒擋私累，於七月中旬啟程北上。出省垣時，篋中止餘數十金耳。至西安，述菴師因河南伊陽民變，赴陝州防堵。賴諸同好佽助，九月至汴梁，謁中丞畢弇山師，留住節署。時洪稚存、錢獻之坫、徐友竹堅、方子雲俱在署。王秋塍復以縣丞攝鄢陵篆，亦時至省。吳竹嶼先生泰來主大梁講席，排日為文酒之會。而余心怦怦，不知京邸近作何狀。月杪，中丞贈以五百金為輿馬之費。十月初旬，自汴北行。是歲天氣早寒，冰雪塞道。過孟縣，見張氏妹，復小住五日。偕妹壻名湜，字澄予同行至良鄉，二弟來迎。詢京寓光景，窘甚。知徐宜人已挈幼弱來京，家鄉親友以余有遷擢之信，接踵而至，寓中食指浩繁，而炊火往往斷絕。問三弟何以不來，曰：『兩人同一衣，余出，三弟即卧牀不能起也。』到寓叩見太夫人，悲喜交集。橐中尚攜二百餘金，稍為部署。已投咨文，未及引見。而嘉勇公亦由甘肅入覲，余迎至涿州，於行館晉謁。曰：『爾尚未引見耶？非秋颿謂弇山師書來，余不知爾之貧窘一至於此也。余誤聽人言矣。』因問家事甚悉，公嗟歎久之，曰：『令弟中翰某，余久聞其名。』蓋弇山師亦為延譽故耳。十一月引見，奉旨仍回甘肅，以知州題補。嘉勇公贈以三百金，令卽奉太夫人囘甘。余至邸第謁謝，慰諭甚至。次日，二弟於直廬見公，傾襟共語，謂他日功名必然遠大，京居清窘，何不乞假赴甘？臘月十九日，三弟偕張妹壻奉太夫人安輿先行，至孟縣度歲。余偕二弟於小除夕出都，眷屬仍留京邸。是年顧立方、孫淵如、徐朗齋原名嵩改名鑅慶舉於鄉。在汴梁接隨園師書云：『接手緘并《伏羌紀事詩》、《當亭烈士讚》，老夫讀之，喜而不寐。昔鄧遜齋師嘗云：吾門下有一文一武。武為阿廣庭中堂，文卽某也。所謂文武尚係二人。今蓉裳以一身兼之，猗歟盛哉！』

乾隆五十二年丁未，三十五歲

正月，至汴梁。偕二弟謁弇山師於節署。時淵如來汴，元夜高讌，妙選佳吟。演沈桐威起鳳《才人福》新劇本，竹嶼先生、稚存、獻之、子雲諸君俱在座。詩篇酬和，極一時之盛。弇山師選刻《吳會英才集》。二月，稚存、淵如北上應禮部試，余偕二弟亦別弇山師西行。至孟縣，小住旬日，奉太夫人啟程。四月，抵甘境。三妹壻嵇蓉圃名承裕署會甯尉，太夫人在會甯暫住。徐宜人亦出都至會甯署。初十日偕二弟赴蘭。二弟為嘉勇公延入幕府，余囘伏羌，卽題補靈州。太夫人率徐宜人、兒女輩於六月來署。署任沈公患瘵疾，七月歿於寓。余為經紀其喪，所虧公項二千餘金為擔認彌補，令其族弟良玉護其喪歸。八月，次子承惠生。是年臺灣林爽文作逆，上命嘉勇公督師進勦。二弟於九月來。十四日，太夫人壽辰，稱觴上壽。十月，奉准題補靈州部覆。二弟赴方伯福公甯之招，同詣省垣。十一月初十日，抵靈州任事。太夫人同眷屬於二十六日到署。顧立方成進士，孫淵如以第二人及第。

乾隆五十三年戊申，三十六歲

在靈州。四月，奎文書院落成。前任廣公名玉創有基址，余踵修之。有詩云：『後來卻占談經地，始事無忘種樹人。』兼製碑文，勒石書院中。二弟入制府勒公幕今川督威勤公。九月，三弟回錫就婚。二弟自蘭州來署。靈署西偏書室數楹，歲久傾圮，余修葺之，植紫荆十數株。二弟顔之曰『荆圃』。是年始編《唱和集》。訪薦卷師常公，逝世久矣，家貧甚，長子名錦、三子名鈞皆業儒。余州試拔錦第一，鈞第三。次年皆遊泮，令入書院中肄業，時周給之。

乾隆五十四年己酉，三十七歲

在靈州。五月，三弟偕弟婦吳孺人至署。一堂侍奉，妯娌敦睦，慈顔大悦。十月二弟回京，秦壻承霈來署就婚。

乾隆五十五年庚戌，三十八歲

在靈州。賓谷叔到署，主講奎文書院。六月長女出嫁以署東偏公館為青盧，秦壻備儀從親迎，如家鄉禮。滿月回署。七月，二弟補授内閣中書。旋入軍機處行走，纂修《萬壽盛典》。

乾隆五十六年辛亥，三十九歲

在靈州。三月，三女德華生。篔谷叔南歸。延蘭州秦曉峰太史名維嶽主奎文講席。是年廓爾喀侵擾衛藏，上命大將軍福嘉勇公督師進勦，取道由甘肅湟中入後藏界。公奏請軍機人員隨行，二弟預焉。十一月接邸報並二弟書，余卽束裝馳赴蘭州，在道奉制府檄令，稽查西甯一帶臺站。於安定途次謁見嘉勇公，偕二弟同至省垣。大將軍駐師五日，卽拔營前進。時隆冬寒冱，崑崙以西，層冰阻塞，道路險絶。余送至西甯之丹噶爾，執手欷歔而別。

乾隆五十七年壬子，四十歲

在靈州。三月，三弟入都應京兆試，並為二弟照料家事。五月，遣家人余忠、壯役、石中立由川進藏。八月，抵帕朗古大營見二弟。時廓爾喀酋長畏懼乞降，大將軍據情入奏，班師有日矣。二弟以軍功陞授内閣侍讀，賞戴花翎。十月，余充武闈同考官。外兄顧立方卒於蘇州教授任。余為位，哭之慟。時斐瞻、傅爰皆歿矣。為輯其昆季遺稿，得十卷。

乾隆五十八年癸丑，四十一歲

在靈州。五月，大將軍嘉勇公自廓爾喀班師，七月回京。二弟奏對稱旨，卽補内閣侍讀。未及旬日，簡放四川川北道。三弟回錫，接長妹赴川北署。二弟於十二月抵任。

乾隆五十九年甲寅，四十二歲

在靈州。是年，太夫人六十壽。家鄉俗例，凡遇五十至百歲正壽，俱於元旦稱觴。因太夫人是年欲赴川北任，於元旦預慶。靈州士民均製錦稱祝，慈顏甚喜。三月，三弟至署，奉太夫人安輿赴蜀。以天氣漸暑，俟秋涼時就道。諏吉於七月二十六日，太夫人自署起程，三弟暨吳孺人隨侍偕行。八月初二日至同心城靈州所屬，離城已五百里，涕泣拜別。

乾隆六十年乙卯，四十三歲

在靈州。是年，湖南乾州苗匪石柳鄧等搆逆。二弟隨和制府軍營前赴苗疆，福嘉勇公亦自滇黔至，合兵進勦。湖北教匪滋事，陷當陽縣。秦曉峯太史入都，延涼州郭雪莊進士主講席，雪莊博學工詩。凡書院諸生，每月課文二次。時官閒無事，余偕雪莊及侯生士驤、周生為漢、陸生芝田、兒子夔生，逢諸生課期，即至書院分題作詩，俱編入《唱和集》中。是年隨園師八旬壽辰，書來，示以《自壽詩十章》。余如數和之，寄江甯。

嘉慶元年丙辰，四十四歲

在靈州。二弟以軍功陞授四川按察使。達州教匪滋事，破東鄉縣。陝西西鄉、紫陽等縣教匪亦勾結起事。制府宜公緜率兵進勦。平涼令嵇承裕隨營赴陝。

嘉慶二年丁巳，四十五歲

在靈州。歲饑，州屬同心城有搶奪之案。里長張皇具報，云鋪市俱閉，合署驚疑。余曰：『此饑民耳，無慮也』。即單車馳往慰撫之。即具稟請借口糧，一面即開倉散給，並設立粥廠，將搶奪為首者械示數人。民情帖然。時省中已有所聞，大府遣人密訪，得余稟乃安。是年苗疆軍務告竣。二弟奉旨加布政使銜、食二品俸，旋授甘肅布政使。而達州教匪勢益猖獗。總統宜公奏留二弟在川，總理糧餉。秦壻承霈以州同銜投効入川。十月，軍機處傳旨飭查古長城遺址，大府檄余同教授張君汝驤分途查勘，徧經固原、花馬池、甯州、平番諸處，繪圖貼說進呈。余因作《長城考》。

嘉慶三年戊午，四十六歲

在靈州。三月，奏署平涼府知府。即赴省城，於六月初六日抵郡任事。秦壻以投効未准，自蜀回甘，徐宜人挈兒女輩於九月來郡。先是，嵇容圃妹壻署平涼縣事，旋赴軍營，三妹在平涼僦屋居住。余以本任眷屬在署，大令徐君寅為余租賃民舍，與三妹連牆而居，闢一小門，以通往來。骨肉歡聚，每日惟聞笑語聲也。冬杪，容圃自達州軍營歸。是年聞隨園師訃，在隱龍寺為位而哭。

嘉慶四年己未，四十七歲

正月初三日，高宗純皇帝升遐，皇上親政。二弟在軍營，奉旨着回甘肅本任。余於春初卸平涼府事，卽委署甯夏水利同知。四月，二弟到平涼，在寓留住七日，時余尚在甯夏也。遵迴避例，於二十七日交篆起程。記余己亥年四月二十七日到蘭州，今於己未年四月二十七日卸事，二十年月日相符，若有定數焉。五月抵省，見二弟於藩署。記湟中別後，又八易寒暑。其間經歷危險，備嘗辛苦，握手淚潸潸不能止。藩署有『揖峯書屋』，丁未、戊申間，二弟入福方伯幕時所居也。彈指十年，客竟為主，改署為『桐華吟館』。東偏有射圃，歲久荒蕪，二弟修葺之，顏曰『藝香圃』。中有見山亭、憶鷗小艇，花木蕭疎，頗饒佳致，暇時觴詠於此。靖遠令黃蘂林先生，二弟受業師也，亦以例應引避，卸事來署。周生為漢、陸生芝田偕兒子夔生在署讀書。甘藩事簡，午後，二弟紵衫椶履，偕至藝香圃，談詩鬭茗爲樂。九月，菊花盛開，日有詩酒之會。小春雪後，一燈相對吟詩，至夜分不寐。是冬編《唱和集》成，付梓，余兄弟均作序言。韋友山、洪稚存先後遣戍出關，二弟贈之衣裘，余至河橋送之。臘月，奉旨調任四川，卽卸篆啟程。除夕，至平涼度歲。雖滿堂燈燭，兒女青紅，而別緒匆匆，倍難為懷矣。是年八月，次女德嫄許字蘭州太守龔海峯先生之子瑞穀。海峯名景瀚，福建閩縣人。

嘉慶五年庚申，四十八歲

正月初四日，二弟生辰，余為設讌。平涼僚屬均來稱祝。初五日，啟程赴川，余送至白水馹。接制軍檄時制府為松筠公，云教匪竄擾鞏秦階一帶，令二弟率兵前往堵勦。卽日仍回平涼，調固原各標兵，於初八日統兵赴秦州。駐軍伏羌，寄余詩云：『當陽山勢鬱崔巍，莽莽風沙望眼開。誰信書生十年後，懸軍親領萬人來。』『阿兄昔歲捍孤城，萬眾登陴一膽并。今日嚴城聽鼓角，賢侯條約尚分明。』

『白眉兄弟本超羣，爭傍旌門問使君。手捧壺漿還下淚，陣雲深處憶慈雲。』謂馬映龍、馬宏元兄弟也。三月，遣承憲南歸，就婚德清沈氏。其婦翁名朝宗，號葦塘，曾為甘肅秦安知縣，伉爽有吏才，余之執友也。今任南河山安同知。四月，賊匪竄回川境，二弟即赴川藩任。五月，余赴省，請咨北上，由平涼挈眷屬至青門。關中久旱，天氣酷暑，不能前進，因僦屋暫居。方伯台公名台斐英阿，甘肅舊交也。贈以路費，於七月二十五日起程。安陽趙渭川希璜留住數日，錢生清履適署湯陰令，亦來謁晤。翦燈話舊，怳怳如夢。九月，至保定省城。時秦堉署經歷事，眷屬在寓小住。余入都。十月，掣籤得戶部，分廣東司行走。徐宜人於十一月來京，寓居官菜園上街。京華親舊馬秋藥光祿履泰、盛甫山典籍惇大、張船山檢討問陶、汪劍潭助教端光、趙舍人懷玉及諸同鄉在京者，時相過從。劍潭令子竹海名全泰、竹素名全德俱負奇才，余贈以詞，訂紀羣之交。吳穀人庶子錫麒、法時帆學士式善、李舍人鼎元亦過訪定交。

嘉慶六年辛酉，四十九歲

在京師與穀人、時帆諸公為詩文會，一月一集，或於崇效寺，或於陶然亭，或於詩龕及諸君寓齋。每集論文角藝，為竟日之樂。六月朔，京師大雨如注，三日夜不止。桑乾河竟成巨浸，都城外及近畿州縣民居漂沒淹斃者不可數計。聖心焦勞，遣官四出拯溺振災，躬詣三壇祈禱。七月，天始霽。六月中，雨時作時止，無終日晴霽者，每見有片雲起，雨即盆傾而下，城中官民房屋傾塌大半。余居湫溢，時有覆壓之患，牀牀屋漏，苦不可言。張船山檢討紀雨詩云『屍横林影外，屋走浪花中』，蓋紀實也。余和之，詩存集中。是年秋試因貢院積水、號舍傾頹，改期於九月舉行。京師老輩銷寒銷夏向有雅集，余與陳石士庶常用光、玉方比部希祖、姚春木公子椿、周生為漢為延秋會，穀人、時帆諸公皆與焉。以迓新涼，且喜霽也。石士工詩古文，今官編修。友誼肫篤，與余為忘形交。玉方，其從姪，湛深經學，篤行君子也。春木，余同歲生，今四川方伯，一如先生長子，負異才，工詩古文辭。九月，吳穀人先生乞養回浙，余有長律送之，存集中。十一月，大司農朱石君先生舉余為《會典》館纂修。十二月，兼陝西司坐辦司事。

嘉慶七年壬戌，五十歲

在京師。二月，移寓虎坊橋。二十日，《會典》館開在內東華門國史館之右。二十四日，龔堉入贅。五月，莫韻亭侍郎瞻菉、李滄雲京兆鑾暨墨莊、船山諸同好共五十餘人，以余與法梧門學士、賀虛齋侍御賢志、祁鶴皋郎中韻士、謝薌泉儀部振定俱五十初度，合觴於正乙祠。雅歌引觴，談讌竟日。薌泉有《自壽詩》，余和之，存集中。滄雲、墨莊作《五君詠》。六月，移寓魏染胡同，蓮趺大兄掄來京謁選，留住寓齋。闊別二十餘年，共話離悰，悲喜交集。兄著有《春草軒詩詞集》，余為編校作序。七月，兄因選期尚早，買舟回錫。是月相國長白慶公、富陽董公暨各總裁，奏以學士汪公滋畹及余為《會典》館總纂修官。因具呈請代奏於賢良門謝恩。自是，余偕汪公到館，辰入申出，以為常。按月進書，校勘事繁，不能兼顧部事，辭陝西司坐辦。汪公號薰亭，今官內閣學士、禮部侍郎。時已六十餘，精神如四十許人。聰強敏達，於朝章國典尤所諳悉。與余為丁酉同年，待余誼極敦篤。九月，沈莘塘以河工投効，入都引見，留住寓齋。十月，承憲攜婦來署。十一月，龔海峯以蘭州守來京引見，痰疾暴發，卒於邸舍。余哭之哀。海峯深於經術，詩古文氣力雄厚，得韓歐宗法。在川陝軍營，屢著勞績，其《堅壁清野議》尤為卓識。余題其喪，次云：『君曾堅壁出奇謀，小試經綸，終未竟千秋志業。我恨名山孤夙約，縱完婚嫁，更誰同五嶽遨遊。』未竟千秋云者，以其説經諸書尚未卒業故也。

嘉慶八年癸亥，五十一歲

在京師。晨起詣館，日昳始回。是秋，總裁以進呈書冊日多，奏添總纂修官二員：一為禮部員外郎鋭齋汪公德鉞，一為内閣中書雲素葉公繼雯。二公俱博聞多識，著作宏富。勘書之暇，各以所業相質。余雖弇陋，得愳聞多矣。是月，袁蘭邨通自江甯來京，隨園師長君也。孫淵如、劉松嵐大觀繼至，余約諸同好於陶然亭雅集，至者二十餘人，各有詩。蘭邨倜儻隽才，詩詞工雅，余深幸吾師後起有人，勝於歐陽叔弼、蘇叔黨也。自是過從甚密。九月，彭文勤公卒於邸第，余哭之慟，傷知己之不再也。是冬，偕蘭邨暨謝薌吏部枚、程春廬駕部同文、吴蘭園大令自本、陳雲伯孝廉文述、邵蘭風上舍廣銓為詞社，分題按譜，月凡三集。謝薌之子廷烺暨夔兒亦與焉。臘月，謝薌患時疾卒，此會遂罷。其《微波詞》余為作序，廷烺刻以行世。蘭邨編《燕市聯吟集》成。除夕，偕蔡浣霞儀部鑾揚、程春廬、陳雲伯、戴春溪孝廉鼎恒為祭詩之會。是年王述菴師刻《湖海詩傳》成，郵寄來都。

嘉慶九年甲子，五十二歲

在京師。二月，袁蘭邨南歸。五月，姪慧、甥顧筠自四川藩署來應京兆試。得二弟書，知痰飲舊疾是年增劇，右手風痺不能握管。弟向與余信，雖軍務倥傯，必手書。是年忽倩人代寫，紙尾或親書數行，模糊不能成字。時余心竊憂之。既又念甥姪能遠來應試，弟自量精力尚可支持，服藥調治，可望痊愈也。六月朔日，甥姪赴監考到。回寓，凶問忽至。驚慟摧剝，不知所為。又念堂上高年，遭此慘變，不知何以為懷。萬感交縈，寸腸欲裂。卽為位於壽佛寺，率孤姪慧暨兒女外甥輩成服如禮。京華親友俱來弔唁，有相對嗚咽失聲者。陳笠颿觀察預輓聯云：『可惜斯人未竟其用，一時朋舊皆哭之哀。』紀實也。法時帆、馬秋藥、陳雲伯諸君皆有輓詩，均極哀愴。制府奏到，聖心軫念隨征勞績，着照軍營病故例，賜卹贈太常寺卿，廕一子知縣，論賜祭葬。余詣館，涕泣告歸。總裁以《會典》將次告成，不准乞假。十月，孤姪慧偕甥顧筠南歸。時已接川信，知九月下旬三弟奉太夫人及眷屬扶二弟靈櫬泝川江南下。二弟歿後，因故鄉無一椽可庇，陝西方葆巖中丞為買宅於江甯之常府街。姪慧等先回江甯守候。余移寓保安寺街。

嘉慶十年乙丑，五十三歲

在京師。三月，遣兒子承憲回江甯省覲太夫人。四月，進呈書冊內錯寫世宗憲皇帝廟號，總纂汪德鉞、纂修楊樹基、校對邊廷英均奉旨革職，各總裁俱革職留任。又奉諭館書不可草率，當悉心編纂。每月進十五冊。程春廬同文補總纂修官，余偕汪公供職如故。閏六月，移寓兵馬司前街。蘊山三兄偕江西先方伯來京，相聚七日，為序其《雙梧桐館詩集》。秦小峴先生以淛江方伯入覲，改官京卿。相見甚懽，互以詩文相質證。七月，大兄來京謁選。十一月，選得浙江台州府天台縣。大兄無子，余以次子承惠繼兄後。世父笠湖公係大宗，不可缺冢孫也。有告文，詳家譜中。臘月十九日，在小峴寓齋為蘇文忠公壽讌，同人並集，各有詩。二十三日，承憲自江甯回京。大兄挈承惠於二十四日南歸赴任。

是年十月，二弟靈櫬回錫。以山嚮未利，厝嶂岬灣祖塋之側。

嘉慶十一年丙寅，五十四歲

在京師。自二弟歿後，京寓窘甚。饔飧或至不給，逋負盈千，衣裘俱付質庫，典琴書，數券齒，日汲汲不暇。又念太夫人年高，不能侍養，心輒驚悸不甯。每日入館修書，意緒煩亂，恐有脱悞，時深惴惴。同人咸怪余舉止之失常也。六月得三弟書，知太夫人五月初忽然嘔吐，脾胃作痛，病勢甚劇，余益憂懼。每聞人大言疾步，則蹶氣震怖，心趯趯不能止。七月二十一日復得書，云太夫人病稍間，能進糜飲，醫藥調治，可冀就痊。余憂疑不釋，決計告歸。將架上所貯《太平御覽》、《文苑英華》、《冊府元龜》、『十三經』、『廿一史』諸書質於查小山比部有圻，得三百金為舟車費。諸逋未能償，令夔兒暨眷口暫留邸寓，俟太夫人病體康復，仍來京也。次日，得澍中承惠來信，蓮跌大兄以六月朔日病歿省寓，身後，積逋纍纍，旅櫬未能旋里於張相公廟為位而哭，驚怛欲絶。嗣後心事益加煩懣，而合家均欲南歸矣。八月，料理逋負尚無端緒。九月初五日，凶訃忽至，太夫人已於八月初四日棄養。呼搶哀號，肝心摧裂。三日，設靈成服，在都親友均來弔唁。賴汪薰亭、秦小峴、錢裴山、陳石士、陶琴坨章溈暨諸同好厚加賻贈，於十月十二日挈眷出都。京師初八日大雪，雪後途路艱澀難行。二十餘日始達兗州，而盤費已罄。幸陳笠颿觀察助以百金觀察親至城外唁慰，情誼拳拳，並遣役護送，眞古道交也，始得前進。行至中山店，復遇大雪，車膠馬蹶，每日只行四五十里，而苦不可言矣。冬月初旬至臺兒庄，買舟南下。運河水涸，糧艘阻塞，泊舟岸側二十餘日。至冬月杪，尾糧艘而進，每日亦只行四五十里。

臘月初，至清江浦，沈葦塘、陳雲伯、陳司馬梅岑名熙，隨園同門生，時為蕭碭同知均來舟唁慰，各有賻助。葦塘留住數日。舟抵揚州，鹽政額公、伊墨卿太守秉綬、趙味辛司馬時以主講，俱在揚州來唁。余渡江，由陸路至江甯。匍匐入門，哀號欲絕。一棺在堂，音容莫覩，痛哉！三弟、大妹暨外甥輩聞余至，一時奔集滿側。承惠亦自錫來甯匝月矣。相持慟哭，不能仰視。時已逼歲暮，繆帷燈黯，慈靈杳然。與弟妹相對，述老人病時事，無日不涕泗横流也。是年二弟諭塋成，於十二日安葬。余到時，諸姪皆在錫。次日，五姪慧、六姪承懋歸。大姪承懋以塋前立碑種樹各工未竣，留錫度歲。

嘉慶十二年丁卯，五十五歲

正月，偕三弟暨承惠回錫，十七日辰刻抵家。眷屬住先世父笠湖公營橋舊宅。計余離家已二十九年矣。先至北里舊居，雙梧樹久摧，折平無存，門徑亦稍改。此屋余赴甘肅後，蘊山三兄居焉。三兄時客江右，其寡媳暨姪女出拜，俱不相識。至營橋宅，見二嫂暨吳氏姊，容鬢俱改，相視驚疑。四五日內，親友陸續來視余。惟外兄邵柏亭昆季年七十餘矣，見面尚能認識，其餘則問名始知耳。見周氏、顧氏兩姑母，先大夫鸞溪公胞姊也，俱年逾八十，白髮垂垂。細詢舊事，嗚咽隕涕。二月朔，偕三弟、大姪承懋、承憲、承惠兩兒至嶂峢灣祖塋。先大夫墓松楸鬱然，堂廡如故。瞻拜馬鬣，伏地悲慟。是日請地師周視兆域，言今歲山嚮大利，擇於臘月十九日巳時為太夫人奉安窀穸。次日，至馬鞍塢繡嶂街祖塋。又次日，至二弟楊溪諭塋，距嶂峢灣祖塋四里許。平壠縱廣可二十畝，前臨大河，坊表穹崇，墓前翁仲羊虎森列，氣象宏敞，洵吉壤也。天恩高厚，九原銜感矣。惟念當日與弟倡和，有『卜宅蓉湖繞綠楊』之句，又詞云『屋住東西山大小，此時心早嚮，當初諾』，何此言未踐，先我而歸黃土也？為之一慟。弟又有句云：『吳儂生愛沿溪住，只買平田不買山。』地名楊溪，竟成詩讖矣。三月，伊墨卿、趙味辛過訪。四月，偕三弟回江甯，拜隨園師墓。蘭邨邀至隨園，記少時遊歷之處，山水亭榭依然，而哲人其萎，人事變遷，感愴無已。幸蘭邨酷嗜風雅，克振家聲，吾師所云『園林有主水雲安』也。五月至維揚，訪阮芸臺中丞時居憂在家並墨卿太守。因晤儲玉琴、韋友山、樂蓮裳孝廉蓮裳名鈞，工詩文。余識之於京邸，茲復晤於邗上與吳白庵名照，南城人，陶適齋先生弟子也、江鄭堂名藩，江都人，湛深經術，博學多聞定交。月杪仍回江甯。姚春木偕其弟建木名楗，亦少年雋才也自蜀來甯秋試，延余至五松園淵如觀察舊居，春木借寓共數晨夕，商略文藝。試畢，春木回松江。姪承懋兄弟於八月二十六日北上謝恩謁選。余移寓常府街宅。三弟於八月初旬赴錫，料理太夫人靈櫬旋里諸事，九月十二日回江甯。

公手定年譜止於是年。九月以後八年，敬依行述補編。一鼇謹識。

是年十月，奉顧太夫人靈柩回錫，安奉惠山家祠。旋赴杭州，清平階中丞聘主衢州講席。十二月，返錫。十七日奉顧太夫人柩至嶂峒灣，啟鸞溪公之兆合焉。

嘉慶十三年戊辰，五十六歲

二月，赴衢州，主講正誼書院。三月，芸臺中丞蒞浙，延主詁經精舍。時洪稚存先生亦來杭州，招邀同住。與吳穀人、陳桂堂、郭頻伽、宋小茗、殳積堂、趙雩門諸君往來甚密。時梁山舟先生年已八十有六矣，偶至湖上，輒來相訪，與公談論，亹亹忘倦。旋得方葆巖中丞書，延主關中書院。六月，回錫束裝。八月，至汴梁，見清平階中丞、錢裴山方伯。時陳石士先生典視中州，撤棘相見，銜盃促膝，彷佛春明聚首之樂焉。十月，到關中書院。

嘉慶十四年己巳，五十七歲

主講關中書院，諸生來肄業者二百餘人。

嘉慶十五年庚午，五十八歲

主講關中書院。是科秋試，諸生中式二十二人，一時稱盛。時外祖蘿裳公攝篆江油，作書請公為蜀中之遊。十二月，抵江油度歲。

嘉慶十六年辛未，五十九歲

正月，赴成都，謁見制府常明公、方有堂方伯、瞿秩山觀察、曹霞城太守。傾襟延接，禮意有加。嚴篔亭觀察，公同年也，亦自川東道任所來省。與公翦燭談心，感念今夕。二月，復還關中。嗣值有堂方伯自五臺迎駕回川，過陝晤公，訂重修《四川通志》之約。九月，遣弁來迎。十月，抵成都。時李松雲、譚鐵簫兩先生在志局總理，皆公舊好也。是年八月，外祖補授安縣知縣。

嘉慶十七年壬申，六十歲

正月，在成都。大府延請分纂諸君，如譚靜山編修、王東山明經、汪寫阮大令、嚴麗生孝廉及公甥顧筠皆在局。公與晨夕共事，編纂之暇，談詩論文，頗得友朋之樂。三月中，大府諸公修少陵草堂落成。搆詩史堂三楹，祀少陵於其中。公請以渭南陸放翁配饗，諸公是之，并作記勒石祠壁。暇日，與諸公觴酌相邀，或偕二三知己，椶鞋桐帽，嘯詠其間，忘天涯之羈旅也。十二月十八日，公六十生辰，諸公欲為公壽，公辭，先期赴安縣。諸公俱遣使齎書儀來賀，雄文鉅筆，照耀屏障。外祖為公開筵讌慶，合署甚歡。

嘉慶十八年癸酉，六十一歲

正月，還成都，與在局諸公商榷志乘。凡山川古跡風土人物，訂舊志之謬誤者，不下數千百條。與松雲、鐵簫先生議論相往復，咸服公學之博而識之正也。二月，患石淋癥，勢極危篤。公眷屬俱不在側，親友見公病勢重，皆相顧失色。外祖聞信來省視，勤服藥餌，凡三閱月始就痊。七月，公次子子山舅氏聞信，自甘肅來川侍養。十二月，仍赴安縣度歲。

嘉慶十九年甲戌，六十二歲

二月，還成都。時錦江書院講席虛左，名大府為諸生擇師而難其人。以公文行兼優，具書聘請兼主講席。是年秋，公長子伯夔舅氏自京師來，子山舅氏自甘省接眷來川。公祖寓安置。次媳率子女羈角出拜，公含飴色喜，羈旅中有家庭之樂矣。十二月，公舊癥復發，痛楚殊甚。漢州牧劉公長更深明醫理，投以藥劑，病勢漸退。

嘉慶二十年乙亥，六十三歲

在成都。新正，漸能強飯，步履如平時。讀書日凡數冊。伯夔舅氏等在側，以舊癥甫痊，勸公息心靜養。公曰：『吾自樂此，非爾曹所知也。』翻閱如故。夏秋之間，志局事繁，益以書院課卷堆積盈案，公隨手批閱，頃刻立盡，略無倦色。十月中，志書將次告竣，公以作客久，意欲南旋。而制府常公暨陳方伯望坡、曹廉訪霞城、奇觀察瑤圃屈意相留。公不忍拂其意，遂仍受聘。十一月，書院解館。公以久未至安，欲往一視，而外祖亦遣人來迎。月杪抵署。十二月初二日即病，病中猶強起拂拭几席，構思作文數篇。謂外祖曰：『吾平生無諾責，雖文章亦然也。』又口授長子作省中諸公書，條理井井，神明不衰。二十一日亥時，忽自起坐，曰：『去矣，去矣！』反席少頃，溘然而逝。公少時嘗夢至一處，樓臺縹緲，見金書『少微垣』三字。有峨冠者三人迎謂曰：『三十六年君即來矣。』公賦《金縷曲》詞，有『三十六年塵劫盡』句，詞刻集中。不謂顛倒讀之，為六十三年之讖也。

——光緒五年己卯孟夏月曾孫婿上饒盧紹緒謹梓

附錄二　傳記

輓楊蓉裳

清・陳用光

僊風吹斷蜀山青，徑嚮珠宮躡鳳翎。夢裏前身眞有讖，蓉裳嘗作《紀夢詞》，有『三十六年塵刧盡，問可能、再赴珠宮召』之句，自疑不能逾四十，今乃知爲六十三，考終之讖也。人間彩筆問誰靈。范韓局小能平賊，心餘先生《送蓉裳官甘肅》有『韓范功名在此行』句。蓉裳守伏羌戎城，果以平賊著名云。温李才高不對廷。含斂得依荆樹底，知君至性戀原鴒。憶昨春明共嘯歌，題襟已是十年過。芙初爲設位哭於龍泉寺，蓉裳昔所嘗遊也。麗公兄事山民久，敬禮文呈子建多。此日佛堂奠蘋藻，當年詩夢繞煙蘿。大梁亦是聯吟地，戊辰年，蓉裳往秦訪余於大梁。回□關河痛若何？（陳用光《太乙舟文集》卷十《輓楊蓉裳》，清道光二十三年孝友堂刻本）

楊蓉裳墓志銘

清・陳用光

君諱芳燦，字才叔，一字蓉裳。姓楊氏，常州無錫人。曾祖宗濂，祖孝元，父鴻觀。三世皆以君弟揆官甘肅、四川布政司，晉贈如其官。曾祖妣馮，祖妣顧、倪，妣顧，皆晉贈夫人。顧夫人夢五色雀集庭樹而生君。君生七月而能言，君大父特愛之。長而詩文華贍，見稱於老宿。年十九補縣學生，冠其曹。鄉試罷歸，應學使者試，彭文勤公大異之，以己主試時失君爲悔也。文勤竣學使事，將受代，君方居父憂，招君問家世昆弟，遂以兄女字君之弟揆。君兄弟三人，君爲長。次揆，以召試賜舉人，歷官至四川布政使。次英燦，今爲四川安縣知縣。

君旋以選拔貢生應廷試，得知縣，分發甘肅。嘗攝西河、環縣，旋補授伏羌。回民田五爲亂，起石峰堡，伏羌回民馬稱驥應之。未發，君先期既募鄉勇爲防守，會馬映龍、白中煒、馬宏元以稱驥之謀告君，立捕殺稱驥四人。方請兵，而賊至，君率映龍、中煒、宏元偕鄉勇登陴守五日夜。兵來，與賊比日戰，圍始解。映龍，稱驥甥也。君能得其心，與共守。又嘗脱李五於獄，而使之迎官兵言狀，李五果得銀牌還。君治縣温温若不任事者，坐堂皇訊事罷，卽手一編就几讀。人或以爲笑，孰知其臨變敏決若是。

初，蘇四十三之亂，獄詞連伏羌，人大恐。君請於提刑曰：『馬得建等饋銀在蘇四十三未爲亂前，與從逆者有間，請量從末減。』於是，家屬悉得免緣坐。及石峰堡事平，賊首張文慶子太，憾映龍之洩謀，曰：『映龍固與吾父通音問，其助守城，欲於五日後獻城也。』阿文成逮映龍至靜寧。君與偕往，言於文成曰：『映龍欲獻城，曷爲以其謀告？且伏羌無兵，鄉勇皆烏合衆，亦無俟五日後力始竭也。』文成曰：『彼非馬得建子耶？』君曰：『彼固以得免緣坐，時時與某言涕泣，思得當以報公也。』文成以爲然，立命出之獄。嗚呼！此又足以見君之神而明，其定亂出圍城，非由倖致也。

君後雖以守城功擢知靈州，嘗單騎諭散奪米飢民，請借口糧、設粥廠以安衆。大吏亦甚知君才矣。

而自念家世本儒術，不樂爲外吏，遂入貲爲員外郎，居戶部。與纂《會典》，辰入申出，專力於館書。歸則擁書縱讀，益務記覽，爲詞章。君詩出於義山、昌谷，而自成其體。又工儷體文，嘗語用光曰：『色不欲其耀，氣不欲其縱，沉博奥衍，斯儷體之能事也。』君旋丁顧夫人憂，貧不能治裝，鬻書以歸。爲衢州、杭州、關中書院山長者數年，最後入蜀修《四川通志》，主錦江書院山長。乙亥冬，省弟於安縣。十二月二十一日，以疾卒於安縣署中。距生乾隆十八年十二月十八日，享年六十三。妻徐宜人。子二：承憲、承惠。承惠以後君世父潮觀，爲冢孫。承憲娶沈氏，生子一：應韶。承惠娶趙氏，生子一：應融。女三：長適今景州知州秦承霈，次適今臨清州州判龔瑞穀，次適候選通判張嗣敬。承憲工詩詞，能承其家學。以狀來屬爲君志幽之文，乃敘次而銘之。銘曰：

謂君當懦兮靖貌貙，謂君當顯兮潛郎署以暫居。與余遊處兮蛩倚駏，既別去兮余懷孤。過大梁兮重遇余，雖暫覯兮喜摻袪。黯蜀山兮雲飛徂，遠君之鄉兮孰與爲娛。招子雲兮攀相如，庶一見而慰君兮，歸委蛻於蓉湖。（陳用光《太乙舟文集》卷八，清道光二十三年孝友堂刻本）

戶部廣東司員外郎前甘肅靈州知州楊君墓誌銘

清·趙懷玉

嘉慶丙子夏，吾友楊君才叔喪歸自蜀。是冬，其孤承憲手狀，請銘其墓。予與君交四十載，君仲弟布政與予齊年，比歲又先後主關中講席，無以辭。君諱芳燦，號蓉裳，才叔其字。世爲無錫人。曾祖宗濂，祖孝元，考鴻觀，清德未耀，竝以君仲弟揆貴，贈通奉大夫、甘肅布政使。妣顧氏，封太夫人。

君生前一夕，母夢五色雀集庭樹。生七月，即能識楹帖字不誤。四歲，讀『四子書』竟，能背誦唐人古今體詩八百餘首。稍長，從舅氏顧君遊，爲詩時得佳句。君世父潮觀，四川邛州知州，故名宿。君兄弟與羣從中表皆以才名，里中諸老折輩行交之。年十九，爲金匱縣學生員，名第一。試江寧，見賞於袁大令枚。南昌彭文勤公視學江蘇，每試，輒冠其曹。旋遭父喪。免喪，爲丁酉選拔貢生。廷試一等，以知縣用，發甘肅。文勤聞之，致書惋悵，君亦忽忽若有所失。

己亥，赴甘肅，攝西河、環縣，旋補伏羌。乾隆四十六年四月，河州循化逆回蘇四十三爭教事起，攻陷河州。初，安定回馬明心倡立新教，從者頗衆。至是與老教搆釁，遂起事。布政王廷贊誘明心執之。羣回以索教主爲名，進攻蘭州。會英勇阿桂公、嘉勇福康安公先後率師至，賊始破滅。當兩教搆釁，伏羌回馬得建等十六家斂銀爲訟費。事平後，獄詞連及，臬使馳驛至縣，嚴鞫之。其家屬數百人，滿城號哭，勢洶洶。君以得建斂銀在蘇四十三起事前，與從逆有間，力爲申辨。遂祗論得建等，免其緣坐，闔城帖然。以其暇，修朱圉書院與姜伯約祠。

明年，邑西南天門山石鼓忽鳴，相傳鳴則主兵。君既修築縣城，復請減糶以備倉貯。未幾，回匪田五果起石峯堡。召募鄉勇，設立堆卡，日費數百緡。或曰：『賊氛尚遠，如此縻費，奈虧空何？』君曰：『虧空不過死我耳。與一城生靈、全家性命，孰輕重耶？』既而賊掠固原，攻靖遠，擾安定。城中馬稱驤等約爲内應，獲奸細始知，亟捕。稱驤等皆持械抗拒，格殺四人，然後就縛。方欲請兵，賊已大至。焚燒郭外民居，火光燭天。時城上兵民雖衆，而非精練。舊有獵户，鳥鎗每發必中，選得三十餘名，以資捍禦，賊頗畏之。君則懷印佩刀，登陴固守。賊鎗箭雨集，城上亦矢石交下，如是相持凡五晝夜。當是時，援兵不至，人心皇皇。忽有步騎絡繹從東北來，離二十餘里而止。是夜，賊攻圍益急，衆疑賊黨續至。君召獄中積匪李五，脱其械，謂之曰：『官兵已到，特未知領兵者何人。汝能往探得實，當貰汝罪。』即以印文畀之，使縋城出。時天猶未明。日出時，李五返，則胸懸銀牌。亟挽之上，乃曰：『領兵者總督也。』探懷，出銀牌十，批其印文云：『孤城困守，烽火連天，不意書生當此重任，實堪嘉尚。馬稱驤等即於城内正法。毋以援兵即至，稍有疎虞。』君傳示四城，酌給銀牌，鼓勵民勇，歡聲如雷。官兵與賊接仗，前後殺賊五百餘人，賊膽落，不敢復偪。方賊屯天門山，入夜潛來攻城，寂無燈火。是夜忽列炬數千，迨曉而衆已遁矣。

初，賊首張文慶子張太，以舉發内應憾馬映龍，因言與其父通，約五日後獻城，以官兵突至未果。有檄逮訊。君知其冤，即與偕往，見英勇公，曰：『首發内應者映龍，果欲獻城，將約爲死黨，何肯舉發？且獻城必於五日後，俟守者力盡耳。伏羌向無官兵，民夫皆烏合之衆，賊至即獻，何必五日？』公曰：『彼爲馬得建子，肯助我耶？』君曰：『得建之案，吏議已照叛逆，公免其緣坐。映龍言之，往往感泣，正欲得一當以報公耳。』公曰：『爾能保之乎？』君曰：『非特芳燦保之，同守城者皆願保也。』會衆投具保狀，公乃釋然，立命出之。

軍務竣，以守城功，上有旨以知州題補。丁未，補靈州。丁巳，靈州歲饑，州民有搶奪者。里長張皇具報，市門悉閉，闔邑驚疑。君曰：『此饑民耳，可無慮。』即馳往慰撫。白上官借口糧，既發倉散給，又設立粥廠。械搶奪爲首者以示，民情翕服。戊午，權平涼知府。會君仲弟授甘肅布政，例廻避。以久於風塵，備嘗艱險，不樂居外，改捐員外郎，在户部廣東司行走。尚書朱公珪舉爲《會典》纂修官，旋爲總纂修。甲子，布政卒於任，將告歸，以書垂成，不准乞假。時季弟英燦已奉母南下，布政已遷江寧，乃先遣子歸省。丙寅，京居日貧，又念親綦切，得心疾。聞人大言疾步，輒蹶氣震怖。旋遭太夫人憂，質寓中書籍爲舟車費。歲暮，達江寧。悲勞臻至，容髮自此衰矣。明年冬，葬顧太夫人於嶂峒灣。

戊辰，主衢州正誼書院、杭州詁經精舍。己巳，陝西巡撫延主關中講席。庚午，諸生捷秋榜者二十二人，一時稱盛。辛未，蜀中大吏延修省志，適季弟題補安縣，君遂赴蜀，以便往來其間。癸酉，在成都，忽遘危癥，久始稍痊。時予已在關中，亦嬰末疾。秦蜀尚邇，書問時通，嘗爲予撰詩文集序。乙亥，志局將蕆，君欲南歸。蜀中當事力挽，增修脯至千金，遂勉留。是冬，在安縣偶感寒疾，遂不起。

嗚呼！始君與布政皆以詞藻顯，既而竝著戰功，俱可不朽。然君少予六年，布政且少予十有三歲，乃兩人志墓之文，咸出予手，予之衰疾頹廢，反塊然獨存，斯可哀已！所著有《眞率齋稾》十二卷、《芙蓉山館詩詞稾》十四卷、駢體文八卷行世，又《集外》詩四卷、文四卷，藏於家。君生乾隆十八年十二月十八日，卒嘉慶二十年十二月二十一日，春秋六十三。配徐氏，封宜人。子二：承憲，候選府經歷；承惠，候選縣丞，爲從兄掄後，承邛州大宗。女三人：直隸景州知州秦承祐，山東臨清州州判龔瑞穀，候選通判張嗣敬，其壻也。孫二人：應韶、應融。以嘉慶二十二年九月甲寅，葬無錫嶂峒灣祖塋之昭穴。銘曰：

才陵六朝，命寄百里。研京練都，捍城築壘。經緯兼之，中外歷只。胡爲駸駸，而遽中止。我銘無媿，百世以俟。（趙懷玉《亦有生齋集》文卷十八《墓誌銘》，清道光元年刻本）

墓表

清・姚　椿

公諱芳燦，字才叔，江蘇金匱人。自其少時，警敏劬學，為詩文若夙成者。年二十，以選拔貢生，特用知縣。公為諸生，久有聲譽。始入都，公卿人人爭欲識之。

先是，辛卯歲試江寧，佹得復失，學使者以為大恨。及是，則書尼其行，鄉人亦多言宜改就教職者。大理寺卿王公昶獨曰：『擇官而仕，古人所非。縣令百里所寄，任亦匪輕。要在賢者，努力為之耳。』遂就吏部選籤，掣得甘肅。至，則補伏羌縣。甘肅外毗新疆二萬餘里，諸大臣絡繹出入，地瘠而事叢。大吏以下，相與為回邪匿冒國帑，飫饜私欲。公至，不肯附和，亦不為嶄嶄之行。凡所諮畫，悉濟於公。然其後猶以虧空事被累。

乾隆四十六年四月，安定回民馬明心倡立新教，布政司誘而執之，其黨蘇四十三等遂反。事平，論伏羌民馬得建等十六家斂銀以圖訟，論如逆。公曰：『得建等事在未反前，與從逆有間，宜末減。』免者百餘人。其後二年四月，逆回田五鬨於石峯堡。公先事籌備，賊得不擾。賊掠固原、靖遠、安定諸縣。城中馬稱驤等約爲内應，其黨映龍首發之。城被圍五日，援兵不至。公内殲外捍，夙夜勤劬，亦會總督兵適至，遂誅稱驤，賊遁去。方圍城時，公談笑鎮定，從容賦百韻詩，寄按察使王公。王公報曰：『吾料君必能辨賊，今果然矣。』王公即向勸公就縣令者也。

大將軍既平賊，賊黨誣映龍先約五日後獻城，會兵至不果。乃訊於靜寧。公於偕往，謁大將軍曰：『首發內變者，映龍也。如約降，何肯舉發？且獻城必於五日後者，云俟守者力盡耳。伏羌向不治兵，民夫輩皆烏合，賊至即獻城耳，何必五日？』大將軍意解，曰：『映龍故得建子也。且令能保之耶？』曰：『非獨令，伏羌同城守者皆願保之。且映龍幸得建事不緣坐，時時感泣，此固所以報也。』遂出之獄。公他日謂人曰：『明陳子龍招降許都而不能免其死，嘗以為恨。然都固叛逆者。映龍助予守城，首發內應，而枉誣以死，何以對隴西人士乎？』

論功，擢靈州知州。其後，公弟揆來為甘肅布政使，公當迴避，乃用新例，入為戶部員外，分發廣東司行走。為《會典》館纂修官。公卿多知公者。而公延攬才士，微藝必錄。為詩文，援筆立就，人人滿所欲以去。公性淳篤，孝友忠信。為縣令時，人有求者，未嘗顯斥，笑謝之而已。子弟輩或譏彈他人詩文，輒愀然曰：『彼能讀書，好為詩文，所以樂就我也。奈何薄之耶？』人或負之，他日待其人如初。在甘創勵文學，首拔周為漢、陸芝田於眾中。生平慕李商隱，謂有『四同三異』。而為漢稱公，以為過於商隱者三事，知公者以為知言。公以入蜀修《通志》，卒於安縣，年六十三。其世系子姓俱存埋幽之文，故弗著著其生平志事云。（参见楊芳燦《芙蓉山館全集》卷首，清光緒十七年活字印本）

皇清誥授奉直大夫戶部廣東司員外郎充會典館總纂修官蓉裳楊公傳

清・陳文述

君名芳燦，字蓉裳，一字才叔，江南金匱人。以拔萃科試高等，選甘肅伏羌令，擢靈州牧。入京爲戶部員外郎，以母憂歸，卒於蜀。君天姿英敏，年甫冠，所爲詩文已爲藝林所重，與弟荔裳有『二楊』之目。

及官伏羌，即值田五之變。田五者，回民之譎驁者也。聚石峯堡，以復新教惑衆，謀作亂。未期而事洩，遂由海城攻靖遠，破通渭，戕都統參將於高廟山，合數萬人攻伏羌。伏羌當秦隴之衝，城中回民雜處。君外輯軍民，内杜間諜，獲馬中驥等數人誅之。其良者，君拊循激勸，咸願助君堅守。居民以回也疑之，君曉以大義，民與回遂和。擘畫甫定，而賊大至，君隨機宜設方略應之，與下同甘苦，當矢石之衝者四晝夜。援兵至，圍始解。賊不得越伏羌而東，乃退守石堡。會大將軍阿公、制府福公統禁旅至秦，蜀兵亦先後雲集，築長圍以攻，遂破石堡。是役也，非君以死守扼其衝，必蔓延四出，不可驟定。論者比之睢陽、玉壁焉。事平，論功，擢靈州牧。

時荔裳已由中書舍人從大將軍福公征廓爾喀，與君遇於靈州。逾年，軍事平，荔裳以觀察擢甘肅藩司，君例應引避。不樂外任，乃入貲爲戸部員外。君故工駢體文，及官京朝，多暇日，所爲文益宏整典重。京師有大著作，必假君手。君有請必應，文不加點，日常數千言，輦下數才人者君為舉首。後生寒畯，多被容接，士論翕然歸之。纂修《會典》，克舉其職。會荔裳卒於蜀，太夫人繼逝，君乃南歸。君之歸也，貧無以自給。則西之秦，主講關中書院者數年。繼又至蜀，客蜀者又數年，修《四川全省通志》。會季弟蘿裳令安縣，遂至安邑。以嘉慶乙亥冬卒於安縣，年六十三。

君與人平易，無疾言遽色，而外和内介，生平未嘗有失德。文人之敦行者，莫君若矣。所著有《眞率齋稿》、《芙蓉山館詩詞文全集》若干卷行於世。餘所著未刻者，多藏於家。子二：夔生，官薊州牧；麟生，以嗣從兄掄後，房山縣丞。女三：一適同里秦承霈，天津同知；一適閩縣龔瑞穀，睢寧通判；一適餘姚張氏，居四川劍州牧。

陳文述曰：余之識君也，在辛酉春。以計偕留京師，先後與君過從者五年。君怡聲緩步，使人浮氣皆歛。而身居圍城，乃忠義奮發，卻敵全城，爲國家保障，洵賢者不可測矣。君弟荔裳，以書生從軍絶域，勒銘二萬里外。及官蜀，適白蓮教不靖，與軍事相終始。所著《桐花吟館詩》，與兄媲美。季弟蘿裳，亦有文名，長於倚聲。論文人者，推君與諸弟，其不易及哉！（道光二十三年《芙蓉山館詩鈔》卷首，古懽書屋楊廷錫刻本）

楊芳燦事略

清・李元度

同時楊君蓉裳，名芳燦，無錫人。母顧夢五色雀集庭樹而生君。詩文少卽華贍。學使彭文勤大異之，字以兄女。由拔貢應廷試，得知縣，補甘肅之伏羌。回民田五爲亂，起石峰堡，縣民馬稱驥應之。未發，君先期募鄉勇設防，會馬映龍以賊謀告君，立捕殺稱驥。賊遽至，與映龍等登陴，守五日，圍解。映龍，稱驥甥也。君治縣温温若不任事者，坐堂皇訊事罷，卽手一編就几讀，人笑之。而其應變敏決乃若是！初蘇四十三之亂，獄詞連伏羌，人大恐。君力請於提刑，得末減。及石峰堡事平，賊首張文慶子泰，憾映龍洩其謀，曰：『映龍故與吾父通，其助守城，欲於五日後獻城也。』阿文成逮映龍至靜甯，君曰：『映龍果欲獻城，曷爲以謀告？且伏羌無兵勇，皆烏合衆，亦無俟五日後力始竭。』文成悟，立出之獄。君以功擢知靈州，嘗單騎諭散奪米飢民，請借口糧，設粥廠以安衆。大府才之。君顧不樂外吏，入貲爲員外郎，居戶部，與修《會典》。公餘擁書縱讀，益務記覽，爲詞章。詩出入義山、昌谷間，而自成其體。又工儷體文，驚才絕豔，世謂盈川復生。嘗曰：『色不欲其耀，氣不欲其縱，沉博奧衍，斯儷體之能事也。』守伏羌時，王蘭泉廉使統師長武，嘉其偉節，賦詩飛達圍城，君立和之，并上《伏羌紀事百韻》。其整暇如此！丁母憂，貧甚，鬻書以歸。主衢、杭及關中書院數年，入蜀修《四川通志》，主錦江書院。弟揆（編者謹按：當爲『英燦』）知安縣，往省之，卒於其署。年六十有三。著有《吟翠軒初稾》。揆字荔裳，乾隆庚子召試舉人，少擅風雅，與其兄蓉裳齊名。由中書從嘉勇福公征衞藏，所歷熊耳山、星宿海諸勝，異境天開，詩格與之俱進。累官四川布政使，著有《藤（編者謹按：當爲『桐』）華吟館集》。（清·李元度《國朝先正事略》卷四十四《黃仲則先生事略楊芳燦、楊揆》，清同治刻本）

楊芳燦

清·張維屏

楊芳燦，字蓉裳，江南金匱人。貢生，官戶部員外郎。有《吟翠軒初稿》。

蓉裳驚才絕豔，綴玉聯珠，駢體之工，幾於上掩溫邢，下儕盧駱。而詩則取法於工部、玉溪間，塡詞亦兼有夢牕、竹山之妙。乃僅以拔萃科，選爲伏羌縣令，既而逆回搆亂，烽火連天，蓉裳嚴守孤城，授孑傳餐，獨當豕突。事平久之，乃量授靈州。又偃蹇十餘年，始爲農部。雖兼《會典》館纂修，而終不獲與於承明著作之林，殊爲缺事。然聞京師盤敦之盟，必以君爲赤幟，蓋光燄固不能掩也。《湖海詩傳》

楊州牧驚才絕豔，世謂盈川復生。袁簡齋太史論詩所云：『毘陵星象聚文昌，洪顧孫楊各擅場』

者也。始以里選上計，出宰伏羌，值回氛肆逼，攖城守禦，指揮殺賊，一軍皆驚。王述庵廉使統師長武，嘉其偉節，賦詩二律，飛達圍城。州牧卽有和章，並自著《伏羌紀事詩》一卷，又何整暇！竟以殊功特擢，可謂才人之奇遇。《吳會英才集》（清·張維屏《國朝詩人徵略》卷四十《楊芳燦》，清道光十年刻本）

楊芳燦傳

清·秦緗業等

楊芳燦，字蓉裳，乾隆四十二年拔貢生。廷試一等，知伏羌縣。值回民田五滋事，圍伏羌。芳燦誅內應數人，城守五晝夜，援至圍解。擢知靈州。尋入貲為戶部員外郎，與修《會典》。丁母憂，歸。主講關中，旋修《四川通志》，卒於蜀。芳燦工詩及駢儷文，才艷絕一時，與同郡洪亮吉、孫星衍，同邑顧敏恒齊名。守伏羌時，按察使王昶賦詩飛達圍城，芳燦援筆和之。其整暇如此！子夔生，以雄縣丞累擢知薊州，亦有才藻，尤長於塡詞。（秦緗業等撰《無錫金匱縣志》卷二十二《文苑傳》，清光緒七年刻本）

楊芳燦傳

民國·趙爾巽等

芳燦字蓉裳，母夢五色雀集庭樹而生。詩文華贍，學使彭元瑞大異之。乾隆四十二年拔貢生，廷試得知縣，補甘肅之伏羌。回民田五反，縣民馬稱驥應之。未發，芳燦從稱驥甥馬映龍偵得，立捕斬之，因城守。賊奄至，以無應，解圍去。憾映龍洩其謀，揚言映龍故與通，約五日後獻城也。阿桂逮映龍，將殺之，卒以芳燦言得免。敍功擢知靈州。顧不樂外吏，入貲為戶部員外郎。與修《會典》，益務記覽，為詞章。嘗曰：『色不欲麗，氣不欲縱，沉博奧衍，斯駢體之能事矣。』丁母憂，貧甚，鬻書以歸。著《芙蓉山館詩文鈔》。（趙爾巽等《清史稿》列傳二百七十二《楊芳燦傳》，中華書局一九七七年版）

附錄三　楊芳燦著作各本敍跋

眞率齋初稿序

王　昶

昔鈍翁言：『詩有臺閣之體，有山林之體。磊落華贍，臺閣之詩也；悲嘷憤慨，山林之詩也。爲臺閣體者，宜貴宜大宜設施；爲山林體者，宜不偶，宜無所表見。』信斯言以言詩，將畫爲兩戒，區爲兩人，離而不可相兼矣。且何以處夫非山林非臺閣者歟？夫山林臺閣，時之異也，所以爲詩，則豈有異哉！譬諸水，其出於山也，涌而爲濫，縣而爲沃，仄而爲氿。其運於海也，朝而爲潮，夕而爲汐，大而爲瀾，小而爲淪。求之於水，蓋一而已矣。發之有原，匯之無盡，由是因物賦形，將怪變百出，弗可勝紀也。兩體之云，豈通論歟？

楊子蓉裳，於學無不識，於才無不能，落筆爲詩歌，時而悲嘷憤慨焉，時而磊落華贍焉。山林臺閣之體，雜然出之，所爲因物賦形，不可以一端求者也。年弱冠，以貢來於都。世之交於君者，望其人逌然以喜，叩其學肅然以敬。及覽其所爲詩，若河伯之面海，茫洋咤嘆，適適然驚，規規然自失。謂君非山林中人，將掞其才華以揚光臺閣也。試於廷，當爲令於甘肅。將行，出《眞率齋初稿》示余。余讀之，若元虛賦海，景純賦江，所謂天吳馬蹊，閃屍髣髴，雲精水碧，焆曜頮彩者。嗚呼！偉矣！君今進不得居臺閣而膺百里之寄，亦非山林者比。且甘肅界窮邊，風沙蒼莽，山谷岨絕，番戎所據，北涼、西夏所都，魁奇人傑，橫戈百戰之地。往而開拓心胸，發皇聞見，悉其學與才以見於詩。山林臺閣之語，益不足以限君也已。

君弟荔裳，從兄永叔、方叔，咸以異才崛起東南，而賢伯笠湖先生，世推為通儒長者，皆辱余交善也。君承家學，與兄弟相師友，葢猶江海之水，源所從來遠矣！又有分支異派，滙其波瀾而增其氣勢，將見放榑桑，泄尾閭，可量其怪變百出也哉！戊戌七月朔日青浦王昶序。（《眞率齋初稿》卷首，清乾隆四十四年刻本）

眞率齋初稿序

顧敏恒

僕與蓉裳楊君，託膠漆之密契，有葭莩之世親，駏負而蛩趨，蟲鳴則螽躍。淄澠同器，笙磬共音，中心藏之，爲日久矣。乃者裒所述作，録其詩歌，授簡鄙人，俾爲之序。夫良玉既剖，不待卞和之泣血也；利劍既躍，不待茂先之望氣也。僕學無淵源，詞乏文采。而稷下杜口，早聞魯運之談；東隣捧心，先識西施之貌。情在於是，烏能無言！

君秉氣英淑，負材經奇，襟披蕙風，袂灑蘭雪，清談而霏屑如鋸，列座而無衣不寒。若陞堂入室，何遠古賢？但飲酒讀騷，便成名士。篤嗜緗素，頤情典墳。徙倚永日，移魏收之胡牀；沉冥下帷，鋭管寧之木榻。凡汲塚斷簡，龍威祕文，夷吾所知者七十有二代，曼倩能誦者二十餘萬言。庋以陸公之廚，貯以邊韶之笥，胸咽丹篆，掌盈墨書。並遺糟粕，嘰菁華，笙簧六經，脂粉百氏。故其所作，如威鳳五色，儷霞九光，錦罽繽紛，花葉麗爾。燃龍燭以照海，建翠旍以翳天，聞者動心，觀者眩目。

予季父響泉先生每曰：『蓉裳之才，可云秀絕寰區。庾蘭成之麗藻，目以清新；揚子雲之環詞，謂之淡雅。別有眞賞，不同妄嘆也。』憶在弱冠，即罹屯灾，王裒廢其蓼莪，原憲羹其藜藿，耕石不富，食糠何肥？時則顧爲博士，讀元家之異書；將游大人，挾齊客之鳴瑟。或割氈以遺江革，或倒屣以迎仲宣，見《說難》《孤憤》，願與同遊；諷《游山九吟》，幸其並世。人思薦禰，衆共推羊，雖未能問道璇華，校書天祿，而方檄裾以謁吏部，旋束帶以從督郵。仄聞仕宦之鄉，是昔要荒之服，天高日淡，地古沙平，弱水西流，黃河東走，馬嘶風而噴玉，雕睇野而生雲。君於是時，飫黃羊之饌，擁青兕之裘，弦邏沙之檀，酌蒲桃之酒。此間才子，不異從戎；何事參軍，但工蠻語。必且以兒女之情，挾幽并之氣，陽關三疊，甘州八聲，混沌高歌，防風起舞。他日者傳之以一雙黃鵠，遞之以千里明駞，當使曲中楊柳倍覺風流，塞上焉支別增顏色耳。茲有事於剖珠，恐見譏於倚市，而君方以廣忠益，集參稽。夫豈海神匿跡，堅避畫工，長康隱形，見欺蟬葉，所可同日而語哉？況乎一別千里，相思各天，尋君紫邏，畏逢吹夢之風；寄我翠鴛，慮有沉波之字。寘此懷袖，如聆音聲，是又僕一人之私，而與君兩得其願者矣。祖帳將設，離樽欲傾，聊書所懷，并以爲別。己亥正月望日顧敏恒序。（《眞率齋初稿》卷首，清乾隆四十四年刻本，古懽書屋藏板）

眞率齋初稿跋

汪士侃

斷碣闕簡零縑之流露人世也，嗜古有識者，輒補綴而珍弆之；殘逸甚，珍惜乃更甚也。況先人手澤之蠹朽於不及檢省者耶？顧不及檢省，月累歲積，往往不惜其殘，至漸乃至於逸。《眞率齋詩詞》，蓉裳夫子初稿也。浣香子山遠宦，家藏版刻頗殘闕。誠齋大弟檢得，亟命工刊補之，恐其遂殘遂逸也，且愛少作之自全其天也。抑余侍講席，久聞最初祖庭辟咡佳句，及入蜀後未刊諸作。誠齋暇日搜擇而傳布之，幸甚。戊戌夏日受業門人汪士侃敬跋。（《眞率齋初稿》卷末，清乾隆四十四年刻本）

眞率齋初稿跋

楊廷錫

《眞率齋初稿》古今體詩十卷、詞二卷，愨伯父蓉裳公少時之作也。公於書無所不窺，於詩無所不讀，博覽強記，人莫及焉。後宦游甘肅，又有《芙蓉山館》之刻。世故但知有《芙蓉山館》而不知有《眞率齋》，可不惜哉！此板本藏於家。戊子歲，愨自蜀歸里，求此書，邈不可得，時時有念於心。又四年，偶於家中翻閱故架，見此板尚存。取舊之藏者，命工校對，闕十餘葉。乃重補正，刷印傳布。噫！公之志未克盡，公之才無遠近人人無弗知。讀此詩者，宜於濃艷中求其淡，華贍中求其逸，磊落奇異中求其和，勿徒謂驚才絕艷，以忘公作詩之本意也。此稿以『眞率齋』名者，家舊有齋在邑城北，為愨高祖聲毓公讀書之所。以齋名者，志不忘祖也。曰『初稿』者，蓋將有以續之也。故慤謂欲觀公之詩，必自初稿始。於其補之成也，為述其大概，且喜其版之全，謹為文以誌幸。歲在著雍閹茂皋月，胞姪慤謹識。

（《眞率齋初稿》卷末，清嘉慶二十三年補刻本，古懽書屋藏板）

楊蓉裳伏羌紀事詩序

王昶

《伏羌紀事詩》一卷，楊子蓉裳因城守而作也。甘肅賊回之變，旬日間破通渭，擾安定、會寧，戕都統參將於高廟山。鴟張豕突，將南走秦川，東犯隴州，延蔓而不可制。伏羌彈丸地，無一旅之師，內有首鼠兩端之回衆將從中起。蓉裳乃萃鄉勇，力守禦，遏其方張，使跳踉搏噬之性莫能少逞。於是逡巡惶惑，折歸於石峯堡，以竢聚族而殲。蓋以伏羌蔽秦隴，秦隴安則陝西、甘肅全境安，故其勢甚危，而其功甚偉。然是時事聞，上卽遣侍衛數十人、京旅數千，督以大學士英勇阿公及制府嘉勇福侯，飈馳電擊。賊知大兵將集，不敢頓於堅城之下，蓋非聖天子威靈洞矚萬里先幾，決策不及此。考耿恭守金蒲，爲車師所攻，數月食盡，至煮鎧弩，食筋革，僅而獲免，城亦終弗克保。然則蓉裳之得以完城自効，可不謂非厚幸歟！方賊自北而南，予在西安，得旨率兵二百餘出駐長武，以遏西路之衝，與蓉裳時相通也。聞被圍，心怦怦不能寐，作詩以訊之。不意其慷慨激發，自試於盤根錯節如此！今蓉裳以特薦將入都，受不次之擢，則是詩其功籍也。至辭句之工、才力之富，皆古人所未有，爲詩家別開一格云。（楊芳燦《伏羌紀事詩》卷尾，清乾隆五十年刻本）

盤根錯節，別利器於虞生；走檄飛書，逞雄談於枚叔。從來政事，必稱治賦之才；自古文章，要有淩雲之氣。然而人事畫餅，啖豈充饑？即或功勒青珉，詞難稱事。既治絲而必紊，亦摛藻之無華。求其二者兼之，蓋亦渺乎寡矣！

伏羌紀事詩跋

景　炎

伏羌楊蓉裳明府，胸有甲兵，學窮流畧。明經擢弟，曾窺委宛之書；僊令飛鳧，來作當亭之宰。而乃琴彈古調，居然單父風流；蒿備周垣，允矣晉陽保障。鄭子產實眾人之母，蔣公琰非百里之才。而乃撫此彈丸，適逢苞櫱，蕭關之師已潰，花門之勢方猖。斯時也，羣盜滿山，四郊多壘。風聲鶴唳，警豈全虛；螳斧雷車，力原不量。鈎結偏定西之黨，滋蔓難圖；憑淩狎渭北之城，沸波將及。況乎戎先伏莽，變即生肘腋之間；蜮善含沙，疾乃在腹心之地。處茲危境，間髮難容，茍昧先幾，噬臍奚及！君則從容辦賊，談笑除奸。諜者誰何，已信邑人之無箐；殺之甚便，遂消社鬼之潛謀。此其弭患於未形，而運籌於始事者也。洎乎詰朝相見，空壁爭馳，嘯聚成羣，揭竿並起。氛來甚惡，塵埃蔽日月之光；繕具鹿完，樓櫓壯風雲之色。君則拊循疾苦，激勵壺餐。鞾刀帕首，士多誓死之心；藉甲枕戈，民絕還家之念。而且出奇制勝，守同墨翟之造車；應變多方，智類張巡之束槀。此東門之圍五日，親履其危，而知方之訓三年，獲收其效者矣。無何，兵從天降，寇已宵奔。上將能謀，迅矣欃槍之掃；孤城無恙，依然磐石之安。臨戎則壯志猶飛，出險則驚魂甫定。撫凋殘之眾，棖觸偏多；當灰刼之餘，嘯歌不廢。遂乃鋪張偉伐，紀録殊恩。頌稱訊馘獻囚，固長言之不足；禮誌郵灾賑乏，尤贊美之難窮。此百韻之詩所由作也。於是盈川才子，吮墨揮毫；彭澤詩人，賡歌踵韻。珊瑚競鬬，旗鼓相當，高奇爭華嶽之峰，典重峙博山之鼎。左癖書淫之目，韓碑柳雅之遺，若是班乎？可謂偉矣！

嗟乎！書生報國，誰為守土之良臣？稗史備官，孰是摩崖之鉅手？如斯作者，即垂諸不朽，詎曰非宜也哉！僕也軍事未嫺，偶效顧盼據鞍之態；詞鋒遠遜，安有淋漓濡墨之能！屬觀紀事之篇，用悉登陴之畧。獅能搏象，爰知全力之攫拿；狗可續貂，罔計流傳之嗤點。若使繩以失律，尚能贈子一言；如其攻用偏師，當必避君三舍。歲次乙巳夏五琴川愚弟景菼拜跋。（楊芳燦《伏羌紀事詩》卷尾，清乾隆五十一年刻本）

芙蓉山館文鈔序

吴　鎮

自太極生兩儀，而天地人物無不有偶。文章亦若是矣。水濕火燥，雲龍風虎，文於易；覯閔受侮，山榛隰苓，文於詩；肇州封山，滿損謙益，文於書：皆偶之端也。東漢而後，遂漸成駢體矣。沿自陳隋，或氣不足以舉其辭，千手一律，氣象萎爾。幸昌黎韓氏起而反之，反之誠是也。然不學者樂其易為，則空疎之散行，弊復與堆積等。故升菴楊氏謂『假漢魏易，眞六朝難』，非過言也。顧自駢體化爲四六，其弊滋甚。盖胸無萬卷，徒檢類書，屬對雖工，終同稗販。則品騭者但當論其文之奇不奇，不當論其文之偶不偶也。

梁溪楊子蓉裳，不作今人之詩者也。天才秀發，有如雲蒸泉湧。而又以其餘力，溢為排比之文，今《芙蓉山館雜著》是也。既兼徐庾之長，復運韓蘇之氣，春饒草樹，而山富煙霞。雖欲不傳，其可得乎？第篇章浩瀚，採擇良難，余因鈔三十餘通，付之剞劂。此文出而蓉裳之詩可想見矣。如有人焉，拘體格以分軒輊，則請強迴筆端，而試與之角，吾恐其赤手倉皇，或如捕龍蛇搏虎豹也。乾隆辛亥秋日洮陽吳鎮序。（吳鎮選刻《芙蓉山館文鈔》卷首，乾隆五十六年松花菴藏本）。

芙蓉山館詩稿詞稿序

石　渠

余遊蘭山，於友人齋中，見有《吟翠軒初藁》，為梁溪楊蓉裳所作。由義山之閫奥，躐杜陵之藩籬。擊節久之，時未與蓉裳訂交也。乙巳歲，佐幕南安，蓉裳適宰伏羌，因得時相過從，尊酒論文，亹亹忘倦。并悉其哲弟荔裳中翰，亦早歲工詩，而高步鳳池，無緣邂逅。又嘆蓉裳以玉堂才彦，遽從吏事，叔夜有云：『一行作吏，此事遂廢。』而蓉裳嘯歌弗綴也。

且聞甲辰夏，五小山逆回田五之黨嘯聚石峰堡，將謀當亭為三窟。城中從賊者約期内應，人心兇懼，變虞肘腋。蓉裳設法鈎距，得數巨魁，應時擒戮。賊即至於城下，仗劍登陴，撫循守禦，閲七日夜而援兵至，城賴以全。有《百韻詩》紀其事，不鋪張，無諱飾，又知蓉裳不徒以騷雅見長。予至南安時，案牘中尤歷歷見其事。想爾時隨機制變，磨盾從容，視登樓坐嘯者，倜乎遠矣。

隨以前功，擢牧靈州，邀余入幕。工餘之暇，因得近讀其近年著述。適荔裳假省來靈。風雨西牕，一觴一詠，予得濫廁其間，綠水芙蓉，抑何麗也！荔裳出其《桐華吟館詩稿》，受而讀之，高淡逼陶謝，流麗兼徐庾。天水朱霞，雲中白鶴，未足仿其標格。難兄難弟，於今見之矣。荔裳入都，予與蓉裳周旋，五年於兹。計生平跋涉天涯，交遊豪儁席硯之久，無有過於此者。臨洮老宿吴松崖序予詩曰：『今日之蓉裳即午橋之季鷹也、致能也。』予雖慚杜陸，而交義相孚，於古人中求之，予兩人何多讓焉！

蓉裳宦遊以來，吟詠日富，浩乎瀚乎，莫知涯涘。元微之於子美，云鋪陳始終，排比聲韻，大或千言，次猶數百。詞氣浩邁，而風調清深；屬對律切，而脱棄凡近。我於蓉裳，亦復云然。

荔裳去年奉命從嘉勇公西征衛藏，其所歷之境愈奇，所得之詩益新，均未可限量也。兹予選其稿中超詣絶倫者，合而梓之，誌所好也。且以公之同好，聯珠合璧，非藝林盛事耶？其叔氏蘿裳，年甫冠，方肆力舉業，而近見其寄《仲氏從軍詩》一首，咄咄逼人，亦可畏愛。唐李尚一兄弟三人，皆以文章名世，同為一集，號《李氏花萼集》。行見『楊氏花萼集』出，安見古今人不相及耶？予羡蓉裳昆季，皆以文章樹立，友於雅篤，故不禁津津其言之。乾隆五十七年歲次壬子仲夏雲間愚弟石渠拜手序。（《芙蓉山館詩稿詞稿》、《桐華吟館詩稿詞稿》合刻本，清乾隆五十七年刻本）

芙蓉山館詩稿詞稿序

吴　鎮

從古詩人多矣，而兄弟齊名者殊少，然曠世而一逢，則亦可數計焉。彼士衡、士龍，孟陽、景陽，夐乎尚已！第讀張氏之詩，則兄不如弟；而讀陸氏之詩，則弟又不如兄。求其壎篪迭奏，花萼聊輝，手笔畧同而才情亦不相下者，其惟梁溪二楊乎？

蓉裳久官甘省，嘗與予論詩，頗有水乳之合。後因蓉裳而識荔裳，聲應氣求，亦同針芥。不圖疲暮獲見『二難』，夫亦老夫之幸也！蓉裳之詩，清深而華贍；荔裳之詩，幽秀而端凝。舉六代三唐之奇勝，萃於一门，求之近人，殆絶無而僅有者乎？今雲间石子午橋乃精選而合刻之，左把浮邱之袖，而右拍洪崖之肩，咳唾隨風皆珠玉矣！憶昨歲之冬，荔裳隨節相西征，因復與予相見，而河橋分手，猶拳拳索予之贈詩。則今兹之合刻，予固樂观其成，而豈可以千秋之奇賞，獨委諸午橋一良友哉？抑予聞二楊之三弟蘿裳，亦詩人也。年甫弱冠，而氣已無前，充其所造，恐蓉裳、荔裳難爲兄矣！後生可畏，来者難誣，吾願蓉裳、荔裳，鎔今鑄古，精益求精，勿待阿奴火攻，而始各堅其壁壘也。是爲序。乾隆歲次壬子季夏洮水弟吳鎭信辰甫拜撰。（《芙蓉山館詩稿詞稿》、《桐華吟館詩稿詞稿》合刻本，清乾隆五十七年刻本）

芙蓉山館詩鈔序

吴　鎮

寄寒花於隴上，誰是仲圭？求老鐵於雲間，乃逢孟載。幸託一尊之酒，得聯千古之交。斯誠藝苑之美譚，抑亦騷壇之樂事也。使君華陰貴胄，金匱名家，黃雀環樽，丹鳧履迅。英年拔萃，冠南朝山水之鄉；壯歲服官，鄰北地枌榆之社。驚才風逸，麗藻霞騫，猗歟盛哉，夐乎尚已！憶當前載，同客省垣，曾有《文鈔》，屬予論次。顧第稱任彦昇之筆，或虞家令矜能；而細讀曾子固之編，終恐淵才遺恨。然則《詩鈔》之選，老夫其可矣乎！原夫典謨風雅，古有專經，而著述詠吟，君能具美。屈幽宋艷，分香草於十洲；鮑儁庾清，簇名花於萬樹。固宜齊驅六代，方駕三唐者哉！況乎朱囿鳴琴，賀蘭岸幘。劉越石鄰圉舒嘯，榻起雄風；嚴季鷹對酒揮毫，筵開古雪。斯又詞人之豪傑，才子之神僊矣。僕洮水迂儒，蘭山老客，爭魏邢之優劣，敢云月旦出自北人？賡蘇李之唱酬，惟願榛苓傳於西土。聊為短引，敬弁名篇。愧在盧前，遂係君家之讆語；請從隗始，姑容我輩之狂言。乾隆癸丑荷月松崖吳鎮序。（吳鎮選刻《芙蓉山館詩鈔》卷首，乾隆五十八年松花菴藏版）

芙蓉山館詩稿序

法式善

義山於詩喜少陵，而所作不似杜；山谷於詩喜少陵，而所作亦不似杜。然後世稱善學杜者，莫如義山、山谷。何也？則眞與偽之辨，神與形之說也。今之稱能詩者，大都以剽竊漁獵見長，求其所謂牢籠萬象、變化一心者，十不一覯。豈知喜怒悲愉，必實有其不容已於中者，而後發為文章，足以使人激發。甚矣，詩不可以偽為，尤不可以形似歟！

梁溪楊蓉裳農部，髫年與其弟荔裳方伯以詞賦雄東南。農部由諸生貢成均，試高等，官甘肅二十年，甚著功績。昔袁簡齋前輩書來，稱其才且賢。又於洪稚存、趙味辛、孫淵如暨荔裳所見其所作詩文，心賞其工。然實未睹其人，亦未嘗見其全集也。茲來京師，一見如舊相識。復承以詩集，委余校勘，獲卒業焉。君於詩固喜少陵者也。反復讀之，不似杜，并不似義山、山谷，乃知君善學杜，并善學義山、山谷矣。昔人有言曰：秦音亢厲，吳音靡曼，此其性然也。今乃欲盡變其生心之音，使越無吟，齊無謳，楚無歌，而俱操為秦聲吳聲，則其偽亦甚矣。君生於吳而宦於秦，詩則工於諸體，而皆出之以真。又能神明規矩，不沾沾法古，而古人之妙盡有。就今所詣，已將於義山、山谷之間高置一座，況日進而不已耶！嘉慶六年冬月年愚弟法式善拜序。（《芙蓉山館詩稿詞稿》卷首，清嘉慶六年刊本）

芙蓉山館詩詞文鈔跋

楊廷錫

伯父蓉裳公著《芙蓉山館》古今詩、詞、駢體文若干卷，公手訂也。公少時曾刻《真率齋詩詞》。其後主講關中書院，因門下士之請，乃綜覈平生（編者謹按：原文為『生平』，據光緒本改爲『平生』）之作，刻於關中。公之詩文，久已推尊藝林，人爭先睹為快。公嘗自比於唐李玉溪，有『四同三異』之分。其門人周君箌雲答書云：『方之義山，似為過之。駢四儷六，已足駕庾追徐。』斯言甚不誣也。公少受知南昌彭文勤公。青浦王蘭泉先生一見，有國士之目。後受業於袁簡齋先生，一時若洪稚存、黄仲則、孫淵如、方子雲諸先生，號海内之能詩者，公與之唱和角勝。故簡齋先生詩有云『毗陵星象聚文昌，洪顧孫楊各擅場』者也。此板向存家中，零落顛倒。先兄伯夔宦薊州牧，乃取而補刊之。猶憶戊戌歲，錫嘗補刻公《真率齋詩詞》，以應四方之求。辛丑春，先兄没，此板復歸自家。乃為刷印，傳之海内。公嘗自輯《年譜》一卷，記事精詳，俟異日有力，當刊之卷首。俾得讀公之詩文者，觀其譜可知公生平焉，豈非幸歟？公曾著《簡齋先生詩文補箋》、《六代三唐駢體文鈔》、《三家詞選》、《芙蓉山館尺牘稿》共若干卷，俱未鐫，今藏家中。至公生平宦跡言行，有《墓表》與《傳》可考，兹不載。今以其板之歸，謹序其由，俾我後昆珍重愛惜，世守而實護云。道光癸卯孟冬陽月猶子廷錫謹識於古懽書屋。（《芙蓉山館詩鈔》卷首，道光二十三年古懽書屋刻本）

附録四　詩文評

清・袁枚《小倉山房詩集》

常州星象聚文昌，洪顧孫楊各擅場。中有黄滔今李白，看潮七古冠錢唐。稚存、立方、淵如、蓉裳、仲則。（《小倉山房詩集》卷二十七《倣元遺山論詩》）

白草黄沙萬里秋，珠璣吹下古靈州。上追六代攔難住，下取千秋得始休。月下吹箎能退賊，盾頭磨墨竟封侯。文章的的傳薪處，惹我燈前掉白頭。君宰伏羌，守城三日，賊兵退走。（《小倉山房詩集》卷三十四《讀楊蓉裳駢體文喜而有作時牧靈州寄來》，清乾隆刻增修本）

袁枚《隨園詩話》

乾隆辛卯冬日，嚴冬友侍讀在沈學士雲椒席上，偶談及稚威（胡天游）以險韻詠蒲桃事。沈因指席間橄欖，命其門人陳梅岑云：『汝能以十三覃韻賦此乎？』陳即席成二十韻。……余亦在席上命門人楊蓉裳仿之，《詠錢》云……陳、楊二君，年未弱冠。（《隨園詩話》卷一）

楊花詩最佳者，前輩如查他山云……各不同，皆妙境也。近有人以此命題……楊芳燦云：『掠水燕迷千點雪，窺窗人隔一重紗』、『願他化作青萍子，傍着鴛鴦過一生』。（《隨園詩話》卷三）

金姬小妹鳳齡，幼鬻吳門作婢，余爲贖歸。年十四矣，明眸巧笑。其姊勸留爲簉室，鳳齡意亦欣然。余自傷年老，不欲爲枯楊之稊，因別嫁隋氏。爲大妻所虐，雉經而亡。祭哭以詩，一時和者甚多。……楊蓉裳亦有《鳳齡曲》云……洪稚存嫌蓉裳詩多肉少骨。余曰：『張燕公評：許景先豐肌膩理，惜乏風骨；李華文詞綿麗，氣少雄傑。宋子景亦云：恃華者質少，好麗者壯違，人各有性之所近也。蓉裳年十六即來受業，爲余註四六文方半，而出宰甘肅矣。與陳梅岑皆翰林才，而困於風塵俗吏，亦奇。』（《隨園詩話》卷十四，清乾隆十四年刻本）

清・王昶《國朝詞綜》

錦瑟新詞寶劍篇，文人俠骨美人禪。翩翩白袷正華年。名重肯如泉第二，才奇非藉賦盈千。楊子雲云：『不讀千賦不能賦』。共誰載酒草亭邊。（《國朝詞綜》卷三十八《浣溪沙錫山楊子蓉裳年少才艷友人攜其吟翠軒稿示我率塡一闋以誌傾倒楊名芳燦》，清嘉慶七年王氏三泖漁莊刻增修本）

王昶《湖海詩傳·蒲褐山房詩話》

楊芳燦，字蓉裳，金匱人。貢生，今官戶部員外郎。有《吟翠軒初稿》。选三十五首。

蓉裳驚才絶艷，綴玉聯珠。駢體之工，幾於上掩温邢，下儕盧駱。而詩則取法於工部、玉溪間。塡詞亦清妍婉麗，兼有夢牕、竹山之妙。乃僅以拔萃科選爲伏羌縣令。既而逆回構亂，烽火連天，蓉裳嚴守孤城，授孑傳餐，獨當豕突。予時在鶉觚，督兵堵禦，草檄飛書，往來問詢。見其意氣自如，嘯歌不輟，知其必能辦賊。事平後，久之，乃量授靈州。又偃蹇十餘年，始爲農部，雖兼《會典》館纂修，而終不獲與於承明著作之林，殊為缺事。然聞京師盤敦之盟，必以君為赤幟，蓋光燄固不能掩也。（《蒲褐山房詩話》卷三十五，清稿本）

清·畢沅《吳會英才集》

楊州牧驚才絕艷，世謂盈川復生。博貫群書，屬辭比彩，方之近代，則梅邨、迦陵不足掩其華贍。袁簡齋太史論詩所云『毘陵星象聚文昌，洪顧孫楊各擅場』者也。年未及壯，著集哀然。始以里選上計，出宰伏羌。值回氛肆逼，攖城守禦，指揮殺賊，一軍皆驚。王述庵廉使統師長武，嘉其偉節，賦詩二律，飛達圍城。州牧卽有和章，並自著《伏羌紀事詩》一卷，又何整暇！竟以殊功特擢，可謂才人之奇

遇。(《吳會英才集》卷十三,清末重印道光刻本)

清·洪亮吉《更生齋集》

我朝二百年來,東南壇坫莫盛於毘陵,而尤以乾隆嘉慶之際爲最著。《小倉山房詩》所謂『常州星象聚文昌,洪顧孫楊各擅場』者。想見名流輩興,動人歆慕,洪卽稚存先生,顧、孫、楊則立方、伯淵、西河、蓉裳諸先生也。(《更生齋集》詩續集卷一《趙司馬懷玉自山左奔喪歸同官贈以一舟至清江浦渡河膠敗舟拆八口幾至覆没以救得免司馬作厄解自嘲并索余一詩記事》。后附海甯楊文蓀識語曰:『蓀十一歲時,見畢秋帆尚書所選《吳會英才集》,卽喜讀先生詩。及伯淵先生之峭麗古豔,蓉裳先生之纏綿跌宕,皆朝夕諷誦不去口。』)

吾里中多瑰奇傑出之士,其年相若而才足相敵者,曰孫兵備星衍、楊户部芳燦,暨君(編者謹按:指呂星垣)而三。三人者皆肆力於詩古文辭,而各有所獨到。孫君能爲説經辨駁之文,以匡稚圭、劉子政爲宗;楊君能爲梁陳初唐之文,尤以徐孝穆、王子安爲宗;君之文則不名一體。(《更生齋集》文甲集卷一《呂廣文星垣文鈔序》,清光緒三年洪氏授經堂增修本)

洪亮吉《北江詩話》

楊戶部芳燦，詩如金碧池臺，炫人心目。（《北江詩話》卷一）

商太守盤《秋霞曲》，楊戶部芳燦《鳳齡曲》，皆能敍小兒女情事，宛轉關生。然淋漓盡致中下語復極有分寸，則商為過之。（《北江詩話》卷二，清光緒授經堂刻洪北江全集本）

清·法式善《存素堂詩初集録存》

才大兼衆妙，含咀味始出。瑰瑋詎貌爲，語不貴拾掇。襲取皮與毛，久且性情失。君詩得天（編者謹按：此句當闕一字），稜稜一枝筆。六籍聽驅使，碑誯成聲律。世間散碎詞，偶然爲綜括。塵垢立湔祓，精神頓振拔。萬朶芙蓉花，青山列秋日。隴頭梅細吟，關外馬屢秣。磨盾檄草就，彎弧錦袍奪。孤城百戰經，廿載情僞悉。春明告朋舊，僅此詩盈帙。髪鬢嗟蕭騷，文章驚老辣。蒙氣未掃除，嘉會卜眞率。特愧持筆琶，難驟合鐃鈸。苔岑釋同異，風水現活潑。雲鶴自高唱，寒蟲任噪聒。南樓起鐘鼓，北牖響松栝。敲冰磨墨丸，凍月催燭跋。（《存素堂詩初集録存》卷十《燈下讀楊蓉裳芳燦農部芙蓉山館詩集》）

詩名擅崑體，生日早東坡。分酌紅梅酒，同吟白雪歌。小樓看月上，高樹得春多。更有斜川集，挑燈細細哦。（《存素堂詩初集録存》卷十《臘月十八日壽楊蓉裳員外》）

……主人有詩癖，婆娑忽起舞。莫老詩爲命，搖腕千言舉。借事發天趣，頃刻奇氣吐。墨莊師太白，蓉裳學杜甫。獨我筆力孱，作詩便愁苦。……（《存素堂詩初集録存》卷十三《蓉裳員外墨莊主事野雲春波兩畫師集少摩山室因余携所橅南薰殿諸像至野雲春波遂具紙爭寫同人賦詩紀事》）

人間最冷月，五十一回看。百戰歸關隴，千秋想杜韓。文章達中禁，兒女聚長安。又見春明柳，垂青到石欄。（《存素堂詩初集録存》卷十八《壽楊蓉裳員外並寄荔裳方伯》，清嘉慶十二年王墉刻本）

法式善《梧門詩話》

楊蓉裳芳燦，金匱人，随園高足弟子。以選貢生試高等，出宰伏羌。值逆回滋擾攖城，守禦有功，特擢靈州知州。其詩錯采鏤金，驚才絶豔。如《春陰撥悶》云『隔簾花醒前塵夢，經宿香留小刼灰』；《胡園》云『山靜泉聲通竹圃，雨餘虹影帶花樓』；《惠陵》云『普天齊奉黄初曆，大統終歸赤伏符』；《古墓》云『魅氣着狐拜，月燐光照骨』；《鬼思家》和人云『破鏡蛾眉雲瑩月，虛牕龍氣劍花秋』；《花夜坐》云『閒館雨深燈影細，遠天雲重雁飛遲』；《荅顧立方見懷》云『春草池塘悲謝客，楊花明月寄龍標』；《題雙芍藥圖》云『二月韶華吟荳蔻，六朝遺事說櫻桃』；《題梁溪女士小影》云『嬌如新月眞宜拜，瘦到秋花轉耐看』；《小集》云『客来不速歡尤劇，詩到無題語更工』；《題吴蘭雪秦淮春泛圖》云『穠花壓檻朝酣酒，香月窺簾夜按箏』、『風扉樹緑園鴉柏，露井花紅綻鴨桃』；《秋雁》云『天高朔漠雲無路，水落瀟湘浪有花』。秋帆尚書謂其博貫羣書，屬詞綵比，下方之近代，則梅邨、迦陵不足掩

其華贍。信然！（《梧門詩話》卷一）

顧立方敏恒，早年與蓉裳競秀，梁溪人以『顔謝』擬之。（《梧門詩話》卷一）

曲阜顔幼客懋倫『天高風笛水圍寺，月上秋城煙滿湖』，李穆堂紱『夕陽千樹鳥聲寂，涼月一庭花影深』，與楊蓉裳『空院月明人夢醒，小樓風緊雁聲伍』，張蕚樓『斜日僧歸黄葉寺，曉風人去緑楊城』，汪劍潭『遠浦涼花雙，雁鷺影夕陽，夕陽踈樹萬蟬聲』，同一幽秀。（《梧門詩話》卷二）

楊蓉裳『雲欲浮山去，潮疑帶海來』，鮑野雲『鐘随雲忽起，山與客俱來』兩『來』字皆妙。（《梧門詩話》卷二，清稿本）

清·錢維喬《竹初詩文鈔》

當代無徐庾，梁溪得嗣音。才猶同韞玉，俗竟少分金。弱弟爲秦贅，新知感越吟聞蓉裳筆耕浙西。青雲宜努力，劍氣不終沉。（《竹初詩文鈔》詩鈔卷十《旅宿不寐憶同里故交得詩八首》之八《楊蓉裳》，清嘉慶刻本）

清·潘瑛、高岑《國朝詩萃》

農部詩清麗芊緜。七古具體初唐，一往情深，不僅貌似。七律尤近玉溪，長袖善舞，不同獺祭。惜未獲全集，僅鈔錄四首，已見管豹一斑矣。

所錄《過蔣重光齋頭談去年穴地得古棺事感賦》夾批曰：幽香冷艷，神淒骨悲。所錄《讀趙農部……吊之》夾批曰：淒愴悲涼，如鼓雍門之瑟。（《國朝詩萃》二集卷一，清嘉慶九年刊本）

清·王豫《羣雅集》

戶部詩具體四傑，吳梅邨後一人。至宦遊三十年，囊無長物。而好客耽吟，老而彌篤。領袖詞壇，允無愧色。（《羣雅集》卷十九，清嘉慶刻本）

王豫《江蘇詩徵》

陳雲伯云：蓉裳性情眞厚，好汲引後進。為詩詞藻斐然，極才人之致。洪稚存謂其多肉少骨，恐不盡然。（《江蘇詩徵》卷六十三，清道光元年焦山海西菴詩徵閣刊本）

清·喻文鏊《考田詩話》

機、雲、軾、轍，兄弟競爽，藝林佳話。今蓉裳、荔裳爭長壇坫，而且宣力危城，勒勳異域，風雅之才而有汗馬之功，洵為古今稀罕。定生大尹再任吾梅，以其伯蓉裳農部《芙蓉山館詩》來，得讀《伏羌守城百韻》詩，魄力沉雄。其全稿藻情綺思，體本初唐，而五言古律長篇出入杜、韓、元、白。至其至性所流，見於兄弟唱酬之作，纏綿悱惻，沁人心脾，眞可與《桐華吟館詩》，壎箎相應。（《考田詩話》卷七，清道光四年刻本）

清·查揆《篔谷詩文鈔》

世之名流，彼我一致，自為通變，緣情綺靡，酌稟華亭。於金匱楊蓉裳農部、錢唐陳雲伯孝廉作焉。農部之詩，上規六代，下掩三唐；雲伯晚出，遂相後先。柳顧言愛庾信之文，虞伯施肖徐陵之體，東南作者，乃稱『楊陳』云。（《篔谷詩文鈔》卷五《碧城僊館詩序》，清道光刻本）

查揆《篔谷詩文鈔》

九月黃塵冀野虛，衝寒行矣泣臯魚。即看宦海清流少，漸覺名場老輩疎。入領度支張鷟集，與修平準史遷書。劇憐徐庾文章手，也道長安不易居。（《篔谷詩文鈔》詩鈔卷九《送楊蓉裳農部歸里并示浣香上舍》，清道光刻本）

清·孫原湘《天眞閣集》

王後盧前語不誣，弟兄才筆冠中吳。令弟荔裳方伯揆齊名，稱『二楊』。六朝最近東西晉，四海交推大小蘇。竹使賢聲留廣武，金曹清望重司徒。朝來喜慰輖饑望，卻憶楊雄在蜀都。（《天眞閣集》卷十四《詩》十四《楊蓉裳民部芳燦過訪》，清嘉慶五年刻增修本）

清·張問陶《船山詩草》

花雪連年醼賞同，愛君譚藝劇清雄。頭銜轉覺貲郎雅，才調寧惟艷體工。循吏雍容曾辦賊，壯夫慷慨亦雕蟲。關河相望知□久，始信神交是古風。（《船山詩草》卷十六《贈楊蓉裳芳燦戸部》，清嘉慶二十年刊本）

清·舒位《乾嘉詩壇點將録》

撲天雕楊蓉裳，芳燦，無錫人，拔貢生，授知縣，官户部員外郎。著《吟翠軒稿》、《芙蓉山館詩鈔》。鏤金刻玉，落雕都督。（《乾嘉詩壇點將録》，清宣統三年刻本）

清・吳嵩梁《石溪舫詩話》

楊芳燦，字蓉裳，金匱人，有《吟翠軒初稿》。

蓉裳農部才華絶世，與弟荔裳方伯早負盛名。十年以後，詩律益細，而藻采不凋。集中七古、近體擅場，五言長律尤為絶調。七古嗣響四傑，七律抗衡西崑，人所共知。排律妙處，以義山之工麗，香山之纏綿，加以沉宕開合，具體少陵，不襲其貌而得其意。每逢佳題，殫思以就，迴波舞雪，振羽沉宮，聲情之美，往往移人。嘗自言作諸體詩，患在太整而不能暇，惟排律覺心手俱柔，自然合拍，其用功深矣！然君為予題交信國公手札，七古風力遒上，逼近高、岑，賢者固不可測。時人專以梅邨相擬者，非也。君与予一見定交，以弟勗予，每謂古人詩多亂頭麄服，不碍其為大家，我輩疵累却少，然不及古人處即在此。旨哉言乎！君昆弟皆文學士，皆有軍功。荔裳由中書佐幕，不數年晉秩屏藩，君獨浮沉郎署，久而不還。然公子浣香及女蕊淵皆工詩，善倚聲。一門風雅，勝於七葉貂蟬多矣！（《石溪舫詩話》卷一，見於《香蘇山館全集・文集》附録，清道光二十三年刻本）

吳嵩梁《香蘇山館詩集》

才子爲循吏，軍民感涕并。屯田蘇瘠壤，抗賊守孤城。宦久餘書味，詩多得正聲。西崑誰比似，一

笑謝時名。楊蓉裳農部君前以守伏羌功擢州牧。（《香蘇山館詩集·今體詩鈔》卷四《懷人詩》，清木犀軒刻本）

清·陳用光《太乙舟文集》

余未嘗爲駢儷之學，顧於其源流、派別考覈之嘗熟，往者喜楊蓉裳農部芳燦之文也。蓉裳之言曰：『吾之爲儷體文，色不欲其炫，音不欲其諧，以閟采而得古錦之觀，以閟響而得孤絃之韻。是則吾之所取於玉溪生也。』蓋本朝之爲儷體文者至衆，而討論之精，則後來者往往軼出前人之上。若蓉裳之文，取格近於邵叔寶、孔巽軒，而易其樸而爲華；取材富於陳其年、吳園次，而易其熟而爲澁。其於此事，信可云三折肱焉矣。（《太乙舟文集》卷六《方彥聞儷體文序》）

憶昔居詞館，偕詠緣玉叢。笑我韓孟體，乃與皮陸融。辛酉冬，煦齋師以詠瓢兒菜仿韓孟體爲館課，楊蓉裳謂余詩乃似皮陸派。（《太乙舟文集》卷六《冬夜讀東坡半山詩用半山巫山高韻東坡元修菜韻作三詩贈陳曉峯同年並送其旋江右》，清道光二十三年孝友堂刻本）

清·陳文述《頤道堂集》

《紀事詩》成幕客和，皇甫濡筆序太沖。傳來萬里荒徼外，豈知七日圍城中。我讀此詩二十載，慕君治行如文翁。今來把臂鳳城陌，珠玉吐咳雲霞胸。君家令弟才更好，遠逐驃騎銘崆峒。愛而不見碧

雲暮，鳳池新詠雙青桐。長篇手題更自念，名場太息方漂蓬。（《頤道堂集》詩選卷三《書楊蓉裳農部芳燦伏羌守城詩後》）

君家大謝才尤大謂蓉裳農部，吟詩愛學西崑派。也曾百戰障孤城，中朝人物應稱最。（《頤道堂集》詩選卷三《讀楊荔裳方伯撰西藏紀事詩竝書廓爾喀紀功碑後》）

關山花月總奚囊，王後盧前最擅場。萬里孤城倚虞詡，十年郎署老馮唐。兩行小史修書竟，幾輩朝官夾筆忙。元白齊名吾有媿，一編長慶夜焚香。（《頤道堂集》詩選卷四《都門五君詩》其四《楊蓉裳農部芳燦》）

學詩逾十年，作詩愛三君。楊子既同調蓉裳，查老殊出羣伯葵。郭生乃更好，蹟疎情頗親。（《頤道堂集》詩選卷三《唐棲舟中讀頻伽靈芬館詩卽效其體》）

梁溪詩派好，憶我識諸楊。江左兩詞客，關西百戰場。金城秋嘯月，青海夜飛霜。惆悵桐花館，瀟瀟夢雨涼。（《頤道堂集》詩選卷七《題金川殉難楊君夢槎遺詩竝示令子恩騎尉星燦次章懷蓉裳農部都下兼弔荔裳方伯》）

農部文章祭酒詩，收之才調似微之。酒邊唱到《西洲曲》，應與離人寄一枝。（《頤道堂集》詩選卷八《吳穀人祭酒楊蓉裳農部約同鄧尉探梅適以海上之行不果作此留寄》）

元方才調亦清新，吟館聯牀感夙因。酒送柴桑同作達，集編華萼共行春。機雲作賦知誰勝，元白齊名恐未眞。數到二陳吾已媿，更勞人海說『楊陳』。

附：婁東蕭掄樊邨原作　才人翰墨各垂勳，我愛粱溪楊子雲。謂楊蓉裳農部也。與君至交，詩體俱宗梅邨，幾如一手。摘豔薰香都入古，裁雲鏤月恰如君。直將蘭契齊雙管，似爲梅邨張一軍。相對倍添懷遠意，芙蓉何處挹清芬。蓉裳有《芙蓉山館集》。（《頤道堂集》詩選卷九《答婁東蕭樊邨見贈之作卽用原韻末首兼懷曼生蓉裳》）

跌宕追元白，雄奇抱杜韓。詩家推祭酒，吾輩共騷壇。思捷春花發，吟深夜月殘。舊時遊賞地，落葉滿長安。（《頤道堂集》詩選卷十二《松壺爲余作雪鴻小影册子各題一律·蓉館詩盟》。詩前小序曰：憶同調也。蓉湖楊農部芳燦詩派與余同出梅邨祭酒，世稱『楊陳』。）

蓉裳長以倍，視我若弟昆金匱楊農部芳燦。謂我叶壎篪，詩派同梅邨。（《頤道堂集》詩選卷二十六《自箴詩》）

蓉裳之詩如孔雀，金翠迷離姿綽約，琪樹飛翔映華萼。（《頤道堂集》詩選卷二十六《詩中十一友詩》）

放眼蒼茫此天壤，海內才人心俯仰。眼前老輩數楊蓉裳張船山，意中健筆推吳蘭雪蔣蔣山。（《頤道堂集》外集卷三《贈周劉雲上舍爲漢卽送之甘州省親》）

梁溪詩老舊名家蕊淵爲蓉裳農部愛女，家學親傳到碧紗。林下風清推道藴，盤中句好報秦嘉。錦囊夜織龍紋鑷，斑管春開蜨夢花。不信品題到温李，祇應僊骨最清華。（《頤道堂集》外集卷六《題金匱女士楊蕊淵芸琴清閣集》）

有詩人之詩，有才人之詩，有學人之詩……國朝詩人輩出，踵武前代……爲才人之詩者，則有武進黄仲則，陽湖趙甌北、洪稚存，湘譚張紫峴，會稽商寶意，大興舒鐵雲，嘉興王仲瞿，揚州汪劍潭、竹素竹海父子，遂寧張問陶，金匱楊蓉裳荔裳兄弟，金華周𨭿雲，丹徒嚴麗生，常熟孫子瀟，吳江趙艮夫。（《頤道堂集》文鈔卷一《顧竹嶠詩敍》）

詞家之軌，南宋爲宗……國朝以來，樊榭清眞獨標宗旨，南湖花隱遠過長蘆。近日則謝庵吏部託興微波，穀人祭酒獨涵正味。三家並立，未之或先。曩在都下，與張皋聞太史、楊蓉裳農部論詞。太史曰：『詞境甚仄，詞律宜嚴。率爾操觚者，乃詩人之餘事，非詞家之正聲也。』農部曰：『人知詩品宜高，不知詞更宜高；人知詩品宜潔，不知詞更宜潔。北宋不若南宋，周秦不及姜張，此中消息微茫，非會心人未易領取。』（《頤道堂集》文鈔卷八《葛蓬山蕉夢詞敍》，清嘉慶十二年刻道光增修本）

清·黄培芳《香石詩話》

『虛堂說劍邀奇士，小像焚香拜美人』，楊蓉裳句，京師好事者每書作聯。（《香石詩話》卷一，清嘉慶十五年嶺海樓刻嘉慶十六年重校本）

清·陸繼輅《合肥學舍札記》

吾嘗語楊蓉裳先生：『公詩工穩過於梅邨，而不如者，□可歌而不可泣耳。』此言雖戲，然學者自有當讓古人處，不可不審也。（《合肥學舍札記》卷十一，清光緒四年興國州署刻本）

清·張維屏《國朝詩人徵略》

楊芳燦，字蓉裳，江南金匱人。貢生，官戶部員外郎。有《吟翠軒初稿》。

蓉裳驚才絕豔，綴玉聯珠。駢體之工，幾於上掩温邢，下儕盧駱。而詩則取法於工部、玉溪間，塡詞亦兼有夢牕、竹山之妙。乃僅以拔萃科，選爲伏羌縣令。既而逆回搆亂，烽火連天，蓉裳嚴守孤城，授子傳餐，獨當豕突。事平，久之，乃量授靈州。又偃蹇十餘年，始爲農部。雖兼《會典》館纂修，而終不獲與於承明著作之林，殊爲缺事。然聞京師盤敦之盟，必以君爲赤幟，葢光燄固不能掩也。《湖海詩傳》

楊州牧驚才絕豔，世謂盈川復生。袁簡齋太史論詩所云：『毘陵星象聚文昌，洪顧孫楊各擅場』者也。始以里選上計，出宰伏羌，值回氛肆逼，攖城守禦，指揮殺賊，一軍皆驚。王述庵廉使統師長武，嘉其偉節，賦詩二律，飛達圍城。州牧卽有和章，並自著《伏羌紀事詩》一卷，又何整暇！竟以殊功特擢，可謂才人之奇遇。《吳會英才集》（《國朝詩人徵略》卷四十『楊芳燦』条，清道光十年刻本）

清·梁章鉅《楹聯續話》

楊蓉裳芳燦爲隨園老人弟子，最工倚聲。錢梅溪贈之聯云：『百首新詞塡白石，一枝妙筆補倉山。』（《楹聯續話》卷四，清道光南浦寓齋刻本）

清・王培荀《聽雨樓隨筆》

楊方伯荔裳先生揆，與兄戸部蓉裳先生芳燦齊名。蓉裳工言情，荔裳工寫景，一婉麗，一奇矯。蘿裳芳英（按：當為『英燦』）詩亦明媚，眞一門之盛也。（《聽雨樓隨筆》卷二）

金匱楊蓉裳先生爲伏羌令，逆回之變，拮据守城。後以荔裳官甘肅布政，引例廻避，苦州縣繁劇，捐部郎。既而長安大不易居，値荔裳回蜀，依之主錦江書院。文士多以詩求正，先生雖爲袁簡齋及門，詩實不相襲也。張船山贈詩云：『頭銜轉覺貲郎好，才調寧惟艷體工。』而艷體實不可及，無論《美人》等篇，如《紅柳》《古鮮》詠者，非先生不能工矣。……尤愛蜀伶，嘗有詩詠之云：……其自標題云：『姱容修態，麗而不奇，不却羅綺，亦調鉛脂。』蓋以玉溪爲師云。蓉裳名芳燦（按：當為『蘿裳名英燦』），曾爲四川安縣令，子承憲亦能詩。畢秋帆先生沅撫陝時，大軍討金川，先生送火藥於四川之廣元，又修棧道送駝騾。及白蓮教之亂，總督兩湖，會川兵截殺秀山教匪，有功於蜀甚大。所至考訂金石，修復古跡。馬嵬坡楊妃墓久荒，爲之豎碑建亭，刻詩於石。余來川經過，記其一云：『玉笛歌殘喚柰何，軍門倚仗涕痕多。羽衣法曲漁陽鼓，都入迎孃水調歌。』含蓄蘊藉，餘味曲包，好使議論者拜下風矣。（《聽雨樓隨筆》卷一，清道光二十五年刻本）

清・鄧顯鶴《沅湘耆舊集》

蓉裳先生古良牧，詩才更似切玉刀。少年已奪温李幟，一變欲與韓蘇鏖。……論功移節駐靈武蓉裳以軍功擢靈州牧，公餘詩酒相遊遨。《伏羌紀事》流傳徧蓉裳有伏羌紀事諸詩，惜我未見心忉忉。……（《沅湘耆舊集》卷一百十一《去年楊蓉裳刺史以横城登高詩見示匆匆未及屬和頃問見其幕客石午橋和章遂追作一首仍次蓉裳原韻》，清道光二十三年鄧氏南邨艸堂刻本）

清・康發祥《伯山詩話》

金匱楊蓉裳芳燦農部有《董小宛貼梅扇子歌》，詩極綺麗。小宛，為如皋冒巢民姬人，固精此技。……蓉裳詩云：活色生香點綴工，折枝梅蕚影重重。孤山萬樹花如雪，飛入卿家便面中。（《伯山詩話》後集卷二，清道光同治間刻本）

清・袁翼《邃懷堂全集》

今讀楊孺人《選雲樓詩鈔》……孺人爲薊州刺史伯夔先生長女。其姑蕊淵夫人，即農部蓉裳先生

之女，著有《琴清閣詞稿》以行世者也。（《邃懷堂全集》駢文箋註卷十五《選雲樓詩鈔序》，清光緒十四年袁鎮嵩刻本）

清·方履籛《萬善花室文稿》

其時無錫楊蓉裳先生方領農曹，獨雄詞坫。（《萬善花室文稿》卷七《周劉雲墓表》，清畿輔叢書本）

清·譚瑩《樂志堂詩集》

二陸才多擅倚聲，文章碧海掣長鯨。頗嫌樂府香奩語，孤負冰天雪窖行。楊芳燦、楊揆。（《樂志堂詩集》卷六《論詞絶句一百首》，清咸豐九年吏隱園刻本）

清·林昌彝《衣讔山房詩集》

仲則羣推一謫僊，爭傳豪竹入詩篇。揚州煙月留風雅仲則未弱冠，所爲詩即有『煙月揚州』之譽，試聽湘靈絃外絃武進黄仲則景仁，仲則詩有味外之味，音中之音，然仲則以五言古爲佳，餘少幽燕老將之氣。其友洪稚存爲之作傳，嘗論之。絶豔驚才接玉谿，王楊盧駱亦家雞。千言紀事追工部蓉裳《伏羌紀事詩》一百韻，力追浣花，鐵馬金戈字字悽。金匱楊蓉裳芳燦，令伏羌，值回民搆亂，烽火連天。蓉裳嚴守孤城，授孑傳餐，獨當豕突。詩有『誓死孤城在』之句。（《衣讔山房詩集》卷七，清同治二年廣州刻本）

清·符葆森《寄心盦詩話》

蓉裳戶部七古詩，如梅邨之學長慶體，哀感頑艷，惻惻動人。（《國朝正雅集》卷三十二，清咸豐七年刻本）

清·丁紹儀《聽秋聲館詞話》

雙溪公三甥，長楊蓉裳農部芳燦，次荔裳方伯揆，均受業謣齋公門下，蔚爲通人。（《聽秋聲館詞話》卷六）

楊伯夔丈夔生，蓉裳農部子。初名承憲，字浣薌。《詞綜》二集登《木蘭花慢》一詞者是也。後易今名。宰固安，庚子春謁於保陽時已罷官。承以《山中白雲詞》贈余，謂由之入手，可免靡曼之病。丈所致力，固在石帚、玉田二家。汪紫珊太守爲刊《過雲詞》，似非上乘。今全稿存亡未悉。爲錄存數闋……（《聽秋聲館詞話》卷六）

楊蕊淵表姑芸爲蓉裳外祖女，著有《琴清閣詞》。與李紉蘭女史《佩金生香館詞》盛傳一時，海內推爲閨詞之冠。（《聽秋聲館詞話》卷十一，清同治八年刻本）

清・潘清《挹翠樓詩話》

金匱顧進士立方敏恒，少與楊蓉裳齊名。畢秋帆評其詩，謂楊則鏤金錯翠，顧乃秋日芙蓉。（《挹翠樓詩話》卷四，清同治刻本）

清・謝章鋌《賭棋山莊詞話》

金匱楊蓉裳芳燦、荔裳揆，兄弟幷名，而蓉裳尤見擅場。其長調頗近陽羨生，有《芙蓉山館稿》。……荔裳有《桐華吟館稿》。……二楊俱長於用兵，蓉裳以拔萃試高等，得伏羌令。田五之亂，防禦極有功。荔裳亦以中書舍人從征廓爾喀，著績擢甘肅藩司。比之雙丁、兩到，蓋不獨文字稱爲『二難』也。（《賭棋山莊詞話》卷四，清光緒十年刻賭棋山莊全集本）

謝章鋌《賭棋山莊集》

自古家道寖昌，後起多賢，大抵胥由於母教，而其母必習禮明詩。若傳之所謂女有士行者，乃能及此。楊太淑人者，秦州牧董琴虞刺史之子婦也。係出於梁溪楊氏，世所稱荔裳、蓉裳兩先生者，其從祖

也。兩先生工漢魏六朝之文，予弱冠治駢體，卽所服膺。（《賭棋山莊集》文續二《董母楊太淑人六十壽序》）

梁溪楊荔裳、蓉裳兩先生，著作有盛名。其季蘿裳先生於長短句尤具神解，近予始得讀其集。董太淑人者，其女孫也。（謝章鋌《賭棋山莊集》文又續集一《吟香室未定草序梁溪楊蘊輝靜貞》，清光緒刻本）

清・俞樾《春在堂詩編》

老去深知精力孱，舊時學業半從刪。拚將暮史朝經力，都付南花北夢間楊蓉裳以《天雨花彈詞》、《紅樓夢平話》並稱，謂之「南花北夢」。往日虛名眞自誤，異時俗論莫相訕。驪山女紀文君傳，擬闢名山山外山。余擬以史漢所載驪山女事為《驪山女紀》，即世傳驪山老母也。又以今世祀梓潼文昌帝君，謂即高眹禮殿碑之梓潼文君，擬撰《梓潼文君傳》，然亦徒存其說而已。（《春在堂詩編》庚辛編《偶於吳蔗農孝廉處借小書數種觀之漫賦一律》，清光緒二十五年刻春在堂全書本）

清・張之洞《書目答問》

駢體文家國朝工此體者甚多，玆約舉體格高而尤著者，胡天游、邵汪洪為最：

毛奇齡、胡天游稚威，山陰、胡浚竹巖，仁和、邵齊燾荀薿，昭文、王太嶽芥子，定興、劉星煒圃三，武進、朱珪謚文正，大興、孔廣森、楊芳燦蓉裳，金匱、汪中、曾燠賓谷，南城、孫星衍、阮元、洪亮吉、淩廷堪、彭兆蓀、吴鼒山尊，全椒、劉嗣綰芙初，陽湖、董祐誠、譚瑩玉笙，南海。《芙蓉山館集》無卷數。文八十四篇，續三十五篇。詩八卷，補遺一卷。楊芳燦。（《書目答問》集部《駢體文家》，清光緒三年刻本）

清·陳康祺《郎潛紀聞》

楊户部芳燦，詩如金碧池臺，炫人心目。（《郎潛紀聞》卷十三）

楊蓉裳員外芳燦，與弟荔裳方伯揆，俱有美才，工儷體，人稱『無錫二裳』。按彭文勤公為江蘇學政，以昔主試時失楊氏兄弟也，因以兄女妻揆。蓉裳初令甘肅，屢膺煩劇，在伏羌時，值回民田五為亂，蓉裳先期募勇招降人，登陴共守，閱五日夜解圍。知靈州時，嘗單騎諭散奪米饑民，請借口糧，設粥廠以安衆。平日坐堂，皇判事罷，即手一編，就几讀，人以為書癡。而臨變敏決若是，故阿文成諸公極器之。嗣入貲為户部郎，旋丁内艱，貧不能治喪，鬻書辦裝以歸。遂不復出世。咸笑文士如珠玉組繡，不適於實用。觀於君，何如哉？（《郎潛紀聞二筆》卷六，清光緒刻本）

清·陳廷焯《白雨齋詞話》

金匱二楊蓉裳、荔裳，工爲綺語，高者亦不過吴薗次、徐電發之亞，不足語於大雅。（《白雨齋詞話》卷

五，清光緒二十年刻本）

清・震鈞《天咫偶聞》

嘉道間，都中有小官大做、熱官冷做、俗官雅做、閒官忙做、男官女做之謡。……楊蓉裳芳燦由縣令捐入户部，而與名流唱和無虚日，故曰雅做。（《天咫偶聞》卷十，清光緒甘棠精舍刻本）

清・李伯元《莊諧詩話》

韓城王文端杰，字偉人，一字惺園。嘉慶五年九月以疾乞休，得旨慰留，並許扶杖入内右門，異數也。大興朱文正珪賦詩紀盛，公為次韻。七年七月得請歸里，文正疊前韻送之，公再次韻，同時和者三十六人，其家彙為《賜杖集》。内南昌彭文勤元瑞多至四首，其四專言賜杖事，絕工。楊蓉裳先生芳燦作云云。（《南亭四話》之《莊諧詩話》卷一，一九七七年江苏古籍出版社《李伯元全集》本）

清・朱庭珍《筱園詩話》

常州四子：黄仲則才力恣肆筆鋒鋭不可當……楊蓉裳、荔裳昆季，學初唐四子及温李西崑者也。

華多實少，有腴詞未翦，終累神骨之病。蓉裳頗工四六，詩則品格不高。洪稚存以經學考據專長詩學，選體亦有筆力……（《篠園詩話》卷二，清光緒十年刻本）

民國・趙爾巽等《清史稿》

全椒吳鼒嘗輯録齊燾、亮吉、錫麒及劉星煒、袁枚、孫星衍、孔廣森、曾燠之文為『八家四六』。云此八家外，有金匱楊芳燦，與弟揆並負時名。（《清史稿》列傳二百七十二《吳錫麒傳》，中華書局一九七七年版）

民國・徐世昌等《清詩匯・詩話》

楊芳燦，字才叔，號蓉裳，金匱人。乾隆丁酉拔貢，官靈州知州，改戶部員外郎。有《芙蓉山館全集》。

蓉裳善駢儷文，與洪北江、孫淵如齊名。出仕甘肅，知伏羌縣，值回民田五作亂，圍伏羌。君誅內應數人，隨機設方略，守城五晝夜，援至圍解。論者比之睢陽玉壁。後為貲郎，聲名益盛。京朝多暇，高文典冊，多出其手。詩沉博絶麗，有金鴆香象之觀。（《晚晴簃詩匯》卷一百，民國退耕堂刻本）

荔裳與兄蓉裳齊名，至出塞諸作，奇情壯采，得江山之助。蓉裳似須讓出一頭。北江評其詩如滄溟泛舟，忽得奇寶，正謂此也。（《晚晴簃詩匯》卷一百二，同上）

民國・楊鍾羲《雪橋詩話》

顧笠舫教授與中表楊蓉裳競秀，梁溪畢秋帆謂以『顏謝』擬之。楊則鏤金錯采，顧乃初日芙蕖也。（《雪橋詩話三集》卷八，民國求恕齋叢書本）

民國・王揖唐《今傳是樓詩話》

查初白句：『萬井雲煙扶水閣，四山雷雨動空城。』楊蓉裳句：『虛堂說劍邀奇士，小像焚香拜美人。』皆可寫作聯語。（张寅彭主编《民國詩話叢編》本，上海书店出版社二〇〇二年版）

民國・郭則澐《十朝詩乘》

甘肅逆回田五之亂，亦福文襄平之。生擒賊酋張文慶等，以功封嘉勇侯。臺灣平，晉公爵。田五者，黠回也，謀倡新教，嘯聚石峰堡，約期起事。適回民李應得赴官首告，未及期，遂反自海城，攻靖遠。官民疏於堵截，因得沿流直下，劫西安州營。田五斃於狼山之戰，餘黨百餘人與安定回匪合，勢益熾，進陷通渭。明都統孫參將馳剿，遇賊高廟山，戰死。時金匱楊蓉裳（芳燦）宰伏羌，與通渭接境。風鶴驟警，城中回民馬稱驥兄弟陰附賊，約為內應，其甥馬映龍與白中煒、馬宏元密告於縣。縣城未設兵，星馳告急，猝不能至，蓉裳乃躬率漢、回民夫守城。稱驥等逆跡漸著，掩捕之。

逾日，賊由縣鄉巴斯坪驅脅回民，大掠而進，及姚家莊，武生姚以甯等率眾拒之，被害。遂據天門山，距城里許。蓉裳募鄉勇至千餘，與邑諸生魏輔君、王表等登陴固守，流人李忠等從禦賊。賊積草盈車，伏車下，屢逼城，輒為槍石擊斃。圍攻四晝夜，城上矢石如雨，斃賊百餘，始漸卻。會制府李公督師至，與賊戰，大敗之，遁走秦安。紳民初謂回民不便守城。李公錄映龍等舉發內應及城守功，給武弁劄付，議乃息。其時，羽書旁午，皆出幕客戴曉嵐及蓉裳族弟簣山、伯初手。簣山登城，竟射斃一賊。迨福公統京營兵赴剿，秦蜀援軍雲集。賊已退守石峰堡。兵圍攻，破之。事定，有詔，良善回民仍令安業，毋許株累，向從新教者，許改從舊教。又詔，被害邨莊，均予賑卹。

蓉裳《伏羌紀事詩》有云：『陸地機纔發，蕭牆禍早萌。搜牢寧有術，鉤距遣誰偵。狼蔔陰謀泄，犀然詭狀呈。幺麼方擾擾，數士獨錚錚。義可捐妻子，情誰顧舅甥？矢心先告密，雪泣自輸誠。』謂馬映龍等舉發內應也。又云：『狡寇憑燻灌，祆酋競抗衡。交衢長鎩滿，狹巷短刀迎。螳臂窮猶奮，蠭眸死尚瞠。駢頭塡犴獄，連頸縛徽纆。』謂賊党馬稱驥等就捕也。又云：『黑子城三版，青萍水一泓。射雕驚斛律，倚馬笑袁宏。勢只伸孤掌，危還藉眾擎。帶刀農佩犢，持戟士離甍。健婦俱行汲，羸童亦踐更。賓馳勞僕隸，奮厲逮髡黥。流雹飛髇落，狂雷巨礮轟。登陴均受甲，給稟免呼庚。四日孤墉在，千夫一瞻並。徒勞設梁麗，屢見碎沖輣。』述守城也。又云：『玉節來樞部，銅符事遠征。指揮皆頗牧，趨走盡韓彭。芟舍嚴刁斗，輾門急鼓鉦。兩甄排稱娖，列騎雜斑騂。貳負強遭梏，防風窘待烹。長圍羅劍槊，險道斷溝坑。群慝應簫勺，神姦首滿盈。臍膏明似燭，項骨脆於菁。困獸攀籠檻，遊魂戀釜鐺。肘跗紛磔裂，骸骼亂枝撐。』述大軍度隴及圍攻石峰堡也。末云：『溫語傳丹扆，恩綸出玉京。蠲租憐瘠壤，給復慰疲氓。賫溥金兼粟，仁先獨與惸。遺墟修板屋，殘胔掩荒塋。』則述賑卹恩詔也。是役，官民死守，功並諸羅。蓉裳後遷靈州牧，入貲為產部郎而已。（《十朝詩乘》卷九，《民國詩話叢編》本）

民國・王蘊章《然脂餘韻》

吾邑楊蓉裳、荔裳兩先生，著作俱有盛名。其季蘿裳先生才名稍遜，而所著《聽雨小樓詞》亦具神解。其女孫蘊輝，字靜貞，適閩海董氏。生甫數齡，冬日，見雪花飛著梅樹，指示家人曰：『是非李嶠詩所謂拂樹添梅色耶？』聞者異之。母氏秦，工詩，著《梅花吟草》，繼母氏毛，著《蟬花閣吟草》。諸姑姊妹亦多能詩者，有《琴清閣》、《選雲樓》諸詩草。蘊輝既幼慧，益以耳濡目染，故不學而成。所著集曰《吟香室詩草》。（《然脂餘韻》卷六，《民國詩話叢編》本）

民國・刘衍文《雕蟲詩話》

詩中對仗，務用巧思，而又必須出於自然。然好對欲求花葉相當，有時亦難草刱。遂不得不因襲舊句，或乞鄰於類書，前談吳梅邨詩，如藏鉤、刻燭、玉筋、銀鉤之類皆是也。七古中亦有此種對句。如黄仲則《兩當軒集》卷七《春風怨》有句云：『照影都誇城北徐，窺臣總道牆東宋。』袁簡齋《隨園詩話》卷十四録楊蓉裳《鳳齡曲》詩，其中亦有句云：『照影人誇城北徐，嬉春女愛牆東宋。』兩人同時，同為詩人，楊且是駢體名家，相類詩題，皆不能舍『城北徐』、『牆東宋』而别擇也。（《雕蟲詩話》卷三，《民國詩話叢編》本）